Orson Scott Card obtuvo el premio Hugo 1986 y el Nebula 1985 con *El juego de Ender*, cuya continuación, *La voz de los muertos*, consiguió de nuevo dichos premios (y también el Locus), siendo la primera vez en toda la historia de la ciencia ficción que un autor los obtenía dos años consecutivos. La serie continuó con *Ender, el xenocida* e *Hijos de la mente*. En 1999 apareció un nuevo título, *La sombra de Ender*, seguido por *La sombra del Hegemón*, *Marionetas de la sombra* y *La sombra del gigante*. Finalmente, *Ender en el exilio* es una continuación directa de *El juego de Ender*.

También ha sido un gran éxito su serie sobre Alvin Maker, el Hacedor, iniciada con *El séptimo hijo*, por la que obtuvo el premio Mundial de Fantasía, y la llamada Saga del Retorno, iniciada con *La memoria de la Tierra*.

ZETA

Título original: *Ender's Shadow*
Traducción: Rafael Marín
1.ª edición: enero 2012

para el sello Zeta Bolsillo
Consell de Cent, 425-427 - 08009 Barcelona (España)
www.edicionesb.com

Printed in Spain
ISBN: 978-84-9872-591-9
Depósito legal: B. 39.144-2011

Impreso por LIBERDÚPLEX, S.L.U.
Ctra. BV 2249 Km 7,4 Polígono Torrentfondo
08791 - Sant Llorenç d'Hortons (Barcelona)

La sombra de Ender

ORSON SCOTT CARD

ZETA

Presentación

Poco voy a decir en esta presentación sobre LA SOMBRA DE ENDER. *El mismo Orson Scott Card comenta, pocas páginas más adelante, las razones y los porqués de esta novela que retorna al mito inicial de la formación de un líder militar en la Escuela de Batalla, donde los futuros estrategas de la humanidad reciben el entrenamiento preciso para su lucha contra los insectores.*

EL JUEGO DE ENDER *es ya un éxito indiscutible en la historia de la ciencia ficción de todos los tiempos. Tras el (para algunos) inesperado éxito de esa novela, la serie que unas veces se llama la saga de Ender y otras el cuarteto de Ender ha alcanzado otras cotas de éxito y maestría narrativa, aunque tal vez no haya logrado el extraordinario éxito popular con que fue saludada la primera entrega de la serie.* LA VOZ DE LOS MUERTOS *era una obra muy seria que ya no iba dirigida al público adolescente que tanto había gozado con* EL JUEGO DE ENDER *y contribuido a su éxito. Más tarde,* ENDER, EL XENOCIDA e HIJOS DE LA MENTE *(«de la mente de Ender», deberíamos decir) utilizaban a este personaje para narrar otra historia tal vez distinta y de un alcance mucho más filosófico.*

En esta ocasión Card se atreve con algo nuevo e inesperado: una novela paralela a EL JUEGO DE ENDER. *Una novela que puede leerse con el referente de esa obra ya mítica en la historia de la ciencia ficción, o completamente al margen de ella. Un aficionado y especialista en ciencia ficción como Steven H. Silver comenta con gran acierto:*

Otra decisión inteligente de Card al escribir *LA SOMBRA DE ENDER* reside en el hecho de que la novela se mantiene por sí sola. Aunque el lector gana una mayor profundidad si ha leído *EL JUEGO DE ENDER*, conocer ese libro anterior no es necesario (y puede resultar, en algún aspecto, incluso perjudicial) para disfrutar *LA SOMBRA DE ENDER*.

Con LA SOMBRA DE ENDER, *Card retorna, con el mismo estilo, temática y fuerza narrativa, al Ender de la Escuela de Batalla, donde el mayor líder de la humanidad se entrena para derrotar a los insectores. Novela paralela y complementaria, Card amplía aquí la extraordinaria fuerza de la emotiva saga de Ender; ilumina los acontecimientos narrados en* EL JUEGO DE ENDER *con el punto de vista de Bean, un niñito llamado a ser el lugarteniente de Ender y, en definitiva, un ser tan excepcional como su líder; y refuerza el incuestionable atractivo del mito que constituye la poderosa conclusión de* EL JUEGO DE ENDER.

Ender no era el único niño en la Escuela de Batalla, sólo el mejor entre los mejores. Bean, un ser prácticamente tan superdotado como Ender, verá en éste a un rival pero también a un líder irrepetible. Con su prodigiosa inteligencia obtenida por manipulación genética, Bean ve y deduce incluso lo que Ender no llega a conocer. Lugarteniente, amigo, tal vez posible suplente, Bean nos muestra el trasfondo de lo que ocurría en la Escuela de Batalla y que, tal vez, el mismo Ender nunca llegó a saber.

La opción de Card es arriesgada y sólo un gran maestro de la narrativa como él podía superar con éxito las dificultades que su propio intento le plantea. Posiblemente la mayor de esas dificultades es que el personaje Bean no se «coma» al personaje Ender. Debo decir que, en mi opinión, Bean resulta un personaje de una fuerza manifiesta, por lo que el peligro era eviden-

te. Por fortuna, aun mostrándonos el grandísimo interés de un personaje como Bean, Card es capaz de mantener a Ender en el lugar de excepción que le corresponde en la historia de la saga. Tal vez el tratamiento será distinto cuando Ender no esté presente en la novela, como muy posiblemente ocurrirá en la próxima entrega de esta nueva serie que, prevista su aparición en inglés en enero de 2001, va a titularse LA SOMBRA DEL HEGEMÓN. *Espero poder ofrecerla pronto en NOVA.*

Y nada más, lean a Card, conozcan sus intenciones y, sobre todo rememoren tiempos pasados y la gozada que fue la lectura de EL JUEGO DE ENDER. *Hoy en día, por desgracia, ya no quedan muchas posibilidades de leer novelas como ésta. Disfrútenla.*

No obstante, antes de terminar, permítanme una herejía: LA SOMBRA DE ENDER *me parece mejor que* EL JUEGO DE ENDER. *Las razones son varias y, aunque, personalmente, suelen gustarme más los segundones como Bean que los líderes como Ender, la razón definitiva es que Card es hoy un narrador mucho más experto que hace quince años. Entonces podía decirse que tenía intuición, hoy domina el arte narrativo como pocos en la ciencia ficción mundial. Y aunque yo también soy un lector bastante más cuidadoso y exigente que hace años (esto de hacer de «editor» acaba dejando huella y, tal vez, imprime carácter...), no dejo de maravillarme por la forma como Scott ha construido esta trama y la ha ligado a la de* EL JUEGO DE ENDER, *al tiempo que creaba un personaje como Bean llamado a un futuro brillante. Posiblemente soy capaz de reconocer muchos de sus «trucos» (o, si lo prefieren, habilidades) de narrador, pero no me importa: son esenciales en la novela y me «meten» en ella de forma inevitable. Todos sabemos que Alfred Hitchcock era un genio en el uso del lenguaje cinematográfico y, aunque sus películas estuvieran plagadas de «trucos» narrativos cinematográficos, reconocemos su maestría. A ese nivel llega Card en* LA SOMBRA DE ENDER. *Más sencilla que* LA VOZ DE LOS MUERTOS, *esta última novela me parece incluso mucho más poderosa que* EL JUEGO DE ENDER, *y está llamada a repetir su éxito. El tiempo me dará la razón, estoy seguro.*

En cualquier caso, estoy impaciente para saber más cosas de Bean. Un genio del calibre de Ender pero, afortunadamente, libre de tener que ejercer como líder. La espera, hasta enero de 2001, de LA SOMBRA DEL HEGEMÓN *se me va a hacer dura. Lo sé.*

Mientras tanto, siempre nos quedarán tanto París como el juego y la sombra de Ender. Lo cual no es poco.

MIQUEL BARCELÓ

A Dick y Hazie Brown
en cuyo hogar nadie pasa hambre
y en cuyos corazones
nadie es extraño

Prólogo

Estrictamente hablando, este libro no es una secuela, porque empieza y termina más o menos en el mismo punto cronológico que *El juego de Ender*. De hecho, es la narración de la misma historia, desde el punto de vista de otro personaje, por lo que ambas comparten personajes y escenarios. Resulta difícil hallar un término que la defina. ¿Se trata de una novela compañera? ¿Una novela paralela? Quizás un «paralaje», si se me permite aplicar un término científico a la literatura.

En principio, esta novela va destinada tanto a quienes nunca hayan leído *El juego de Ender* como a aquellos que hayan visitado esa obra varias veces. Como no es una segunda parte, no hay ninguna información de *El juego de Ender* necesaria para comprender este libro que no aparezca aquí. Sin embargo, si he conseguido mi objetivo literario, los dos libros se complementarán y se ayudarán mutuamente. No importa cuál lea usted primero, la otra novela debe seguir funcionando por mérito propio.

Durante muchos años, he observado con agradecimiento que *El juego de Ender* crecía en popularidad, sobre todo entre los lectores en edad escolar.

Aunque nunca pretendí que fuera una novela juvenil, ha sido recibida con entusiasmo por muchos jóvenes y otros tantos profesores que han encontrado la manera de usar el libro en sus clases.

Nunca me ha sorprendido que sus continuaciones (*La voz de los muertos*, *Ender el Xenocida*, e *Hijos de la mente*) no atrajeran tanto a los jóvenes lectores. El motivo obvio es que *El juego de Ender* se centra en torno a un niño, mientras que las secuelas lo hacen en torno a adultos: quizás más importante, *El juego de Ender* es, al menos en apariencia, una novela heroica y aventurera, mientras que las continuaciones plantean un tipo de historia completamente distinta, de ritmo más lento y contemplativo, centrada en las ideas, además de abordar temas de importancia menos inmediata para los intereses juveniles.

Sin embargo, recientemente me he dado cuenta de que los tres mil años que median entre *El juego de Ender* y sus continuaciones dejan espacio de sobra para otras secuelas que guarden una relación más estrecha con el original. De hecho, en cierto sentido *El juego de Ender* carece de secuelas, pues los otros tres libros forman una historia continua en sí mismos.

Durante algún tiempo consideré la idea de abrir el universo de *El juego de Ender* a otros escritores, y llegué a invitar a un autor cuya obra admiro, Neal Shusterman, para que colaborara conmigo en la creación de novelas sobre los compañeros de Ender Wiggin en la Escuela de Batalla.

Al comentar el tema, llegamos a la conclusión de que el personaje más evidente para empezar era Bean, el niño-soldado a quien Ender trataba como a él lo habían tratado sus maestros adultos.

Y en ese momento sucedió algo. Cuanto más hablábamos, más envidia me producía el hecho de que Neal fuera a escribir ese libro, y no yo, hasta que por fin comprendí que, lejos de acabar escribiendo sobre «chicos en el espacio», como cínicamente describía el proyecto, cada vez tenía más que decir, pues había aprendido unas cuantas cosas en los años que habían transcurrido desde la primera aparición de *El juego de Ender* en 1985. Y así, aunque aún espero que Neal y yo trabajemos juntos en algún proyecto, retiré rápidamente la propuesta.

Pronto descubrí que contar la misma historia de forma distinta es más difícil de lo que parece, sobre todo porque, a pesar de variar el punto de vista, el autor era el mismo, con las mismas creencias de base sobre el mundo. Me ayudó el hecho de que a lo largo de mi carrera había aprendido algunas estrategias, y podía incluir en el proyecto distintas preocupaciones y una mayor capacidad de comprensión. Ambos libros provienen de la misma mente, pero no igual: se basan en los mismos recuerdos de la infancia, pero desde una perspectiva distinta. Para el lector, el paralaje se crea por Ender y Bean, separados a medida que viven los mismos acontecimientos. Para el escritor, el paralaje fue creado por una docena de años en los que mis hijos crecieron, y nacieron los más pequeños, y el mundo cambió a mi alrededor, y yo aprendí unas cuantas cosas sobre la naturaleza humana y sobre el arte que antes ignoraba.

Ahora tienen ustedes este libro en las manos. Ustedes juzgarán si el experimento literario ha tenido éxito o no. Para mí mereció la pena zambullirme de nuevo en el mismo pozo, pues el agua había cambiado enormemente, y si no se había convertido exactamente en vino, al menos tiene un sabor diferente por el recipiente distinto en el que fue transportado, y espero que lo disfruten tanto, o incluso más.

Greensboro, Carolina del Norte, enero de 1999

Primera Parte

PILLUELO

1
Poke

—¿Creen haber hallado algo, y por eso le darán carpetazo a mi programa?

—No se trata de ese chico que encontró Graff, sino de la baja calidad de lo que han estado haciendo.

—Sabíamos que era difícil. Pero para los chicos con los que estoy trabajando el simple hecho de continuar con vida implica librar una auténtica guerra.

—Sus chicos están tan mal nutridos que sufren un grave deterioro mental antes de que empiece siquiera a ponerlos a prueba. La mayoría de ellos ni siquiera ha establecido ningún vínculo humano normal; están tan aturdidos que no pueden pasar un solo día sin buscar algo que puedan robar, romper o estropear.

—También representan posibilidades, como todos los niños.

—Ése es el tipo de sentimentalismo que desacredita todo su proyecto ante la F.I.

Poke siempre estaba alerta. Se suponía que los niños más pequeños también tenían que estar en guardia, y a veces eran bastante observadores, pero no advertían todos los detalles, y eso significaba que Poke sólo podía depender de sí misma para detectar el peligro.

Había peligros para dar y regalar. Los polis, por ejemplo. No aparecían con mucha frecuencia, pero cuando lo hacían, parecían especialmente decididos a limpiar las calles de niños. Hacían sacudir sus látigos magnéticos, lanzando crueles y agresivos golpes incluso a los niños más pequeños, y los trataban como si fueran alimañas, ladrones, ratas, una plaga en la hermosa ciudad de Rotterdam. La misión de Poke consistía en observar los cambios que se producían a lo lejos, que podían sugerir que los polis habían iniciado una redada. Entonces hacía sonar el silbato de alarma, y los pequeños corrían a sus escondites y no salían de ellos hasta que el peligro había pasado.

Pero los polis no venían tan a menudo. El verdadero peligro era mucho más inmediato: los chicos grandes. Poke, a los nueve años, era la líder de su pequeño grupo (aunque ninguno de ellos sabía con seguridad que era una chica), pero eso no impresionaba nada a los chavales y chavalas de once, doce y trece años que mandaban en las calles. Los mendigos, ladrones y prostitutas adultos no prestaban atención alguna a los niños pequeños, excepto para apartarlos a patadas de su camino. Pero los niños mayores, maltratados por otros, se volvían y acechaban a los más pequeños. Cada vez que la banda de Poke encontraba algo que comer (sobre todo si descubrían una fuente de basura segura o un blanco fácil para hallar una moneda o un poco de comida) tenían que vigilar celosamente y ocultar sus ganancias, pues a los matones nada les gustaba más que robarles las mondas de comida que pudieran obrar en poder de los pequeños. Robar a los niños más chicos era mucho más seguro que asaltar las tiendas o a los transeúntes. Y Poke se daba cuenta de que disfrutaban con estas travesuras. Les gustaba ver cómo los críos pequeños se acobardaban y les obedecían, gemían y les daban todo lo que exigían.

Así que cuando el niño delgaducho se encaramó en lo alto de un cubo de basura al otro lado de la calle, Poke, que estaba al quite, lo vio de inmediato. El niño, de unos dos años, estaba al borde de la inanición. No, estaba medio muerto ya. Tenía los brazos y piernas tan delgados que las articulaciones le sobresalían, hasta el punto de darle un aspecto ridículo, y lucía un vientre hinchado. Si el hambre no acababa pronto con él, lo haría la llegada del otoño, porque no es que fuera muy abrigado, ciertamente.

En condiciones normales, ella no le habría prestado más que un poco de atención. Todavía miraba a su alrededor, con actitud inteligente. No tenía el estupor de los muertos ambulantes, ni buscaba comida ni se preocupaba por encontrar un lugar cómodo donde tenderse mientras aspiraba las últimas bocanadas del pestilente aire de Rotterdam. Después de todo, para ellos la muerte no supondría un cambio rotundo. Todo el mundo sabía que Rotterdam era, si no la capital, el principal puerto marítimo del infierno. La única diferencia entre Rotterdam y la muerte era que, con Rotterdam, la condena no era eterna.

El niño pequeño... ¿qué estaba haciendo? No buscaba comida. No observaba a los peatones. Lo cual tampoco importaba... No había ninguna posibilidad de que nadie dejara nada para un niño tan pequeño. Si tenía la suerte de encontrar algo, se lo quitarían los otros niños, entonces, ¿por qué molestarse? Si quería sobrevivir, debería seguir a los carroñeros mayores para lamer los envoltorios de comida que éstos dejaran, para chupar los últimos restos de azúcar o harina en polvo de los paquetes, siempre y cuando no hubieran acabado con todo. La calle no tenía nada que ofrecer a este muchachito, no a menos que fuera recogido por una banda, y Poke no podía quedárselo. No sería más que una carga, y sus chicos ya las estaban pasando bastante canutas sin el añadido de otra boca inútil.

Va a pedir, pensó. Va a gemir y suplicar. Pero eso sólo funciona con los ricos. Yo tengo que pensar en mi banda. Él no es uno de los míos, así que no me importa. Aunque sea pequeño. Para mí no es nadie.

Un par de putas de doce años, que normalmente no trabajaban en esa esquina, se dirigían hacia la base de Poke. Ella silbó. Los niños se dispersaron de inmediato; se quedaron en la calle, pero como si no formaran parte de una banda.

No sirvió de nada. Las putas ya sabían que Poke era la cabecilla, y naturalmente la agarraron por los brazos y la apretujaron contra la pared, exigiéndole que pagara su tarifa, su «permiso». Poke no podía decir que no tenía nada que compartir, y era plenamente consciente de ello: siempre trataba de guardar algo para aplacar a los matones hambrientos. Se dio cuenta de que estas putas estaban hambrientas. No tenían el aspecto que gustaba a los pedófilos cuando venían de caza. Eran demasiado delgadas, y mayores. Así pues, hasta que se les desarrollara el cuerpo y empezaran a atraer el comercio un poco menos pervertido, tenían que recurrir al carroñeo. A Poke le hervía la sangre, sólo de pensar que tuvieran que robarles a ella y a su banda, pero era más inteligente pagarles. Si le daban una paliza, no podría cuidar de ellos, ¿no? De modo que las llevó a uno de los escondrijos y les ofreció una bolsita que todavía tenía medio pastelito dentro.

Estaba rancio, ya que lo había guardado hacía un par de días para ocasiones como ésta. Aun así, las dos putas lo tomaron, rompieron la bolsa y una de ellas se comió la mitad antes de ofrecer a su amiga el resto. O más bien la que fuera su amiga, pues tales acciones son siempre inicio de pelea. Las dos se enzarzaron en una riña, gritando como locas, abofeteándose y arañándose sin piedad. Poke las observó con atención, esperando que se les cayera al suelo el resto del pastelito, pero no hubo suerte. El apetitoso dulce cayó en la boca de la misma niña que se había comido ya el primer bocado... y fue esa misma niña quien ganó la pelea, por supuesto. La otra no tuvo más remedio que darse a la fuga, en busca de un lugar donde refugiarse.

Poke se dio la vuelta, y se encontró cara a cara con el niño pequeño. Casi tropezó con él. Furiosa como estaba por haber tenido que regalar la comida a las dos furcias callejeras, le propinó un rodillazo y lo tiró al suelo.

—No te pongas detrás de la gente si no quieres aterrizar de culo —amenazó.

El niño se levantó sin más y la miró, expectante, exigente.

—No, pequeño hijo de puta, no vas a conseguir nada de mí —dijo Poke—. No voy a quitarle ni una sola habichuela a mi banda. Tú no mereces eso.

La banda empezaba a agruparse de nuevo, ahora que los matones habían pasado.

—¿Por qué les diste tu comida? —inquirió el niño—. La necesitas.

—¡Oh, discúlpame! —dijo Poke. Alzó la voz, de modo que su banda pudiera oírla—. Supongo que tú deberías ser el jefe aquí, ¿verdad? Como eres tan grande, no tienes problemas para encontrar comida.

—Yo no —repuso el niño—. No merezco ni una habichuela, ¿recuerdas?

—Sí, lo recuerdo. Tal vez eres tú quien debería recordarlo y cerrar el pico.

La banda se echó a reír.

Pero el niño pequeño permaneció impertérrito.

—Os hace falta un matón —aseveró.

—Yo no mantengo matones, me deshago de ellos —respondió Poke. No le gustaba la forma en que el niño le hablaba, llevándole la contraria. Si seguía así, al final tendría que hacerle daño.

—Le das comida a los matones todos los días. Dásela a un solo matón y que él os acobarde a los demás.

—¿Crees que nunca he pensado en eso, estúpido? Pero una vez que lo haya comprado, ¿cómo lo conservo? No luchará por nosotros.

—Pues en ese caso mátalo —dijo el niño.

Esa idea tan absurda hizo enloquecer a Poke. Todo aquello no tenía ni pies ni cabeza, al fin y al cabo. Asestó otro rodillazo al niño, y en esta ocasión le dio una patada cuando caía al suelo.

—Tal vez deba empezar matándote a ti.

—No merezco ni una habichuela, ¿recuerdas? —insistió el niño—. Matas a un matón y luego haces que otro luche por ti: quiere tu comida, y te tiene miedo también.

Ella no supo qué decir ante un comentario tan ridículo.

—Os están comiendo —dijo el niño—. Os devoran. Así que tienes que matar a uno. Adelante, todos son tan pequeños como yo. Las piedras rompen las cabezas de cualquier tamaño.

—Me das asco —espetó ella.

—Porque no se te ha ocurrido antes.

El niño estaba arriesgando su propio pellejo al hablarle de esa forma. Si ella le hacía el más mínimo daño, se moriría; él debía de ser consciente de eso.

Pero no había duda de que la muerte vivía en el interior de su frágil camisa. En este caso, ¿qué importancia tenía si la muerte se le acercaba un poco más?

Poke se volvió y echó un vistazo a su grupo. No leyó nada en sus rostros.

—No necesito que ningún mequetrefe como tú me diga que mate lo que no podemos matar.

—Un niño pequeño se pone tras él, lo empujas y se cae —dijo el niño—. Tienes piedras grandes, ladrillos. Golpéalo en la cabeza. Cuando veas los sesos, se acabó.

—No me sirve de nada muerto —respondió ella—. Quiero a mi propio matón, para que nos mantenga a salvo. No quiero a nadie muerto.

El niño sonrió.

—Así que ahora te gusta mi idea.

—No puedo fiarme de ningún matón.

—Os vigila en el comedor de caridad —prosiguió el niño—. Os mete en el comedor —seguía mirándola a los ojos, pero ahora había subido el tono de voz para que los demás lo oyeran—. Os mete a todos en el comedor.

—Si un niño pequeño entra en el comedor, los niños mayores le dan una paliza —intervino Sargento. Tenía ocho años, y actuaba como si pensara que era el segundo de Poke, aunque la verdad era que ella no tenía ningún segundo.

—Si tenéis un matón, los ahuyentará.

—¿Cómo espantará a dos matones? ¿A tres matones? —preguntó Sargento.

—Como yo decía —respondió el niño—. Lo empujáis, no es tan grande. Agarráis vuestras piedras. Estáis preparados. ¿No eres un soldado? ¿No te llaman Sargento?

—Deja de hablar con él, Sarge —sugirió Poke—. No sé por qué ninguno de nosotros está hablando con un niño de dos años.

—Tengo cuatro.

—¿Cómo te llamas?

—Nadie me ha dado nunca un nombre.

—¿Quieres decir que eres tan estúpido que no puedes acordarte de tu propio nombre?

—Nadie me ha dado nunca ningún nombre —repitió él. Seguía mirándola a los ojos, tumbado en el suelo, rodeado por el grupo.

—No vales ni una habichuela —dijo ella.

—Exacto.

—Sí —asintió Sargento—. ¡Una maldita habichuela*!

—Así que ahora tienes un nombre —repuso Poke—. Vuelve y siéntate en ese cubo de basura, pensaré en lo que has dicho.

—Necesito comer algo —dijo Bean.

—Si consigo un matón, si lo que dices funciona, entonces tal vez te dé algo.

—Necesito comer ahora.

Ella sabía que era verdad.

Se metió la mano en el bolsillo y sacó seis cacahuetes que había reservado. El niño se sentó en el suelo y tomó uno, se lo metió en la boca y masticó lentamente.

—Quédatelos todos —dijo ella, impaciente.

Él extendió su manita. Era débil. Fue incapaz de cerrar el puño.

—No puedo sostenerlos todos —manifestó—. No cierro bien la mano.

Maldición. Poke se dio cuenta de que estaba desperdiciando unos sabrosos cacahuetes, al dárselos a un niño que iba a morirse de un momento a otro.

De todas formas iba a probar su idea. Era audaz, pero ese plan abría una pequeña puerta a la esperanza, algo totalmente insólito: igual su situación mejoraría, igual no tendrían que ponerse ropa de niña nunca más, ni dedicarse al negocio de la prostitución.

* En inglés, *Bean*, a partir de ahora el nombre del niño. Se ha respetado la traducción de *El juego de Ender* en vez de traducir el término o adaptarlo. *(N. del T.)*

Y como esta idea se le había ocurrido al niño, la banda tenía que ver que lo trataba con justicia. De este modo te ganas el respeto de la banda, y seguirás siendo la cabecilla, porque saben que siempre serás justa.

Así que mantuvo la mano extendida mientras el niño se comía los seis cacahuetes, uno a uno.

Cuando engulló el último, la miró a los ojos durante otro largo instante, y entonces dijo:

—Será mejor que estés dispuesta a matarlo.

—Lo quiero vivo.

—Tienes que matarlo si no es el que más te conviene.

Con esas palabras, Bean volvió gateando hasta su cubo de basura y con esfuerzo se subió en lo alto para seguir vigilando.

—¡No tienes cuatro años! —le gritó Sargento.

—Tengo cuatro, pero soy pequeño —respondió el niño, también a gritos.

Poke mandó callar a Sargento y se pusieron a buscar piedras, ladrillos y trozos de carbón. Si iban a librar una guerra, sería mejor que estuvieran armados.

A Bean no le gustaba su nuevo nombre, pero era un nombre, y tener un nombre significaba que alguien más sabía quién era y necesitaba algo para llamarlo. Sí, eso le gustaba, y también le gustaban los seis cacahuetes. Su boca apenas sabía qué hacer con ellos. Casi le dolían las mandíbulas, de tanto masticar.

Y también le dolía ver cómo Poke se cargaba el plan que le había sugerido. Bean no la había elegido porque fuera la jefa de banda más lista de Rotterdam. Todo lo contrario. Su grupo apenas sobrevivía porque no sabía desenvolverse con entereza. Además, era demasiado compasiva. No era capaz de procurarse suficiente comida para parecer bien alimentada; así pues, aunque su propia banda sabía que era amable y la apreciaba, a los desconocidos no les parecía demasiado competente. No la juzgaban buena en su trabajo.

Pero si realmente lo fuera, nunca lo habría escuchado. Él nunca se habría acercado tanto. O si lo hubiera escuchado y le hubiera dado la razón, se habría deshecho de él. Así era como funcionaba la calle. Los niños amables morían. Poke era demasiado amable para permanecer con vida. Con eso contaba Bean. Pero ahora se sentía atemorizado.

Todo el tiempo que había invertido en observar a la gente mientras su cuerpo se consumía habría sido inútil si ella no podía conseguirlo. No es que Bean no hubiera desperdiciado un montón de tiempo él mismo. Al principio, cuando observaba cómo se las arreglaban los niños de la calle, cómo se robaban unos a otros, abalanzándose a sus gargantas, a sus bolsillos, vendiendo todas las partes de sí mismos que estaban en venta, era consciente de que la situación podría mejorar con dos dedos de frente, pero no se fiaba de su propia reflexión. Sin duda tenía que haber algo más que no entendía. Se esforzó por aprender más... más de todo. Aprender a leer para saber qué decían los carteles de los camiones, de las tiendas, de los carros y las papeleras. Familiarizarse lo suficiente con el holandés y la F.I. Común para comprender todo lo que se decía a su alrededor. El hecho de que el hambre lo distrajera en todo momento no le era de una gran ayuda, precisamente. No le habría costado tanto hallar comida si no se hubiera pasado todo el tiempo estudiando a la gente. Pero por fin se dio cuenta: ya lo comprendía. Lo había comprendido desde el principio. No había ningún secreto que Bean no hubiera desvelado todavía porque era pequeño. Si todos aquellos niños lo manejaban todo con unas artimañas tan estúpidas se debía a que eran estúpidos. Así de sencillo.

Ellos eran estúpidos y él era listo. Entonces, ¿por qué él se moría de hambre y esos mocosos seguían vivos? Fue entonces cuando decidió pasar a la acción. Fue entonces cuando eligió a Poke como cabecilla de su banda. Y ahora estaba sentado en un cubo de basura, viendo cómo la cagaba.

Eligió al matón equivocado, eso fue lo primero que hizo. Necesitaba a un tipo grande, imponente, que intimidara a la gente. Necesitaba a alguien corpulento y torpe a la vez, agresivo pero fácil de controlar. En cambio, ella piensa que necesita a alguien *pequeño*. ¡No, cabeza hueca! ¡Cabeza hueca! Quiso gritarle cuando vio que se acercaba a su objetivo un matón que se llamaba a sí mismo Aquiles, como el héroe de los cómics. Era pequeño y avispado y listo y rápido, pero tenía una pierna lastimada. Por eso pensaba que no le supondría ningún problema acabar con él. ¡Menuda cabeza hueca! La idea no era tumbarlo... Se puede tumbar a cualquiera la primera vez, porque no se lo esperan. Necesitas a alguien que lo acepte.

Pero no dijo nada. No debía hacerla enfadar. A ver qué ocurría. A ver cómo era Aquiles cuando lo zurraban. Seguro que tendría que matarlo y esconder el cadáver. Luego debería intentarlo de nuevo con otro matón antes de que corriera la voz de que una banda de niños pequeños merodeaba por allí cargándose matones.

Ahí estaba Aquiles, muy chulo él (o tal vez ése era el paso forzado al que le obligaba su pierna coja), y Poke se acobardó con grandes aspavientos y trató de escapar. Mal trabajo, pensó Bean. Aquiles se coscaría enseguida. Algo iba mal. ¡Tendrías que actuar como de costumbre! ¡Cabeza hueca! Y Aquiles miró a su alrededor una vez más. Cauto. Ella le dijo que tenía algo guardado, lo cual era normal, y lo condujo al callejón de la trampa. Pero él titubeó. Se mostró receloso. No iba a funcionar.

Pero sí funcionó, por la pierna coja. Aquiles vio cómo se cerraba la trampa pero no pudo escapar, luego un par de niños pequeños se situaron tras sus piernas mientras Poke y Sargento lo empujaban. Entonces un par de ladrillos golpearon su cuerpo y su pierna mala, con fuerza, y los mocosos se pusieron manos a la obra, hicieron su trabajo, aunque Poke fuera estúpida. Y sí, perfecto, Aquiles se asustó, pensó que iba a morir.

Bean se había bajado de su atalaya. Recorrió el callejón, con actitud vigilante. Era difícil ver más allá de la multitud. Se abrió paso, y los niños pequeños (que eran todos más grandes que él), lo reconocían, sabían que se había ganado el derecho a ver esto, y le dejaron pasar. Se situó junto a la cabeza de Aquiles. Poke se alzó sobre él, sujetando una piedra enorme, y le habló.

—Cuélanos en la fila de comida del refugio.

—Claro, desde luego, lo haré, te lo prometo.

No debía fiarse de él. Debía mirarlo a los ojos, buscando una debilidad.

—De este modo conseguirás más comida, Aquiles. Tienes a mi banda. Si comemos suficiente, tenemos más fuerza, te traemos más comida a ti. Necesitas una banda. Los otros matones te apartan de su camino... ¡Lo hemos comprobado! Pero con nosotros, se acabó. ¿Ves cómo lo hacemos? Un ejército, eso es lo que somos.

Muy bien, ahora lo estaba pillando. Era una buena idea, y él no era estúpido, así que le gustó la propuesta.

—Si este plan te parece tan inteligente, Poke, ¿cómo es que no lo has hecho antes?

Ella no tenía nada que decir al respecto. En cambio, miró a Bean.

Sólo fueron unos segundos, pero Aquiles se percató

de esa mirada. Y Bean supo qué estaba pensando. No había duda alguna...

—Mátalo —dijo Bean.

—No seas estúpido —replicó Poke—. Está con nosotros.

—Eso es —dijo Aquiles—. Estoy con vosotros. Es una buena idea.

—Mátalo —dijo Bean—. Si no lo matas ahora, él te matará a ti.

—¿Dejas que un mojón ambulante como éste te dé órdenes? —dijo Aquiles.

—Es tu vida o la suya —dijo Bean—. Mátalo y ve a por otro tipo.

—Apuesto a que el otro tipo no tendrá una pierna mala —dijo Aquiles—. Otro tipo pasará de vosotros. Yo no. Soy el que queréis. Todo encaja.

Ante la advertencia de Bean, ella se mostró más cautelosa. No lo había pillado todavía.

—¿Y si más tarde resulta que te da vergüenza tener a un puñado de niños chicos en tu banda?

—Es *tu* banda, no la mía —corrigió Aquiles.

Mentiroso, pensó Bean. ¿No ves que te está mintiendo?

—Tal como yo lo veo, esto es mi familia —manifestó Aquiles—. Son mis hermanos y hermanas. Tengo que cuidar de mi familia, ¿verdad?

Bean vio de inmediato que Aquiles había ganado. Era un matón poderoso, y había dicho que eran sus hermanos. Bean podía adivinar el hambre en sus rostros. No era hambre de comida a la que ya estaban acostumbrados, sino el hambre real, el ansia profunda de una familia, de amor, de un sitio en el que encajar. Todos los miembros de la banda de Poke tenían un poco de todo eso. Pero Aquiles les prometía más. Acababa de superar la mejor oferta de Poke. Ahora era demasiado tarde para matarlo.

Demasiado tarde, pero por un momento pareció que Poke era tan estúpida que iba a dar el paso y matarlo después de todo. Alzó la piedra, para golpearlo.

—No —protestó Bean—. No puedes. Ahora es de la familia.

Ella bajó la piedra hasta su cintura. Lentamente, se volvió para mirar a Bean.

—Largo —ordenó—. Tú no eres de los nuestros. No pintas nada aquí.

—No —dijo Aquiles—. Será mejor que continúes y me mates, si piensas tratarlo así.

Oh, que valiente de su parte. Pero Bean sabía que Aquiles no era valiente. Sólo listo. Ya había ganado. No significaba nada que estuviera allí tirado en el suelo y Poke todavía tuviera la piedra. Ahora era su banda. Poke estaba acabada. Pasaría algún tiempo antes de que alguien más, aparte de Bean y Aquiles, lo comprendieran, pero la prueba en que la autoridad estaba en juego era aquí y ahora, y Aquiles iba a derrotarla.

—Este niño —dijo Aquiles—, puede que no sea parte de tu banda, pero es parte de mi familia. A mi hermano no se le dice que se pierda.

Poke vaciló. Tan sólo un momento.

Lo suficiente.

Aquiles se sentó en el suelo. Se frotó las magulladuras, comprobó sus contusiones. Miró admirado a los niños pequeños que lo habían derribado.

—¡Maldita sea! ¡Qué malos sois!

Ellos soltaron una risilla nerviosa. ¿Les haría daño porque ellos le habían hecho daño a él?

—No os preocupéis. Ya me habéis demostrado lo que podéis hacer. Tendremos que hacérselo a más de un par de matones, ya veréis. Pero antes yo debía saber que podíais hacerlo bien. Buen trabajo. ¿Cómo os llamáis?

Uno a uno, se aprendió sus nombres. Se los aprendió y los memorizó, y cuando se equivocaba le sabía tan mal que pedía disculpas y procuraba que no volviera a suceder.

Quince minutos más tarde, lo amaban.

Si podía hacer esto, pensó Bean. Si es tan bueno haciendo que la gente lo quiera, ¿por qué no lo hizo antes?

Porque estos idiotas siempre buscan poder. La gente que está por encima de ti nunca quiere compartir el poder contigo. ¿Por qué te vuelves hacia ellos? No te dan nada. A la gente que está por debajo les das esperanza, les infundes respeto, y ellos te dan poder, porque piensan que no tienen ninguno, así que no les importa entregarlo.

Aquiles se puso en pie, un poco tembloroso, la pierna mala más magullada que de costumbre. Todos retrocedieron, dejándole espacio. Podía marcharse ahora, si quería. Marcharse para nunca más regresar. O ir a buscar a otros matones, volver y dar a la banda su merecido. Pero se quedó allí, y sonrió, se metió las manos en los bosillos y sacó algo increíble. Un puñado de pasas. Un puñado grande. Todos miraron su mano como si tuviera en la palma la marca de un clavo.

—Los hermanos pequeños primero —dijo—. Los más pequeños primero —añadió, mirando a Bean—. Tú.

—¡Él no! —exclamó el siguiente—. Ni siquiera lo conocemos.

—Bean fue quien quiso que te matáramos —dijo otro.

—Bean —dijo Aquiles—. Bean, sólo cuidabas de mi familia, ¿verdad?

—Sí —asintió Bean.

—¿Quieres una pasa?

Bean asintió.

—Tú primero. Eres el que nos ha unido, ¿de acuerdo?

Aquiles tenía la opción de matarlo o no. En ese momento, lo único que importaba era la pasa. Bean la tomó. Se la metió en la boca. Ni siquiera la mordió. Dejó que su saliva la empapara, arrancándole el sabor.

—¿Sabes? —dijo Aquiles—. No importa cuánto tiempo la tengas en la lengua, nunca se convierte en una uva.

—¿Qué es una uva?

Aquiles se rió de él, que seguía sin masticar. Entonces repartió las pasas entre los otros niños. Poke nunca había compartido tantas pasas, porque nunca había tenido tantas para repartir. Pero los niños pequeños no lo comprendían. Pensaban: Poke nos daba basura, y Aquiles nos da pasas. Y todo porque eran estúpidos.

2
Comedor

—Sé que ya han examinado la zona, y probablemente han acabado con Rotterdam, pero ha sucedido algo en estos días. Fue a partir de su visita... Oh, no estoy segura, quizá son sólo suposiciones. No tendría que haber llamado.

—Cuénteme, la escucho.

—Siempre hay luchas en la cola. Intentamos detenerlos, pero sólo tenemos unos cuantos voluntarios, y no podemos prescindir de ellos porque mantienen el comedor en orden y sirven la comida. Así que sabemos que un montón de niños a los que debería tocarles el turno ni siquiera se ponen en la cola, porque los expulsan. Y si conseguimos detener a los matones y dejar que entre uno de los pequeños, entonces le dan una paliza después. Nunca volvemos a verlos. Esta situación no puede continuar.

—Es la supervivencia del más fuerte.

—O del más cruel. Se supone que la civilización es todo lo contrario.

—Usted es civilizada. Ellos no.

—Aun así, todo ha cambiado. En los últimos días. No sé por qué. Pero es que... usted dijo que todo lo que fuera diferente, y quien esté detrás... quiero decir, ¿es posible que de pronto la civilización evolucione de nuevo, en medio de una jungla de niños?

—Es el único sitio donde no evoluciona jamás. He acabado mi trabajo en Delft. Ya no pintamos nada aquí. Ya me he hartado de platos azules.

Bean se mantuvo en segundo plano durante las semanas que siguieron. Ahora no tenía nada que ofrecer: ya se habían quedado con su mejor idea. Y sabía que la gratitud no duraría demasiado tiempo. No era grande y no comía mucho, pero si estaba pululando constantemente, molestando a la gente y charlando, pronto negarle comida con la esperanza de que se muriera o se marchara no se convertiría tan sólo en algo divertido, sino en una especie de costumbre.

Incluso así, a menudo sentía los ojos de Aquiles clavados en él. Los advertía sin temor. Qué más daba, que Aquiles decidiera matarlo. Había estado a sólo unos pocos días de la muerte, de todas formas. Eso significaba que, después de todo, su plan no funcionó tan bien como esperaba, pero como era el único que tenía, no importaba si al final resultó no ser bueno. Si Aquiles recordaba cómo instó Bean a Poke para que lo matara (y claro que lo recordaba), y si Aquiles ahora tramaba cómo y cuándo moriría, no había nada que Bean pudiera hacer por impedirlo.

Hacer la pelota no serviría de nada. Eso sólo sería un signo de debilidad, y Bean había visto muchas veces cómo los matones (y Aquiles, en el fondo, seguía siendo un matón) se nutrían del terror de los otros niños, cómo trataban a la gente incluso peor cuando mostraban su debilidad. Tampoco serviría de nada ofrecer otras ideas brillantes, primero porque Bean no tenía ninguna, y segundo porque Aquiles pensaría que era una afrenta a su autoridad. Y a los otros niños no les gustaría que Bean siguiera actuando como si fuera el único que tenía cerebro. Ya lamentaban que hubiera sido él quien pensó este plan que había cambiado sus vidas.

Porque, de hecho, el cambio fue inmediato. La primera mañana, Aquiles hizo que Sargento se pusiera en la cola en el comedor de Helga en Aert Van Nes Straat, porque, decía, ya que nos van a dar la paliza de todas formas, bien podríamos intentarlo con la mejor comida gratis de Rotterdam, por si conseguimos comer antes de morir. Sí, eso era lo que decía, pero les había hecho practicar sus movimientos hasta la última luz del día la noche anterior, de modo que trabajaban mejor juntos y no se rendían a las primeras de cambio, como hacían cuando iban tras él. A medida que iban practicando, se mostraban más seguros. Aquiles no paraba de decir «se esperarán esto», e «intentarán aquello», y como él mismo era un matón, ellos confiaban como nunca habían confiado en Poke.

Como era estúpida, Poke seguía tratando de actuar como si estuviera al mando, como si tan sólo hubiera delegado su entrenamiento a Aquiles. Bean admiraba la manera en que Aquiles no discutía con ella, y bajo ningún concepto cambiaba sus planes o instrucciones por lo que ella dijera. Si le instaba a hacer lo que ya estaba haciendo, seguía haciéndolo. No había ninguna sensación de desafío. Ninguna pugna por el poder. Aquiles actuaba como si ya hubiera vencido, y puesto que los otros niños lo seguían, ya era el ganador.

La cola se formó temprano delante del comedor de Helga, y Aquiles observó con atención mientras los matones que llegaban más tarde se colocaban en fila siguiendo una especie de jerarquía: los matones sabían cuáles se enorgullecían de su sitio. Bean trató de comprender en qué principio se basaba Aquiles para elegir con qué matón tendría que librar Sargento una pelea. No era el más débil, pero eso era un movimiento inteligente, porque si pegaban al matón más débil, tendrían que enzarzarse en muchas más peleas. Y tampoco era el más fuerte. Mientras Sargento cruzaba la calle, Bean trató de ver qué tenía el matón para que Aquiles lo eligiera. Y entonces se dio cuenta: era el matón más fuerte que no tenía amigos consigo.

El matón elegido era grande y parecía duro, así que derrotarlo supondría una victoria importante. Pero no hablaba con nadie, ni saludaba a nadie. Estaba fuera de su territorio, y varios de los otros matones lo miraban con mala cara, midiéndolo. Aunque Aquiles no hubiera elegido esa cola de comida, ni ese desconocido, no sería de extrañar que hubiera una pelea allí.

Sargento se comportó con toda la frialdad del mundo, al colocarse justo delante del blanco. Por un momento, el matón se quedó allí mirándolo, como si no pudiera creerse lo que estaba viendo. Sin duda, este chiquitín se daría cuenta de su letal error y echaría a correr. Pero Sargento actuó como si ni siquiera advirtiera que el matón estaba allí.

—¡Eh! —dijo el matón. Empujó con fuerza a Sargento, y dado el ángulo del empujón, Sargento tendría que haber sido expulsado de la cola. Pero, como le había dicho Aquiles, plantó un pie en el suelo, se abalanzó hacia delante y golpeó al matón que estaba en la cola delante del elegido por Aquiles, aunque ésa no era la dirección en la que el otro lo había empujado.

El matón de delante se volvió y le dedicó una mueca a Sargento, quien gimió:

—Me ha empujado él.

—Ha sido él quien te ha golpeado —dijo el elegido de Aquiles.

—¿Parezco tan estúpido? —preguntó Sargento.

El matón de delante calibró al otro. Era un desconocido. Duro, pero no imbatible.

—Ten cuidado, canijo.

Entre los matones, ese insulto implicaba incompetencia y debilidad, por lo que era considerado muy grueso.

—Ten cuidado tú.

Durante este intercambio, Aquiles dirigió a un grupo escogido de niños más pequeños hacia Sargento, quien arriesgaba su vida al quedarse allí entre los dos matones. Justo antes de alcanzarlos, dos de los niños más pequeños atravesaron la cola hasta el otro lado y tomaron posiciones contra la pared, justo más allá del campo de visión del matón. Entonces Aquiles empezó a gritar.

—¿Qué demonios te crees que estás haciendo, pedazo de papel higiénico manchado de mierda? ¿Envío a mi chico a que me guarde sitio en la cola y tú lo *empujas*? ¿Empujas a mi amigo?

Naturalmente, no eran amigos ni nada: Aquiles era el matón peor considerado de toda esta parte de Rotterdam y siempre ocupaba el último lugar en la cola de los matones. Pero ese matón no lo sabía, y no tendría tiempo de averiguarlo. Para cuando se dio la vuelta para enfrentarse a Aquiles, los niños que tenía detrás ya se habían abalanzado contra sus pantorrillas. No esperaron al habitual intercambio de empujones e insultos antes de que comenzara la pelea. Aquiles la empezó y la terminó con brutal rapidez. Empujó con fuerza mientras los niños pequeños golpeaban, y el matón golpeó el suelo pavimentado. Se quedó allí tumbado, parpadeando. Pero otros dos niños pequeños le tendieron grandes piedras a Aquiles, quien las lanzó, una, dos, contra el pecho del matón. Bean advirtió que las costillas se quebraban como ramitas.

Aquiles lo agarró por la camisa y lo lanzó contra el

suelo. El matón gruñó, luchó por moverse, volvió a gruñir, y al final se quedó quieto.

Los demás niños que hacían cola se mantuvieron apartados de la pelea. Se había violado el protocolo. Cuando los matones luchaban entre sí, se metían en uno de los callejones, pero no pretendían hacerse heridas graves: peleaban hasta que la supremacía estaba clara, y eso era todo. Nunca hasta entonces se habían usado piedras ni roto huesos. Les daba miedo, no porque Aquiles fuera espantoso, sino porque había roto las reglas, y lo había hecho al descubierto.

De inmediato Aquiles indicó a Poke que trajera al resto de la banda y ocuparan los huecos en la fila. Mientras tanto, recorrió la fila de un extremo a otro, gritando a pleno pulmón:

—¡Podéis tratarme con todo el desprecio del mundo, no me importa, sólo soy un lisiado, sólo soy un tipo con la pierna coja! ¡Pero no podéis ir empujando a mi familia! ¡No podéis echar a uno de mis niños de la cola! ¿Me oís? Porque si hacéis eso un camión entrará en esta calle y os derribará y os romperá los huesos, como acaba de pasar con este capullo, y la próxima vez quizás sea vuestra cabeza la que se rompa y vuestros sesos los que se desparramen por la calle. ¡Tened cuidado con los camiones! Si no, mirad cómo ha acabado este tonto del culo delante de mi comedor!

Allí estaba, el desafío. *Mi* comedor. Y Aquiles no se contuvo, no mostró ni una chispa de timidez al respecto. Continuó la arenga, cojeando arriba y abajo de la cola, mirando a cada matón a la cara, desafiándolos a discutir. Al otro lado de la fila, los dos niños pequeños que le habían ayudado a derribar al desconocido seguían sus movimientos, y Sargento trotaba al lado de Aquiles, con aspecto feliz y concentrado. Apestaban a confianza, mientras que los demás matones no paraban de mirar por encima del hombro para ver qué hacían aquellos que atacaban por detrás, a las piernas.

Y no era sólo alardear por alardear. Cuando uno de los matones empezó a parecer beligerante, Aquiles se dirigió derecho hacia él, a la cara. Sin embargo, como había planeado de antemano, no se encaró directamente con el beligerante: estaba preparado para enfrentarse a los problemas, los pedía. En cambio, los niños se abalanzaron hacia el matón que tenía justo detrás en la cola. Cuando saltaban, Aquiles se dio la vuelta y empujó al nuevo objetivo, y gritó:

—¿Qué es lo que te hace tanta gracia?

Otra piedra apareció de inmediato en su mano, y la alzó sobre el matón que había caído, pero no se la arrojó.

—¡Vete al final de la cola, idiota! ¡Tienes suerte de que te deje comer en mi comedor!

Eso desarmó por completo al beligerante, pues el matón al que Aquiles había derribado y obviamente podría haber aplastado era el siguiente en inferioridad de estatus. Así pues, el beligerante no había sufrido amenaza o daño alguno, y sin embargo Aquiles había conseguido una victoria delante de sus narices, y él no había intervenido en ello.

Entonces se abrió la puerta del comedor. De inmediato Aquiles se dirigió a la mujer que apareció tras ella, y la saludó como si fuera una vieja amiga.

—Gracias por darnos de comer hoy —dijo—. Yo comeré el último. Gracias por dejar pasar a mis amigos. Gracias por dar de comer a mi familia.

La mujer de la puerta sabía cómo funcionaba la calle. Conocía también a Aquiles, y supo que sucedía algo muy extraño. Aquiles siempre comía el último entre los niños mayores, y con vergüenza. Pero esa actitud condescendiente que había adoptado no tuvo tiempo de incomodarla, ya que los primeros miembros de la banda de Poke se presentaron rápidamente delante de la puerta.

—Mi familia —anunció Aquiles con orgullo, conduciendo a cada uno de los niños al salón—. Cuide usted bien de mis hijitos.

Incluso a Poke le llamó hijito. Si ella advirtió la humillación, lo disimuló. Lo único que le importaba era el milagro de conseguir entrar en el comedor de caridad. El plan había funcionado.

Y a Bean no le importaba que ella pensara que el plan era suyo o de Bean, al menos hasta que no saboreara la sopa. La tomó lo más despacio que pudo, pero se acabó tan rápido que apenas pudo creerlo. ¿Eso era todo? ¿Y cómo había conseguido derramar tanto de aquella valiosa sustancia sobre su camisa?

Se guardó rápidamente el pan dentro de las ropas y se encaminó a la puerta. Aquiles había tenido la idea de guardar el pan y marcharse, y lo cierto es que era una gran idea. Algunos de los matones del comedor estarían planeando vengarse. Ver aquellos niños pequeños allí no les gustaría nada. Se acostumbrarían pronto, prometió Aquiles, pero en este primer día era importante que todos los niños pequeños se quedaran fuera mientras los matones comían.

Cuando Bean llegó a la puerta, seguía entrando gente, y Aquiles se encontraba allí de pie, charlando con la mujer sobre el trágico accidente ocurrido en la cola. Alguien tenía que haber llamado a una ambulancia para que se llevara al niño herido; ya no se oían gemidos en la calle.

—Podría haber sido uno de los niños pequeños —decía Aquiles—. Necesitamos a un policía aquí para que vigile el tráfico. Ese conductor nunca habría sido tan descuidado si hubiera habido un poli.

La mujer asintió.

—Podría haber sido horrible. Decían que tenía la mitad de las costillas rotas y un pulmón perforado —comentó apesadumbrada, mientras retorcía las manos.

—La gente empieza a hacer cola cuando todavía está oscuro. Es peligroso. ¿No pueden poner una luz aquí fuera? Tengo que pensar en mis niños —arguyó Aquiles—. ¿No quiere usted que mis niños pequeños estén a salvo? ¿O tal vez sea yo el único que se preocupa por ellos?

La mujer murmuró algo sobre dinero y que el comedor no tenía un gran presupuesto.

Poke contaba los niños en la puerta, y Sargento los conducía a la calle.

Bean, al ver que Aquiles intentaba conseguir que los adultos los protegieran en la cola, decidió que era el momento de hacer algo provechoso. Como esta mujer era compasiva y Bean era, con diferencia, el niño más pequeño, sabía que tenía más poder sobre ella. Se le acercó, y se abrazó a su falda de lana.

—Gracias por cuidarnos —dijo—. Es la primera vez que entro en un comedor de verdad. Papá Aquiles nos dijo que usted nos mantendría a salvo, para que los pequeños podamos comer aquí todos los días.

—¡Oh, pobrecito! Oh, mírate —exclamó la mujer, mientras las lágrimas resbalaban por su rostro—. Oh, oh, pobrecillo.

Lo abrazó. Aquiles los observó, sonriendo.

—Tengo que cuidar de ellos —resolvió en voz baja—. Tengo que mantenerlos a salvo.

Entonces condujo a su familia (ya no era de ningún modo la banda de Poke) a la calle, y todos se alejaron del comedor de Helga marchando en fila. Hasta que doblaron la esquina y entonces echaron a correr como locos, agarrados de la mano y distanciándose tanto como les fue posible del comedor. Durante el resto del día iban a tener que procurar no llamar la atención. Los matones los estarían buscando en grupos de dos y tres.

Pero podían no llamar la atención, porque no necesitaban buscar comida hoy. La sopa ya les había dado más calorías de las que solían conseguir y tenían el pan.

Naturalmente, buena parte de ese pan pertenecía a Aquiles, que no había comido sopa. Cada uno de los niños ofreció su pan con reverencia a su nuevo papá; él tomó un bocado de cada uno, masticó lentamente y lo engulló antes de aceptar el siguiente. Fue un ritual bastante largo. Aquiles tomó un bocado de cada pieza de pan, excepto de dos: el de Poke y el de Bean.

—Gracias —dijo Poke.

Era tan estúpida que pensaba que era un gesto de respeto. Bean sabía que no. Al no comer su pan, Aquiles los mantenía al margen de la familia. Estamos muertos, pensó.

Por eso Bean permaneció con la boca cerrada y no molestó a nadie durante las siguientes semanas. Por eso nunca se quedó solo. Siempre estaba al alcance de uno de los otros niños.

Pero no se acercaba a Poke. Era una imagen que no quería que nadie asociara en su memoria: Bean relacionándose con Poke.

Desde la segunda mañana, el comedor de caridad de Helga tuvo un adulto vigilando fuera, y un nuevo aplique de luz desde la tercera. Al final de la semana, el guardián adulto era ya un policía. Aun así, Aquiles nunca hacía salir a su grupo de su escondite hasta que el adulto se encontraba en su puesto; luego toda la familia desfilaba hasta la cola, y él daba las gracias una y otra vez al matón que ocupaba el primer lugar por ayudarle a cuidar de sus hijos guardándoles un sitio.

Pero a todos les resultaba difícil aguantar la mirada constante de los matones. Tenían que comportarse mientras el guardián los vigilaba, pero sus mentes estaban cargadas de odio.

Sin embargo, la situación no mejoró. Los matones no se acostumbraron, a pesar de las vacilantes promesas de Aquiles de que así sería. Y aunque Bean estaba decidido a no ganar protagonismo, sabía que había que tomar medidas para que los matones olvidaran su odio, y Aquiles, que creía que la guerra se había acabado y había conseguido la victoria, no iba a pasar a la acción.

Así que una mañana, Bean ocupó su puesto en la cola y se retrasó a propósito para ser el último de la familia. Normalmente Poke ocupaba ese lugar; de este modo, pretendía demostrar a todo el mundo que su misión era guiar a los últimos. Pero en esta ocasión Bean ocupó su lugar, con la mirada llena de odio de un matón que tendría que haberse apropiado de la primera posición quemándole la cabeza.

Justo en la puerta, donde se encontraba la mujer con Aquiles, ambos orgullosos de su familia, Bean se volvió para mirar al matón que tenía detrás y preguntó, en voz alta:

—¿Dónde están tus niños? ¿Cómo es que no traes a tus hijos al comedor?

El matón habría replicado alguna grosería, pero la mujer de la puerta lo miró alzando las cejas.

—¿También cuidas niños? —preguntó. Era obvio que le encantaba la idea y quería que la respuesta fuera afirmativa. Y por estúpido que fuera este matón, sabía que era bueno complacer a los adultos que daban comida.

—Claro que sí —contestó.

—Bueno, puedes traerlos, ¿sabes? Igual que papá Aquiles. Siempre nos alegra ver a niños pequeños.

Bean volvió a intervenir.

—¡Dejan que la gente que trae niños pequeños entre *primero*!

—¿Sabes? Es una gran idea —manifestó la mujer—. Creo que lo convertiremos en norma. Ahora avanzad, estamos haciendo esperar a los niños hambrientos.

Bean ni siquiera miró a Aquiles mientras entraba.

Más tarde, después del desayuno, mientras realizaban el ritual de entregar el pan a Aquiles, Bean hizo el amago de ofrecer su pan de nuevo, aunque con ello se arriesgaba a que todo el mundo recordara que Aquiles nunca aceptaba su parte. Sin embargo, hoy tenía que averiguar cómo lo valoraba Aquiles, por haber sido tan osado y molesto.

—Si todos traen a niños pequeños, se quedarán sin sopa antes —dijo Aquiles con frialdad. Sus ojos no revelaron nada..., pero esto también era un mensaje.

—Si todos se convierten en papás —dijo Bean—, no intentarán matarnos.

Con eso, los ojos de Aquiles cobraron un poco de vida. Extendió la mano y tomó el pan de Bean. Lo mordió y arrancó un buen pedazo. Más de la mitad. Se lo metió en la boca y masticó despacio, y luego le devolvió el resto.

Por este motivo, Bean estuvo todo el día hambriento, pero mereció la pena. Ello no significaba que Aquiles no fuera a matarlo algún día, pero al menos ya era un miembro más de la familia. Y aquel resto de pan era mucha más comida de la que solía conseguir en un día. O en una semana, para el caso.

Estaba ganando peso. Le estaban volviendo a crecer los músculos de los brazos y las piernas. No se cansaba sólo con cruzar la calle. Ahora podía mantener mejor el ritmo, cuando los otros echaban a correr. Todos se sentían más enérgicos. Estaban sanos, comparados con los pilluelos callejeros que no tenían papá. Todos podían notarlo. A los otros matones no les supondría ningún problema reclutar sus propias familias.

Sor Carlotta era reclutadora del programa de entrenamiento para niños de la Flota Internacional. Esta actividad había sido duramente criticada en su orden, y al final había logrado salirse con la suya amparándose en el Tratado de Defensa de la Tierra, lo cual constituía una velada amenaza. Si denunciaba a la orden por obstruir su trabajo para la F.I., la orden perdería sus privilegios de exención de impuestos y reclutamiento. Sin embargo, ella era consciente de que cuando la guerra terminase y expirara el tratado, sin duda sería una monja en busca de hogar, pues no habría sitio para ella entre las Hermanas de San Nicolás.

Pero sabía que su misión en la vida era cuidar de los niños pequeños, y tal como ella lo veía, si los insectores ganaban la próxima etapa de la guerra, todos los niños pequeños de la Tierra morirían. Obviamente, Dios no querría que eso sucediera... Sin embargo, desde su punto de vista, al menos, Dios no deseaba que sus siervos esperaran sentados a que obrara milagros para salvarlos. Quería que sus siervos trabajaran lo mejor posible para hacer el bien. Y por este motivo su misión, como Hermana de San Nicolás, era usar su formación en el desarrollo infantil para servir a la causa bélica. Mientras la F.I. pensara que merecía la pena reclutar a niños extraordinariamente dotados para funciones de mando en futuras batallas, ella ayudaría a encontrarlos, en especial a aquellos que fácilmente serían pasados por alto. Nunca prestaban atención a algo tan infructuoso como esculcar las sucias calles de cada ciudad superpoblada del mundo, en busca de los malnutridos niños salvajes que mendigaban y robaban y se morían allí de hambre; de hecho, la posibilidad de encontrar a un niño con la inteligencia, la capacidad y el carácter para abrirse un hueco en la Escuela de Batalla era remota.

No obstante, para Dios todo era posible. ¿No decía que los débiles se volverían fuertes, y los fuertes débiles? ¿No nació Jesús de un humilde carpintero y su esposa en la provincia remota de Galilea? La genialidad de los niños nacidos del privilegio y el acomodo, o incluso de la mera suficiencia, difícilmente mostraría el milagroso poder de Dios. Y ése era el milagro que ella estaba buscando. Dios había creado a la humanidad a su imagen y semejanza, hombre y mujer los creó. Ningún insector de otro planeta iba a destruir la obra de Dios.

A pesar de todo, a lo largo de los años su entusiasmo, si no su fe, había menguado un poco. Ni un solo niño había conseguido tener más que un éxito mínimo en las pruebas. En efecto, se sacaba a aquellos niños de la calle y se les entrenaba, pero no en la Escuela de Batalla. No se les preparaba para que salvaran al mundo. Así que empezó a pensar que su verdadero trabajo era otro tipo de milagro: dar esperanza a los niños, encontrar unos cuantos que rescatar del abismo, para que recibieran un trato especial por parte de las autoridades locales. Se encargaba de señalar a los niños más prometedores, y luego enviaba un correo electrónico a las autoridades. Algunos de sus primeros éxitos se habían graduado ya en la universidad: decían que debían sus vidas a sor Carlotta, pero ella sabía que se la debían a Dios.

Entonces llegó la llamada de Helga Braun en Rotterdam, quien le comunicaba ciertos cambios que habían experimentado los niños que acudían a su comedor de caridad. Civilización, lo había llamado. Los niños, por su cuenta, se estaban volviendo civilizados.

Sor Carlotta acudió de inmediato, para ver algo que parecía un milagro. Y en efecto, cuando lo contempló con sus propios ojos, apenas pudo creerlo. La cola para el desayuno rebosaba ahora de niños pequeños. Los mayores, en vez de abrirse paso a empujones e intimidarlos para que ni siquiera se molestaran en intentarlo, los conducían, los protegían, se aseguraban de que cada uno obtuviera su parte. Helga se dejó llevar por el pánico al principio, temerosa de quedarse sin comida... No obstante, descubrió que cuando los benefactores potenciales vieron cómo actuaban estos niños, los donativos aumentaron. Ahora siempre había de sobra... por no mencionar la gran cantidad de voluntarios que colaboraban.

—Estaba al borde de la desesperación —le dijo a sor Carlotta—. Ese día me dijeron que un camión había arrollado a uno de los niños y le había roto las costillas. Naturalmente era mentira, pero allí estaba, justo en la cola. Ni siquiera trataron de ocultármelo. Iba a rendirme. Iba a encomendar a los niños a Dios y a irme a vivir con mi hijo mayor a Frankfurt, donde no existe ningún tratado que obligue al gobierno a aceptar a todos los refugiados de cualquier parte del globo.

—Me alegra que no lo hiciera —dijo sor Carlotta—. No se les puede encomendar a Dios, cuando Dios nos los ha encomendado a nosotros.

—Bueno, eso es lo más curioso. Tal vez a causa de la pelea que hubo en la cola, esos niños tomaron conciencia de la vida tan horrorosa que llevaban, pues ese mismo día uno de los niños mayores... el más débil, con una pierna mala, lo llaman Aquiles... bueno, supongo que yo le puse ese nombre hace muchos años, porque Aquiles tenía un talón débil, ya sabe... Aquiles, bueno, apareció en la cola con un grupo de niños pequeños. Me pidió protección, advirtiéndome de lo que le había ocurrido a aquel pobre chico de las costillas rotas... ése al que yo llamo Ulises, porque deambula de comedor en comedor. Sigue en el hospital, tenía las costillas completamente aplastadas, ¿puede creer semejante brutalidad? Pues bien, Aquiles me advirtió que lo mismo podía pasarle a los pequeños, así que hice un esfuerzo, salí temprano para vigilar la cola, y conseguí que la policía por fin me concediera un hombre, voluntarios fuera de servicio al principio, con paga parcial, pero ahora ya forman parte del cuerpo... Debería haber supuesto que yo tendría que vigilar la cola todo el tiempo, pero ¿no comprende? No servía de nada porque ellos no intimidaban en la cola, lo hacían donde yo no podía ver, así que no importaba cómo los vigilara, eran siempre los niños más grandes y malvados los que acababan en la cola, y sí, sé que son también hijos de Dios y les di de comer y traté de predicar el evangelio mientras comían, pero estaba perdiendo fuerzas. Eran muy despiadados, carecían de toda compasión, pero Aquiles fue y se encargó de un grupo entero de niños, entre los que se encontraba un niño muy pequeño, el crío más pequeño que había visto jamás en las calles. Me partió el corazón, lo llaman Bean, es tan pequeño... Debía de tener dos años, aunque desde entonces he descubierto que él piensa que tiene cuatro, y habla como si tuviera diez al menos, es muy precoz, supongo que por eso ha vivido tanto tiempo hasta conseguir la protección de Aquiles. Pero era sólo piel y huesos, la gente dice eso cuando alguien es flaco, pero en el caso del pequeño Bean, era cierto, no sé cómo tenía músculos suficientes para caminar, para estar de pie, sus brazos y piernas eran tan delgados como una hormiga... ¿no es horrible? ¿Compararlo con los insectores? O debería hablar de fórmicos, ya que ahora dicen que insector es una palabra fea en inglés*, aunque la F.I. Común no es inglés, aunque empezara así, ¿no cree?

—Bien, Helga, me estaba contando que todo empezó con ese tal Aquiles.

—Llámeme Hazie. Ahora somos amigas, ¿no? —dijo, agarrando la mano de sor Carlotta—. Tiene que ver a ese chico. ¡Valor! ¡Tenga vista! Hágale las pruebas, sor Carlotta. ¡Es un líder de hombres! ¡Un civilizador!

Sor Carlotta no señaló que los civilizadores a menudo no eran buenos soldados. Era suficiente que el muchacho fuera interesante, y no había reparado en él la primera vez. Eso le servía de recordatorio: tenía que ser concienzuda.

En la oscuridad del amanecer, sor Carlotta llegó a la puerta donde se había formado ya la cola. Helga la llamó, y luego señaló con un gesto ampuloso a un jovencito con bastante buen aspecto rodeado de niños más pequeños. Sólo cuando se acercó y lo vio dar un par de pasos, advirtió el mal estado en que se encontraba su pierna derecha. Trató de realizar un diagnóstico. ¿Un caso de polio? ¿Un pie zambo, no corregido a tiempo? ¿Una rotura que no había soldado bien?

Apenas importaba. La Escuela de Batalla no iba a aceptarlo con esa lesión.

Entonces, en los ojos de los niños, percibió la adoración que sentían por el joven a quien llamaban papá; el deseo de que les aprobara. Pocos hombres adultos eran buenos padres. Este muchacho de... (¿cuántos, once, doce años?) ya había aprendido a ser un padre extraordinariamente bueno. Protector, proveedor, rey, dios de sus pe-

* Insectores, en inglés es *bugger*. Equivaldría a jodedores o a maricas. *(N. del T.)*

queños. Lo que hagáis a alguno de estos pequeños, me lo habréis hecho a mí. Cristo ocupaba un lugar especial en lo más profundo de su corazón para este Aquiles. Por lo tanto, lo pondría a prueba, y tal vez pudieran corregir su pierna; si no lo conseguía, sin duda encontraría sitio para él en algún buen colegio de una de las ciudades de Holanda, perdón, el Territorio Internacional, que no estuviera completamente abrumado por la desesperada pobreza de los refugiados.

Él se negó.

—No puedo dejar a mis hijos —dijo.

—Pero seguro que alguno de los demás podrá cuidarlos.

Una niña, vestida como si fuera un niño, intervino.

—¡Yo puedo!

Pero estaba claro que no podía: era demasiado pequeña. Aquiles tenía razón. Sus hijos dependían de él, y dejarlos sería una irresponsabilidad. El motivo por el que estaba aquí era porque era civilizado; los hombres civilizados no dejan a sus hijos.

—Entonces yo vendré a ti —resolvió ella—. En cuanto hayáis comido, llévame al lugar donde pasáis el día, y dejad que os enseñe a todos unas cuantas cosas del colegio. Sólo durante unos días, pero eso bastará, ¿de acuerdo?

Sí, eso bastaría. Había pasado mucho tiempo desde la última vez que sor Carlotta impartió clase a un grupo de niños. Y nunca había tenido una clase como ésta. Justo cuando su trabajo había empezado a parecer inútil, incluso para ella misma, Dios le brindaba esa oportunidad. Puede que incluso ocurriera un milagro. ¿No era el oficio de Cristo hacer andar a los cojos? Sin duda, si Aquiles salía bien de las pruebas, Dios dejaría que le arreglaran la pierna, dejaría que estuviera al alcance de la medicina.

—La escuela está bien —constató Aquiles—. Ninguno de estos pequeños sabe leer.

Naturalmente, sor Carlotta era consciente de que, si Aquiles sabía leer, desde luego que no lo hacía bien.

Pero por algún motivo, quizás por algún movimiento imperceptable, cuando Aquiles afirmó que ninguno de los pequeños sabía leer, el más pequeño de todos, el que llamaban Bean, llamó su atención. Ella lo miró a los ojos, que chispeaban como si fueran distantes fuegos de campamento en una noche negra, y supo que él sí sabía leer. Supo, sin saber cómo, que no se trataba de Aquiles, que Dios la había enviado a conocer a este pequeño.

Se estremeció, librándose de la sensación. Era Aquiles quien era el civilizador, quien hacía el trabajo de Cristo. Era el líder que la F.I., querría, no el más débil y pequeño de los discípulos.

Bean permaneció lo más callado que pudo durante las clases en la escuela; nunca abría la boca, no respondía jamás, aunque sor Carlotta trató de insistir en ello. Sabía que le perjudicaría el hecho de que nadie supiera que ya sabía leer y contar, y que comprendía todos los lenguajes que se hablaban en la calle, pues se apropiaba de los nuevos idiomas como otros niños se apropiaban de unas piedras. Fuera lo que fuese que sor Carlotta estaba haciendo, fueran cuales fuesen los regalos que tenía que repartir, si los otros niños llegaban a sospechar que Bean intentaba hacerse el listo, adelantarse a ellos, él sabía que nunca regresaría a la escuela. Y aunque ella enseñaba principalmente conocimientos que él ya poseía, sus alumnos podrían sacar mucho más de sus lecciones, y quizás adentrarse en un mundo más amplio, de gran pericia y sabiduría. Ningún adulto se había entretenido jamás en hablarles así, y él se relamía con el sonido del lenguaje culto bien hablado. Cuando ella enseñaba lo hacía en la F.I. Común, naturalmente, pues era parte del lenguaje de la calle, pero como muchos de los niños habían aprendido también holandés y algunos incluso tenían el holandés como lengua materna, a menudo explicaba las cuestiones más difíciles en ese idioma. Cuando se sentía frustrada, y murmuraba entre dientes, lo hacía en español, el idioma de los mercaderes de Jonker Frans Straat, y Bean trataba de desentrañar el significado de las nuevas palabras que ella murmuraba. Sus conocimientos eran un auténtico festín, y si él se quedaba callado, podría asistir al banquete.

Sin embargo, sólo llevaban una semana de escuela cuando cometió un error. Ella les repartió unos papeles con una serie de anotaciones. Bean leyó su papel de inmediato. Era una prueba y las instrucciones decían que había que señalar con un círculo la respuesta correcta de cada pregunta. Así que empezó a marcarlas, una a una, y ya iba por la mitad de la página cuando advirtió que todo el grupo había guardado silencio.

Todos lo miraban, porque eso era lo que hacía sor Carlotta.

—¿Qué estás haciendo, Bean? —preguntó ella—. Ni siquiera os he dicho todavía en qué consiste la prueba. Por favor, entrégame tu papel.

Qué estúpido, despistado y descuidado había sido... Si moría por ello, se lo habría ganado a pulso.

Entregó el papel.

Ella lo miró, y luego lo miró a él, con mucha atención.

—Termínalo —le ordenó.

Bean recuperó el papel. Su lápiz gravitó sobre la página. Fingió estar esforzándose con las respuestas.

—Has respondido a las quince primeras preguntas

en un minuto y medio —dijo sor Carlotta—. Por favor, no esperes que me crea que de repente te resulta difícil la siguiente cuestión.

Su voz era seca y sarcástica.

—No puedo hacerlo —le dijo él—. Sólo estaba jugando.

—No me mientas —dijo Carlotta—. Haz el resto.

Él se rindió y las resolvió todas. No tardó mucho. Eran fáciles. Entregó el papel.

Ella le echó una ojeada y no dijo nada.

—Espero que el resto aguarde hasta que yo termine de explicar las instrucciones y os lea las preguntas. Si tratáis de adivinar por vuestra cuenta lo que significan las palabras difíciles, tendréis mal todas las respuestas.

Entonces se puso a leer en voz alta cada pregunta y todas las respuestas posibles. Sólo entonces los otros niños pudieron marcar la que les parecía correcta.

Después de eso, sor Carlotta no dijo nada que llamara la atención de Bean, pero el daño estaba hecho. En cuanto terminó la escuela, Sargento se acercó a Bean.

—Así que sabes leer —dijo.

Bean se encogió de hombros.

—Nos has estado engañando —dijo Sargento.

—Nunca dije que no supiera.

—Nos has engañado a todos. ¿Por qué no nos enseñaste?

Porque trataba de sobrevivir, dijo Bean para sí. Porque no quería recordarle a Aquiles que yo fui el listo a quien se le ocurrió el plan original, el plan que le proporcionó su familia. Si recuerda eso, también recordará que fui yo quien le dijo a Poke que lo matara.

La única respuesta que llegó a dar fue encogerse de hombros.

—No me gusta que nadie nos engañe.

Sargento le soltó una patada.

A Bean no había que darle las cosas mascadas. Se levantó y se apartó del grupo. La escuela se había acabado para él. Tal vez el desayuno también. Tendría que esperar hasta el día siguiente para averiguarlo.

Se pasó la tarde solo en las calles. Tenía que andar con cuidado. Al ser el miembro más pequeño y menos importante de la familia de Aquiles, podrían no haber reparado en él. Pero lo más probable era que aquellos que odiaban a Aquiles ya consideraran a Bean uno de los miembros más distinguidos de su banda. Podría incluso habérseles metido en la cabeza que matar a Bean o molerlo a palos y dejarlo por ahí tirado sería una buena advertencia para transmitirle a Aquiles que lo odiaban todavía, aunque la vida fuera mejor para todo el mundo.

Bean sabía que había un montón de matones que pensaban así. Sobre todo los que no podían mantener a una familia, porque seguían siendo demasiado duros con los niños pequeños. Los pequeños aprendían rápidamente que cuando un papá se volvía demasiado desagradable, podían castigarlo dejándolo solo en los desayunos y uniéndose a otra familia. Comían ante él. Tendrían la protección de otro. Él comería el último. Si se quedaban sin comida, no se llevaría nada, y a Helga ni siquiera le importaría, porque él no era un papá, él no cuidaba de los pequeños. Así que aquellos matones, los marginados, odiaban la forma en que funcionaba el mundo hoy en día, y no olvidaban que fue Aquiles quien lo había cambiado todo. Tampoco podían ir a cualquier otro comedor: había corrido la voz entre los adultos que daban comida, y ahora todos los comedores tenían como norma que los primeros de la cola debían ser los grupos con niños más pequeños. Si no podías mantener a una familia, pasabas bastante hambre. Y nadie te hacía caso.

De todas formas, Bean no pudo resistir a la tentación de acercarse a alguna de las otras familias para oírlos charlar. Para descubrir cómo funcionaban los otros grupos.

No le resultó difícil descubrirlo: no funcionaban tan bien. Aquiles era un buen líder, en efecto. El acto de compartir el pan... Ninguno de los otros grupos lo hacía. Pero había muchos castigos; así, por ejemplo el matón golpeaba a los niños que no hacían lo que él quería. Les quitaba el pan porque no hacían algo, o no lo hacían lo bastante rápido.

Poke había elegido bien, después de todo. Por pura suerte, o tal vez no era tan estúpida. Porque había elegido no sólo al matón más débil, el más fácil de derrotar, sino también al más listo, el que comprendía cómo ganarse la lealtad de los demás y conservarla. Todo lo que necesitaba Aquiles era una oportunidad.

Pero Aquiles no compartía el pan de Poke, y ahora ella empezaba a darse cuenta de que eso era malo, nada bueno. Bean podía advertirlo en su rostro cuando observaba a los demás compartiéndolo con Aquiles. Como ahora tomaba sopa (Helga se la llevaba a la puerta), tomaba trozos mucho más pequeños, y en vez de morderlos los agarraba con las manos y se los comía con una sonrisa. A Poke nunca le había dedicado una sonrisa. Aquiles no iba a perdonarla nunca, y Bean podía ver que ella empezaba a resentirse de la situación. Pues ahora Poke amaba a Aquiles, como lo hacían todos los demás niños, y la forma en que él la marginaba era como una crueldad.

Tal vez eso le basta, pensó Bean. Tal vez en eso consiste su venganza.

Bean estaba acurrucado tras un quiosco cuando varios matones iniciaron una conversación cerca de él.

—No deja de alardear cómo Aquiles va a pagar lo que le hizo.

—Oh, ya, Ulises lo va a castigar, seguro.

—Bueno, tal vez no directamente.

—Aquiles y su estúpida familia lo harán pedazos. Y esta vez no apuntarán al pecho. Es lo que dijo, ¿no? Le abrirá la cabeza y esparcerá sus sesos por la calle, eso es lo que hará Aquiles.

—Es sólo un lisiado.

—Aquiles es un triunfador nato. Olvídalo.

—Espero que Ulises lo consiga. Que lo mate, del tirón. Y entonces ninguno de nosotros aceptará a sus hijos de puta. ¿Entendéis? Que se mueran todos. Que los tiren al río.

La charla continuó hasta que los niños se apartaron del quiosco.

Entonces Bean se levantó y fue a buscar a Aquiles.

3
Desquite

—Creo que tengo a alguien para ustedes.

—Eso ha creído antes.

—Es un líder nato. Pero no encaja en sus parámetros físicos.

—Entonces me disculpará si no perdemos el tiempo con él.

—Si aprueba sus requerimientos intelectuales y de personalidad, es bastante probable que por una insignificante fracción del presupuesto destinado al papel higiénico o a los distintivos metálicos de la F.I., puedan corregirse sus limitaciones físicas.

—No creía que las monjas pudieran ser sarcásticas.

—No puedo golpearle con una regla. El sarcasmo es mi último recurso.

—Déjeme ver las pruebas.

—Les dejaré ver al niño. Y ya que estamos en ello, les dejaré ver a otro.

—¿También con limitaciones físicas?

—Es pequeño. Joven. Pero también lo era el niño Wiggin, según he oído. Y éste... de algún modo, aprendió a leer solo en las calles.

—Ah, sor Carlotta, usted me ayuda a llenar las horas vacías de mi vida.

—Mantenerlo apartado del mal es mi modo de servir a Dios.

Al oír eso, Bean acudió directamente a Aquiles. Era demasiado peligroso que Ulises saliera del hospital y se corriera la voz de que quería desquitarse de su humillación.

—Creía que todo eso ya formaba parte del pasado —dijo Poke con tristeza—. Las peleas, quiero decir.

—Ulises ha estado en cama todo este tiempo —contestó Aquiles—. Aunque esté enterado de los cambios, no ha tenido tiempo de ver cómo funciona todavía.

—Nos mantendremos unidos —dijo Sargento—. Te salvaremos.

—Lo más seguro para todos es que yo desaparezca durante unos cuantos días —aseveró Aquiles—. Para manteneros a salvo a vosotros.

—Entonces, ¿cómo entraremos en el comedor? —le preguntó uno de los más pequeños—. Nunca nos dejarán entrar sin ti.

—Seguid a Poke. En la puerta, Helga os dejará entrar igual.

—¿Y si Ulises sale? —preguntó uno de los pequeños. Se secó las lágrimas de los ojos, para no pasar vergüenza.

—Entonces yo moriré —contestó Aquiles—. No creo que se contente con enviarme al hospital.

El niño rompió a llorar, lo que provocó que otro empezara a gemir, y pronto hubo un coro de sollozos, mientras Aquiles sacudía la cabeza y se echaba a reír.

—No voy a morir. Estaréis seguros si yo me quito de en medio, y vendré cuando Ulises ya haya tenido tiempo de enfriarse y acostumbrarse al sistema.

Bean observaba y escuchaba en silencio. No creía que Aquiles estuviera manejando bien la situación, le había avisado y su propia responsabilidad había llegado a su fin. El hecho de que Aquiles se escondiera sería interpretado como un signo de debilidad, y tendrían problemas.

Aquiles se marchó esa noche sin decirle a nadie adónde, para que a ninguno se le escapara por accidente. Bean jugueteó con la idea de seguirlo para ver qué hacía de verdad, pero advirtió que sería más útil con el grupo principal. Después de todo, Poke sería su líder ahora, y Poke era sólo una jefa del montón. En otras palabras, estúpida. Necesitaba a Bean, aunque no lo supiera.

Esa noche Bean trató de hacer guardia, aunque no sabía exactamente para qué. Por fin se quedó dormido, y soñó con la escuela, sólo que no era la escuela de la acera o el callejón con sor Carlotta, sino una escuela de verdad, con mesas y sillas. Pero en el sueño Bean no conseguía mantenerse sentado en un pupitre, sino que flotaba en el aire, y cuando quería volaba a cualquier lugar de la sala. Hasta el techo. Hasta una grieta en la pared, a un oscuro lugar secreto... Iba ganando altura a medida que aumentaba la sensación de calor.

Despertó en la oscuridad. Se había levantado un aire frío. Necesitaba orinar. También deseaba volar. Ver que el sueño terminaba casi había estado a punto de arrancarle las lágrimas, de puro dolor. Según creía recordar, era la primera vez que soñaba con que podía volar. ¿Por qué tenía que ser pequeño? ¿Por qué necesitaba estas piernas tan cortas para poder ir de un lugar a otro? Cuando estaba volando podía mirar desde arriba a todo el mundo y ver las coronillas ridículas de la gente. Podía mearse o cagarse en ellos como si fuera un pájaro. No tenía miedo porque si se molestaban podía escapar volando, y ellos nunca lo alcanzarían.

Por supuesto, si él pudiera volar, toda la gente podría volar también y él seguiría siendo el más pequeño y el más lento, y todos se mearían y se cagarían encima de él igualmente.

No podría volverse a dormir. Bean lo sentía en su interior. Estaba demasiado asustado, y no sabía por qué. Se levantó y se dirigió al callejón para orinar.

Poke estaba allí. Alzó la cabeza y lo vio.

—Déjame sola un momento —exigió.

—No —respondió él.

—No me des la lata, mequetrefe.

—Sé que te agachas para mear —dijo él—, y no voy a mirar a otro lado.

Apretando los dientes, ella esperó a que el niño le diera la espalda para orinar contra la pared.

—Supongo que si fueras a decírselo a alguien, ya lo habrías hecho —dijo.

—Todos saben que eres una chica, Poke. Cuanto no estás delante, papá Aquiles siempre habla de «ella» cuando se refiere a ti.

—No es mi padre.

—Eso suponía —le dijo Bean. Esperó, de cara a la pared.

—Ya puedes darte la vuelta.

La chica estaba de pie, abrochándose de nuevo los pantalones.

—Tengo miedo de algo, Poke —confesó Bean.

—¿De qué?

—No lo sé.

—¿No sabes de qué tienes miedo?

—Por eso me da tanto miedo.

Ella dejó escapar una risotada suave pero brusca a la vez.

—Bean, lo único que significa eso es que tienes cuatro años. Los niños chicos ven formas en la noche. O no ven formas. De todas maneras, sienten miedo.

—Yo no —aclaró Bean—. Cuando tengo miedo, es porque algo va mal.

—Ulises quiere hacerle daño a Aquiles, es eso.

—A ti te da igual, ¿verdad?

Ella se le quedó mirando.

—Ahora comemos mejor que nunca. Todo el mundo es feliz. Fue tu plan. Y a mí no me gustaba ser el jefe.

—Pero lo odias.

Ella vaciló.

—Es que parece que siempre se está riendo de mí.

—¿Cómo puedes saber de qué tienen miedo los niños chicos?

—Porque yo fui una de ellos —respondió Poke—. Y me acuerdo.

—Ulises no va a hacerle daño a Aquiles.

—Lo sé.

—Porque tú estás planeando buscar a Aquiles y protegerlo.

—Planeo quedarme aquí y vigilar a los niños.

—O tal vez estás planeando buscar primero a Ulises y matarlo.

—¿Cómo? Es más grande que yo. Con diferencia.

—No has venido aquí a mear —dijo Bean—. Si no, es que tienes la vejiga del tamaño de una bolita de goma.

—¿Me has oído?

Bean se encogió de hombros.

—No me dejaste mirar.

—Piensas demasiado, pero no sabes lo suficiente para entender lo que ocurre.

—Creo que Aquiles nos mintió respecto a lo que iba a hacer —manifestó Bean—, y creo que tú me estás mintiendo ahora.

—Acostúmbrate. El mundo está lleno de mentirosos.

—A Ulises no le importa a quién vaya a matar —le

dijo Bean—. Se quedará tan contento si te mata a ti o a Aquiles.

Poke sacudió la cabeza, impaciente.

—Ulises no es nada. No va a hacerle daño a nadie. Es sólo un bocazas.

—¿Por qué estás despierta?

Poke se encogió de hombros.

—Vas a tratar de matar a Aquiles, ¿verdad? —dijo Bean—. Y hacer que parezca que lo hizo Ulises.

Ella puso los ojos en blanco.

—Oye, ¿acaso te entrenas para ser tan estúpido, o qué?

—¡Soy lo bastante listo para saber que estás mintiendo!

—Vuélvete a dormir —dijo ella—. Vuelve con los otros niños.

Él la observó durante un instante, y entonces obedeció.

O, más bien, fingió obedecer. Volvió al lugar donde dormía, pero de inmediato salió arrastrándose por detrás y se subió a cajas, contenedores, muretes, y finalmente se encaramó a un techo bajo. Llegó al borde justo a tiempo de ver a Poke salir a la calle desde el callejón. Se dirigía a alguna parte. Iba a reunirse con alguien.

Bean se deslizó por una tubería hasta un tonel, y corrió tras ella por Korte Hoog Straat. Trató de no hacer ruido, pero ella no, y muchos otros ruidos inundaban la ciudad, así que Poke nunca llegó a oír sus pasos. Se mantuvo aferrado a las sombras de las paredes, pero no se retrasó demasiado. La seguía sin más preámbulos; ella sólo se volvió una vez. Se encaminaba hacia el río. Para reunirse con alguien.

Bean apostaba por dos candidatos. Ulises o Aquiles. ¿A quién más conocía ella que no estuviera ya dormido en el nido? Pero ¿para qué iba a reunirse con ellos? ¿Para suplicarle a Ulises por la vida de Aquiles? ¿Para presentarse como una heroína en su lugar? ¿O para tratar de persuadir a Aquiles de que regresara y se enfrentara a Ulises en vez de ocultarse? No, Bean podría haber pensado en todos eso, pero Poke no era tan previsora.

Poke se detuvo en mitad de una zona despejada, situada en el muelle de Scheepmakershaven, y miró alrededor. Entonces advirtió lo que andaba buscando. Bean aguzó la vista. Alguien esperaba en las sombras. Bean se encaramó a una caja enorme, buscando una mayor visibilidad. Oyó las dos voces (ambos eran niños), pero no logró entender lo que decían. Fuera quien fuese, era más alto que Poke. Pero podría tratarse entonces de Aquiles o de Ulises.

El niño rodeó a Poke con sus brazos y la besó.

Eso sí que era extraño. Bean había visto a adultos hacer eso un montón de veces, pero ¿para qué se besaban los niños? Poke tenía nueve años. Claro que había putas de esa edad, pero todo el mundo sabía que los tíos que las compraban eran unos pervertidos.

Bean tenía que acercarse más, para escuchar lo que decían. Se deslizó por la parte posterior de la caja y se internó lentamente en las sombras de un quiosco. Ellos, como para darle una satisfacción, se volvieron hacia donde estaba. No podía verlos bien, como tampoco ellos podían verlo a él, pero ahora podía oír retazos de la conversación.

—Lo prometiste —decía Poke. El chico murmuró algo.

Un barco que pasaba por el río escrutó la orilla con un reflector y mostró el rostro del chico que se encontraba con Poke. Era Aquiles.

Bean no quiso ver más. Pensar que había llegado a

creer que Aquiles mataría algún día a Poke... Estos líos entre chicos y chicas era algo que nunca había conseguido entender. En medio del odio, ocurre esto. Justo cuando Bean empezaba a saber moverse por el mundo.

Se escabulló y corrió por Posthoornstraat arriba.

Pero no regresó a su nido en el escondite, todavía no. Pues aunque para entonces ya se había llevado varias sorpresas, su corazón no había dejado de latir; algo va mal, le decía, algo va mal.

Justo en ese momento recordó que Poke no era la única que le ocultaba algo. Aquiles había mentido también. Se callaba algo. Algún plan. ¿Era sólo esta cita con Poke? Entonces, ¿qué significaba todo ese cuento de esconderse de Ulises? Para tomar a Poke como chica, no tenía que esconderse. Podía hacerlo al descubierto. Algunos matones hacían eso, los más mayores. Pero normalmente no tomaban a niñas de nueve años. ¿Qué era lo que escondía Aquiles?

—Lo prometiste —le había dicho Poke a Aquiles allá en el muelle.

¿Qué había prometido? Por eso había acudido Poke a verlo..., para recordarle su promesa. Pero ¿qué podría haberle prometido Aquiles que no le diera ya como miembro de su familia? Aquiles no tenía nada.

En ese caso, debía de haber prometido no hacer algo. ¿No matarla? No, eso resultaría demasiado estúpido incluso para Poke, encontrarse a solas con Aquiles.

No matarme a mí, pensó Bean. Ésa es la promesa. No matarme a mí.

Sólo que no soy yo quien corre peligro, o quien corre más peligro. Puede que dijera que lo matase, pero fue Poke quien lo derribó, quien se alzó sobre él. Aquiles todavía debía de conservar esa imagen en su mente, la debía de recordar todo el tiempo, debía de soñar con ella, él tendido en el suelo, con una niña de nueve años alzándose sobre él con un pedrusco en la mano, amenazando con matarlo. Un lisiado como él, que de algún modo se había abierto paso entre las filas de los matones... Era duro, pero siempre era objeto de las burlas de los niños con dos piernas buenas: era el matón de categoría inferior. Y ése debió de ser el peor momento de su vida, cuando una niña de nueve años lo derribó y un puñado de niños pequeños se abalanzaron sobre él.

Poke, te echa la culpa a ti. Tiene que aplastarte para borrar la agonía de ese recuerdo.

Ahora estaba claro. Todo lo que Aquiles había dicho hoy era mentira. No se estaba ocultando de Ulises. Desafiaría a Ulises... Lo más probable es que lo hiciera al día siguiente. Pero cuando se batiera con Ulises, Aquiles se sentiría más agraviado. ¡Mataste a Poke!, gritaría acusándolo. Ulises parecería tan estúpido y débil al negarlo todo después de tanto alardear cómo iba a desquitarse... Tal vez incluso admitiera haberla matado, sólo por fanfarronear. Y entonces Aquiles golpearía a Ulises y nadie podría echarle la culpa de haber matado al niño. No sería solamente en defensa propia, sino para defender a su familia.

Aquiles era demasiado listo. Y paciente. Esperó a matar a Poke hasta que hubiera alguien más a quien echar la culpa.

Bean corrió a advertirla. Tan rápidamente como sus piernecitas podían moverse, con las zancadas más grandes que podía dar. Corrió y corrió.

El muelle donde Poke se había encontrado con Aquiles estaba desierto.

Bean miró alrededor, sin saber qué hacer. Pensó en llamar a voces, pero eso sería una estupidez. El hecho de que Aquiles odiara más a Poke no significaba que lo hubiera perdonado a él, aunque permitiera que le diera su pan.

O Bean tal vez se había vuelto loco por nada. La había abrazado, ¿no? Ella acudió por voluntad propia, ¿verdad? Había ciertos aspectos de la relación entre chicos y chicas que no comprendía. Aquiles era un proveedor, un protector, no un asesino. Es mi mente la que funciona así, se decía Bean a sí mismo, mi mente la que piensa en matar a alguien que está indefenso, sólo porque podría suponer un peligro más adelante. Aquiles es el bueno. Yo soy el malo, el criminal.

Así pues, Aquiles era el que sabía amar. Bean era el que no sabía.

Bean se acercó al borde del muelle y contempló el canal. El agua estaba cubierta por una bruma baja. En la otra orilla, las luces de Boompjes Straat parpadeaban como en el Día de Sinterklaas. Las olas acariciaban los pilares con dulzura.

Miró el río a sus pies. Algo se movía en el agua, y chocaba contra el muelle.

Bean siguió mirando un buen rato sin comprender. Pero entonces se dio cuenta de que desde el principio había sabido qué era, pero se había negado a creerlo. Era Poke. Estaba muerta. Era tal y como Bean había temido. Todo el mundo en la calle creería que Ulises era culpable del asesinato, aunque no pudiera demostrarse nada. Bean había tenido razón en todo. Fuera lo que fuese lo que ocurría entre chicos y chicas, no superaba el odio, la venganza nacida de la humillación.

Mientras Bean permanecía allí de pie, contemplando el agua, cayó en la cuenta de que debía decir lo que había sucedido, a todo el mundo, o decidir no decírselo nunca a nadie, porque si Aquiles se enteraba de lo que había visto esa noche, le mataría sin pensárselo dos veces. Aquiles diría, simplemente: Ulises ha vuelto a golpear. Entonces podría fingir que vengaba dos muertes, no una, al matar a Ulises.

No, todo lo que Bean podía hacer era guardar silencio. Fingir que no había visto el cadáver de Poke flotando en el agua, la cara vuelta hacia arriba, claramente reconocible a la luz de la luna.

Era estúpida. Tan estúpida que no había adivinado los planes de Aquiles, tan estúpida que había confiado en él de todas formas, y no en Bean. Tan estúpida como Bean, que se marchó en vez de advertirla, y salvar tal vez su vida al proporcionarle un testigo que Aquiles no podría pillar y por tanto no podría silenciar.

Ella era el motivo por el que Bean estaba vivo. Ella fue quien le había puesto ese nombre. Ella fue la que escuchó su plan. Y ahora había muerto por eso, y él podría haberla salvado. Cierto, le dijo al principio que matara a Aquiles, pero al final ella había hecho bien al elegirlo... Era el único de los matones que podría haberlo calculado todo para llevarlo adelante con tanto estilo. Pero Bean también había tenido algo de razón. Aquiles era un mentiroso de campeonato, y cuando decidió que Poke muriera, empezó a construir la mentira que encubriría el asesinato... La mentira que llevó a Poke a acudir sola al lugar donde podría matarla sin testigos, la mentira para buscarse una coartada a los ojos de los niños más pequeños.

Confié en él, pensó Bean. Supe lo que era desde el principio, y sin embargo confié en él.

Vaya, Poke, has sido demasiado amable, demasiado buena. Me salvaste y yo te fallé.

Pero no es sólo culpa mía. Fue ella quien se vio a solas con él.

Sola con él, ¿tratando de salvar mi vida? ¡Qué error, Poke, pensar en alguien más que en ti!

¿Voy a morir también por sus errores?

No. Moriré por los míos.

Pero no esa noche. Aquiles no había puesto en marcha ningún plan para matar a Bean. Pero a partir de ese momento, cuando fuese incapaz de conciliar el sueño durante la noche, pensaría en que Aquiles estaba esperando. Contando los minutos. Hasta el día en que Bean, también, se encontrara en el fondo del río.

Justo cuando sor Carlotta trataba de sensibilizarse ante el dolor que sufrían estos niños, uno de ellos apareció estrangulado en el río. Pero la muerte de Poke fue un motivo más para continuar con las pruebas. Todavía no habían encontrado a Aquiles: ya que aquel tal Ulises había golpeado una vez, era improbable que Aquiles saliera de su escondite durante algún tiempo. Así que sor Carlotta no tuvo más remedio que continuar con Bean.

Al principio el niño estuvo distraído, y obtuvo pobres resultados. Sor Carlotta no pudo comprender cómo podía hacer mal incluso los ejercicios más básicos del test, cuando era tan inteligente que había aprendido a leer él solo en la calle. Tenía que ser la muerte de Poke. Así que interrumpió la prueba y habló con él sobre la muerte, sobre cómo el espíritu de Poke se había ido con Dios y los santos, quienes cuidarían de ella y la harían más feliz de lo que había sido en vida. Él no parecía interesado. Si acaso, obtuvo peores resultados cuando iniciaron la siguiente fase del test.

Puesto que la compasión no funcionaba, optaría por mostrarse más dura.

—¿No comprendes para qué es esta prueba, Bean? —preguntó.

—No —respondió él, y aunque no añadió un «ni me importa», se adivinó en su tono de voz.

—Todo lo que conoces es la vida en la calle. Pero las calles de Rotterdam sólo son parte de una gran ciudad, y Rotterdam es sólo una ciudad en un mundo con miles de ciudades similares. De toda la especie humana, Bean, de eso trata esta prueba. Porque los fórmicos...

—Los insectores —dijo Bean. Como la mayoría de los pilluelos de la calle, repudiaba los eufemismos.

—Volverán y arrasarán la Tierra, y matarán a toda alma viviente. Esta prueba es para ver si tú eres uno de los niños que serán llevados a la Escuela de Batalla para ser entrenado en el mando de las fuerzas que intentarán detenerlos. Esta prueba es para salvar al mundo, Bean.

Por primera vez desde que empezó la prueba, Bean le dedicó toda su atención.

—¿Dónde está la Escuela de Batalla?

—En una plataforma orbital en el espacio. ¡Si obtienes buenos resultados en este test, conseguirás ser un espacial!

Su rostro no traslucía ni un asomo de ansiedad. Tan sólo una fría capacidad de cálculo.

—Hasta ahora lo he estado haciendo bastante mal, ¿verdad?

—Hasta ahora, los resultados de la prueba demuestran que eres demasiado estúpido para ser capaz de caminar y respirar al mismo tiempo.

—¿Puedo empezar de nuevo?

—Sí, tengo otro modelo del test —respondió sor Carlotta.

—Démelo.

Mientras ella iba a buscar el otro examen, le sonrió, y trató de relajarlo.

—Entonces quieres ser un hombre del espacio, ¿no

es eso? ¿O quizás te gusta más la idea de formar parte de la Flota Internacional?

Él la ignoró.

Esta vez respondió a todas las preguntas del test, aunque éste resultaba algo largo para realizarlo en el tiempo reglamentario. No obtuvo la puntuación máxima, pero sí unos muy buenos resultados. Tanto que todo el mundo se quedó asombrado.

Así que ella le entregó otro tipo de pruebas, éstas diseñadas para niños mayores; el modelo estándar, en realidad, que los niños de seis años realizaban para ingresar en la Escuela de Batalla en la edad normal. No los hizo tan bien: había demasiadas experiencias que todavía no había vivido, y por tanto no podía comprender el contenido de algunas de las preguntas. Pero en este caso también obtuvo una puntuación notable. Mejor que ningún otro estudiante que ella hubiera examinado.

Y pensar que había creído que era Aquiles quien en verdad estaba capacitado. Este pequeño, este niño... era sorprendente. Nadie creería que lo había encontrado en las calles, en un estado rayano a la inanición.

Justo en ese momento, una idea afloró en la mente de la monja, y cuando el pequeño hubo terminado la segunda prueba y ella hubo anotado la puntuación, se acomodó en su silla y sonrió al pequeño Bean, que la miraba con esos ojos hinchados. Entonces le preguntó:

—¿De quién fue la idea, a quién se le ocurrió lo de la familia de los niños de la calle?

—Fue idea de Aquiles —dijo Bean.

Sor Carlotta esperó.

—Fue idea suya llamarlo familia, al menos —aclaró Bean.

Ella siguió esperando. Si le daba tiempo, el orgullo traería más cosas a la superficie.

—Pero hacer que un matón protegiera a los pequeños, ése fue mi plan —dijo Bean—. Se lo conté a Poke, y ella se lo pensó y decidió intentarlo, y sólo cometió un error.

—¿Qué error?

—Eligió al matón equivocado para que nos protegiera.

—¿Lo dices porque no pudo protegerla de Ulises?

Bean se rió con amargura mientras las lágrimas le corrían por las mejillas.

—Ulises va por ahí alardeando sobre lo que va a hacer.

Sor Carlotta lo sabía, pero no quería saberlo.

—¿Sabes entonces quién la mató?

—Le dije a ella que lo matara. Le dije que era el matón equivocado. Lo vi en su cara, allí tirado en el suelo, vi que nunca la perdonaría. Pero es frío. Esperó mucho tiempo. Pero nunca aceptaba su pan. Eso debería de habérselo indicado a Poke. No tendría que haberse quedado a solas con él.

Empezó a llorar con fuerza.

—Creo que me protegía a mí. Porque le dije que lo matara aquel primer día. Creo que trataba de convencerlo de que no me matara.

Sor Carlotta intentó apartar la emoción de su voz.

—¿Crees que podrías correr peligro?

—Ahora que se lo he dicho, sí —respondió él. Y entonces, tras pensárselo un momento, añadió—: Ya corría peligro antes. Él no perdona. Siempre se desquita.

—Te darás cuenta de que no es así como yo, o Hazie, Helga, quiero decir, vemos a Aquiles. Para nosotras, parece... civilizado.

Bean la miró como si estuviera loca.

—¿No es eso ser civilizado? ¿Poder esperar hasta conseguir lo que quieres?

—Quieres salir de Rotterdam e ir a la Escuela de Batalla para poder escapar de Aquiles.

Bean asintió.

—¿Qué hay de los otros niños? ¿Crees que corren peligro con él?

—No —dijo Bean—. Es su papá.

—Pero no es el tuyo. Aunque tomaba tu pan.

—La abrazó y la besó —dijo Bean—. Los vi en el muelle, y ella dejó que la besara y luego dijo algo sobre la promesa que él había hecho. Entonces me marché, pero en ese momento me di cuenta y corrí de vuelta. No pudo pasar mucho rato, sólo llegué a unas seis manzanas de distancia, y ella estaba allí muerta, con el ojo fuera, flotando en el agua, chocando contra el muelle. Él puede besarte y matarte, si te odia lo suficiente.

Sor Carlotta hizo tamborilear los dedos sobre la mesa.

—Qué dilema.

—¿Qué es un dilema?

—Iba a hacerle las pruebas también a Aquiles. Creo que podría entrar en la Escuela de Batalla.

Todo el cuerpo de Bean se tensó.

—Entonces no me envíe a mí. Él o yo.

—¿De verdad crees...? —La voz de la monja se apagó—. ¿De verdad crees que intentaría matarte allí?

—*¿Intentar?* —replicó Bean, mostrando su desdén—. Aquiles no *intenta*.

Sor Carlotta sabía que la personalidad de la que hablaba Bean, aquella implacable determinación, era uno de los requisitos indispensables para ingresar en la Escuela de Batalla. Podría hacer que Aquiles les resultara más atractivo que Bean. Y allí arriba podrían canalizar aquella violencia asesina, darle un buen uso.

Pero civilizar a los matones de la calle no había sido

idea de Aquiles. Había sido Bean quien lo había pensado. Increíble, para un niño tan joven. Este niño era el premio, no el que vivía para la venganza en frío. Pero una cosa estaba clara. Sería un error por su parte llevarlos a ambos. Aunque sin duda también podría llevar al otro a una escuela aquí en la Tierra, y apartarlo de las calles. Aquiles se volvería verdaderamente civilizado, al ver que la desesperación de la calle ya no incitaba a los niños a la violencia.

Entonces se dio cuenta de la tontería que había estado pensando. No era la desesperación de la calle lo que impulsó a Aquiles a asesinar a Poke. Fue el orgullo. Fue Caín, quien pensó que la vergüenza era motivo suficiente para quitarle la vida a su hermano. Fue Judas, quien no vaciló en besar antes de matar. ¿En qué estaba pensando, en considerar el mal como si fuera un mero producto mecánico de la privación? Todos los niños de la calle sufrían miedo y hambre, indefensión y desesperación. Pero no todos se convertían en asesinos calculadores y fríos.

Es decir, si Bean tenía razón.

Pero ella no albergaba ninguna duda de que Bean le decía la verdad. Si Bean mentía, renunciaría a juzgar el carácter infantil. Ahora que lo pensaba, Aquiles era astuto. Un adulador. Todo lo que decía estaba calculado para impresionar. Pero Bean hablaba poco, y cuando lo hacía hablaba con claridad. Y era joven, y su miedo y su pesar en esta habitación eran reales.

Naturalmente, también había instado a matar a otro niño.

Pero sólo porque suponía un peligro para los demás. No era orgullo.

¿Cómo puedo juzgar? ¿No se supone que Cristo es el juez de los vivos y los muertos? ¿Por qué esto está en mi mano, cuando no soy digna de hacerlo?

—¿Quieres quedarte aquí, Bean, mientras comunico los resultados de tu prueba a la gente que autoriza el acceso a la Escuela de Batalla? Aquí estarás a salvo.

Él se miró las manos y asintió. Entonces apoyó la cabeza en sus brazos y sollozó.

Aquiles volvió al nido esa mañana.

—No podía mantenerme alejado —dijo—. Era una situación demasiado arriesgada.

Los llevó a desayunar, como siempre. Pero Poke y Bean no estaban allí.

Entonces Sargento hizo su ronda habitual, escuchando aquí y allá, hablando con otros niños, hablando con un adulto u otro, para descubrir qué sucedía, averiguar cualquier dato que pudiera ser de utilidad. Fue en el muelle de Winjhaven donde oyó a algunos de los marineros comentar que había aparecido un cadáver en el río esa mañana. Una niña. Sargento se informó de dónde habían llevado el cuerpo hasta que llegaran las autoridades. No se amedrentó, se acercó directamente al cadáver, que estaba cubierto por una lona, y sin pedir permiso a nadie la retiró y miró a la niña.

—¡Chico! ¿Qué estás haciendo?

—Se llama Poke —dijo.

—¿La conoces? ¿Sabes quién puede haberla matado?

—Un chaval llamado Ulises, ése es el que la mató —afirmó Sargento. Entonces soltó la lona y terminó su ronda. Aquiles tenía que saber que sus temores no eran infundados, que Ulises iba a eliminar a todos los miembros de la familia que pudiera.

—No tenemos más remedio que matarlo —dijo Sargento.

—Ya se ha derramado suficiente sangre —contestó Aquiles—. Pero me temo que tienes razón.

Algunos de los niños más pequeños lloraban. Uno de ellos explicó:

—Poke me dio de comer cuando me estaba muriendo.

—Cierra el pico —ordenó Sargento—. Ahora comemos mejor que cuando Poke era la jefa.

Aquiles puso una mano sobre el hombro de Sargento y trató de tranquilizarlo.

—Poke hizo lo mejor que un jefe de banda podía hacer. Y ella es la que me aceptó en la familia. Así que en cierto modo, todo lo que yo consigo para vosotros lo consiguió ella.

Todos asintieron solemnemente.

—¿Crees que Ulises se cargó a Bean también? —preguntó un niño.

—Si lo hizo, es una gran pérdida —dijo Sargento.

—Toda pérdida para mi familia es una gran pérdida —aclaró Aquiles—. Pero ya no habrá más. Ulises tendrá que marcharse de la ciudad, ahora mismo, o morirá. Haz correr la voz, Sargento. Que se sepa en las calles que el desafío sigue en pie. Ulises no comerá en ningún comedor de la ciudad, hasta que se enfrente a mí. Eso es lo que decidió él mismo, cuando eligió clavarle a Poke un cuchillo en el ojo.

Sargento le dirigió un saludo militar y echó a correr. Ésa habría sido la imagen de la obediencia total si no hubiera llorado mientras corría. Porque no le había dicho a nadie cómo había muerto Poke, cómo su ojo se había convertido en una cuenca ensangrentada. Tal vez Aquiles lo sabía de alguna otra forma, tal vez ya se había enterado, pero no lo mencionó hasta que Sargento regresó con las noticias. Tal vez, tal vez. Sargento sabía la verdad. Ulises no levantó la mano contra nadie. Lo hizo Aquiles.

Como había advertido Bean desde el principio. La mató ahora porque las culpas recaerían en Ulises. Y allí estaba, hablando de lo buena que era ella y de cómo todos deberían de estarle agradecidos y diciendo que todo lo que Aquiles podía darles, era gracias a Poke.

Así que Bean tenía razón. En todo. Aquiles podría ser un buen padre para la familia, pero también era un asesino, y nunca perdonaba.

Pero Poke lo sabía. Bean la había advertido, y ella lo sabía, pero escogió a Aquiles como padre de todas formas. Lo escogió y luego murió por él. Era como ese Jesús del que Helga predicaba en su comedor mientras comían. Murió por su gente. Y Aquiles era como Dios. Hacía que la gente pagara por sus pecados, no importaba lo que hicieran.

Lo importante es estar del lado de Dios. Eso es lo que enseña Helga, ¿no? Estar con Dios.

Estaré con Aquiles. Honraré a mi padre, eso seguro, para poder permanecer vivo hasta que sea lo bastante mayor para seguir solo.

Y en cuanto a Bean, bueno, era listo, pero no lo suficiente para permanecer con vida, y si no eres lo bastante listo para permanecer con vida, entonces estás mejor muerto.

Cuando Sargento llegó a su primera esquina para divulgar la noticia de que Aquiles prohibía a Ulises probar bocado en ningún comedor de la ciudad, ya había dejado de llorar. Se acabó la pena. Ahora se trataba de sobrevivir. Aunque Sargento sabía que Ulises no había matado a nadie, pretendía hacerlo, y seguía siendo importante que muriera para proteger a la familia. La muerte de Poke era una buena excusa para exigir al resto de los padres que se retiraran y dejaran que Aquiles tratara con él. Cuando todo terminara, Aquiles sería el líder de todos los padres de Rotterdam. Y Sargento permanecería a su lado, sabiendo el secreto de su venganza, sin decírselo a nadie, porque de este modo Sargento, la familia y todos los pillastres de Rotterdam lograrían sobrevivir.

4
Recuerdos

—Me equivoqué con el primero. Los resultados que ha obtenido en las pruebas son satisfactorios, pero su carácter no acaba de encajar en la Escuela de Batalla.

—No entiendo cómo ha llegado a esta conclusión a partir de las pruebas que me ha mostrado.

—Es muy agudo. Da las respuestas correctas, pero no son verdad.

—¿Y qué prueba realizó usted para determinar eso?

—Cometió un asesinato.

—Sí, eso es un contratiempo. ¿Y el otro? ¿Qué se supone que voy a hacer con un niño tan pequeño? A un pez tan chico normalmente se le vuelve a arrojar a la corriente.

—Enséñenle. Denle de comer. Crecerá.

—Ni siquiera tiene nombre.

—Sí que lo tiene.

—¿Bean? ¿Habichuela? Eso no es un nombre, es una broma.

—No lo será cuando termine con eso.

—Consérvelo hasta que tenga cinco años. Haga con él lo que pueda y muéstreme los resultados entonces.

—Tengo que encontrar a otros.

—No, sor Carlotta, no. En todos sus años de búsqueda, éste es el mejor que ha encontrado. Y no hay tiempo para encontrar otro. Eduque a éste, y toda su obra merecerá la pena, por lo que respecta a la F.I.

—Me asusta cuando dice que no hay tiempo.

—No veo por qué. Los cristianos llevan milenios esperando el final inminente del mundo.

—Pero todavía no ha llegado este final.

—Hasta ahora.

Al principio, lo único que le importaba a Bean era la comida. Había suficiente. Comía todo lo que caía en sus manos. Comía hasta que se quedaba repleto: ésa era la palabra más milagrosa de todas, que hasta ese momento no había tenido ningún significado para él. Comía hasta saciarse. Comía hasta reventar. Comía con tanta frecuencia que descargaba las tripas todos los días, a veces dos veces al día. Se reía de eso y se lo contaba a sor Carlotta.

—¡Todo lo que hago es comer y cagar!

—Como una bestia del bosque —decía la monja—. Es hora de que empieces a ganarte esa comida.

Naturalmente, ella cada día le daba clases de lectura y aritmética, para que llegara al «nivel» adecuado, aunque nunca especificaba qué nivel tenía en mente. También le daba tiempo para dibujar, y había sesiones que consistían en sentarse y tratar de evocar todos los detalles sobre sus primeros recuerdos. El sitio limpio le resultaba particularmente fascinante. Pero la memoria tenía sus límites. Entonces él era muy pequeño, y su lenguaje no era muy rico. Para él, todo era un misterio. Recordaba haber subido por la barandilla de su cama y haber caído al suelo. No caminaba bien entonces. Gatear era más fácil, pero le gustaba andar porque eso era lo que hacían los mayores. Se agarraba a los objetos y a las paredes, y progresaba tanto con sus pies que gateaba solamente cuando tenía que cruzar un espacio despejado.

—Debías de tener ocho o nueve meses —dijo sor

Carlotta—. La mayoría de la gente no conserva ningún recuerdo de esa edad.

—Recuerdo que todo el mundo estaba inquieto. Por eso escapé de la cama. Todos los niños tenían problemas.

—¿Todos los niños?

—Los pequeños como yo. Y los más grandes. Algunos adultos entraban y nos miraban y lloraban.

—¿Por qué?

—Cosas malas, eso es todo. Yo sabía que iba a pasar algo malo y que les ocurriría a todos los que estábamos en las camas. Así que me escapé. No fui el primero. No sé qué les pasó a los demás. Oí que los adultos gritaban y se enfadaban cuando descubrieron las camas vacías. Me escondí, y no me encontraron. Tal vez encontraron a los otros, tal vez no. Todo lo que sé es que cuando salí todas las camas estaban vacías y la habitación estaba muy oscura, excepto un cartel luminoso que decía «salida».

—¿Sabías leer entonces? —preguntó ella. Parecía escéptica.

—Cuando supe leer, recordé que ésas eran las letras del cartel —dijo Bean—. Eran las únicas letras que vi entonces. Por eso las recordé.

—Así que te quedaste solo y las camas estaban vacías y la habitación a oscuras.

—Ellos volvieron. Los oí hablar. No entendí la mayoría de las palabras. Me escondí otra vez. Y esta vez, cuando salí, incluso las camas habían desaparecido. En cambio, había mesas y archivadores. Una oficina. Y no, no sabía entonces qué era una oficina, pero ahora sé lo que es y recuerdo que en eso se convirtió la habitación. Oficinas. La gente entraba durante el día y trabajaba allí, sólo unos pocos al principio, pero mi escondite resultó no ser demasiado bueno, cuando la gente trabajaba allí. Y tenía hambre.

—¿Dónde te escondiste?

—Venga, usted lo sabe. ¿No?

—Si lo supiera, no te lo preguntaría.

—Vio la forma en que actué cuando me enseñó la taza del lavabo.

—¿Te escondiste dentro de la taza?

—En el depósito de detrás. Era difícil levantar la tapa. Y allí dentro no se estaba cómodo. No sabía para qué servía. Pero la gente empezó a utilizarlo, y el agua subía y bajaba y las piezas se movían y me daban miedo. Y, como decía, tenía miedo. Sí, sed no pasé, pero me meaba, allí dentro. Mi pañal estaba tan empapado que se me cayó del culo. Estaba desnudo.

—Bean, ¿entiendes lo que me estás diciendo? ¿Que estabas haciendo todo eso antes de cumplir un año?

—Es usted quien dijo qué edad tenía —le replicó Bean—. Yo no sabía nada de edades, entonces. Me dijo usted que recordara. Cuanto más le cuento, más cosas vuelven a mí. Pero si no me cree...

—Es que... claro que te creo. Pero ¿quiénes eran los otros niños? ¿Qué era ese lugar donde vivías, ese sitio limpio? ¿Quiénes eran esos adultos? ¿Por qué se llevaron a los otros niños? Se trataba de algo ilegal, sin duda.

—Sí, puede que sí. Da igual —dijo Bean—. Me alegré de salir del lavabo.

—Pero has dicho que estabas desnudo. ¿Y saliste de allí?

—No, me encontraron. Salí del lavabo y un adulto me encontró.

—¿Y qué ocurrió luego?

—Me llevó a casa. Así encontré ropas. Las llamé ropas entonces.

—Ya hablabas.

—Un poco.

—Y ese adulto te llevó a casa y te dio ropas.

—Creo que era un conserje. Ahora sé más sobre los trabajos y creo que eso es lo que era. Trabajaba de noche, y no llevaba un uniforme como los guardias.

—¿Qué pasó?

—Entonces descubrí por primera vez lo que era legal e ilegal. No era legal que él tuviera un niño. Oí que hablaba de mí a su mujer, a voces, pero no logré entender nada. De todos modos, al final supe que había perdido y ella había ganado, y él empezó a decirme que tenía que marcharme, y por eso me fui.

—¿Te dejó suelto en las calles?

—No, me marché. Creo que él iba a entregarme a otra persona, y me dio miedo, así que me marché antes de que pudiera hacerlo. Pero ya no estaba desnudo ni tenía hambre. Era un hombre amable. Apuesto a que en cuanto me marché no tuvo más problemas.

—Y entonces empezaste a vivir en las calles.

—Más o menos. Encontré un par de sitios, y allí me dieron de comer. Pero siempre, otros niños, más grandes, veían que me alimentaban y acudían a mí gritando y mendigando, y la gente dejaba de darme comida o bien los niños más grandes me apartaban y me quitaban el alimento de las manos. Me sentía asustado. Una vez un niño mayor se enfadó tanto porque yo comía que me metió un palo por la garganta y me hizo vomitar lo que acababa de comer, allí en el suelo. Incluso trató de comérselo, pero no pudo: también le hizo vomitar. Ésa fue la vez que pasé más miedo. Me escondí después de eso. Me escondí. Todo el tiempo.

—Y pasaste hambre.

—Y me mantuve alerta, observando —dijo Bean—. Comía algo. De vez en cuando. No me morí.

—No, no lo hiciste.

—Vi muchos niños que morían. Montones de niños muertos. Grandes y pequeños. Me preguntaba cuántos de ellos procedían del sitio limpio.

—¿Reconociste a alguno?

—No. No parecía que ninguno hubiera vivido en el sitio limpio. Todos parecían hambrientos.

—Bean, gracias por contarme todo esto.

—Usted me lo pidió.

—¿Te das cuenta de que es imposible que pudieras haber sobrevivido tres años siendo tan pequeño?

—Supongo que eso significa que estoy muerto.

—Es sólo... estoy diciendo que Dios debe de haber cuidado de ti.

—Sí. Bueno, seguro. ¿Entonces por qué no cuidó de todos esos niños muertos?

—Los tomó en su corazón y los amó.

—¿Entonces no me amó a mí?

—No, te amó también, es que...

—Porque si me observaba con tanta atención, podría haberme dado algo de comer de vez en cuando.

—Te trajo a mí. Tiene algún gran propósito en mente para ti, Bean. Puede que no sepas qué es, pero Dios no te mantuvo con vida en esa situación extrema sin motivo.

Bean estaba cansado de hablar sobre eso. Ella parecía muy feliz cuando hablaba de Dios, pero él no había descubierto todavía ni siquiera lo que era Dios. Era como si ella quisiera darle a Dios crédito por todas las cosas buenas, pero cuando eran malas, entonces no mencionaba a Dios o se las apañaba de alguna forma para que al final todo fuera bueno. Por lo que Bean podía ver, los niños muertos habrían preferido vivir, pero con más comida. Si Dios los amaba tanto, y podía hacer lo que quisiera, ¿por qué no había más comida para esos niños? Y si Dios quería que se muriesen, ¿por qué no dejó que se murieran antes, o que no hubieran nacido, para no tener que sufrir tanto y esforzarse en tratar de seguir con vida, cuando él se los iba a llevar de todas maneras? Nada de todo eso tenía sentido para Bean, y cuanto más hablaba sor Carlotta, menos entendía él. Porque si había alguien a cargo de este mundo, entonces debería ser justo, y si no era justo, entonces, ¿por qué debería estar sor Carlotta tan feliz de que estuviera a cargo?

Pero cuando trataba de exponerle sus razonamientos, ella se molestaba mucho y seguía hablando sobre Dios y empleaba palabras que él no conocía, en cuyo caso era mejor dejarla decir lo que quisiera y no discutir.

Eran las lecturas lo que le fascinaban. Y los números. Le encantaba eso. Tener papel y lápiz para poder escribir cosas de verdad, eso sí que era útil.

Y los mapas. Ella no le enseñó los mapas al principio, pero había algunos en las paredes, y las formas que tenían lo llenaban de fascinación. Se acercaba a ellos y leía las palabritas escritas, y un día vio el nombre de un río y se dio cuenta de que el azul eran los ríos y las zonas azules aún más grandes eran lugares que contenían todavía más agua que el río. Entonces advirtió que algunas de las otras palabras eran los mismos nombres que había escritos en los carteles de las calles, y cuando supuso que de algún modo esto era una imagen de Rotterdam, todo cobró sentido. Rotterdam tal como lo vería un pájaro, si los edificios fueran todos invisibles y las calles estuvieran todas vacías. Encontró dónde estaba el nido, y dónde había muerto Poke, y todo tipo de otros lugares.

Cuando sor Carlotta descubrió que comprendía el mapa, se puso muy nerviosa. Le mostró mapas donde Rotterdam era sólo un montoncito de líneas, y uno dónde sólo era un punto, y uno donde era demasiado pequeño para verse siquiera, pero ella sabía dónde debería estar. Bean nunca había advertido que el mundo era tan grande. O que viviera tanta gente en él.

Pero sor Carlotta volvía una y otra vez al mapa de Rotterdam, para que recordara y situara sus primeras experiencias. Sin embargo, nada parecía igual en el mapa, así que no era fácil, y él tardó mucho tiempo en localizar algunos sitios donde la gente le había dado de comer. Se los mostró a sor Carlotta, y ella hizo una señal en el mapa, indicando cada sitio. Después de algún tiempo él comprendió que todos aquellos lugares estaban agrupados en una zona, pero concatenada, como si indicaran un camino desde donde encontró a Poke y retroceder en el tiempo hasta...

El sitio limpio.

Sólo que era demasiado difícil. Al escapar del sitio limpio con el conserje, Bean había pasado mucho miedo. No sabía dónde estaba. Y la verdad era que, como la propia sor Carlotta decía, el conserje podía haber vivido en cualquier lugar. Así que todo lo que iba a descubrir siguiendo el camino de Bean en sentido inverso era quizás el apartamento del conserje, o al menos donde vivía hacía tres años. E incluso así, ¿qué sabría el conserje?

Sabría dónde estaba el sitio limpio, eso sabría. Y ahora Bean lo comprendió todo: para sor Carlotta era muy importante descubrir de dónde venía él.

Descubrir quién era realmente.

Sólo que... ya sabía quién era. Trató de decírselo a ella.

—Estoy aquí mismo. Esto es lo que soy realmente. No estoy fingiendo.

—Lo sé —dijo ella, riendo, y lo abrazó, lo cual le pareció agradable. Al principio, cuando ella empezó a hacerlo, Bean no sabía qué hacer con las manos. Tuvo que enseñarle a devolverle el abrazo. Había visto a algunos niños pequeños (los que tenían padres o madres) haciendo eso, pero él siempre había creído que se agarraban fuerte para no caerse a la calle y perderse. No sabía que se hacía sólo porque era agradable. El cuerpo de sor Carlotta tenía lugares duros y lugares blandos, y le resultaba muy extraño abrazarla. Recordó el momento en que Poke y Aquiles se abrazaron y se besaron, pero no deseaba besar a sor Carlotta y en cuanto se familiarizó con todo lo que significaba abrazarse, tampoco deseó hacerlo. Dejaba que ella lo abrazara. Pero ni siquiera pensaba en abrazarla. Ni se lo planteaba.

Sabía que a veces ella lo abrazaba en vez de explicarle cosas, y eso no le gustaba. No quería confesarle por qué era tan importante descubrir el sitio limpio, así que lo abrazaba y decía:

—Oh, querido, oh, pobrecito.

Pero eso sólo significaba que era aún más importante de lo que decía, y que pensaba que era demasiado estúpido o ignorante para comprender si ella trataba de explicárselo.

Bean seguía tratando de recordar más y más, si podía, sólo que ahora no se lo contaba todo a ella porque no quería contárselo todo, y sanseacabó. Encontraría la habitación limpia él solo. Sin ella. Y luego se lo diría si decidía que era bueno para él que ella lo supiera. Porque ¿y si daba con la respuesta equivocada? ¿Lo mandaría de regreso a la calle? ¿Le impediría ir al colegio del cielo? Porque eso era lo que le prometió al principio, sólo que después de las pruebas le comentó que lo hizo muy bien, pero que no iría al cielo hasta que cumpliera cinco años y tal vez ni siquiera entonces, porque esta decisión no dependía sólo de ella y fue entonces cuando él supo que sor Carlotta no tenía poder para cumplir sus propias promesas. Así que si descubría algo malo sobre él, tal vez no podría cumplir ninguna de sus promesas. Ni siquiera la de mantenerlo a salvo de Aquiles. Por eso tenía que averiguarlo él por su cuenta.

Estudió el mapa. Trató de formarse una imagen mental de los hechos. Hablaba consigo mismo mientras se quedaba dormido, hablaba, pensaba y recordaba, intentando visualizar el rostro del conserje, y la habitación en la que vivía, y las escaleras donde la mujer peleona se ponía a gritarle.

Y un día, cuando le parecía que ya había recordado suficiente, Bean se dirigió al cuarto de baño (le gustaban las cisternas, le gustaba tirar de ellas aunque le daba miedo ver las cosas desaparecer sin más), y en vez de volver al sitio donde sor Carlotta le enseñaba, se fue pasillo abajo en la otra dirección y salió a la calle. Nadie trató de detenerlo.

Entonces fue cuando se dio cuenta de su error. Se había enfrascado tanto en tratar de recordar dónde se encontraba la casa del conserje que nunca se le había ocurrido que no tenía ni idea de dónde se ubicaba este lugar en el mapa. Y no era en una parte de la ciudad que conociera. De hecho, casi no parecía el mismo mundo. No se hallaba en esa calle bulliciosa que él conocía, en la que la gente caminaba ajetreada, empujaba carritos, y montaba en bicicleta o patinaba para llegar de un sitio a otro, sino en unas calles casi vacías, aunque había coches aparcados por todas partes. No había tampoco ni una sola tienda. Todo eran casas y oficinas, o casas convertidas en oficinas con cartelitos delante. El único edificio que era diferente era el mismo del que acababa de salir. Era macizo y cuadrado, más grande que los otros, pero no colgaba ningún cartel en la fachada.

Sabía adónde iba, pero no sabía cómo llegar desde allí. Y sor Carlotta empezaría a buscarlo pronto.

Su primer pensamiento fue esconderse, pero entonces recordó que ella conocía toda su historia del escondite en el sitio limpio, así que también pensaría en los escondites y lo buscaría cerca del gran edificio.

Decidió echarse a correr. Le sorprendió lo fuerte que se sentía. Tenía la impresión de que podía correr tan rápido como volaban los pájaros, y no se cansaba, podía correr eternamente. Hasta la esquina y más allá, en la otra calle.

Si conseguía llegar hasta esa otra manzana, con toda probabilidad ya se habría perdido... Lo malo es que ya andaba perdido desde el punto de partida, y cuando empiezas completamente perdido, es difícil perderse aún más. Mientras caminaba y trotaba y corría por calles y callejones, se dio cuenta de que todo lo que tenía que hacer era encontrar un canal o un arroyo que le conduciría al río o a un lugar que reconociera. Así que cuando se encontrara el primer puente sobre el agua, vería en qué dirección fluía la corriente y escogería las calles que lo acercarían al lugar. No podía decir que supiera todavía dónde estaba, pero al menos disponía de un plan.

Funcionó. Llegó al río y lo recorrió hasta que reconoció, en la distancia y parcialmente tras un recodo, el Maasboulevard, que conducía al lugar donde Poke fue asesinada.

El meandro del río... Lo conoció por el mapa. Sabía donde había dibujado las señales sor Carlotta. Sabía que tenía que atravesar las calles donde había vivido para acercarse a la zona donde tal vez viviera el conserje. Y eso no sería tarea fácil, porque allí lo conocerían, y era posible que sor Carlotta incluso acudiera a la policía para que lo buscaran, y ellos mirarían allí porque allí estaban todos los pilluelos callejeros y esperarían a que volviera a convertirse en uno de ellos.

Lo que olvidaban era que Bean ya no tenía hambre. Y como no tenía hambre, tampoco tenía prisa.

Decidió dar un rodeo. Lejos del río, lejos de la parte de la ciudad por donde deambulaban los pilluelos. Cada vez que las calles se empezaban a llenar de gente, ensanchaba su círculo y se apartaba de los lugares ocupados. Invirtió el resto de ese día y la mayor parte del siguiente en explorar la ciudad, trazando un círculo tan amplio que durante un rato ya ni siquiera merodeaba por Rotterdam, y tuvo un primer contacto con el campo, era igual que en las fotos: granjas y carreteras construidas por encima de la tierra que las rodeaba. Sor Carlotta le había explicado que antiguamente la mayor parte de las tierras de labranza estaban por debajo del nivel del mar, y que se habían tenido que erigir unos grandes diques para impedir que el mar arrasara la tierra y la cubriera. Pero Bean sabía que nunca llegaría a acercarse a ninguno de los grandes diques. Caminando no, al menos.

Regresó a la ciudad, al distrito de Schiebroek, y por la tarde del segundo día reconoció el nombre de Rindijk Straat y pronto cruzó una calle cuyo nombre conocía, Erasmus Singel. Le resultó fácil llegar al primer lugar que podía recordar, la parte trasera de un restaurante donde le habían dado de comer cuando era todavía un bebé y no hablaba bien; vio, en su mente, que los adultos corrían a darle comida y lo ayudaban en vez de apartarlo a patadas.

Se quedó allí, en la oscuridad. Nada había cambiado. Casi podía ver a la mujer con el cuenco de comida, tendiéndoselo y agitando una cuchara en la mano y diciendo algo en un idioma que no comprendía. Ahora podía leer el cartel sobre el restaurante y advirtió que era armenio, y que ése era el idioma que probablemente hablaba la mujer.

¿Por qué había venido hasta aquí? Había olido la comida cuando caminaba... ¿por aquí? Recorrió la calle arriba y abajo, dando vueltas y más vueltas para reorientarse.

—¿Qué estás haciendo aquí, gordito?

Eran dos niños, de unos ocho años. Beligerantes, pero no matones. Probablemente formaban parte de una banda. No, de una familia, ahora que Aquiles lo había cambiado todo. Si es que los cambios estaban vigentes en esta parte de la ciudad.

—Tengo que reunirme con mi papá aquí —dijo Bean.

—¿Y quién es tu papá?

Bean no estaba seguro de que el muchacho hubiera entendido que él se había referido a su padre o al padre de su «familia». Sin embargo, corrió el riesgo y respondió:

—Aquiles.

Ellos pusieron mala cara.

—Está junto al río, ¿para qué iba a reunirse con un gordito como tú aquí arriba?

Pero su actitud despectiva no era lo que más importaba, sino el hecho de que la reputación de Aquiles se había extendido hasta esta parte de la ciudad.

—No tengo por qué deciros nada sobre sus asuntos —dijo Bean—. Y todos los niños de la familia de Aquiles son gordos como yo. Así de bien comemos.

—¿Y todos son tan bajitos como tú?

—Antes era más alto, pero hacía demasiadas preguntas —replicó Bean, abriéndose paso entre ellos y cruzando Rozenlaan hacia la zona donde había más probabilidades de que se encontrara el apartamento del conserje.

Tuvo suerte de que no le siguieran. Bean prosiguió su camino, volviéndose una y otra vez para comprobar si reconocía los sitios. Aunque había tomado la dirección que podría haber seguido después de dejar el apartamento del conserje, no le sirvió de nada. Deambuló hasta que oscureció, e incluso entonces no se detuvo.

Hasta que, por casualidad, se encontró al pie de una farola, tratando de leer un cartel, cuando unas iniciales talladas en el mástil le llamaron la atención: P♡DVM, decía. No tenía ni idea de lo que significaban; nunca había pensado en ello mientras intentaba recordar. Pero era consciente de que lo había visto antes. Y no sólo una vez. Lo había visto varias veces. El apartamento del conserje estaba muy cerca.

Se dio la vuelta despacio, estudiando la zona, y allí estaba: un pequeño edificio de apartamentos con una escalera interior y otra exterior.

El conserje vivía en el piso de arriba. Planta baja, primer piso, segundo piso, tercero. Bean se acercó a los buzones y trató de leer los nombres, pero se encontraban demasiado altos en la pared y los nombres estaban todos gastados. Incluso faltaban algunas de las etiquetas.

Aunque, la verdad fuera dicha, tampoco es que supiera el nombre del conserje. No había motivos para pensar que lo habría reconocido ni aunque hubiera podido leerlo en los buzones.

La escalera exterior no llegaba hasta el piso de arriba. Debía de haber sido construida para la consulta de un médico en la primera planta. Y como estaba oscuro, la puerta en lo alto de la escalera se encontraba cerrada.

Lo único que podía hacer era esperar. Podía esperar toda la noche y entrar en el edificio por algún sitio por la mañana, o alguien volvería por la noche y se colaría por alguna puerta detrás de él.

Se quedó dormido y se despertó; luego se durmió y volvió a despertarse. Le preocupaba que algún policía pudiera verlo y lo echara, así que cuando despertó por segunda vez abandonó toda pretensión de estar de guardia. Se escabulló bajo la escalera y se acurrucó allí para pasar la noche.

Una risotada de borracho lo despertó. Todavía estaba oscuro, y empezaba a lloviznar: no lo suficiente para que la escalera empezara a gotear, así que Bean estaba seco. Asomó la cabeza para ver quién reía. Eran un hombre y una mujer, los dos bien alegres por el alcohol, el hombre la acariciaba y la pellizcaba furtivamente, la mujer lo apartaba con bofetadas medio en serio medio en broma.

—¿No puedes esperar? —dijo ella.

—No.

—Vas a quedarte dormido sin hacer nada.

—No esta vez —dijo él. Entonces vomitó.

Ella puso cara de asco y continuó sin él. El hombre la siguió, tambaleándose.

—Ahora me siento mejor —afirmó—. Mucho mejor.

—Ha subido el precio —respondió ella fríamente—. Y te cepillarás los dientes primero.

—Claro que me cepillaré los dientes.

Ahora estaban justo delante del edificio. Bean esperaba para poder colarse tras ellos.

Entonces se dio cuenta de que no tenía que esperar. El hombre era el conserje de siempre.

Bean salió de las sombras.

—Gracias por traerlo a casa —le dijo a la mujer.

Los dos lo miraron, sorprendidos.

—¿Quién eres tú? —preguntó el conserje.

Bean miró a la mujer y puso los ojos en blanco.

—No está tan borracho, espero —dijo. Se volvió hacia el conserje—. A mamá no le hará gracia ver que vuelves otra vez en este estado.

—¡Mamá! —gritó el conserje—. ¿De quién demonios estás hablando?

La mujer le dio un empujón al conserje. Él se sentía tan débil que chocó contra la pared, y luego se deslizó hasta caer de culo en la acera.

—Tendría que haberlo sabido —dijo la mujer—. ¿Me llevas a casa con tu esposa?

—No estoy casado. Este niño no es mío.

—Estoy segura de que dices la verdad —manifestó la mujer—. Pero será mejor que lo ayudes a subir la escalera de todas formas. Mamá espera.

Se volvió para marcharse.

—¿Qué hay de mis cuarenta pavos? —preguntó él, dudoso, sabiendo la respuesta de antemano.

Ella hizo un gesto obsceno y se perdió en la noche.

—Pequeño hijo de puta —espetó el conserje.

—Tenía que hablar con usted a solas.

—¿Quién demonios eres? ¿Quién es tu madre?

—Eso es lo que vengo a averiguar —explicó Bean—. Soy el bebé que usted encontró y trajo a casa. Hace tres años.

El hombre lo miró, estupefacto.

De repente, se encendió una luz, y luego otra. Bean y el conserje quedaron rodeados por los focos de las linternas. Cuatro policías convergieron hacia ellos.

—No te molestes en correr, chaval —dijo un poli—. Ni usted, don buscafiestas.

Bean reconoció la voz de sor Carlotta:

—No son unos delincuentes —decía—. Necesito hablar con ellos. En su apartamento.

—¿Me ha seguido? —le preguntó Bean.

—Sabía que lo andabas buscando —respondió ella—. No quería interferir hasta que lo encontraras. Por si te creías más listo que nadie, jovencito, interceptamos a cuatro matones callejeros y dos conocidos pederastas que iban a por ti.

Bean puso los ojos en blanco.

—¿Cree que me he olvidado de cómo tratar con ellos?

Sor Carlotta se encogió de hombros.

—No quería que ésta fuera la primera vez que cometes un error en la vida —replicó con cierto tono sarcástico.

—Así que, como le dije, no hay nada que sonsacarle a ese Pablo de Noches. Es un inmigrante que vive para contratar prostitutas. Uno más de todos esos pobres diablos indignos que han venido aquí desde que Holanda se convirtió en territorio internacional.

Sor Carlotta había esperado pacientemente a que el inspector soltara su discursito condescendiente.

Pero cuando habló de la indignidad del hombre, no pudo dejar pasar la observación.

—Recogió a ese bebé —constató—. Y le dio de comer y lo cuidó.

El inspector descartó la explicación.

—¿Necesitábamos un pillastre callejero más? Porque eso es lo único que la gente como él producen.

—No es cierto que no descubrieran nada —dijo sor Carlotta—. Descubrieron el lugar donde halló al niño.

—Y la gente que alquiló el edificio en esa época es imposible de localizar. Una empresa que nunca existió. No hay ningún hilo del que tirar, ninguna forma de seguirlos.

—Pero eso ya es algo —dijo sor Carlotta—. Le digo que esa gente tenía a muchos niños en ese lugar, y que lo cerraron rápidamente, llevándose a todos los niños menos a uno. Me dice usted que el nombre de la empresa es falso y que no se puede localizar. Por su experiencia, ¿no dice eso mucho sobre lo que sucedía en ese edificio?

El inspector se encogió de hombros.

—Por supuesto. Obviamente era una granja de órganos.

Los ojos de sor Carlotta se llenaron de lágrimas.

—¿Y ésa es la única posibilidad?

—En las familias ricas nacen un montón de bebés con defectos congénitos —explicó el inspector—. Existe un mercado ilegal de órganos de niños y bebés. Cuando localizamos una granja de órganos, la cerramos de inmediato. Quizás nos estábamos acercando a esa granja y se enteraron y borraron el chiringuito del mapa. Pero en el departamento no consta ningún informe de esa época relacionado con las granjas de órganos. Así que tal vez plegaron velas por otro motivo. Nada de nada.

Pacientemente, sor Carlotta pasó por alto su incapacidad para advertir lo valiosa que era esa información.

—¿De dónde vienen los bebés?

El inspector la miró, inexpresivo, como si pensara que ella le estaba pidiendo que le explicara las verdades de la vida.

—La granja de órganos —dijo ella—. ¿De dónde sacan a los bebés?

El inspector se encogió de hombros.

—Abortos tardíos, normalmente. Algunos acuerdos con las clínicas, una donación. Cosas así.

—¿Y no existen más fuentes?

—Bueno, no sé. ¿Secuestros? No creo que pueda ser un factor a considerar, no hay tantos bebés que puedan escapar a las medidas de seguridad de los hospitales. ¿Gente que vende bebés? He oído hablar de ello, sí. Llegan refugiados pobres con ocho hijos, y unos cuantos años más tarde tienen sólo seis, y lloran por los que murieron, pero ¿quién puede demostrar nada? No se puede seguir ninguna pista.

—Se lo pregunto —dijo sor Carlotta— porque este niño no es normal. Nada normal.

—¿Tiene tres brazos?

—Es brillante. Precoz. Escapó de este lugar antes de tener un año. Antes de poder andar.

El inspector reflexionó durante un instante.

—¿Se escapó gateando?

—Se escondió dentro del depósito de agua de una cisterna.

—¿Levantó la tapa antes de cumplir un año?

—Dijo que le costó trabajo.

—No, probablemente fuera de plástico barato, no de porcelana. Ya sabe cómo son esos apliques de fontanería institucionales.

—Pero ahora puede comprender por qué quiero descubrir a los progenitores de este niño. Debe de ser una combinación de padres milagrosa.

El inspector se encogió de hombros.

—Algunos niños nacen listos.

—Pero hay un componente hereditario en esto, inspector. Un niño como éste debe de haber tenido... unos padres notables. Padres que habrán destacado por la brillantez de sus mentes.

—Tal vez sí, tal vez no —observó el inspector—. Quiero decir que algunos de esos refugiados tal vez sean inteligentes, pero son tiempos de desesperación. Para salvar a los otros niños, tienen que vender a un bebé. Eso es lo inteligente. No descarte que los padres de este niño brillante que tiene sean unos refugiados.

—Supongo que eso es posible, sí —reconoció sor Carlotta.

—No obtendrá más información. Porque este Pablo

de Noches no sabe nada. Apenas pudo decirme el nombre de la ciudad de España de donde escapó.

—Estaba borracho cuando lo interrogaban.

—Lo interrogaremos de nuevo cuando esté sobrio —aseguró el inspector—. La mantendremos informada. Por el momento, conténtese con lo que ya le he dicho, porque no disponemos de ningún dato más.

—Sé todo lo que necesito saber por ahora —comentó sor Carlotta—. Basta con tener conocimiento de que este niño es un auténtico milagro, creado por Dios para un gran propósito.

—No soy católico —dijo el inspector.

—Dios le ama igualmente —dijo alegremente sor Carlotta.

Segunda Parte

NOVATO

5

Preparado o no

—¿Por qué me entrega un pilluelo de cinco años para que lo atienda?

—Usted ya ha visto los resultados.

—¿Y se supone que tengo que tomármelos en serio?

—Dado que todo el programa de la Escuela de Batalla se basa en la fiabilidad de nuestro programa de pruebas juveniles, sí, creo que debería tomar los resultados en serio. Realicé una pequeña investigación. No hay ningún niño que haya superado esas puntuaciones. Ni siquiera su alumno estrella.

—No dudo de la validez de las pruebas, sino de la examinadora.

—Sor Carlotta es monja. Nunca encontrará a una persona más honrada.

—Las personas honradas también se engañan a sí mismas. Querer con tanto desespero, después de tantos años de búsqueda, encontrar a un niño, sólo uno, que haga que merezca la pena todo ese trabajo.

—Y ella lo ha encontrado.

—Mire cómo. Sus primeros informes señalan a ese Aquiles, y este... este Bean, esta Legumbre, es sólo una rectificación. Entonces Aquiles desaparece, no se le vuelve a mencionar. ¿Murió? ¿No quería ella conseguir que lo operaran de la pierna? Y ahora Haricort Vert es su candidato.

—Se llama a sí mismo «Bean». Igual que su Andrew Wiggin se llama «Ender».

—No es mi Andrew Wiggin.

—Y Bean tampoco es de sor Carlotta. Si ella tendiera a trucar las notas o repartir mal las pruebas, habría colocado a otros estudiantes en el programa hace mucho tiempo, y ya sabríamos que no es digna de confianza. Pero nunca se ha comportado de este modo. Encuentra a los niños más desesperados, les hace un sitio en la Tierra o en un programa no comando. Creo que simplemente está usted molesto porque ya ha decidido centrar toda su atención y energía en el chico Wiggin, y no desea que le distraigan.

—¿Cuándo me he dormido yo en los laureles?

—Si mi análisis es equivocado, perdóneme.

—Naturalmente que le daré una oportunidad a ese niño. Aunque no me crea la puntuación.

—No sólo una oportunidad. Promociónelo. Hágale pruebas. Desafíelo. No lo deje languidecer.

—Subestima nuestro programa. Promocionamos, examinamos y desafiamos a todos nuestros estudiantes.

—Pero algunos están más capacitados que otros.

—Algunos aprovechan mejor el programa que otros.

—Me muero de ganas de hablarle a sor Carlotta de su entusiasmo.

Sor Carlotta lloró cuando le dijo a Bean que era hora de que se marchara. Bean no lloró.

—Comprendo que tengas miedo, Bean, pero no temas —dijo ella—. Allí estarás a salvo, y hay tanto que aprender... Por la forma en que adquieres conocimientos, serás muy feliz en un periquete. No me echarás de menos.

Bean parpadeó. ¿Por qué sospechaba que estaba asustado? ¿Por qué creía que la echaría de menos?

No sentía nada de eso. Al principio, tal vez habría estado dispuesto a sentir algo hacia ella. Era amable. Le daba de comer. Lo mantenía a salvo, le daba una vida.

Pero entonces encontró a Pablo, el conserje, y allí estaba sor Carlotta, impidiendo que hablara con el hombre que le había salvado mucho antes que ella. No le dijo nada de lo que le contó Pablo, ni nada que hubiera descubierto sobre el sitio limpio.

A partir de ese momento, dejó de confiar en ella. Bean sabía que fuera lo que fuese lo que estaba haciendo sor Carlotta no era por él. Lo utilizaba. No sabía para qué. Tal vez podría ser algo que él mismo habría elegido. Pero no le decía la verdad. Tenía secretos para él. Igual que Aquiles.

Así que durante los meses en que fue su maestra, se fue distanciando cada vez más de ella. Todo lo que le enseñaba, lo aprendía... y lo que no le enseñaba también. Realizaba todos los exámenes que le ponía, y los hacía bien; pero no le mostraba nada que hubiera aprendido que no le hubiera enseñado ella.

Naturalmente, la vida con sor Carlotta era mejor que la vida en las calles: no tenía ninguna intención de volver. Pero no le merecía confianza alguna. Estaba en guardia todo el tiempo. Tenía cuidado, como cuando era miembro de la familia de Aquiles. Aquellos pocos días, al principio, cuando lloraba delante de ella, cuando se permitía hablar libremente..., eso fue un error que no volvería a repetir. La vida era mejor, pero no estaba a salvo, y éste no era su hogar.

Sabía que cuando ella lloraba, era porque lo sentía. Lo quería de verdad, y lo echaría de menos cuando se marchara. Después de todo, había sido un niño perfecto, dócil, agudo, obediente. Para ella, eso significaba que era «bueno». Para él, era sólo un modo seguro de tener acceso a la comida y la educación. No era estúpido.

¿Por qué suponía ella que tenía miedo? Porque ella temía por él. Por tanto, debía de haber algo que temer. Tendría cuidado.

¿Y por qué suponía que la echaría de menos? Porque ella lo echaría de menos a él, y no podía imaginar que lo que sentía no fuera compartido por él también. Se había formado una falsa imagen de él. Como los juegos de «Imaginemos» que había tratado de jugar con él un par de veces. Regresaba a su propia infancia, sin duda, a la casa donde creció y donde siempre había comida. Bean no tenía que fingir nada para ejercitar su imaginación cuando deambulaba por la calle. En cambio, tenía que imaginar algun plan para conseguir comida, para hacerse amigo de una banda, para sobrevivir cuando sabía que parecía inútil a todo el mundo. Tuvo que imaginar cómo y cuándo decidiría Aquiles atacarlo por haberle dicho a Poke que lo matara. Y tuvo que imaginar peligros en cada esquina, un matón dispuesto a pelear por cada monda de comida. Oh, tenía imaginación de sobra. Pero no tenía ningún interés en jugar a «Imaginemos».

Ése era el juego de ella. Jugaba a él todo el tiempo. Imaginemos que Bean es un niñito bueno. Imaginemos que Bean es el hijo que esta monja nunca podrá tener de verdad. Imaginemos que cuando Bean se marche, llorará..., que no llora ahora porque tiene miedo de su nueva escuela, de su viaje al espacio, de mostrar sus sentimientos. Imaginemos que Bean me ama.

Y cuando él comprendió esto, tomó una decisión: no me hará ningún daño si ella lo cree. Y quiere creerlo con todas sus ganas. Entonces, ¿por qué no ofrecérselo? Después de todo, Poke dejó que me quedara en la banda aunque no me necesitaba, porque no le haría ningún daño. Es el tipo de cosas que haría Poke.

Así que Bean se levantó de su silla, dio la vuelta a la mesa hasta sor Carlotta y la rodeó con sus brazos, todo lo más que pudo abarcar. Ella lo acurrucó en su regazo y lo apretó con fuerza, humedeciéndole el pelo con sus lágrimas. Bean deseó que no estuviera moqueando. Pero se agarró a ella mientras lo abrazaba, y la soltó solamente cuando ella lo soltó. Era lo que quería de él, la única paga que le había pedido jamás. Para compensarla por todas las comidas, las lecciones, los libros, el lenguaje, por su futuro, sólo debía participar en su juego de «Imaginemos».

Al cabo de un momento, ya se había terminado. Se separó de su regazo. Ella se secó los ojos. Entonces se levantó, lo tomó de la mano, y lo condujo hasta los soldados que esperaban, al coche.

Mientras se acercaba al coche, los hombres uniformados se alzaron sobre él. No era el uniforme gris de la policía internacional, los que llevaban los palos, sino el celeste de la Flota Internacional, que tenía un aspecto más limpio, y la gente que se congregaba alrededor para curiosear no mostraba ningún temor, sino más bien admiración. Éste era el uniforme del poder lejano, de la salvación de la humanidad, el uniforme del que dependía toda esperanza. Éste era el servicio al que iba a unirse.

Pero era demasiado pequeño, y cuando lo miraron tuvo miedo después de todo, y se agarró con más fuerza a la mano de sor Carlotta. ¿Iba a convertirse en uno de ellos? ¿Iba a ser un hombre de uniforme? ¿Iba a sentir esa admiración? Entonces, ¿por qué tenía miedo?

Tengo miedo, pensó Bean, porque no veo cómo puedo llegar a ser tan alto.

Uno de los soldados se agachó, para subirlo al coche. Bean lo miró, desafiándolo a atreverse a levantarlo.

—Puedo hacerlo —resolvió.

El soldado hizo un leve gesto de aprobación con la cabeza, y se enderezó de nuevo. Bean enganchó la pierna en el estribo del coche y se aupó. Estaba muy alto, y el asiento al que se aferró era resbaladizo y apenas podía agarrarlo. Pero lo consiguió, y se colocó en medio del asiento trasero, la única posición que le permitía ver los asientos delanteros y formarse una ligera idea de adónde iría el coche.

Uno de los soldados se puso al volante. Bean esperaba que el otro se sentara detrás con él, y pensó que iniciarían una discusión sobre dónde debería sentarse Bean, en el centro o no. Pero el soldado se sentó delante también. Bean se quedó solo atrás.

Miró por la ventanilla a sor Carlotta. Todavía se estaba secando los ojos con un pañuelo. Le dirigió un pequeño saludo con la mano. Él le respondió. Ella sollozó un poco. El coche se deslizó sobre la pista magnética de la carretera. Pronto estuvieron fuera de la ciudad, deslizándose por el campo a ciento cincuenta kilómetros por hora. Por delante se hallaba el aeropuerto de Amsterdam, uno de los tres aeropuertos de Europa que podían disparar las lanzaderas que llegaban a la órbita. Bean se despidió de Rotterdam. Por el momento, al menos, se despidió de la Tierra.

Como nunca había volado en avión, Bean no comprendía lo diferente que era la lanzadera, aunque al principio pareció que los otros chicos sólo sabían hablar de eso. Pensé que sería más grande. ¿No despega recto? Ésa era la lanzadera antigua, estúpido. ¡No hay bandejas! Eso es porque en gravedad cero no puedes sujetar nada, cabeza de chorlito.

Para Bean, el cielo era el cielo, y lo único que le importaba era si llovería o nevaría, o haría viento o calor. Subir al espacio no le parecía más extraño que subir a las nubes.

Lo que le fascinaba eran los otros niños. Niños varones, en su mayor parte, y todos mayores que él. En definitiva, todos más grandes. Algunos de ellos lo miraron con curiosidad, y oyó un susurro tras él:

—¿Es un niño o un muñequito?

Aun así, las observaciones despectivas sobre su tamaño y su edad no eran ninguna novedad. De hecho, lo que le sorprendía era que sólo oyera un comentario, y que fuera en susurros.

Se sintió cautivado, por aquellos niños. Eran todos tan gordos, tan blandos... Sus cuerpos eran como almohadas, sus mejillas llenas, su pelo tupido, sus ropas bien ajustadas.

Bean sabía, por supuesto, nunca había tenido tanta grasa encima, desde que escapó del sitio limpio; sin embargo, no se veía a sí mismo, sólo los veía a ellos, y no podía dejar de compararlos con los niños de la calle. Sargento podría hacerlos pedazos. Aquiles podría... Bueno, no tenía sentido pensar en Aquiles.

Bean trató de imaginárselos puestos en fila ante un comedor de caridad, o escarbando en las basuras envoltorios de caramelos que chupar. Qué ridículos. Nunca se habían saltado una comida en toda la vida. Bean quiso golpearlos con fuerza en el estómago para que vomitaran todo lo que habían comido ese día. Que sintieran un poco de dolor en las tripas, los mordiscos del hambre. Y también que lo sintieran de nuevo al día siguiente, y a la hora siguiente, de día y de noche, dormidos y despiertos, la debilidad constante aleteando dentro de la garganta, el cansancio tras los ojos, el dolor de cabeza, el mareo, la hinchazón de las articulaciones, la distensión del vientre, la reducción de los músculos hasta que apenas podías sostenerte. Estos niños nunca habían mirado a la muerte a la cara y luego habían decidido vivir de todas formas. Eran confiados. Eran inconscientes.

Estos niños no son rivales para mí.

Y, con la misma certeza, afirmaba que nunca los alcanzaría. Siempre serían más grandes, más fuertes, más rápidos, más sanos. Más felices. Hablaban unos con otros alardeando, añorando el hogar, burlándose de los niños que no habían conseguido calificarse para venir con ellos, fingiendo tener conocimentos sobre cómo funcionaba en realidad la Escuela de Batalla. Bean no abrió la boca. Sólo escuchó, los vio maniobrar, algunos de ellos decididos a asegurar su sitio en la jerarquía, otros más callados porque sabían que quedarían relegados a un puesto inferior; unos cuantos se mostraban relajados, despreocupados, porque nunca habían tenido que tomarse la molestia de guardar una orden, pues siempre habían estado en lo más alto. Una parte de Bean quería enzarzarse en la competición y ganarla, para abrirse paso con las uñas hasta la cúspide. Otra parte de él despreciaba a todo el grupo. ¿Qué significaría, realmente, ser el perro líder de una camada penosa?

Entonces se miró las manos, tan pequeñas, y las manos del niño que estaba sentado a su lado.

Es verdad. Parezco un muñeco comparado con los demás, se dijo.

Algunos de los niños se quejaban de que tenían hambre. Había una regla estricta que prohibía ingerir cualquier tipo de alimento las veinticuatro horas antes del embarque, y la mayoría de estos niños nunca había pasado tanto tiempo sin comer. Para Bean, veinticuatro horas sin comida apenas era un suspiro. En su banda, no te preocupabas por el hambre hasta la segunda semana.

La lanzadera despegó, igual que un avión normal y corriente, aunque necesitaba una pista interminable para ganar velocidad por lo pesada que era. A Bean le sorprendió el movimiento del avión, la forma en que se abalanzaba hacia delante aunque parecía inmóvil, la manera en que se mecía un poquito y a veces se sacudía, como si rodara sobre irregularidades en una carretera invisible.

Cuando cobraron altitud, se encontraron con dos aviones de avituallamiento, que debían suministrar al cohete el combustible necesario para conseguir velocidad de escape. El avión nunca podría haber despegado del suelo con tanto combustible a bordo.

Durante la operación de llenado, un hombre salió de la cabina de control y se plantó ante las filas de asientos. Su uniforme celeste era nítido y perfecto, y su sonrisa parecía tan almidonada y planchada como sus ropas.

—Mis queridos niños —dijo—. Al parecer, algunos de vosotros todavía no sabéis leer. Los arneses de vuestros asientos tienen que permanecer en su sitio durante todo el vuelo. ¿Por qué hay tantos desabrochados? ¿Vais a alguna parte?

Un montón de chasquidos metálicos respondieron como si fueran aplausos dispersos.

—Y dejadme advertiros que no importa lo molestos o pesados que puedan ser los otros niños, mantened las manitas quietas. Tenéis que tener en cuenta que los niños que os rodean consiguieron en el test unas puntuaciones tan altas como vosotros, y algunos incluso superiores.

Eso es imposible, pensó Bean. Alguien tuvo que sacar la máxima puntuación.

Al parecer, un niño al otro lado del pasillo tuvo la misma idea.

—Claro —dijo con sarcasmo.

—Tan sólo pretendía hacer una observación, pero quizás no os ha resultado interesante —comentó el hombre—. Por favor, comparte con nosotros ese pensamiento tan apasionante que no has podido guardártelo para ti.

El niño supo que había cometido un error, pero decidió continuar adelante.

—Alguien tuvo que sacar la máxima puntuación.

El hombre siguió mirándolo, como invitándolo a seguir.

—Quiero decir, que usted ha asegurado que todo el mundo ha sacado una puntuación tan alta como todos los demás, y algunos incluso más alta, y eso obviamente no es verdad.

El hombre seguía a la expectativa.

—Es todo lo que tenía que decir.

—¿Te sientes mejor? —preguntó el hombre.

El niño permaneció en silencio.

Sin perturbar su perfecta sonrisa, el hombre cambió su tono de voz. Ahora, en vez de brillante sarcasmo, en él se adivinaba una aguda nota de amenaza.

—Te he hecho una pregunta, niño.

—No, no me siento mejor.

—¿Cómo te llamas?

—Nerón.

Un par de niños que sabían algo de historia se rieron del nombre. Bean conocía al emperador Nerón. Pero no se rió. Sabía que un niño llamado Habichuela no debería reírse de los nombres de los otros niños. Además, un nombre como ése podía ser una auténtica carga. Decía algo sobre la fuerza del niño, o era un indicativo al menos de su firme oposición a que lo apodaran.

O tal vez Nerón era su apodo.

—¿Sólo... Nerón? —preguntó el hombre.

—Nerón Boulanger.

—¿Francés? ¿O sólo hambriento?

Bean no pilló el chiste. ¿Era Boulanger un nombre que tuviera algo que ver con la comida?

—Argelino.

—Nerón, eres un ejemplo para todos los niños de esta lanzadera. Porque la mayoría son tan tontos que piensan que es mejor guardar sus pensamientos más estúpidos para sí. Tú, sin embargo, comprendes la profunda verdad de que debes revelar tu estupidez abiertamente. Conservar tu estupidez en tu interior es abrazarla, aferrarse a ella, protegerla. Pero cuando expones tu estupidez, te arriesgas a que se apoderen de ella, la corrijan y la sustituyan por sabiduría. Sed valientes, todos vosotros, como Nerón Boulanger, y cuando tengáis un pensamiento de una ignorancia tan supina que consideréis que es inteligente, aseguraos de hacer un poco de ruido, dejad que vuestras limitaciones mentales chirríen soltando un pedo como idea, para que así tengáis la posibilidad de aprender.

Nerón refunfuñó.

—Escuchad... otra flatulencia, pero esta vez aún menos articulada que antes. Cuéntanos, Nerón. Habla. Nos estás enseñando a todos con el ejemplo de tu valor, por tonto que pueda ser.

Un par de estudiantes se rieron.

—Y escuchad... tu pedo ha atraído a otros pedos, de gente igualmente estúpida, pues piensan que son superiores a ti, y que no podrían haber sido elegidos como ejemplos de intelecto superior.

No hubo más risas.

Bean sintió una especie de temor, pues sabía que de algún modo este entrenamiento verbal, o más bien este ataque verbal en una dirección única; esta tortura, esta vergüenza pública, iba a encontrar algún tortuoso camino que llevara hasta él. No sabía cómo había surgido ese sentimiento, porque el hombre de uniforme ni siquiera lo había mirado, y Bean no había emitido ningún sonido, no había hecho nada para llamar la atención. Sin embargo sabía que él, no Nerón, acabaría recibiendo la incisión más cruel de la daga de este hombre.

Entonces advirtió por qué estaba seguro de que se volvería contra él. Esto se había convertido en una desagradable discusión sobre si alguien había obtenido una puntuación más alta en las pruebas que los demás presentes en la lanzadera. Y Bean había asumido, sin ningún motivo concreto, que ese niño era él.

Ahora que había dilucidado su propia creencia, se percató de que era absurda. Estos niños eran todos mayores y habían crecido en un medio con más facilidades. Él sólo había tenido a sor Carlotta como profesora... sor Carlotta y, por supuesto, la calle, aunque poco de lo que había aprendido allí se le había preguntado en los exámenes. Era imposible que Bean hubiera sacado la puntuación más alta.

Pese a ello, sabía, con absoluta certeza, que esta discusión suponía un grave peligro para él.

—Te dije que hablaras, Nerón. Estoy esperando.

—Todavía no sé por qué lo que dije fue una estupidez —dijo Nerón.

—Primero, porque yo tengo toda la autoridad aquí, y tú no tienes ninguna, así que yo tengo el poder para convertir tu vida en un infierno, y tú no tienes ningún poder para protegerte. ¿Cuánta inteligencia hace falta para que tengas la boca cerrada y evites llamar la atención? ¿Qué decisión más obvia podría haber cuando te enfrentas a una distribución de poder tan desigual?

Nerón se rebulló en su asiento.

—Segundo, parecías estar escuchándome, no para descubrir información útil, sino para tratar de pillarme en una falacia lógica. Esto nos indica a todos que estás acostumbrado a ser más listo que tus profesores, y que los escuchas para pillarlos en un error y demostrar a los otros estudiantes lo ingenioso que eres. Es una forma tan insensata y estúpida de escuchar a los profesores que está claro que pasarán unos meses antes de que comprendas que la única transacción que importa es una transferencia de información útil por parte de adultos que poseen lo que no poseen los niños, y que detectar errores es un empleo equivocado y delictivo del tiempo.

Bean no estaba de acuerdo, pero se guardó de decir nada. Emplear mal el tiempo era señalar los errores. Detectarlos, advertirlos, era esencial. Si en tu mente no distinguías la información útil de la errónea, entonces no aprendías nada, simplemente sustituías la ignorancia por creencias falsas, lo cual no suponía ninguna mejora.

Parte de lo que el hombre decía era cierto; sin embargo, se refería a la inutilidad de hablar en voz alta. Si sé que el maestro está equivocado, y no digo nada, pensaba Bean, entonces soy el único que lo sabe, y con ello me aventajo a aquellos que creen al maestro.

—Tercero —prosiguió el hombre—, mi discurso sólo parece ser contradictorio en sí mismo e imposible porque no ahondas en la situación. De hecho, no tiene por qué ser cierto que una persona de esta lanzadera haya obtenido unas puntuaciones más altas. Eso se debe a que hay muchas pruebas, físicas, mentales, sociales y psicológicas, y muchas formas de definir «más alto» ya que existen muchas formas de estar física o socialmente o psicológicamente dotado para el mando. Los niños que obtienen unos resultados más altos en resistencia tal vez no sean los que obtienen una mayor puntuación en fuerza; del mismo modo, los niños que son más inteligentes tal vez no sean los mejores en análisis anticipatorio. Por último, los niños con notables habilidades sociales pueden ser más débiles en términos de gratificación. ¿Empiezas a comprender tu estrechez de pensamiento, que te llevó a esa estúpida e inútil conclusión?

Nerón asintió.

—Oigamos de nuevo el sonido de tu flatulencia, Nerón. Habla tan alto a la hora de reconocer tus errores como al cometerlos.

—Estaba equivocado.

En ese momento, cualquier niño de los que se encontraban en la lanzadera hubiera preferido estar muerto a ocupar el lugar de Nerón. Y, sin embargo, Bean sentía también una especie de envidia, aunque no comprendía por qué tenía que envidiar a la víctima de una tortura semejante.

—No obstante —añadió el hombre—, da la casualidad de que estás menos equivocado en esta lanzadera en concreto de lo que lo habrías estado en otra lanzadera llena de reclutas en rumbo a la Escuela de Batalla. ¿Y sabes por qué?

Decidió no hablar.

—¿Sabe alguien por qué? ¿Puede alguien imaginarlo? Os invito a hacer suposiciones.

Nadie aceptó la invitación.

—Entonces dejadme que elija a un voluntario. Aquí hay un niño llamado, por improbable que parezca... «Bean». ¿Quiere hablar ese niño, por favor?

Ya estamos, pensó Bean. Estaba lleno de temor, pero también lleno de excitación porque era esto justamente lo que quería, aunque no sabía por qué. Mírame. Háblame, tú que tienes el poder, tú que tienes la autoridad.

—Estoy aquí, señor —dijo Bean.

El hombre echó una ojeada al grupo, y luego otra, haciéndose el loco. Fingía, por supuesto: sabía el sitio exacto en que estaba sentado Bean antes de que hablara siquiera.

—No puedo ver de dónde procede tu voz. ¿Quieres levantar una mano?

Bean levantó inmediatamente la mano. Advirtió, para su vergüenza, que su mano ni siquiera llegaba a lo alto del respaldo del asiento.

—Sigo sin poder verte —dijo el hombre, aunque por supuesto podía—. Te doy permiso para que sueltes tu cinturón de seguridad y te levantes.

Bean obedeció al instante. Se quitó el arnés y se puso en pie de un salto. Apenas era más alto que el respaldo del asiento que tenía delante.

—Ah, ahí estás —dijo el hombre—. Bean, ¿querrías ser tan amable de especular por qué, en esta lanzadera, Nerón está más cerca de la verdad que en ninguna otra?

—Tal vez alguien de aquí obtuvo la puntuación más alta en un montón de pruebas.

—No sólo en un montón, Bean. En todas las pruebas de inteligencia. En todos los tests psicológicos. En todas las pruebas referidas al mando. En todas. Más alto que nadie en esta lanzadera.

—Entonces yo estaba en lo cierto —concluyó Nerón, desafiante.

—No, no lo estabas —respondió el hombre—. Porque ese niño destacado, el que obtuvo la puntuación más alta en todas las pruebas relativas al mando, da la casualidad de que sacó las notas más bajas en todas las pruebas físicas. ¿Y sabéis por qué?

Nadie contestó.

—Bean, ya que estás de pie, ¿puedes especular por

qué ese niño puede haber sacado menos nota en las pruebas físicas?

Bean era consciente que le habían tendido una trampa. Y se negó a descartar la respuesta obvia. La soltaría, aunque luego los demás lo odiaran por responder. Después de todo, lo iban a odiar de todas formas, no importaba quién contestara.

—Tal vez obtuvo menos puntuación en las pruebas físicas porque es muy, muy pequeño.

Se oyeron muchos gruñidos, en señal de disgusto. La respuesta que había dado era arrogante y vanidosa. Pero el hombre de uniforme asintió gravemente.

—Como era de esperar de un niño con tan notable habilidad, tienes toda la razón. De no haber sido por la estatura inusitadamente pequeña de este niño, Nerón habría tenido razón en que hay uno que ha obtenido unas notas mejores que todos los demás.

Se volvió hacia Nerón.

—Tan cerca de no ser un completo idiota. Y sin embargo... aunque hubieras tenido razón, sólo habría sido un accidente. Un reloj roto da la hora exacta dos veces al día. Siéntate ahora, Bean, y abróchate el arnés. La toma de combustible se ha acabado y estamos a punto de despegar.

Bean se sentó. Pudo olfatear la hostilidad de los otros niños. No había nada que pudiera hacer al respecto en aquel preciso instante, y no estaba seguro de que fuera una desventaja, de todas formas. Lo que importaba era una cuestión mucho más punzante: ¿Por qué le había preparado el hombre una trampa así? Si pretendía que los niños compitieran unos con otros, podría haber pasado una lista con las notas de todo el mundo en todas las pruebas, para que todos pudieran ver en qué destacaban. En cambio, lo había hecho levantar delante del grupo. Bean ya era el más pequeño, y sabía por experiencia que era un blanco idóneo para todas las ansias de venganza que anidaran en el corazón de los matones. Entonces, ¿por qué trazaban este gran círculo a su alrededor con todas estas flechas apuntándolo, si de este modo prácticamente se convertía en el blanco principal del odio y el temor de todo el mundo?

Escoged vuestro blanco, apuntad con vuestras flechas. Voy a hacerlo tan bien en la escuela que algún día seré yo quien tenga la autoridad, y entonces no importará a quién le agrade, pensó Bean. Lo que importará será quién me agrade a mí.

—Como tal vez recordéis —continuó el hombre—, antes de que la boca de Nerón Bakerboy aquí presente se tirara el primer pedo, yo estaba intentando deciros algo. Os decía que, aunque algún niño de aquí pueda parecer el objetivo principal de vuestra patética necesidad de asegurar la supremacía en una situación donde no estáis seguros de ser reconocidos como el héroe que queréis que la gente piense que sois, debéis controlaros, y absteneros de pellizcar o morder, dar puñetazos o patadas, o incluso hacer observaciones capciosas o reíros como cerdos porque pensáis que alguien es un objetivo fácil. Y, sencillamente, debéis absteneros de hacer eso porque no sabéis quién en este grupo va a acabar siendo vuestro comandante en el futuro, el almirante cuando seáis simples capitanes. Y si pensáis por un momento que olvidarán cómo los tratáis hoy, entonces sois una panda de idiotas. Si son buenos comandantes, sabrán sacar el máximo partido de vosotros en el combate, no importa cuánto os desprecien. Pero no tienen por qué ayudaros a ascender en vuestra carrera. No tienen que nutriros y llevaros consigo. No tienen que ser amables y perdonaros. Pensad en eso, nada más. La gente que veis alrededor algún día os dará órdenes que decidirán si vivís o morís. Yo os sugeriría que trabajarais para ganaros respeto, no para derribar a los demás con el único propósito de alardear como si fuerais unos matones de patio.

Una vez más, el hombre volvió su helada sonrisa hacia Bean.

—Y apuesto a que Bean, aquí presente, ya está planeando ser el almirante que algún día dé las órdenes. Incluso está planeando cómo me destinará a montar guardia solitaria en el observatorio de algún asteroide hasta que mis huesos se derritan por la osteoporosis y me desparrame por la estación como una ameba.

Bean no había pensado, ni por un momento, en ninguna confrontación futura entre él y ese oficial en concreto. No albergaba ningún deseo de venganza. No era Aquiles. Aquiles era estúpido. Y ese oficial era estúpido por pensar que Bean estaría pensando en esos términos. No obstante, sin duda, el hombre creía que Bean estaría agradecido porque acababa de advertir a los demás de que no la tomaran con él. Pero Bean había sufrido el acoso de otros niños mucho más hijos de puta de lo que podrían ser ésos: así pues, no necesitaba la «protección» de este oficial, y lo único que consiguió fue hacer que la barrera que separaba a Bean de los otros niños fuera más grande que antes. Si Bean pudiera haber perdido un par de refriegas, lo habrían considerado más humano, tal vez incluso lo habrían aceptado. Pero ahora ya no tendría lugar ninguna refriega. No habría ninguna forma fácil de construir puentes.

El rostro de Bean dejó de traslucir su descontento, y el hombre se percató de ello.

—Tengo que decirte una cosa, Bean. No me importa lo que me hagas. Porque sólo hay un enemigo que cuenta. Los insectores. Y si puedes crecer para convertirte en el almirante que nos conceda la victoria sobre los insectores y salvar la Tierra para la humanidad, entonces oblígame a comerme mis propios huevos, empezando por el culo, y seguiré diciendo, gracias, señor. Los insectores son el enemigo. No Nerón. Ni Bean. Ni siquiera yo. Así que mantened las manitas apartadas los unos de los otros.

Sonrió de nuevo, sin humor.

—Además, la última vez que alguien trató de desquitarse de otro niño, acabó volando en la lanzadera con gravedad cero y se rompió el brazo. Es una de las leyes de la estrategia. Hasta que sepáis que sois más duros que el enemigo, maniobrad, no luchéis. Considerad que ésa es vuestra primera lección en la Escuela de Batalla.

¿Primera lección? No era extraño que emplearan a este tipo para atender a los niños en la lanzadera en vez de tenerlo como profesor. Si seguías ese sabio consejo, te quedarías paralizado contra un enemigo fuerte. A veces hay que pelear aunque seas débil. No esperar a saber si eres más fuerte o no. Te vuelves más fuerte por los medios que puedes, y entonces golpeas por sorpresa, te cuelas, das puñaladas por la espalda, engañas, haces trampa, juegas sucio, mientes, lo que haga falta para asegurarte la victoria.

Este tipo podía ser bastante duro, al ser el único adulto en una lanzadera llena de niños, pero si fuera un chaval de las calles de Rotterdam, «maniobraría» y se moriría de hambre en un mes. Si no lo mataban antes por hablar como si pensara que el pis era un perfume.

El hombre se volvió hacia la cabina de control.

Bean lo llamó.

—¿Cómo se llama usted?

El hombre se dio la vuelta y lo atravesó con la mirada.

—¿Qué? ¿Preparando ya las órdenes para convertir mis pelotas en polvo, Bean?

Bean no respondió. Tan sólo lo miró a los ojos.

—Soy el capitán Dimak. ¿Algo más que quieras saber?

Bien podría averiguarlo ahora y no más tarde.

—¿Enseña usted en la Escuela de Batalla?

—Sí —respondió—. Bajar a recoger lanzaderas llenas de niños y niñas es la forma que tenemos de disfrutar de nuestros permisos en tierra. El hecho de que esté con vosotros en esta lanzadera significa que mis vacaciones se han terminado.

Los aviones de repostaje se separaron y se alzaron sobre ellos. No, era su nave la que descendía. Y la cola se hundía más que la nariz de la lanzadera.

Las ventanillas se cubrieron con unas planchas de metal. Pareció que caían cada vez más rápido, hasta que, con un rugido estremecedor, los cohetes se dispararon y la lanzadera empezó a elevarse otra vez, más alto, más rápido, más rápido, hasta que Bean sintió que iba a salir despedido por la parte trasera de su asiento. Daba la sensación de que nunca se detendría, de que nunca cambiaría su trayectoria.

Entonces... sobrevino el silencio.

El silencio, y luego una oleada de pánico. Caían de nuevo, pero esta vez no tenían la impresión de que se dirigían hacia abajo; sólo sentían náuseas y miedo.

Bean cerró los ojos. No sirvió de nada. Los volvió a abrir, trató de reorientarse. Ninguna dirección proporcionaba equilibrio. Pero en la calle había aprendido por sí mismo a no sucumbir a las náuseas: mucha de la comida que tenía que comer se había puesto ya mala, y no podía permitirse vomitarla. Así que se sirvió de su ya tantas veces usado método antináusea: inspiró profundamente, y se distrajo concentrándose en los dedos de los pies, que sacudió. Y, después de un período de tiempo sorprendentemente corto, se acostumbró a la gravedad cero. Mientras no considerara que ninguna dirección era abajo, se encontraba bien.

Los otros niños no tenían su truco, o quizás eran más susceptibles a la súbita e implacable pérdida de equilibrio. Ahora ya sabían por qué estaba prohibido comer antes del lanzamiento. Hubo un montón de arcadas, pero nada que vomitar, por lo que no hubo ningún desaguisado, ningún olor.

Dimak regresó a la cabina de la lanzadera, esta vez caminando por el techo. Muy listo, pensó Bean. Comenzó a dar otra charla, esta vez sobre cómo deshacerse de los supuestos planetarios referidos a las direcciones y la gravedad. ¿Era posible que estos chicos fueran tan estúpidos que hubiera que decirles cosas tan obvias?

Bean aprovechó el tiempo que duró la charla para averiguar cuánta presión se precisaba para moverse dentro de su arnés flojo. Todos los demás eran más grandes, por lo que el arnés les encajaba bien e impedía sus movimientos. Sólo Bean tenía espacio para maniobrar un poco. Se benefició de ello tanto como le fue posible. Para cuando llegaran a la Escuela de Batalla, tendría que haber ganado algo de agilidad en gravedad cero al menos. Supuso que, en el espacio, su supervivencia podría depender algún día de saber cuánta fuerza haría falta para mover su cuerpo, y luego cuánta más haría falta para detenerse. Saberlo con su mente no era ni la mitad de importante que saberlo con su cuerpo. Analizar las cosas estaba bien, pero unos buenos reflejos te podían salvar la vida.

6
La sombra de Ender

—Normalmente sus informes sobre un grupo de lanzamiento son breves. Unos cuantos pendencieros, el informe de un incidente o lo mejor de todo, nada.

—Puede usted descartar lo que quiera de mi informe, señor.

—¿Señor? Vaya, hoy estamos quisquillosos.

—¿Qué parte de mi informe considera excesiva?

—Creo que este informe es una canción de amor.

—Me doy cuenta de que parece que esté haciendo la pelota, al usar con cada lanzamiento la técnica que se empleó con Ender Wiggin... Ahora me doy cuenta de ello.

—¿La usa con cada lanzamiento?

—Como usted mismo señaló, señor, tiene resultados interesantes. La clasificación que nos brinda es inmediata.

—Una clasificación en categorías que de otro modo tal vez no existieran. Sin embargo, acepto el cumplido implícito en su acción. Pero siete páginas sobre Bean... de verdad, ¿tanto aprendió de una respuesta que fue principalmente aceptar lo dicho en silencio?

—Ése es mi argumento, señor. No fue sólo eso. Fue... yo llevaba a cabo el experimento, pero parecía que el ojo que asomaba al microscopio era el suyo, y yo el espécimen en la bandeja.

—Entonces le puso nervioso.

—Podría poner nervioso a cualquiera. Es frío, señor. Y sin embargo...

—Y sin embargo apasionado. Sí, leí su informe. Hasta la última nota.

—Sí, señor.

—Creo que ya sabe que no debemos hacernos ilusiones con nuestros estudiantes.

—¿Señor?

—En este caso, sin embargo, me alegra que esté tan interesado en Bean. Porque, verá, yo no lo estoy. Ya tengo al niño del que, en mi opinión, podremos sacar el máximo partido. No obstante, los resultados engañosos que ha obtenido Bean nos inducen a prestarle una atención especial. Muy bien, la tendrá. Y usted se la prestará.

—Pero señor...

—Quizás sea usted incapaz de distinguir una orden de una invitación.

—Sólo me preocupa que... creo que ya tiene una pobre opinión de mí.

—Bien. Entonces le subestimará. A menos que piense que esa pobre opinión pueda ser correcta.

—Comparados con él, señor, todos podríamos ser unos mierdosos.

—Prestarle atención de cerca es su misión. Trate de no adorarlo.

Lo único que Bean tenía en mente aquel primer día en la Escuela de Batalla era sobrevivir. Nadie lo ayudaría: eso quedó claro en la pequeña charada que Dimak pronunció en la lanzadera. Le estaban preparando una encerrona para acorralarle... ¿qué? Rivales en el mejor de los casos, enemigos en el peor. De modo que era otra vez la calle. Bueno, mejor. Bean había sobrevivido en las calles. Y habría seguido sobreviviendo, aunque sor Carlotta no lo hubiera encontrado. Incluso Pablo... Bean lo habría conseguido aunque Pablo, el conserje, no lo hubiera encontrado en el lavabo del sitio limpio.

Así que vigiló. Escuchó. Tenía que aprender todo lo que los otros aprendieran, incluso mejor que ellos. Y además, tenía que aprender lo que los otros ignoraran: los trabajos del grupo, los sistemas de la Escuela de Batalla. Cómo se llevaban los maestros entre sí. En quién recaía el poder. Quién temía a quién. Cada grupo tenía sus jefes, sus pardillos, sus rebeldes, sus pelotas. Cada grupo tenía sus lazos fuertes y los débiles, amistades e hipocresías. Mentiras dentro de un círculo de mentiras, y éstas, a su vez, dentro de otro. Y Bean tenía que encontrarlas todas, tan pronto como le fuera posible, para averiguar cuáles eran los espacios en los que podría sobrevivir.

Los llevaron a los barracones, y les dieron camas, taquillas, pequeñas consolas portátiles que no eran más sofisticadas que la que había utilizado cuando estudiaba con sor Carlotta. Algunos de los niños empezaron a jugar inmediatamente con ellas, tratando de programarlas o de explorar los juegos que tenían dentro, pero Bean no mostró ningún interés. El sistema informático de la Escuela de Batalla no era una persona; dominarlo sería útil a la larga, pero en ese momento era irrelevante. Lo que Bean tenía que descubrir era todo lo que había fuera de los barracones de los novatos.

El lugar al que pronto fueron. Llegaron por la «mañana», según el horario espacial, cosa que, para malestar de muchos europeos y asiáticos, significaba la hora de Florida, ya que las primeras estaciones habían sido controladas desde allí. Para los chavales, que habían sido lanzados desde Europa, era por la tarde, y eso significaba que tendrían un serio problema de desorientación horaria. Dimak explicó que la cura para eso era realizar duros ejercicios físicos y luego echar una siestecita (no más de tres horas) a primeras horas de la tarde; después tendrían otra tanda de ejercicios físicos, más que suficientes para que esa noche cayeran en la cama agotados a la hora que se acostaban los otros estudiantes.

Formaron una fila en el pasillo.

—Verde marrón verde —dijo Dimak, y les mostró cómo aquellas líneas en las paredes del pasillo siempre los conducirían de regreso a los barracones. A Bean lo expulsaron varias veces de la fila, y acabó el último. No le importó: los empujones no hacían sangre ni dejaban magulladuras, y ser el último en la fila significaba que tenía el mejor lugar para observar.

Otros niños desfilaron por el pasillo, a veces solos, otras en parejas o tríos, la mayoría con uniformes de colores brillantes y de una gran variedad de diseños. Una vez pasaron ante un grupo entero vestido igual, y con cascos y extravagantes armas al cinto, corriendo a una velocidad que a Bean le pareció sospechosa. Son una banda, pensó. Y se dirigen a una pelea.

Resultaba imposible no advertir a los niños nuevos que recorrían el pasillo y los miraban asombrados. De inmediato, hubo burlas.

—¡Novatos!

—¡Carne fresca!

—¿Quién se ha hecho caca en el pasillo y no la ha limpiado?

—¡Incluso huelen a estúpido!

Pero eran puyas inofensivas, niños mayores que aseguraban su supremacía. No era nada más que eso. En realidad, no evidenciaban ninguna actitud hostil, sino más bien afectuosa. Recordaban cuando ellos fueron también novatos.

Algunos de los novatos que iban en fila delante de Bean se sintieron ofendidos y respondieron con algunos insultos patéticos y vagos, lo cual sólo causó más abucheos y burlas por parte de los otros niños. Bean había visto a chavales más grandes y mayores que odiaban a los más jóvenes porque les hacían la competencia a la hora de buscar comida, y los expulsaban, sin importarles que eso pudiera provocar la muerte de los pequeños. A él le habían propinado golpes de verdad, con el único objeto de hacerle daño. Había visto crueldad, explotación, saña, asesinato. Estos otros niños no reconocían el amor cuando lo veían.

Lo que Bean quería saber era cómo estaba organizada esa banda, quién la dirigía, cómo lo elegían, para qué servía la banda. El hecho de que tuvieran su propio uniforme significaba que ostentaban un estatus oficial. Así que eso implicaba que los adultos estaban al mando: era justo lo contrario de la forma en que se organizaban las bandas en Rotterdam, donde los adultos trataban de disolverlas, donde los periódicos las calificaban de conspiraciones criminales en vez de patéticas ligas por la supervivencia.

Eso era, realmente, la clave. Todo lo que los niños hacían aquí estaba conformado por los adultos. En Rotterdam, los adultos eran hostiles, despreocupados o, como Helga con su comedor de caridad, en el fondo carecían de poder. Así que los niños podían moldear su propia sociedad sin interferencias. Todo se basaba en la supervivencia, en conseguir suficiente comida sin que te matasen, te lastimaran o acabaras enfermando. Aquí había cocineros y doctores, ropas y camas. El poder no radicaba en tener acceso a la comida, sino en lograr la aprobación de los adultos.

Eso era lo que significaban aquellos uniformes. Los adultos los elegían, y los niños los llevaban porque los adultos hacían que, de algún modo, mereciera la pena.

Por tanto, la clave de todo estaba en comprender a los maestros.

Todo esto pasó por la mente de Bean, no a modo de discurso, sino como una comprensión clara y casi inmediata de que aquel grupo no poseía autoridad alguna, comparado con el poder de los profesores, antes de que los niños de uniforme lo alcanzaran. Cuando vieron a Bean, tan diminuto comparado con los demás, se echaron a reír, abuchearon, silbaron.

—¡Ése no vale ni para mojón!

—¡Es increíble! ¡Si *anda* y todo!

—¿Dónde está el nene de su mamá?

—Pero ¿es *humano*?

Bean no les hizo ningún caso. Pero pudo sentir cómo disfrutaban los otros niños de la fila. Habían sido humillados en la lanzadera; ahora le tocaba a Bean sufrir las burlas. Les encantó. Y también a Bean, porque eso significaba que no lo veían como un rival. Al burlarse de él, los soldados que pasaban lo ponían un poco más a salvo de...

¿De qué? ¿Cuál era el peligro aquí?

Pues habría peligro. Eso lo sabía. Siempre había peligro. Y como los profesores concentraban todo el poder, el peligro vendría de ellos. Pero Dimak había empezado por volver a los otros niños contra él. Así que los propios niños eran las armas elegidas. Bean tenía que llegar a conocer a los otros niños, no porque ellos fueran a ser un problema, sino porque sus debilidades y sus deseos podían ser utilizados por los profesores contra él. Y, para protegerse, Bean tendría que trabajar para minar el dominio que ejercían sobre los otros niños. La clave estaba en subvertir la influencia de los maestros. Y, sin embargo, ése era el mayor peligro... que lo pillaran haciéndolo.

Subieron por los asideros acolchados de una pared, luego se deslizaron por un poste abajo; era la primera vez que Bean lo hacía con un palo liso. En Rotterdam, siempre se deslizaba por cañerías, postes de tráfico y semáforos. Acabaron en una sección de la Escuela de Batalla con mayor gravedad. Bean no se dio cuenta de lo livianos que debían estar en el nivel de los barracones hasta que notó lo pesado que se sentía en el gimnasio.

—Aquí la gravedad es algo superior que la de la Tierra —informó Dimak—. Tenéis que pasar al menos media hora al día aquí, o vuestros huesos empezarán a disolverse. Y tenéis que pasar el tiempo ejercitándolos, para manteneros en forma. Y ésa es la clave: poder soportar el ejercicio, no ganar masa. Sois demasiado pequeños para que vuestros cuerpos soporten ese tipo de entrenamiento, y aquí se nota. Energía, eso es lo que queremos.

Para los niños, las palabras estaban casi deprovistas de significado, pero el entrenador se apresuró a aclararlo. Corrieron sobre cintas sin fin, pedalearon en bicicleta, subieron escaleras, hicieron abdominales, flexiones, dorsales, pero nada de pesas. El equipo de pesas que había era para uso exclusivo de los profesores.

—En esta escuela se os controlan las pulsaciones —dijo el entrenador—. Si no hacéis que vuestras pulsaciones aumenten a los cinco minutos de llegada y no mantenéis ese mismo ritmo durante los siguientes veinticinco minutos, se anotará en vuestro historial y yo lo veré en mi cuadro de control.

—Yo también recibiré un informe —comunicó Dimak—. Y os pondrán en la lista negra para que todo el mundo vea que habéis sido perezosos.

Lista negra. Así que ésa era la herramienta que utilizaban: avergonzarlos delante de los demás. Qué estupidez. Como si a Bean le importara.

Lo que le interesaba era el monitor de control. ¿Cómo podían controlar los latidos de sus corazones y saber lo que estaban haciendo, de forma automática desde el momento en que llegaban? Casi había formulado la pregunta cuando advirtió la única respuesta posible: el uniforme. Dentro de las ropas. Seguro que había algún sistema de sensores. Probablemente les proporcionaba muchos más datos que el ritmo cardíaco. Para empezar, sin duda localizarían a cada niño dondequiera que estuviesen en la estación, todo el tiempo. Debía de haber cientos y cientos de niños aquí, y habría también ordenadores que informaban de sus paraderos, sus pulsaciones y quién sabía qué otra información. ¿Puede que, en alguna parte, hubiese una habitación donde los profesores observaban cada paso que daban?

O tal vez no estaba en la ropa. Después de todo, habían tenido que pulsar con la palma antes de entrar aquí, supuestamente para identificarse. Así que tal vez esa sala disponía de unos sensores especiales.

Era hora de averiguarlo. Bean levantó la mano.

—Señor —dijo.

—¿Sí? —El entrenador hizo como que se sorprendía al ver el tamaño de Bean, y una sonrisa asomó a la comisura de sus labios. Miró a Dimak. El capitán no sonrió ni mostró ninguna indicación de que comprendía lo que pensaba el entrenador.

—¿El monitor de nuestros corazones está en la ropa que llevábamos? Si nos quitamos alguna parte del uniforme mientras nos ejercitamos, ¿se...?

—No estáis autorizados a quitaros el uniforme en el gimnasio —dijo el entrenador—. La habitación se mantiene fría para que no necesitéis quitaros la ropa. Se os vigilará en todo momento.

No era realmente una respuesta, pero le dijo lo que necesitaba saber. El control dependía de las ropas. Tal vez había un identificador en el tejido y al mostrar la palma, avisaban a los sensores del gimnasio qué chico llevaba la ropa. Tenía sentido.

Así pues, lo más probable es que las ropas fueran anónimas desde que te ponías un conjunto limpio hasta que empleabas la palma de la mano en alguna parte. Entonces, tal vez fuera posible pasar inadvertido sin tener que estar desnudo, lo cual era una deducción importante. Bean supuso que ir desnudo resultaría sospechoso por aquí.

Todos se ejercitaron y el entrenador les dijo cuáles no alcanzaban el promedio adecuado, y cuáles se esforzaban demasiado y se fatigarían demasiado pronto. Bean rápidamente supo qué ritmo tenía que llevar, y luego se olvidó. Ahora que lo sabía, se acordaría por reflejo.

Luego llegó la hora de comer. Estaban solos en el comedor: como eran novatos ese día seguían otro horario. La comida era buena y abundante. Bean se sorprendió cuando algunos de los niños miraron sus platos y se quejaron de lo frugales que eran. ¡Pero si era un banquete! Bean no pudo terminar su plato. A quienes se quejaban se les informó que las cantidades variaban en función de las necesidades alimenticias de cada uno: cuando un niño empujaba con la palma la placa del comedor, la ración que le correspondía aparecía en un ordenador.

Así que no comes sin poner la palma. Era importante saberlo.

Bean pronto descubrió que su tamaño iba a recibir atención oficial. Cuando llevó su bandeja a medio terminar a la unidad de eliminación, un pitido electrónico hizo que el nutricionista de guardia se le acercara.

—Es tu primer día, así que no vamos a ser rígidos al respecto. Pero tus porciones están científicamente calibradas para cubrir tus necesidades alimenticias, y en el futuro terminarás hasta la última migaja que se sirva.

Bean lo miró sin decir nada. Ya había tomado su decisión. Si su programa de ejercicios hacía que sintiera más hambre, entonces comería más. Pero si esperaban que se atiborrara, lo tenían claro. Sería sencillo tirar la comida sobrante en las bandejas de los que se quejaban. Ellos se alegrarían, y Bean comería sólo lo que su cuerpo quisiera. Recordaba muy bien el hambre, pero había vivido muchos meses con sor Carlotta, y sabía confiar en su propio apetito. Durante un tiempo, dejó que ella le diera de comer más de lo que necesitaba. El resultado había sido una sensación de hastío, malestar cuando trataba de dormir y dificultades para permanecer despierto. Volvió a comer sólo lo que su cuerpo quería, dejando que su hambre lo guiara, lo cual le mantuvo alerta y despierto. Era el único nutricionista en que confiaba. Que los que se quejaban se volvieran torpes.

Dimak se levantó en cuanto varios niños hubieron terminado de comer.

—Cuando acabéis, volved a los barracones. Si pensáis que podéis encontrarlos. Si tenéis alguna duda, esperadme y yo llevaré de regreso al último grupo.

Los pasillos estaban vacíos cuando Bean salió. Los otros niños tocaron la pared y su franja verde marrón verde se iluminó. Bean los vio marchar. Uno de ellos se volvió:

—¿No vas a venir?

Bean no dijo nada. No había nada que decir. Obviamente, iba a quedarse quieto. Era una pregunta estúpida. El niño se dio la vuelta y se perdió corriendo pasillo abajo, hacia los barracones.

Bean tiró por el camino opuesto. No había franjas en la pared. Sabía que ése era el mejor momento para explorar. Si lo pillaban fuera de la zona donde tenía que estar, creerían que se había perdido.

El corredor se elevaba por delante y por detrás de él. Le parecía que siempre iba cuesta arriba, y cuando miró atrás, había que volver cuesta arriba por el camino que había seguido. Qué extraño. Pero Dimak ya había explicado que la estación era una enorme rueda, la cual giraba en el espacio de tal modo que la fuerza centrífuga sustituía la gravedad. Eso significaba que el pasillo principal de cada nivel era un gran círculo, por lo que siempre volvías a donde empezabas, y «abajo» era siempre hacia fuera del círculo. Bean trató de imaginárselo. Al principio lo mareó pensar que se encontraba de lado mientras caminaba, pero luego cambió mentalmente la orientación, de forma que concibió la estación como la rueda de un carro, con él en el fondo, no importaba cómo girara. Eso ponía boca abajo a la gente que estaba por encima de él, pero no le importaba. Dondequiera que estuviese, era abajo, y de ese modo abajo permanecía abajo y arriba permanecía arriba.

Los novatos estaban en el nivel del comedor, pero los niños mayores no, porque después de los comedores y las cocinas, sólo había aulas y puertas sin rótulos con placas para las palmas muy altas, por lo que, sin lugar a dudas, no habían sido diseñadas para los niños. Era probable que otros chicos las alcanzaran, pero ni siquiera saltando podría Bean tocar una. No importaba. Con saltar sólo conseguiría atraer la atención de algún adulto, que no dejaría de interrogarle hasta que averiguase por qué quería entrar en una sala a la que estaba denegado el acceso.

Por la fuerza de la costumbre (¿o por instinto quizás?) Bean consideró esas barreras solamente como obstáculos temporales. Sabía cómo escalar paredes en Rotterdam, cómo subirse a los tejados. Por bajito que fuera, siempre encontraba medios de llegar a donde quería. Esas puertas no le detendrían si decidía que necesitaba franquearlas. No tenía idea ahora mismo de cómo lo haría, pero estaba seguro de que encontraría un medio. Así que no se molestó. Se limitó a almacenar la información, y esperar que llegara el día en que se le ocurriera alguna forma de usarla.

Cada pocos metros había un poste para bajar a otro pasillo o una escalerilla para subir. Para bajar el poste del gimnasio, tuvo que tocar una placa. Pero no parecía haber placa ninguna en éstos, lo que tenía sentido. La mayoría de los postes y escalerillas simplemente te permitían pasar de una planta a otra... no, las llamaban cubiertas. Esto era la Flota Internacional, donde todo pretendía ser como en una nave. Solamente un poste conducía al gimnasio, porque precisaban controlar el acceso para que no se abarrotara de gente de improviso. En cuanto lo comprendió, Bean no tuvo que volver a pensar en ello. Subió por una escalerilla.

El piso superior tenía que ser el nivel de los barracones de los niños mayores. Las puertas estaban más espaciadas, y en cada una de ellas se leía una insignia. Había también dibujada la silueta de algún animal, con los colores de los uniformes (concretamente, eran los colores de sus franjas, aunque dudaba que los niños mayores tuvieran que palmear la pared para hallar el camino). No reconoció a algunos de ellos, pero sí a un par de aves, algunos gatos, un perro, un león. Los que solían usarse como símbolos en Rotterdam. No había palomas. Ni moscas. Sólo animales nobles, o animales famosos por su valor. Advirtió la silueta de un perro, pero más bien parecía una especie de animal de caza, con caderas muy delgadas. No era un chucho.

Así que allí era donde se reunían las bandas, y tenían símbolos de animales, lo que significaba que probablemente se ponían nombres de animales para ser reconocidos. Banda Gato. O tal vez banda León. Y, con toda probabilidad, no se llamaban bandas. Bean descubriría pronto cómo se llamaban. Cerró los ojos y trató de recordar los colores e insignias del grupo que vio antes en el pasillo y se burló de él. Pudo ver la forma en su mente, pero no la encontró en ninguna de las puertas. No importaba: no merecía la pena recorrer todo el pasillo para buscarla, puesto que se arriesgaba demasiado a que lo pillaran.

Otra vez arriba. Más barracones, más aulas. ¿Cuántos niños se alojaban en cada barracón? Este lugar era más grande de lo que pensaba.

Sonó un suave timbre. Inmediatamente, varias puertas se abrieron y empezaron a salir niños al pasillo. Hora de cambiar de turno.

Al principio Bean se sintió más seguro entre los niños grandes, porque le parecía que podría perderse entre la multitud, como hacía siempre en Rotterdam. Pero esa costumbre no servía de nada aquí. No era un grupo de gente que paseaba al azar. Podían ser niños, pero también eran militares. Sabían dónde se suponía que debía estar cada uno, y Bean, con su uniforme de novato, estaba fuera de sitio. Una pareja de niños mayores lo detuvo casi al instante.

—No perteneces a esta cubierta —dijo uno. Justo en ese momento, unos cuantos más se detuvieron a mirar a Bean, como si fuera un objeto que una tormenta hubiese arrojado a la calle.

—Mira la altura de éste.

—El pobre tiene que oler el culo de todo el mundo, ¿eh?

—¡Sí!

—Estás fuera de tu zona, novatito.

Bean no abrió la boca; sólo los miraba mientras le hablaban. Eran niños y niñas.

—¿Cuáles son tus colores? —preguntó una chica.

Bean permaneció callado. La mejor excusa sería decir que no lo recordaba, así que no podría nombrarlos ahora.

—Es tan pequeño que podría pasar entre mis piernas sin rozar siquiera mis..

—Oh, cierra esa boca, Dink, es lo que dijiste cuando Ender...

—Sí, Ender, claro.

—¿No será éste el niño que...

—¿Era Ender tan pequeño cuando llegó?

—... según se dice, es otro Ender.

—Sí, como si éste fuera a reventar las estadísticas.

—No fue culpa de Ender que Bonzo no le dejara disparar su arma.

—Pero es un farol, eso es todo lo que digo.

—¿Éste es ése del que hablaban? ¿Uno como Ender? ¿Con puntaciones máximas?

—Llevadlo al nivel de los novatos.

—Ven conmigo —ordenó la niña, tomándolo firmemente de la mano.

Bean la siguió sin ofrecer resistencia.

—Me llamo Petra Arkanian —dijo.

Bean no dijo nada.

—Vamos, puede que parezcas pequeño y asustado, pero no te dejan entrar aquí si eres sordo o estúpido.

Bean se encogió de hombros.

—Dime tu nombre antes de que te rompa los deditos.

—Bean.

—Eso no es un nombre, es una comida asquerosa.

Él no dijo nada.

—Oye, que yo no me chupo el dedo —dijo ella—. Eso de la mudez es una tapadera. Subiste aquí arriba a propósito.

Él permaneció en silencio, pero le reconcomió que la niña le hubiera descubierto con tanta facilidad.

—En esta escuela se valora mucho la inteligencia y la iniciativa. Es natural que quisieras explorar. Es lo que ellos esperan. Lo más probable es que sepan que lo estás haciendo. Por tanto, no tiene sentido ocultarlo. ¿Qué van a hacer, ponerte puntos en la lista negra?

Así que eso era lo que los niños mayores pensaban de la lista negra.

—Ese silencio testarudo tan sólo molestará a la gente. Yo de ti, lo olvidaría. Tal vez funcionara con mamá y papá, pero aquí sólo hace que parezcas ridículo y cabezota porque si se trata de algo importante vas a hablar de todas formas, así que ¿por qué no hablar?

—Muy bien —accedió Bean.

Ahora que él dio marcha atrás, ella no se ensañó con el tema. La charla había servido, así que se había acabado.

—¿Colores? —preguntó.

—Verde marrón verde.

—Esos colores de los novatos parece que los hayan sacado de un lavabo sucio, ¿no crees?

Desde luego, no era más que otra niña estúpida a quien le parecía divertido burlarse de los novatos.

—Es como si los diseñaran para que los niños mayores se rían de los más pequeños.

O tal vez no lo era. Tal vez estaba hablando nada más. Era una charlatana. No había muchos charlatanes en las calles. No entre los niños, al menos. Pero sí muchos entre los borrachos.

—El sistema es una lata. Parece que quieran que actuemos como niños pequeños. No es que eso vaya a molestarte. Demonios, ya estás haciendo el numerito del niñito tonto y perdido.

—Ahora no —dijo él.

—Recuerda esto. No importa lo que hagas, los maestros lo saben y ya tienen alguna teoría estúpida sobre lo que eso significa para tu personalidad o lo que sea. *Siempre* encuentran un medio de usarlo contra ti, si quieren, así que será mejor que no lo intentes. Sin duda ya aparece en tu informe que te diste un paseíto cuando tenías que estar en la cama, y eso probablemente les dice que «cuando te sientes inseguro, buscas estar solo y exploras los límites de tu nuevo entorno»...

Puso una voz curiosa en la última parte.

Y tal vez tenía muchas más voces con las que alardear, pero Bean no iba a quedarse a comprobarlo. Al parecer, era de esas personas que se hacen cargo de otras y no tenía a nadie a quien dedicarse hasta que él apareció.

Estaba bien ser el protegido de sor Carlotta, ya que ella podía sacarle de las calles y meterlo en la Escuela de Batalla. Pero ¿qué tenía que ofrecerle esta Petra Arkanian?

Bean se deslizó por un poste, se detuvo ante la primera abertura, se internó en el pasillo, corrió hasta la siguiente escalera, y subió dos cubiertas antes de salir a otro pasillo y echar a correr. Puede que ella tuviera razón en lo que decía, pero algo estaba claro: no iba a permitir que lo llevara de la manita hasta la franja verde marrón verde. Lo último que le faltaba si iba a plantar cara en este sitio, era que una niña mayor le llevara de la mano.

Bean estaba cuatro cubiertas por encima del nivel de los comedores donde tendría que encontrarse. Había niños moviéndose, pero no tan cerca como en la cubierta de abajo.

La mayoría de las puertas carecían de marcas, pero unas cuantas estaban abiertas, y también un gran arco que desembocaba en una sala de juegos.

Bean había visto juegos de ordenador en algunos de los bares de Rotterdam, pero sólo desde lejos, a través de puertas y entre las piernas de los hombres y las mujeres que entraban y salían en su interminable búsqueda del olvido. Nunca había visto a ningún niño jugando con un ordenador, excepto en los vids de los escaparates. Aquí era real; unos cuantos jugadores echaban una partidita rápida entre clase y clase, de modo que destacaban los sonidos de cada juego. Unos cuantos niños jugaban solos, y otros cuatro jugaban un juego espacial a cuatro bandas con una pantalla holográfica. Bean se mantuvo lo suficientemente apartado para no interferir en su campo de visión y los observó mientras jugaban. Cada uno de ellos controlaba un escuadrón de cuatro naves diminutas, con el objetivo de aniquilar a las otras flotas o capturar (pero no destruir) a las lentas naves nodriza de los otros jugadores. Prestó atención a lo que decían los cuatro niños, y de este modo aprendió las reglas y la terminología.

El juego terminó por desgaste, no por astucia: el último niño simplemente fue menos estúpido en el control de sus naves. Bean observó mientras iniciaban otra partida. Nadie introdujo ninguna moneda. Los juegos eran gratis.

Bean vio otra partida. Fue tan rápida como la primera, ya que cada niño manejaba sus naves con torpeza y cada vez se olvidaban de que uno de ellos no participaba de un modo activo. Era como si para ellos sus fuerzas fuesen una nave en funcionamiento y tres reservas.

Tal vez era lo único que permitían los controles. Bean se acercó. No, era posible fijar el curso de una nave, pasar a controlar otra, y otra, y luego regresar a la primera nave para cambiar su curso en cualquier momento.

¿Cómo lograron entrar estos niños en la Escuela de Batalla si no podían pensar en otra cosa? Bean nunca había jugado antes con un ordenador, pero inmediatamente se percató de que cualquier jugador competente podría ganar con suma rapidez en esta competición.

—Eh, enano, ¿quieres jugar?

Uno de ellos había advertido su presencia. Naturalmente, los otros también.

—Sí —respondió Bean.

—Chúpate ésa —dijo el que le invitó—. ¿Quién te crees que eres, Ender Wiggin?

Se rieron y los cuatro abandonaron el juego, dirigiéndose a la siguiente clase. La sala se quedó vacía. Hora de clase.

Ender Wiggin. Los niños del pasillo también hablaron de él. Había algo en Bean que les recordaba a Ender Wiggin. Unas veces se mostraban admirados, mientras que otras pensaban en él con resentimiento. Este Ender debía de haber derrotado a los otros niños en algún juego de ordenador o algo así. Y se encontraba en lo alto de las estadísticas, eso era lo que había dicho alguien. ¿En las estadísticas de qué?

Los niños que tenían el mismo uniforme y corrían como una banda, se dirigían a una pelea... ése era el acto más importante de la vida aquí. Había un juego nuclear al que todos jugaban. Vivían en barracones según a qué equipo pertenecieran. Los progresos de cada niño se anotaban, de forma que todos los demás los conocían. Y fuera cual fuese el juego, los adultos lo dirigían.

De modo que así era la vida aquí. Y ese Ender Wiggin, fuera quien fuese, estaba en lo más alto de todo, con las puntuaciones máximas.

Bean se parecía a él.

Eso hizo que se sintiera un tanto orgulloso, sí, pero

también le molestó. Era más seguro pasar inadvertido. Pero como este otro niño había actuado con distinción, todo el mundo que veía a Bean pensaba en Ender, lo cual hacía que Bean fuera memorable. Eso limitaría su libertad de forma considerable. No había manera de desaparecer en la Escuela de Batalla; la situación era muy distinta de la de las calles de Rotterdam, atestadas de gente.

Bueno, ¿a quién le importaba? Ahora no podían hacerle daño, no realmente. No importaba lo que pasara, mientras estuviera aquí en la Escuela de Batalla, nunca pasaría hambre. Siempre tendría donde refugiarse. Había conseguido llegar al cielo. Todo lo que tenía que hacer era el mínimo requerido para que no lo enviaran pronto a casa. ¿A quién le importaba si la gente reparaba en él o no? No había ninguna diferencia. Que se preocuparan por sus puntuaciones. Bean ya había ganado la batalla por la supervivencia, y después de eso, cualquier otra competición estaba de más.

Pero sabía que eso no era cierto; sí que le importaba la competición. No bastaba con sobrevivir. Nunca había bastado. Más allá de su necesidad de comida estaba su necesidad de orden, de descubrir cómo funcionaba el mundo, de comprender cómo era todo lo que lo rodeaba. Cuando se moría de hambre, por supuesto que empleó lo que había aprendido para introducirse en la banda de Poke y conseguir para ellos suficiente comida para que sobrara algo y le dieran una parte. Pero incluso cuando Aquiles los convirtió a todos en una familia y tuvieron comida todos los días, Bean se había mantenido alerta, tratando de comprender los cambios, la dinámica del grupo. Incluso con sor Carlotta había invertido muchos esfuerzos en tratar de comprender por qué y cómo tenía ella el poder para hacer lo que hacía por él, y la razón fundamental por la que lo había escogido. Tenía que saberlo. Tenía que obtener la imagen de toda la información que almacenaba en su mente.

En la Escuela de Batalla también. Podría haber regresado a los barracones y echado una siesta. En cambio, se arriesgó a meterse en problemas para averiguar cosas que, sin duda, habría aprendido en el curso normal de los acontecimientos.

¿Por qué había subido aquí? ¿Qué estaba buscando?

La llave. El mundo estaba lleno de puertas cerradas, y tenía que poner las manos encima de cada llave.

Se quedó quieto y prestó atención. La habitación estaba casi en silencio. Pero había ruido blanco, un rumor y un siseo de fondo que lo componían, de forma que los sonidos no se transmitían por toda la estación.

Con los ojos cerrados, localizó la fuente del leve rumor. Los abrió y se encaminó al lugar donde se hallaba el conducto de ventilación. Una exclusa con aire ligeramente más cálido que emanaba una leve brisa. El sonido sibilante no era el siseo del aire del conducto, sino un sonido mucho más alto, más distante: la maquinaria que bombeaba aire por toda la Escuela de Batalla.

Sor Carlotta le había dicho que en el espacio no había aire, así que donde vivía la gente tenían que mantener sus naves y estaciones cerradas herméticamente, para contener hasta la última gota de aire. Y también tenían que ir cambiándolo, porque el oxígeno, aseguró, se agotaba y tenía que ser sustituido. Para esto servía este sistema. Debía extenderse por toda la nave.

Bean se sentó ante el conducto de ventilación y palpó los bordes. No había tornillos ni clavos visibles que lo sujetaran. Metió las uñas bajo el borde y pasó con cuidado los dedos alrededor, hasta desprenderlo un poquito, luego un poco más. Sus dedos encajaron bajo los bordes. Tiró con fuerza. El conducto se soltó, y Bean cayó de culo.

Sólo por un instante. Apartó la pantalla y trató de asomarse al conducto. Sólo tenía quince centímetros de profundidad hasta la pared. La parte de arriba era sólida, pero el fondo estaba abierto y conducía al interior del sistema.

Bean se encaramó a la abertura como había hecho, años antes, en el asiento de un inodoro para estudiar el interior del tanque de agua, decidiendo si iba a caber o no. Y la conclusión fue la misma: habría poco espacio, sería doloroso, pero podría hacerlo.

Metió un brazo. No pudo palpar el fondo. Pero con unos brazos tan cortos como los suyos, eso no significaba mucho. Era imposible saber si el conducto llegaba hasta el nivel del suelo. Bean podía imaginar que circulaba por debajo, pero le parecía extraño. Sor Carlotta le había dicho que todo el material empleado para construir la estación tenía que ser traído de la Tierra o de las fábricas de la Luna. No habría grandes aberturas entre las cubiertas y los techos de abajo, porque eso sería malgastar espacio donde habría que bombear un aire precioso que no respiraría nadie. No, los conductos estarían ubicados en las paredes externas. De todos modos, probablemente no tendría más de quince centímetros de profundidad.

Cerró los ojos e imaginó un sistema de aire. Máquinas que hacían correr un viento caliente por estrechos conductos, el aire fresco y respirable que llegaba a todas partes, a cada sala.

No, no podía ser. Tenía que haber un sitio donde el aire fuera absorbido y expulsado. Y si el aire salía por las paredes externas, tenía que entrar por... los pasillos.

Bean se levantó y corrió hasta la puerta de la sala de juegos. Naturalmente, el techo del pasillo era unos veinte centímetros más bajo que el techo del interior de la sala.

Pero no había conductos de ventilación. Sólo apliques de luz.

Volvió a entrar en la sala y miró hacia arriba. Un estrecho conducto recorría toda la parte superior de la pared que bordeaba el pasillo; de hecho, parecía más decorativo que práctico. La abertura era de unos tres centímetros. Ni siquiera Bean cabría allí.

Corrió de vuelta al conducto abierto y se quitó los zapatos. No había motivos para quedarse atascado porque sus pies fueran más grandes de lo necesario.

Se colocó ante el conducto y metió los pies en la abertura. Entonces se rebulló hasta que sus piernas quedaron por completo dentro del agujero y su culo descansó en el borde de la ventana. Sus pies aún no habían encontrado el fondo. No era una buena señal. ¿Y si el conducto llevaba directamente a la maquinaria?

Volvió a salir, y entró al revés. Era más difícil y más doloroso, pero ahora podía utilizar mejor los brazos, lo que le permitía agarrarse al suelo mientras se deslizaba al interior del agujero.

Sus pies tocaron el fondo.

Usando los dedos de los pies, sondeó. Sí, el entramado corría a izquierda y derecha, a lo largo de la pared externa de la sala. Y la abertura era bastante alta para que pudiera caber, y luego pasar arrastrándose (siempre de lado) de una sala a otra.

Era todo lo que necesitaba saber de momento. Dio un saltito para que sus brazos lograran tocar el suelo, pues pretendía usar la fricción para auparse. En cambio, tan sólo se deslizó más abajo del conducto.

Oh, excelente. Alguien vendría a buscarlo, tarde o temprano, o lo encontraría el siguiente grupo de niños que viniera a jugar una partida, pero no quería que lo hallaran así. Además, si podía salir por las aberturas, los conductos sólo le ofrecían una ruta alternativa. Imaginó que alguien abría una exclusa y veía su cráneo mirándolo, su cuerpo inerte completamente seco por el aire caliente de los conductos de aire, donde se había muerto de hambre o sed al intentar salir.

Pero mientras estuviera aquí, bien podría averiguar si podía cubrir la exclusa desde dentro.

Se estiró y, con dificultad, metió un dedo en la pantalla y pudo atraerla hacia sí. Una vez que pudo sujetarla con una mano, no le resultó difícil acercarla a la abertura. Incluso pudo encajarla, de manera que probablemente no parecería distinto desde el otro lado. Sin embargo, con la ventana cerrada, tuvo que mantener la cabeza vuelta hacia un lado. No había espacio suficiente para volverse. Así que cuando entrara en el sistema de conducción de aire, tendría que tener la cabeza girada a izquierda o derecha. Magnífico.

Empujó de nuevo la ventana, pero con cuidado, para que no cayera al suelo. Ahora era el momento de salir de una vez.

Después de un par de fracasos más, se dio cuenta por fin de que la pantalla era exactamente la herramienta que necesitaba. Tras colocarla en el suelo delante de la abertura, enganchó los dedos en un extremo. Tirar de la pantalla le proporcionó la palanca que necesitaba para aupar su cuerpo, hasta que pudo apoyar el pecho sobre el borde de la abertura. Le dolió tener todo el cuerpo colgando de un borde tan afilado, pero ahora pudo apoyar los codos y luego las manos, hasta que regresó a la sala.

Pensó con cuidado en la secuencia de músculos que había empleado y luego en el equipo del gimnasio. Sí, podría reforzar esos músculos.

Volvió a poner la ventana del conducto en su sitio. Luego se subió la camisa y miró las marcas rojas que el borde de la abertura había dejado en su piel, arañándolo sin piedad. Había un poco de sangre. Interesante. ¿Qué explicación daría, si le preguntaba alguien? Tendría que ver si podía lastimarse el mismo punto al subirse al camastro más tarde.

Salió corriendo de la sala de juegos y bajó por el pasillo hasta el poste más cercano, y bajó al nivel de los comedores. Por todo el camino, se preguntó por qué había sentido aquella imperiosa necesidad de meterse en los conductos. Cada vez que le ocurría algo así y ejecutaba alguna acción sin saber por qué, resultaba que presentía algún peligro que no había llegado aún a su mente consciente. ¿De qué se trataba, ahora?

Entonces se dio cuenta de que en Rotterdam, en las calles, siempre se había asegurado de poder contar con una salida, un camino alternativo de un sitio a otro. Si huía de alguien, nunca se metía en un callejón a menos que conociera una salida. En verdad, nunca había llegado a esconderse: evitaba que lo persiguieran manteniéndose siempre en movimiento. No importaba la amenaza que pudiera representar ese alguien, no podía quedarse quieto. Era terrible estar acorralado. Dolía.

Dolía, y se sentía mojado y frío y hambriento, y no había aire suficiente para respirar, y la gente pasaba de largo y si alzaban la tapa lo encontrarían y si hacían eso no tendría más remedio que echar a correr; tendría que quedarse allí sentado esperando a que pasaran sin advertirlo. Si usaban el retrete y tiraban de la cisterna, el equipo no funcionaría bien porque todo el peso de su cuerpo apretujaba el flotador. Un montón de agua había escapado del depósito cuando se metió dentro. Advertirían que pasaba algo raro y lo encontrarían.

Fue la peor experiencia de su vida, y no podía soportar la idea de tener que volver a esconderse así otra vez.

No era el poco espacio lo que le molestaba, ni la humedad, ni estar hambriento o solo. Era el hecho de que la única salida posible sería en brazos de sus perseguidores.

Ahora que comprendía eso sobre sí mismo, podía relajarse. No había encontrado los conductos porque sintiera algún peligro que todavía no hubiera detectado su mente consciente. Los encontró porque recordó lo mal que se sintió escondido en el depósito de agua cuando era un bebé. Así pues, fuera cual fuese el peligro, no lo había sentido todavía. Era sólo un recuerdo de la infancia que había salido a la superficie. Sor Carlotta le había dicho que gran parte del comportamiento humano es sólo nuestra forma de responder a peligros del pasado. En aquel momento, a Bean no le pareció un argumento sensato, pero no discutió, y ahora pudo ver que ella tenía razón.

¿Y cómo podría saber él que no llegaría un momento en que aquel camino estrecho y peligroso entre los conductos no fuera exactamente la ruta necesaria para salvar la vida?

No llegó a tocar con la palma las paredes para que se encendieran verde marrón verde. Sabía exactamente dónde se encontraban los barracones. ¿Cómo no iba a saberlo? Había estado allí antes, y sabía cada paso que había entre los barracones y todos los demás lugares de la estación que había visitado.

Cuando llegó, Dimak no había vuelto todavía con los rezagados a la hora de comer. Su exploración, en conjunto, no había durado más de veinte minutos, incluyendo la conversación con Petra y los dos rápidos juegos de ordenador durante el recreo de las clases.

Se aupó torpemente en el camastro más bajo, y quedó colgando durante un rato en el borde del segundo, por el pecho. Lo suficiente para lastimarse exactamente en el mismo sitio que se había herido al salir del conducto.

—¿Qué estás haciendo? —le preguntó uno de los novatos.

Como no comprendería la verdad, respondió con sinceridad.

—Me lastimo el pecho.

—Trato de dormir —dijo el otro niño—. Tú también deberías dormir.

—La hora de la siesta —protestó otro niño—. Me siento como si fuera un estúpido de cuatro años.

Bean se preguntó vagamente cómo había sido la vida de estos niños, cuando echarse una siesta les hacía pensar que tenían cuatro años.

Sor Carlotta, junto a Pablo de Noches, observaba el depósito de agua del lavabo.

—Es de los antiguos —comentó Pablo—. Norteamericano. Muy popular en la época en que Holanda se volvió internacional.

Ella alzó la tapa del depósito. Muy liviana. Plástico.

Cuando salían del lavabo, la encargada que les había estado mostrando las instalaciones la miró con curiosidad.

—No supone ningún peligro usar los lavabos, ¿verdad? —preguntó.

—No —respondió sor Carlotta—. Tenía que comprobarlo, eso es todo. Cosa de la flota. Agradecería que no hablara con nadie de nuestra visita a este lugar.

Naturalmente, eso casi garantizaba que no hablaría de otro tema. Pero sor Carlotta contaba con que no pareciera más que un extraño chismorreo.

Quienquiera que hubiese dirigido una granja de órganos en este edificio no querría ser descubierto, y había mucho dinero de por medio en esos diabólicos negocios.

Así era como el diablo recompensaba a sus amigos: montones de dinero, hasta el momento en que los traicionaba y dejaba que se enfrentaran a la agonía del infierno.

Fuera del edificio, volvió a hablarle a Pablo.

—¿Se escondió de verdad ahí dentro?

—Era muy pequeñito —respondió Pablo de Noches—. Andaba a gatas cuando lo encontré, pero tenía todo el pecho empapado, y un hombro. Pensé que se había meado encima, pero dijo que no. Entonces me enseñó el lavabo. Y estaba rojo aquí, y aquí, donde el mecanismo lo apretó.

—Ya hablaba.

—No mucho. Unas cuantas palabras. Era muy chiquitito. No podía creer que un niño tan pequeño supiera hablar.

—¿Cuánto tiempo estuvo ahí dentro?

Pablo se encogió de hombros.

—Tenía la piel arrugada como la de una vieja. Por todas partes. Y estaba frío. Pensé que iba a morirse. El agua no era cálida como la de las piscinas. Estaba helada. Estuvo tiritando toda la noche.

—No comprendo por qué no se murió.

Pablo sonrió.

—No hay nada que Dios no pueda hacer.

—Cierto —respondió ella—. Pero eso no significa que no podamos descubrir cómo Dios obra sus milagros. O por qué.

Pablo se encogió de hombros.

—Dios hace lo que hace. Yo hago mi trabajo y vivo, y me comporto lo mejor que puedo.

Ella le apretó el brazo.

—Recogió usted a un niño perdido y lo salvó de una gente que quería matarlo. Dios vio cómo lo hacía y le ama.

Pablo no dijo nada, pero sor Carlotta pudo imaginar

en qué estaba pensando, en cuántos pecados, exactamente, serían perdonados por aquella buena acción, y si sería suficiente para salvarlo del infierno.

—Las buenas acciones no lavan el pecado —añadió sor Carlotta—. Sólo el Redentor puede limpiar su alma.

Pablo se encogió de hombros. La teología no era su fuerte.

—No se hacen buenas acciones para uno mismo —prosiguió sor Carlotta—. Se hacen porque Dios está dentro de ti, y durante esos momentos eres sus manos y sus pies, sus ojos y sus labios.

—Creí que Dios era el bebé. Jesús dijo que lo que hacíamos a los pequeños se lo hacíamos a él.

Sor Carlotta se echó a reír.

—Dios resolverá todas las dudas a su debido tiempo. Ya es suficiente que tratemos de servirlo.

—Era tan pequeñito... —dijo Pablo—. Pero Dios estaba en él.

Ella se despidió cuando él bajó del taxi delante de su bloque de apartamentos.

¿Por qué tuve que ver ese lavabo con mis propios ojos?, se preguntó. Mi trabajo con Bean se ha terminado. Se marchó en la lanzadera ayer. ¿Por qué no puedo dar por terminada esta cuestión?

Porque debería haber muerto, por eso. Y después de pasar hambre en las calles durante todos esos años, aunque viviera, su malnutrición era tan importante que debería de haber sufrido un serio daño mental. Tendría que ser retrasado.

Por eso no podía abandonar esa cuestión. Tenía que averiguar de dónde procedía Bean. Porque estaba dañado. Tal vez es retrasado. Tal vez al principio era tan listo que pudo perder la mitad de su intelecto y seguir siendo el niño milagroso que es.

Pensó en lo que decía san Mateo, que todo lo que Jesús hizo en su infancia lo atesoró su madre en su corazón. Bean no es Jesús, y yo no soy la Santa Madre. Pero él es un niño, y lo he amado como si fuera mi hijo. Lo que hizo no podría haberlo hecho ningún niño de esa edad.

Ningún niño de menos de un año, incapaz de andar aún, podría tener una visión tan clara del peligro para saber hacer las cosas que Bean hacía. Los niños de esa edad a menudo se escapaban de la cuna, pero no se escondían en el depósito de una cisterna durante horas, y luego salían vivos y pedían ayuda. Puedo llamarlo un milagro, sí, pero tengo que comprenderlo. En esas granjas de órganos usaban la escoria de la Tierra. Bean tiene unos dones tan extraordinarios que sólo los pudo heredar de unos padres extraordinarios.

Sin embargo, en las investigaciones que había llevado a cabo durante los meses que Bean vivió con ella no descubrió ni un solo secuestro que pudiera haber sido Bean. Ningún niño secuestrado. Ni siquiera un accidente donde alguien pudiera haberse llevado a un niño superviviente cuyo cuerpo no fuera encontrado después. Eso no era ninguna prueba: no todos los niños que desaparecían dejaban un rastro de su vida en los periódicos, y no todos los periódicos estaban archivados y se encontraban a disposición de la gente para investigarlos en las redes. Pero Bean tenía que ser hijo de unos padres tan brillantes que el mundo habría reparado en ellos, ¿no? ¿Podría una mente como la suya proceder de unos padres corrientes? ¿Era ése el milagro del que fluían todos los demás milagros?

No importaba cuánto intentara creerlo, sor Carlotta no podía hacerlo. Bean no era lo que parecía ser. Había ingresado en la Escuela de Batalla, y tenía muchas posibilidades de convertirse algún día en el comandante de la flota. Pero ¿qué sabía nadie de él? ¿Era posible que no fuera un ser humano natural? ¿Que su extraordinaria inteligencia le hubiera sido concedida no por Dios, sino por alguien o algo diferente?

Ésa era la pregunta: Si no Dios, ¿quién podía entonces crear a un niño así?

Sor Carlotta enterró el rostro en sus manos. ¿De dónde procedían esos pensamientos? Después de todos estos años de búsqueda, ¿por qué tenía que seguir dudando del único gran éxito que había obtenido?

Hemos visto a la bestia de la Revelación, dijo para sí. El insector, el monstruo fórmico que trae la destrucción a la Tierra, tal como se profetizó. Hemos visto a la bestia, y hace mucho tiempo Mazer Rackham y la flota humana, al borde de la derrota, mataron a ese gran dragón. Pero volverá, y san Juan el Revelador dijo que cuando lo hiciera, habría un profeta que vendría con él.

No, no. Bean es bueno, un niño con un buen corazón. No es ningún tipo de diablo, no es servidor de la bestia, sólo es un niño de grandes dones que Dios puede haber creado para bendecir a este mundo en la hora de su mayor peligro. Lo conozco como una madre conoce a su hijo. No estoy equivocada.

Sin embargo, cuando regresó a su habitación, puso su ordenador en marcha, dispuesta a buscar algo nuevo: informes científicos, de al menos hacía cinco años, acerca de proyectos que implicaran alteraciones en el ADN humano.

Mientras el programa de búsqueda seguía repasando todos los interminables índices de las redes y clasificando sus respuestas en categorías útiles, sor Carlotta se dirigió al montoncito de ropas dobladas que esperaban ser lavadas. No las lavaría, después de todo. Las metió en una bolsa de plástico junto con la almohada y las sábanas de Bean, y selló la bolsa. Bean había llevado estas ropas, había dormido en esta cama. Su piel estaba en ellas, pequeños trocitos. Unos cuantos cabellos. Tal vez lo suficiente para hacer un análisis serio de ADN.

Era un milagro, sí, pero ella descubriría cuáles podrían ser las dimensiones de ese milagro. Pues su ministerio no había sido salvar a los niños de las crueles calles de las ciudades del mundo, sino ayudar a salvar a la única especie creada a imagen y semejanza de Dios. Ése era todavía su ministerio. Y si había algo malo en el niño que había acogido en su corazón como a un hijo amado, lo descubriría, y lanzaría una advertencia.

7
Exploración

—Así que este grupo de novatos fueron lentos en regresar a sus barracones.

—Hay un desajuste de veintiún minutos.

—¿Es mucho? Ni siquiera sabía que ese tipo de detalles se controlaran.

—Por seguridad. Y para tener una idea, en caso de emergencia, de dónde está todo el mundo. Al controlar los uniformes que salieron del comedor y los uniformes que entraron en los barracones, encontramos una diferencia de veintiún minutos. Podrían ser veintiún niños que tardaran exactamente un minuto, o un niño que tardara veintiún minutos.

—Eso no sirve de mucho. ¿Se supone que tengo que preguntarles?

—¡No! No deben saber que los controlamos por medio de sus uniformes. No es bueno que sepan lo mucho que sabemos de ellos.

—Y lo poco.

—¿Lo poco?

—Si fue un estudiante, no sería bueno que supiera que nuestros métodos de seguimiento no nos permiten saber quién fue.

—Ah. Buen argumento. Y... la verdad es que he venido a verle porque creo que fue un solo estudiante.

—¿Aunque los datos no estén claros?

—A causa de la pauta de llegadas. Espaciados en grupos de dos o tres, unos cuantos solos. Igual que salieron del comedor. Unos cuantos encuentros: tres solos se convierten en un trío, dos parejas llegan a la vez... pero si hubiera habido algún tipo de distracción importante en el pasillo, habría causado un agolpamiento mayor, y un grupo mucho más numeroso habría llegado a la vez en cuanto se hubiera acabado el incidente.

—Bien. Entonces un estudiante llegó con un retraso de veintiún minutos.

—Pensé que al menos debería usted saberlo.

—¿Qué pudo hacer en esos veintiún minutos?

—¿Sabe quién era?

—Lo sabré muy pronto. ¿Están controlados los cuartos de baño? ¿Estamos seguros de que no fue alguien tan nervioso que entró a vomitar su almuerzo?

—Las pautas de entrada y salida en los lavabos fueron normales. Entrar y salir.

—Sí, descubriré quién fue. Y seguiré controlando los datos de este grupo de novatos.

—Entonces, ¿hice bien en llamar su atención?

—¿Tiene alguna duda?

Bean durmió ligero, porque se mantenía siempre alerta, y se despertó dos veces que él recordara. No se levantó: sólo se quedó allí escuchando la respiración de los demás. En ambas ocasiones oyó un pequeño susurro en algún lugar de la habitación. Siempre eran voces de niños, sin urgencia en ellas, pero el sonido fue suficiente para despertar a Bean y llamar su atención, sólo por un momento, hasta que estuvo seguro de que no había peligro.

Se despertó por tercera vez cuando Dimak entró en la habitación. Incluso antes de sentarse, Bean supo quién era, por el peso de sus pisadas, la seguridad de sus movimientos, la presión de la autoridad. Los ojos de Bean se abrieron antes de que Dimak hablara; se puso a cuatro patas, dispuesto a moverse en cualquier dirección, antes de que Dimak terminara su primera frase.

—Se acabó la siesta, niños y niñas, hora de trabajar.

No era por Bean. Si Dimak sabía lo que Bean había hecho después del almuerzo y antes de la siesta, no dio ninguna muestra de ello. No había ningún peligro inmediato.

Bean se sentó en su camastro mientras Dimak los instruía en el uso de sus taquillas y consolas. Para abrir la taquilla, era preciso palmear la pared que había junto a ella. Luego debían conectar la consola e introducir su nombre y contraseña.

Bean palmeó inmediatamente su taquilla con la mano derecha, pero no palmeó la consola. En cambio, comprobó qué estaba haciendo Dimak (ocupado en ayudar a otro estudiante cerca de la puerta), y luego pasó al tercer camastro sobre el suyo, que no estaba ocupado, y palmeó esa taquilla con la mano izquierda. Había una consola dentro de esa taquilla también. Rápidamente se volvió hacia su propia consola y tecleó su nombre y su contraseña. Bean. Aquiles. Luego sacó la otra consola y la conectó. ¿Nombre? Poke. ¿Contraseña? Carlotta.

Volvió a guardar la segunda consola en la taquilla y cerró la puerta. Luego lanzó a la cama su primera consola y se dedicó a ella. No miró a ver si alguien había reparado en él. Si lo habían hecho, dirían algo muy pronto: mirar alrededor simplemente haría que la gente sospechara que había hecho algo, lo que de otro modo no habrían advertido.

Naturalmente, los adultos sabrían qué había hecho. De hecho, Dimak ya se había dado cuenta, porque uno de los niños se quejó de que no podía abrir su taquilla. Por tanto, el ordenador de la estación sabía cuántos estudiantes había y no permitía que se abrieran más taquillas de las que estaban estipuladas. Pero Dimak no se dio la vuelta ni exigió saber quién había abierto dos taquillas. En cambio, apretó su propia palma contra la taquilla del último estudiante. Ésta se abrió. La volvió a cerrar, y ahora respondió a la palma del estudiante.

De modo que le dejarían tener su segunda taquilla, su segunda consola, su segunda identidad. Sin duda, lo observarían con especial interés para ver qué hacía. Tendría que juguetear con el tema de vez en cuando, torpemente, para que creyeran que sabían para qué quería una segunda identidad. Tal vez para algún tipo de broma. O para anotar pensamientos secretos. Eso sería divertido: sor Carlotta siempre intentaba descubrir sus pensamientos secretos, y sin duda estos profesores lo harían también. Se tragarían todo lo que escribiese.

Así pues, no mirarían su trabajo de verdad, el que realizaría en su propia consola. O, si era peligroso, en la consola de uno de los niños que tenía enfrente, porque había visto y memorizado con cuidado sus contraseñas. Dimak les advertía que tenían que proteger sus consolas en todo momento, pero era inevitable que los niños fueran descuidados, y acabaran dejando por ahí las consolas.

Pero por ahora Bean no haría nada más arriesgado que lo que ya había hecho. Los maestros tenían sus propios motivos para dejar que se saliera con la suya. Lo que importaba ahora es que desconocían sus motivos.

Después de todo, también él los desconocía. Era como el conducto de aire: si alguna vez pensaba que algo podría proporcionarle alguna ventaja más tarde, lo hacía.

Dimak siguió hablando sobre cómo había que entregar los trabajos, el directorio de los nombres de los profesores, y el juego de fantasía que encerraban todas las consolas.

—No podéis desperdiciar tiempo de estudio jugando a ese juego —dijo—. Pero cuando acabéis de estudiar, se os permiten unos pocos minutos para explorar.

Bean comprendió de inmediato. Los profesores *querían* que los estudiantes jugaran al juego, y sabían que la mejor manera de potenciarlo era restringir el tiempo dedicado a él... y luego no aplicar la norma. Un juego. Sor Carlotta había utilizado juegos para tratar de analizar a Bean de vez en cuando, y él siempre los convertía en el mismo juego: tratar de averiguar qué intentaba aprender sor Carlotta por la forma en que jugaba a eso.

Sin embargo, en este caso, Bean dedujo que todo lo que hiciera con el juego les aportaría una serie de datos personales que no quería que supieran. Así que no jugaría para nada, a menos que lo obligaran. Y tal vez ni siquiera entonces. Una cosa era competir con sor Carlotta, y otra, muy distinta, con estos expertos de verdad, y Bean no iba a darles la oportunidad de descubrir más sobre él de lo que él mismo sabía.

Dimak los llevó a dar un paseo; Bean ya había visto la mayor parte de los sitios que les mostró. Los otros niños se quedaron boquiabiertos en la sala de juegos. Bean ni siquiera miró el respiradero en el que se había metido, aunque hizo como que practicaba el juego que había visto jugar a los niños mayores, para descubrir cómo funcionaban los controles y comprobar sus tácticas: en efecto, podían ser llevadas a cabo.

Realizaron unos ejercicios en el gimnasio, donde

Bean empezó a trabajar inmediatamente en aquellas tablas que le parecieron necesarias: flexiones con una mano, aunque tuvieron que buscarle un banco para que se pudiera encaramar a la barra más baja. Ningún problema. Pronto podría saltar para alcanzarla. Con toda la comida que le daban, pronto cobraría fuerzas.

De hecho, parecían resueltos a atiborrarlo de comida a un ritmo sorprendente. Después de la gimnasia se ducharon, y luego llegó la hora de la cena. Bean ni siquiera tenía hambre todavía, y pusieron en su bandeja comida suficiente para dar de comer a toda su banda allá en Rotterdam. Bean se dirigió de inmediato a un par de niños que se habían quejado de lo exiguas que eran sus raciones, y sin pedir siquiera permiso vertió lo que le sobraba en sus bandejas. Cuando uno de ellos trató de hablarle de ello, Bean se llevó un dedo a los labios. El niño se limitó a sonreír. Bean tenía de todas formas más comida de la que quería, pero cuando devolvió su bandeja, estaba resplandeciente. El nutricionista estaría contento. Quedaba por ver si el servicio de limpieza informaría de la comida que Bean había tirado en el suelo.

Hora libre. Bean regresó a la sala de juegos, esperando poder ver esa noche al famoso Ender Wiggin. Si estaba allí, sin duda sería el centro de un grupo de admiradores. Pero en el centro de los grupos descubrió que sólo estaban los niñatos ansiosos de prestigio, que pensaban que eran líderes y, por tanto, seguían a su grupo a todas partes para mantener esa ilusión. De ningún modo podría uno de ellos ser Ender Wiggin. Y Bean no estaba dispuesto a preguntar.

En cambio, probó suerte con varios juegos. Sin embargo, cada vez que perdía por primera vez, otros niños lo quitaban de enmedio. Era una regla social interesante. Los estudiantes sabían que incluso el novato más verde y bajito tenía derecho a un turno... pero en el momento en que el turno se acababa, también dejaba de ampararle la regla. Y eran muy duros empujándolo más de lo necesario, así que el mensaje estaba claro: no tendrías que haber usado ese juego y haberme hecho esperar. Igual que en las colas de comida en los comedores de caridad de Rotterdam, con la diferencia de que aquí no había en juego nada importante.

Le resultó interesante descubrir que no era el hambre lo que incitaba a los niños a convertirse en matones en la calle. Esa capacidad era innata, y fuera lo que fuese lo que estaba en juego, encontraba un modo de salir a la luz. Si se trataba de comida, entonces el niño que perdía se moría; si se trataba de juegos, los matones no dudaban en ser igual de molestos y enviar el mismo mensaje. Haz lo que quiero, o paga por ello.

La inteligencia y la educación, que todos estos niños tenían, al parecer no cambiaban de un modo importante la naturaleza humana. Y no es que Bean pensara realmente que tuviera que ser así.

Lo poco que había en juego tampoco contó demasiado en la respuesta que Bean dio a los matones. Simplemente obedeció sin quejarse y tomó nota de quiénes eran los matones. Simplemente recordaría quién actuaba como matón y lo tendría en cuenta cuando se encontrara en una situación donde esa información pudiera ser importante.

No tenía sentido ponerse sentimental por nada. Ponerte sentimental no te ayudaba a sobrevivir. Lo que importaba era aprenderlo todo, analizar la situación, elegir un curso de acción, y luego moverte con osadía. Saber, pensar, decidir, actuar. No había lugar en esa lista para «sentir». No es que Bean no tuviera sentimientos. Simplemente rehusaba pensar en ellos, ni entretenerse con ellos o dejar que influyeran en sus decisiones cuando había asuntos importantes por medio.

—Es aún más pequeño de lo que era Ender.

Otra vez, y otra vez. Bean se estaba cansando de todo eso.

—No me hables de ese hijo de puta, bicho.

Bean alzó la cabeza. Ender tenía un enemigo. Bean se había estado preguntando cuándo localizaría a uno, pues alguien que había obtenido las máximas puntuaciones tenía que haber provocado algo más que admiración. ¿Quién había hablado? La misma voz se alzó de nuevo. Otra vez. Y entonces lo supo: ése era el niño que había llamado a Ender hijo de puta.

Advirtió la silueta de una especie de lagarto en su uniforme. Y un único triángulo en su manga. Ninguno de los niños a su alrededor tenía el triángulo. Todos se centraban en él. ¿El capitán del equipo quizás?

Bean necesitaba más información. Tiró de la manga de un niño que tenía al lado.

—¿Qué? —dijo el niño, molesto.

—¿Quién es ese niño de allí? —preguntó Bean—. El capitán del equipo del lagarto.

—Es un Salamandra, capullo. *Escuadra* Salamandra. Y él es el *comandante*.

Los equipos se llamaban escuadras. Comandante es el rango que lucía el triángulo.

—¿Cómo se llama?

—Bonzo Madrid. Y aún es más gilipollas que tú —le soltó el niño, y se apartó de Bean.

Así que Bonzo Madrid era lo suficientemente osado para declarar su odio por Ender Wiggin, pero un chico que no estaba en la escuadra de Bonzo lo despreciaba a su vez y no temía decírselo a un extraño. Era bueno saberlo. El único enemigo que Ender tenía, hasta ahora, era despreciable.

Pero... por despreciable que pudiera ser Bonzo, *era* comandante. Lo que significaba que era posible ser comandante sin ser el tipo de niño que todo el mundo respetaba. Entonces, ¿cuál era el criterio de evaluación que usaban los adultos al asignar el mando de este juego de guerra que formaba la vida de la Escuela de Batalla?

Aún más, ¿cómo le darían el mando a él?

Ése fue el primer momento en que Bean advirtió que tenía ese objetivo en mente. Había llegado a la Escuela de Batalla con las puntuaciones más altas de su grupo de novatos..., pero también era el más pequeño y el más joven, y las acciones deliberadas de los profesores lo habían aislado aún más, convirtiéndolo en objetivo de su resentimiento. De algún modo, en mitad de todo esto, Bean había tomado la decisión de que no sería como en Rotterdam. No iba a vivir aislado para integrarse sólo cuando fuera absolutamente esencial para su propia supervivencia. Tan rápido como le fuera posible, iba a colocarse en su sitio para comandar una escuadra.

Aquiles había gobernado porque era brutal, porque estaba dispuesto a matar. Eso siempre lastraría la inteligencia, cuando el inteligente era físicamente pequeño y no tenía aliados fuertes. Pero allí, los matones sólo empujaban y hablaban con rudeza. Los adultos ejercían un estricto control sobre todo, y por eso la brutalidad no prevalecería, no al asignar el mando. La inteligencia, entonces, tenía probabilidades de ganar. Con el paso del tiempo, Bean tal vez no tendría que vivir sometido a los estúpidos.

Si esto era lo que Bean quería (¿y por qué no intentarlo, siempre y cuando no apareciera un objetivo más importante?), entonces tenía que aprender cómo tomaban los maestros sus decisiones respecto al mando. ¿Se basaba solamente en los resultados de clase? Bean lo dudaba. La Flota Internacional debía de tener a gente más lista que eso dirigiendo este colegio. El hecho de que tuvieran aquel juego de fantasía en cada consola sugería que buscaban también la personalidad. Carácter. En el fondo, sospechaba Bean, el carácter importaba más que la inteligencia. En la letanía de supervivencia de Bean (saber, pensar, escoger, actuar), la inteligencia sólo contaba en los tres primeros pasos, y era el factor decisivo sólo en el segundo. Los maestros eran conscientes de ello.

Tal vez debería jugar a ese juego, pensó.

Y luego: todavía no. Veamos qué pasa cuando no juego.

Al mismo tiempo, llegó a otra conclusión que ni siquiera sabía que le preocupaba. Hablaría con Bonzo Madrid.

Bonzo estaba en mitad de un juego de ordenador, y obviamente era de esa clase de persona que pensaba que cualquier cosa inesperada era una afrenta a su dignidad. Eso significaba que para que Bean consiguiera lo que quería, no podía aproximarse a Bonzo arrastrándose, como hacían los pelotas que lo rodeaban mientras jugaba, alabándolo incluso por sus estúpidos errores en el juego.

En cambio, Bean se acercó lo suficiente para ver que el personaje de Bonzo en la pantalla moría de nuevo.

—Señor Madrid, ¿puedo hablar con usted?

Le resultó bastante fácil recordar el español: había escuchado a Pablo de Noches hablar con otros inmigrantes en Rotterdam cuando venían a visitarlo a su apartamento, y por teléfono con los miembros de la familia allá en Valencia. Y usar la lengua materna de Bonzo tuvo el efecto deseado. No ignoró a Bean. Se volvió y lo miró.

—¿Qué quieres, *bichinho*? —El argot brasileño era

habitual en la Escuela de Batalla, y al parecer Bonzo no sentía ninguna necesidad de afirmar la pureza de su español.

Bean lo miró a los ojos, aunque le doblaba en altura.

—La gente no para de decir que les recuerdo a Ender Wiggin, y eres la única persona por aquí que no parece adorarlo. Quiero saber la verdad.

Por la forma en que los otros niños guardaron silencio, Bean supo que había juzgado bien: era peligroso preguntarle a Bonzo por Ender Wiggin. Peligroso, pero por ese motivo Bean le había formulado la pregunta con sumo cuidado.

—Por supuesto que no adoro a ese comepedos traidor e insubordinado, pero ¿por qué tendría que hablarte de él?

—Porque a mí no me mentirás —respondió Bean, aunque pensaba que era obvio que Bonzo mintiera como un bellaco para parecer el héroe de lo que, sin duda, era la historia de su humillación a manos de Ender—. Y si la gente va a seguir comparándome con ese tipo, tengo que saber lo que es en realidad. No quiero que me desprecien porque lo hago todo mal. No me debes nada, pero cuando se es pequeño como yo, es preciso que alguien te diga qué hace falta saber para sobrevivir.

Bean no estaba seguro de qué argot emplear, pero lo que sabía, lo empleaba.

Uno de los otros niños intervino, como si Bean le hubiera escrito un guión y estuviera siguiendo un pie.

—Piérdete, novato. Bonzo Madrid no tiene tiempo para cambiar pañales.

Bean se volvió hacia él y le espetó con brusquedad:

—No puedo preguntarle a los profesores, porque no dicen la verdad. Si Bonzo no habla conmigo, ¿entonces quién? *¿Tú?* No distingues un cero de un huevo.

Era puro Sargento, aquella expresión, y funcionó. Todos se rieron del niño que había intentado echarlo, y Bonzo también. Luego pasó una mano sobre el hombro de Bean.

—Te diré lo que sé, chico: ya era hora de que alguien quisiera saber la verdad sobre ese recto ambulante.

Se volvió al niño que Bean acababa de dejar en evidencia.

—Será mejor que termines mi partida, es la única manera de que puedas llegar a ese nivel.

Bean apenas pudo creer que un comandante dijera una cosa tan ofensiva a uno de sus propios subordinados. Pero el niño se tragó la furia y sonrió; luego asintió y dijo:

—Muy bien, Bonzo.

Y se dirigió al juego, como le habían ordenado. Un verdadero capullo.

Por casualidad, Bonzo lo colocó justo delante del conducto de aire donde Bean se había quedado atascado hacía tan sólo unas horas. Bean no le dirigió más que una mirada.

—Déjame que te hable de Ender. Sólo le interesa aplastar al otro. No sólo ganar: tiene que derribar al otro tipo al suelo o no es feliz. Para él no hay reglas. Le das una orden clara, y actúa como si fuera a obedecerla, pero si ve una forma de parecer bueno y lo único que tiene que hacer es desobedecer la orden, bueno, todo lo que puedo decir es que me da lástima quien pueda tenerlo en su escuadra.

—¿Era uno de los Salamandras?

El rostro de Bonzo enrojeció.

—Llevaba un uniforme con nuestros colores, su nombre estaba en mis filas, pero *nunca* fue un Salamandra. En el momento en que lo vi, supe que era problemático. Esa expresión de seguridad en la mirada, como si pensara que toda la Escuela de Batalla fuera sólo un sitio que habían hecho para que él caminara. No lo toleré. Lo inscribí en la lista de traslados en cuanto apareció y me negué a que practicara con nosotros. Sabía que aprendería todo nuestro sistema, y que entonces se lo llevaría a otra escuadra y emplearía lo que hubiera aprendido de mí para cargarse a mi escuadra lo más rápido posible. ¡No soy imbécil!

Por la experiencia que tenía Bean, ésa era una frase que nunca se decía excepto para demostrar su inexactitud.

—Así que no seguía las órdenes.

—Es más que eso. Va llorándole a los profesores diciendo que no le dejo practicar, aunque saben que lo he inscrito en la lista de traslados, pero lloriquea y le dejan entrar en la sala de batalla durante el tiempo libre y practicar solo. El problema es que empieza a reclutar niños de su grupo de novatos y luego a niños de otras escuadras, y todos van allí como si él fuera su comandante, haciendo lo que les dice. Eso nos jodió de veras a un montón de gente. Y los maestros siempre le dan a ese cabroncete todo lo que quiere, así que cuando los comandantes *exigimos* que prohíban a nuestros soldados practicar con él, nos dicen «El tiempo libre es *libre*», pero todo es parte del juego, ¿sabes? Todo, así que le dejan hacer trampas, y todos los soldados de pena, y los pelotas hijos de puta van con Ender a practicar en su tiempo libre de modo que incluso el sistema de cada escuadra está comprometido, ¿sabes? Planeas tu estrategia para un juego y nunca sabes si tus planes no se cuentan a un soldado de la escuadra enemiga en el momento en que salen de tu boca, ¿sabes?

Sabes, sabes, sabes. Bean quizo hacerlo callar. Sí, sé, pero no podía mostrarse impaciente con Bonzo. Además, todo eso era fascinante. Bean empezaba a imaginar cómo este juego de escuadras daba forma a la vida de la Escuela de Batalla. Brindaba a los maestros la oportunidad de ver no sólo cómo los niños manejaban el don de mando, sino también cómo respondían a comandantes incompetentes como Bonzo. Al parecer, había decidido convertir a Ender en el chivo expiatorio de su escuadra, sólo que Ender rehusó aceptarlo. Este Ender Wiggin era el tipo de niño que entendía que los profesores lo dirigían todo y los utilizaban mediante aquella sala de prácticas. No les pidió que lograran que Bonzo dejara de molestarlo, sino una alternativa para entrenar solo. Inteligente. A los profesores les había encantado, y Bonzo no podía hacer nada al respecto.

¿O sí?

—¿Qué hiciste al respecto?

—Es lo que vamos a hacer. Estoy harto. Si los maestros no lo detienen, alguien tendrá que hacerlo, ¿no? —Bonzo sonrió con picardía—. Así que yo, si fuera tú, me alejaría de las prácticas en tiempo libre de Ender Wiggin.

—¿Es de verdad el número uno en las puntuaciones?

—El número uno en mierda —soltó Bonzo—. Es el último en lealtad. No hay ningún comandante que lo quiera en su escuadra.

—Gracias —dijo Bean—. Sólo que ahora me molesta que la gente diga que soy como él.

—Sólo porque eres pequeño. Lo nombraron soldado cuando todavía era demasiado joven. No dejes que te hagan eso y no tendrás problemas, ¿sabes?

—Ahora sé —respondió Bean, y le ofreció a Bonzo su mejor sonrisa.

Bonzo le devolvió la sonrisa y le dio una palmada en el hombro.

—Lo harás bien. Cuando seas lo bastante grande, si no me he graduado todavía, tal vez estés con los Salamandras.

Si te dejan que continúes al mando de una escuadra otro día más, es porque los otros estudiantes pueden sacar mejor partido recibiendo órdenes de un idiota de mayor graduación.

—No voy a ser soldado durante mucho tiempo —comentó Bean.

—Trabaja duro. Merece la pena.

Le volvió a dar una palmada en los hombros, y luego se marchó con una gran sonrisa en la cara. Orgulloso de haber ayudado a un niño pequeño. Alegre de haber convencido a alguien de su propia versión retorcida de sus relaciones con Ender Wiggin, quien obviamente era más listo tirándose pedos que Bonzo hablando.

Estaba, además, aquella amenaza de violencia contra los niños que practicaran con Ender Wiggin en su tiempo libre. Era bueno saberlo. Bean tendría que decidir ahora qué hacer con esa información. ¿Avisaba a Ender? ¿A los profesores? ¿No decía nada? ¿Se mantenía alerta?

El tiempo libre terminó. La sala de juegos quedó despejada cuando todo el mundo se dirigió a sus barracones para estudiar, cada uno por su cuenta. Entonces sobrevenía un espacio de tiempo tranquilo. Sin embargo, la mayor parte de los novatos del grupo de Bean no tenían nada que estudiar: todavía no habían recibido clase alguna. Así que por esa noche estudiar significaba jugar al juego de fantasía en sus consolas y alardear con los demás para establecer su posición. Las consolas de todos se iluminaron cuando les sugirieron de que podrían escribir cartas a sus familias en casa. Algunos de los niños decidieron hacerlo. Y, sin duda, todos asumieron que eso era lo que Bean hacía.

Pero no era así. Firmó en su primera consola como Poke y descubrió que, como sospechaba, no importaba qué consola usaba; era el nombre y la contraseña lo que lo determinaban todo. No tendría que sacar aquella segunda consola de su taquilla. Usó la identidad de Poke para escribir una entrada en su diario. No era algo raro: «diario» era una de las opciones de la pantalla.

¿Qué debería ser? ¿Un llorica? «Todo el mundo me apartó de su camino en la sala de juegos porque soy pequeño, ¡no es justo!» ¿Un bebé? «Echo mucho de menos a sor Carlotta, ojalá pudiera estar en mi habitación en Rotterdam.» ¿Un ambicioso? «Sacaré las mejores notas en todo, ya verán.»

Al final, se decidió por algo un poco más sutil.

> ¿Qué haría Aquiles si fuera yo? No es pequeño, claro está, pero con su pierna mala es casi lo mismo. Aquiles siempre supo cómo esperar y no mostrarles nada. Eso es lo que yo tengo que hacer también. Esperar a ver qué pasa. Nadie va a querer ser mi amigo al principio. Pero después de algún tiempo, se acostumbrarán a mí y empezaremos a clasificarnos en las clases. Los primeros que me dejarán acercarme son los más débiles, pero eso no representa ningún problema. Se construye una banda basándote primero en la lealtad, eso es lo que hizo Aquiles, construir lealtad y entrenarlos para que obedecieran. Trabajas con lo que tienes, y sigues a partir de ahí.

Que se chuparan ésa. Que pensaran que intentaba convertir la Escuela de Batalla en la vida callejera que conocía. Se lo creerían. Y mientras tanto, tendría tiempo de aprender tanto como pudiera acerca de cómo funcionaba realmente la Escuela de Batalla, y elaboraría una estrategia que encajase con la situación.

Dimak entró una última vez antes de que se apagaran las luces.

—Vuestras consolas también funcionan con la luz apagada —informó—, pero si las utilizáis cuando se supone que debéis de estar durmiendo, lo sabremos, y sabremos lo que estáis haciendo. Así que mejor que sea importante, o apareceréis en la lista negra.

La mayoría de los niños guardaron sus consolas; un par de ellos las mantuvieron abiertas con actitud desafiante. A Bean no le importó ni una cosa ni otra. Tenía otros asuntos en los que pensar. Ya habría tiempo para la consola mañana, o al día siguiente.

Permaneció tendido en la semioscuridad (al parecer, los bebés allí presentes tenían que tener una lucecita encendida para poder encontrar el camino al cuarto de baño sin tropezar) y prestó atención a los ruidos que le rodeaban, para aprender lo que significaban. Unos cuantos susurros, unos cuantos siseos que exigían silencio. La respiración de niños y niñas mientras, uno a uno, se iban quedando dormidos. Unos cuantos incluso roncaban. Pero bajo aquellos sonidos humanos, ese oía el sonido de viento del sistema de aire, y chasquidos al azar y voces distantes, sonidos del movimiento de una estación que giraba entrando y saliendo de la luz del sol, el sonido de adultos trabajando en la noche.

Este lugar suponía una fuerte inversión. Enorme, para albergar a miles de niños y maestros y personal y tripulación. Era un complejo tan caro como una nave de la flota, sin duda. Y todo sólo para entrenar a niños pequeños. Los adultos tal vez hacían creer a los niños que se trataba de un juego, pero para ellos se trataba de un asunto muy serio. Este programa para entrenar niños para la guerra no era sólo una teoría educativa descabellada, aunque sor Carlotta probablemente tenía razón cuando dijo que un montón de gente pensaba que así era. La F.I. no lo mantendría a este nivel si no esperaran conseguir resultados serios. Así que estos niños que roncaban, suspiraban y susurraban en la oscuridad importaban de verdad.

Esperan resultados de mí. Esto no es sólo una fiesta, donde vienes a por la comida y luego haces lo que quieres. Realmente quieren convertirnos en comandantes. Y como la Escuela de Batalla lleva algún tiempo funcionando, probablemente tienen pruebas de que funciona, niños que ya se han graduado y han conseguido una buena hoja de servicios. Eso es lo que tengo que recordar. Sea cual sea el sistema, funciona.

De pronto, se oyó un sonido diferente. No era una respiración regular, sino más bien un aliento entrecortado, con algún jadeo. Y luego... un sollozo.

Lloraban. Algún niño lloraba dormido.

En el nido, Bean había oído a alguno de los otros niños llorar mientras dormían, o cuando estaban a punto de dormirse. Lloraban porque tenían hambre o estaban enfermos o sentían frío o estaban doloridos. Pero ¿de qué tenían que llorar estos niños?

Otros sollozos se unieron al primero.

Añoran sus hogares, advirtió Bean. Nunca han estado separados de papá y mamá antes, y eso les afecta.

Bean no lo entendía. No sentía eso por nadie. Vives en el sitio en el que estás, no te preocupas por dónde estabas antes o dónde desearías estar, *aquí* es donde estás y aquí es donde tienes que encontrar un modo de sobrevivir. Estar lloriqueando en la cama no era de gran ayuda.

Pero eso no era ningún problema. Su debilidad me pone un poco más por delante. Un rival menos en mi camino para convertirme en comandante.

¿Era así como Ender Wiggin veía las cosas? Bean repasó todo lo que había aprendido de Ender hasta ese momento. El chico estaba lleno de recursos. No se peleó abiertamente con Bonzo, pero tampoco soportó sus estúpidas decisiones. A Bean le resultaba fascinante, porque en la calle la única regla segura era que no te juegas el cuello a menos que te vayan a cortar la garganta de todas formas. Si tienes un jefe de banda estúpido, no le dices que es estúpido; no le demuestras que es estúpido, le sigues la corriente y mantienes la cabeza gacha. Así era como sobrevivían los niños.

Cuanto tuvo que hacerlo, Bean corrió el riesgo. Se metió así en la banda de Poke. Pero se trataba de comida. En la Escuela de Batalla no había muertes. ¿Por qué corrió Ender ese riesgo cuando no había en juego más que su puesto en el juego de guerra?

Tal vez Ender sabía algo que Bean no sabía. Tal vez había algún motivo por lo que el juego era más importante de lo que parecía.

O tal vez Ender era uno de esos niños que no soportaban perder, jamás. El tipo de niño que continúa con el grupo mientras el grupo lo lleve a donde quiere, y si no, entonces cada uno por su lado. Eso era lo que pensaba Bonzo. Pero Bonzo era estúpido.

Una vez más, Bean se acordó de que había algunas cuestiones que no comprendía. Ender no lo hizo todo para sí mismo. No practicaba solo. Abrió sus prácticas de tiempo libre a los otros niños. A los novatos también, no sólo a los niños que podían hacer cosas por él. ¿Era posible que lo hiciera porque era lo más decente que cabía hacer?

¿Como se había ofrecido Poke a Aquiles para así salvar la vida de Bean?

No, Bean no sabía qué es lo que ella hizo, no sabía que hubiera muerto por eso.

Pero la posibilidad estaba allí. Y en su corazón, lo creía. Era lo que siempre había despreciado de ella. Actuaba como si fuera blanda de corazón. Y sin embargo... aquella blandura le había salvado la vida. Y por mucho que lo intentara, no podía adoptar aquella actitud de peor-para-ella que predominaba en la calle. Ella me escuchó cuando le hablé, arriesgó su vida por una posibilidad que podría traer una vida mejor para toda su banda. Entonces me ofreció un lugar a su mesa y, al final, se interpuso entre el peligro y yo. ¿Por qué?

¿Cuál era ese gran secreto? ¿Lo sabía Ender? ¿Cómo lo aprendió? ¿Por qué no podía descubrirlo Bean por sí solo? Por mucho que lo intentara, no podía entender a Poke. No podía comprender tampoco a sor Carlotta. No podía comprender los brazos con los que le abrazaba, las lágrimas que derramaba sobre él. ¿No comprendían que, por mucho que lo amaran, seguía siendo una persona independiente, y hacer algo bueno por él no mejoraba sus vidas de ninguna forma?

Si Ender Wiggin tiene esta debilidad, entonces no seré como él. No voy a sacrificarme por nadie. Y ya, de entrada, me niego a tumbarme en la cama y llorar por Poke, flotando en el agua con la garganta cortada, o sollozar porque sor Carlotta no está durmiendo en la habitación de al lado.

Se frotó los ojos, se dio la vuelta, y deseó que su cuerpo se relajara y se quedara dormido. Momentos más tarde, dormitaba sumido en aquel sueño ligero, fácil de espantar. Mucho antes del amanecer, su almohada estaría seca.

Soñó, como siempre sueñan los seres humanos: disparos aleatorios de memoria e imaginación que la mente inconsciente trata de convertir en historias coherentes. Bean rara vez prestaba atención a sus propios sueños, rara vez recordaba siquiera lo que soñaba. Pero esa mañana se despertó con una imagen clara en la mente.

Hormigas, que surgían de una grieta en la calzada. Hormigas negras y pequeñas. Y hormigas rojas más grandes, que batallaban contra ellas, destruyéndolas. Todas ellas corrían. Ninguna se volvía para ver cómo el zapato humano bajaba para aplastarlas.

Cuando el zapato se retiró, lo que quedó aplastado debajo no eran cuerpos de hormigas. Eran los cuerpos de los niños, los pillastres de las calles de Rotterdam. Toda la familia de Aquiles. El propio Bean: reconoció su rostro, elevándose sobre su cuerpo aplastado, mirando alrededor para atisbar una última vez el mundo antes de la muerte.

Sobre él se alzaba el zapato que lo había matado. Pero ahora estaba unido al extremo de la pata de un insector, y el insector se reía y se reía.

Bean recordó la risa del insector cuando despertó, y recordó la visión de todos aquellos niños aplastados, su propio cuerpo convertido en goma bajo un zapato. El significado era obvio: mientras los niños juegan a la guerra, los insectores vienen a aplastarnos. Debemos mirar más allá de nuestras pugnas particulares y recordar al enemigo auténtico.

No obstante, Bean rechazó aquella interpretación de su propio sueño en cuanto la pensó. Los sueños no significan nada, se recordó. Y aunque significasen algo, era un significado que revela lo que yo siento, lo que yo temo, no ninguna verdad absoluta. Así que los insectores vienen de camino. Y pueden aplastarnos a todos como hormigas bajo sus patas. ¿Y a mí qué? Mi deber, por el momento, es mantener a Bean con vida, para avanzar hasta una posición donde pueda ser útil en la guerra contra los insectores. No hay nada que pueda hacer para detenerlos en este preciso instante.

Ésta es la lección que Bean aprendió de su propio sueño: No seas una de las hormigas que corren y pelean. Sé el zapato.

Sor Carlotta se había topado con un callejón sin salida en su búsqueda en las redes. Existía una gran cantidad de información sobre los estudios de genética humana, pero nada parecido a lo que estaba buscando.

Así que permaneció allí sentada, jugueteando con su consola mientras trataba de pensar qué hacer a continuación y se preguntaba por qué se molestaba en buscar el origen de Bean, cuando llegó el mensaje de seguridad de la F.I. Como el mensaje se borraría al cabo tan sólo de un minuto, y sería reenviado cada minuto hasta que su destinatario lo leyera, lo abrió de inmediato e introdujo su primera y segunda contraseñas.

DE: Col.Graff@EscuelaBatalla.FI
A: Sor.Carlotta@SpecAsn.RemCon.FI
RE: Aquiles

Por favor envíe toda la información sobre «Aquiles» tal como la conoce el sujeto.

Como de costumbre, un mensaje tan críptico no tenía necesidad de ser codificado, aunque naturalmente lo había sido. Era un mensaje seguro, ¿no? Entonces, ¿por qué no utilizar el nombre del niño?: «Por favor envíe toda la información de "Aquiles" que conoce Bean.»

De algún modo, Bean les había proporcionado el nombre de Aquiles, y en unas circunstancias en que ellos no querían preguntarle directamente que lo explicara. Tenía que aparecer en algo que hubiera escrito. ¿Una carta para ella? Sintió un destello de esperanza y luego se reprendió por sus sentimientos. Sabía perfectamente que los mensajes de los niños de la Escuela de Batalla casi nunca se transmitían y, además, la posibilidad de que Bean le escribiera era remota. Pero habían conseguido el nombre de algún modo, y querían saber qué significaba.

El problema era que ella no estaba dispuesta a facilitarles esa información sin saber qué significaría para Bean.

Así que preparó una respuesta igualmente críptica:

Contestaré solamente por conferencia segura.

Como era natural, eso enfurecería a Graff, aunque sólo se tratara de un contratiempo. Graff estaba tan acostumbrado a tener poder por encima de su rango que sería bueno recordarle que toda obediencia era voluntaria y que dependía, en última instancia, de la libre decisión de la persona que recibía las órdenes. Y ella obedecería, al final. Sólo quería asegurarse de que Bean no iba a sufrir por la información. Si ellos supieran que había estado tan íntimamente relacionado con el perpetrador y la víctima de un asesinato, tal vez lo expulsarían del programa. Y aunque ella estuviera segura de que no sería malo hablar de ello, podría conseguir un *quid pro quo*.

Pasó otra hora antes de que se preparara la conferencia segura, y cuando la cabeza de Graff apareció en la pantalla sobre el ordenador, no parecía satisfecho.

—¿A qué estamos jugando hoy, sor Carlotta?

—Está ganando peso, coronel Graff. Eso no es sano.

—Aquiles —dijo él.

—Un hombre con un talón débil —le manifestó—.

Mató a Héctor y arrastró su cuerpo alrededor de las murallas de Troya. También se pirraba por una esclava llamada Briseis.

—Sabe que ése no es el contexto.

—Sé mucho más que eso. Sé que deben de haber encontrado el nombre en algo que Bean ha escrito, porque el nombre se pronuncia con acento en la e, como en francés.

—Algún habitante de por allí.

—Aquí el idioma es el holandés, cuando el Común de la Flota empieza a filtrarse como mera curiosidad.

—Sor Carlotta, no me gusta que despilfarre lo mucho que cuesta esta conferencia.

—Y no voy a hablar hasta que no me diga por qué necesita saberlo.

Graff inspiró profundamente varias veces. Ella se preguntó si su madre le había enseñado a contar hasta diez, o si, quizás, había aprendido a morderse la lengua tratando con monjas en una escuela católica.

—Tratamos de sacarle sentido a algo que Bean escribió.

—Déjeme verlo y le ayudaré en lo que pueda.

—Ya no es su responsabilidad, sor Carlotta.

—Entonces, ¿por qué me preguntan por él? Es su responsabilidad, ¿no? ¿Puedo volver al trabajo ya?

Graff suspiró e hizo algo con las manos, fuera de cámara. Momentos después el texto del diario de Bean apareció ante su cara. Sor Carlotta lo leyó, esbozando una leve sonrisa.

—¿Bien? —preguntó Graff.

—Se está quedando con ustedes, coronel.

—¿Qué quiere decir?

—Sabe que van a leerlo. Les está confundiendo.

—¿Lo sabe usted?

—Aquiles puede que le sirviera como ejemplo, pero no es un ejemplo bueno. Aquiles traicionó a alguien a quien Bean valoraba mucho.

—No divague, sor Carlotta.

—No divago. Le he dicho exactamente lo que quiero que sepa. Igual que Bean les dijo lo que quería que oyeran. Puedo prometerle que esas anotaciones en el diario sólo tendrán sentido para ustedes si reconocen que está escribiendo para ustedes, con la intención de engañarlos.

—¿Por qué? —quiso saber Graff—. ¿Porque no llevaba un diario allá abajo?

—Porque su memoria es perfecta —aseveró sor Carlotta—. Nunca, nunca comprometería sus verdaderos pensamientos en forma legible. Sigue su propio consejo. Siempre. Nunca encontrarán un documento escrito por él que no sea para ser leído.

—¿Significaría algo el hecho de que lo haya escrito bajo otra identidad que piensa que desconocemos?

—Pero ustedes lo saben, y él sabrá que ustedes lo sabrán, así que la otra identidad existe sólo para confundirlos, y está funcionando.

—Me olvidaba de que usted piensa que es más listo que Dios.

—No me preocupa que no acepte mi evaluación. Cuanto mejor lo conozcan, más se darán cuenta de que tengo razón. Incluso acabarán por creer en las puntuaciones de esos tests.

—¿Qué debo hacer para que me ayude con esto? —preguntó Graff.

—Intente contarme la verdad sobre lo que significará para Bean esta información.

—Tiene preocupado a su tutor. Desapareció durante veintiún minutos cuando regresaba del almuerzo. Tenemos una testigo que habló con él en una cubierta donde no tenía nada que hacer, pero eso sigue sin explicar los últimos diecisiete minutos de su ausencia. No juega con su consola...

—¿Piensa que crear identidades falsas y escribir diarios falsos no es jugar?

—Disponemos de un juego diagnóstico terapéutico al que todos los niños juegan... Él ni siquiera lo ha abierto.

—Sabrá que el juego es psicológico, y no jugará hasta que sepa qué le costará.

—¿Le enseñó usted esa actitud de hostilidad por omisión?

—No, la aprendí de él.

—Sea sincera. Según esta anotación del diario, parece que planea crear su propio grupo aquí, como si esto fuera la calle. Tenemos que investigar a ese Aquiles para saber qué tiene en mente.

—No planea nada de eso —replicó sor Carlotta.

—Lo dice con seguridad, pero no me da ni un solo motivo para confiar en su conclusión.

—Me ha llamado usted, ¿recuerda?

—Eso no es suficiente, sor Carlotta. Sus opiniones sobre este niño son sospechosas.

—Nunca imitaría a Aquiles. Nunca escribiría sus verdaderos planes donde puedan ustedes encontrarlos. No crea bandas, se une a ellas y las utiliza. Avanza sin mirar siquiera hacia atrás.

—Entonces, ¿investigar a ese Aquiles no nos proporcionará ninguna pista sobre el comportamiento de Bean de ahora en adelante?

—Bean se enorgullece de no guardar rencor. Piensa que es contraproducente. Pero en cierto modo, creo que escribió sobre Aquiles específicamente porque ustedes lo leerían y querrían saber más sobre Aquiles, y si investigan el tema descubrirán algo muy malo que hizo.

—¿A Bean?

—A una amiga suya.

—¿Entonces es capaz de tener amigos?

—La niña que le salvó la vida aquí en la calle.

—¿Y cómo se llama?

—Poke. Pero no se moleste demasiado en buscarla. Está muerta.

Graff pensó un instante.

—¿Eso es lo malo que hizo Aquiles?

—Bean tiene motivos para creerlo, aunque no pienso que haya pruebas suficientes para llevarlo a juicio. Y, como decía, puede que se trate de un acto inconsciente. No creo que Bean quiera conscientemente vengarse de Aquiles, o de nadie más, por cierto, pero tal vez espere que ustedes lo hagan por él.

—Sigue sin contármelo todo, pero no tengo más remedio que confiar en su juicio, ¿no?

—Le prometo que Aquiles es un callejón sin salida.

—¿Y si piensa que hay un motivo para que no carezca de salida, después de todo?

—Quiero que su programa dé resultado, coronel Graff, e incluso me importa más que el hecho de que Bean tenga éxito. El hecho de que me preocupe por el niño no significa que no tenga mis prioridades. Le he dicho todo lo que sé. Pero espero que usted me ayude también.

—No se intercambia información en la Flota Internacional, sor Carlotta. Fluye de aquellos que la tienen a aquellos que la necesitan.

—Déjeme decirle lo que quiero, y decida si la necesito.

—¿Bien?

—Quiero que me informe acerca de cualquier proyecto ilegal o secreto relacionado con la alteración del genoma humano que se haya llevado a cabo en los diez últimos años.

La mirada de Graff se perdió en la distancia.

—Es demasiado pronto para que se embarque en otro proyecto, ¿no? Así que es el mismo proyecto de siempre. Es sobre Bean.

—Vino de alguna parte.

—Quiere decir que su mente vino de alguna parte.

—Me refiero a todo el conjunto. Creo que van a acabar confiando en este niño, que vamos a apostar nuestras vidas a él, y creo que necesitan saber qué sucede en sus genes. Quizás no sea nada comparado con saber qué pasa por su mente, pero me temo que eso estará siempre fuera de su alcance.

—Usted le envió aquí, y ahora me dice esto. ¿No se da cuenta de que acaba de garantizar que nunca lo dejaré subir a lo alto de nuestro escalafón selectivo?

—Dice eso ahora, cuando sólo lleva un día en la Escuela de Batalla —dijo sor Carlotta—. Ya crecerá.

—Será mejor que no encoja o lo chupará el sistema de aire.

—Tsk-tsk, coronel Graff.

—Lo siento, hermana —respondió él.

—Déme permiso y una orden de máxima prioridad, y yo misma me encargaré de la investigación.

—No —respondió él—. Pero haré que le envíen los sumarios.

Ella sabía que le darían solamente la información que pensaran que debía tener. Pero cuando el coronel tratara de lastrar su trabajo con datos inútiles, ella se encargaría también de ese problema. Igual que trataría de localizar a Aquiles antes de que lo hiciera la Flota Internacional. Porque si la flota lo encontraba, probablemente le harían las pruebas... o encontrarían la puntuación que ella le había dado. Si lo sometían a esas pruebas, le arreglarían la pierna y lo llevarían a la Escuela de Batalla. Y ella le había prometido a Bean que nunca más tendría que volver a enfrentarse con Aquiles.

8
Buen estudiante

—¿No juega para nada al juego de fantasía?

—No ha llegado a elegir un personaje, y mucho menos a atravesar el portal.

—No es posible que no lo haya descubierto.

—Volvió a formatear las preferencias de su consola para que la invitación no siga apareciendo.

—De lo cual se deduce...

—Sabe que no es un juego. No quiere que analicemos cómo funciona su mente.

—Y sin embargo quiere que lo promocionemos.

—Eso no lo sé. Se entierra en sus estudios. En estos tres meses ha sacado unas notas brillantes en todas las pruebas. Pero sólo lee el material de las lecciones una vez. Las materias que estudia son de su propia elección.

—¿Como cuáles?

—Vauban.

—¿Fortificaciones del siglo diecisiete? ¿En qué está pensando?

—¿Ve el problema?

—¿Cómo se lleva con los otros niños?

—Creo que la descripción clásica es «solitario». Es amable. No ofrece nada voluntariamente. Sólo pide lo que le interesa. Los novatos con los que va piensan que es raro. Saben que saca mejores puntuaciones que ellos en todo, pero no lo odian. Lo tratan como a una fuerza de la naturaleza. No son amigos, pero tampoco enemigos.

—Eso es importante, que no lo odien. Deberían hacerlo, si se mantiene tan apartado.

—Creo que es una habilidad que aprendió en la calle: mitigar la furia. Él mismo no se enfada nunca. Tal vez por eso dejaron de burlarse de su altura.

—Nada de lo que me está usted diciendo sugiere que tenga capacidad de mando.

—Si piensa que él intenta demostrarnos su capacidad de mando y fracasa, entonces usted tiene razón.

—Entonces... ¿qué cree que está haciendo?

—Analizándonos.

—Recopila información sin ofrecer ninguna. ¿De verdad cree que es tan rebuscado?

—Sobrevivió en las calles.

—Creo que es hora de que sondee un poco.

—¿Y hacerle saber que su reticencia nos molesta?

—Si es tan listo como usted piensa, ya lo sabe.

A Bean no le importaba estar sucio. Después de todo, había pasado años sin bañarse. Unos cuantos días no le molestaban. Y si a los demás les importaba, se guardaban sus opiniones para sí. Ya tenían otro chismorreo sobre él. ¡Es más pequeño y más joven que Ender! ¡Saca las mejores puntuaciones en todas las pruebas! ¡Apesta como un cerdo!

El tiempo que se dedicaba a la ducha era precioso. Era cuando él podía conectar su consola como uno de los otros niños, mientras los demás se duchaban. Estaban desnudos, sólo llevaban sus toallas a la ducha, por lo que sus uniformes no los identificaban. Durante ese lapso Bean podía conectar y explorar el sistema con total libertad; los profesores no podían saber que estaba aprendiendo los trucos. Dudó un poco, sólo un poco, cuando modificó las preferencias, a fin de que no tuviera que enfrentarse a aquella estúpida invitación a jugar su juego mental cada vez que cambiaba de tarea en su consola. Pero no era algo muy difícil, y decidió que no se alarmarían demasiado por haberlo descubierto.

Hasta ahora, Bean había descubierto sólo unos pocos datos realmente útiles, pero le parecía que estaba a punto de derribar murallas más importantes. Sabía que había un sistema virtual que los estudiantes tenían que romper. Había leído leyendas sobre cómo Ender (naturalmente) había descifrado el sistema el primer día y firmado como Dios; sin embargo, era consciente de que, aunque Ender hubiera sido inusitadamente rápido al respecto, él no iba a hacer nada que no se esperara de un estudiante brillante y ambicioso.

El primer logro de Bean fue encontrar la forma en que el sistema de los profesores seguía la actividad informática de los estudiantes. Al evitar las acciones de las que se informaba inmediatamente a los profesores, pudo crear un área de archivos privados que no advertirían a menos que la buscaran deliberadamente. Entonces, cada vez que encontraba algo interesante en la red haciéndose pasar por otra persona, recordaba la ubicación, iba y descargaba la información en su área segura y trabajaba en ella a placer... mientras su consola informaba que estaba leyendo obras de la biblioteca. La verdad era que leía aquellas obras, por supuesto, pero con mucha más rapidez de lo que informaba su consola.

Con toda esa preparación, Bean esperaba realizar verdaderos progresos. No obstante, muy pronto se topó con los cortafuegos: información que el sistema tenía, pero que no estaba disponible. Encontró varios rodeos.

Por ejemplo, no pudo hallar ningún mapa sobre el conjunto de la estación sólo de las zonas accesibles a los estudiantes, y éstos eran siempre diagramas y bocetos, confeccionados deliberadamente a una escala inadecuada. Pero también encontró una serie de mapas de emergencia en un programa que los mostraba de forma automática en las paredes de los pasillos, por si se producía una emergencia de pérdida de presión; en ellos estaban dibujadas las compuertas de seguridad más cercanas. Esos mapas sí estaban a escala, y al combinarlos con un solo mapa en su área segura, pudo crear un esquema de toda la estación. Sólo estaban marcadas las compuertas, naturalmente, pero descubrió un sistema paralelo de pasillos a ambos lados de la zona de estudiantes. La estación debía de ser no una, sino tres ruedas paralelas, que se entrecruzaban en muchos puntos. Ahí era donde vivían los profesores y el personal, donde se ubicaba el equipo de soporte vital, las comunicaciones con la flota. Lo malo era que disponían de unos sistemas de circulación de aire separados. Los canales de uno no conducían a ninguno de los otros. Lo que significaba que, aunque con toda probabilidad podría espiar todo lo que pasaba en la rueda de los estudiantes, las otras ruedas quedaban fuera de su alcance.

Sin embargo, incluso dentro de la rueda de los estudiantes, había muchos lugares secretos que explorar. Los estudiantes tenían acceso a cuatro cubiertas, más el gimnasio bajo la Cubierta-A y la sala de batalla sobre la Cubierta-D. No obstante, había nueve cubiertas, dos bajo la Cubierta-A y tres sobre la D. Esos espacios tenían que utilizarse para algo. Y si pensaban que merecía la pena ocultarlos a los estudiantes, Bean supuso que merecía la pena explorarlos.

Tendría que empezar a explorar pronto. Sus ejercicios

lo estaban volviendo más fuerte, y se conservaba delgado al no comer demasiado: era increíble cuánta comida intentaban obligarle a comer, y seguían aumentando sus raciones, probablemente porque no había ganado tanto peso como pretendían que ganara. Pero lo que no podía controlar era su crecimiento en altura. No podría franquear los conductos dentro de poco... o quizás no podía en ese preciso instante. Sin embargo, usar el sistema de aire para acceder a las cubiertas ocultas no era algo que pudiera hacer durante las duchas. Eso significaría perder sueño. Así que seguía posponiéndolo; algún día le sería posible.

Hasta que una mañana muy temprano Dimak llegó a los barracones y anunció que todo el mundo tenía que cambiar su contraseña de inmediato. Lo debían hacer de espaldas al resto de los alumnos, y no tenían que decirle a nadie cuál era la nueva contraseña.

—Nunca la introduzcáis donde alguien pueda veros —dijo.

—¿Alguien ha estado utilizando las contraseñas de los demás? —preguntó un niño. Por el tono en que lo dijo, seguro que le parecía una idea repugnante. ¡Qué desfachatez! A Bean le entraron ganas de echarse a reír.

—Debe cambiarlas todo el personal de la F.I., así que bien podríais empezar a acostumbraros ahora —dijo Dimak—. Todo el que utilice la misma contraseña durante más de una semana aparecerá en la lista negra.

Pero Bean dedujo que habían descubierto lo que estaba haciendo. Eso significaba que probablemente habían examinado sus sondeos durante las últimas semanas y que sabían lo que había averiguado. Puso la consola en marcha y borró su directorio de archivos seguros, por si existía la posibilidad de que no lo hubieran descubierto todavía. Todo lo que realmente necesitaba de allí lo había memorizado ya. Nunca volvería a confiar en la consola para algo que su memoria pudiera almacenar.

Después de desnudarse y envolverse en la toalla, Bean se encaminó hacia las duchas con los demás. Pero Dimak lo detuvo en la puerta.

—Hablemos —dijo.

—¿Qué hay de mi ducha?

—¿Qué ocurre? ¿De repente te preocupa la higiene?

Bean esperó la reprimenda por robar contraseñas. Sin embargo, Dimak se sentó a su lado en un camastro junto a la puerta y le formuló preguntas mucho más generales.

—¿Cómo te va por aquí?

—Bien.

—Sé que tus puntuaciones en las pruebas son satisfactorias, pero me preocupa que no estés haciendo muchos amigos.

—Tengo un montón de amigos.

—Quieres decir que conoces el nombre de un montón de gente y no te peleas con nadie.

Bean se encogió de hombros. No le gustaban estas preguntas más de lo que le habría gustado que le preguntaran cómo utilizaba su ordenador.

—Bean, el sistema que empleamos fue diseñado por un motivo. Consideramos varios factores cuando hemos de tomar nuestras decisiones referidas a las dotes de mando de los estudiantes. El trabajo en clase es una parte importante. Pero también lo es el liderazgo.

—Todo el mundo aquí está plenamente capacitado para liderar, ¿no?

Dimak se echó a reír.

—Bueno, es cierto, pero no podéis ser líderes todos a la vez.

—Tengo la altura de un niño de tres años —constató Bean—. No creo que muchos niños estén ansiosos por empezar a saludarme.

—Pero podrías estar construyendo tu círculo de amistades. Los otros niños lo hacen. Tú no.

—Supongo que no tengo lo que hace falta para ser comandante.

Dimak alzó una ceja.

—¿Tratas de decirme que quieres que te despidan?

—¿Acaso mis puntuaciones sugieren que tengo intención de suspender?

—¿Qué es lo que quieres? —preguntó Dimak—. No juegas con la consola, como los otros niños. Tu programa de ejercicios es extraño, aunque sabes que el programa estándar está diseñado para fortaleceros para la sala de batalla. ¿Significa eso que tampoco pretendes jugar a ese juego? Porque si eso es lo que pretendes, se te expulsará de verdad. Es el principal medio de que disponemos para evaluar las dotes de mando. Por eso toda la vida de la escuela gira alrededor de las escuadras.

—Lo haré bien en la sala de batalla —aseguró Bean.

—Si piensas que puedes hacerlo sin preparación, te equivocas. Una mente rápida no puede sustituir a un cuerpo fuerte y ágil. No tienes ni idea de las condiciones físicas que se exigen en la sala de batalla.

—Me atendré a las tablas gimnásticas estándar, señor.

Dimak se echó hacia atrás y cerró los ojos con un pequeño suspiro.

—Vaya, sí que eres obediente, ¿no?

—Intento serlo, señor.

—Eso es una mentira como una casa —dijo Dimak.

—¿Señor?

Estoy perdido, pensó Bean.

—Si dedicaras a hacer amigos la energía que dedicas a ocultar cosas a los profesores, serías el chico más querido de la escuela.

—Ése es Ender Wiggin, señor.

—¿Y crees que no hemos notado lo mucho que te obsesiona Wiggin?

—¿Que me obsesiona?

Bean nunca había vuelto a preguntar por él después del primer día. Nunca participaba en las charlas sobre las calificaciones. Nunca visitaba la sala de batalla durante las sesiones de práctica de Ender.

Oh. Qué error tan obvio. Estúpido.

—Eres el único novato que ha evitado por completo ver siquiera a Ender Wiggin. Conoces tan bien su horario que nunca estás en la misma sala que él. Eso requiere un verdadero esfuerzo.

—Soy un novato, señor. Él está en una escuadra.

—No te hagas el tonto, Bean. Esto es sólo una excusa.

Decir una mentira inútil y obvia, ésa era la regla.

—Todo el mundo me compara constantemente con Ender, porque cuando vine aquí era muy pequeño, y bajito. Quería ser yo mismo.

—Ésta te la dejaré pasar por ahora, porque hay un límite en la mierda en la que quiero que chapotees —soltó Dimak.

Pero al decir lo que había dicho sobre Ender, Bean se preguntó si no podría ser cierto. ¿Por qué no debería él experimentar un sentimiento normal, como los celos? No era una máquina. Así que le ofendió un poco el hecho de que Dimak asumiera que tenía que haber algo más sutil. Que Bean mentía no importaba lo que dijera.

—Dime por qué te niegas a jugar al juego de fantasía.

—Me parece aburrido y estúpido —dijo Bean, sincero por una vez.

—No me lo trago. Para empezar, no es aburrido y estúpido para ningún otro niño de la Escuela de Batalla. De hecho, el juego se adapta a tus intereses.

No tengo ninguna duda de eso, pensó Bean.
—Es pura inventiva —dijo—. Nada es real.
—Deja de esconderte un segundo, ¿quieres? —exclamó Dimak—. Sabes perfectamente que utilizamos el juego para analizar la personalidad, y por eso te niegas a jugar.
—Creo que ya han analizado mi personalidad de todas formas —dijo Bean.
—No te rindes nunca, ¿eh?
Bean no dijo nada. No había nada que decir.
—He estado mirando tu lista de lecturas —dijo Dimak—. ¿Vauban?
—¿Sí?
—¿Ingeniería de fortificaciones de la época de Luis XIV?
Bean asintió. Pensó en Vauban, en el modo en que sus estrategias se habían adaptado a la política financiera cada vez más precaria del rey. La defensa en profundidad había dado paso a una fina línea de defensas; se habían dejado de construir nuevas fortalezas y se dio preferencia a las que estaban mal ubicadas o eran innecesarias. La pobreza triunfó sobre la estrategia. Empezó a hablar sobre eso, pero Dimak lo interrrumpió.
—Venga ya, Bean. ¿Por qué estás estudiando un tema que no tiene nada que ver con la guerra en el espacio?
Bean no tenía realmente una respuesta. Había estado trabajando en la historia de la estrategia desde Jenofontes y Alejandro hasta César y Maquiavelo. Vauban venía después. No había ningún plan: la mayoría de sus lecturas eran una tapadera para su trabajo informático clandestino. Pero ahora que Dimak se lo preguntaba, ¿qué tenían que ver, ciertamente, las fortificaciones del siglo diecisiete con la guerra en el espacio?
—No soy yo quien puso a Vauban en la biblioteca.

—Disponemos de todos los escritos militares que se encuentran en todas las bibliotecas de la flota. Nada más significativo que eso.

Bean se encogió de hombros.

—Te pasaste dos horas con Vauban.

—¿Y qué? Me pasé el mismo tiempo con Federico el Grande, y creo que no vamos a abrir zanjas en el campo, ni a pasar a bayoneta a todos los que rompan filas durante una avanzada.

—No leíste a Vauban, ¿verdad? —dijo Dimak—. Quiero saber qué estuviste haciendo.

—Leí a Vauban.

—¿Crees que no sabemos lo rápido que lees?

—Y también *pensé* en Vauban.

—Muy bien, pues, ¿en qué estuviste pensando?

—En lo que usted dijo. Cómo se aplica a la guerra en el espacio.

Con eso ganó un poco de tiempo. ¿Qué tiene que ver Vauban con la guerra en el espacio?

—Estoy esperando —insistió Dimak—. Muéstrame las reflexiones que te ocuparon dos horas ayer.

—Bueno, por supuesto, las fortificaciones no tienen lugar en el espacio —explicó Bean—. En el sentido tradicional, claro. Pero se pueden erigir otras edificaciones. Como las minifortalezas, donde dejas una fuerza de salida ante la fortificación principal. Además, se pueden estacionar escuadras de naves para interceptar a los cazas. Y se pueden emplazar barreras. Minas. Campos de material a la deriva que provoquen colisiones con las naves que se mueven a toda velocidad, frenándolas. Ese tipo de cosas.

Dimak asintió, pero no dijo nada.

Bean empezaba a calentar la discusión.

—El verdadero problema es que, al contrario que Vauban, sólo tenemos un único punto que defender: la

Tierra. Y el enemigo no se limita a una dirección. Podría venir de cualquier parte. De todas partes a la vez. Así que nos encontramos con el problema clásico de la defensa, elevado al cubo. Cuanto más se desplieguen nuestras defensas, más debemos tener, y si tus recursos son limitados, pronto tienes más fortificaciones que las que puedes dotar. ¿De qué sirven las bases en las lunas de Júpiter, de Saturno o de Neptuno, cuando el enemigo no tiene que pasar por ellas en el plano de la elipse? Puede pasar de largo todas nuestras fortificaciones. Como Nimitz y MacArthur usaron el salto bidimensional de isla en isla contra la defensa en profundidad de los japoneses en la Segunda Guerra Mundial. Sólo que nuestro enemigo puede trabajar en tres dimensiones. Por tanto, no podemos mantener la defensa en profundidad. Nuestra única defensa es detectarlos pronto y componer una sola fuerza masiva.

Dimak asintió con un leve movimiento de cabeza. Su rostro no mostró ninguna expresión.

—Continúa.

¿Continuar? ¿No era suficiente para explicar dos horas de lectura?

—Bueno, entonces pensé que incluso eso estaba abocado al desastre, porque el enemigo es libre de dividir sus fuerzas. Así que, aunque interceptemos y derrotemos a noventa y nueve de cada cien escuadrones al ataque, sólo se precisa un escuadrón para causar una terrible devastación en la Tierra. Vimos cuánto territorio puede calcinar una sola nave cuando aparecieron por primera vez y empezaron a atacar China. Sólo con que llegaran diez naves en un solo día (y si se extienden lo suficiente, tendrían mucho más que un día), sería posible arrasar la mayoría de nuestros grandes centros de población. Todos nuestros huevos están en una sola cesta.

—Y sacaste todo eso de Vauban —concluyó Dimak. Por fin. Al parecer, eso era suficiente para satisfacerlo.

—De pensar en Vauban, y también en el hecho que nuestro problema defensivo entraña una mayor dificultad.

—Bien —dijo Dimak—, ¿qué solución propones?

¿Solución? ¿Qué se creía Dimak que era él? ¡Estaba pensando en cómo controlar la situación allí en la Escuela de Batalla, no en cómo salvar al mundo!

—Creo que no hay ninguna solución —dijo Bean, para ganar tiempo otra vez. Pero, en cuanto lo dijo, empezó a creer que era cierto—. No tiene sentido intentar defender la Tierra. De hecho, a menos que tengan algún sistema defensivo que no conozcamos, como un medio de proteger todo un planeta con un escudo invisible, el enemigo es igual de vulnerable. Así que la única estrategia que tiene sentido es un ataque a gran escala. Enviar nuestra flota contra su mundo y destruirlo.

—¿Y si nuestras flotas se entrecruzan? —preguntó Dimak—. ¿Si destruimos nuestros mundos mutuamente y lo único que nos quedan son las naves?

—No —respondió Bean, la mente al galope—. No, si enviamos una flota inmediatamente después de la Segunda Guerra Insectora. Después de que la fuerza de choque de Mazer Rackham los derrotase, haría falta tiempo para que les llegara la noticia de su derrota. Así que construimos una flota lo más rápidamente posible y la lanzamos de inmediato contra su mundo. De esa forma, la noticia de su derrota les llega al mismo tiempo que nuestro devastador contraataque.

Dimak cerró los ojos.

—Y ahora nos lo dices.

—No —dijo Bean, como si de pronto comprendiera que tenía razón en todo—. Esa flota se ha enviado ya. Antes de que nadie de esta estación naciera, se envió.

—Una teoría interesante —reconoció Dimak—. Naturalmente, estás equivocado en todos los puntos.

—No, no lo estoy —replicó Bean. Sabía que no estaba equivocado, porque Dimak trataba de fingir que estaba tranquilo. El sudor le resbalaba por la frente. Bean había dado con algo importante, y Dimak lo sabía.

—Quiero decir que tu teoría es cierta, es difícil la defensa en el espacio. Pero por duro que sea, tenemos que seguir en ello, y por eso estáis vosotros aquí. En cuanto al hecho de una supuesta segunda flota enviada... la Segunda Guerra Insectora agotó los recursos de la humanidad, Bean. Hemos tardado todo este tiempo en conseguir de nuevo una flota de tamaño razonable. Y en lograr unas armas más eficaces para la siguiente batalla. Si aprendiste algo de Vauban, deberías haber descubierto que no se puede construir más de lo que tienes recursos para mantener. Además, presupones que sabemos dónde se halla el mundo del enemigo. Pero tu análisis es válido en cuanto has identificado la magnitud del problema al que nos enfrentamos.

Dimak se levantó del camastro.

—Es bueno saber que no pierdes todo el tiempo de estudio infiltrándote en el sistema informático —comentó.

Fue la última frase que pronunció antes de salir de los barracones.

Bean se levantó y regresó a su propio camastro, donde se vistió. Ya había pasado el momento de la ducha, y no importaba de todas formas. Porque sabía que había dado en el clavo, con lo que le había dicho a Dimak. La Segunda Guerra Insectora no había agotado los recursos de la humanidad, de eso estaba seguro. Los problemas para defender un planeta eran tan obvios que la Flota Internacional no podría haberlos pasado por alto, sobre todo después de haber estado a punto de perder una guerra. Sabían que tenían que atacar. Construyeron la flota. La lanzaron. Se perdió. Era inconcebible que no hubieran tomado ninguna otra medida.

Entonces, ¿para qué era toda esta tontería de la Escuela de Batalla? ¿Tenía razón Dimak en que simplemente era para construir la flota defensiva alrededor de la Tierra y así contrarrestar cualquier ataque enemigo que la flota invasora propia hubiera pasado por el camino?

Si eso era cierto, no habría ningún motivo para ocultarlo. Ningún motivo para mentir. De hecho, toda la propaganda en la Tierra estaba dirigida a transmitir a la gente lo vital que era prepararse para la siguiente invasión insectora. Así que Dimak no había hecho más que repetir la historia que la Flota Internacional contaba a todo el mundo en la Tierra desde hacía generaciones. Sin embargo, sudaba a chorros. Lo que sugería que la historia no era cierta.

La flota defensiva alrededor de la Tierra estaba ya completamente equipada, ése era el problema. El proceso normal de reclutamiento habría sido suficiente. La guerra defensiva no requería brillantez, sólo estar alerta. Detectar pronto, interceptar con cautela, proteger con la reserva apropiada. El éxito dependía no de la calidad del mando, sino de la cantidad de naves disponibles y la calidad de las armas. No había ninguna razón para que existiera la Escuela de Batalla: la Escuela de Batalla sólo tenía sentido en el contexto de una guerra ofensiva, una guerra donde las maniobras, las estrategias y las tácticas tendrían un papel importante. Pero la flota ofensiva ya se había marchado. Por lo que Bean sabía, la batalla ya se había librado hacía años y la F.I. esperaba la noticia para saber si habían ganado o perdido. Todo dependía de a cuántos años luz de distancia se encontraba el planeta natal de los insectores.

Por lo que sabemos, pensó Bean, la guerra ha terminado ya, la F.I. sabe que hemos ganado, y simplemente no se lo han dicho a nadie.

El motivo era obvio. Lo único que había acabado con la guerra en la Tierra y había unido a toda la humanidad era una causa común: derrotar a los insectores. En cuanto se supiera que ya no existía ninguna amenaza insectora se daría rienda suelta a todas las hostilidades acumuladas. Ya fuera el mundo musulmán contra occidente, o el contenido imperialismo ruso y la paranoia contra la alianza atlántica, o el aventurerismo indio, o... o todos a la vez. El caos. Los recursos de la Flota Internacional serían divididos por comandantes amotinados de una facción u otra. Posiblemente ello significara la destrucción de la Tierra... a la que no contribuirían los fórmicos de modo alguno.

Eso era lo que la F.I. intentaba impedir. La terrible guerra caníbal que seguiría. Igual que Roma se deshizo en una guerra civil después de derrotar definitivamente a Cartago, sólo que mucho peor, porque las armas eran más temibles y los odios mucho más profundos, nacionales y religiosos en vez de las meras rivalidades personales entre los ciudadanos de Roma.

La F.I. estaba decidida a impedirlo.

En ese contexto, la Escuela de Batalla cobraba un sentido pleno. Durante muchos años, casi todos los niños de la Tierra habían sido examinados, y los que tenían capacidad para el mando militar eran enviados al espacio. Los mejores graduados de la Escuela de Batalla, o al menos aquellos más leales a la F.I., bien podrían ser utilizados para comandar ejércitos cuando se anunciara el esperado final de la guerra y se diera un golpe preventivo para eliminar a los ejércitos nacionales y unificar el mundo, de forma definitiva y permanente, bajo un solo gobierno. No obstante, el propósito principal de la Escuela de Batalla era sacar a esos niños de la Tierra para que no pudieran convertirse en comandantes de los ejércitos de ninguna nación o facción.

Después de todo, la invasión de Francia por las principales potencias europeas después de la Revolución Francesa hizo que el desesperado gobierno francés descubriera y ascendiera a Napoleón, aunque al final se hiciera con las riendas del poder en vez de defender solamente a la nación. La F.I. estaba decidida a que no hubiera Napoleones en la Tierra para liderar la resistencia. Todos los posibles Napoleones se hallaban en la Escuela de Batalla, vestidos con uniformes tontos y luchando unos con otros por la supremacía en un juego estúpido. Todo era una lista negra. Al quedarse con nosotros, han domado el mundo.

—Si no te vistes, llegarás tarde a clase —dijo Nikolai, el niño que dormía en el camastro de abajo, frente a Bean.

—Gracias —respondió Bean. Se quitó la toalla seca y se puso rápidamente el uniforme.

—Lamento haber tenido que decirle que estabas usando mi contraseña —dijo Nikolai.

Bean se quedó de una pieza.

—Quiero decir, no sabía que eras tú, pero empezaron a preguntarme qué estaba buscando en el sistema de mapas de emergencia, y como no sabía de qué estaban hablando, no fue difícil suponer que alguien estaba firmando por mí, y aquí estás tú, en el lugar perfecto para ver mi consola cada vez que la pongo en marcha y... quiero decir, que eres muy listo. Pero eso no significa que te haya denunciado.

—No importa —dijo Bean.

—Pero ¿qué has descubierto en los mapas?

Hasta este momento, Bean habría pasado por alto la pregunta... y al niño. No gran cosa, sólo sentía curiosidad, eso es lo que habría dicho. Pero ahora todo su mundo había cambiado. Ahora era preciso comunicarse con los otros niños, no sólo para poder mostrar sus habilidades como líder ante los maestros, sino porque cuando la guerra estallara en la Tierra, y cuando el plan de la F.I. fracasara, como iba a fracasar, él sabría quiénes eran sus aliados y enemigos entre los comandantes de los diversos ejércitos nacionales y facciones.

Porque el plan de la F.I. fracasaría. Era un milagro que no hubiera fracasado ya.

Su éxito radicaba casi de un modo exclusivo en que millones de soldados y comandantes fueran más leales a la F.I. que a sus patrias, lo cual suponía un peligro. No, ello no iba a suceder. Era inevitable que la propia Flota Internacional se dividiera en facciones.

Sin embargo, no había duda de que los conspiradores eran conscientes de ese peligro. El número de conspiradores se habría reducido al máximo, quizás sólo hubiese quedado el triunvirato de Hegemón, Strategos y Polemarch y tal vez unas cuantas personas aquí en la Escuela de Batalla. Porque esta estación era el corazón del plan. Aquí era donde todos los comandantes dotados desde hacía dos generaciones habían sido íntimamente estudiados. Existían archivos de todos ellos: quién tenía más talento, quién era más valioso. Cuáles eran sus debilidades, tanto de carácter como de mando. Quiénes eran sus amigos. Cuáles eran sus lealtades. Cuáles de ellos, por tanto, deberían de tomar el mando de las fuerzas de la Flota Internacional en las guerras intrahumanas del futuro, y cuáles habrían de ser retirados del mando e incomunicados hasta que acabaran las hostilidades.

No era extraño que se mostraran preocupados por la falta de participación de Bean en su jueguecito mental. Eso lo convertía en un elemento desconocido. Lo hacía peligroso.

Pero ahora jugar era más peligroso que nunca. No jugar podría significar que estuvieran recelosos y temerosos, pero en cualquier movimiento que planearan contra él, al menos no sabrían nada sobre su personalidad. Mientras que si jugaba, entonces podrían albergar menos sospechas..., pero si actuaban contra él, lo harían sabiendo toda la información que el juego les proporcionara. Y Bean no confiaba en su habilidad para vencer en ese juego. Aunque intentara darles resultados equivocados, esa estrategia en sí misma podría decirles más sobre él de lo que quería que supieran.

Había también otra posibilidad. Podía estar completamente equivocado. Podía haber información clave de la que carecía. Tal vez no se había enviado ninguna flota. Tal vez no habían derrotado a los insectores en su mundo natal. Tal vez había realmente un esfuerzo desesperado por construir una flota defensiva. Tal vez.

Bean tenía que obtener más información para verificar que su análisis era correcto y que sus opciones serían válidas.

Y su aislamiento tenía que terminar.

—Nikolai —dijo Bean—, no creerías lo que he descubierto en esos mapas. ¿Sabes que hay nueve cubiertas, no sólo cuatro?

—¿Nueve?

—Y eso sólo en esta rueda. Hay otras dos ruedas de las que no nos han hablado nunca.

—Pero las imágenes de la estación muestran una sola rueda.

—Esas imágenes fueron tomadas cuando sólo había una. Pero en los planos hay tres. Paralelas unas a otras, girando juntas.

Nikolai parecía pensativo.

—Pero eso son sólo los planos. Tal vez nunca llegaron a construir las otras ruedas.

—Entonces, ¿por qué tienen planos de ellas en el sistema de emergencia?

Nikolai se echó a reír.

—Mi padre siempre dice que los burócratas nunca tiran nada.

Por supuesto. ¿Por qué no había pensado en eso? Sin duda, el sistema de mapas de emergencia había sido programado antes de que la primera rueda entrara en servicio. Así que todos esos mapas estarían ya en el sistema, aunque las otras ruedas no se construyeran nunca, aunque dos tercios del mapa no llegaran a colgarse nunca de una pared. Nadie se molestaría en entrar en el sistema y borrarlo.

—No se me había ocurrido —admitió Bean. Sabía, dada su reputación de inteligencia, que no podía hacer un cumplido mejor a Nikolai. Y, de hecho, pudo comprobarlo al ver la reacción de los otros niños en los camastros cercanos. Nadie había mantenido una conversación así con Bean antes. Nadie había pensado en nada que Bean no hubiera pensado antes. Nikolai se sonrojó de orgullo.

—Pero lo de las nueve cubiertas, tiene sentido —reconoció Nikolai.

—Ojalá supiera qué hay en ellas —dijo Bean.

—Sistemas de mantenimiento vital —aclaró la niña llamada Luna de Trigo—. Tienen que fabricar el oxígeno en alguna parte. Eso requiere un montón de plantas.

Entonces se unieron más niños a la conversación.

—Y personal. Sólo vemos a los profesores y a los nutricionistas.

—Y tal vez sí que construyeron las otras ruedas. No podemos afirmar lo contrario.

Todo el grupo empezó a especular. Y en el centro de todos, Bean.

Bean y su nuevo amigo, Nikolai.

—Vamos —dijo Nikolai—, llegaremos tarde a la clase de mates.

Tercera Parte

ERUDITO

9

El jardín de Sofía

—Así que descubrió cuántas cubiertas hay. ¿Qué puede hacer con esa información?

—Sí, ésa es exactamente la cuestión. ¿Qué planeaba para que le pareciera necesario averiguarlo? Nadie más ha buscado eso, en toda la historia de la escuela.

—¿Cree que planea una revolución?

—Lo único que sabemos es que este niño sobrevivió en las calles de Rotterdam. Es un sitio infernal, por lo que he oído. Los niños son duros. Hacen que *El señor de las moscas* parezca *Pollyana*.

—¿Cuándo leyó usted *Pollyana*?

—¿Era un libro?

—¿Cómo puede planear una revolución? No tiene ningún amigo.

—Nunca he dicho nada de ninguna revolución, ésa es su teoría.

—No tengo ninguna teoría. No comprendo a este niño. Ni siquiera lo quería aquí arriba. Creo que deberíamos enviarlo a casa.

—No.

—Supongo que quería decir no, *señor*.

—A los tres meses de haber ingresado en la Escuela de Batalla, descubrió que la guerra defensiva no tiene ningún sentido y que debemos de haber lanzado una flota contra los mundos natales de los insectores justo después de la última guerra.

—¿Sabe eso? ¿Y me viene usted diciendo que sabe cuántas cubiertas hay?

—No lo sabe. Lo supuso. Le dije que estaba equivocado.

—Estoy seguro de que le creyó.

—Seguro que duda.

—Pues con más motivo debemos enviarle de vuelta a la Tierra. O a una base lejana en alguna parte. ¿Se da cuenta del problema que puede representar una filtración en seguridad?

—Todo depende de cómo utilice la información.

—Sólo que no sabemos nada de él, así que no tenemos forma de averiguar cómo la utilizará.

—Sor Carlotta...

—¿Es que me odia? Esa mujer es aún más inescrutable que su enanito.

—Una mente como la de Bean no se debe descartar sólo porque temamos que haya una grieta en seguridad.

—En este caso, la seguridad es una cuestión de extrema importancia.

—¿Acaso no somos lo bastante listos para crear nuevos engaños para él? Dejemos que descubra algo que piense que es verdad. Todo lo que tenemos que hacer es elaborar una mentira que pueda creerse.

Sor Carlotta estaba sentada en una mesa en la terraza del jardín, frente al viejo exiliado.

—Sólo soy un viejo científico ruso que vive sus últimos años de vida en las orillas del mar Negro. —Anton dio una larga calada a su cigarrillo y lo arrojó por encima de la barandilla, añadiéndolo a la contaminación que flotaba desde Sofía.

—Yo no represento a ninguna autoridad policial —dijo sor Carlotta.

—Para mí representa a algo mucho más peligroso. Pertenece usted a la flota.

—No corre ningún peligro.

—Eso es cierto, pero sólo porque no voy a decirle nada.

—Gracias por su sinceridad.

—Valora usted la sinceridad, pero no creo que deba decirle los pensamientos que su cuerpo despierta en la mente de este viejo ruso.

—Tratar de escandalizar a las monjas no es un gran deporte. No hay ningún trofeo en juego.

—Así que se toma su oficio en serio.

Sor Carlotta suspiró.

—Cree que he venido porque sé algo sobre usted y no quiere que averigue más. Pero he venido por lo que no puedo averiguar sobre usted.

—¿Y es?

—Todo. Como estaba investigando un asunto concreto para la F.I., me entregaron un sumario de artículos sobre las investigaciones para alterar el genoma humano.

—¿Y apareció mi nombre?

—Al contrario, su nombre no se mencionó en ningún momento.

—Qué mala memoria tienen.

—Pero cuando leí los pocos trabajos disponibles de la gente que sí le mencionaba (siempre trabajos primerizos, antes de que la máquina de seguridad de la F.I. se encargara de hacer una buena criba), advertí una tendencia. Su nombre siempre se citaba en las notas a pie de página. Se citaba constantemente. Y, sin embargo, no se podía encontrar ni una sola palabra suya. Ni siquiera resúmenes de trabajos. Al parecer, usted nunca ha publicado nada.

—Y sin embargo me citan. Casi milagroso, ¿no? Su gente colecciona milagros, ¿no? ¿Para nombrar santos?

—No hay beatificación que valga hasta que esté uno muerto, lo siento.

—Sólo me queda un pulmón —dijo Anton—. Así que no tendré que esperar mucho, mientras siga fumando.

—Podría dejarlo.

—Con sólo un pulmón, hacen falta el doble de cigarrillos para obtener la misma nicotina. Por tanto, he tenido que aumentar la cantidad de cigarrillos, no reducirla. Esto debería ser obvio, pero claro, usted no piensa como un científico, sino como una mujer de fe. Piensa como una persona obediente. Cuando descubre que algo es malo, no lo hace.

—Su investigación trataba de las limitaciones genéticas que tiene la inteligencia humana.

—¿Ah, sí?

—Porque es en esa materia donde siempre se le cita. Naturalmente, esos trabajos nunca trataban de esa materia de un modo preciso, porque de lo contrario también habrían sido censurados. Pero los títulos de los artículos mencionados en las notas al pie de página... los que usted nunca escribió, puesto que no ha publicado nada, están todos relacionados con ese tema.

—Es tan fácil en una carrera dar vueltas sobre lo mismo...

—Así que quiero formularle una pregunta hipotética.

—Mis favoritas. Junto con las retóricas. Me quedo dormido exactamente igual con unas que con otras.

—Supongamos que alguien quisiera quebrantar la ley

e intentar alterar el genoma humano, concretamente para aumentar la inteligencia.

—Entonces alguien correría un grave peligro de que lo capturaran y castigaran.

—Supongamos que, mediante las mejores técnicas de investigación disponibles, encontraran ciertos genes que fuera posible alterar en un embrión para aumentar la inteligencia de la persona al nacer.

—¡Un embrión! ¿Acaso me está poniendo a prueba? Esos cambios sólo pueden llevarse a cabo en el cigoto. Una sola célula.

—Y supongamos que naciera un niño con dichas alteraciones. El niño nace y crece lo suficiente para que su gran inteligencia no pase desapercibida.

—Supongo que no estará hablando de un hijo propio.

—No estoy hablando de nadie en concreto. Un niño hipotético. ¿Cómo podría reconocerse si este niño ha sido alterado genéticamente? Sin llegar a examinar los genes, quiero decir.

Anton se encogió de hombros.

—¿Qué importa si examina los genes? Serán normales.

—¿Aunque hayan sido alterados?

—Es un cambio diminuto. Hipotéticamente hablando.

—¿Dentro del espectro normal de variaciones?

—Son dos interruptores, uno que conecta, otro que desconecta. El gen ya está ahí.

—¿Qué gen?

—Para mí, los superdotados fueron la clave. Los autistas, normalmente. Los discapacitados. Tienen un poder mental extraordinario. Calculan rápido como el rayo. Una memoria fenomenal. Pero son ineptos, incluso retardados en otros ámbitos. Tardan unos segundos en resolverte una raíz cuadrada de doce dígitos, pero son incapaces de comprar cuatro cosas en una tienda. ¿Cómo pueden ser tan brillantes, y tan estúpidos a la vez?

—¿Ese gen?

—No, fue otro, pero me mostró lo que era posible. El cerebro humano podría ser mucho más listo de lo que es. Pero hay... ¿cómo se dice, un precio?

—Una pega.

—Un precio terrible. Para poseer este gran intelecto, hay que renunciar a todo lo demás. Así es como los cerebros de los sabios autistas consiguen todo lo demás. Hacen una cosa, y el resto es una distracción, una molestia, más allá de cualquier interés concebible. Su atención no se divide.

—Entonces toda la gente hiperinteligente sería retrasada en algún otro modo.

—Eso es lo que todos suponíamos, porque eso es lo que veíamos. Las excepciones parecían ser sólo los sabios relativos, que eran capaces de concentrarse un poco en la vida corriente. Entonces pensé... pero no puedo decirle lo que pensé, porque me han suministrado una orden de inhibición.

Sonrió, indefenso. A sor Carlotta se le encogió el corazón. Cuando alguien representaba un riesgo demostrado para la seguridad, le implantaban en el cerebro un aparato que hacía que cualquier tipo de ansiedad lanzara un bucle de retroalimentación, que provocaba un ataque de pánico. A esa gente se les suministraban sensibilizaciones periódicas para asegurarse de que sentían gran ansiedad cuando pensaban hablar del tema prohibido. En cierto modo, se trataba de una intrusión monstruosa en la vida de una persona; ahora bien, si se comparaba con la práctica común de encarcelar o asesinar a la gente a la que no se podía confiar un secreto vital, una orden de intervención podía parecer bastante humana.

Eso explicaba, naturalmente, por qué a Anton todo le divertía. Tenía que ser así. Si se permitía ponerse nervioso o furioso (cualquier emoción fuerte negativa, en realidad), entonces sufriría un ataque de pánico aunque no llegara a hablar de los temas prohibidos. Sor Carlotta había leído un artículo en el que la esposa de un hombre equipado con uno de esos artilugios decía que su vida en pareja nunca había sido más satisfactoria, porque ahora se lo tomaba todo con mucha calma, con buen humor. «Ahora los niños lo adoran, ya no temen el momento en que abre la puerta.» Según el artículo, lo dijo horas antes de que el hombre se arrojara por un acantilado. La vida, al parecer, era mejor para todo el mundo menos para él.

Y ahora había conocido a un hombre cuyos recuerdos eran inaccesibles.

—Qué lástima —dijo sor Carlotta.

—Pero quédese. Mi vida aquí es solitaria. Es usted una hermana de la caridad, ¿no? Apiádese de este viejo solitario, y dé un paseo conmigo.

Ella quiso rechazar la invitación, marcharse de inmediato. Sin embargo, en ese momento, él se echó atrás en su silla y empezó a respirar profunda y regularmente, con los ojos cerrados, mientras tarareaba una cancioncilla para sí.

Un ritual tranquilizador. De modo que... en el mismo instante en que la invitaba a pasear con él, había sentido algún tipo de ansiedad que activó el mecanismo. Eso significaba que su invitación encerraba algo importante.

—Claro que daré un paseo con usted —accedió ella—. Aunque, estrictamente hablando, mi orden no se preocupa en exceso por la piedad individual. No somos tan pretenciosas. Nuestra misión es salvar al mundo.

Él se echó a reír.

—Si tuvieran que ir persona por persona sería demasiado lento, ¿no?

—Dedicamos nuestras vidas al servicio de las grandes causas de la humanidad. El Salvador ya murió por nuestros pecados. Nosotros trabajamos para tratar de limpiar las consecuencias del pecado en otras personas.

—Una misión religiosa muy interesante —admitió Anton—. Me pregunto si mi antigua línea de investigación habría sido considerada un servicio a la humanidad, o sólo otro desastre que alguien como usted tendría que limpiar.

—Eso me pregunto yo también.

—Nunca lo sabremos.

Salieron del jardín y pasaron al callejón situado tras la casa, y luego a la calle. La cruzaron y se encaminaron por un sendero que serpenteaba por un parque un tanto descuidado.

—Los árboles son muy antiguos —observó sor Carlotta.

—¿Qué edad tiene usted, Carlotta?

—¿Desde un punto de vista objetivo o subjetivo?

—Cíñase al calendario gregoriano, por favor, según la última revisión.

—El abandono del sistema juliano todavía afecta a los rusos, ¿no?

—Nos obligó durante más de siete décadas a conmemorar una Revolución de Octubre que tuvo lugar en noviembre.

—Es usted demasiado joven para recordar cuándo hubo comunistas en Rusia.

—Al contrario, soy lo bastante viejo para saber muy bien la historia de mi pueblo. Recuerdo sucesos que tuvieron lugar mucho antes de que yo naciera. Recuerdo cosas que nunca llegaron a ocurrir. Vivo en la memoria.

—¿Es un lugar agradable?

—¿Agradable? —repitió Anton, encogiéndose de hombros—. Me río de todo ello porque debo hacerlo. Porque me conmueve con tanta dulzura... como cualquier tragedia, y sin embargo uno no aprende nada.

—Porque la naturaleza humana no cambia nunca —observó ella.

—He imaginado cómo lo habría hecho Dios mejor, cuando creó al hombre... a su propia imagen, creo.

—Hombre y mujer los creó. Sin duda, una imagen divina de lo más vaga, desde el punto de vista anatómico...

Él se rió y le propinó una palmada en la espalda con demasiada fuerza.

—¡No sabía que podía usted reírse de esas cosas! ¡Qué agradable sorpresa!

—Me alegro de haber traído un poco de alegría a su triste existencia.

—Y luego se hunde el cilicio en la piel.

Entonces llegaron a un templete que daba al mar. De todos modos, no ofrecía una visibilidad tan buena como la terraza de Anton.

—No es una existencia triste, Carlotta. Pues puedo celebrar el gran compromiso de Dios al crearnos como somos.

—¿Compromiso?

—Nuestros cuerpos podrían ser eternos, ¿sabe? No tenemos que desgastarnos. Nuestras células están todas vivas; pueden mantenerse y repararse solas, o ser sustituidas por otras nuevas. Incluso hay mecanismos especiales para fortalecer nuestros huesos. La menopausia no tendría que impedir que una mujer tuviera hijos. Nuestros cerebros no tienen por qué deteriorarse, dejar escapar recuerdos o no registrar vivencias nuevas. Pero Dios nos creó con la muerte dentro.

—Parece que empieza a hablar en serio sobre Dios.

—Dios nos creó con la muerte dentro, y también con la inteligencia. Tenemos nuestros setenta años o así... quizás noventa, con cuidado. Dicen que, en las montañas de Georgia, no es algo extraordinario llegar a los ciento treinta años, aunque personalmente creo que son todos unos mentirosos. Dirían que son inmortales si pudieran salirse con la suya. Podríamos vivir eternamente, si estuviéramos dispuestos a ser estúpidos todo el tiempo.

—¡No me estará diciendo que Dios tuvo que elegir entre una vida larga y la inteligencia para los seres humanos!

—Está en su Biblia, Carlotta. Dos árboles: el conocimiento y la vida. Si comes del árbol del conocimiento, sin duda morirás. Si comes del árbol de la vida, nunca dejarás de ser un niño en el jardín y nunca morirás.

—Me habla en términos teológicos, y sin embargo pensaba que no era usted creyente.

—La teología es una broma para mí. ¡Y muy divertida! Puedo contar historias divertidas sobre la teología, para bromear con los creyentes. ¿Ve? Me complace y me mantiene tranquilo.

Por fin ella comprendió. ¿Con qué claridad tenía él que deletreárselo? Le estaba dando la información que le había pedido, pero en código, de una forma que engañaba no sólo a quienes los escuchaban (y podrían estar anotando cada palabra que dijeran), sino también a su propia mente.

Todo era una broma; por tanto, podía decir la verdad, mientras lo hiciera de esta forma.

—Entonces no me importa oír sus ataques humorísticos a la teología.

—El Génesis habla de hombres que vivieron más de

novecientos años. Lo que no nos dice es lo estúpidos que eran esos hombres.

Sor Carlotta soltó una carcajada.

—Por eso Dios tuvo que destruir a la humanidad con su pequeño diluvio —continuó Anton—. Para deshacerse de los estúpidos y sustituirlos por gente más lista. Sus mentes se movían rápido, su metabolismo cambiaba de forma asombrosa. Directos a la tumba.

—Desde Matusalén con sus casi mil años de vida hasta Moisés con sus ciento veinte, hasta nosotros ahora. Pero nuestras vidas se vuelven más largas.

—A eso me refiero.

—¿Ahora somos más estúpidos?

—Tan estúpidos que preferiríamos que nuestros hijos tuvieran vidas largas en vez de convertirse en algo parecido a Dios, conociendo... el bien y el mal... conociéndolo... todo.

Se agarró el pecho, jadeando.

—¡Ah, Dios! ¡Dios en el cielo!

Cayó de rodillas. Su respiración era ahora rápida y entrecortada. Puso los ojos en blanco. Estaba a punto de desmayarse.

Al parecer, no había podido seguir con su autoengaño. Finalmente, su cuerpo se había dado cuenta de que había conseguido revelar su secreto a esta mujer mediante el lenguaje de la religión.

Ella lo tendió de espaldas. En cuanto se desmayó, el ataque de pánico empezó a remitir. Pero un desmayo no era algo trivial para un hombre de la edad de Anton. Aun así no necesitaría ningún heroísmo para regresar, no esta vez. Despertaría tranquilo.

¿Dónde estaba la gente que se suponía que lo controlaba? ¿Dónde estaban los espías que escuchaban su conversación?

Se oyeron unos pasos veloces sobre la hierba, sobre las hojas.

—Un poco lentos, ¿no? —dijo ella, sin levantar la mirada.

—Lo siento, no esperábamos nada.

El hombre era joven, pero no parecía en extremo inteligente. En teoría, el implante impedía a Anton contar su historia; no era necesario que sus guardias fueran listos.

—Creo que se pondrá bien.

—¿De qué estaban hablando?

—De religión —contestó ella, consciente de que su declaración probablemente se cotejaría con las grabaciones—. Estaba criticando a Dios por haber creado a los seres humanos. Decía que estaba bromeando, pero creo que un hombre de su edad nunca bromea del todo cuando habla de Dios, ¿no le parece?

—El miedo a la muerte los alcanza —dijo el hombre sabiamente... o al menos todo lo sabiamente que pudo.

—¿Cree que el hecho de que agitara su propia ansiedad ante la muerte le provocó este ataque de pánico accidental?

Si lo planteaba como una pregunta, no era en realidad una mentira, ¿no?

—No lo sé. Está volviendo en sí.

—Bueno, no quiero causarle más ansiedad por asuntos de tipo religioso. Cuando se despierte, dígale lo agradecida que estoy por la conversación. Asegúrele de que me ha clarificado muchos aspectos sobre el propósito de Dios.

—Sí, se lo diré —dijo el joven, diligente.

Naturalmente, comunicaría el mensaje sin entenderlo.

Sor Carlotta se inclinó y besó la frente fría y sudorosa de Anton. Entonces se puso en pie y se marchó.

Así que ése era el secreto. El genoma que permitía que un ser humano tuviera una inteligencia extraordinaria aceleraba un buen número de procesos corporales. La mente trabajaba más rápido. El niño se desarrollaba más rápido. Bean era, en efecto, el producto de un experimento para liberar el gen sabio. Le habían dado la fruta del árbol del conocimiento, del árbol del bien y del mal. Pero había un precio. No podría saborear el árbol de la vida. Lo que hiciera con su vida, tendría que hacerlo joven, porque no viviría para ser viejo.

Anton no había llevado a cabo el experimento. No había jugado a Dios, creando seres humanos que vivirían en una explosión de inteligencia, súbitos fuegos artificiales en vez de velas de llama lenta. Pero había descubierto una clave que Dios había escondido en el genoma humano.

Alguien, algún seguidor, alguna mente insaciablemente curiosa, algún visionario que ansiaba llevar a los seres humanos a la siguiente etapa de la evolución o alguna otra causa enloquecida, se había atrevido a dar el paso para introducir la llave, abrir la puerta, colocar la brillante fruta asesina en la mano de Eva. Y a causa de esa acción, aquel crimen resbaladizo y serpentino, era Bean quien había sido expulsado del jardín. Era Bean quien ahora, sin duda, moriría..., pero moriría como un dios, conociendo el bien y el mal.

10
Fisgón

—No puedo ayudarles. No me facilitaron la información que les solocité.

—Le dimos los malditos sumarios.

—No me dieron nada y lo sabe. Y ahora viene a pedirme que evalúe a Bean por ustedes... pero no me dicen por qué, no me ofrecen ningún contexto. Esperan una respuesta, pero me privan de los medios para proporcionarla.

—Frustrante, ¿verdad?

—No para mí. Simplemente, no les daré ninguna respuesta.

—Entonces Bean está fuera del programa.

—Si han tomado una decisión, ninguna respuesta que yo les dé les hará modificarla, sobre todo porque se han asegurado de que mi respuesta no sea digna de confianza.

—Sabe usted más de lo que me ha dicho, y debo saberlo.

—Qué maravilla. Al fin nos compenetramos a la perfección. Eso es exactamente lo que le he repetido yo en varias ocasiones.

—¿Ojo por ojo? Qué cristiano por su parte.

—Los no creyentes siempre quieren que los demás actúen como cristianos.

—Tal vez no se haya enterado, pero hay una guerra en marcha.

—Una vez más, lo mismo podría haberle dicho yo. Hay una guerra en marcha, aunque ustedes me mantienen al margen con sus estúpidos secretos. Como no hay ninguna prueba de que el enemigo fórmico nos esté espiando, ese secreto no tiene nada que ver con la guerra. Es el Triunvirato quien pretende conservar su poder sobre la humanidad. Y no tengo el más mínimo interés en eso.

—Se equivoca. Esa información es confidencial para poder impedir que se lleven a cabo experimentos monstruosos.

—Sólo un idiota cierra la puerta cuando el lobo está ya dentro del granero.

—¿Tiene pruebas de que Bean sea el resultado de un experimento genético?

—¿Cómo puedo demostrarlo, cuando me han impedido acceder a todas las pruebas? Además, lo que importa no es si tiene los genes alterados, sino qué podrían llevarle a hacer esos cambios genéticos, si es que realmente ha sido sometido a ellos. Sus pruebas fueron diseñadas para predecir el comportamiento de los seres humanos normales. Tal vez no puedan aplicarse a Bean.

—Si es tan impredecible, entonces no podemos confiar en él. Queda excluido.

—¿Y si es el único que puede ganar la guerra? ¿Lo expulsará del programa entonces?

Bean no quería meterse mucha comida en el cuerpo, no esa noche, así que la regaló casi toda y entregó la bandeja limpia antes de que ningún otro niño terminara. Que el nutricionista sospechara si quería; necesitaba estar un rato a solas en los barracones.

Los ingenieros siempre habían instalado la salida de aire en la parte superior de la pared, sobre la puerta del pasillo. Por tanto, el aire debía fluir al interior de la habitación desde el extremo opuesto, donde los camastros de más no tenían ningún ocupante. Como no había descubierto ningún conducto en ese extremo de la habitación, tenía que estar ubicado bajo los camastros inferiores. No podía buscarlo cuando los demás pudieran verlo, porque nadie debía saber que estaba interesado en los conductos de aire. Ahora, solo, se tiró al suelo y en un momento logró hacer saltar la tapa. Trató de volver a ponerla, prestando atención al ruido que causaba esa maniobra. Demasiado. La pantalla del respiradero tendría que quedarse fuera. La dejó en el suelo junto a la abertura, pero apartada, para no tropezar con ella por accidente. Luego, para asegurarse, la sacó de debajo del camastro y la deslizó bajo el que tenía enfrente.

Hecho. Entonces continuó sus actividades rutinarias.

Hasta la noche. Hasta que la respiración de los otros niños le dijo que la mayoría, si no todos, estaban dormidos.

Bean dormía desnudo, como casi todos los niños: su uniforme no lo delataría. Les habían dicho que llevaran las toallas cuando fueran y vinieran del baño durante la noche, así que Bean supuso que también las toallas podían ser localizadas. Por tanto, cuando se levantó del camastro, descolgó la toalla de la percha y se envolvió en ella mientras trotaba hasta la puerta del barracón.

Nada fuera de lo corriente. Después de que apagaran las luces, tenían permiso para ir al baño, aunque no debían tenerlo por costumbre, y Bean se había asegurado de ir alguna que otra vez durante su estancia en la Escuela de Batalla. No estaba violando ninguna norma.

Y era buena idea hacer su primera excursión con la vejiga vacía.

Cuando regresó, si alguien estaba despierto, lo único que vio fue a un niño envuelto en una toalla que regresaba a su cama.

Pero pasó de largo y se agachó en silencio, para deslizarse bajo el último camastro, donde le esperaba el conducto abierto. Dejó la toalla en el suelo bajo la cama, de forma que si alguien se despertaba y se percataba de que el camastro de Bean estaba vacío, advirtiera que faltaba la toalla y pensara que había ido al cuarto de baño.

Introducirse en la abertura no fue menos doloroso en esa ocasión, pero una vez dentro Bean descubrió que el ejercicio le había venido bien. Podía deslizarse en ángulo, moviéndose siempre lo suficientemente despacio para no hacer ningún ruido y evitar lastimarse la piel con cualquier enganche metálico. No deseaba dar explicaciones luego.

La oscuridad absoluta del conducto de aire lo obligó a tener presente a cada instante el mapa de la estación. La débil lucecita de los barracones sólo le permitía distinguir el emplazamiento de cada respiradero. Pero lo que importaba no era dónde estaban situados los otros barracones de ese nivel. Bean tenía que subir o bajar a una cubierta donde los profesores vivían y trabajaban. A juzgar por la cantidad de tiempo que Dimak tardaba en llegar a su barracón las escasas ocasiones que una pelea entre los niños demandaba su atención, Bean calculaba que su barracón se encontraba en otra cubierta. Y como Dimak llegaba siempre con la respiración algo entrecortada, Bean también suponía que era una cubierta por debajo de su nivel, no por encima: para alcanzarlos, Dimak tenía que subir una escalera, no deslizarse por una barra.

Sin embargo, Bean no tenía ninguna intención de bajar primero. Tenía que comprobar si podía subir con éxito a una cubierta superior antes de arriesgarse a quedar atrapado en una inferior.

Así que cuando por fin, después de dejar atrás tres barracones, llegó a un pozo vertical, no bajó. En cambio, sondeó las paredes para comprobar si eran mucho más grandes que las horizontales. En efecto, el espacio que había entre ellas era considerablemente más amplio: Bean no llegaba de un lado a otro. Pero sólo era un poco más profundo. Eso estaba bien. Siempre que no se esforzara y sudara demasiado, la fricción entre su piel y las paredes delanteras y traseras del conducto le permitirían subir poco a poco. Y en el conducto vertical, era posible mirar hacia delante, con lo que podía dar a su cuello un pequeño respiro después de estar tanto tiempo vuelto hacia un lado.

Hacia abajo era casi tan difícil como hacia arriba, porque una vez que empezó a resbalar fue más difícil detenerse. También era consciente de que cuanto más bajaba, más pesado se volvía. Y tenía que ir comprobando el estado de la pared, en busca de otro conducto lateral.

Pero no tuvo que hacerlo palpando, después de todo. Podía distinguir el conducto lateral, porque entraba luz en ambas direcciones. Los profesores no observaban las mismas reglas para apagar las luces que los estudiantes, y sus habitaciones eran más pequeñas, así que había un mayor número de respiraderos y se filtraba más luz al conducto.

En la primera habitación, un profesor estaba despierto, ocupado con su consola. El problema era que Bean, asomado a la pantalla del respiradero cerca de la puerta, no podía ver nada de lo que tecleaba.

Le ocurriría lo mismo en todas las habitaciones. Los

respiraderos del suelo no le servirían. Tenía que meterse en el sistema de toma de aire.

Volvió al conducto vertical. El viento venía desde abajo, y por tanto tenía que ir hacia allí para cruzar de un sistema a otro. Su única esperanza era que el sistema de conducción tuviera una puerta de acceso antes de llegar a los ventiladores, y que pudiera encontrarla en la oscuridad.

Siguiendo la corriente de aire, mucho más liviano después de subir siete cubiertas, finalmente llegó a una zona más ancha con una pequeña franja de luz. Los ventiladores eran mucho más potentes, pero todavía no podía verlos. No importaba. Se apartaría de ese viento.

La puerta de acceso estaba claramente indicada. También podía estar programada para disparar la alarma en caso de que se abriera. Pero lo dudaba. En Rotterdam sí que había esa clase de mecanismos para protegerse contra los rateros. Los robos con escalo no representaban un grave problema en las estaciones espaciales. Esa puerta sólo dispondría de una alarma si todas las puertas de la estación estaban dotadas de alarmas. Pronto lo descubriría.

Abrió la puerta, salió a un espacio tenuemente iluminado, y la cerró tras él.

Desde allí, podía observar la estructura de la estación: las vigas, las secciones de placas de metal. No había ninguna superficie sólida. La habitación era también mucho más fría, y no sólo porque se hubiera apartado del viento caliente. El frío del espacio se extendía al otro lado de esas placas curvas. Los calefactores tal vez estuvieran situados en esa cámara, pero el aislamiento era muy bueno, y no se habían molestado en bombear mucho aire caliente en este lugar, confiando en cambio en que el calor se filtrara. Bean no había pasado tanto frío desde Rotterdam... pero comparado con llevar ropas finas en las calles mientras soplaba el viento invernal del mar del Norte, aquello era casi una brisa balsámica. A Bean le molestó haberse acomodado tanto en este sitio, en preocuparse por un frío tan ligero. Y sin embargo tiritó un par de veces. Ni siquiera en Rotterdam estuvo desnudo.

Siguiendo los conductos, subió la escalerilla de los trabajadores hasta los calefactores y luego encontró los conductos de toma de aire y los siguió hacia abajo. Fue bastante fácil encontrar una puerta de acceso y entrar en el principal conducto vertical.

Como el aire del sistema no tenía que soportar presión positiva, los conductos no tenían que ser tan estrechos. Además, ésa era la parte del sistema donde había que detener y eliminar la suciedad, así que era importante mantener la capacidad de acceso; para cuando el aire pasaba los hornos, estaba ya limpio. Por tanto, en vez de subir y bajar por conductos estrechos, Bean bajó tranquilamente por una escalerilla, donde había suficiente luz para leer sin dificultad los carteles que anunciaban a qué cubierta daba cada abertura.

En realidad, los pasillos laterales no eran conductos, sino que ocupaban todo el espacio entre el techo de un pasillo y el suelo del superior. Todos los cables se encontraban allí, así como todas las tuberías: agua caliente, agua fría, sistema de drenaje. Y además de las franjas de tenues luces de trabajo, el espacio estaba frecuentemente iluminado por respiraderos, situados a ambos lados, las mismas estrechas franjas de aberturas que Bean había visto desde el suelo en su primera excursión.

En ese momento pudo ver fácilmente las habitaciones de cada profesor. Siguió arrastrándose, haciendo el menor ruido posible, una habilidad que había perfeccionado husmeando por Rotterdam. Enseguida encontró lo que buscaba: un profesor que estaba despierto, pero no trabajaba con su consola. Bean no lo conocía bien, porque supervisaba a un grupo mayor de novatos y no impartía ninguna de las clases a las que él asistía. Se dirigía hacia la ducha. Eso significaba que volvería a la habitación y, tal vez, pondría la consola en marcha, lo que le permitiría a Bean tener una oportunidad de conocer su nombre de conexión y su contraseña.

Sin duda, los profesores cambiaban de contraseña a menudo, así que lo que consiguiera no duraría mucho. Aún más, siempre era posible que al intentar usar la clave de un profesor con la consola de un estudiante se disparara algún tipo de alarma. Pero Bean lo dudaba. Todo el sistema de seguridad estaba diseñado para mantener controlados a los estudiantes, para estudiar su conducta. Los profesores no serían vigilados tan de cerca. Solían trabajar con sus consolas a alguna hora que tuvieran libre y se conectaban a las consolas de los estudiantes durante el día para resolverles algún problema o proporcionarles recursos informáticos más personalizados. Bean estaba casi seguro de que el riesgo de ser descubierto quedaba compensado por los beneficios de usurpar la personalidad de un profesor.

Mientras esperaba, oyó voces unas cuantas habitaciones más arriba. No estaba lo bastante cerca para distinguir las palabras. ¿Iba a dejar pasar la oportunidad de averiguar la identidad del maestro que se duchaba?

Momentos después se asomó a la habitación de... el propio Dimak. Estaba hablando con un hombre cuya imagen holográfica flotaba en el aire sobre su consola. El coronel Graff, advirtió Bean. El comandante de la Escuela de Batalla.

—Mi estrategia fue bastante simple —decía Graff—. Cedí y le permití acceder al material que quería. Ella tenía razón, no puedo obtener una respuesta satisfactoria por su parte a menos que le deje ver los datos que solicita.

—¿Le dio alguna respuesta?

—No, es demasiado pronto. Pero me formuló una pregunta muy buena.

—¿Cuál?

—Si el niño es realmente humano.

—Oh, venga ya. ¿Cree que es una larva de insector con un traje humano?

—No tiene nada que ver con los insectores. Genéticamente mejorado. Eso explicaría muchas cosas.

—Pero seguiría siendo humano, entonces.

—¿No es eso discutible? La diferencia entre humanos y chimpancés es mínima, desde el punto de vista genético. Entre los humanos y los neandertales tenía que ser insignificante. ¿Cuánta diferencia haría falta para que fuera una especie distinta?

—Resulta interesante, en términos filosóficos, pero en la práctica...

—En la práctica, no sabemos lo que hará este niño. No se dispone de ningún dato sobre su especie. Es un primate, lo cual sugiere ciertas regularidades, pero no podemos presuponer nada sobre sus motivaciones porque...

—Señor, con el debido respeto, sigue siendo un niño. Es un ser humano. No es ningún alienígena...

—Eso es precisamente lo que tenemos que averiguar antes de determinar hasta qué punto podemos fiarnos de él. Y es por esto por lo que tiene que vigilarle con mucha más atención. Tiene que lograr que entre en el juego mental, como sea. Porque no podemos utilizarlo hasta que sepamos en qué medida podemos confiar en él.

Era interesante que ellos mismos lo llamaran el juego mental, pensó Bean.

Entonces advirtió lo que estaban diciendo. «Tiene que lograr que entre en el juego mental.» Por lo que Bean sabía, él era el único niño que no jugaba al juego de fantasía. Estaban hablando de él. Una nueva especie. Genéticamente alterado. Bean sintió su corazón latirle en el pecho. ¿Qué era él? No era sólo listo, sino... diferente.

—¿Qué hay de la filtración de seguridad? —preguntó Dimak.

—Eso es el otro tema. Tiene usted que descubrir qué sabe. O al menos hasta qué punto es probable que lo cuente a los otros niños. Ése es el mayor peligro ahora mismo. ¿La posibilidad de que el niño sea el comandante que necesitamos compensa el riesgo que supone quebrantar la seguridad y colapsar el programa? Creí que con Ender teníamos una apuesta a largo plazo de todo o nada, pero éste hace que Ender parezca una apuesta segura.

—No creía que fuera usted jugador, señor.

—No lo soy. Pero a veces uno se ve obligado a jugar.

—Estoy en ello, señor.

—Codifique todo lo que me envíe sobre él. Sin nombres. Ninguna discusión con los otros profesores aparte de lo normal. Controle el tema.

—Por supuesto.

—Si la única forma de derrotar a los insectores es sustituirnos por una nueva especie, Dimak, ¿habremos salvado entonces realmente a la humanidad?

—Un niño no es ningún sustituto para una especie —replicó Dimak.

—El pie en la puerta. El morro del camello que se asoma a la tienda. Si les das a ellos una pulgada...

—¿*Ellos*, señor?

—Sí, soy paranoico y xenófobo. Así es como conseguí este trabajo. Cultive esas virtudes y también usted podrá alcanzar mi cómodo puesto.

Dimak se echó a reír. Graff no. Su cabeza desapareció de la pantalla.

A pesar de aquella conversación, Bean recordó que estaba esperando conseguir una contraseña. Así que regresó arrastrándose a la otra habitación.

El profesor no había vuelto de la ducha.

¿De qué fallo de seguridad estaban hablando? Debía de haber sido reciente, pues lo discutían con apremio. Lo más probable es que guardara relación con la conversación que había mantenido con Dimak. Y, sin embargo, se había equivocado al suponer que la batalla ya había tenido lugar, porque de lo contrario Dimak y Graff no estarían discutiendo si él era o no el único que podría derrotar a los insectores. Si los insectores no habían sido derrotados aún, el fallo de seguridad tenía que ser otra cosa.

Podía ser, en efecto, que la conclusión a la que había llegado fuera cierta en parte, y la Escuela de Batalla existiera tanto para despojar a la Tierra de buenos comandantes como para derrotar a los insectores. El temor de Graff y Dimak podría ser que Bean hiciera partícipes a los otros niños del secreto. En algunos de ellos, al menos, podría volver a encender el sentimiento de lealtad hacia la nación o hacia el grupo étnico o la ideología de sus padres.

Como Bean había estado planeando sondear la lealtad de los otros estudiantes en los siguientes meses y años, ahora tendría que ser el doble de cauteloso para no dejar que sus conversaciones llamaran la atención de los profesores. Todo lo que necesitaba saber era cuál de los niños mejores y más inteligentes sentían mayor lealtad hacia sus hogares. Naturalmente, para eso Bean tendría que descubrir cómo funcionaba la lealtad, para de este modo tener alguna idea de cómo debilitarla o fortalecerla, cómo explotarla o darle la vuelta.

Pero el hecho de que su primera conclusión pudiera explicar las palabras de Graff y Dimak no significaba que fuera acertada. Y como la última guerra insectora no se había librado todavía, tampoco significaba que estuviera completamente equivocado. Podrían, por ejemplo, haber enviado una flota contra el mundo natal insector hacía años, pero seguir formando comandantes para repeler una flota de invasión que se acercara a la Tierra. En ese caso, el fallo de seguridad que Graff y Dimak temían era que Bean asustara a los otros haciéndoles saber lo urgente y apurada que era la situación de la humanidad.

Lo irónico era que de todos los niños que Bean había conocido en su vida, ninguno podía guardar un secreto tan bien como él. Ni siquiera Aquiles, pues al rehusar compartir el pan de Poke había revelado su juego.

Bean era capaz de mantener un secreto, pero también sabía que hay ocasiones en que tienes que dar a entender algo de lo que sabes para conseguir más información. Eso era lo que había instado la conversación que había mantenido con Dimak. Era peligroso, pero a la larga, si podía impedir que lo apartaran de la escuela para silenciarlo (por no mencionar impedir que lo mataran), habría aprendido información más importante que la que ellos le habían facilitado. Al final, lo único que ellos podrían aprender de él quedaba limitado a sí mismo. Y lo que él aprendía sobre ellos no era tan sólo información personal, sino que se extendía a un campo de un conocimiento mucho más grande.

Él. Ése era el puzzle al que se enfrentaban, quién era. Era una tontería preocuparse por si era humano. ¿Qué otra cosa podía ser? Nunca había visto a ningún niño mostrar ningún deseo o sentimiento que él mismo no hubiera experimentado. La única diferencia era que Bean era más fuerte, y no dejaba que sus necesidades y pasiones controlaran sus actos. ¿Lo convertía eso en alienígena? Era humano... sólo que mejor que la mayoría.

El profesor volvió a la habitación. Colgó su toalla húmeda, pero incluso antes de vestirse se sentó y conectó su consola. Bean vio cómo sus dedos se movían sobre las teclas. Era muy rápido. Un destello de golpes. Tendría que repasar el recuerdo en su mente muchas veces para estar seguro. Pero al final lo había visto: nada obstruía su visión.

Bean regresó hacia el pozo vertical. La expedición de esta noche ya lo había llevado hasta donde se atrevía. Necesitaba dormir, y cada minuto fuera del barracón aumentaba el riesgo de ser descubierto.

De hecho, había tenido mucha suerte en su primera expedición por los conductos. Poder oír a Dimak y a Graff conversando acerca de él, descubrir a un maestro que le brindaba la gran oportunidad de ver su contraseña. Por un momento, a Bean se le pasó por la mente que tal vez supieran que estaba en el sistema de ventilación, y que lo habían preparado todo, para ver qué hacía. Podría ser un experimento más.

No. Había sido por azar que el profesor le había mostrado su contraseña. Bean había decidido observarlo porque iba a ducharse, porque su consola estaba colocada sobre una mesa de tal forma que Bean tuvo una razonable posibilidad de verlo escribir. Había sido una elección inteligente por su parte. Había corrido el riesgo, y se había aprovechado de las circunstancias.

En cuanto a Dimak y Graff, podría haber sido casualidad el haberlos oído hablar, pero fue él quien decidió acercarse para escucharlos. Y, ahora que lo pensaba, había resuelto ir a explorar los conductos precisamente por el mismo hecho que había preocupado tanto a Graff y Dimak. No era ninguna sorpresa que su conversación tuviera lugar después de que las luces se apagaran para los niños: entonces era cuando las cosas empezaban a calmarse, y, con los deberes cumplidos, habría tiempo para conversar sin que Graff llamara a Dimak a una reunión extraordinaria que podría provocar preguntas en la mente de los otros profesores. No era suerte, en realidad: Bean había forjado su propia suerte. Vio la conexión y escuchó la conversación porque no había vacilado en entrar en el sistema de ventilación. Sin duda, había sido rápido en actuar.

Siempre forjaba su propia suerte.

Tal vez era algo que acompañaba a la alteración genética de la que había hablado Graff, fuera cual fuese.

Ella, habían dicho. Ella había formulado la pregunta de si Bean era genéticamente humano. Una mujer que buscaba información, y Graff había cedido, le había dado permiso para acceder a hechos que le estaban ocultos. Eso significaba que recibiría más respuestas de esa mujer cuando empezara a manejar esos nuevos datos. Más respuestas sobre el origen de Bean.

¿Podría ser sor Carlotta quien había dudado de la humanidad de Bean?

¿Sor Carlotta, que lloró cuando la dejó y vino al espacio? ¿Sor Carlotta, que lo amaba como una madre ama a su hijo? ¿Cómo podía dudar de él?

Si querían encontrar a un humano inhumano, un alienígena en un traje humano, deberían echar un buen vistazo a una monja que abraza a un niño como si fuera suyo, y luego va por ahí sembrando dudas sobre si es un niño de verdad. Lo contrario del cuento de Pinocho. Toca a un niño de verdad y lo convierte en algo espantoso y temible.

No podían haber estado hablando de sor Carlotta. Sería otra mujer. Haber pensado que podía tratarse de ella era, simplemente, un error, igual que haber supuesto que la última batalla con los insectores ya había tenido lugar. Por eso Bean nunca se fiaba del todo de sus propias conclusiones. Actuaba conforme a ellas, pero siempre dejaba abierta la posibilidad de que sus interpretaciones pudieran ser equivocadas.

Además, no era su problema descubrir si era humano o no. Fuera lo que fuese, era él mismo y debía actuar de manera que no sólo continuara vivo, sino que lograra controlar su futuro tanto como le fuera posible. El único peligro al que se enfrentaba era que ellos sí se mostraban preocupados por el hecho de que pudiera haber sido sometido a una alteración genética. Por tanto, Bean debía procurar parecer tan normal que sus miedos sobre ese asunto quedaran zanjados.

Pero ¿cómo podía pretender ser normal? No había ingresado en la Escuela de Batalla por ser normal, sino por ser extraordinario. Ya puestos, lo mismo ocurría con todos los otros niños. Y el colegio los presionaba tanto que algunos adoptaban un carácter muy extraño. Como Bonzo Madrid, con su deseo de venganza a voces contra Ender Wiggin. Así que, de hecho, Bean no debería parecer normal, sino extraño, pero del modo esperado.

Era imposible falsear eso. Todavía desconocía qué signos buscaban los profesores en la conducta de los niños de por allí. Podría descubrir diez cosas por hacer, y hacerlas, sin averiguar nunca que había noventa detalles que no había advertido.

No, lo que tenía que hacer no era actuar de un modo predecible, sino convertirse en lo que ellos esperaban que fuera su comandante perfecto.

Cuando regresó a su barracón, se metió en el camastro y miró qué hora era, se dio cuenta de que había estado fuera menos de sesenta minutos. Guardó su consola y se quedó tumbado, repasando mentalmente la imagen de los dedos del profesor, mientras se conectaba. Cuando estuvo razonablemente seguro de cuáles eran la clave y la contraseña, se relajó y procuró dormir.

Sólo entonces, cuando empezaba a conciliar el sueño, resolvió cuál sería su camuflaje perfecto para acabar con los miedos de los profesores y conseguir a la vez seguridad y progreso.

Tenía que convertirse en Ender Wiggin.

11
Papaíto

—Señor, solicité una entrevista en privado.

—Dimak está aquí porque el fallo de seguridad afecta a su trabajo.

—¡El fallo de seguridad! ¿Por eso va a ordenar mi traslado?

—Hay un niño que utilizó su clave para entrar en el sistema maestro de los profesores. Encontró los archivos y los escribió de nuevo para proporcionarse una identidad.

—Señor, he observado fielmente todas las normas. Nunca me conecto delante de los estudiantes.

—Es lo que dice todo el mundo, pero luego resulta que no es así.

—Discúlpeme, señor, pero Uphanad no lo hace. Siempre se lo reprocha a los demás cuando sucede. De hecho, es obsesivo al respecto. Los vuelve locos.

—Puede usted comprobar mis registros de conexión. Nunca lo hago durante las horas de clase. En realidad, nunca me conecto fuera de mi habitación.

—Entonces, ¿cómo es posible que este niño esté utilizando sus claves?

—Tengo la consola sobre la mesa. Si puedo usar la suya para demostrar cómo lo hago...

—Por supuesto.

—Me siento de esta forma. Siempre le doy la espalda a la mesa para que nadie pueda verme siquiera. Nunca me conecto en ninguna otra posición.

—¡Entonces no hay ninguna ventana a la que pueda asomarse!

—Sí que la hay, señor.

—¿Dimak?

—Hay una ventana, señor, mire. El respiradero.

—¿Me está sugiriendo en serio que podría...?

—Es el niño más pequeño que jamás...

—¿Es el pequeño Bean quien consiguió mi clave?

—Excelente, Dimak, ha conseguido soltar el nombre, ¿no?

—Lo siento, señor.

—Ah. Otro fallo de seguridad. ¿Enviará a Dimak a casa conmigo?

—No voy a enviar a nadie a casa.

—Señor, debo señalar que la intrusión de Bean en el sistema maestro de los profesores es una oportunidad excelente.

—¿Para tener a un estudiante suelto por los archivos de sus compañeros?

—Para estudiar a Bean. No hemos conseguido que use el juego de fantasía, pero ahora tenemos el juego que él ha decidido jugar. Vigilaremos adónde va dentro del sistema, qué hace con este poder que se ha otorgado a sí mismo.

—Pero el daño que puede causar es...

—No causará ningún daño, señor. No hará nada para descubrirse. Este niño está demasiado picardeado por su vida en la calle. Lo que quiere es información. Mirará, no tocará.

—Así que ya lo ha analizado, ¿no es eso? ¿Sabe lo que está haciendo en todo momento?

—Sé que si hay una historia que realmente quiera

creer, tiene que descubrirla él solo. Tiene que robárnosla. Así que pienso que este pequeño fallo de seguridad es el modo perfecto de sanar otro mucho más importante.

—Me pregunto qué más habrá oído, al colarse por los conductos.

—Si cerramos el sistema de conducción, sabrá que lo hemos pillado, y entonces no confiará en lo que le preparemos.

—Así que tengo que permitir que un niño se arrastre por los conductos y...

—No podrá hacerlo mucho más tiempo. Pronto los conductos le resultarán demasiado estrechos.

—Eso no es un gran consuelo. Y, por desgracia, sigo pensando que tenemos que matar a Uphanad por saber demasiado.

—Por favor, dígame que no habla en serio.

—No, no hablo en serio. Lo tendrá de estudiante muy pronto, capitán Uphanad. Vigílelo con mucha atención. Hable de él sólo conmigo. Es impredecible y peligroso.

—Peligroso. El pequeño Bean.

—Le ha tomado el pelo, ¿no?

—Y a usted también, señor, si me permite recordárselo.

Bean pasó revista a todos los estudiantes de la Escuela de Batalla, leyendo los archivos de media docena de ellos cada día. Descubrió que las primeras puntuaciones que obtuvieron eran lo menos interesante. Todos habían sacado unas notas tan altas en las pruebas que habían realizado en la Tierra que las diferencias eran casi triviales. Las puntuaciones de Bean eran las más altas, y la diferencia que había con el siguiente, Ender Wiggin, era notable... tanto como la diferencia entre Ender y el niño que lo seguía. Pero todo era relativo. La diferencia entre Ender y Bean era de medio punto porcentual; la mayoría de los niños se encontraban entre el 97 y el 98 por ciento.

Por supuesto, Bean sabía lo que ellos desconocían: que le había resultado muy fácil sacar la máxima nota posible. Podría haber sacado más, podría haberlo hecho mejor, pero había llegado al límite de lo que la prueba podía descubrir. La diferencia entre Ender y él era mucho más grande de lo que suponían.

Sin embargo... al leer los archivos, Bean se dio cuenta de que las notas eran solamente una guía de la capacidad de cada niño. Los profesores hablaban principalmente de factores como la inteligencia, la capacidad de reflexión, la intuición; la habilidad para desarrollar relaciones, de ser más listo que un oponente; el coraje para actuar con valentía; la precaución para asegurarse antes de comprometerse, la sabiduría para saber qué curso de acción era el adecuado. Y al considerar todo esto, Bean se dio cuenta de que no era necesariamente mejor que los otros estudiantes en estos parámetros concretos.

Ender Wiggin sí sabía cosas que Bean no sabía. Bean podría haber pensado en hacer lo que hacía Wiggin, conseguir prácticas extra para compensar que ningún comandante quisiera entrenarlo. Bean incluso podría haber intentado conseguir que unos cuantos estudiantes entrenaran con él, ya que muchos ejercicios no se podían realizar a solas. Pero Wiggin había aceptado a todos los que se le acercaban, no importaba lo difícil que pudiera ser practicar con tanta gente en la sala de batalla, y según las anotaciones de los profesores, pasaba más tiempo ahora entrenando a los demás que mejorando su propia técnica. Naturalmente, eso se debía en parte a que ya no estaba en la escuadra de Bonzo Madrid y no tomaba parte en las prácticas estándar. Pero seguía trabajando con los otros niños, sobre todo con los novatos ansiosos que querían tener alguna ventaja antes de que los ascendieran a una escuadra regular. ¿Por qué?

¿Está haciendo lo que hago yo, estudiar a los otros alumnos para prepararse para una guerra posterior en la Tierra? ¿Está construyendo alguna especie de red que se extienda por todas las escuadras? ¿Los está entrenando mal de algún modo, para aprovecharse de sus errores más tarde?

Por lo que Bean había oído sobre Wiggin de los niños de su grupo de novatos que acudían a las prácticas, se dio cuenta de que no era así. Wiggin parecía preocuparse realmente de que los otros niños lo hicieran lo mejor posible. ¿Tanto necesitaba que lo apreciaran? Porque si eso era lo que pretendía, estaba funcionando. Lo adoraban.

Aun así, tenía que haber algo más que ansia de amor. Bean no podía comprenderlo.

Descubrió que las observaciones de los profesores, aunque eran valiosas, no le eran de utilidad para entender lo que pasaba por la cabeza de Wiggin. Para empezar, guardaban las observaciones psicológicas del juego mental en alguna otra parte a la que Bean no tenía acceso. Además, los profesores nunca serían capaces de penetrar en la cabeza de Wiggin porque simplemente no pensaban a su nivel.

Bean sí.

Pero el proyecto de Bean no era analizar a Wiggin por simple curiosidad científica, ni para competir con él, ni siquiera para comprenderlo. Era para convertirse él mismo en el tipo de niño en quien los profesores confiaran, de quien pudieran fiarse. Un niño a quien consideraran completamente humano. Para ese proyecto, Wiggin era su profesor porque ya había hecho lo que Bean necesitaba hacer.

Wiggin lo había hecho sin ser perfecto. Sin estar, por lo que podía decir Bean, cuerdo por completo. No es que nadie lo estuviera. Pero la disposición de Wiggin a dedicar horas cada día a entrenar a niños que no podían hacer nada por él... cuanto más pensaba Bean en ello, menos sentido tenía. Wiggin no estaba construyendo una red de seguidores. Al contrario que Bean, no tenía una memoria perfecta, así que Bean estaba seguro de que Wiggin no llevaba un dossier mental de todos los otros niños de la Escuela de Batalla. Los niños con los que trabajaba no eran los mejores, y a menudo eran los más temerosos y dependientes de entre los novatos y los perdedores de las escuadras normales. Acudían a él porque pensaban que estar en la misma habitación con el soldado que lideraba las puntuaciones podría traerles algo de suerte. Pero ¿por qué seguía Wiggin dedicándoles su tiempo?

¿Por qué murió Poke por mí?

Era la misma pregunta. Bean lo sabía. Encontró en la biblioteca varios libros sobre ética y los recuperó en su consola para leerlos. Pronto descubrió que las únicas teorías que explicaban el altruismo eran falsas. La más estúpida era la vieja explicación sociobiológica de que los tíos morían por los sobrinos: ahora no había lazos de sangre en los ejércitos, y la gente a menudo moría por desconocidos. La teoría de la comunidad no estaba mal, explicaba por qué todas las comunidades honraban en sus historias y rituales a los héroes que se sacrificaban, pero seguía sin explicar la personalidad de los propios héroes.

Pues eso era lo que Bean veía en Wiggin. Un héroe en sus raíces.

Wiggin, en realidad, no se preocupa tanto por sí mismo como por los otros niños, que no merecen ni cinco minutos de su tiempo.

Sin embargo era esta misma tendencia lo que hacía que todo el mundo se fijara en él. Tal vez por eso en todas las historias que sor Carlotta le contó, Jesús siempre estaba rodeado por una multitud.

Tal vez por eso tengo tanto miedo de Wiggin. Porque él es el extraño, no yo. Él es el ininteligible, el impredecible. Él es el que no hace las cosas por motivos sensatos y predecibles. Yo voy a sobrevivir, y una vez que sepas eso, no hay nada más que saber sobre mí. Pero él... él era capaz de todo.

Cuanto más estudiaba a Wiggin, más misterios destapaba Bean. Más se decidía a actuar como Wiggin hasta que, en algún momento, llegara a ver el mundo como lo veía Wiggin.

Pero incluso mientras seguía la pista de Ender (siempre a lo lejos) lo que Bean no podía hacer era lo que hacían los niños más pequeños, lo que hacían los discípulos de Wiggin. No podía llamarlo Ender. Llamarlo por su apellido lo mantenía a distancia. A una distancia microscópica, de todas formas.

¿Qué estudiaba Wiggin cuando leía a solas? No los libros de historia militar y estrategia que Bean había leído en un soplo y ahora repasaba de forma metódica, aplicándolo todo al combate espacial y a la guerra moderna en la Tierra. Wiggin leía la parte que le correspondía, también, pero cuando acudía a la biblioteca con la misma frecuencia para visualizar combates en una cinta de vídeo, y lo que más observaba eran las naves insectoras. Y los clips de la fuerza de ataque de Mazer Rackham en la heroica batalla que impidió la Segunda Invasión.

Bean también los visualizó, aunque sólo una vez: en

cuanto los había visto, los recordaba a la perfección y podía reproducirlos en su memoria, con suficientes detalles para advertir más tarde escenas que había pasado por alto en un primer momento. ¿Veía Wiggin algo nuevo cada vez que volvía a ver aquellos vids? ¿O estaba buscando algo que no había encontrado todavía?

¿Acaso trataba de comprender cómo pensaban los insectores? ¿Por qué no se daba cuenta de que la biblioteca de allí no disponía de suficientes vids? No había más que propaganda. Quitaban todas las terribles escenas de tipos muertos, de luchas y muertes mano a mano cuando las naves eran abordadas. No tenían vids de derrotas, donde los insectores borraban del cielo a las naves humanas. Todo lo que tenían eran naves que daban vueltas en el espacio, unos cuantos minutos de maniobras antes del combate.

¿Guerra en el espacio? Tan emocionante que era en las historias inventadas, y en cambio tan aburrida en la realidad. De vez en cuando algo se iluminaba, pero la mayoría era sólo oscuridad.

Y, naturalmente, el momento obligatorio de la victoria de Mazer Rackham. ¿Qué podía esperar aprender Wiggin?

Bean aprendía más por las omisiones que por lo que realmente veía. Por ejemplo, no había ni una sola imagen de Mazer Rackham en toda la biblioteca, lo cual resultaba extraño. Los rostros de los triunviros estaban por todas partes, igual que los de otros comandantes y líderes políticos. ¿Por qué no Rackham? ¿Había muerto en el momento de la victoria? ¿O era, quizás, una figura ficticia, una leyenda creada a propósito, para que fuera posible asociar un nombre a la victoria? Pero si ése fuera el caso, habrían creado un rostro para él... era muy fácil hacerlo. ¿Era deforme?

¿Era muy, muy pequeño?

Si crezco y me convierto en el comandante de la flota humana que derrote a los insectores, ¿esconderán también mi foto, porque alguien tan pequeño no puede ser considerado un héroe?

¿A quién le importa? No quiero ser ningún héroe.

Eso es cosa de Wiggin.

Nikolai, el niño que dormía frente a él. Era lo suficientemente inteligente para hacer algunas suposiciones que a Bean no se le habían ocurrido. Y lo bastante confiado para no enfadarse cuando pilló a Bean en su consola. Bean estaba lleno de esperanza cuando llegó por fin al archivo de Nikolai.

La evaluación del profesor era negativa. «Un comodón.» Cruel, pero ¿era cierto?

He confiado demasiado en las evaluaciones de los profesores, advirtió Bean. ¿Tengo alguna prueba real de que tengan razón? ¿O creo en sus evaluaciones porque mis notas son tan altas? ¿Acaso he dejado que sus halagos me vuelvan complaciente?

¿Y si todas las evaluaciones estaban equivocadas?

En las calles de Rotterdam no disponía de ningún archivo de ningún profesor. Conocía a los niños. Poke... hice mi propio juicio sobre ella, y casi acerté, sólo unas cuantas sorpresas aquí y allá. Sargento... ninguna sorpresa. Aquiles... sí, lo conocía.

Entonces, ¿por qué me he mantenido aparte de los otros estudiantes? Porque ellos me aislaron primero, y porque decidí que los profesores tenían el poder. Pero ahora veo que sólo tenía parte de razón. Los profesores tienen el poder aquí y ahora, pero algún día no estaré en la Escuela de Batalla, ¿y qué importará entonces lo que los profesores piensen de mí? Puedo aprender toda la teoría e historia militar que quiera, y no me servirá de nada si no me confían el mando. Y nunca me pondrán a cargo de ningún ejército o ninguna flota a menos que tengan razones para creer que los demás hombres me seguirán.

Hoy no son hombres, sino niños, la mayoría; tan sólo hay unas cuantas niñas. No son hombres, pero lo serán. ¿Cómo eligen a sus líderes? ¿Cómo puedo lograr que sigan a alguien que es tan pequeño, tan despreciado?

¿Cómo actuó Wiggin?

Bean le preguntó a Nikolai qué niños de su grupo de novatos entrenaban con Wiggin.

—Sólo unos pocos. Y son unos capullos, ¿no? Los pelotas y los chulitos.

—Pero ¿quiénes son?

—¿Estás intentando hacerte amigo de Wiggin?

—Sólo quiero saber cosas sobre él.

—¿Qué quieres saber?

Ése era el tipo de preguntas que molestaban a Bean. No le gustaba hablar sobre lo que hacía. Pero no vio ninguna malicia en Nikolai. Sólo quería saber.

—Historia. El mejor, ¿no? ¿Cómo lo consiguió? —Bean se preguntó si había conseguido hablar con el lenguaje lacónico de los soldados. No lo empleaba mucho. Todavía faltaba la música.

—Lo descubres y me lo dices —dijo, poniendo los ojos en blanco, burlándose de sí mismo.

—Te lo diré —aseguró Bean.

—¿Tengo alguna posibilidad de ser el mejor, como Ender? —Nikolai se rió—. Por la forma en que aprendes, tú sí que la tienes.

—Los mocos de Wiggin no saben a miel —dijo Bean.

—¿Y eso qué significa?

—Es humano como cualquiera. Si lo descubro, te lo cuento, ¿vale?

Bean se preguntó por qué Nikolai descartaba ya la posibilidad de ser uno de los mejores. ¿Podría ser que la evaluación negativa de los profesores fuera acertada, después de todo? ¿O habían dejado ver inconscientemente su desdén hacia él, y él los creía?

Gracias a los niños que Nikolai había señalado (los pelotas y los chulitos, que no era una evaluación inadecuada de todas formas), Bean descubrió lo que quería saber. Los nombres de los amigos más íntimos de Wiggin.

Shen. Alai. Petra... ¡ella otra vez! Pero Shen era el más antiguo.

Bean lo encontró estudiando en la biblioteca. El único motivo que tenía para ir allí eran los vids: todos los libros podían leerse desde las consolas. Sin embargo, Shen no visualizaba ninguna cinta. Tenía su consola, y estaba jugando al juego de fantasía.

Bean se sentó a su lado a mirar. Un hombre con cabeza de león y cota de mallas estaba plantado ante un gigante, quien parecía estar ofreciéndole a elegir varias bebidas. El sonido estaba configurado de manera que Bean no podía oírlo desde el lado, aunque Shen parecía estar respondiendo; tecleó unas cuantas palabras. La figura de hombre león bebió una de las sustancias y se murió al momento.

Shen murmuró algo y apartó la consola.

—¿Ésa es la Bebida del Gigante? —dijo Bean—. He oído hablar de ella.

—¿Nunca has jugado? —preguntó Shen—. No se le puede ganar. O eso *creía*.

—Eso me han dicho. No parecía divertido.

—¿Parecer divertido? ¿Ni siquiera lo has intentado? No es que sea difícil de encontrar el juego.

Bean se encogió de hombros, tratando de falsear los manierismos que había visto usar a los otros niños. Shen parecía divertido. ¿Porque Bean se encogió de hombros mal? ¿O porque parecía curioso que alguien tan pequeño lo hiciera?

—Venga ya, ¿no juegas al juego de fantasía?

—Eso que has dicho —le interrumpió Bean—. Creías que nadie ganaba nunca.

—Vi a un tipo en un lugar que nunca había visto. Le pregunté dónde estaba, y dijo: «Al otro lado de la Bebida del Gigante.»

—¿Te dijo cómo se llega allí?

—No se lo pregunté.

—¿Por qué no?

Shen sonrió y apartó la mirada.

—Sería Wiggin, ¿no? —preguntó Bean.

La sonrisa se desvaneció.

—No he dicho eso.

—Sé que eres amigo suyo, por eso he venido a verte.

—¿Qué es esto? ¿Lo estás espiando? ¿Eres de Bonzo?

Aquello no le estaba resultando nada fácil. Bean no había advertido lo protectores que serían los amigos de Wiggin.

—Soy de mí mismo. Mira, nada malo, ¿vale? Yo sólo... mira, sólo quiero saber... lo conoces desde el principio, ¿no? Dicen que eres amigo suyo desde los días de novato.

—¿Y qué?

—Mira, él hizo amigos, ¿no? Como tú. Aunque siempre era el mejor en la clase, siempre el mejor en todo, ¿vale? Pero no lo odian.

—Muchos *bichão* lo odian.

—Tengo que hacer algunos amigos, tío. —Bean sabía que no debería inspirarle lástima, sino simplemente un niño triste que intentaba no inspirar lástima. Así que terminó su queja con una sonrisa. Como si intentara hacer que pareciera una broma.

—Eres muy bajito —le espetó Shen.

—No en el planeta del que vengo.

Por primera vez, Shen dejó que una sonrisa auténtica asomara a su rostro.

—El planeta de los pigmeos.

—Son demasiado grandes para mí.

—Mira, sé lo que estás diciendo. Tuve una charla curiosa. Algunos de los niños se metían conmigo. Ender los detuvo.

—¿Cómo?

—Se metió con ellos.

—Nunca había oído decir que tuviera mala lengua.

—No, no dijo nada. Lo hizo en la consola. Envió un mensaje de parte de Dios.

Oh, sí. Bean había oído hablar de eso.

—¿Lo hizo por ti?

—Se estaban burlando de mi culo. Tenía un culo gordo. Antes de las prácticas, ¿sabes? Hace tiempo de eso. Así que él se burló de ellos por mirarme el culo. Pero lo firmó como Dios.

—Así que no supieron que era él.

—Oh, lo supieron. De inmediato. Pero él no dijo nada. En voz alta.

—¿Así es como os hicisteis amigos? ¿Es el protector de los niños pequeños?

Como Aquiles.

—¿Niños pequeños? —dijo Shen—. Él era el más pequeño de nuestro grupo de novatos. No como tú, pero muy pequeño. Era más joven.

—¿Era más joven, pero se convirtió en tu protector?

—No. No fue así. No, impidió que la cosa continuara, nada más. Se dirigió al grupo... era Bernard, que estaba juntando a los niños más grandes, a los más duros...

—A los matones.

—Sí, supongo. Sólo que Ender fue y se acercó al número uno de Bernard, su mejor amigo. Alai. Consiguió que Alai fuera su amigo también.

—¿Así que le robó a Bernard su apoyo?

—No, hombre. No, no es así. Se hizo amigo de Alai, y luego hizo que Alai le ayudara a hacerse amigo de Bernard.

—Bernard... Ender le rompió el brazo en la lanzadera.

—Eso es. Y creo, de verdad, que Bernard no lo perdonó nunca, pero vio cómo estaba el patio.

—¿Y cómo estaba?

—Ender es *bueno*, tío. Es que... no odia a nadie. Si eres una buena persona, te tiene que gustar. Quieres caerle bien. Si él te aprecia, entonces estás bien, ¿entiendes? Pero si eres escoria, él te vuelve loco. Con sólo saber que existe, ¿captas? Así que Ender trata de despertar la parte buena que hay en ti.

—¿Cómo se despiertan las «partes buenas»?

—No lo sé, hombre. ¿Crees que lo sé? Es que... conoces a Ender lo suficiente, y él hace que te sientas orgulloso de ti mismo. Eso hace que parezca... hace que parezca que soy un bebé, ¿no?

Bean sacudió la cabeza. Le parecía más bien devoción. Bean no lo había comprendido. Los amigos eran los amigos, pensaba. Como Sargento y Poke lo eran, antes de Aquiles. Pero no se trataba de amor. Cuando vino Aquiles, quizá más bien lo adoraron, como si fuera... un dios, les daba pan, y ellos se lo devolvían. Como... bueno, como lo que se llamaba él a sí mismo: papá. ¿Era lo mismo? ¿Era Ender otro Aquiles?

—Eres listo, chico —manifestó Shen—. Yo estuve allí, ¿no? Pero ni una sola vez pensé ¿cómo lo hizo Ender?, ¿cómo puedo hacer lo mismo, ser como él? Allí estaba Ender, es magnífico, pero no es nada que yo pueda hacer. Tal vez debería de haberlo intentado. Sólo quería... estar con él.

—Porque tú también eres bueno —dijo Bean.

Shen puso los ojos en blanco.

—Supongo que eso es lo que dije, ¿no? Lo di a entender, al menos. Supongo que eso me convierte en un chulito, ¿no?

—Un chulazo —dijo Bean, sonriendo.

—Es que... él te hace querer... moriría por él. Qué heroico, ¿no? Pero es verdad. Moriría por él. Mataría por él.

—Lucharías por él.

Shen lo comprendió de inmediato.

—Eso es. Es un comandante nato.

—¿Alai lucharía por él también?

—Muchos de nosotros lo haríamos.

—Pero algunos no.

—Como dije, los malos lo odian, los vuelve locos.

—Entonces el mundo se divide entre la buena gente que ama a Wiggin y la gente mala que lo odia.

El rostro de Shen volvió a mostrar recelo.

—No sé por qué te cuento toda esta mierda. Eres demasiado listo para creerte nada.

—Creo todo lo que me dices—aseguró Bean—. No te cabrees conmigo.

Había aprendido eso hacía mucho tiempo. Un niño pequeño dice: «No te cabrees conmigo», parecen un poco tontos.

—No estoy cabreado —dijo Shen—. Es que pensaba que te estabas burlando de mí.

—Quería saber cómo hace amigos Wiggin.

—Si lo supiera, si realmente lo comprendiera, tendría más amigos de los que tengo, chico. Pero conseguí a Ender por amigo, y todos sus amigos son mis amigos también, y soy su amigo, así que... es como una familia.

Una familia. Papá. Aquiles otra vez.

El viejo temor regresó. Aquella noche en que murió Poke. Ver su cadáver en el agua. Luego a Aquiles por la mañana. Cómo actuaba. ¿Era así Wiggin? ¿Papá hasta que tuviera su oportunidad?

Aquiles era malo, y Ender era bueno. Sin embargo, los dos crearon una familia. Ambos tenían gente que los amaba, que moriría por ellos. Protector, papá, proveedor, mamá. El único padre de un grupo de huérfanos. También en la Escuela de Batalla todos somos niños de la calle. Tal vez no pasemos hambre, pero seguimos deseando tener una familia.

Excepto yo. Es lo último que necesito. Un papá sonriéndome, esperando con un cuchillo.

Es mejor ser el papá que tener uno.

¿Cómo puedo hacer eso, lograr que alguien me ame como Shen ama a Wiggin?

Ni hablar. Soy demasiado pequeño. Demasiado dulce. No tengo nada que ellos quieran. Lo único que puedo hacer es protegerme, comprender el sistema. Ender tiene mucho que enseñar a aquellos que tienen alguna esperanza de hacer lo que él ha hecho. Pero yo, tengo que aprender por mi cuenta.

Sin embargo, mientras tomaba su decisión, sabía que no había acabado con Wiggin. Fuera lo que fuese lo que Wiggin tenía, lo que Wiggin sabía, Bean lo aprendería.

Y así pasaron las semanas, los meses. Bean cumplió con todo su trabajo de clase. Asistió a las clases rutinarias de la sala de batalla con Dimak, que les enseñó cómo debían moverse y disparar, las habilidades básicas. Por su cuenta completó todos los cursos de perfeccionamiento que era posible realizar desde la consola, y destacó en todo. Estudió historia militar, filosofía, estrategia. Leyó sobre ética, religión, biología. Siguió los avances de todos los estudiantes de la escuela, desde los novatos recién llegados hasta los que estaban a punto de graduarse. Cuando los veía por los pasillos, sabía más de ellos de lo que ellos sabían de sí mismos. Sabía su nación de origen. Sabía cuánto echaban de menos a sus familias y lo importante que era para ellos su país nativo, su etnia o su grupo religioso. Sabía lo valiosos que serían en un movimiento de resistencia nacionalista o idealista.

Siguió leyendo todo lo que Wiggin leía, observando todo lo que Wiggin observaba. Oyó hablar de Wiggin a los otros niños. Observó los progresos que hizo Wiggin en las tablas. Conoció a más amigos de Wiggin, los oyó hablar de él. Bean escuchó todas las cosas que decían que Wiggin había dicho y trató de unirlas en una filosofía coherente, una visión del mundo, una actitud, un plan.

Entonces descubrió algo interesante. A pesar del altruismo de Wiggin, a pesar de su disposición al sacrificio, ninguno de sus amigos dijo nunca que Wiggin viniera y les hablara de sus problemas. Todos acudían a él, pero ¿a quién acudía Wiggin? No tenía más amigos de verdad que los que tenía Bean. Wiggin seguía su propio consejo, como Bean.

Pronto Bean ascendió de categoría, pues ya había superado el trabajo de sus clases, y lo pusieron a trabajar con grupos cada vez mayores; primero lo miraban con recelo, pero luego, a medida que los adelantaba y pasaba a un nivel superior, se iban mostrando cada vez más asombrados. ¿Había pasado Wiggin de clase en clase a ese ritmo acelerado? Sí, pero no tan rápido. ¿Era porque Bean era mejor? ¿O porque se le acababa el tiempo?

De hecho, porque la sensación de urgencia de las evaluaciones de los profesores se hacía mayor. Los estudiantes corrientes (si es que en la escuela había algún niño que fuera corriente) recibían cada vez anotaciones más y más breves. No se los dejaba de lado, exactamente, pero a los mejores, en cambio, se los identificaba y promocionaba.

Los que *parecían* mejores. Pues Bean empezó a darse cuenta de que en las evaluaciones de los profesores a menudo influía la opinión que tuvieran de los estudiantes. Los profesores pretendían ser desapasionados y mostrarse imparciales, pero de hecho se dejaban convencer por los niños más carismáticos, igual que los otros estudiantes. Si un niño era agradable, le concedían mejores comentarios sobre su capacidad de liderazgo, aunque fuera sólo charlatán y atlético y necesitara rodearse de un equipo. Con la misma frecuencia, felicitaban a los estudiantes que serían los comandantes menos eficaces, mientras que no hacían caso a aquellos que, como Bean, mostraban verdaderas promesas. Era frustrante verlos cometer errores tan obvios. Tenían a Wiggin delante de sus propios ojos (Wiggin, que era auténtico) y todavía seguían malinterpretando a todos los demás. Se entusiasmaban con alguno de aquellos niños enérgicos, creídos, ambiciosos aunque su rendimiento no fuera impecable.

Pero ¿la escuela no tenía por misión encontrar y entrenar a los mejores comandantes posibles? La parte terrestre la hacían muy bien: no había ningún zopenco entre los estudiantes. Pero el sistema había pasado por alto un factor crucial: ¿cómo eran elegidos los profesores?

Todos ellos pertenecían al estamento militar. Oficiales con verdaderas aptitudes. Pero en el ejército no te daban puestos de confianza solamente por tus aptitudes. Tenías también que atraer la atención de tus superiores. Tenías que agradar. Tenías que encajar en el sistema. Tenías que parecer lo que los oficiales por encima de ti pensaban que deberías ser. Tenías que pensar de manera que se sintieran cómodos.

El resultado era que acababas con una estructura de mando que rebosaba de tipos que parecían buenos vestidos de uniforme, que hablaban bien y que se comportaban con suficiente adecuación para no quedar en ridículo. Por el contrario, los que realmente eran buenos hacían todo el trabajo serio y dejaban en evidencia a sus superiores, se llevaban la culpa de todos los errores que ellos habían advertido que iban a cometerse.

Eso era el ejército. Estos profesores eran la clase de gente que vivía en ese entorno. Y seleccionaban a sus estudiantes favoritos siguiendo, precisamente, ese retorcido sentido de las prioridades.

No era extraño que un niño como Dink Meeker se diera cuenta y se negara a seguir la corriente. Era uno de los pocos chicos que poseía talento y, a la vez, era agradable. Su simpatía hizo que intentaran convertirlo en comandante de su propia escuadra; su talento le permitió a Dink comprender lo que estaban haciendo y rechazarlos porque no podía creer en un sistema tan estúpido. Y otros niños, como Petra Arkanian, que tenían una personalidad algo irritante pero podían dirigir estrategias y tácticas mientras dormían, que se mostraban lo suficientemente seguros para liderar a los demás en la guerra, que confiaban en sus propias decisiones y actuaban conforme a ellas... a ésos no les importaba ser uno del montón, así que los vigilaban de cerca, y cada fallo era exagerado, cada acierto infravalorado.

Así que Bean empezó a construir su propio antiejército. A reclutar los niños que no eran elegidos por los profesores, pero que eran los auténticos talentos, los que estaban dotados de corazón y mente, no sólo de fachada y cháchara. Empezó a imaginar quiénes de entre ellos serían oficiales, y liderarían sus batallones bajo el mando de...

De Ender Wiggin, naturalmente. Bean no podía imaginar a nadie más en ese puesto. Wiggin sabría cómo utilizarlos.

Y Bean sabía dónde debería estar él. Cerca de Wiggin. Un jefe de batallón, pero el más fiable de todos. La mano derecha de Wiggin. De forma que cuando Wiggin fuera a cometer un error, Bean pudiera advertirlo a tiempo. Y así Bean podría estar lo bastante cerca para comprender tal vez por qué Wiggin era humano y él no.

Sor Carlotta utilizó su nuevo permiso de seguridad como un escalpelo la mayor parte de las veces, abriéndose paso entre el estamento de información, escogiendo respuestas aquí y nuevas preguntas allá, hablando con gente que nunca imaginaba cuál era su proyecto, confesándoles por qué sabía tanto sobre el trabajo secreto que desempeñaban y almacenándolo todo en silencio en su propia mente, y en memorándums para el coronel Graff.

Pero a veces empuñaba su permiso de seguridad como si fuera un hacha de carnicero, usándolo para abrirse paso entre carceleros y oficiales de seguridad, quienes veían su insaciable necesidad de saber. Entonces, cuando comprobaban que sus documentos no eran una estúpida falsificación, tenían que oír los gritos de los oficiales de alto rango que hacían que trataran a sor Carlotta como si fuera Dios.

Fue así como, por fin, se encontró cara a cara con el padre de Bean. O al menos lo más parecido a un padre que había tenido jamás.

—Quiero hablar sobre sus instalaciones en Rotterdam.

Él la miró con acritud.

—Ya he informado de todo. Por eso no estoy muerto, aunque me pregunto si tomé la decisión acertada.

—Me dijeron que fue usted bastante llorica —soltó sor Carlotta, sin compasión alguna—. No esperaba que saliera a la superficie con tanta rapidez.

—Váyase al infierno —le espetó y le dio la espalda.

Como si eso significara algo.

—Doctor Volescu, los archivos muestran que había veintitrés bebés en su granja de órganos de Rotterdam.

Él no dijo nada.

—Pero naturalmente eso es mentira.

Silencio.

—Y, extrañamente, sé que la mentira no fue idea suya. Porque sé que su instalación no era una granja de órganos, y el motivo por el que no está muerto es porque accedió a declararse culpable de dirigir una granja de órganos a cambio de no discutir jamás qué estaba haciendo allí realmente.

Él se dio la vuelta lentamente. Ya era suficiente con poder alzar la mirada y verla de reojo.

—Déjeme ver ese permiso que trató de enseñarme antes.

Ella se lo volvió a mostrar. Él lo estudió.

—¿Qué sabe usted? —preguntó.

—Sé que su verdadero delito fue continuar un proyecto de investigación después de que fuera clausurado. Porque tenía aquellos óvulos fertilizados que habían sido meticulosamente alterados. Había girado la llave de

Anton. Quería que nacieran. Quería ver en qué se convertirían.

—Si sabe todo eso, ¿por qué ha venido a verme? Todo lo que sé está en los documentos que debe de haber leído.

—No todo —replicó sor Carlotta—. No me importan las confesiones. No me importa la logística. Deseo información sobre los bebés.

—Están todos muertos. Los matamos cuando supimos que estábamos a punto de ser descubiertos —confesó, mirándola con amargo desafío—. Sí, infanticidio. Veintitrés asesinatos. Pero como el gobierno no quiso admitir que esos niños habían existido siquiera, nunca fui acusado de ese delito. Pero Dios me juzgará. Dios presentará los cargos. ¿Por eso está usted aquí? ¿Por eso tiene ese permiso?

¿Se podía bromear sobre aquel asunto?

—Lo único que quiero saber es lo que descubrió usted sobre ellos.

—No descubrí nada, no hubo tiempo, no eran más que bebés.

—Los tuvo durante casi un año. Se desarrollaron. Todo el trabajo que realizó desde que Anton encontró su clave fue teórico. *Usted* vio crecer a los bebés.

Una sonrisa asomó poco a poco al rostro del hombre.

—Esto es como esos delitos médicos de los nazis. Usted deplora lo que hice, pero sigue queriendo conocer los resultados de mi investigación.

—Usted controló su crecimiento. Su salud. Su desarrollo intelectual.

—Estábamos a punto de empezar a seguir el desarrollo intelectual. El proyecto no estaba subvencionado, naturalmente, así que no pudimos proporcionarles más que una habitación cálida y limpia, y satisfacer sus necesidades corporales básicas.

—Sus cuerpos, entonces. Sus habilidades motoras.

—Pequeños —dijo él—. Nacen pequeños, crecen despacio. Con poca altura y peso, todos ellos.

—Pero ¿muy inteligentes?

—Gateaban desde muy jóvenes. Balbuceaban mucho antes de lo normal. Es todo lo que supimos. No los vi muy a menudo. No podía correr el riesgo de que me descubrieran.

—Entonces, ¿cuál fue su diagnóstico?

—¿Diagnóstico?

—¿Cómo veía su futuro?

—Muertos. Ése es el futuro de todo el mundo. ¿De qué está hablando?

—Si no hubieran sido asesinados, doctor Volescu, ¿qué habría sucedido?

—Habrían seguido creciendo, por supuesto.

—¿Y luego?

—No hay ningún luego. Habrían seguido creciendo.

Ella pensó durante un instante, tratando de procesar la información.

—Eso es, hermana. Lo comprende. Crecen despacio, pero nunca paran. Eso es lo que la llave de Anton hace. Descorre los cerrojos de la mente porque el cerebro nunca deja de crecer. Pero tampoco hace nada más. El cerebro sigue expandiéndose: nunca está cerrado del todo. Los brazos y las piernas son más y más largos.

—Entonces cuando alcanzan la altura adulta...

—No hay altura adulta. Es sólo la altura de la muerte. No se puede seguir creciendo así eternamente. Hay un motivo por el que la evolución construye un mecanismo de cierre en el control de crecimiento de los cuerpos que viven mucho. No se puede seguir creciendo sin que algún órgano ceda, tarde o temprano. Normalmente es el corazón.

Sor Carlotta se aterrorizó con lo que aquello suponía.

—¿Y a qué ritmo crecen? Los niños, quiero decir, ¿hasta que tienen la altura normal de su edad?

—Creía que la alcanzaban dos veces —manifestó Volescu—. Una justo antes de la pubertad, y luego los niños normales los adelantarían durante algún tiempo, pero al final la lentitud y la constancia ganan la carrera, *n'est-ce pas*? A los veinte años, serían gigantes. Y luego morirían, con toda seguridad antes de los veinticinco. ¿Imagina lo enormes que serían? Así que matarlos fue, por mi parte... un acto de piedad.

—Dudo que ninguno de ellos hubiera decidido no vivir los míseros veinte años que les quitó.

—No llegaron a saber lo que les sucedió. No soy ningún monstruo. Los drogamos a todos. Murieron mientras dormían y luego sus cuerpos fueron incinerados.

—¿Qué hay de la pubertad? ¿Llegarían a madurar sexualmente?

—Ésa es la parte que nunca sabremos, ¿no?

Sor Carlotta se levantó para marcharse.

—Sobrevivió, ¿verdad? —preguntó Volescu.

—¿Quién?

—El que perdimos. Faltaba un cuerpo con los demás. Tan sólo veintidós se echaron a las llamas.

—Cuando se adora a Moloch, doctor Volescu, no se obtienen más respuestas que las que proporciona su dios elegido.

—Dígame cómo es él —exigió, con ojos ansiosos.

—¿Sabe que era un niño?

—Todos eran niños.

—¿Qué hizo descartar a las niñas?

—¿Cómo piensa que obtuve los genes con los que trabajé? Implanté mi propio ADN alterado en cigotos sin núcleo.

—Dios nos ayude, ¿todos eran sus propios gemelos?

—No soy el monstruo que cree que soy —declaró Volescu—. Di vida a los embriones congelados porque tenía que saber en qué se convertirían. Matarlos fue mi pena más grande.

—Y sin embargo lo hizo... para salvarse.

—Tuve miedo. Y pensé: son sólo copias. No es ningún asesinato eliminar las copias.

—Sus almas y sus vidas eran suyas.

—¿Cree que el gobierno los habría dejado vivir? ¿De verdad cree que habrían sobrevivido? ¿Alguno siquiera?

—No se merece tener un hijo —dijo sor Carlotta.

—Pero tengo uno, ¿no? —replico él, riéndose—. Mientras que usted, señorita Carlotta, perpetua esposa del invisible Dios, ¿cuántos tiene?

—Puede que fueran copias, Volescu, pero incluso muertos valen más que el original.

Todavía reía mientras ella ya recorría el pasillo para marcharse. Pero su risa sonaba forzada. Sor Carlotta sabía que su risa era una máscara para la pena. Pero no era la pena de la compasión, ni siquiera del remordimiento. Era la pena de un alma condenada.

Bean. Gracias a Dios que no conoces a tu padre y nunca lo harás, pensó. No eres como él. Eres mucho más humano.

Sin embargo, en el fondo de su mente, tenía una duda acuciante. ¿Estaba segura de que Bean tenía más compasión, más humanidad? ¿O era tan frío de corazón como ese hombre? ¿Tan incapaz de sentir empatía? ¿Era todo mente?

Entonces lo imaginó creciendo y creciendo, pensó cómo aquel cuerpo diminuto crecía hasta convertirse en un gigante cuyo cuerpo ya no podía contener la vida. Ése es el legado que te ha dado tu padre. Ésa era la clave de

Anton. Pensó en el grito que soltó David, cuando se enteró de la muerte de su hijo. ¡Absalón! ¡Oh, Absalón! ¡Si tu padre pudiera morir por ti, Absalón, hijo mío!

Pero no estaba muerto todavía, ¿no? Volescu podría haber mentido, podría estar equivocado, simplemente. Tal vez hubiera algún modo de impedirlo. Y aunque no lo hubiera, Bean aún tenía muchos años por delante. Y cómo viviera esos años aún importaba.

Dios crea a los niños que necesita, y los convierte en hombres y mujeres, y luego se los lleva de este mundo a voluntad. Para él toda la vida no es más que un momento. Todo lo que importa es para qué se usa ese momento. Y Bean lo usaría bien. Estaba segura.

O al menos lo esperaba con tal fervor que parecía una certeza.

12
Lista

—Si Wiggin es el que necesitamos, llevémoslo a Eros.

—Todavía no está preparado para la Escuela de Mando. Es prematuro.

—Entonces tenemos que continuar con una de las alternativas.

—Ésa es su decisión.

—¡Nuestra decisión! ¿Qué tenemos que seguir haciendo sino lo que usted nos dice?

—Les he hablado de los otros niños también. Tienen los mismos datos que yo.

—¿Lo tenemos todo?

—¿Lo quieren todo?

—¿Tenemos los datos de todos los niños con puntuaciones y evaluaciones de tan alto nivel?

—No.

—¿Por qué no?

—Algunos de ellos están descartados por varios motivos.

—¿Descartados por quién?

—Por mí.

—¿Según qué criterios?

—Uno de ellos bordea la locura, por ejemplo. Tratamos de encontrar alguna estructura donde sus habilidades sean útiles. Pero no podría soportar el peso del mando completo.

—Es uno nada más.

—Otro debe someterse a una intervención quirúgica que le corregirá un defecto físico.

—¿Es un defecto que limita su habilidad para el mando?

—Limita su habilidad para ser entrenado para el mando.

—Por eso debe someterse a esa operación.

—Va a ser operado por tercera vez. Si sale bien, podría contar para algo. Pero, como usted dice, no habrá tiempo.

—¿Cuántos niños más nos ha ocultado?

—No he ocultado a ninguno. Si quiere decir cuántos no les he enviado como posibles comandantes, la respuesta es ninguno. Excepto aquellos cuyos nombres ya tiene.

—Déjeme adivinar. Oímos rumores sobre uno muy joven.

—Todos son jóvenes.

—Oímos rumores sobre un niño que hace que el chico Wiggin parezca lento.

—Todos tienen fuerzas diferentes.

—Hay quienes quieren que lo releve del mando.

—Si no se me permite seleccionar y entrenar a estos chicos de la forma adecuada, preferiría ser relevado, señor. Considérelo una petición.

—Y una amenaza estúpida. Promociónelos a todos tan rápidamente como pueda. Pero recuerde que también necesitarán estar cierto tiempo en la Escuela de Mando. No nos sirve de nada todo su entrenamiento si no tienen tiempo para recibir el nuestro.

Dimak se reunió con Graff en el centro de control de la sala de batalla. Graff celebraba allí sus reuniones secretas, hasta que pudiera asegurarse de que Bean había crecido lo suficiente para no poder colarse por los conductos. Las salas de batalla contaban con sistemas de ventilación separados.

Graff tenía la consola encendida, y la pantalla mostraba un ensayo.

—¿Ha leído esto? «Problemas de campaña entre sistemas solares separados por años luz.»

—Ha estado circulando bastante por la facultad.

—Pero no está firmado —dijo Graff—. No sabrá quién lo ha escrito, ¿verdad?

—No, señor. ¿Lo escribió usted?

—No soy ningún erudito, Dimak, lo sabe bien. De hecho, lo ha escrito un estudiante.

—¿De la Escuela de Mando?

—Un estudiante de aquí.

En ese momento Dimak comprendió por qué lo habían llamado.

—Bean.

—Seis años. ¡Parece como si fuera obra de un erudito!

—Tendría que haberlo imaginado. Imita la voz de los estrategas que está leyendo. O de sus traductores. Aunque no sé qué sucederá ahora que está leyendo a Frederick y Bulow en el original... francés y alemán. Absorbe los lenguajes y luego los transmite.

—¿Qué le parece este ensayo?

—No sé cómo se las apaña, pero este niño consigue toda la información que quiere. Si puede escribir así con lo que sabe, ¿qué pasaría si se lo contáramos todo? Coronel Graff, ¿por qué no podemos licenciarlo ahora mismo en la Escuela de Batalla, soltarlo como teórico, y luego ver qué escupe?

—Nuestro trabajo no es encontrar teóricos. Ya es demasiado tarde para teorías.

—Pienso... mire, un niño tan pequeño, ¿quién lo seguiría? Aquí no sacamos el máximo partido de él. Pero cuando escribe, nadie sabe lo pequeño que es. Nadie sabe la edad que tiene.

—Entiendo su argumento, pero no vamos a pasar por alto la seguridad, punto.

—¿Acaso él no supone un grave peligro para la seguridad?

—¿Este ratón que corretea entre los conductos?

—No. Creo que ya ha crecido demasiado para eso. Ya no puede hacer esas flexiones laterales. Pensaba que era una amenaza para la seguridad porque dedujo que una flota ofensiva había sido lanzada hacía generaciones, y se preguntaba por qué seguimos entrenando a niños para el mando.

—A partir del análisis de sus trabajos, por las actividades que realiza cuando conecta haciéndose pasar por profesor, creemos que tiene una teoría y que es absolutamente errónea. Pero él cree esta teoría falsa solamente porque no sabe que el ansible existe. ¿Comprende? Porque eso es lo principal que tendríamos que decirle, ¿no?

—Por supuesto.

—Así que ya ve, eso es lo único que no podemos decirle.

—¿Cuál es su teoría?

—Que aquí estamos reuniendo niños para prepararlos para una guerra entre naciones, o entre naciones y la Flota Internacional. Una guerra por tierra, en nuestro planeta.

—¿Por qué querríamos llevar a los niños al espacio y prepararlos para una guerra en la Tierra?

—Piénselo un momento y lo sabrá.

—Porque... porque cuando hayamos eliminado a los fórmicos, probablemente *habrá* un conflicto en tierra. Y, en cuanto a todos los comandantes con talento... la F.I. ya los tendría.

—¿Ve? No podemos permitir que este niño publique nada, ni siquiera dentro de la F.I. No todo el mundo ha renunciado a su lealtad a los grupos de la Tierra.

—Entonces, ¿para qué me ha llamado?

—Porque quiero utilizar a ese niño. Aquí no estamos dirigiendo la guerra, sino una escuela. ¿Leyó su estudio sobre lo poco eficaz que es emplear a oficiales como profesores?

—Sí. Me sentí humillado.

—Esta vez está equivocado, porque no tiene forma de saber lo poco tradicionales que hemos sido siempre con el reclutamiento. Pero tal vez tenga algo de razón. Porque nuestro sistema para determinar la capacidad de los oficiales fue diseñado para producir unos candidatos concretos, conformes a las tendencias válidas para los oficiales mejor considerados durante la Segunda Invasión.

—Ajá.

—¿Ve? Algunos de los mejor considerados eran oficiales que salieron airosos del combate, pero la guerra fue demasiado breve para despejar la maleza. Los oficiales que probaron fueron criticados por Bean en su estudio. Así que...

—Así que tuvo la razón equivocada, pero el resultado acertado.

—Exactamente. Eso nos proporciona pequeños gilipollas como Bonzo Madrid. Ha conocido a oficiales como él, ¿verdad? Entonces, ¿por qué se sorprende de que nuestras pruebas le den el mando de una escuadra aunque no tenga ni idea de qué hacer con él? Toda la vanidad y toda la estupidez de Custer o Hooker o... demonios, elija el incompetente vanidoso que quiera, es la tendencia más común entre los generales.

—¿Puedo citar eso que dice?

—Lo negaré todo. El tema es que Bean ha estado estudiando los dossieres de todos los demás estudiantes. Creemos que los ha estado evaluando según la lealtad hacia su grupo de identidad nativa, y también por su excelencia como comandantes.

—Según *sus* propios criterios de excelencia.

—Necesitamos que Ender consiga el mando de una escuadra. Estamos muy presionados para que nuestros candidatos entren en la Escuela de Mando. Pero si quitamos a uno de los actuales comandantes para hacerle un hueco a Ender, causará demasiado resentimiento.

—Entonces tendrá que darle una nueva escuadra.

—Dragón.

—Aún hay chicos que recuerdan la última Escuadra Dragón.

—Cierto. Me gusta eso. El mal de ojo.

—Comprendo. Quiere darle a Ender un poco de ventaja.

—Con eso sólo logramos empeorar la situación.

—Eso pensaba.

—Tampoco vamos a darle a ningún soldado que no esté ya en la lista de traslados de los otros comandantes.

—¿La escoria? ¿Qué le va a hacer a ese chico?

—Si los escogemos por nuestros criterios, sí, la escoria. Pero nosotros no vamos a escoger a la escuadra de Ender.

—¿Bean?

—Nuestras pruebas carecen de valor, ¿no? Algunos de esos pardillos son los mejores estudiantes, según Bean. Y ha estado estudiando a los novatos. Así que déle una misión. Dígale que resuelva un problema hipotético. Que forme una escuadra sólo con novatos. Tal vez con los soldados de las listas de traslado, también.

—No creo que podamos hacerlo sin decirle que sabemos que ha entrado en los archivos como profesor falso.

—Entonces dígaselo.

—No creerá en nada de lo que descubrió mientras investigaba.

—No encontró nada —dijo Graff—. No tuvimos que plantar nada falso para que lo hallara, porque tenía una teoría falsa, ¿ve? Así que, tanto si piensa que plantamos material o no, continuará engañado y nosotros seguros.

—Parece contar con que comprende su psicología.

—Sor Carlotta asegura que difiere del ADN humano corriente sólo en una zona muy pequeña.

—¿Así que ahora es humano de nuevo?

—¡Tengo que tomar decisiones basándome en *algo*, Dimak!

—¿Entonces el jurado está todavía deliberando su humanidad?

—Déme una lista de la escuadra hipotética que Bean escogería, para que podamos dársela a Ender.

—Se incluirá también él, lo sabe.

—Será mejor que no, o no es tan listo como creemos.

—¿Y Ender? ¿Está preparado?

—Anderson cree que sí —Graff suspiró—. Para Bean, no es más que un juego, porque sobre él no ha recaído todavía ningún peso. Pero Ender... creo que sabe, en el fondo, adónde lleva esto. Creo que ya lo siente.

—Señor, el hecho de que usted sienta ese peso no significa que él también lo sienta.

Graff se echó a reír.

—Va directo al grano, ¿no?

—Bean está ansioso, señor. Si Ender no lo está, ¿por qué no poner la carga donde se desea?

—Si Bean está ansioso, eso demuestra que todavía es demasiado joven. Además, los ansiosos siempre tienen algo que demostrar. Mire a Napoleón. Mire a Hitler. Osados al principio, sí, pero todavía más osados después, cuando tendrían que haber sido cautelosos, retirarse. Patton. César. Alejandro. Siempre extendiéndose, nunca poniendo el punto final. No, es Ender, no Bean. Ender no quiere hacerlo, así que no tendrá nada que demostrar.

—¿Está seguro de que no está eligiendo simplemente al tipo de comandante bajo cuyas órdenes habría querido servir?

—Eso es precisamente lo que estoy haciendo —afirmó Graff—. ¿Se le ocurre un criterio mejor?

—El caso es que no puede dejarlo correr, ¿no? No puede decir cómo fueron las pruebas, sólo que las siguió. Las puntuaciones. Lo que sea.

—No puedo dirigir esto como una máquina.

—Por eso no quiere a Bean, ¿verdad? Porque lo fabricaron, como a una máquina.

—No me analizo a mí mismo. Los analizo a *ellos*.

—Entonces, si ganamos, ¿quién gana realmente la guerra? ¿El comandante que ha elegido? ¿O usted, por elegirlo?

—El Triunvirato, por confiar en mí. A su modo. Pero si perdemos...

—Bueno, entonces será claramente usted.

—Todos estaremos muertos entonces. ¿Qué harán? ¿Matarme primero? ¿O dejarme el último para que pueda contemplar las consecuencias de mi error?

—Pero Ender... Quiero decir, si es él. No dirá que es

usted. Lo aceptará todo sobre sus hombros. No el crédito de la victoria, sino la vergüenza del fracaso.

—Ganemos o perdamos, el chico lo va a pasar fatal.

Bean recibió la orden durante el almuerzo. Se presentó de inmediato en la habitación de Dimak.

Encontró a su profesor sentado ante su consola, leyendo algo. La luz estaba colocada de forma que Bean no podía leerlo por el resplandor.

—Siéntate.

Bean dio un salto y se sentó en la cama de Dimak, las piernas colgando.

—Déjame que te lea algo —dijo Dimak—. «No hay fortificaciones, ni santabárbaras, ni puntos fuertes... En el sistema solar enemigo, no se podrá vivir de la Tierra, puesto que sólo será posible acceder a los planetas habitables después de una victoria absoluta... Las líneas de suministro no son un problema, ya que no hay ninguna que proteger, pero el coste de eso es que todos los suministros y pertrechos deben ser llevados por la flota invasora... En efecto, todas las flotas de invasión interestelar son ataques suicidas, porque la dilación temporal significa que aunque una flota regrese intacta, casi nadie que conozcan seguirá con vida. No pueden regresar nunca, y por eso deben asegurarse de que su flota es suficiente para resultar decisiva y, en consecuencia, el sacrificio merezca la pena... Las fuerzas de sexo mixto permiten que el ejécito se convierta en una colonia permanente, una fuerza de ocupación en el planeta enemigo capturado, o ambas cosas.»

Bean escuchó complaciente. Lo había dejado en su consola para que ellos lo encontraran, y así había sido, en efecto.

—Escribiste esto, Bean, pero no se lo enviaste a nadie.

—Nunca hubo un trabajo en el que encajara.

—No pareces sorprendido de que lo hayamos encontrado.

—Doy por hecho de que revisan por rutina nuestras consolas.

—¿Igual que tú haces con las nuestras?

Bean sintió que su estómago se retorcía de temor. Lo sabían.

—Muy astuto, llamar «Graff» a tu contacto falso con una careta delante.

Bean permaneció en silencio.

—Has estado examinando los archivos de todos los demás estudiantes. ¿Por qué?

—Quería conocerlos. Sólo me he hecho amigo de unos cuantos.

—E íntimo de ninguno.

—Soy pequeño y más listo que ellos. Nadie se me acerca.

—Así que usas sus archivos para saber más sobre ellos. ¿Por qué sientes la necesidad de comprenderlos?

—Algún día estaré al mando de una de esas escuadras.

—Entonces ya habrá tiempo de sobra para conocer a tus soldados.

—No, señor —dijo Bean—. No habrá tiempo.

—¿Por qué dices eso?

—Por la forma en que he sido ascendido. Y Wiggin. Somos los dos mejores estudiantes de la escuela, y estamos en medio de una carrera. No voy a tener mucho tiempo cuando ingrese en una escuadra.

—Bean, sé realista. Va a pasar mucho tiempo antes de que nadie esté dispuesto a seguirte a la batalla.

Bean no dijo nada. Sabía que eso era falso, aunque Dimak no lo supiera.

—Veamos hasta qué punto es válido tu análisis. Déjame asignarte un trabajo.

—¿Para qué clase?

—Para ninguna clase, Bean. Quiero que crees una escuadra hipotética. Elabora una lista entera sólo con novatos, el complemento de cuarenta y un soldados.

—¿Ningún veterano?

Bean formuló la pregunta con tono neutro, tan sólo para asegurarse de que comprendía las reglas. Pero Dimak pareció tomárselo como una crítica al sistema.

—No, puedes incluir veteranos que estén en la lista de traslados a petición de sus comandantes. De este modo, dispondrás de algunos soldados con experiencia.

Los que rechazaban todos los comandantes. Algunos eran unos verdaderos perdedores, pero otros eran todo lo contrario.

—Bien —accedió Bean.

—¿Cuánto tiempo piensas que te llevará?

Bean ya había elegido a una docena.

—Puedo darle la lista ahora mismo.

—Quiero que lo pienses seriamente.

—Ya lo he hecho. Pero tiene que responderme a un par de preguntas primero. Usted ha dicho cuarenta y un soldados, pero eso incluiría al comandante.

—Muy bien, cuarenta, y deja al comandante en blanco.

—Y la segunda pregunta: ¿puedo comandar la escuadra?

—Puedes escribirlo así, si quieres.

Pero, ante el desinterés de Dimak, Bean supo que el ejército no era para él.

—Esta escuadra es para Wiggin, ¿verdad?

Dimak se lo quedó mirando.

—Es sólo una posibilidad.

—Sí, Wiggin definitivamente —dijo Bean—. No pueden quitarle a nadie el mando y hacerle sitio, así que le van a dar a Wiggin una escuadra nueva. Apuesto a que es la Dragón.

Dimak se sorprendió, aunque trató de ocultarlo.

—No se preocupe —dijo Bean—. Le daré la mejor escuadra que se pueda formar, de acuerdo con esas normas.

—¡He dicho que sólo era una posibilidad!

—¿Cree que no me daré cuenta cuando me encuentre en la escuadra de Wiggin, junto con todos los que había anotado en mi lista?

—¡Nadie ha dicho que fuéramos a seguir tu lista!

—La seguirán. Porque lo haré bien y usted lo sabe —declaró Bean—. Y puedo prometerle que será una escuadra magnífica. Con Wiggin entrenándonos, daremos leña.

—Haz este trabajo hipotético, y no se lo digas a nadie. Jamás.

Eso era una despedida, pero Bean no quería retirarse todavía. Habían acudido a él. Planeaban que él se encargara de su trabajo. Y él deseaba decir su palabra mientras aún lo escucharan.

—El motivo de que esta escuadra pueda ser tan buena es porque su sistema ha promocionado a un montón de niños equivocados. Casi la mitad de los mejores niños de esta escuela son novatos o se encuentran en las listas de traslado, porque son los que no han sido maltratados por los matones idiotas que ponen al mando de los ejércitos o los pelotones. Esos marginados y los niños pequeños son los que pueden ganar. Wiggin lo descubrirá. Sabrá cómo utilizarnos.

—¡Bean, no eres tan listo en todo como te crees que eres!

—Sí que lo soy, señor —aseveró Bean—. O no me

habrían encargado esta misión. ¿Puedo retirarme? ¿O quiere que le dé la lista ahora?

—Puedes retirarte —dijo Dimak.

Probablemente no tendría que haberlo provocado, pensó Bean. Ahora es posible que altere mi lista para demostrar que puede hacerlo. Pero no es de esa clase de hombres. Si no tengo razón en eso, no tengo razón en nada más tampoco.

Además, le sentaba bien decir la verdad delante del poder.

Después de trabajar un rato en la lista, Bean se alegró de que Dimak no hubiera aceptado su alocada oferta de elaborarla en el acto. Porque no era sólo cuestión de nombrar a los cuarenta mejores soldados entre los novatos y los que estaban en lista de traslado.

Wiggin no tardaría mucho en estar al mando, y a los niños mayores les costaría aceptarlo; deberían ponerse a las órdenes de un crío. Así que tachó de la lista a todos los que eran mayores que Wiggin.

Eso lo dejó con casi sesenta niños que eran lo bastante buenos para formar parte de la escuadra. Bean los estaba poniendo en orden de valor cuando se dio cuenta de que estaba a punto de cometer otro error. Unos pocos de esos niños estaban en los grupos de novatos y soldados que practicaban con Wiggin durante el tiempo libre. Wiggin conocería mejor a esos niños, y naturalmente se encargaría de que fueran los jefes de su batallón. El núcleo de su ejército.

El problema era que, mientras un par de ellos serían buenos soldados, confiar en ese grupo significaría dejar a un lado a otros que estaban excluidos de él. Incluido Bean.

Entonces no me elegirá para que lidere un batallón. No va a elegirme de todas formas, ¿no? Soy demasiado pequeño. No vería a un jefe, al mirarme.

¿Todo esto gira sobre mí, entonces? ¿Acaso estoy corrompiendo el proceso sólo para darme una oportunidad de mostrar lo que puedo hacer?

Y de ser así, ¿qué tiene de malo? Sé lo que puedo hacer, y nadie más se da cuenta. Los profesores piensan que soy un erudito, saben que soy listo, confían en mi juicio, pero no están creando esta escuadra para mí, sino para Wiggin. Por tanto, todavía tengo que demostrarles lo que puedo hacer. Y si realmente soy uno de los mejores, revelarlo lo más rápidamente posible sólo podría beneficiar el programa.

Entonces Bean pensó: ¿Es así como los idiotas racionalizan su estupidez ante sí mismos?

—Hola, Bean —dijo Nikolai.

—Hola —dijo Bean. Pasó una mano sobre su consola, borrando la pantalla—. Cuéntame.

—No hay nada que contar. Parecías cabreado.

—Estaba haciendo un trabajo.

Nikolai se echó a reír.

—Nunca te tomas tan en serio los trabajos de clase. Lees un ratito y luego tecleas otro rato. Como si no fuera nada. Esto no es un trabajo cualquiera.

—Un trabajo extra.

—Es difícil, ¿eh?

—No mucho.

—Lamento interrumpirte. Pensé que algo iba mal. Tal vez una carta de casa.

Los dos se rieron ante eso. No solían recibir muchas cartas, allí. Una cada pocos meses, era lo máximo. Y las cartas estaban vacías cuando llegaban. Algunos nunca recibían correo. Bean era uno de ellos, y Nikolai sabía por qué. No era un secreto, pero Nikolai fue el único que se dio cuenta y el único que preguntó en su día.

—¿No tienes familia? —preguntó.

—Con las familias que tienen algunos, tal vez pueda considerarme afortunado —respondió Bean, y Nikolai estuvo de acuerdo.

—Pero no la mía. Ojalá tuvieras unos padres como los míos.

Entonces le contó que era hijo único, pero que sus padres habían pasado lo suyo para tenerlo.

—Lo hicieron por medio de cirugía, fertilizaron cinco o seis óvulos, luego duplicaron los más sanos unas cuantas veces más, y finalmente me escogieron. Crecí como si fuera a ser rey o el Dalai Lama o algo así. Y entonces un día la F.I. va y les dice: le necesitamos. Lo más duro que mis padres han hecho jamás fue acceder a su petición. Pero yo les dije ¿y si soy el próximo Mazer Rackham? Y me dejaron ir.

Eso se lo había confesado hacía unos meses, y todavía no se lo había dicho a nadie más. Los niños no hablaban mucho sobre casa. Nikolai no contaba cosas de su familia a nadie más, sólo a Bean. Y a cambio, Bean le hablaba de la vida en las calles. No le daba muchos detalles, porque entonces parecería que buscaba su compasión o que trataba de hacerse el duro. Pero mencionó cómo se organizaron en una familia. Habló de cómo era la banda de Poke, que luego se convirtió en la familia de Aquiles, y de cómo lograron entrar en un comedor de caridad. Entonces Bean esperó a ver cuánto de su historia empezaba a circular por ahí.

No circuló nada. Nikolai nunca le contó ni una palabra a nadie. Fue entonces cuando Bean estuvo seguro de que merecía la pena tener a Nikolai por amigo. Se guardaba las cosas para sí aunque uno no se lo pidiera.

Mientras tanto, Bean no descuidaba la lista de esa gran escuadra, y Nikolai no dejaba de preguntarle qué hacía. Dimak le había dicho que no se lo contara a nadie, pero Nikolai sabía guardar un secreto. ¿Qué daño podía hacer?

Sin embargo, Bean cayó en la cuenta que saberlo no ayudaría en nada a Nikolai. Estuviera en la Escuadra Dragón o no. Si no estaba, sabría que Bean no lo había incluido allí. Si estaba, sería peor, porque se preguntaría si Bean lo había anotado en la lista por amistad en vez de por sus cualidades.

Además, Nikolai no debería estar en la Escuadra Dragón. Bean lo apreciaba y confiaba en él, pero Nikolai no se contaba entre los mejores novatos. Era listo, era rápido, era bueno... pero no destacaba de un modo especial.

Aunque para Bean sí era especial.

—Era una carta de tus padres —dijo Bean—. Han dejado de escribirte, les gusto yo más.

—Sí, y el Vaticano va a trasladarse a La Meca.

—Y yo voy a ser nombrado Polemarca.

—No *jeito* —dijo Nikolai—. Eres demasiado alto, bicho —añadió, recogiendo su consola—. No puedo ayudarte con tu tarea esta noche, Bean, así que por favor no me lo pidas.

Se tumbó en su cama y empezó a jugar al juego de fantasía.

Bean se acostó también. Recuperó la pantalla y empezó a discurrir de nuevo sobre la elección de los nombres. Si eliminaba a todos los niños que habían estado haciendo prácticas con Wiggin, ¿cuántos de los buenos quedarían? Quince veteranos de las listas de traslado. Veintidós novatos, incluyendo a Bean.

¿Por qué no habían tomado parte esos novatos en las

prácticas de tiempo libre de Wiggin? Los veteranos ya tenían problemas con sus comandantes, no estaban dispuestos a enfrentarse más a ellos, así que tenía sentido que no hubieran intervenido. Pero estos novatos, ¿acaso no eran ambiciosos? ¿O seguían las normas, y trataban de entregarse al máximo en clase en vez de comprender que la sala de batalla lo era todo? Bean no podía reprochárselo: también él había tardado en comprenderlo. ¿Tanto confiaban en sus propias habilidades que no necesitaban la preparación extra? ¿O eran tan arrogantes que no querían que nadie pensara que debían su éxito a Ender Wiggin? ¿O tan tímidos que...?

No. No podría dilucidar sus motivos. De todas formas, eran demasiado complejos. Eran listos, con buenas evaluaciones... buenos según la valoración de Bean, no necesariamente la de los profesores. Eso era todo lo que necesitaba saber. Si le daba a Wiggin una escuadra sin un solo niño con los que hubiera trabajado en las prácticas, entonces todos los miembros de la escuadra serían iguales a sus ojos. Lo que significaba que Bean tendría la misma posibilidad que cualquiera de llamar la atención de Wiggin y tal vez el mando de un batallón. Si no podían competir con Bean por ese puesto, entonces peor para ellos.

Pero eso le dejaba con treinta y siete nombres en la lista. Tres huecos más que llenar.

Volvió atrás e incluyó a un par más. En el último momento, decidió incluir a Crazy Tom, un veterano que tenía el envidiable récord de ser el soldado más trasladado de la historia al que no habían enviado a casa. Hasta ahora. La cosa era que Crazy Tom era realmente bueno. Era muy perpicaz. Pero no podía soportar que alguien por encima de él fuera estúpido e injusto. Y cuando se disgustaba, realmente se dejaba llevar. Gritaba, arrojaba objetos; una vez hasta arrancó las sábanas de todas las camas de su barracón, y en otra ocasión escribió un mensaje diciendo lo idiota que era su comandante y lo envió a todos los estudiantes de la escuela. Unos cuantos lo pillaron antes de que los profesores lo interceptaran, y dijeron que era la barbaridad más fuerte que habían leído en la vida. Crazy Tom. Podía ser un agitador, pero tal vez esperaba al comandante adecuado. Ya estaba anotado.

Luego estaba una chica, Wu. Era brillante en sus estudios, sin duda genial en los videojuegos, pero rechazó la oferta de ser jefe de batallón en cuanto sus comandantes se lo pidieron, solicitó constar en la lista de traslados y se negó a luchar hasta que se salió con la suya. Una chica extraña. Bean no tenía ni idea de por qué actuó de esa forma: los profesores se quedaron también anonadados. No había nada en sus pruebas que indicara por qué. Qué demonios, pensó Bean. Y la apuntó.

Le faltaba sólo un nombre.

Tecleó el nombre de Nikolai.

¿Le estaba haciendo un favor? No era malo, sólo un poco más lento que esos niños, un poco menos agresivo. Sería duro para él. Y si lo dejaban fuera, no le importaría. Lo haría lo mejor que supiera en cualquier escuadra a donde lo mandaran.

Sin embargo... la Escuadra Dragón iba a ser una leyenda. No sólo allí en la Escuela de Batalla. Esos niños iban a ser líderes en la Flota Internacional. O en alguna parte, al menos. Y contarían historias de cuando estaban en la Escuadra Dragón con el gran Ender Wiggin. Y si incluía a Nikolai, aunque no fuera el mejor de los soldados, aunque de hecho fuera el más lento, seguiría estando ahí, seguiría pudiendo contar esas historias algún día. Y no era malo. No se pondría en ridículo. No le restaría mérito a la escuadra. Lo haría bien. ¿Por qué no?

Y lo quiero conmigo. Es el único con el que he hablado. Sobre cosas personales. El único que conoce el nombre de Poke. Lo quiero. Y sobra un hueco en la lista.

Bean repasó la lista una vez más. Entonces distribuyó los nombres por orden alfabético y se la envió a Dimak.

A la mañana siguiente, Bean, Nikolai y otros tres niños de su grupo de novatos fueron asignados a la Escuadra Dragón. Meses antes de lo debido. Los niños que no habían sido elegidos estaban nerviosos, heridos, furiosos. Sobre todo cuando advirtieron que Bean era uno de los elegidos.

—¿Diseñan uniformes refulgentes de esta talla?

Era una buena pregunta. Y la respuesta era que no. Los colores de la Escuadra Dragón eran gris naranja gris. Como los soldados eran mucho mayores que Bean cuando llegaron, tuvieron que fabricar un traje especial para Bean, y no lo hicieron demasiado bien. Los trajes refulgentes no se fabricaban en el espacio, y nadie tenía las herramientas necesarias para realizar una alteración de primera fila.

Cuando finalmente consiguió que el traje se le adaptara, lo llevó al barracón de la Escuadra Dragón. Como habían tardado tanto en ajustárselo, fue el último en llegar. Wiggin llegó a la puerta justo cuando Bean entraba.

—Adelante —dijo Wiggin.

Era la primera vez que Wiggin le hablaba. Por lo que sabía Bean, era la primera vez que Wiggin reparaba en su existencia. Había ocultado tan a conciencia su fascinación por Wiggin que se había vuelto invisible.

Wiggin lo siguió a la habitación. Bean empezó a recorrer el pasillo entre camastros, en dirección al fondo, donde siempre dormían los soldados más jóvenes. Miró a los otros niños, que lo observaban con una mezcla de horror y diversión. ¿En qué clase de escuadra les habían metido, si ese enano formaba parte de ella?

Tras él, Wiggin iniciaba su primer discurso. Voz segura, lo suficientemente fuerte pero sin gritar, nada de nervios.

—Soy Ender Wiggin. Soy vuestro comandante. Los camastros se distribuirán según la veteranía.

Algunos de los novatos gruñeron.

—Los veteranos al fondo de la habitación, los soldados más nuevos delante.

Los gruñidos cesaron. Era todo lo contrario a lo que estaban acostumbrados. Wiggin ya había empezado a imponer sus leyes. Cada vez que entrara en el barracón, los niños que estarían más cerca de él serían los nuevos. En vez de perderse en el montón, tendrían siempre su atención.

Bean se dio la vuelta y se dirigió a la parte delantera de la sala. Seguía siendo el niño más joven de la Escuela de Batalla, pero cinco de los soldados pertenecían a los grupos de novatos recién llegados, así que ocuparon los puestos más cercanos a la puerta. Bean ocupó un camastro superior justo enfrente de Nikolai, que tenía la misma veteranía, al pertenecer a su mismo grupo de reclutas.

Bean se encaramó a su cama, molesto con su traje refulgente, y colocó la palma sobre la taquilla. No sucedió nada.

—Los que estáis en una escuadra por primera vez —dijo Wiggin—, abrid la taquilla a mano. No hay cerrojos. No hay intimidad.

Con dificultad, Bean se quitó su traje refulgente para guardarlo en la taquilla.

Wiggin caminó entre los camastros, asegurándose de que respetaban la veteranía. Entonces corrió al frente de la habitación.

—Muy bien, todo el mundo. Poneos los trajes y vamos a hacer prácticas.

Bean lo miró, exasperado por completo. Wiggin lo había estado mirando directamente cuando empezó a quitarse el traje. ¿Por qué no le sugirió que no se quitara el maldito uniforme?

—Estamos en el horario de la mañana —continuó Wiggin—. Derecho a las prácticas después de desayunar. Según el reglamento, tenéis una hora libre entre el desayuno y las prácticas. Veremos qué sucede en cuanto haya averiguado lo buenos que sois.

La verdad era que Bean se sentía como un idiota. Claro que Wiggin se dirigiría a las prácticas de inmediato. No tendría que haberle advertido que no se quitara el traje. Bean tendría que haberlo *sabido*.

Lanzó al suelo las piezas del traje y se deslizó por el armazón del camastro. Un montón de niños charlaban, tirándose ropas unos a otros, jugando con sus armas. Bean trató de ajustarse el traje, pero no pudo deducir cómo encajaban algunos cierres. Tuvo que quitarse varias piezas y examinarlas para ver cómo encajaban, y finalmente se rindió, se lo quitó todo, y empezó a montarlo en el suelo.

Wiggin, sin preocuparse, miró su reloj. Al parecer disponían de tres minutos.

—¡Muy bien, todo el mundo fuera, ahora! ¡En marcha!

—¡Pero estoy desnudo! —dijo un niño. Anwar, de Ecuador, hijo de emigrantes egipcios. Bean se acordó fugazmente de su dossier.

—Vístete más rápido la próxima vez.

Bean también estaba desnudo. Aún más, Wiggin estaba allí de pie, viéndole batallar con su traje. Podría haberle ayudado. Podría haber esperado. ¿Qué es lo que me espera?

—Tres minutos desde la primera llamada hasta la salida por la puerta... ésa es la norma esta semana —informó Wiggin—. La semana que viene la norma serán dos minutos. ¡Moveos!

En el pasillo, los niños que estaban disfrutando de su tiempo libre o se dirigían a clase se detuvieron a ver pasar el desfile de uniformes desconocidos de la Escuadra Dragón. Y para burlarse de los que eran aún más raros.

Una cosa estaba clara: Bean iba a tener que practicar para vestirse con su traje si quería evitar correr desnudo por los pasillos. Y si Wiggin no hizo ninguna excepción para él el primer día, cuando acababa de recibir su traje refulgente no reglamentario, desde luego que Bean no iba a pedirle ningún favor especial.

Él había elegido formar parte de esa escuadra, se recordó Bean mientras corría, tratando de impedir que las prendas del uniforme se le escabulleran de las manos.

CUARTA PARTE

SOLDADO

13
Escuadra Dragón

—Necesito tener acceso a la información genética de Bean.

—Eso no es posible —dijo Graff.

—Y yo que pensaba que mi permiso de seguridad me abriría cualquier puerta.

—Inventamos una nueva categoría de seguridad, llamada «No para sor Carlotta». No queremos que comparta la información genética de Bean con nadie más. Y ya planeaba ponerla en otras manos, ¿no?

—Sólo para realizar una prueba. Entonces... tendrán que realizarla ustedes por mí. Quiero comparar el ADN de Bean con el de Volescu.

—Creí que me había dicho que Volescu era la fuente del ADN clonado.

—He estado pensando en eso desde que se lo dije, coronel Graff, ¿y sabe una cosa? Bean no se parece a Volescu. Tampoco puedo ver cómo podría crecer para convertirse en él.

—Tal vez la diferencia de crecimiento haga que parezca también distinto.

—Tal vez. Pero también es posible que Volescu esté mintiendo. Es un hombre vanidoso.

—¿Mintiendo en todo?

—No, sólo mintiendo en algo. Sobre la paternidad, muy posiblemente. Y si está mintiendo en eso...

—¿Entonces quizás el diagnóstico sobre el futuro de Bean no sea tan negro? ¿Cree que no lo hemos comprobado ya con nuestros especialistas? Volescu no mentía sobre eso, al menos. Es muy probable que la clave de Anton se ajuste a su descripción.

—Por favor. Hagan la prueba y díganme los resultados.

—Porque no quiere usted que Bean sea hijo de Volescu.

—No quiero que Bean sea gemelo de Volescu. Y creo que usted tampoco.

—Buen argumento. De todos modos, ha de saber que el chico es algo vanidoso.

—Cuando se es tan dotado como Bean, la seguridad en uno mismo parece vanidad a los demás.

—Sí, pero no tiene que refregarla por la cara, ¿no?

—Oh, vaya. ¿Ha resultado herido el ego de alguien?

—El mío no. Todavía. Pero uno de sus profesores se siente un poco dolorido.

—Me he dado cuenta de que ya no me dice que falsifiqué sus puntuaciones.

—Sí, sor Carlotta, tuvo usted razón todo el tiempo. Se merece estar aquí. Y aquí está... Bueno, digamos que acertó usted la lotería después de tantos años de búsqueda.

—Es la lotería de la humanidad.

—Dije que mereció la pena traerlo aquí, no que sea el que nos llevará a la victoria. La ruleta sigue girando. Y he apostado mi dinero a otro número.

Subir la escalera mientras se sostenía un traje refulgente no era práctico, así que Wiggin hizo que los que ya estaban vestidos corrieran por el pasillo arriba y abajo, calentando, mientras que Bean y los otros niños desnudos o semivestidos acabaran de ponerse la ropa. Nikolai ayudó a Bean a abrochar su traje; a Bean le humillaba necesitar ayuda, pero habría sido peor ser el último en acabar: el mocoso de turno que retrasa a todo el grupo. Gracias a la ayuda de Nikolai, no fue el último.

—Gracias.

—*Niadequé*.

Momentos después, subían la escalera hasta el nivel de la sala de batalla. Wiggin los llevó a todos hasta la puerta superior, la que abría justo en el centro de la pared de la sala. La que se usaba para entrar cuando había una batalla en marcha. Había asideros en los lados, el techo y el suelo, para que de esa forma los estudiantes pudieran revolverse y lanzarse en un entorno de gravedad cero. Se contaba que la gravedad era más baja en la sala de batalla porque estaba más cerca del centro de la estación, pero Bean sabía que era falso. En ese caso habría fuerza centrífuga en las puertas y un pronunciado efecto Coriolis. En cambio, las salas de batalla estaban completamente ingrávidas. Para Bean, eso significaba que la F.I. disponía de un aparato que bloqueaba la gravedad o, más probablemente, producía gravedad falsa perfectamente equilibrada para contrarrestar el Coriolis y las fuerzas centrífugas, empezando exactamente por la puerta. Era una tecnología sorprendente, y nunca se hablaba de ella dentro de la F.I.; de hecho, no se trataba al menos en la bibliografía disponible para los alumnos de la Escuela de Batalla. Además, fuera se desconocía por completo.

Wiggin los dividió en cuatro filas por el pasillo y les ordenó que saltaran y emplearan los asideros del techo para entrar en la sala.

—Reuníos en la pared del fondo, como si os dirigiérais a la puerta del enemigo.

Para los veteranos eso significaba algo. Para los novatos, que nunca habían estado en una batalla ni tampoco habían entrado por la puerta superior, no significaba absolutamente nada.

—Corred hacia arriba y entrad de cuatro en cuatro cuando yo abra la puerta, un grupo por segundo.

Wiggin se dirigió a la parte trasera del grupo y, usando su gancho, un controlador pegado al interior de su muñeca y curvado para encajar en su mano izquierda, hizo que la puerta, que antes parecía bastante sólida, desapareciera.

—¡Vamos!

Los primeros cuatro niños empezaron a correr hacia la puerta.

—¡Vamos!

El siguiente grupo empezó a correr antes de que el primero la alcanzara siquiera. A la mínima vacilación se produciría un choque.

—¡Vamos!

El primer grupo saltó y giró con diversos grados de torpeza y en varias direcciones.

—¡Vamos!

Los grupos posteriores aprendieron, o lo intentaron, a partir de la torpeza que demostraron los primeros.

—¡Vamos!

Bean estaba al final de la fila, en el último grupo. Wiggin le puso una mano en el hombro.

—Puedes usar un asidero lateral si quieres.

Qué bien, pensó Bean. Ahora decides tratarme como a un bebé. No porque el maldito traje no me esté bien, sino sólo porque soy pequeño.

—Ni hablar —replicó Bean.

—¡Vamos!

Bean siguió el ritmo de los otros tres, aunque eso significara mover las piernas el doble de rápido, y cuando se acercó a la puerta dio un salto, tocó el asidero del techo con los dedos al pasar, y se perdió en el interior de la sala sin ningún control, girando en tres mareantes direcciones a la vez.

Pero lo cierto es que no esperaba hacerlo mejor, y en vez de luchar contra el giro, se calmó y ejecutó su rutina antináuseas, relajándose hasta que alcanzó una pared y tuvo que prepararse para el impacto. No aterrizó cerca de uno de los asideros y tampoco se encontraba de la forma correcta para agarrarse a nada. Así que rebotó, pero esta vez voló con un poco más de estabilidad, y acabó en el techo muy cerca de la pared del fondo. Tardó menos tiempo que algunos en llegar al sitio donde los demás se congregaban, alineados a lo largo del suelo bajo la puerta central de la pared del fondo: la puerta enemiga.

Wiggin voló tranquilamente por los aires. Como tenía un garfio, durante las prácticas podía maniobrar en el aire de maneras que a los soldados les resultaba imposible; sin embargo, durante la batalla, el garfio sería inútil, así que los comandantes tenían que asegurarse de que sabían moverse sin el control extra que proporcionaba. Bean advirtió con alegría que Wiggin no parecía utilizar el garfio para nada. Navegó de lado; luego agarró un asidero del suelo a unos diez pasos de la pared del fondo y se quedó colgando en el aire. Boca abajo.

Tras fijar su mirada en uno de ellos, Wiggin exigió:

—¿Por qué estás boca abajo, soldado?

Inmediatamente, algunos de los otros soldados empezaron a ponerse boca abajo como Wiggin.

—¡Atención! —ladró Wiggin. Todo movimiento cesó—. ¡He preguntado por qué estás boca abajo!

A Bean le sorprendió que el soldado no respondiera. ¿Había olvidado lo que hizo el profesor de la lanzadera cuando venían de camino? ¿La desorientación deliberada? ¿O era algo que sólo hacía Dimak?

—¡Pregunto por qué todos vosotros tenéis los pies en el aire y la cabeza hacia el suelo!

Wiggin no miró a Bean en particular, y ésa era una pregunta que Bean no quería responder. No podía saber qué respuesta en concreto buscaba Wiggin, ¿así que por qué abrir la boca sólo para cerrarla?

Fue un chico llamado Shame (la abreviatura de Seamus) quien habló por fin.

—Señor, ésta es la dirección en la que entramos por la puerta.

Buen trabajo, pensó Bean. Mejor que algún estúpido argumento de que no había ni arriba ni abajo en gravedad cero.

—¿Y qué diferencia hay? ¿Qué diferencia hay con la gravedad del pasillo? ¿Vamos a luchar en el pasillo? ¿Hay gravedad aquí?

No, señor, murmuraron todos.

—A partir de ahora, olvidaos de la gravedad cada vez que entréis por esa puerta. La gravedad se ha acabado, ha desaprecido. ¿Me entendéis? Sea cual sea vuestra gravedad cuando entréis por la puerta, recordad: la puerta del enemigo es *abajo*. Arriba está vuestra propia puerta. El norte está por ahí —señaló hacia lo que había sido el techo—, el sur está por ahí, el este es eso, el oeste está... ¿por donde?

Ellos señalaron.

—Eso es lo que esperaba —dijo Wiggin—. El único proceso que habéis dominado es el de eliminación, y el único motivo que lo explica es porque podéis hacerlo en el baño.

Bean observó, divertido. Así que Wiggin suscribía la escuela de entrenamiento básico sois-tan-estúpidosque-me-necesitáis-para-que-os-limpie-el-culo. Bueno, tal vez era necesario. Uno de los rituales del entrenamiento. Aburrido de muerte, pero... privilegio del comandante.

Wiggin miró a Bean, pero sus ojos siguieron moviéndose.

—¡Qué circo he visto ahí fuera! ¿Llamáis a eso formar filas? ¿Llamáis a eso volar? Muy bien, saltad todos y formad en el techo. ¡Ahora mismo! ¡Moveos!

Bean sabía cuál era la trampa y se abalanzó hacia la pared por la que acababan de entrar antes de que Wiggin terminara de hablar siquiera. La mayoría de los otros niños también comprendieron cuál era la prueba, pero bastantes de ellos se lanzaron en la dirección equivocada: hacia la dirección que Ender había llamado norte en vez de la que había identificado como *arriba*. Esa vez Bean llegó por casualidad cerca de un asidero, y lo agarró con sorprendente facilidad. Lo había hecho antes en las prácticas de su grupo de salto, pero era tan pequeño que, al contrario de los demás, era bastante posible que aterrizara en un sitio donde no hubiera ningún asidero a su alcance. Sin lugar a dudas, tener los brazos cortos era una pega en la sala de batalla. En tramos cortos podía apuntar hacia un asidero y llegar con cierta precisión, pero saltando de un lado a otro tenía pocas esperanzas de lograrlo. Así que le pareció bien que esta vez, al menos, no pareciera un zopenco. De hecho, al haberse lanzado el primero, llegó el primero también.

Bean se dio la vuelta y vio que los que habían metido la pata tenían que hacer el largo y embarazoso segundo salto para reunirse con el resto de la escuadra. Se sorprendió un poco de quiénes eran algunos de los patosos. No prestar atención los podía convertir a todos en payasos, pensó.

Wiggin lo observaba de nuevo, y esta vez con conocimiento de causa.

—¡Tú! —exclamó Wiggin, mientras lo señalaba—. ¿Dónde es abajo?

Pero ¿no acababan de verlo?

—Hacia la puerta enemiga.

—¿Nombre, chico?

Venga ya, ¿de verdad que Wiggin no sabía quién era el niño bajito con las mejores notas de toda la maldita escuela? Bueno, si vamos a jugar al sargento duro y al recluta patoso, será mejor que siga el guión.

—El nombre de este soldado es Bean, señor.

—¿Te llaman así por tu tamaño o por tu cerebro?

Algunos de los otros soldados se rieron. Pero no muchos. Ellos sí conocían la reputación de Bean. Para ellos ya no resultaba divertido que fuera tan pequeño: era embarazoso que un niño tan chico pudiera obtener notas perfectas en las pruebas donde había preguntas que ellos ni siquiera comprendían.

—Bien, Bean, tienes razón en dos cosas —Wiggin incluyó ahora a todo el grupo mientras se enzarzaba en una filípica sobre cómo atravesar la puerta con los pies por delante te convertía en un blanco mucho más pequeño para el enemigo. De este modo, le resultaba más difícil alcanzarte y congelarte—. ¿Qué sucede cuando te congelan?

—No puedes moverte —respondió alguien.

—Eso es lo que significa congelado —dijo Wiggin—. Pero ¿qué es lo que te ocurre?

En opinión de Bean, Wiggin no había planteado la pregunta con suficiente claridad, y no tenía sentido prolongar la agonía mientras los demás lo descubrían. Así que habló.

—Continúas en la dirección con la que empezaste. A la velocidad a la que ibas cuando te alcanzaron.

—Eso es —dijo Wiggin—. ¡Vosotros cinco, los del fondo, moveos!

Señaló a cinco soldados, quienes pasaron tanto rato mirándose unos a otros para asegurarse qué cinco eran que Wiggin tuvo tiempo de dispararles a todos, congelándolos en su sitio. Durante las prácticas, tardabas unos minutos en descongelarte, a menos que el comandante utilizara su gancho para descongelarlos antes.

—¡Los otros cinco, moveos!

Siete niños se movieron de inmediato: no hubo tiempo para contar. Wiggin les disparó tan rápido como a los de antes, pero como ya se habían lanzado, siguieron moviéndose a buen ritmo hacia las paredes a las que se dirigían.

Los primeros cinco flotaban en el aire cerca del lugar donde habían sido congelados.

—Mirad a esos supuestos soldados. Su comandante les ordenó que se movieran, y miradlos ahora. No sólo están congelados, sino que están congelados aquí mismo, donde pueden ponerse en medio. Mientras que los demás, porque se movieron cuando se les ordenó, están congelados ahí abajo, entorpeciendo el movimento enemigo, bloqueando su visión. Imagino que unos cinco de vosotros habréis comprendido el argumento.

Todos lo comprendemos, Wiggin, pensó Bean. No es que traigan a nadie estúpido a la Escuela de Batalla. No puedes decir que no te haya escogido a la mejor escuadra posible.

—Y sin duda Bean es uno de ellos. ¿Verdad, Bean?

Bean apenas podía creer que Wiggin lo señalara *otra vez.*

Me está utilizando para avergonzar a los demás sólo porque soy pequeño. El pequeñajo sabe las respuestas, así que por qué vosotros no, grandullones.

Pero claro, Wiggin no se da cuenta todavía. Cree que tiene una escuadra de novatos incompetentes y rechazados. No ha tenido una oportunidad de ver que cuenta con un grupo selecto. Así que piensa que soy el más ridículo de tan triste patulea. Ha descubierto que no soy idiota, pero sigue dando por hecho que los otros lo son.

Wiggin mantenía los ojos fijos en él. Ah, sí, le había formulado una pregunta.

—Verdad, señor —dijo Bean.

—Entonces, ¿cuál es el argumento?

Debía escupirle de vuelta exactamente lo que les acababa de decir.

—Cuando se os ordene moveos, moveos rápido, para que si os congelan rebotéis por ahí en vez de entorpecer las operaciones de nuestra escuadra.

—Excelente. Al menos tengo un soldado que se entera de las cosas.

Bean se sentía disgustado. ¿Éste era el comandante que se suponía que iba a convertir a la Dragón en una escuadra legendaria? Se suponía que Wiggin iba a ser el alfa y omega de la Escuela de Batalla, y está jugando a convertirme en el chivo expiatorio. Wiggin ni siquiera se ha interesado por nuestras notas, no ha discutido de sus soldados con los profesores. Si lo hubiera hecho, ya sabría que soy el niño más listo de la escuela. Todos los demás lo saben. Por eso se miran cortados unos a otros. Wiggin está revelando su propia ignorancia.

Bean se percató de que Wiggin parecía advertir el disgusto de sus propios soldados. Fue sólo un parpadeo, pero finalmente Wiggin quizás se había dado cuenta de que su plan para divertirse a costa del más débil se volvía en contra suya. Porque por fin continuó con el entrenamiento. Les enseñó a arrodillarse en el aire (incluso disparándose a las piernas para inmovilizarlas) y luego a disparar entre las rodillas mientras caían hacia el enemigo, de forma que las piernas se convertían en un escudo que absorbía el fuego y les permitía disparar al descubierto durante períodos de tiempo más largos. Una buena táctica, y Bean finalmente empezó a pensar que Wiggin tal vez no sería un comandante desastroso después de todo. Podía sentir que los otros respetaban por fin a su nuevo comandante.

Cuando comprendieron eso, Wiggin se descongeló a sí mismo y a los soldados que había congelado en la demostración.

—Bien —dijo—, ¿donde está la puerta enemiga?

—¡Abajo! —respondieron todos.

—¿Y cuál es nuestra posición de ataque?

Oh, vaya, pensó Bean, como si todos pudiéramos dar una explicación al unísono. La única manera de responder era demostrarlo, así que Bean se separó de la pared, enlanzándose hacia el otro lado mientras disparaba por entre las rodillas. No lo hizo a la perfección (experimentó un poco de rotación en la caída) pero en conjunto, no estuvo mal para ser su primer intento de maniobra.

En ese momento, oyó que Wiggin gritaba a los demás:

—¿Es que Bean es el único que sabe cómo hacerlo?

Para cuando Bean llegó a la otra pared, el resto de la escuadra caía hacia él, gritando como si atacaran. Sólo Wiggin permaneció en el techo. Bean advirtió, divertido, que estaba orientado allí de la misma manera que en el pasillo: la cabeza al «norte», el antiguo «arriba». Puede que supiera la teoría, pero en la práctica resultaba difícil olvidarse de la gravedad. Bean se había encargado de orientarse de lado, la cabeza al oeste. Y los soldados que se le acercaban hicieron lo mismo, orientándose a partir de él. Si Wiggin se dio cuenta, no dijo nada.

—¡Ahora volved aquí, y atacadme todos!

Inmediatamente su traje refulgente se encendió con el fuego de cuarenta armas que le disparaban. Toda la escuadra convergía hacia él.

—Ay —gimió Wiggin cuando llegaron—. Me habéis dado.

La mayoría se echó a reír.

—Bien, ¿para qué sirven vuestras piernas, en combate?

Para nada, dijeron algunos niños.

—Bean no piensa así —dijo Wiggin.

Así que no va a dejarme en paz ni siquiera ahora. Bueno, ¿qué es lo que quiere oír? Alguien murmuró «escudos», pero Wiggin no contestó, así que debía de tener otra respuesta en mente.

—Son la mejor forma para impulsarnos en las paredes —dedujo Bean.

—Eso es.

—Venga ya, el impulso es movimiento, no combate —dijo Crazy Tom y unos cuantos se mostraron de acuerdo.

Oh, bueno, aquí empieza otra vez, pensó Bean. Crazy Tom va a enzarzase en una discusión estúpida con el comandante, quien se cabrea con él y...

Pero Wiggin no se molestó por la correción que hizo Crazy Tom. Tan sólo lo corrigió a su vez, con amabilidad.

—No hay combate sin movimiento. Ahora bien, con las piernas congeladas así, ¿podéis impulsaros en las paredes?

Bean no tenía ni idea. Los demás tampoco.

—¿Bean? —preguntó Wiggin. Naturalmente.

—Nunca lo he intentado, pero tal vez si te vuelves hacia la pared y te doblas por la cintura...

—Sí, pero no. Observadme. Estoy de espaldas a la

pared, con las piernas congeladas. Como estoy arrodillado, mis pies están contra la pared. Normalmente, cuando te impulsas tienes que hacerlo hacia abajo, así que todo tu cuerpo se tensa como un muelle*, ¿de acuerdo?

El grupo se rió. Por primera vez, Bean advirtió que quizás Wiggin no era tan tonto al lograr que todo el grupo se riera del pequeño. Tal vez sabía perfectamente que Bean era el más listo de todos, y se había referido a él como ejemplo para así poder controlar todo el resentimiento que los demás niños sentían hacia él. Wiggin pretendía, pues, que los demás niños pensaran que estaba bien reírse de Bean, despreciarlo aunque fuera listo.

Felicidades, Wiggin. Destruye la efectividad de tu mejor soldado, asegúrate de que no lo respeta nadie.

Sin embargo, era más importante aprender lo que enseñaba Wiggin que molestarse por el método que empleaba. Así que Bean prestó toda su atención mientras Wiggin demostraba cómo se podía despegar uno de la pared con las piernas inmovilizadas. Advirtió que Wiggin giraba deliberadamente. De esa forma sería más difícil disparar mientras volaba, pero también sería más difícil que un enemigo distante concentrara suficiente luz en ninguna parte de él para matarlo.

Puede que yo esté fastidiado, pero eso no significa que no pueda aprender.

Fue una práctica larga y agotadora, en la que ensayaron una y otra vez nuevas habilidades. Bean advirtió que Wiggin no estaba dispuesto a dejarles que aprendieran cada técnica por separado. Tenían que hacerlo todo a la vez, integrarlo en movimentos suaves y continuos.

* Juego de palabras intraducible. Ender está empleando el término *string*, cuerda o tendón, y *string bean*, habichuela verde, para mencionar el apodo del otro niño. *(N. del T.)*

Como si bailáramos, pensó Bean. No aprendes a disparar y luego aprendes a lanzarte y luego a hacer un giro controlado: aprendes a lanzar-disparar-girar.

Al final acabaron todos sudorosos, agotados y enrojecidos, entusiasmados por haber aprendido cosas de las que nunca habían oído hablar a los otros soldados. Wiggin los reunió en la puerta inferior y anunció que tendrían otra práctica durante el tiempo libre.

—Y no me digáis que el tiempo libre se supone que es libre. Lo sé, y sois perfectamente libres de hacer lo que queráis. Simplemente os *invito* a una sesión de práctica extra y *voluntaria*.

Ellos se rieron. Este grupo estaba formado por niños que habían decidido no hacer las prácticas extra en la sala de batalla con Wiggin, y él pretendía hacerles entender que era preciso que cambiaran sus prioridades. Pero no importaba. Después de esta mañana, sabían que cuando Wiggin dirigía una práctica, cada segundo era vital. No podían permitirse faltar a una sesión, o quedarían muy retrasados. Wiggin se quedaría con su tiempo libre. Ni siquiera Crazy Tom protestó al respecto.

Pero Bean sabía que tenía que cambiar su relación con Wiggin en ese preciso instante, o no habría ninguna posibilidad de que pudiera ser líder. Lo que Wiggin le había hecho en la práctica de hoy, aprovecharse del resentimiento que los otros niños sentían hacia el pequeño empollón, había reducido en gran medida las posibilidades que tenía Bean de convertirse en uno de los líderes de la escuadra: si los otros niños lo despreciaban, ¿quién lo seguiría?

Así que esperó a que los otros niños se hubieran marchado para poder hablar a solas con Wiggin.

—Hola, Bean —dijo Wiggin.

—Hola, Ender —dijo Bean.

¿Advertía Wiggin el sarcasmo con el que Bean había pronunciado su nombre? ¿Por eso hizo una pausa antes de contestar?

—*Señor* —dijo Wiggin en voz baja.

Oh, corta el rollo, he visto esos vids, todos nos reímos de esos vids.

—Sé lo que está haciendo, *Ender*, señor, y le advierto...

—¿Me adviertes?

—Que puedo ser el mejor hombre que tenga, pero no juegue conmigo.

—¿O qué?

—O seré el peor hombre que tenga. Una cosa u otra.

No es que Bean esperara que Wiggin entendiera lo que quería decir con eso: que Bean sólo podía ser un gran soldado si tenía la confianza y el respeto de Wiggin, o de lo contrario sería sólo el niño pequeño, inútil por completo. Wiggin probablemente entendería que Bean pretendía causar problemas si no lo utilizaba. Y tal vez, hasta cierto punto, era verdad.

—¿Y qué es lo que quieres? —preguntó Wiggin—. ¿Amor y besos?

Díselo claro, para que no pueda fingir que no te entiende.

—Quiero un batallón.

Wiggin se acercó a Bean, lo miró. Sin embargo, para Bean fue buena señal que no se hubiera echado a reír.

—¿Por qué deberías tener un batallón?

—Porque sabría qué hacer con él.

—Saber qué hacer con un batallón es fácil. Conseguir que obedezcan las órdenes es lo difícil. ¿Por qué querría ningún soldado seguir a un capullo pequeñito como tú?

Wiggin había llegado al meollo de la cuestión. Pero a Bean no le gustó la forma maliciosa en que lo dijo.

—Tengo entendido que también le llamaban así. Parece que Bonzo Madrid todavía lo hace.

Wiggin no picó el anzuelo.

—Te he hecho una pregunta, soldado.

—Me ganaré su respeto, señor, si no me detiene.

Para su sorpresa, Wiggin sonrió.

—Te estoy ayudando.

—Y un cuerno.

—Nadie se fijaría en ti, excepto para sentir pena por el niño pequeñito. Pero hoy me he asegurado de que todos te miren.

Tendrías que haber investigado, Wiggin. Eres el único que no sabe quién soy.

—Estarán observando cada movimiento que hagas —dijo Wiggin—. Lo único que tienes que hacer ahora para ganarte su respeto es ser perfecto.

—Entonces no tendré ninguna oportunidad para aprender antes de ser juzgado.

Así era como se demostraba el talento.

—Pobrecillo. Nadie lo trata con justicia.

La deliberada testarudez de Wiggin lo enfureció. ¡Eres más listo que eso, Wiggin!

Al percibir la ira de Bean, Wiggin extendió una mano y lo apretó firmemente contra la pared.

—Te diré cómo se consigue un batallón. Demuéstrame que sabes lo que haces como soldado. Demuéstrame que sabes cómo usar a otros soldados. Y luego demuéstrame que alguien más está dispuesto a seguirte a la batalla. Sólo entonces conseguirás tu batallón.

Bean no hizo caso de la mano que lo apretujaba. Haría falta mucho más para intimidarlo físicamente.

—De acuerdo —dijo—. Si éste es el trato, dentro de un mes me habré convertido en el jefe de un batallón.

Ahora le tocó a Wiggin el turno de enfurecerse. Agarró a Bean por la parte delantera de su traje refulgente, y lo alzó por la pared hasta que se miraron a la cara.

—Cuando digo que trabajo de una manera, Bean, entonces es que trabajo de esa manera.

Bean se limitó a sonreírle. Con la gravedad tan baja, a estas alturas de la estación, levantar en vilo a los niños pequeños no suponía ninguna demostración de fuerza. Y Wiggin no era un matón. Él no suponía ninguna amenaza seria.

Wiggin lo soltó. Bean se deslizó por la pared y aterrizó suavemente sobre sus pies, rebotó un poquito y volvió a posarse. Wiggin se dirigió a la barra y se deslizó hasta otra cubierta. Bean había ganado este encuentro al conseguir molestar a Wiggin. Además, Wiggin era consciente de que no había sabido manejar bien la situación. No lo olvidaría. De hecho, era Wiggin quien había perdido algo de autoridad, y lo sabía, y trataría de recuperarla.

Yo no soy como tú, Wiggin. Yo sí doy a los demás una oportunidad de aprender lo que hacen antes de insistir en la perfección. Has metido la pata conmigo hoy, pero te daré una oportunidad de hacerlo mejor mañana y al día siguiente.

Pero cuando Bean llegó a la barra y extendió la mano para agarrarse, advirtió que sus manos temblaban y le fallaban las fuerzas. Tuvo que detenerse un momento, apoyándose en la barra, hasta que se calmó.

No había ganado aquel encuentro cara a cara con Wiggin. Incluso podría haber sido una estupidez. Wiggin lo había herido con aquellos comentarios despectivos, al ponerlo en ridículo. Bean había estado estudiando a Wiggin como sujeto de su teología personal, y hoy había descubierto que durante todo ese tiempo Wiggin ni siquiera sabía que él existía. Todo el mundo comparaba a Bean con Wiggin... pero al parecer Wiggin no se había enterado o no le importaba siquiera. Había tratado a Bean como si no fuera nada. Y después de haber trabajado tan duro todo el año para ganarse un respeto, a Bean no le resultaba fácil volver a ser nada. Eso le provocaba sentimientos que creía haber dejado atrás en Rotterdam. El miedo enfermizo a la muerte inminente. Aunque sabía que allí nadie alzaría una mano contra él, todavía recordaba que había estado al borde de la muerte cuando se acercó a Poke y puso su vida en sus manos.

¿Es eso lo que he hecho, una vez más? Al incluirme en esta lista, he puesto mi futuro en manos de este niño. Contaba que él viera en mí lo mismo que yo. Pero naturalmente, no pudo. Tengo que darle tiempo.

Si *había* tiempo. Porque los profesores se movían rápidamente y Bean tal vez no dispondría de un año entero en esta escuadra para demostrar a Wiggin lo que valía.

14

Hermanos

—¿Tiene resultados que ofrecerme?

—Sí, y muy interesantes. Volescu mintió. De algún modo.

—Espero que sea más preciso.

—La alteración genética de Bean no se basó en un clon de Volescu. Pero están emparentados. Así pues, no hay duda de que Volescu no es el padre de Bean. Ahora bien, casi seguro que es un medio tío o un primo segundo de él, porque alguien así es el único padre posible del óvulo fertilizado que Volescu alteró.

—Tendrá una lista de los parientes de Volescu, supongo.

—No nos hizo falta ninguna familia en el juicio. Y la madre de Volescu no estaba casada. Él emplea su apellido.

—Entonces el padre de Volescu tuvo otro hijo en alguna parte, pero usted no sabe ni siquiera su nombre. Creía que lo sabían todo.

—Sabemos que todo lo que sabíamos merecía la pena. Es una distinción crucial. Simplemente, no hemos buscado al padre de Volescu. No es culpable de nada importante. No podemos investigar a todo el mundo.

—Otra cuestión. Ya que saben todo lo que saben que merece la pena saber, quizás pueda decirme por qué cierto niño lisiado ha sido retirado de la escuela donde yo lo coloqué.

—Oh. Él. Cuando de repente dejó usted de atenderlo, nos volvimos recelosos. Así que lo comprobamos. Le hicimos unas pruebas. No es ningún Bean, pero definitivamente pertenece a este sitio.

—¿Y nunca se les ha ocurrido que yo tuviera buenos motivos para mantenerlo al margen de la Escuela de Batalla?

—Asumimos que usted pensó que elegiríamos a Aquiles en lugar de Bean, quien, después de todo, era demasiado joven. Así que nos ofreció solamente a su favorito.

—Asumieron. Yo a ustedes les he tratado como si fueran inteligentes, y en cambio ustedes me han tratado a mí como si fuera idiota. Ahora veo que tendría que haber sido al contrario.

—No sabía que los cristianos se enfadaran tanto.

—¿Está Aquiles ya en la Escuela de Batalla?

—Todavía se está recuperando de su cuarta operación. Tuvimos que arreglarle la pierna en la Tierra.

—Déjenme darles un consejo. No lo lleven a la Escuela de Batalla mientras Bean siga allí.

—Bean sólo tiene seis años. Todavía es demasiado joven para ingresar en la Escuela de Batalla, y no digamos para graduarse.

—Si meten a Aquiles, saquen a Bean. Punto.

—¿Por qué?

—Si son demasiado estúpidos para creerme después de tener razón en todo, ¿por qué debo darles la munición para que me dejen en ridículo? Digamos que ponerlos juntos en la escuela es, con toda probabilidad, una sentencia de muerte para uno de los dos.

—¿Cuál?

—Eso depende de quién vea primero al otro.

—Aquiles dice que se lo debe todo a Bean. Ama a Bean.

—Entonces créanlo a él y no a mí. Pero no me envíen el cadáver del perdedor. Entierren ustedes sus propios errores.

—Eso parece bastante poco piadoso.

—No voy a llorar junto a la tumba de ninguno de los dos niños. Traté de salvarles la vida a ambos. Al parecer están ustedes decididos a dejar que averiguen cuál es más fuerte en la mejor tradición darwiniana.

—Cálmese, sor Carlotta. Consideraremos todo lo que nos ha dicho. No seremos estúpidos.

—Ya han sido estúpidos. No espero gran cosa de ustedes.

A medida que los días se convirtieron en semanas, la forma de la escuadra de Wiggin empezó a desplegarse, y Bean se llenó a la vez de esperanza y desesperación. Esperanza, porque Wiggin estaba creando una escuadra que podía adaptarse a todo tipo de situaciones. Desesperación, porque lo hacía sin necesitar a Bean.

Después de sólo unas cuantas prácticas, Wiggin escogió a sus jefes de batallón: todos ellos veteranos de las listas de traslado. De hecho, los veteranos eran jefes de pelotón o segundos. No sólo eso, sino que en vez de la organización normal (cuatro batallones de diez soldados cada uno) creó cinco batallones de ocho, y luego los hizo practicar en semibatallones de cuatro hombres, uno comandando por el jefe del pelotón, el otro por el segundo.

Nadie había fragmentado una escuadra así antes. Y no era sólo una ilusión sin fundamento. Wiggin se esforzaba para dejar claro que los jefes de batallón y los segundos tenían suficiente capacidad de maniobra. Les decía cuál era el objetivo y dejaba que decidieran el modo de conseguirlo. O agrupaba tres batallones juntos bajo el mando operativo de uno de los jefes, mientras que el propio Wiggin comandaba la fuerza restante, más pequeña. Sin duda, delegaba mucha responsabilidad.

Algunos de los soldados lo criticaron al principio. Mientras esperaban cerca de la entrada de los barracones, los veteranos hablaban de cómo harían las prácticas ese día: en diez grupos de cuatro.

—Todo el mundo sabe que dividir tu escuadra es una estrategia propia de perdedores —dijo Fly Molo, que comandaba el batallón A.

A Bean le disgustó un poco que el soldado con más alta graduación después de Wiggin dijera algo tan despectivo hacia la estrategia de su comandante. Cierto, también Fly estaba aprendiendo. Pero aquello se asemejaba más a una insubordinación.

—No ha dividido la escuadra —replicó Bean—. Tan sólo la ha organizado. Y no hay ninguna regla estratégica que no puedas romper. La idea es tener tu ejército concentrado en el punto decisivo, no mantenerlo junto todo el tiempo.

Fly miró a Bean malhumorado.

—El hecho que los pequeñajos podáis oírnos no significa que comprendáis de qué hablamos.

—Si no quieres creerme, piensa lo que quieras. El que hable o no no va a hacerte más estúpido de lo que ya eres.

Fly se abalanzó hacia él, lo agarró por el brazo y lo arrastró hasta el borde de su camastro.

De inmediato, Nikolai saltó desde el camastro de enfrente, aterrizó en la espalda de Fly y se golpeó la cabeza contra la cama de Bean. En unos instantes, los otros jefes de batallón separaron a Fly y Nikolai: era una lucha ridícula de todas formas, ya que Nikolai no era mucho más alto que Bean.

—Olvídalo, Fly —dijo Hot Soup-Han Tzu, jefe del batallón D—. Nikolai cree que Bean es su hermano mayor.

—¿Quién se cree que es este niño para reprender a un jefe de batallón? —exclamó Fly.

—Te estabas insubordinando contra tu comandante —dijo Bean—. Y, además, estás completamente equivocado. Según tu punto de vista, Lee y Jackson fueron unos idiotas en Chancellorsville.

—¡Sigue haciéndolo!

—¿Eres tan estúpido que no puedes reconocer la verdad porque la persona que te la suelta es pequeña?

Toda la frustración de Bean por no ser uno de los oficiales estaba desparramándose. Lo sabía, pero no le apetecía controlarla. Ellos tenían que escuchar la verdad. Y Wiggin necesitaba tener apoyo cuando lo estaban poniendo verde a sus espaldas.

Nikolai estaba de pie en el camastro inferior, tan cerca de Bean como era posible, reafirmando el lazo entre los dos.

—Vamos, Fly —dijo Nikolai—. Éste es *Bean*, ¿recuerdas?

Y, para sorpresa de Bean, eso hizo callar a Fly. Hasta este momento, Bean no había advertido el poder que tenía su reputación. Podía ser tan sólo soldado raso en la Escuadra Dragón, pero seguía siendo el mejor estudiante de historia militar y estrategia de la escuela, y al parecer todo el mundo (o al menos todo el mundo menos Wiggin) lo sabía.

—Tendría que haber hablado con más respeto —dijo Bean.

—Ciertamente —contestó Fly.

—Pero tú también.

Fly se debatió contra los chicos que lo sujetaban.

—Al hablar de Wiggin —dijo Bean—. Hablaste sin respeto. «Todo el mundo sabe que dividir tu escuadra es una estrategia propia de perdedores.»

Imitó el tono que había usado Fly casi a la perfección. Varios niños se echaron a reír. Y, a regañadientes, también se rió Fly.

—Muy bien, vale —admitió Fly—. Me pasé.

Se volvió hacia Nikolai.

—Pero sigo siendo un oficial.

—No cuando atacas así a un niño más pequeño —dijo Nikolai—. Entonces eres un matón.

Fly parpadeó. Sabiamente, nadie dijo nada hasta que Fly decidió cómo iba a responder.

—Hiciste bien, Nikolai, en defender a tu amigo de un matón —confesó Fly, mirando a Nikolai y luego a Bean—. *Pusha*, los dos hasta parecéis hermanos.

Pasó ante ellos, en dirección a su camastro. Los otros jefes de batallón lo siguieron. La crisis había terminado.

Nikolai miró entonces a Bean.

—Nunca he sido tan flacucho y feo como tú —dijo.

—Y si voy a crecer para parecerme a ti, mejor me mato ahora mismo —respondió Bean.

—¿Tienes que hablarle de ese modo a los niños más grandes?

—No esperaba que lo atacaras como si fueras un enjambre de abejas de un solo hombre.

—Supongo que quería saltar sobre alguien.

—¿Tú? ¿Don Amable?

—No me siento tan amable últimamente —dijo, y se subió al camastro junto a Bean, para poder hablar con más intimidad—. Aquí estoy fuera de pie, Bean. No pertenezco a esta escuadra.

—¿Qué quieres decir?

—No estaba preparado para ser ascendido. Sólo soy uno del montón. Tal vez ni siquiera eso. Y aunque esta escuadra no cuenta con héroes, estos tipos son buenos. Todos aprenden más rápido que yo. Todo el mundo pilla las cosas y yo sigo allí de pie, pensando en ello.

—Entonces trabaja más duro.

—Ya estoy trabajando más duro. Vosotros... Vosotros lo captáis todo al momento, lo veis todo. Y no es que sea estúpido. Siempre lo pillo, también. Sólo que... voy un paso por detrás.

—Lo siento —dijo Bean.

—¿Qué tienes que sentir? No es culpa tuya.

Sí que lo es, Nikolai.

—Venga ya, ¿me estás diciendo que desearías no formar parte de la escuadra de Wiggin?

Nikolai soltó una risita.

—Es todo un punto, ¿eh?

—Harás tu parte. Eres un buen soldado. Ya verás. Cuando lleguemos a las batallas, lo harás tan bien como cualquiera.

—Eh, probablemente. Siempre pueden congelarme y lanzarme por ahí. Ya sabéis, soy un gran proyectil gordo.

—No estás tan gordo.

—Todo el mundo está gordo comparado contigo. Te he observado: das la mitad de tu comida.

—Me dan demasiada.

—Tengo que estudiar.

Nikolai saltó a su camastro.

Bean sentía haber metido a Nikolai en esa situación tan comprometida. Pero cuando empezaran a ganar, un montón de niños que no pertenecían a la Escuadra Dragón desearían ocupar su lugar. De hecho, era sorprendente que Nikolai advirtiera que no estaba tan cualificado como los demás. Después de todo, las diferencias no eran tan acusadas. Probablemente había un montón de niños que se sentían igual que Nikolai. Pero Bean no lo había tranquilizado. Probablemente sólo había reafirmado el sentimiento de inferioridad de Nikolai.

Qué amigo tan sensible soy.

No tenía sentido volver a entrevistarse con Volescu, no después de haberle contado tantas mentiras la primera vez. Toda aquella charla de las copias, y de que él era el original... ahora no había ningún atenuante. Era un asesino, un servidor del Padre de las Mentiras. No haría nada para ayudar a sor Carlotta. Y la necesidad de averiguar qué podía esperarse del único niño que escapó al pequeño holocausto de Volescu era demasiado grande para volver a fiarse de la palabra de un hombre semejante.

Además, Volescu había entablado contacto con su medio hermano o su primo segundo: ¿cómo si no podría haber obtenido un cigoto que contuviera su ADN? Así que sor Carlotta tendría que seguir la pista de Volescu o duplicar su investigación.

No tardó en descubrir que Volescu era hijo ilegítimo de una rumana que vivía en Budapest. Con un poco de investigación (y también con un uso juicioso de su permiso de seguridad), consiguió el nombre del padre, un oficial griego de la liga que recientemente había sido ascendido al servicio del personal del Hegemón. Eso podría haber sido otro callejón sin salida, pero sor Carlotta no necesitaba hablar con el abuelo. Sólo necesitaba saber quién era para averiguar los nombres de sus tres hijos ilegítimos. La hija quedó eliminada porque el progenitor compartido era varón. Y al investigar la situación de los dos hijos, decidió visitar primero al que estaba casado.

Vivían en la isla de Creta, donde Julian dirigía una compañía de software cuyo único cliente era la Liga de Defensa Internacional. Obviamente, no se trataba de una coincidencia, pero el nepotismo era siempre honorable comparado con algunos de los tratos de favor que eran endémicos dentro de la liga. A la larga, ese tipo de corrupción era básicamente inofensiva, ya que la Flota Internacional se había hecho con el control de su propio presupuesto desde el principio y nunca dejó que la liga volviera a tocarlo. Así pues, el Polermarch y el Estrategos tenían a su disposición mucho más dinero que el Hegemón, lo cual lo convertía, aunque fuera el primero en títulos, en el más débil en relación con el poder y la independencia de movimientos.

El hecho de que Julian Delphiki le debiera su carrera a las amistades políticas de su padre no tenía por qué significar que los productos de su compañía no fueran adecuados y que él mismo no fuera un hombre honrado. Según los baremos de honestidad que prevalecían en el mundo de los negocios, al menos.

Sor Carlotta descubrió que no necesitaba su permiso de seguridad para conseguir una entrevista con Julian y su esposa, Elena. Llamó y dijo que le gustaría verlos por un asunto referido a la F.I., y ellos de inmediato se pusieron a su disposición. Llegó a Knossos y se dirigió al punto a su casa, ubicada en un acantilado que se asomaba al Egeo. Ellos parecían nerviosos; de hecho, Elena estaba casi frenética, y retorcía un pañuelo.

—Por favor —dijo, después de aceptar su invitación a fruta y queso—, por favor, díganme por qué están tan trastornados. Mi visita no debe alarmarlos.

Los dos se miraron, y Elena se agitó.

—Entonces, ¿no pasa nada malo con nuestro hijo?

Por un instante sor Carlotta se preguntó si ya conocían la existencia de Bean. Pero ¿cómo era posible?

—¿Su hijo?

—¡Entonces está bien! —exclamó Elena, aliviada, y se echó a llorar. Su marido se arrodilló a su lado, y ella lo abrazó y sollozó.

—Verá, fue muy difícil para nosotros dejarlo ir al servicio —dijo Julian—. Por eso, cuando una religiosa nos dice que necesita vernos por un asunto referido a la F.I., pensamos... llegamos a la conclusión...

—Oh, lo siento. No sabía que tenían un hijo en el ejército, o habría cuidado de tranquilizarlos desde el principio... pero ahora me temo que he venido bajo falsas expectativas. El asunto del que necesito hablarles es personal, tan personal que pueden sentirse reacios a responder. Sin embargo, sí que es de vital importancia para la F.I. Les prometo que decir la verdad no los expondrá a ninguna clase de peligro.

Elena logró controlarse. Julian volvió a sentarse, y ahora miraron a sor Carlotta casi con alegría.

—Oh, pregunte lo que quiera —dijo Julian—. Le ayudaremos en todo lo que podamos.

—Responderemos siempre que podamos —accedió Elena.

—Dicen ustedes que tienen un hijo. Esto aumenta las posibilidades de que... hay un motivo para preguntarse si en algún punto podrían ustedes... ¿fue su hijo concebido bajo unas circunstancias en las que habría sido posible clonar su óvulo fertilizado?

—Oh, sí —admitió Elena—. Eso no es ningún secreto. Un defecto de una trompa de Falopio y un embarazo ectópico en el otro me imposibilitaron concebir en el útero. Queríamos tener un hijo, así que tomaron varios óvulos míos, los fertilizaron con el esperma de mi esposo, y luego eligieron los que les pedimos. Clonamos cuatro, seis copias de cada uno. Dos niñas y dos niños. Hasta ahora, sólo hemos implantado uno. Era un chico tan especial, que quisimos disfrutarlo al máximo. Sin embargo, ahora que su educación está fuera de nuestras manos, hemos estado pensando en tener una de las niñas. Es la hora. —Extendió la mano y tomó la de Julian y sonrió. Él le devolvió la sonrisa.

Eran tan distintos de Volescu... Resultaba difícil creer que compartieran cierto material genético.

—Dice que hicieron seis copias de cada uno de los cuatro óvulos fertilizados —resumió sor Carlotta.

—Seis incluyendo el original —contestó Julian—. Así tenemos más posibilidades de implantar cada uno de los cuatro y llevar a cabo un embarazo completo.

—Un total de veinticuatro óvulos fertilizados. ¿Y sólo se implantó uno de ellos?

—Sí, tuvimos mucha suerte, el primero funcionó a la perfección.

—Dejando a veintitrés.

—Sí. Exactamente.

—Señor Delphiki, ¿los veintitrés óvulos fertilizados permanecen almacenados, a la espera de que sean implantados?

—Por supuesto.

Sor Carlotta se quedó pensativa unos instantes.

—¿Cuándo lo comprobaron por última vez?

—La semana pasada —dijo Julian—. Cuando empezamos a hablar de tener otro hijo. El doctor nos aseguró que los cigotos se encontraban en perfecto estado y que podían ser implantados en unas pocas horas.

—Pero ¿cómo lo comprobó el doctor?

—No lo sé.

Elena empezó a tensarse un poco.

—¿Qué ha oído usted? —preguntó.

—Nada —respondió sor Carlotta—. Lo que estoy buscando es la fuente del material genético de un niño concreto. Simplemente necesito asegurarme de que sus óvulos fertilizados no fueron esa fuente.

—Por supuesto que no. Excepto para nuestro hijo.

—Por favor, no se alarmen. Pero me gustaría saber el nombre de su médico y las instalaciones donde están almacenados esos cigotos. Y desearía que llamaran a su médico, que le hicieran ir, en persona, a esas instalaciones y que insistieran en que viera esos cigotos él mismo.

—No se pueden ver sin un microscopio —aclaró Julian.

—Debe ir sólo para asegurarse de que no les ha ocurrido nada —explicitó sor Carlotta.

Los dos se pusieron de nuevo en estado de máxima alerta, sobre todo porque no tenían ni idea de qué iba todo eso... ni se les podía decir nada. En cuanto Julian le facilitó el nombre del médico y el hospital, sor Carlotta salió al porche y, mientras contemplaba el Egeo preñado de velas, usó su global y se puso en contacto con el cuartel general de la F.I. en Atenas.

Pasarían varias horas, tal vez, para que su llamada o la de Julian obtuviera una respuesta, así que ella y Julian y Elena hicieron un heroico esfuerzo por no parecer preocupados. La llevaron a pasear por el barrio, que ofrecía vistas antiguas y modernas, y una naturaleza verde, desértica y marina. El aire seco era refrescante siempre que no soplara del mar, y a sor Carlotta le gustó oír a Julian hablar sobre su compañía y a Elena sobre su trabajo como maestra. Toda idea de que se hubieran abierto paso en el mundo mediante la corrupción gubernamental desapareció cuando ella advirtió que, independientemente de cómo hubiera conseguido su contacto, Julian era un serio y dedicado creador de software, mientras que Elena era una maestra ferviente que consideraba su profesión una auténtica cruzada.

—Enseguida supe la gran capacidad que tenía nuestro hijo —le confesó Elena—. Pero no fue hasta las primeras pruebas que realizó para asignarle escuela cuando nos enteramos que sus dones eran particularmente adecuados para la F.I.

Las alarmas se dispararon entonces. Sor Carlotta había asumido que su hijo era ya adulto. Después de todo, no eran una pareja joven.

—¿Qué edad tiene su hijo?

—Ahora tiene ocho años —dijo Julian—. Nos enviaron una foto. Un hombrecito de uniforme. No dejan que lleguen muchas cartas.

Su hijo estaba en la Escuela de Batalla. Ellos parecían tener unos cuarenta años, pero tal vez no hubieran empezado a fundar una familia hasta tarde, y luego lo habrían intentado en vano durante un tiempo, empeñándose en la fecundación in vitro antes de descubrir que Elena ya no podía concebir. Su hijo sólo era un par de años mayor que Bean.

Lo que significaba que Graff podía comparar el código genético de Bean con el del hijo de los Delphiki y averiguar si habían nacido del mismo gameto clonado. Habría un control, para comparar cómo era Bean con las aplicaciones descubiertas por Anton, respecto al otro, cuyos genes no habían sido alterados.

En ese momento, se dio cuenta de que era obvio que cualquier hermano de Bean tuviese las habilidades exactas que requería la F.I. La clave de Anton convertía a un niño en sabio por regla general; la mezcla particular de habilidades que buscaba la F.I. no quedaba alterada. Bean habría tenido todas aquellas habilidades, de todas formas; la alteración simplemente le permitía contar con una inteligencia mucho más aguda para utilizar las habilidades que ya poseía.

Si Bean era en efecto su hijo, claro estaba. No obstante, dada la coincidencia de veintitrés óvulos fertilizados y los veintitrés niños que Volescu había producido en el «sitio limpio», ¿a qué otra conclusión podía llegar?

La respuesta no se hizo esperar; primero la supo sor Carlotta, y ésta la comunicó de inmediato a los Delphiki. Los investigadores de la F.I. habían ido a la clínica con el doctor y habían descubierto juntos que los gametos habían desaparecido.

Fue una noticia dura para los Delphiki, y sor Carlotta esperó discretamente fuera mientras Elena y Julian pasaban juntos un rato a solas. Pero pronto la invitaron a entrar.

—¿Cuánto puede contarnos? —preguntó Julian—. Vino aquí porque sospechaba que podían haber robado a nuestros bebés. Dígame, ¿nacieron?

Sor Carlotta quiso esconderse bajo el velo del secreto militar, pero en realidad no había ningún secreto militar implicado: el crimen de Volescu era una cuestión de archivos públicos. Y sin embargo... ¿no sería mejor que no lo supieran?

—Julian, Elena, en los laboratorios suceden accidentes. Podrían haber muerto de todas formas. Nada es seguro. ¿No es mejor considerar todo esto un terrible accidente? ¿Por qué añadir la carga de su pérdida a la que ya tienen?

Elena la miró con fiereza.

—¡Dígamelo, sor Carlotta, si ama al Dios de la verdad!

—Los gametos fueron robados por un delincuente que... ilegalmente los hizo nacer por medio de gestación.

Cuando su delito estaba a punto de ser descubierto, les suministró una muerte sin dolor por medio de sedantes. No sufrieron.

—¿Y este hombre será llevado a juicio?

—Ya ha sido juzgado y se le sentenció a cadena perpetua —declaró sor Carlotta.

—¿Ya? —preguntó Julian—. ¿Cuándo robaron a nuestros bebés?

—Hace más de siete años.

—¡Oh! —gimió Elena—. Entonces nuestros hijos... cuando murieron...

—Eran bebés. No tenían aún un año.

—Pero ¿por qué nuestros bebés? ¿Por qué quiso robarlos? ¿Iba a venderlos en adopción? ¿Iba a...?

—¿Y qué importa? Ninguno de sus planes dio resultado—dijo sor Carlotta. La naturaleza de los experimentos de Volescu sí era un secreto.

—¿Cómo se llama el asesino? —preguntó Julian. Al ver que vacilaba, insistió—. Su nombre aparece en los archivos públicos, ¿no?

—En el tribunal de lo penal de Rotterdam —dijo sor Carlotta—. Volescu.

Julian reaccionó como si lo hubieran abofeteado... pero se controló inmediatamente. Elena no se percató.

Estaba enterado de lo de la amante de su padre, pensó sor Carlotta. Ahora comprendía parte del motivo. Los hijos del hijo legítimo fueron secuestrados por el bastardo, que experimentó con ellos y acabó por matarlos... y el hijo legítimo no se enteró hasta al cabo de siete años. Fueran cuales fuesen las privaciones que Volescu imaginaba que la falta de un padre a su lado le habían causado, se había cobrado su venganza. Y para Julian, eso también significaba que la lujuria de su padre había causado esta pérdida, este dolor para él y su esposa. Los pecados de los padres recaen en los hijos hasta la tercera y cuarta generación...

Pero ¿no decían las escrituras que la tercera y cuarta generación odiaban a Dios? Julian y Elena no odiaban a Dios. Ni sus bebés inocentes.

No tiene más sentido que la matanza de Herodes con los bebés de Belén. El único consuelo era la confianza en que un Dios misericordioso había acogido en su seno a los espíritus de los niños asesinados, y que con el tiempo traería consuelo al corazón de los padres.

—Por favor —dijo sor Carlotta—. No puedo decir que no deberían apenarse por los hijos que nunca tendrán. Pero pueden conservar la alegría por el hijo que todavía tienen.

—¡A más de un millón de kilómetros de distancia! —exclamó Elena.

—Supongo que no... no sabrá usted si la Escuela de Batalla deja que los niños vayan a visitar alguna vez a sus padres —dijo Julian—. Su nombre es Nikolai Delphiki. Sin duda, dadas las circunstancias...

—Lo siento mucho —dijo sor Carlotta. Recordarles al hijo que tenían no había sido una buena idea después de todo, cuando de hecho no lo tenían ya—. Lamento haber venido a traerles una noticia tan terrible.

—Pero ha descubierto lo que quería saber.

—Sí.

Entonces Julian se dio cuenta de algo, aunque no dijo nada delante de su esposa.

—¿Quiere regresar ahora al aeropuerto?

—Sí, el coche está esperando todavía. Los soldados son mucho más pacientes que los taxistas.

—La acompañaré al coche.

—No, Julian —dijo Elena—, no me dejes.

—Sólo será un momento, cariño. Ni siquiera ahora podemos olvidarnos de las buenas formas.

Abrazó a su esposa durante un largo instante, y luego acompañó a sor Carlotta hasta la puerta y la abrió.

Mientras caminaban hacia el coche, Julian habló de lo que había advertido.

—Usted no vino por el delito que cometió. El bastardo de mi padre ya está en la cárcel.

—No.

—Uno de nuestros hijos sigue vivo.

—Voy a decirle algo que no debería, porque no tengo autoridad para ello —dijo sor Carlotta—. Pero mi primer deber es para con Dios, no para con la F.I. Si los veintidós niños que murieron a manos de Volescu eran suyos, entonces el vigésimo tercero puede que esté vivo. Todavía hay que realizar las pruebas genéticas.

—Pero no nos dirán nada.

—Aún no. Y tardarán. Quizás nunca les digan nada. Pero si está en mi mano, llegará un día en que conozcan ustedes a su segundo hijo.

—Es... ¿lo conoce usted?

—Si es su hijo, sí, lo conozco. Su vida ha sido dura, pero su corazón es bueno, y es un niño del que cualquier padre se sentiría orgulloso. Por favor, no me pregunte más. Ya le he dicho demasiado.

—¿Se lo cuento a mi esposa? —preguntó Julian—. ¿Qué será más duro para ella, saberlo o no saberlo?

—Las mujeres son muy distintas de los hombres. *Usted* prefirió saberlo.

Julian asintió.

—Sé que usted sólo ha sido la mensajera, no la causa de nuestra pérdida. Pero no recordaremos su visita con felicidad. Sin embargo, quiero que sepa que comprendo la entereza con la que ha realizado este triste trabajo.

Ella asintió.

—Y ustedes han sido muy serviciales en esta hora difícil.

Julian le abrió la puerta del coche. Ella ocupó su asiento, recogió las piernas. Pero antes de que pudiera cerrar la puerta, se le ocurrió una última pregunta, una pregunta muy importante.

—Julian, sé que planeaban tener una hija a continuación. Pero si hubieran traído otro hijo al mundo, ¿qué nombre le habrían puesto?

—A nuestro primogénito le pusimos el nombre de mi padre, Nikolai. Pero Elena quería ponerle mi nombre al segundo.

—Julian Delphiki —dijo sor Carlotta—. Si verdaderamente es su hijo, creo que algún día se sentirá orgulloso de llevar el nombre de su padre.

—¿Qué nombre utiliza ahora? —preguntó Julian.

—Naturalmente, no puedo decirlo.

—Pero... no será Volescu, al menos.

—No. Por lo que a mí respecta, nunca oirá ese nombre. Dios le bendiga, Julian Delphiki. Rezaré por usted y por su esposa.

—Rece también por las almas de nuestros hijos, hermana.

—Ya lo he hecho, lo hago, y lo seguiré haciendo.

El mayor Anderson contempló al niño que estaba sentado frente a él.

—En realidad, no es un asunto tan importante, Nikolai.

—Pensé que tal vez tuviera problemas.

—No, no. Acabamos de darnos cuenta de que parecías ser muy amigo de Bean. No tiene muchos amigos.

—No le ayudó en nada el hecho de que Dimak lo

convirtiera en el centro de todas las miradas en la lanzadera. Y ahora Ender va y hace lo mismo. Supongo que Bean puede soportarlo, pero como es tan listo, fastidia un montón a los otros niños.

—Pero ¿a ti no?

—Oh, a mí también me fastidia un montón.

—Y sin embargo te convertiste en amigo suyo.

—Bueno, no fue mi intención. Me dieron el camastro que está frente al suyo en los barracones de los novatos.

—Cambiaste ese camastro.

—¿Eso hice? Oh. Sí.

—Y lo hiciste antes de saber lo listo que era Bean.

—En la lanzadera, Dimak nos explicó que Bean había obtenido las puntuaciones más altas de todo el grupo.

—¿Por eso querías estar cerca de él?

Nikolai se encogió de hombros.

—Fue un acto de amabilidad —dijo el mayor Anderson—. Quizás sólo soy un viejo cínico, pero los actos tan inexplicables como éste me pican la curiosidad.

—Se parece mucho a mis fotos de cuando era chico. ¿No es una tontería? Lo vi y pensé «se parece a Nikolai, aquella monada de bebé». Para mi madre, yo siempre era el pequeño Nikolai. Yo veía esas fotos de cuando era pequeño y nunca creía que fuera yo. Yo era el gran Nikolai. Ése era el pequeño Nikolai. Hacía ver que era mi hermano pequeño y que teníamos por casualidad el mismo nombre. El gran Nikolai y el pequeño Nikolai.

—Veo que estás avergonzado, pero no deberías estarlo. Es natural en los hijos únicos.

—Quería un hermano.

—Muchos que tienen hermanos desearían no tenerlos...

—Pero me llevaba bien, con el hermano que me inventé —dijo Nikolai, y se rió del absurdo de todo aquello.

—Y a Bean lo viste como el hermano que una vez imaginaste.

—Al principio. Ahora sé quién es realmente, y es mejor. Es como... a veces es el hermano pequeño y lo cuido, y a veces es el hermano mayor y me cuida a mí.

—¿Por ejemplo?

—¿Qué?

—Un niño tan pequeño... ¿cómo cuida de ti?

—Me da consejos. Me ayuda con las tareas. Hacemos algunas prácticas juntos. Es mejor que yo en casi todo. Sólo que yo soy más grande, y creo que lo aprecio más de lo que él me aprecia a mí.

—Puede que eso sea cierto, Nikolai. Pero por lo que podemos decir, te aprecia más que a nadie. Es que... hasta ahora tal vez no se haya mostrado tan abierto como tú para entablar amistad. Espero que estas preguntas mías no hagan cambiar tus sentimientos y acciones hacia Bean. No asignamos a la gente para que sean amigos, pero espero que sigas siendo amigo de Bean.

—No soy su amigo —dijo Nikolai.

—¿Eh?

—Ya se lo he dicho. Soy su hermano —rectificó Nikolai, sonriendo—. Una vez que tienes un hermano, no renuncias a él fácilmente.

15

Valor

—Genéticamente, son gemelos idénticos. La única diferencia es la clave de Anton.

—Así que los Delphiki tienen dos hijos.

—Los Delphiki tienen un hijo, Nikolai, y va a quedarse con nosotros durante todo el período de instrucción. Bean es un huérfano que encontraron en las calles de Rotterdam.

—Porque fue secuestrado.

—La ley es clara. Los óvulos fertilizados son una propiedad. Sé que esto es una cuestión de sensibilidad religiosa para usted, pero la F.I. se atiene a la ley, no...

—La F.I. se atiene a la ley cuando le conviene para conseguir sus fines. Sé que están librando ustedes una guerra. Pero esta guerra no será eterna. Todo lo que pido es: conviertan esta información en parte de un archivo... parte de muchos archivos. Para que cuando la guerra termine, las pruebas no hayan desaparecido. Para que la verdad no quede oculta.

—Por supuesto.

—No, no por supuesto. Sabe usted que en el momento en que los fórmicos sean derrotados, la F.I. no tendrá ninguna razón para existir. Tratará de continuar existiendo para mantener la paz internacional. Pero la liga no es lo bastante fuerte desde el punto de vista político para sobrevivir a los vientos nacionalistas que soplarán. La F.I.

se romperá en pedazos, cada uno siguiendo a su propio líder, y Dios nos ayude si alguna parte de la flota usa alguna vez sus armas contra la superficie de la Tierra.

—Ha pasado usted mucho tiempo leyendo el Apocalipsis.

—Puede que no sea uno de los niños genio de su escuela, pero sé cómo andan las corrientes de opinión en la Tierra. En las redes, un demagogo llamado Demóstenes está encendiendo Occidente con las maniobras secretas e ilegales del Polemarca para dar ventaja al Nuevo Pacto de Varsovia, y la propaganda es aún más virulenta desde Moscú, Bagdad, Buenos Aires, Pekín. Hay unas pocas voces racionales, como Locke, pero se las censura y no se les hace caso. Usted y yo no podemos hacer nada para evitar una guerra mundial. Pero podemos hacer todo lo posible para asegurarnos de que estos niños no se conviertan en peones de ese juego.

—La única forma de que no sean peones es que sean jugadores.

—Los han estado educando. Seguro que no los temen. Denles su oportunidad para jugar.

—Sor Carlotta, todo mi trabajo se centra en prepararnos para el enfrentamiento con los fórmicos. En convertir a estos niños en comandantes brillantes, dignos de confianza. No puedo mirar más allá de esa meta.

—No mire. Deje la puerta abierta para que sus familias, sus naciones los reclamen.

—No puedo pensar en eso ahora.

—Ahora es el único momento en que tendrá poder para hacerlo.

—Me sobreestima.

—Se subestima usted.

La Escuadra Dragón sólo llevaba un mes practicando cuando Wiggin entró en el barracón apenas unos segundos después de que se encendieran las luces, blandiendo una tira de papel. Órdenes de batalla. Se enfrentarían a la Escuadra Conejo a las 07.00. Y lo harían sin desayunar.

—No quiero que nadie vomite en la sala de batalla.

—¿Podemos al menos echar una meada primero? —preguntó Nikolai.

—No más de un decalitro —dijo Wiggin.

Todos se rieron, pero también estaban nerviosos. Al ser una escuadra nueva, con sólo un puñado de veteranos, no esperaban vencer, pero tampoco querían ser humillados. Todos tenían formas distintas de tratar con los nervios: algunos se volvían silenciosos, otros charlatanes. Algunos bromeaban y alardeaban, otros se volvían hoscos. Algunos se tendían en sus camastros y cerraban los ojos.

Bean los observó. Trató de recordar si los niños de la banda de Poke hacían alguna vez estas cosas. Y entonces se dio cuenta: tenían *hambre*, no miedo de quedar en ridículo. No se siente ese tipo de miedo a menos que hayas tenido suficiente de comer. Así era cómo se sentían los matones, temerosos de ser humillados pero no de pasar hambre. Y naturalmente, los matones de las duchas mostraban todos esta actitud. Siempre estaban actuando, siempre conscientes de que los demás los observaban. Temerosos de tener que luchar, pero también ansiosos de ello.

¿Qué siento yo?

¿Qué es lo que me pasa que tengo que pensar en ello para saberlo?

Oh... estoy aquí sentado, observando. Soy uno de ésos.

Bean sacó su traje refulgente, pero entonces advirtió que tenía que ir al cuarto de baño antes de ponérselo. Saltó a la cubierta, recogió la toalla de su percha y se cubrió con ella. Por un momento recordó aquella noche en que escondió la toalla bajo uno de los camastros y se metió en el sistema de ventilación. Ahora ya no cabría. Demasiados músculos, demasiado alto. Seguía siendo el más bajito de toda la Escuela de Batalla, y dudaba que nadie más advirtiera que había crecido, pero era consciente de que ahora sus brazos y piernas eran más largos. Podía alcanzar los objetos con más facilidad. No tenía que saltar tan a menudo para cumplir con la rutina, como tocar la pared con la palma para entrar en el gimnasio.

He cambiado, pensó Bean. Mi cuerpo, naturalmente, pero también de forma de pensar.

Nikolai estaba todavía tendido en la cama con la almohada sobre la cabeza. Todo el mundo tenía su forma de enfrentarse a la situación.

Los otros niños utilizaban los servicios y bebían agua, pero Bean fue el único que pensó que sería buena idea ducharse. Solían burlarse de él preguntándole si el agua todavía estaba caliente cuando llegaba allá abajo, pero ése era ya un viejo chiste. Lo que Bean quería era el vapor. La ceguera de la niebla a su alrededor, de los espejos empañados, todo oculto, de forma que pudiera ser cualquiera, en cualquier parte, de cualquier tamaño.

Algún día todos me verán como yo me veo. Más grande que ninguno de ellos. Sacándoles una cabeza a los demás, capaz de ver más lejos, de llegar más lejos, de llevar cargas con las que ellos sólo podían soñar. En Rotterdam lo único que me importaba era seguir vivo. Pero aquí, bien alimentado, he descubierto quién soy. Lo que podría ser. Tal vez ellos piensen que soy un alienígena o un robot o algo por el estilo, sólo porque no soy corriente desde el punto de vista genético. Pero cuando haya realizado las grandes acciones de mi vida, estarán orgullosos de declararme humano, furioso contra cualquiera que cuestione si soy realmente uno de ellos.

Más grande que Wiggin.

Apartó la idea de su cabeza, o trató de hacerlo. Esto no era una competición. En el mundo, había suficiente espacio para dos grandes hombres al mismo tiempo.

Lee y Grant fueron contemporáneos, lucharon el uno contra el otro. Bismarck y Disraeli. Napoleón y Wellington.

No, esa comparación no era válida. Lincoln y Grant, por ejemplo. Dos grandes hombres trabajando juntos.

Sin embargo, era desconcertante advertir lo raro que era eso. Napoléon nunca pudo soportar que ninguno de sus lugartenientes tuviera autoridad real. Todas las victorias tenían que ser sólo suyas. ¿Quién era el gran hombre junto a Augusto? ¿Junto a Alejandro? Tuvieron amigos, tuvieron rivales, pero nunca tuvieron compañeros.

Por eso Wiggin me ha apartado, aunque ahora ya sabe por los informes que le dan a los comandantes de las escuadras que tengo una mente como ningún otro miembro de la Dragón. Porque soy un rival demasiado obvio. Porque le he enseñado las cartas el primer día que intenté destacar, y me ha hecho saber que eso no sucederá mientras esté en su escuadra.

Alguien entró en el cuarto de baño. Bean no pudo ver quién era a causa del vapor. Nadie lo saludó. Todos los demás debían de haber terminado ya y regresado al barracón para prepararse.

El recién llegado se abrió paso entre la bruma hasta la ducha de Bean. Era Wiggin.

Bean se quedó allí, cubierto de jabón. Se sintió como un idiota. Estaba tan absorto que había olvidado frotarse, y estaba allí de pie en medio de la bruma, perdido en sus pensamientos. Rápidamente, se colocó bajo el chorro de agua.

—¿Bean?

—¿Señor? —Bean se volvió hacia él. Wiggin estaba en la entrada de la ducha.

—Creí que había ordenado a todo el mundo que bajara al gimnasio.

Bean pensó. La escena se desarrolló en su mente. Sí, Wiggin había ordenado que todo el mundo llevara sus trajes refulgentes al gimnasio.

—Lo siento. Yo... estaba pensando en otra cosa...

—Todo el mundo está nervioso antes de su primera batalla.

Bean se odió a sí mismo. Había permitido que Wiggin lo viera haciendo una estupidez. Se había olvidado de una orden... Bean no se olvidaba nunca de nada. Es que no lo había registrado en su memoria. Y ahora se mostraba condescendiente con él. ¡Todo el mundo estaba nervioso!

—Tú no lo estuviste —dijo Bean.

Wiggin ya se había marchado. Regresó.

—¿No?

—Bonzo Madrid te dio la orden de no sacar tu arma. Tenías que quedarte allí como una momia. No te pusiste nervioso por eso.

—No —dijo Wiggin—. Me cabreé.

—Es mejor que estar nervioso.

Wiggin se disponía a marcharse cuando se dio otra vez la vuelta.

—¿Has orinado?

—Lo hice antes de ducharme —dijo Bean.

Wiggin sonrió. Entonces la sonrisa desapareció.

—Llegas tarde, Bean, y todavía te estás enjabonando. Ya he hecho que lleven tu traje refulgente al gimnasio. Todo lo que nos hace falta es que metas tu culo dentro.

Descolgó la toalla de Bean de su percha.

—Esto te estará esperando allí también. Ahora muévete.

Wiggin se marchó.

Bean cerró el agua, furioso. Eso era completamente innecesario, y Wiggin lo sabía. Hacerle atravesar el pasillo húmedo y desnudo durante el momento en que las demás escuadras volverían del desayuno. Era una bajeza, y una estupidez.

Cualquier cosa para dejarme en ridículo. Aprovecha todas las oportunidades.

Bean, idiota, sigues aquí de pie. Podrías haber corrido al gimnasio y llegado antes que él. En cambio, te estás disparando tú mismo al pie, so estúpido. ¿Y por qué? Nada de esto tiene sentido. Nada de esto va a ayudarte. Quieres que te nombre jefe de batallón, no que te mire con desdén. Entonces, ¿por qué te comportas como un estúpido, como un crío asustado e indigno de confianza, eh?

Y sigues aquí de pie, petrificado.

Soy un cobarde.

La idea atravesó la mente de Bean y lo llenó de terror. Pero no desapareció.

Soy uno de esos tipos que se quedan quietos o hacen cosas completamente irracionales cuando tienen miedo. Pierden el control y se quedan atontados.

Pero no hice eso en Rotterdam. De lo contrario, ahora estaría muerto.

O tal vez sí lo hice. Tal vez por eso no llamé a Poke y Aquiles cuando los vi solos en el muelle. Él no la habría matado y yo hubiera estado allí para ser testigo de lo que sucedía. En cambio, me fui corriendo hasta que me di cuenta del peligro que ella corría. Pero ¿por qué no lo advertí antes? Porque sí lo advertí, igual que oí a Wiggin decirnos que nos reuniéramos en el gimnasio. Lo había oído, lo había comprendido perfectamente, pero fui demasiado cobarde para actuar. Tuve demasiado miedo de que algo saliera mal.

Y tal vez eso es lo que sucedió cuando Aquiles estaba caído en el suelo y le dije a Poke que lo matara. Yo estaba equivocado y ella tenía razón. Porque cualquier otro matón al que ella hubiera capturado de esa forma habría querido vengarse y habría actuado inmediatamente, matándola en cuanto se levantara. Aquiles era el más probable, tal vez el único que accedería al acuerdo que había ideado Bean. No había otra elección. Pero me asusté. Mátalo, dije, porque quería que todo eso se acabara cuanto antes.

Y sigo aquí de pie. Ya no corre el agua. Estoy mojado y tengo frío. Pero no puedo moverme.

Nikolai esperaba en la puerta.

—Lástima lo de tu diarrea —dijo.

—¿Qué?

—Le dije a Ender que te levantaste con diarrea anoche. Por esto tuviste que venir al cuarto de baño. Estabas enfermo, pero no se lo dijiste porque no querías perderte la primera batalla.

—Estoy tan asustado que no podría cagar ni un mojoncito aunque quisiera.

—Me dio tu toalla. Dijo que fue una estupidez por su parte quitártela —dijo Nikolai y entró en el cuarto de baño y se la entregó—. Dice que te necesita en la batalla, y que se alegra de que te estés recuperando.

—No me necesita. Ni siquiera me quiere.

—Venga ya, Bean —dijo Nikolai—. Puedes hacerlo.

Bean se secó. Le sentó bien moverse, hacer algo.

—Creo que ya estás bastante seco.

Una vez más, Bean advirtió que sólo se estaba secando una y otra vez.

—Nikolai, ¿qué es lo que me pasa?

—Tienes miedo de que se descubra que eres sólo un niño pequeño. Bueno, voy a darte una pista: eres un niño pequeño.

—Y tú también.

—Así que no está mal sentirse mal. ¿No es eso lo que me dices siempre? —Nikolai se echó a reír—. Vamos, si yo puedo hacerlo, con lo malo que soy, tú también.

—Nikolai —dijo Bean.

—¿Ahora qué?

—Tengo que cagar de verdad.

—Pues no esperarás que te limpie el culo.

—Si no salgo en tres minutos, ven a buscarme.

Helado y sudoroso (una combinación que no había creído posible), Bean entró en el retrete y cerró la puerta. El dolor de su abdomen era feroz. Pero no podía descargar y quedarse tranquilo.

¿De qué tengo tanto miedo?

Finalmente, su sistema digestivo triunfó sobre su sistema nervioso. Fue como si todo lo que hubiera comido en su vida saliera de una sola vez.

—Se acabó el tiempo —advirtió Nikolai—. Voy a entrar.

—Tú mismo —dijo Bean—. He terminado, voy a salir.

Por fin vacío, limpio, y también humillado delante de su único amigo de verdad, Bean salió del retrete y se envolvió en la toalla.

—Gracias por evitar que sea un mentiroso —dijo Nikolai.

—¿Qué?

—Lo de tu diarrea.

—Por ti tendría disentería.

—Eso sí que es amistad.

Para cuando llegaron al gimnasio, todo el mundo se había puesto ya los trajes refulgentes y estaban preparados para salir. Mientras Nikolai ayudaba a Bean a vestirse, Wiggin ordenó a los demás que se tumbaran en las colchonetas y realizaran ejercicios de relajación. Bean incluso tuvo tiempo de tumbarse un par de minutos antes de que Wiggin los hiciera levantarse a todos. Las 06.56. Cuatro minutos para entrar en la sala de batalla. Lo estaba haciendo bastante bien.

Mientras corrían por el pasillo, Wiggin saltaba de vez en cuando para tocar el techo. Tras él, el resto de la escuadra saltaba y tocaba el mismo punto. Excepto los más pequeños. Bean, con el corazón todavía ardiendo por la humillación y el resentimiento y el temor, no lo intentó. Hacías ese tipo de cosas cuando pertenecías al grupo. Y él no pertenecía. Después de toda su brillantez en clase, ahora sabía la verdad. Era un cobarde. No encajaba en el ejército. Si no podía arriesgarse siquiera a practicar un juego, ¿qué valor tendría en combate? Los verdaderos generales se exponían al fuego enemigo. Tenían que ser intrépidos, un ejemplo de valor para sus hombres.

Yo me quedo petrificado, me doy duchas largas, y cago las raciones de una semana. Veamos quién sigue ese ejemplo.

En la puerta, Wiggin tuvo tiempo de alinearlos en pelotones, y luego recordarles:

—¿Dónde está la puerta del enemigo?

—¡Abajo! —respondieron todos.

Bean sólo silabeó la palabra. Abajo. Abajo abajo abajo. ¿Cuál es la mejor manera de derribar a un ganso?

La pared gris ante ellos desapareció, y pudieron ver el interior de la sala de batalla. Estaba en penumbra, no oscura, sino tan débilmente iluminada que la única forma de poder ver la puerta enemiga era gracias a la luz de los uniformes refulgentes de la Escuadra Conejo, que se filtraba por ella.

Wiggin no tenía prisa por atravesar la puerta. Se quedó allí estudiando la sala, que estaba dispuesta en una parrilla abierta, con ocho «estrellas» (cubos grandes que servían como obstáculos, cobertura, y plataformas) distribuidas de forma equitativa aunque aleatoria por todo el espacio.

Wiggin dio su primera orden al batallón C. El batallón de Crazy Tom. El batallón al que pertenecía Bean. La orden pasó por toda la fila.

—Ender dice que nos deslicemos por la pared.

Y luego:

—Tom dice que os disparéis a las piernas y entréis de rodillas. Pared sur.

Entraron en la sala en silencio, usando los asideros para impulsarse a lo largo del techo hasta la pared este.

—Están disponiéndose en formación de batalla. Todo lo que queremos hacer es cortarlos un poco, ponerlos nerviosos, confundirlos, porque no saben qué hacer con nosotros. Somos incursores. Así que les disparamos y luego nos escondemos detrás de esa estrella. No os quedéis atascados en el centro. Y *apuntad.* No disparéis en vano.

Bean cumplió las órdenes de manera mecánica. Ahora era ya una costumbre ponerse en posición, congelar sus piernas, y luego lanzarse con el cuerpo orientado hacia el lugar adecuado. Lo habían hecho centenares de veces. Lo hizo a la perfección, igual que los otros siete soldados del batallón. Nadie esperaba que ninguno fallara. Estaba allí donde esperaban que estuviera, haciendo su trabajo.

Se deslizaron por la pared, siempre con un asidero al alcance. Sus piernas congeladas estaban oscuras, bloqueando las luces del resto de sus trajes refulgentes hasta que estuvieran lo bastante cerca. Wiggin hacía algo arriba, cerca de la puerta, para distraer la atención de la Escuadra Conejo, de modo que la sorpresa fue bastante buena.

Cuando se acercaban, Crazy Tom dijo:

—Dividíos y rebotad hasta la estrella. Yo al norte, vosotros al sur.

Era una maniobra que Crazy Tom había practicado con su batallón. Era, además, el momento adecuado para hacerla. Confundiría al enemigo al tener a dos grupos a los que disparar, cada uno en una dirección distinta.

Se agarraron a los asideros. Sus cuerpos, naturalmente, se recortaron contra la pared, y de repente todas las luces de sus trajes refulgentes fueron visibles. Alguien en la Escuadra Conejo los localizó y dio la alarma.

Pero el batallón C se había puesto ya en marcha, la mitad diagonalmente al sur, la otra mitad al norte, todos en ángulo hacia el suelo. Bean empezó a disparar; el enemigo también le disparó a él. Oyó el leve silbido que avisaba que el rayo de alguien había alcanzado su traje, pero se retorcía lentamente, y tan lejos del enemigo que ninguno de los rayos permanecía en un sitio el tiempo suficiente para causar daños. Mientras tanto, descubrió que su brazo apuntaba a la perfección, sin temblar para nada. Había practicado esto muchas veces, y era bueno. Una muerte limpia, no sólo un brazo o una pierna.

Tuvo tiempo para un segundo disparo antes de golpear la pared y rebotar hasta la estrella de reencuentro. Un enemigo más lo alcanzó antes de que llegara, y luego se aferró al asidero de la estrella y anunció:

—Bean presente.

—Hemos perdido tres —dijo Crazy Tom—. Pero su formación se ha ido al infierno.

—¿Y ahora qué? —preguntó Dag.

Por los gritos sabían que la batalla principal continuaba.

Bean repasó lo que había visto mientras se aproximaba a la estrella.

—Han enviado a una docena de tipos a esta estrella para eliminarnos —dijo—. Vendrán por las caras este y oeste.

Todos lo miraron como si estuviera loco. ¿Cómo podía saber eso?

—Nos queda un segundo —dijo Bean.

—Todos al sur —ordenó Crazy Tom.

Pasaron a la cara sur de la estrella. No había ningún Conejo allí, pero Crazy Tom inmediatamente los hizo atacar la cara oeste. En efecto, allí estaban los componentes de la otra escuadra, a punto de atacar lo que consideraban era la parte «trasera» de la estrella; o, como la Escuadra Dragón se había entrenado a pensar, el fondo. Así que para los Conejos el ataque pareció venir desde abajo, la dirección con la que menos contaban. En unos momentos, los seis Conejos que había en esa cara quedaron congelados, flotando bajo la estrella.

La otra mitad de la fuerza de ataque se daría cuenta de ello y sabría lo que había sucedido.

—Arriba —dijo Crazy Tom.

Para el enemigo, eso sería la parte frontal de la estrella, la posición más expuesta al fuego de la formación principal. El último lugar al que esperaban que fuera el batallón de Tom.

Una vez estuvieron allí, en vez de continuar enfrentándose a la fuerza de choque que venía hacia ellos, Crazy Tom los hizo disparar a la formación principal Conejo, o a lo que quedaba de ella: principalmente grupos desorganizados que se ocultaban detrás de las estrellas y disparaban a los Dragones que caían hacia ellos desde varias direcciones. Los cinco miembros del batallón C tuvieron tiempo de alcanzar a un par de Conejos antes de que la fuerza de choque los volviera a encontrar.

Sin esperar órdenes, Bean se lanzó al instante para

apartarse de la superficie de la estrella y, de ese modo, poder disparar hacia abajo a la fuerza de choque. Desde tan cerca, pudo matar a cuatro soldados sin dificultad antes de que los giros cesaran bruscamente y su traje quedara rígido y oscuro por completo. El Conejo que lo había eliminado no pertenecía a la fuerza de choque: era alguien de la fuerza principal que tenía encima. Y para su satisfacción, Bean pudo ver que a causa de sus disparos, sólo un soldado del batallón C fue alcanzado por la fuerza de choque enviada contra ellos. Entonces rotó, y se perdió de vista.

Ya no importaba. Estaba eliminado. Pero lo había hecho bien. Estaba seguro de que había conseguido siete muertes, tal vez más. Y no se trataba sólo de su puntuación personal. Había proporcionado la información que Crazy Tom necesitó para tomar una buena decisión táctica, y luego había emprendido la acción valerosa que impidió que la fuerza de choque causara demasiadas bajas. Como resultado, el batallón C permaneció en posición para atacar al enemigo desde atrás. Sin un sitio donde esconderse, los Conejos serían eliminados en unos instantes. Y Bean había intervenido en todo eso.

No me quedé petrificado cuando pasamos a la acción. Hice lo que había sido entrenado para hacer, y me mantuve alerta, y pensé. Probablemente puedo hacerlo mejor, moverme más rápido, ver más. Pero para ser una primera batalla, lo hice bien. Tengo madera de soldado.

Como el batallón C era crucial para la victoria, Wiggin usó a los otros cuatro jefes de batallón para apretar con sus cascos las esquinas de la puerta enemiga, y concedió a Crazy Tom el honor de pasar por la puerta, que era como formalmente terminaba el juego, y encender las luces.

El propio mayor Anderson vino a felicitar al comandante vencedor y supervisar la operación de limpieza.

Wiggin descongeló rápidamente a las bajas. Bean se sintió aliviado cuando su traje pudo volver a moverse. Usando su gancho, Wiggin los acercó a todos e hizo formar a sus soldados en cinco batallones antes de empezar a descongelar a la Escuadra Conejo. Permanecieron firmes en el aire, los pies hacia abajo, las cabezas arriba... y cuando los Conejos se descongelaron, se fueron orientando poco a poco en la misma dirección. No tenían forma de saberlo, pero para la Escuadra Dragón la victoria fue entonces más que completa: pues el enemigo se orientaba ahora como si su propia puerta fuera abajo.

Bean y Nikolai estaban desayunando ya cuando Crazy Tom se acercó a su mesa.

—Ender dice que en vez de quince minutos para desayunar, tenemos hasta las 07.45. Y nos dejará salir de la práctica con tiempo para ducharnos.

Qué magnífica noticia. Ahora podían comer más despacio.

No es que a Bean le importara. Su bandeja tenía poca comida; casi había terminado. Una vez dentro de la Escuadra Dragón, Crazy Tom lo pilló regalando comida. Bean le dijo que siempre le daban demasiado, y Tom llevó el asunto a Ender, quien hizo que los nutricionistas dejaran de sobrealimentar a Bean. Ésa era la primera vez que Bean deseaba poder comer más. Y eso era sólo porque estaba agotado por la batalla.

—Inteligente —dijo Nikolai.

—¿Qué?

—Ender nos dice que tenemos quince minutos para comer, cosa que nos parece apresurada y no nos gusta. Entonces nos envía a los jefes de batallón, diciéndonos que tenemos hasta las 07.45. Son sólo diez minutos más, pero parece una eternidad. Y una ducha... se supone que podemos ducharnos después del juego, pero ahora estamos agradecidos.

—Y le cedió a los jefes de batallón la oportunidad de traer la buena noticia —dijo Bean.

—¿Es importante eso? —preguntó Nikolai—. Sabemos que fue cosa de Ender.

—La mayoría de los comandantes se aseguran de que todas las buenas noticias procedan de ellos —dijo Bean—, y las malas noticias de los jefes de batallón. Pero el único propósito de Wiggin es formar a sus jefes de batallón. Crazy Tom entró allí con nada más que su entrenamiento y su cerebro y un solo objetivo: golpear primero desde la pared y ponerse tras ellos. Todo lo demás fue cosa suya.

—Sí, pero si sus jefes de batallón la cagan, la mancha queda en el expediente de Ender —replicó Nikolai.

Bean sacudió la cabeza.

—La cuestión es que, en su primera batalla, Wiggin dividió sus fuerzas para conseguir un efecto táctico, y el batallón C pudo continuar atacando incluso después de que nos quedáramos sin planes, porque Crazy Tom estaba de verdad a cargo de nosotros. No nos quedamos sentados preguntándonos qué quería Wiggin de nosotros.

Nikolai lo comprendió, y asintió.

—*Bacana*. Eso es.

—Completamente cierto —dijo Bean. A estas alturas, todo el mundo en la mesa lo estaba escuchando—. Y eso se debe a que Wiggin no está pensando sólo en la Escuela de Batalla y las puntuaciones y en mierdas por el estilo. Sigue viendo los vids de la Segunda Invasión, ¿lo sabías? Está pensando en cómo derrotar a los insectores. Y sabe que la forma de hacerlo es tener tantos comandantes dispuestos a combatirlos como sea posible. Wiggin no quiere ser el único comandante preparado para combatir a los insectores. Él quiere luchar junto a unos grandes jefes de batallón, junto a los segundos jefes y, si es posible, junto a todos y cada uno de sus soldados dispuestos a comandar una flota contra los insectores si es necesario.

Bean sabía que, con toda probabilidad, su entusiasmo estaba dando a Wiggin crédito por más cosas de las que había planeado en realidad, pero aún estaba lleno del brillo de la victoria. Y además, lo que decía era verdad: Wiggin no era ningún Napoleón, que sujetaba las riendas con tanta fuerza que ninguno de sus comandantes fuera capaz de liderar a sus soldados de manera brillante e independiente. Crazy Tom se había comportado bien bajo presión. Había tomado las decisiones adecuadas, incluyendo la decisión de escuchar a su soldado más pequeño, el más inútil en apariencia. Y Crazy Tom lo había hecho porque Wiggin había dado ejemplo al escuchar a sus jefes de batallón. Aprendes, analizas, decides, actúas.

Después de desayunar, mientras se dirigían a las prácticas, Nikolai le preguntó:

—¿Por qué lo llamas Wiggin?

—Porque no somos amigos —dijo Bean.

—Oh, entonces es míster Wiggin y míster Bean, ¿es eso?

—No. *Bean* es mi nombre de pila.

—Oh. Entonces es míster Wiggin y Quién demonios seas.

—Exacto.

Todos esperaban tener al menos una semana para ir por ahí alardeando sobre su perfecto récord de victoria-pérdida. En cambio, a las 06.30 de la mañana siguiente, Wiggin apareció en el barracón, de nuevo blandiendo órdenes de batalla.

—Caballeros, espero que aprendierais algo ayer, porque hoy vamos a repetirlo.

Todos se sorprendieron, y algunos se enfadaron: no era justo, no estaban preparados. Wiggin le tendió las órdenes a Fly Molo, que acababa de salir a desayunar.

—¡Trajes refulgentes! —gritó Fly, quien estaba convencido de que ser la primera escuadra en librar dos batallas seguidas era algo magnífico.

Pero Hot Soup, el jefe del batallón D, mostraba otra actitud.

—¿Por qué no nos lo dijiste antes?

—Me pareció que necesitabais la ducha —dijo Wiggin—. Ayer la Escuadra Conejo dijo que vencimos sólo porque el hedor los dejó aturdidos.

Todos los que estaban cerca y pudieron oírlo se echaron a reír. Pero a Bean no le hizo gracia. Sabía que el papel no estaba allí cuando Wiggin se despertó. Los profesores lo habían colocado más tarde.

—No encontraste el papel hasta que volviste de la ducha, ¿verdad?

Wiggin le dirigió una mirada neutra.

—Naturalmente. No estoy tan cerca del suelo como tú.

El tono desdeñoso de su voz fue como un puñetazo para Bean. Sólo entonces se dio cuenta de que Wiggin había intepretado su pregunta como una crítica: que él pensaba que Wiggin no había estado atento y no había advertido las órdenes. Así que ahora había una marca más contra Bean en el dossier mental de Wiggin. Pero Bean no podía dejar que eso lo trastornara. No era igual que si Wiggin lo hubiera etiquetado como cobarde. Tal vez Crazy Tom le había contado cómo Bean contribuyó a la victoria de ayer, y tal vez no. No cambiaría lo que Wiggin había visto con sus propios ojos: Bean retrasándose en la ducha. Y ahora, al parecer, Bean le reprochaba que les obligara a todos a ir corriendo a su segunda batalla. Tal vez me harán jefe de batallón cuando cumpla treinta años. Y sólo si todos los demás se ahogan en un accidente de barco.

Wiggin seguía hablando, por supuesto, explicando cómo deberían esperar batallas en cualquier momento, pues se estaban quebrantando las antiguas normas.

—No puedo simular que me gusta la forma en que están jugando con nosotros, pero sí me gusta una cosa: que tengo una escuadra que puedo manejar.

Mientras se ponía el traje refulgente, Bean pensó en la actitud que adoptaban los profesores y lo que ello implicaba. Estaban presionando cada vez más a Wiggin, y también poniéndoselo más difícil. Y esto era sólo el principio. Eran sólo las primeras gotas de lluvia de una tormenta.

¿Por qué? No porque Wiggin fuera tan bueno que necesitara las pruebas. Al contrario: Wiggin estaba entrenando bien a su escuadra, y la Escuela de Batalla sólo se beneficiaría de ello concediéndole tiempo de sobra para hacerlo. Así que tenía que ser algo externo a la Escuela de Batalla.

Sólo había una posibilidad, en realidad. Los invasores se acercaban. Los insectores estaban sólo a unos pocos años luz de distancia. Tenían que terminar el entrenamiento de Wiggin.

Wiggin. No todos nosotros, sólo Wiggin. Porque si fuera todo el mundo, entonces el plan de trabajo de todo el mundo se aceleraría de la misma manera. No sólo el nuestro.

Así que ya es demasiado tarde para mí. Han elegido a Wiggin para depositar en él todas sus esperanzas. Ya no importará si soy jefe de batallón o no. Todo lo que importa es: ¿estará Wiggin preparado?

Si Wiggin tiene éxito, seguirán habiendo posiblidades de que yo consiga convertirme en líder después. La liga se hará pedazos. Habrá guerra entre los humanos. O bien la F.I. me utilizará para mantener la paz, o tal vez pueda entrar en algún ejército en la Tierra. Tengo mucha vida por delante. A menos que Wiggin comande nuestra flota contra los insectores y pierda. Entonces ninguno de nosotros tendrá vida ninguna.

Todo lo que puedo hacer en ese preciso instante es tratar de ayudar a Wiggin a aprender todo cuanto pueda aprender aquí. El problema es que no estoy lo bastante cerca de él para tener ningún efecto.

La batalla era contra Petra Arkanian, comandante de la Escuadra Fénix. Petra era más lista que Carn Carby; también tenía la ventaja de haber oído cómo Wiggin trabajaba sin ninguna formación y usaba pequeños grupos de ataque para romper las formaciones antes del combate principal. Con todo, Dragón terminó con sólo tres soldados alcanzados y nueve parcialmente incapacitados. Una derrota aplastante. Bean pudo ver que a Petra tampoco le gustó. Lo más probable era que pensara que Wiggin lo había preparado así, para humillarla deliberadamente. Pero se desquitaría muy pronto: Wiggin dejaba libres a sus jefes de batallón, y cada uno de ellos buscaba la victoria absoluta, como habían sido entrenados. Su sistema funcionaba mejor, eso era todo, y el viejo método de plantear las batallas estaba condenado al fracaso.

Muy pronto, todos los demás comandantes empezarían a adaptarse, a aprender cada uno de los movimientos de Wiggin. Y la Escuadra Dragón se enfrentaría a otras escuadras que estarían divididas en cinco batallones, no cuatro, y que se moverían de forma libre, con unos jefes de batallón más hábiles para las maniobras. Los niños no llegaban a la Escuela de Batalla si eran idiotas. El único motivo de que la técnica funcionara una segunda vez fue porque sólo había pasado un día desde la primera batalla, y nadie esperaba tener que enfrentarse tan pronto a Wiggin. Ahora sabrían que había que hacer cambios rápidamente. Bean dedujo que con toda probabilidad nunca volverían a ver otra formación.

¿Y entonces qué? ¿Había vaciado Wiggin su cargador, o tendría nuevos trucos en la manga? El problema era que la innovación nunca conseguía la victoria a largo plazo. Era demasiado fácil que el enemigo imitara y mejorara tus innovaciones. La verdadera prueba para Wiggin sería lo que hiciera cuando se enfrentara con otras escuadras que utilizaran tácticas similares.

Y la verdadera prueba para mí será ver si podré soportarlo cuando Wiggin cometa algún estúpido error y yo tenga que quedarme sentado como cualquier otro soldado, viéndolo.

El tercer día, otra batalla. El cuarto día, otra. Victoria. Victoria. Pero cada vez le sacaban menos puntos al enemigo. Bean ganaba cada vez más confianza como soldado... y se sentía más frustrado porque tan sólo podía contribuir con su buena puntería o, ocasionalmente, con alguna sugerencia; a veces también le recordaba algo a Crazy Tom, pero eso era todo.

Bean le escribió a Dimak al respecto, explicando cómo estaba siendo infrautilizado y sugiriendo que podría entrenarse mejor trabajando con un comandante peor, donde tendría mejores posibilidades de conseguir su propio batallón.

La respuesta fue breve:

—¿Quién más te querría? Aprende de Ender.

Muy duro, pero cierto. Sin duda, ni siquiera Wiggin lo quería en realidad. O le habían prohibido trasladar a sus soldados, o había intentado apartar a Bean y nadie había querido quedárselo.

Estaban en el tiempo libre de la tarde tras su cuarta batalla. La mayoría de los otros niños trataban de no perder el ritmo de sus clases: los combates empezaban a hacerles mella, sobre todo porque se daban cuenta de que tenían que entrenar duro para no quedarse atrás. Sin embargo, Bean se enfrentaba a las clases con la soltura de siempre, y cuando Nikolai le dijo que no necesitaba que lo ayudaran más con sus trabajos, decidió dar un paseo.

Al pasar ante la habitación de Wiggin (un cubículo aún más pequeño que los estrechos cuartos que tenían los profesores, donde apenas había espacio para un camastro, una silla y una mesita), Bean se sintió tentado de llamar a la puerta, sentarse y aclarar las cosas con Wiggin de una vez por todas. Entonces el sentido común prevaleció por encima de la frustración y la vanidad, y Bean continuó caminando hasta llegar a la arcada.

No estaba tan llena como de costumbre. Bean supuso que era debido a que todo el mundo hacía prácticas extra en ese tiempo libre, tratando de descubrir lo que pensaban que hacía Wiggin antes de tener que enfrentarse a él en batalla. Con todo, había unos cuantos dispuestos a juguetear con los controles y hacer que las pantallas y los hologramas cobraran vida.

Bean encontró un juego de pantalla plana que tenía por héroe a un ratón. Nadie lo utilizaba, así que empezó a maniobrar por un laberinto. Rápidamente el laberinto dio paso a los pasadizos y gateras de una vieja casa, con trampas emplazadas aquí y allá, nada complicado. Los gatos lo perseguían... en vano. Saltó a una mesa y se encontró cara a cara con un gigante.

Un gigante que le ofreció una bebida.

Esto era el juego de fantasía. Era el juego psicológico que todos los demás practicaban en sus consolas todo el tiempo. Lo habían engañado para que lo jugara una vez, pero dudaba que hubieran aprendido nada importante hasta ahora. A la mierda con ellos. Podían engañarlo para que jugara hasta cierto punto, pero no tenía que ir más allá... si no fuera porque la cara del gigante había cambiado. Era Aquiles.

Bean se quedó allí, aturdido durante un momento. Petrificado, aterrado. ¿Cómo lo sabían? ¿Por qué lo hacían? Enfrentarlo cara a cara con Aquiles, y por sorpresa. Qué hijos de puta.

Se retiró del juego.

Momentos después, se dio la vuelta y regresó. El gigante ya no estaba en la pantalla. El ratón corría de nuevo, tratando de escapar del laberinto.

No, no jugaré. Aquiles está muy lejos y no tiene poder para hacerme daño. Ni a Poke tampoco, ni a nadie más. No tengo que pensar en él y, seguro como que el infierno existe que no tengo que beber nada que me ofrezca.

Bean se marchó de nuevo, y esta vez no regresó.

Caminó hasta el comedor. Acababa de cerrar, pero Bean no tenía otra cosa que hacer, así que se sentó en el pasillo ante la puerta del salón y apoyó la cabeza en las rodillas. Pensó en Rotterdam, cuando se sentaba en lo alto de un cubo de basura para observar a Poke trabajando con su banda, y cómo ella era la jefa de banda más decente que había visto jamás, la manera en que escuchaba a los niños pequeños y les daba una porción justa y los mantenía vivos aunque significara no comer mucho ella misma, y por eso la eligió, porque tenía compasión... tanta compasión que era capaz de escuchar a un niño.

Su compasión la mató.

Yo la maté al elegirla.

Será mejor que Dios exista. Para que pueda condenar a Aquiles en el infierno para siempre.

Alguien le dio una patada en el pie.

—Márchate —dijo Bean—. No te estoy molestando.

Fuera quien fuese volvió a darle otra patada. Utilizando las manos, Bean evitó caer. Alzó la mirada. Bonzo Madrid se alzaba sobre él.

—Tengo entendido que eres el mojoncito que se agarra a los pelos del culo de la Escuadra Dragón —le soltó Bonzo.

Había otros tres tipos con él. Tipos grandes. Todos tenían cara de matón.

—Hola, Bonzo.

—Tenemos que hablar, capullo.

—¿Qué es esto, espionaje? —preguntó Bean—. Se supone que no puedes hablar con los soldados de otras escuadras.

—No necesito espiar para derrotar a la Escuadra Dragón —dijo Bonzo.

—¿Así que entonces buscas a los soldados más pequeños de la Dragón, y cuando los encuentras los presionas un poco hasta que lloran?

El rostro de Bonzo mostró su furia. No es que no lo hiciera siempre.

—¿Es que tienes ganas de comerte tu propio culo, capullo?

A Bean no le gustaban los matones. Y como, en este momento, se sentía culpable por el asesinato de Poke, no le importaba si Bonzo Madrid acababa siendo el que administrara la pena de muerte. Era hora de dar rienda suelta a su mente.

—Pesas al menos tres veces más que yo —le soltó Bean—, y no lo digo por el cráneo que lo tienes vacío. Eres un segundón que de algún modo consiguió una escuadra y nunca ha sabido qué hacer con ella. Wiggin va a aplastarte y ni siquiera tendrá que molestarse en intentarlo. ¿Qué importa lo que me hagas? Soy el soldado más pequeño y más débil de toda la escuela. Naturalmente, me eliges a mí para golpearme.

—Sí, el más pequeño y el más débil —coreó uno de los otros niños.

Bonzo permaneció callado. Las palabras de Bean le habían ofendido. Bonzo era orgulloso, y sabía que si en ese momento hacía daño a Bean sería una humillación, no un placer.

—Ender Wiggin no va a derrotarme con esa colección de novatos y desechos que llama escuadra. Puede que haya vencido a un puñado de tarados como Carn y... *Petra* —dijo escupiendo su nombre—. Pero cada vez que encontramos mierda, mi escuadra la aplasta.

Bean le dirigió su mirada más dura.

—¿No lo entiendes, Bonzo? Los profesores han elegido a Wiggin. Es el mejor. El mejor que ha habido jamás. No le dieron la peor escuadra. Le dieron la mejor. Esos veteranos que llamas desechos... eran soldados tan buenos que los comandantes *estúpidos* no pudieron entenderse con ellos y trataron de trasladarlos de todas formas. Wiggin sabe cómo utilizar a los buenos soldados, aunque tú no sepas. Por eso está venciendo. Es más listo que tú. Y sus soldados son todos más listos que los tuyos. Las apuestas están en tu contra, Bonzo. Bien podrías rendirte ahora. Cuando tu patética Escuadra Salamandra se enfrente a nosotros, os daremos una paliza tan grande que tendréis que mear sentados.

Bean habría seguido hablando (no es que tuviera un plan y, desde luego, habría podido soltar mucho más) si no lo hubieran interrumpido. Dos de los amigos de Bonzo lo acorralaron y lo apretujaron contra la pared, por encima de sus propias cabezas. Bonzo le rodeó la garganta con una mano, justo debajo de la mandíbula, y apretó. Los otros lo soltaron. Bean quedó colgando del cuello, y no podía respirar. Por reflejo, pataleó, esforzándose por alcanzarlo con los pies. Pero los largos brazos de Bonzo estaban demasiado lejos para que ninguna de las patadas de Bean lo alcanzara.

—Una cosa es el juego —susurró Bonzo—. Los profesores pueden amañarlo y dárselo a su pelota, Wiggin. Pero llegará el momento en que no sea un juego. Y cuando llegue ese momento, no será un traje refulgente congelado lo que impida a Wiggin moverse. ¿Comprendes?

¿Qué respuesta esperaba? Bean no podía asentir ni hablar.

Bonzo se quedó allí de pie, sonriendo con malicia, mientras Bean se debatía.

Cuando Bonzo lo dejó caer al suelo, finalmente, a Bean ya se le empezaba a nublar la vista. Se quedó allí tendido, tosiendo y jadeando.

¿Qué he hecho? Me he burlado de Bonzo Madrid. Un matón que carece de la sutileza de Aquiles. Cuando Wiggin lo derrote, no lo aceptará. No se contentará con una demostración tampoco. Su odio por Wiggin es profundo.

En cuanto recuperó la respiración, Bean regresó a los barracones. Nikolai advirtió de inmediato las marcas en su cuello.

—¿Quién ha querido ahogarte?

—No lo sé.

—No me vengas con ésas. Lo tenías de cara, mira las marcas de esos dedos.

—No lo recuerdo.

—Tú recuerdas incluso las pautas de las arterias de tu propia placenta.

—No voy a decírtelo —dijo Bean. Para eso, Nikolai no tenía ninguna respuesta, aunque no le gustara.

Bean conectó como ^Graff y escribió una nota a Dimak, aunque sabía que no serviría para nada.

«Bonzo está loco. Podría matar a alguien, y Wiggin es el combatiente al que más odia.»

La respuesta llegó de inmediato, casi como si Dimak hubiera estado esperando el mensaje.

«Limpia tu propia mierda. No le vayas llorando a mamá.»

Esas palabras le hicieron daño. No era la mierda de Bean, sino la de Wiggin. Y, en el fondo, de los profesores, por haber puesto de entrada a Wiggin en la escuadra de Bonzo. Y luego meterse con él porque no tenía madre... ¿cuándo se habían convertido los profesores en el enemigo? Se supone que tienen que protegernos de los niños locos como Bonzo Madrid. ¿Cómo piensan que voy a limpiar esta mierda?

Lo único que detendrá a Bonzo Madrid es matarlo.

Entonces Bean recordó cómo había mirado a Aquiles mientras decía: «Tienes que matarlo.»

¿Por qué no pude mantener la boca cerrada? ¿Por qué tuve que meterme con Bonzo Madrid? Wiggin va a acabar como Poke. Y será otra vez por culpa mía.

16

Compañero

—Ya ve, Anton, la clave que descubrió ha sido activada, y puede ser la salvación de la especie humana.

—Pero el pobre niño. Vivir toda la vida tan pequeño, y luego morir como gigante.

—Tal vez le… divertirá la ironía.

—Qué extraño es pensar que mi pequeña clave pueda ser la salvación de la especie humana. De las bestias invasoras, al menos. ¿Quién nos salvará cuando volvamos a convertirnos en nuestro propio enemigo?

—No somos enemigos, usted y yo.

—No hay mucha gente que sea enemiga de nadie. Pero los que están llenos de codicia, orgullo u odio… su pasión es lo bastante fuerte para empujar al mundo a la guerra.

—Si Dios puede crear un alma grande para salvarnos de una amenaza, ¿no responderá a nuestras oraciones creando otra cuando la necesitemos?

—Pero, sor Carlotta, sabe usted que el niño del que habla no fue creado por Dios. Fue creado por un secuestrador, un asesino de niños, un científico al margen de la ley.

—¿Sabe por qué Satanás está tan furioso todo el tiempo? Porque cada vez que comete una fechoría particularmente osada, Dios la utiliza para que sirva a sus propios propósitos.

—Entonces Dios usa a la gente malvada como herramienta.

—Dios nos da la libertad de cometer grandes males, si así lo elegimos. Luego utiliza su propia libertad para crear bien a partir de ese mal, pues eso es lo que elige.

—Así que, a la larga, Dios gana siempre.

—Sí.

—Pero a la corta puede ser incómodo.

—¿Y cuándo, en el pasado, habría preferido usted morir, en vez de estar vivo aquí hoy?

—Eso es. Nos acostumbramos a todo. Encontramos esperanza en cualquier cosa.

—Por eso nunca he comprendido el suicidio. Incluso aquellos que sufren por grandes depresiones o culpas... ¿no sienten el consuelo de Cristo en sus corazones, dándoles esperanza?

—¿Me lo pregunta a mí?

—Como Dios no está a mi alcance, se lo pregunto a un compañero mortal.

—Según mi punto de vista, el suicidio no es realmente el deseo de que termine la vida.

—¿Qué es, entonces?

—Es la única forma que tiene una persona impotente de lograr que todo el mundo se olvide de su vergüenza. El deseo no es morir, sino esconderse.

—Como Adán y Eva se escondieron del Señor.

—Porque estaban desnudos.

—Si la gente triste pudiera recordar... Todo el mundo está desnudo. Todo el mundo quiere esconderse. Pero la vida sigue siendo dulce. Dejemos que continúe.

—¿No cree entonces que los fórmicos sean la bestia del Apocalipsis, hermana?

—No, Anton. Creo que también son hijos de Dios.

—Y sin embargo encontró a este niño sólo para que pudiera crecer y destruirlos.

—Derrotarlos. Además, si Dios no quiere que mueran, no morirán.

—Y si Dios quiere que nosotros muramos, moriremos. ¿Por qué se esfuerza tanto, entonces?

—Porque ofrecí a Dios estas manos mías, y le sirvo lo mejor que puedo. Si no hubiera querido que encontrara a Bean, no lo habría hecho.

—¿Y si Dios quiere que los fórmicos prevalezcan?

—Encontrará otras manos para hacerlo. Para ese trabajo, no puede contar con las mías.

Últimamente, mientras los jefes de batallón entrenaban a los soldados, a Ender le había dado por desaparecer. Bean utilizó su clave ^Graff para descubrir qué estaba haciendo. Había vuelto a estudiar los vids de la victoria de Mazer Rackham, de un modo más intenso y concienzudo que antes. Y esta vez, como la escuadra de Wiggin libraba batallas a diario y las ganaba todas, los otros comandantes y muchos jefes de batallón y soldados rasos empezaron también a acudir a la biblioteca y a visualizar los mismos vids, tratando de encontrar sentido a lo que veía Wiggin en ellos.

Qué estúpidos, pensó Bean. Wiggin no está buscando nada para utilizarlo aquí en la Escuela de Batalla: ha creado un ejército poderoso y versátil y descubrirá qué hacer con ellos en el acto. Está estudiando esos vids para averiguar qué tácticas debía usar para derrotar a los insectores. Porque ahora lo sabe: se enfrentará a ellos algún día. Los profesores no estarían forzando todo el sistema en la Escuela de Batalla si no nos acercáramos a la crisis, si no necesitaran a Ender Wiggin para que nos salve de la invasión de los insectores. Por eso Wiggin estudia a los insectores, buscando con desespero una idea de lo que quieren, de cómo luchan, de cómo mueren.

¿Por qué no ven los profesores que Wiggin ya ha acabado? Ni siquiera piensa ya en la Escuela de Batalla. Deberían sacarlo de aquí y llevarlo a la Escuela Táctica, o al siguiente estadio de su entrenamiento, sea cual sea. En cambio, lo están presionando, lo están cansando.

Y a nosotros también. Estamos cansados.

Bean lo veía especialmente en Nikolai, quien se esforzaba mucho más que los demás para no perder el ritmo. Si fuéramos un ejército ordinario, pensó Bean, la mayoría de nosotros seríamos como Nikolai. En realidad, muchos lo somos: Nikolai no es el primero en mostrar su cansancio. Los soldados dejan caer los cubiertos o las bandejas de comida en los almuerzos. Al menos uno se ha meado en la cama. Discutimos más en las prácticas. El trabajo en clase se resiente. Todo el mundo tiene límites. Incluso yo, el niño genéticamente alterado, la máquina pensante, necesito tiempo para relubricar y repostar, y no dispongo de él.

Bean incluso le escribió al coronel Graff al respecto, en una notita que decía solamente: «Una cosa es entrenar soldados y otra muy distinta agotarlos.» No obtuvo ninguna respuesta.

Era tarde, media hora antes de la cena. Ya habían ganado un juego esa mañana y practicaron después de la clase, aunque los jefes de batallón, a sugerencia de Wiggin, habían dejado a sus soldados marchar temprano. La mayor parte de la Escuadra Dragón estaba ahora vistiéndose después de la ducha, aunque algunos habían ido a matar el rato a la sala de juegos o la sala de vídeo... o a la biblioteca. Ya nadie prestaba atención a las clases, pero unos cuantos todavía ejecutaban los movimientos.

Wiggin apareció en la puerta, blandiendo nuevas órdenes.

Una segunda batalla el *mismo* día.

—Ésta es difícil y no hay tiempo —advirtió Wiggin—. Se lo notificaron a Bonzo hace veinte minutos, y para cuando lleguemos a la puerta ya llevarán dentro unos cinco minutos como mínimo.

Envió a los cuatro soldados más cercanos a la puerta (todos jóvenes, pero ya no eran novatos, sino veteranos) a buscar a los que se habían marchado. Bean se vistió con relativa rapidez; ahora había aprendido a hacerlo solo, pero no sin tener que soportar un montón de chistes sobre el hecho de que era el único soldado que debió practicar para vestirse, y seguía siendo lento.

Mientras se vestían, se quejaron de que todo aquello resultaba cada vez más absurdo. La Escuadra Dragón debería tener un descanso de vez en cuando. Fly Molo fue quien se quejó con más fuerza, pero incluso Crazy Tom, que normalmente se reía de todo, mostró su fastidio.

—¡Nadie ha tenido dos batallas el mismo día!

Entonces Wiggin le respondió:

—Nadie ha derrotado nunca a la Escuadra Dragón. ¿Va a ser ésta tu gran oportunidad de perder?

Por supuesto que no. Nadie pretendía perder. Sólo querían quejarse.

Tardaron un rato, pero por fin se reunieron en el pasillo ante la sala de batalla. La puerta estaba ya abierta. Unos cuantos de los últimos en llegar todavía se estaban poniendo sus trajes refulgentes. Bean estaba detrás de Crazy Tom, así que podía ver la sala. Luces brillantes. Ninguna estrella, ninguna parrilla, ningún escondite de ninguna clase. La puerta enemiga estaba abierta, y sin embargo no se veía ni a un solo soldado de la Escuadra Salamandra.

—Vaya, vaya —dijo Crazy Tom—. Todavía no han salido, tampoco.

Bean puso los ojos en blanco. Claro que habían salido. Pero en una sala sin coberturas, simplemente habían formado en el techo, reunidos alrededor de la puerta de la Escuadra Dragón, dispuestos a destruirlos a todos a medida que fueran saliendo.

Wiggin captó la expresión facial de Bean y sonrió mientras se llevaba un dedo a la boca para indicar que todos guardaran silencio. Señaló alrededor de la puerta, para hacerles saber dónde estaban congregados los Salamandras, y luego indicó que se retiraran.

La estrategia era sencilla y obvia. Como Bonzo Madrid había situado a su escuadra contra una pared, dispuesta a ser masacrada, sólo había que encontrar la forma adecuada de entrar en la sala de batalla y efectuar la masacre.

La solución de Wiggin (que fue del agrado de Bean) fue transformar a los soldados más grandes en vehículos acorazados haciendo que se arrodillaran y congelando sus piernas. Entonces un soldado más pequeño se arrodillaba sobre las pantorrillas de cada niño grande, pasaba un brazo alrededor de la cintura del soldado grande, y se preparaba para disparar. Los soldados más grandes fueron utilizados como lanzadores, para arrojar a cada pareja a la sala de batalla.

Por una vez, ser pequeño tuvo sus ventajas. Bean y Crazy Tom fueron la pareja que Wiggin empleó para demostrar lo que pretendía que hicieran todos. Como resultado, cuando las dos primeras parejas fueron lanzadas al interior de la sala, Bean tuvo que empezar la matanza.

Eliminó a tres casi de inmediato: tan de cerca, el rayo quedaba muy concentrado y las muertes fueron rápidas. Y cuando empezaron a quedar fuera de alcance, Bean rodeó a Crazy Tom y se desgajó de él, dirigiéndose al este y hacia arriba mientras Tom caía aún más rápidamente hacia el otro extremo de la sala. Cuando los otros Dragones vieron cómo había conseguido Bean permanecer dentro del alcance de tiro, moviéndose de lado para que no lo alcanzaran, muchos hicieron lo mismo. Bean acabó por ser neutralizado, pero apenas importaba: todos los Salamandras fueron aniquilados, y no hubo ni uno solo que consiguiera apartarse de la pared. Incluso cuando quedó claro que eran un blanco fácil y estacionario, Bonzo no comprendió que estaba condenado hasta que él mismo quedó congelado, y nadie más tuvo la iniciativa de dar una contraorden para que empezaran a moverse y no fueran tan fáciles de alcanzar. Un ejemplo más de por qué un comandante que gobernaba por medio del miedo y tomaba todas las decisiones él solo siempre sería derrotado, tarde o temprano.

La batalla no había durado ni un minuto, desde que Bean entró por la puerta cabalgando a Crazy Tom hasta que el último Salamandra quedó congelado.

Lo que sorprendió a Bean fue que Wiggin, normalmente tan sereno, estaba jodido y lo mostraba. El mayor Anderson ni siquiera tuvo la oportunidad de darle la enhorabuena oficial antes de que Wiggin le gritara:

—Creía que nos había enfrentado a una escuadra que pudiera igualarnos en una lucha justa.

¿Por qué pensó eso? Wiggin debía de haber mantenido algún tipo de conversación con Anderson, debían de haberle prometido algo que no se había cumplido.

Pero Anderson no explicó nada.

—Enhorabuena por la victoria, comandante.

Wiggin no las aceptó. Aquel día no iba a ser como siempre. Se volvió hacia su escuadra y llamó a Bean por su nombre.

—Si hubieras sido el comandante de la Escuadra Salamandra, ¿qué habrías hecho?

Como otro Dragón lo había utilizado para impulsarse en pleno aire, Bean flotaba ahora cerca de la puerta enemiga, pero oyó la pregunta: Wiggin no estaba siendo sutil al respecto. Bean no quería contestar, porque sabía que era un grave error hablar mal de los Salamandras y llamar al soldado más pequeño de la Escuadra Dragón para que corrigiera las estúpidas tácticas de Bonzo. Wiggin no había tenido la mano de Bonzo alrededor de la garganta como Bean. Con todo, Wiggin era comandante, y la táctica de Bonzo había sido una estupidez, y era divertido decirlo.

—Mantener una pauta cambiante de movimiento delante de la puerta —respondió Bean, en voz alta, de modo que todos los soldados pudieran oírlo, incluso los Salamandras, todavía pegados al techo—. No hay que quedarse quieto cuando el enemigo conoce tu posición exacta.

Wiggin se volvió de nuevo hacia Anderson.

—Ya que hace trampas, ¿por qué no entrena a la otra escuadra para que al menos las haga de manera inteligente?

Anderson continuó tranquilo, ignorando el estallido de Wiggin.

—Sugiero que retires a tu escuadra.

Wiggin no perdió tiempo con rituales. Pulsó los botones que descongelaban a ambas escuadras. Y en vez de formar para recibir la rendición formal, gritó:

—¡Escuadra Dragón, retírense!

Bean era uno de los que estaban más cerca de la puerta, pero esperó a ser de los últimos, de modo que Wiggin y él pudieran estar juntos.

—Acabas de humillar a Bonzo, y es...

—Lo sé —dijo Wiggin. Apretó el paso y se alejó, pues no quería oír hablar del tema.

—¡Es peligroso! —le gritó Bean. Esfuerzo baldío. O bien Wiggin ya sabía que había provocado al matón equivocado, o no le importaba.

¿Lo hacía deliberadamente? Wiggin se controlaba siempre, siempre tenía un plan. Pero Bean no podía imaginar que ese plan implicara gritarle al mayor Anderson y avergonzar a Bonzo Madrid delante de toda su escuadra.

¿Por qué iba a hacer Wiggin una estupidez semejante?

Era casi imposible pensar en geometría, aunque había un examen al día siguiente. Las clases carecían ahora de importancia alguna, y sin embargo seguían haciendo pruebas y aprobando y suspendiendo para continuar con sus misiones. Los últimos días, Bean había obtenido calificaciones algo menos que perfectas. No es que no conociera las respuestas, o al menos cómo averiguarlas. Pero su mente seguía centrándose en asuntos de mayor importancia: nuevas tácticas que pudieran sorprender al enemigo; nuevos trucos que los profesores pudieran sacarse de la manga por la manera en que amañaban las cosas; qué podría estar sucediendo en la guerra de verdad, para que el sistema empezara a colapsarse de esta forma; qué pasaría en la Tierra y en la F.I. cuando los insectores fueran derrotados. Resultaba difícil preocuparse por volúmenes, áreas, caras y dimensiones de sólidos. En la prueba del día anterior, mientras resolvía los problemas de gravedad cerca de masas planetarias estelares, Bean finalmente se hartó y escribió:

$$2 + 2 = \pi \sqrt{2 + n}$$

CUANDO SEPAN EL VALOR DE N, TERMINARÉ EL EXAMEN.

Sabía que todos los profesores estaban al tanto de lo que sucedía, y si querían fingir que las clases aún importaban, muy bien, pero él no tenía que jugar.

Al mismo tiempo, sabía que los problemas de gravedad eran importantes para alguien cuyo futuro probable estaría en la Flota Internacional. También necesitaba una buena base en geometría, ya que sabía a qué tipo de cálculos matemáticos tendría que enfrentarse. No iba a ser ingeniero ni artillero ni científico de cohetes ni, con toda probabilidad, tampoco piloto. Pero tenía que saber lo que ellos sabían mejor que ellos mismos, o nunca lo respetarían lo suficiente para seguirlo.

Esta noche no, eso es todo, pensó Bean. Esta noche puedo descansar. Mañana aprenderé lo que necesito aprender. Cuando no esté tan cansado.

Cerró los ojos.

Volvió a abrirlos. Abrió su taquilla y sacó su consola.

En las calles de Rotterdam anduvo cansado, agotado por el hambre y la malnutrición y el abatimiento. Pero siguió en guardia. Siguió pensando. Y por tanto pudo continuar con vida. En este ejército todo el mundo se estaba cansando, lo cual significaba que habría cada vez más errores estúpidos. Bean, menos que nadie, podía permitirse cometer estupideces. No ser estúpido era el único haber que tenía.

Conectó. Un mensaje apareció en su pantalla:

`Reúnete conmigo de inmediato. Ender.`

Sólo faltaban diez minutos para que apagaran las luces. Tal vez Wiggin había enviado el mensaje tres horas antes. Pero mejor tarde que nunca. Saltó de su camastro de inmediato, olvidándose de los zapatos, y recorrió el pasillo sólo con los calcetines puestos. Llamó a la puerta en la que se leía.

COMANDANTE
ESCUADRA DRAGÓN

—Pasa —dijo Wiggin.

Bean abrió la puerta y entró. Wiggin parecía cansado, igual que el coronel Graff parecía cansado siempre. Ojeras profundas, el rostro abotargado, los hombros encogidos, pero los ojos brillantes y fieros, alerta, pensando.

—Acabo de leer tu mensaje —dijo Bean.

—Bien.

—Casi es la hora de apagar las luces.

—Te ayudaré a encontrar el camino en la oscuridad.

El sarcasmo sorprendió a Bean. Como de costumbre, Wiggin había dado una interpretación completamente diferente al comentario de Bean.

—Es que no sabía si sabías la hora que es...

—Siempre sé la hora que es.

Bean suspiró por dentro. Nunca fallaba. Cada vez que tenía una conversación con Wiggin, resultaba una especie de competición para ver quién fastidiaba a quién, y Bean siempre perdía, incluso cuando eran los fallos de percepción de Wiggin quienes las causaban. Bean odiaba estas situaciones. Reconocía el genio de Wiggin y lo honraba por ello. ¿Por qué no podía Wiggin ver nada bueno en él?

Pero Bean no dijo nada. No había nada que pudiera

decir para mejorar la situación. Wiggin lo había llamado. Que hablara Wiggin.

—¿Recuerdas lo que pasó hace cuatro semanas, Bean? ¿Cuando me dijiste que te nombrara jefe de batallón?

—Sí.

—He nombrado cinco jefes de batallón y cinco ayudantes desde entonces. Y ninguno de ellos fuiste tú. —Wiggin alzó las cejas—. ¿Hice bien?

—Sí, señor.

Pero sólo porque no te molestaste en darme una oportunidad para demostrar quién soy antes de hacer los nombramientos.

—Entonces dime cómo te ha ido en estas ocho batallas.

Bean quiso recalcarle una y otra vez que las sugerencias que había dado a Crazy Tom habían convertido al batallón C en el más eficaz dentro de la escuadra. Que sus innovaciones tácticas y sus respuestas creativas a las diversas situaciones habían sido imitadas por los otros soldados. Pero eso sería alardear y rozaría la insubordinación. No era lo que diría un soldado que quería ser oficial. Crazy Tom podría haber informado de la contribución de Bean o no. No era asunto de Bean informar de nada sobre sí mismo que no fuera de dominio público.

—Hoy ha sido la primera vez que me han neutralizado con facilidad, pero el ordenador me ha adjudicado once blancos antes de que tuviera que pararme. Nunca he tenido menos de cinco blancos en una batalla. También he completado todas las misiones que se me han encomendado.

—¿Por qué te convirtieron en soldado tan joven, Bean?

—No más joven que lo que tú fuiste.

Técnicamente no era cierto, pero se acercaba bastante.

—Pero ¿por qué?

¿Adónde quería llegar? Fue decisión de los profesores. ¿Había descubierto que había sido Bean quien compuso la lista? ¿Sabía que Bean se había elegido a sí mismo?

—No lo sé.

—Sí que lo sabes, y yo también.

No, Wiggin no le estaba preguntando específicamente por qué lo habían nombrado soldado. Estaba preguntando por qué los novatos fueron ascendidos de pronto tan jóvenes.

—He tratado de averiguarlo, pero son sólo suposiciones. —No podía decir que las suposiciones de Bean fueran sólo eso, pero tampoco lo eran las de Wiggin—. Eres... muy bueno. Lo sabían, te ascendieron...

—Dime *por qué*, Bean.

Entonces Bean comprendió la pregunta que le formulaba en realidad.

—Porque nos necesitan, por eso.

Se sentó en el suelo y miró, no a la cara de Wiggin, sino a sus pies. Bean sabía cosas que se suponía que no debía saber. Que los profesores no sabían que sabía. Y probablemente, había profesores siguiendo esta conversación. Bean no podía dejar que su rostro revelara cuánto comprendía realmente.

—Porque necesitan a alguien que derrote a los insectores. Eso es lo único que les importa.

—Es importante que sepas eso, Bean.

Bean quiso exigir, ¿por qué es importante que *yo* lo sepa? ¿O estás sólo diciendo que la gente en general debería saberlo? ¿Has visto quién soy y lo has comprendido por fin? ¿Que soy *tú*, sólo que más listo y menos agradable, el mejor estratega pero el comandante más débil? ¿Que si fracasas, si te vienes abajo, si enfermas y mueres, entonces tendré que ser yo? ¿Por eso tengo que saber esto?

—Porque —continuó Wiggin—, la mayoría de los niños de esta escuela piensan que el juego es importante en sí mismo, pero no lo es. Sólo es importante porque los ayuda a encontrar niños que puedan convertirse en verdaderos comandantes en la guerra de verdad. Pero en cuanto al juego, que se joda. Eso es lo que están haciendo. Jodiendo el juego.

—Qué curioso —dijo Bean—. Pensaba que nos lo estaban haciendo sólo a nosotros.

No, si Wiggin pensaba que Bean necesitaba que se lo explicaran; no comprendía quién era Bean realmente. Con todo, Bean se encontraba en la habitación de Wiggin, charlando con él. Eso ya era algo.

—Un juego nueve semanas antes de lo previsto. Un juego diario. Y ahora dos juegos el mismo día. Bean, no sé qué están haciendo los profesores, pero mi escuadra se está cansando, y yo me estoy cansando, y a ellos no les preocupan para nada las reglas del juego. He consultado las estadísticas en el ordenador. Nadie ha destruido jamás tantos enemigos y mantenido a tantos soldados propios en activo en toda la historia del juego.

¿Qué era esto, alardear? Bean respondió como había que contestar a una frase de ese tipo.

—Eres el mejor, Ender.

Wiggin sacudió la cabeza. Si oyó la ironía en la voz de Bean, no respondió a ello.

—Tal vez. Pero no fue por accidente que recibí a los soldados que me asignaron. Novatos, rechazados de otras escuadras, pero ponlos a todos juntos y el peor de mis soldados podría ser jefe de batallón en cualquier otra escuadra. Hasta este momento me han favorecido, pero sé con certeza, Bean, que ahora quieren acabar conmigo.

Así que Wiggin comprendía cómo había sido seleccionada su escuadra, aunque no supiera quién había hecho la selección. O tal vez lo sabía todo, y esto era todo lo que quería mostrarle a Bean por el momento. Era difícil adivinar cuántas cosas hacía Wiggin siguiendo sus cálculos y cuántas eran meramente intuitivas.

—No pueden acabar contigo.

—Te sorprenderías —dijo Wiggin, e inspiró profundamente, de repente, como si fuera una puñalada de dolor, o le costara trabajo respirar. Bean lo miró y advirtió que estaba sucediendo lo imposible. En vez de burlarse de él, Ender Wiggin confiaba en él. No mucho. Un poquito. Ender estaba dejando que Bean viera que era humano. Lo acercaba al círculo interno. Convirtiéndolo en... ¿en qué? ¿Consejero? ¿Confidente?

—Tal vez te sorprenderás tú —dijo Bean.

—Siempre se me ocurren ideas nuevas. Pero, algún día, alguien pensará en algo que yo no haya pensado antes, y no estaré preparado.

—¿Qué es lo peor que podría suceder? —preguntó Bean—. Pierdes un juego.

—Sí. Eso es lo peor que podría suceder. No puedo perder ningún juego. Porque si pierdo alguno...

Dejó la frase a medias. Bean se preguntó qué consecuencias imaginaba que había. ¿Simplemente la leyenda de Ender Wiggin, soldado perfecto, se perdería? ¿O su ejército perdería la confianza en él, o en su propia invencibilidad? ¿O se trataba de la guerra grande, y perder un juego allí en la Escuela de Batalla podría hacer temblar la confianza que los profesores tenían en que Ender era el comandante del futuro, el que lideraría la flota, si podían prepararlo antes de que llegara la invasión insectora?

Una vez más, Bean no sabía cuánto sabían los profesores sobre lo que él había deducido sobre el avance de la gran guerra. Era mejor guardar silencio.

—Necesito que seas listo, Bean —dijo Ender—. Necesito que pienses en soluciones a los problemas que todavía no hemos visto. Quiero que pruebes cosas que nadie más haya probado porque son absolutamente estúpidas.

¿De qué va todo esto, Ender? ¿Qué has decidido sobre mí, para traerme a tu habitación esta noche?

—¿Por qué yo?

—Porque aunque hay soldados mejores que tú en la Escuadra Dragón (no muchos, pero sí algunos), no hay nadie que pueda pensar mejor y más rápido que tú.

Entonces se había fijado. Después de un mes de frustración, Bean advirtió que era mejor así. Ender había visto su trabajo en la batalla, lo había juzgado por lo que hizo, no por su reputación en las clases o por los rumores de que era el alumno que había sacado las notas más altas en la historia del colegio. Bean se había ganado esta evaluación, y se la había dado la única persona en la escuela cuya opinión anhelaba.

Ender le mostró su consola. Había doce nombres. Dos o tres soldados de cada batallón. Bean comprendió de inmediato cómo los había elegido Ender. Todos eran buenos soldados, seguros de sí mismos y dignos de confianza. Pero no eran los que alardeaban, los que se pavoneaban, los que presumían. De hecho, eran los que Bean valoraba más entre aquellos que no eran jefes de batallón.

—Escoge a cinco de ellos —exigió Ender—. Uno de cada batallón. Son una escuadrilla especial, y tú los entrenarás. Sólo durante las sesiones de prácticas extra. Cuéntame lo que les haces. No pases demasiado tiempo con otras actividades. La mayor parte del tiempo tú y tu escuadrilla seréis integrantes de la escuadra, parte de vuestros batallones regulares. Pero cuando os necesite será porque hay algo que sólo vosotros podáis hacer.

Había algo más en aquellos doce nombres.

—Todos son nuevos. No hay ningún veterano.

—Después de la semana pasada, Bean, todos nuestros soldados son veteranos. ¿No te das cuenta que en los baremos individuales, nuestros cuarenta soldados están entre los cincuenta superiores? ¿Que hay que bajar diecisiete puestos para encontrar un soldado que no sea un Dragón?

—¿Y si no se me ocurre nada? —preguntó Bean.

—Entonces me habré equivocado contigo.

Bean sonrió.

—No te has equivocado.

Las luces se apagaron.

—¿Puedes encontrar el camino de vuelta, Bean?

—Probablemente no.

—Entonces quédate aquí. Si escuchas con atención, puedes oír al duendecillo que nos visita por la noche y nos encomienda nuestra misión para mañana.

—No nos asignarán otra batalla mañana, ¿no? —lo dijo como broma, pero Ender no respondió.

Bean lo oyó meterse en la cama.

Ender era todavía pequeño para ser comandante. Sus pies no llegaban al final del camastro. Había espacio de sobra para que Bean se acurrucara al pie de la cama. Así que se subió y se quedó quieto, para no molestar el sueño de Ender. Si estaba durmiendo. Si no yacía despierto en mitad del silencio, tratando de dar sentido a... ¿qué?

Para Bean, la misión era simplemente pensar lo impensable: podían usar contra ellos planes estúpidos, y formas de contrarrestarlos; podían introducir innovaciones igualmente estúpidas para sembrar confusión entre las otras escuadras y, según sospechaba, para forzarlos a imitar estrategias completamente prescindibles. Como pocos de los otros comandantes entendían por qué la Escuadra Dragón estaba ganando, seguían imitando las tácticas empleadas en una batalla concreta en vez de prestar atención al método subyacente que Ender utilizaba para entrenar y organizar a su escuadra. Como afirmó Napoleón, lo único que un comandante controla de verdad es su propio ejército: entrenamiento, moral, confianza, iniciativa, mando y, en menor grado, suministros, situación, movimiento, lealtad y valor en la batalla. Qué hará el enemigo y qué sucederá entonces es algo que desafía toda planificación. El comandante debe ser capaz de cambiar de planes bruscamente cuando aparezcan obstáculos u oportunidades. Si su ejército no está preparado y dispuesto a responder a su voluntad, su astucia se reduce a nada.

Los comandantes menos eficaces no comprendían esto. Como no llegaban a reconocer que Ender vencía porque su ejército y él respondían ágil e instantáneamente al cambio, sólo se les ocurría imitar las tácticas específicas que le habían visto emplear. Aunque los gambitos creativos de Bean fueran irrelevantes para el resultado de la batalla, harían que otros comandantes perdieran el tiempo imitando irrelevancias. De vez en cuando encontraría algo que pudiera ser útil. Pero no era más que una distracción.

A Bean no le importaba. Si Ender quería una distracción, lo que importaba era que había elegido a Bean para crear ese espectáculo, y Bean lo haría lo mejor que pudiera hacerse.

Pero si Ender estaba despierto esta noche, no era porque le preocuparan las batallas que la Escuadra Dragón libraría al día siguiente y al otro y también al de después. Ender estaba pensando en los insectores y en cómo combatirlos cuando terminara su entrenamiento y lo lanzaran a la guerra, con las vidas de hombres de verdad dependiendo de sus decisiones, con la supervivencia de la humanidad pendiente del resultado.

En ese esquema, ¿cuál es mi lugar?, pensó Bean. Me alegro de que la carga recaiga sobre Ender, no porque yo no pudiera soportarla (tal vez podría) sino porque tengo plena confianza en que Ender puede hacerlo. Sea lo que sea lo que hace que los hombres amen a los comandantes que deciden cuándo morirán, Ender lo tiene, y si yo lo tengo nadie ha visto aún ninguna prueba de ello. Además, incluso sin haber sido alterado genéticamente, Ender posee unas habilidades que las pruebas no miden, más profundas que el simple intelecto.

Pero no debería soportar esa situación a solas. Yo puedo ayudarlo. Puedo olvidar la geometría, la astronomía y todas las otras tonterías y concentrarme en los problemas a los que se enfrenta más directamente. Investigaré cómo libran la guerra otros animales, sobre todo los insectos colmenares, ya que los fórmicos se parecen a las hormigas igual que nosotros nos parecemos a los primates.

Y también puedo protegerlo.

Bean pensó de nuevo en Bonzo Madrid. En la furia letal de los matones de Rotterdam.

¿Por qué han puesto los profesores a Ender en esta situación? Es un blanco obvio para el odio de los otros niños. Los chicos de la Escuela de Batalla llevaban la guerra en el corazón. Ansiaban el triunfo. Odiaban la derrota. Si carecían de esos atributos, nunca habrían sido traídos a este lugar. Sin embargo, desde el principio, Ender había sido apartado de los demás: más joven pero más listo, el soldado destacado y ahora el comandante que lograba que todos los demás comandantes parecieran bebés. Algunos comandantes respondían a la derrota volviéndose sumisos: Carn Carby, por ejemplo, ahora alababa a Ender a sus espaldas y estudiaba sus batallas para tratar de aprender a ganar, sin advertir que había que estudiar el entrenamiento de Ender, no sus batallas, para comprender sus victorias. Pero la mayoría de los otros comandantes estaban resentidos, asustados, avergonzados, furiosos, celosos, y estaba en su carácter traducir esos sentimientos en acciones violentas... si estaban seguros de la victoria.

Como las calles de Rotterdam. Como los matones, que luchaban por la supremacía, por rango, por respeto. Ender había desnudado a Bonzo. No podía soportarlo. Se vengaría, igual que Aquiles vengó su humillación.

Los profesores lo comprendían. Lo pretendían. Ender había superado sin la menor dificultad todas las pruebas que le habían puesto: fuera lo que fuese que enseñaba la Escuela de Batalla, él ya lo había asimilado. Entonces, ¿por qué no lo trasladaban al siguiente nivel? Porque había una lección que intentaban enseñarle, o una prueba que intentaban que pasara, que no estaba incluida en el currículum habitual. Sólo que esta prueba concreta podría tener el más trágico desenlace: la muerte. Bean había sentido los dedos de Bonzo en su garganta. Era un niño que, cuando se dejase ir, buscaría el poder absoluto que consigue el asesino en el momento de la muerte de su víctima.

Están colocando a Ender en una situación callejera. Lo están poniendo a prueba para ver si puede sobrevivir.

No saben lo que están haciendo, los idiotas. La calle no es un examen. La calle es una lotería.

Yo salí ganador... y estoy vivo. Pero la supervivencia

de Ender no dependerá de su habilidad. La suerte desempeña un papel demasiado grande. Además de la habilidad y la resolución y el poder del oponente.

Bonzo tal vez sea incapaz de controlar las emociones que lo debilitan, pero su presencia en la Escuela de Batalla significa que no carece de habilidades. Lo nombraron comandante porque cierto tipo de soldado lo seguirá hasta la muerte y el horror. Ender corre un peligro mortal. Y los profesores, que piensan que somos unos niños, no tienen ni la más mínima idea de lo rápidamente que llega la muerte. Desviarán la mirada unos minutos, se apartarán lo suficiente para no poder regresar a tiempo, y el gran Ender Wiggin, de quien dependen todas sus esperanzas, habrá muerto, punto final. Lo vi en las calles de Rotterdam. Es igual de fácil que suceda aquí, en esas habitaciones limpias, en el espacio, igual que en la calle.

Así que Bean olvidó el trabajo de clase esa noche, tendido a los pies de Ender. A partir de ese momento, tendría dos nuevos cursos que estudiar. Ayudaría a Ender a prepararse para la guerra contra los insectores. Pero también lo ayudaría en la lucha callejera que le estaban preparando.

No es que Ender no se diera cuenta. Después de algún tipo de altercado en la sala de batalla durante una de las primeras prácticas en tiempo libre, Ender había seguido un curso de defensa personal, y sabía algo de luchas hombre a hombre. Pero Bonzo no lo atacaría de hombre a hombre. Era demasiado consciente de que había sido derrotado. El propósito de Bonzo no sería una revancha, no sería un desquite. Sería un castigo. Sería una eliminación. Traería a una banda.

Y los profesores no se darían cuenta del peligro hasta que fuera demasiado tarde. Seguían sin considerar que nada de lo que hacían los niños fuera «real».

Así que después de pensar en astucias y estupideces que hacer con su nueva escuadrilla, Bean trató también de pensar en formas de acechar a Bonzo para que, entre la multitud, tuviera que enfrentarse a Ender Wiggin a solas o no hacerlo. Despojar a Bonzo de su apoyo. Destruir la moral, la reputación de todo matón que pudiera acompañarlo.

Ender no podía realizar ese trabajo. Sin la ayuda de Bean.

Quinta Parte

LÍDER

17

Estacha

—Ni siquiera sé cómo interpretarlo. El juego mental se enfrenta una sola vez a Bean, y le muestra la cara de ese niño, y en las gráficas aparece que ha sentido... ¿qué? ¿Miedo? ¿Furia? ¿No hay nadie que sepa cómo funciona ese supuesto programa? Se las hizo pasar moradas a Ender, le mostró imágenes de su hermano que no podía tener, pero las tenía. Y ahora... ¿se trata de algún gambito profundamente reflexivo que lleva a nuevas conclusiones sobre la psique de Bean? ¿O era simplemente la única persona que Bean conocía cuya foto estaba ya en los archivos de la Escuela de Batalla?

—¿Eso ha sido una pataleta, o había alguna pregunta en concreto que desearía que le respondiera?

—Lo que quiero que me responda es a esto: ¿Cómo demonios puede decirme que algo fue «muy significativo» si no tiene ni idea de lo que significa?

—Si alguien corre detrás de su coche, gritando y agitando los brazos, uno sabe que quiere comunicarle algo significativo, aunque no se pueda oír ni una palabra de lo que el otro dice.

—¿Entonces eso es lo que ha sido? ¿Gritos?

—Era una analogía. La imagen de Aquiles tuvo una importancia extraordinaria para Bean.

—¿Importancia positiva o importancia negativa?

—Eso es simplificar demasiado. Si fue negativa,

¿son negativos sus sentimientos porque Aquiles provocó algún trauma terrible en Bean? ¿O negativa porque ser separado de Aquiles resultó traumático, y Bean anhela volver con él?

—De modo que si tenemos una fuente de información independiente que nos dice que los mantengamos separados...

—Entonces esa fuente independiente tiene razón...

—O está equivocada.

—Sería más específico si pudiera. Sólo tuvimos un minuto con él.

—Eso es una tontería. Tienen el juego mental conectado a todo su trabajo con su identidad de profesor.

—Y ya le hemos informado al respecto. En parte, es su ansia por tener el control... así es como empezó, pero desde entonces se ha convertido en una forma de aceptar responsabilidades. En cierto modo, se ha convertido en profesor. También ha utilizado información interna para producirse la ilusión de que pertenece a la comunidad.

—Pero si ya pertenece.

—Sólo tiene un amigo íntimo, y es más bien una relación de hermano mayor y hermano menor.

—Tengo que decidir si ingresar a Aquiles en la Escuela de Batalla mientras Bean está todavía aquí, o renunciar a uno de ellos para quedarme con el otro. Por la respuesta de Bean a la cara de Aquiles, ¿qué consejo puede darme?

—No le gustará.

—Inténtelo.

—A partir de ese incidente, podemos decirle que ponerlos juntos será fatal o...

—Voy a tener que examinar a conciencia su presupuesto.

—Señor, todo el propósito del programa, la manera en que funciona, es que el ordenador hace conexiones que a nosotros nunca se nos ocurrirían, y consigue respuestas que no estábamos buscando. No está bajo nuestro control.

—El hecho de que un programa no esté bajo control no significa que haya inteligencia por medio, ni en el programa ni en el programador.

—No utilizamos la palabra «inteligencia» con el software. Lo consideramos una ingenuidad. Decimos que es «complejo», lo cual significa que no siempre comprendemos lo que está haciendo. No siempre conseguimos información concluyente.

—¿Alguna vez consiguen información concluyente sobre algo?

—Ahora he sido yo quien ha elegido la palabra equivocada. «Concluyente» no es nunca el objetivo cuando se trata de la mente humana.

—Pruebe con «útil». ¿Algo útil?

—Señor, le he comunicado todo lo que sabemos. La decisión fue suya antes de que informáramos, y sigue siéndolo ahora. Use nuestra información o no la use, pero ¿es sensato matar al mensajero?

—Cuando el mensajero no quiere decir qué demonios es el mensaje, el dedo del gatillo se me vuelve picajoso. Puede retirarse.

El nombre de Nikolai aparecía en la lista que Ender le había facilitado, pero Bean enseguida se encontró con problemas.

—No quiero —dijo Nikolai.

A Bean no se le había ocurrido que nadie pudiera negarse.

—Ya tengo bastantes problemas para mantener el ritmo tal como estoy ahora.

—Eres un buen soldado.

—Por los pelos. Con un montón de ayuda.

—Así es como lo hacen todos los buenos soldados.

—Bean, si pierdo una práctica al día con mi batallón regular, pronto me quedaré retrasado. ¿Cómo compensarlo? Una hora de práctica al día contigo no será suficiente. Soy un chico listo, Bean, pero no soy Ender. No soy tú. Creo que eso es lo que no comprendes. Cómo es no ser tú. Las cosas no resultan tan fáciles.

—Para mí tampoco es fácil.

—Mira, lo sé, Bean. Y hay cosas que puedo hacer por ti. Pero ésta no es una de ellas. Por favor.

Era la primera experiencia de Bean con el mando, y no funcionaba. Advirtió que estaba enfureciéndose, que quería decir que te jodan y pasar a otro niño. Pero no podía cabrearse con el único amigo de verdad que tenía. Y tampoco podía aceptar tan fácilmente un no por respuesta.

—Nikolai, lo que vamos a hacer no será difícil. Trucos y acrobacias.

Nikolai cerró los ojos.

—Bean, haces que me sienta mal.

—No quiero que te sientas mal, Sinterklaas, pero ésta es la misión que me han encomendado, porque Ender piensa que la Escuadra Dragón lo necesita. Estabas en su punto de mira, la elección no es mía.

—Pero no tienes por qué elegirme a mí.

—Así que se lo pediré al siguiente niño y me dirá «Nikolai está en la escuadrilla, ¿verdad?», y yo diré «No, no quiso». Eso hará que todos piensen que pueden decir que no. Y todos querrán decir que no, porque nadie quiere recibir órdenes mías.

—Hace un mes, seguro, eso habría sido verdad. Pero saben que eres un soldado sólido. He oído a la gente hablar de ti. Te respetan.

Una vez más, habría sido muy fácil hacer lo que Nikolai quería y dejarlo correr. Y, como amigo, eso sería lo más adecuado. Pero Bean no podía pensar como amigo. Tenía que mentalizarse de que le habían dado el mando y tenía que hacer que funcionara.

¿Necesitaba realmente a Nikolai?

—Estoy sólo pensando en voz alta, Nikolai, porque tú eres el único al que puedo decírselo, pero verás, estoy asustado. Quería ser jefe de batallón, pero eso es porque no sabía nada de lo que hacen los jefes. He tenido una semana de batallas para ver cómo Crazy Tom nos mantiene unidos, la voz que usa para dar órdenes. Para ver cómo Ender nos entrena y confía en nosotros, y es una danza, de puntillas, salto, giro, y tengo miedo de caerme, y no hay tiempo de caer, tengo que hacer que esto funcione, y cuando estás conmigo, sé que al menos hay una persona que no va por ahí esperando que el niñito listo se caiga.

—No te engañes —dijo Nikolai—. Por lo menos seamos sinceros.

Eso le dolió. Pero un líder tenía que aceptarlo, ¿no?

—No importa lo que sientas, Nikolai, me darás una oportunidad —dijo Bean—. Y como tú lo harás, los otros también. Necesito... lealtad.

—Y yo también, Bean.

—Necesitas mi lealtad como amigo, para ser feliz como persona —dijo Bean—. Yo necesito lealtad como líder, para cumplir la misión que nos ha encomendado nuestro comandante.

—Es duro —dijo Nikolai.

—Eh. También es cierto.

—Tú eres duro, Bean.

—Ayúdame, Nikolai.

—Parece que nuestra amistad es unidireccional.

Bean nunca se había sentido así antes: con un cuchillo en el corazón, sólo por las palabras que escuchaba, sólo porque otra persona estaba enfadada con él. No era que quisiera que Nikolai pensara bien de él. Era porque sabía que Nikolai en parte tenía razón. Bean estaba utilizando su amistad contra él.

Sin embargo, no fue a causa de ese dolor por lo que Bean decidió retirarse. Un soldado que estaba con él contra su voluntad no le serviría bien. Aunque fuese un amigo.

—Mira, si no quieres, no quieres. Lamento haberte hecho enfadar. Me las apañaré sin ti. Y tienes razón, lo haré bien. ¿Amigos, Nikolai?

Nikolai aceptó la mano que le ofrecía, y la estrechó.

—Gracias —susurró.

Bean se dirigió de inmediato a Shovel, la Pala, el único miembro de la lista de Ender que pertenecía también al batallón C. Shovel no era la primera elección de Bean: tendía a quedarse rezagado a veces, a hacer las cosas a medias. Pero como pertenecía al batallón C, Shovel estaba presente cuando Bean aconsejaba a Crazy Tom. Había observado a Bean en acción.

Shovel dejó su consola a un lado cuando Bean le preguntó si podían hablar un momento. Al igual que con Nikolai, Bean se encaramó a su camastro para sentarse junto al otro niño, más grande. Shovel procedía de Cagnes-sur-Mer, un pueblecito de la Riviera francesa, y aún tenía aquél carácter abierto tan sano de Provenza. A Bean le caía bien. A todo el mundo le caía bien.

Rápidamente, Bean le explicó lo que Ender le había pedido que hiciera, aunque no mencionó que era sólo una distracción. Nadie renunciaría a una práctica diaria por algo que no sería crucial para la victoria.

—Estabas en la lista que me dio Ender, y me gustaría que...

—Bean, ¿qué estás haciendo?

Crazy Tom estaba de pie junto al camastro de Shovel. De inmediato, Bean advirtió su error.

—Señor, tendría que haber hablado primero con usted. Soy nuevo en esto y no se me ocurrió.

—¿Nuevo en qué?

Una vez más, Bean explicó lo que Ender le había pedido que hiciera.

—¿Y Shovel está en la lista?

—Así es.

—¿Entonces voy a perderos a Shovel y a ti de mis prácticas?

—Sólo una práctica al día.

—Soy el único jefe de batallón que pierde dos miembros.

—Ender dijo uno de cada batallón. Cinco y yo. No fue elección mía.

—Mierda —protestó Crazy Tom—. Ni Ender ni tú pensasteis que esto va a afectarme más que a los otros jefes de batallón. Lo que vayáis a hacer, ¿por qué no podéis hacerlo con cinco en vez de con seis? Tú y cuatro más... uno de cada uno de los otros batallones.

Bean quiso discutir, pero advirtió que enfrentarse a Crazy Tom no iba a llevarlo a ninguna parte.

—Tienes razón, no lo pensé, y tal vez Ender cambie de opinión cuando se dé cuenta de cómo afectará a tus prácticas. Así que cuando venga por la mañana, ¿por qué no hablas con él y me haces saber qué decidís entre los dos? Shovel también podría decirme que no, y entonces la cuestión ya no tendría importancia, ¿no?

Crazy Tom pensó en ello. Bean pudo ver que la furia se apoderaba de él. Pero el liderazgo lo había cambiado. Ya no estalló como hacía antes. Se contuvo. Aguantó. Esperó a que se le pasara.

—Muy bien, hablaré con Ender. Si Shovel quiere hacerlo.

Los dos miraron a Shovel, la Pala.

—Creo que estaría bien —dijo Shovel—. Hacer algo tan raro como esto.

—No seré más condescendiente con ninguno de los dos —dijo Crazy Tom—. Y no habléis sobre vuestro batallón de locos durante mis prácticas. Eso, dejadlo fuera.

Los dos estuvieron de acuerdo en eso. Bean pudo ver que Crazy Tom había hecho bien en insistir en ese tema. Esta misión especial los apartaría de los otros miembros del batallón C. Si se ufanaban de ello, los demás podrían considerarlos una elite. Ese problema no se daría tanto en los otros batallones, porque sólo habría un miembro de cada uno en la escuadrilla de Bean. No habría charlas. Nadie se ufanaría.

—Mira, no tengo que hablar con Ender sobre esto —dijo Crazy—. A menos que se convierta en un problema. ¿Vale?

—Gracias.

Crazy Tom regresó a su propio camastro.

Lo he hecho bien, pensó Bean. No he metido la pata.

—¿Bean? —dijo Shovel.

—¿Eh?

—Una cosa.

—Eh.

—No me llames Shovel.

Bean pensó. El verdadero apellido de Shovel era Ducheval.

—¿Prefieres «Dos Caballos»? Suena a guerrero sioux.

Shovel sonrió.

—Es mejor que parecer la herramienta con la que limpias el establo.

—Ducheval —declaró Bean—. A partir de ahora.

—Gracias. ¿Cuándo empezamos?

—En la práctica de tiempo libre de hoy.

—Magnífico.

Bean casi se bajó bailando del camastro de Ducheval. Lo había conseguido. Lo había sabido hacer. Una vez, al menos.

Para cuando terminó el desayuno, tenía a los cinco miembros de su batallón. Con los otros cuatro, lo consultó primero con sus jefes. Nadie lo rechazó. E hizo prometer a su escuadrilla que llamarían a Ducheval por su verdadero nombre a partir de ese momento.

Cuando Bean entró, Graff esperaba con Dimak y Dap en el despacho improvisado del puente de la sala de batalla. Dimak y Dap hablaban de lo mismo de siempre, es decir, de nada, de alguna cuestión trivial, como por ejemplo que alguien había violado un protocolo menor o algo así, y al final acababan subiendo de tono y la charla se convertía en un puñado de quejas formales. Sólo otra escaramuza en su rivalidad, ya que Dap y Dimak trataban de conseguir algo más de ventaja para sus protegidos, Ender y Bean, mientras al mismo tiempo intentaban impedir que Graff les hiciera correr el peligro físico que ambos presentían. Cuando llamaron a la puerta, llevaban un rato discutiendo en voz alta, y como el golpe no fue fuerte, a Graff se le ocurrió preguntarse qué podían haber oído.

¿Habían mencionado nombres? Sí. Bean y Ender.

Y también Bonzo. ¿Había aparecido el nombre de Aquiles? No. Se habían referido a él como «otra decisión irresponsable que pone en peligro el futuro de la especie humana, todo porque una cosa es la teoría absurda de los juegos y otra la verdadera pugna a vida o muerte, ¡algo que no está demostrado y no podrá serlo excepto con la sangre de algún niño!». Eso lo dijo Dap, que tendía a mostrarse elocuente.

Graff, por supuesto, estaba más que harto, porque estaba de acuerdo con ambos profesores, no sólo en sus argumentos enfrentados, sino también en sus argumentos contra su propia política. Bean era, indiscutiblemente, el mejor candidato en todas las pruebas; y, de igual modo, Ender el mejor candidato según su actuación en las situaciones de liderazgo real. Y Graff estaba actuando de manera irresponsable al exponer a ambos niños al peligro físico.

Pero en ambos casos, los niños abrigaban serias dudas sobre su propio valor. Ender se había sentido coaccionado durante mucho tiempo por su hermano mayor, Peter, y el juego mental había demostrado que, en el subsconsciente de Ender, Peter estaba relacionado con los insectores. Graff sabía que Ender tenía valor para golpear, sin contención, cuando llegara el momento. Que podía enfrentarse solo a un enemigo, sin ayuda de nadie, y destruir al que quisiera destruirlo. Pero Ender no lo sabía, y tenía que saberlo.

Bean, por su parte, había mostrado síntomas físicos de pánico antes de su primera batalla, y aunque acabó haciéndolo bien, Graff no necesitaba ningún test psicológico para saber que la duda era una realidad. La única diferencia era que, en el caso de Bean, Graff compartía sus dudas. No había ninguna prueba de que Bean fuera a golpear.

Dudar de uno mismo era lo único que no podía permitirse a ninguno de los dos candidatos. Contra un enemigo que no vacilaba (que no *podía* vacilar), no podía haber ninguna pausa para la reflexión. Los niños tenían que enfrentarse a sus peores temores, sabiendo que nadie intervendría para ayudarles. Tenían que saber que aunque el fracaso sería fatal, ellos no fracasarían. Tenían que pasar la prueba y saber que la habían pasado. Y ambos niños eran tan perceptivos que no se podía falsear el peligro. Tenía que ser real.

Exponerlos a ese riesgo era una absoluta irresponsabilidad por parte de Graff. Sin embargo, sabía que igualmente irresponsable sería no exponerlos. Si Graff actuaba sobre seguro, nadie le reprocharía si, en la guerra de verdad, Ender o Bean fracasaban. Pero el consuelo sería muy pobre, dadas las consecuencias del fracaso. Tomara la decisión que tomase, si se equivocaba, todo el mundo en la Tierra pagaría el precio. Lo único que lo hacía posible era que, si uno de ellos moría o resultaba dañado física o mentalmente, el otro seguiría allí para continuar, convertido en el único candidato restante.

Y si ambos fracasaban, ¿entonces qué? Había muchos niños inteligentes, pero ninguno que fuera mucho mejor que los comandantes que ya estaban en su puesto, que se habían graduado de la Escuela de Batalla hacía muchos años.

Alguien tenía que tirar los dados. Y era él quien los tenía en sus manos. No era un burócrata que situaba su carrera por encima del propósito mayor al que servía. No entregaría los dados a nadie más, ni simularía que no tenía esa opción.

Por ahora, todo lo que Graff podía hacer era escuchar a Dap y Dimak, no hacer caso a sus ataques y maniobras burocráticas contra él, y tratar que no se lanzaran mutuamente al cuello en su rivalidad.

Aquel golpecito en la puerta... Graff supo quién era antes de abrirla.

Si había oído la discusión, Bean no dio ninguna muestra de ello. Pero claro, ésa era la especialidad de Bean, no dar muestra de nada. Sólo Ender conseguía ser más reclusivo... y él, al menos, había jugado al juego mental lo suficiente para proporcionar a los profesores un mapa de su psique.

—Señor —dijo Bean.

—Pasa, Bean.

Pasa, Julian Delphiki, el hijo anhelado de unos padres buenos y amorosos. Pasa, niño secuestrado, rehén del destino. Pasa y habla con los Hados, que juegan de manera tan astuta con tu vida.

—Puedo esperar —dijo Bean.

—El capitán Dap y el capitán Dimak pueden oír lo que tengas que decir, ¿no? —preguntó Graff.

—Si usted lo dice, señor. No es ningún secreto. Me gustaría tener acceso a los recursos de la estación.

—Petición denegada.

—Eso no es aceptable, señor.

Graff vio que tanto Dap como Dimak lo miraban. ¿Quizás los divertía la audacia del niño?

—¿Por qué piensas eso?

—Avisos inmediatos, juegos cada día, soldados agotados y sin embargo bajo presión para rendir en clase... Bien, Ender está tratando con ello y nosotros también. Pero el único motivo posible por el que hacen esto es para comprobar si disponemos de suficientes recursos. Por eso deseo que me proporcione algunos.

—No recuerdo que seas comandante de la Escuadra Dragón —dijo Graff—. Atenderé al requisito de equipo especial por parte de tu comandante.

—No es posible. No tiene tiempo que perder en absurdos procedimientos burocráticos.

Absurdos procedimientos burocráticos. Graff había empleado esa misma frase en la discusión que había mantenido hacía apenas unos minutos. Pero Graff no había elevado la voz. ¿Cuánto tiempo llevaba Bean escuchando ante la puerta? Graff se maldijo en silencio. Había trasladado su despacho allí arriba expresamente porque sabía que Bean era un fisgón y un espía, recopilando información como podía. Y luego ni siquiera apostaba un guardia para impedir que el niño pasara por delante y se pusiera a escuchar tras la puerta.

—¿Y tú sí? —preguntó.

—Ender me ha ordenado que piense en las estupideces que se les pueden ocurrir a ustedes para amañar el juego contra nosotros, y en formas de tratar con ellas.

—¿Qué crees que vas a encontrar?

—No lo sé —respondió Bean—. Lo único que sé es que tan sólo vemos nuestros uniformes y trajes refulgentes, nuestras armas y consolas. Hay otros recursos aquí. Por ejemplo, hay papel. Nunca nos dan papel excepto para los exámenes escritos, cuando nuestras consolas están cerradas.

—¿Qué harías con papel en la sala de batalla?

—No lo sé. Hacer una bolita y tirarlo. Romperlo en pedazos y convertirlo en una nube de polvo.

—¿Y quién limpiaría todo eso?

—No es mi problema.

—Permiso denegado.

—Eso no es aceptable, señor.

—No pretendo herir tus sentimientos, Bean, pero me importa menos que un pedo de cucaracha que aceptes mi decisión o no.

—No pretendo herir *sus* sentimientos, señor, pero claramente no tiene idea de lo que está haciendo. Está improvisando. Jorobando el sistema. El daño que está haciendo tardará años en deshacerse, y no le importa. Eso significa que no importa en qué estado se encuentre esta escuela dentro de un año. Eso significa que todo el mundo que importa va a ser graduado pronto. El entrenamiento se está acelerando porque los insectores se están acercando demasiado y no hay retrasos que valgan. Así que están presionando. Y están presionando especialmente a Ender Wiggin.

Graff se sintió enfermo. Sabía que Bean tenía una capacidad de análisis extraordinaria. Y también una gran capacidad para engañar. Algunas de las deducciones de Bean no eran acertadas, pero ¿eso era debido a que no sabía la verdad, o porque simplemente no quería que ellos supieran cuánto sabía, o cuánto deducía? Nunca lo quiso allí, a Bean, porque era demasiado peligroso.

Bean siguió exponiendo su caso.

—Cuando llegue el día en que Ender Wiggin busque medios de impedir que los insectores lleguen a la Tierra y arrasen todo el planeta como empezaron a hacer en la Primera Invasión, ¿van a darle una respuesta de mierda sobre qué recursos puede utilizar y cuáles no?

—En lo que a ti respecta, los suministros de la nave no existen.

—En lo que a mí respecta —dijo Bean—, Ender está así de cerca de decirles que se metan su juego por donde les quepa. Está harto. Si usted no puede verlo, no vale mucho como profesor. A él no le importan las calificaciones. No le importa derrotar a otros niños. Lo único que le importa es prepararse para combatir a los insectores. ¿Cuánto cree que me costará persuadirle de que su programa está amañado, y que es hora de dejar de jugar?

—Muy bien —dijo Graff—. Dimak, prepare el calabozo. Bean será confinado hasta que la lanzadera esté lista para llevarlo de regreso a la Tierra. Este niño queda expulsado de la Escuela de Batalla.

Bean sonrió.

—Adelante, coronel Graff. He terminado de todas formas. Tengo todo lo que quería conseguir aquí: una educación de primera fila. Nunca tendré que volver a vivir en la calle. Soy libre. Expúlseme de su juego ahora mismo, estoy listo.

—Tampoco estarás libre en la Tierra. No podemos permitirnos que cuentes historias descabelladas sobre la Escuela de Batalla.

—Bien. Tome al mejor estudiante que ha pasado por aquí jamás y métalo en la cárcel porque pidió acceso al armario de los suministros y a usted no le gustó. Vamos, coronel Graff. Trague con fuerza y hasta el fondo. Necesita usted mi cooperación más de lo que yo necesito la suya.

Dimak apenas pudo ocultar su sonrisa.

Si tan sólo enfrentarse a Graff de esta manera fuera prueba suficiente del valor de Bean... Y pese a todas las dudas que Graff tenía sobre Bean, no negaba que era bueno maniobrando. Graff habría dado cualquier cosa por no tener presentes a Dimak y Dap en la habitación en este momento.

—Fue decisión suya tener esta conversación delante de testigos —dijo Bean.

¿Es que el chico sabía leer la mente?

No, Graff había mirado a los otros dos profesores. Bean simplemente sabía leer el lenguaje corporal. No se le escapaba una. Por eso era tan valioso para el programa.

¿No depositaron por ese motivo todas sus esperanzas en esos chicos? ¿Porque eran buenos maniobrando?

Y si sabía algo sobre el mando, ¿no sabía eso? ¿Que

había ocasiones en que era preciso hacer recuento de las pérdidas y abandonar el campo?

—Muy bien, Bean. Una mirada al inventario de suministros.

—Con alguien que me explique qué es todo.

—Creía que ya lo sabías todo.

Bean fue amable en la victoria: no respondió a la puya. Gracias al sarcasmo, Graff salió algo más airoso de la derrota que había sufrido. Sabía que era lo único que conseguiría, pero este trabajo no tenía muchas gratificaciones.

—El capitán Dimak y el capitán Dap te acompañarán —dijo Graff—. Un repaso, y cualquiera de ellos podrá vetar cualquier cosa que solicites. Ellos serán responsables de las consecuencias de cualquier herida derivada de alguno de los artículos que te permitan usar.

—Gracias, señor —dijo Bean—. Probablemente no encontraré nada útil. Pero agradezco su disposición a dejarnos investigar los recursos de la estación para ampliar los objetivos educativos de la Escuela de Batalla.

El chico sabía hablar. Todos aquellos meses de acceso a los datos de los estudiantes, con todas las anotaciones de los archivos, habían servido de algo; Bean había sabido ver más allá de los contenidos de los dossieres. Y ahora le estaba dando la clave que debería utilizar en el informe escrito sobre su decisión. Como si Graff no fuera perfectamente capaz de hacerlo.

El chico se está portando de manera condescendiente conmigo. El pequeño hijo de puta se cree que está al mando, pensó Graff. Bueno, yo también tengo algunas sorpresas para él.

—Puedes retirarte —dijo Graff—. Pueden retirarse todos.

Se levantaron, saludaron, se marcharon.

Ahora, pensó Graff, tengo que sopesar todas mis decisiones futuras, preguntándome cuántas de mis opciones están condicionadas por el odio que siento hacia este niño.

Mientras repasaba la lista del inventario, Bean buscaba en realidad algo, cualquier objeto, que pudiera convertirse en arma para que Ender o algún otro miembro de su escuadra pudiera llevarla y protegerse de los ataques físicos de Bonzo. Pero no había nada que pudiera ser ocultado a los profesores y fuera a la vez lo bastante potente para dar a los niños pequeños ventaja suficiente sobre los más grandes.

Se sintió frustrado, pero ya encontraría otros medios de neutralizar la amenaza. Y ahora, ya que estaba repasando el inventario, ¿había algo que pudiera ser utilizado en la sala de batalla? Los útiles de limpieza no eran muy prometedores. Tampoco las herramientas tendrían mucho sentido en la sala de batalla. ¿Qué podían hacer, lanzar un puñado de tornillos?

Sin embargo, el equipo de seguridad...

—¿Qué es una estacha? —preguntó.

Dimak respondió:

—Una cuerda muy fina y fuerte que se usa para asegurar a los trabajadores de construcción y mantenimiento mientras trabajan fuera de la estación.

—¿Qué longitud tiene?

—Con empalmes, podemos asegurar varios kilómetros de estacha —constató Dimak—. Pero cada bobina alcanza unos cien metros.

—Quiero verlo.

Lo llevaron a partes de la estación a las que no iban nunca los niños. El decorado era bastante más utilitario allí. Por todas las placas de las paredes se advertían tuercas y tornillos. Los conductos de entrada, en vez de quedar ocultos bajo el techo, estaban al descubierto. No había franjas de luz para que los niños las tocaran y encontraran la dirección de sus barracones. Todas las cerraduras de palma estaban demasiado altas para que los niños se sintieran cómodos con ellas. Y el personal veía pasar a Bean y luego miraba a Dap y Dimak como si estuvieran locos.

La bobina era sorprendentemente pequeña. Bean la sopesó. Desenrolló unos cuantos decámetros. Era casi invisible.

—¿Aguantará?

—El peso de dos adultos —dijo Dimak.

—Es muy fino... ¿Corta?

—Es tan redondeado y tan pulido que no puede cortar nada. No nos serviría de nada si cortara el material de los trajes espaciales, por ejemplo.

—¿Puede cortarse en trozos pequeños?

—Con un soplete.

—Esto es lo que quiero.

—¿Sólo uno? —preguntó Dap, con sarcasmo.

—Y un soplete —dijo Bean.

—Denegado —dijo Dimak.

—Estaba bromeando.

Bean salió de la sala de suministros y empezó a correr pasillo abajo, siguiendo el camino que acababan de tomar.

Los oficiales corrieron tras él.

—¡Espera! —llamó Dimak.

—¡Alcáncenme! —respondió Bean—. Tengo un batallón esperándome para que los entrene con esto.

—¿Entrenarles para hacer qué?

—¡No lo sé!

Llegó a la barra y se deslizó hacia abajo. La barra lo condujo directamente a los niveles de los estudiantes. En esa dirección, no había necesidad de permisos de seguridad.

Su batallón le esperaba en la sala de batalla. Habían estado trabajando duro en los últimos días, probando todo tipo de chorraditas. Formaciones que pudieran explotar en el aire. Pantallas. Ataques sin armas, desarmar a los enemigos con los pies. Girar a voluntad, lo que hacía que fueran casi imposibles de alcanzar pero también les impedía disparar a su vez.

Lo más positivo era el hecho de que Ender se pasara casi todo el tiempo de la práctica observando a la escuadrilla de Bean, siempre que no tenía que responder a las preguntas de los jefes y soldados de los otros pelotones, por supuesto. Encontraran lo que encontrasen, Ender sabría cómo emplearlo y tendría sus propias ideas al respecto cuando hubiera que utilizarlo. Y, sabiendo que Ender los observaba, los soldados de Bean trabajaban aún más duro. Bean cobraba más estatura a sus ojos, simplemente por el hecho de que a Ender le importaba lo que hacían.

Ender es bueno en esto, advirtió Bean por enésima vez. Sabe cómo darle a un grupo la forma que quiere que tenga. Sabe cómo hacer que la gente trabaje en común. Y lo hace con los mínimos medios posibles.

Sin duda, si Graff fuera tan bueno en esto como Ender, hoy no habría tenido que comportarme como un matón.

Lo primero que Bean intentó con la estacha fue extenderla a lo largo de la sala de batalla. Llegaba, con un poco de espacio para permitir que se ataran nudos a ambos lados. Pero unos cuantos minutos de experimentación demostraron que sería completamente inútil como cable trampa. La mayoría de los enemigos simplemente pasarían de largo; los que chocaran contra el cable podrían sentirse desorientados o dar la vuelta, pero una vez que supieran que estaba allí, podrían usarlo como parte de una rejilla, lo que significaba que trabajaría a favor de un enemigo creativo.

La estacha estaba diseñada para impedir que un hombre quedara flotando a la deriva en el espacio. ¿Qué sucedía cuando se llegaba al final de la cuerda?

Bean dejó un extremo atado a un asidero de la pared, pero enroscó el otro alrededor de su cintura varias veces. La cuerda era ahora más corta que la anchura del cubo de la sala de batalla. Bean ató un nudo en la cuerda, luego se abalanzó hacia la pared opuesta.

Mientras volaba por los aires y la estacha se tensaba tras él, no pudo dejar de pensar: espero que tuvieran razón y este cable no pueda cortar. Vaya forma de terminar, rebanado en dos en la sala de batalla. Eso sí que sería un estropicio impresionante que limpiar.

La cuerda se tensó cuando él estaba a un metro de la pared. En cuanto la tuvo a la altura de la cintura, Bean dejó de avanzar de inmediato. Su cuerpo se dobló por la mitad y sintió como si le hubieran dado una patada en el estómago. Pero lo más sorprendente fue la forma en que su inercia pasaba de un movimiento hacia delante a un arco lateral, que lo sacudió por toda la sala de batalla hacia el lugar donde practicaba el batallón D. Golpeó la pared con tanta fuerza que se quedó sin respiración.

—¿Habéis visto eso? —gritó Bean, en cuanto pudo volver a respirar. Le dolía el estómago; tal vez no hubiera quedado rebanado por la mitad, pero tendría una magulladura enorme, eso lo supo de inmediato, y si no hubiera tenido puesto el traje refulgente, bien podría haber creído que tenía heridas internas. Pero se pondría bien, y la estacha le había permitido cambiar bruscamente de dirección en el aire—. ¿Lo habéis visto? ¿Lo habéis visto?

—¿Estás bien? —gritó Ender.

Se dio cuenta de que Ender pensaba que estaba herido. Controlando el habla, Bean volvió a gritar:

—¿Has visto lo rápido que iba? ¿Has visto cómo he cambiado de dirección?

Toda la escuadra dejó de practicar para ver cómo Bean seguía jugando con la estacha. Atar a dos soldados era una maniobra eficaz cuando uno de ellos se detenía, pero era difícil aguantar. Pero todavía se obtuvo un mejor resultado cuando Bean hizo que Ender utilizara su gancho para sacar una estrella de la pared y la situara en mitad de la sala de batalla. Bean se ató y se lanzó desde la estrella; cuando la cuerda se tensó, el borde de la estrella actuó como punto de apoyo, reduciendo la longitud de la cuerda mientras cambiaba de dirección. Y cuando la cuerda se enroscó alrededor de la estrella, se acortó aún más al alcanzar cada borde. Al final, Bean acabó moviéndose tan rápido que perdió el conocimiento durante un instante cuando golpeó una estrella. Pero toda la Escuadra Dragón se quedó sorprendida por lo que habían visto. La estacha era completamente invisible, así que parecía que aquel niño pequeño se había lanzado solo y de repente empezaba a cambiar de dirección y a acelerar en pleno vuelo. Era un espectáculo perturbador.

—Repitámoslo otra vez, a ver si puedo disparar mientras estoy haciéndolo —sugirió Bean.

Las prácticas de la tarde no terminaron hasta las 21.40, por lo que dispusieron de poco tiempo antes de acostarse. Pero tras haber visto las acrobacias que la escuadrilla de

Bean preparaba, toda la escuadra se sentía muy exaltada, y todo el mundo corría nervioso por los pasillos. La mayoría de ellos con toda probabilidad comprendía que lo que Bean había descubierto eran acrobacias, nada que resultara decisivo en una batalla. Al menos era divertido. Era nuevo. Y era Dragón.

Bean lideró la salida, pues Ender le había concedido ese honor. Era un momento de triunfo, y aunque sabía que estaba siendo manipulado por el sistema (modificación de conducta por medio de honores públicos) seguía siendo agradable.

No tanto, sin embargo, como para bajar la guardia. No había recorrido ni la mitad del pasillo cuando advirtió que había demasiados uniformes Salamandra entre los otros niños que deambulaban por esa sección. A las 21.40, la mayoría de las escuadras estaban en sus barracones; sólo unos cuantos rezagados volvían de la biblioteca o de la sala de vids o la de juegos. Demasiados Salamandras, y los otros soldados eran con frecuencia chicos grandes de escuadras cuyos comandantes no profesaban ningún amor especial por Ender. No hacía falta ser un genio para reconocer una trampa.

Bean se dio la vuelta y se acercó a Crazy Tom, Vlad y Hot Soup, que caminaban juntos.

—Demasiados Salamandras —dijo—. Quedaos con Ender.

Ellos lo entendieron de inmediato: era de conocimiento público que Bonzo no paraba de proferir amenazas diciendo que «alguien» debería hacer algo con Ender Wiggin, sólo para ponerlo en su sitio. Bean continuó su camino, dirigiéndose tranquilamente hacia la retaguardia de su escuadra; pasó por alto a los niños más pequeños, pero alertó a los otros dos jefes de batallón y a todos los segundos: los niños mayores, los que podrían tener alguna posibilidad de enfrentarse al grupo de Bonzo en una pelea. No era gran cosa, pero era todo lo que hacía falta para impedirles que alcanzaran a Ender hasta que intervinieran los profesores. De ninguna manera los profesores permanecerían de brazos cruzados si estallaba una revuelta. ¿O sí?

Bean pasó junto a Ender, se colocó tras él. Vio que Petra Arkanian, con su uniforme de la Escuadra Fénix, se acercaba rápidamente.

—¡Hola, Ender! —exclamó.

Para disgusto de Bean, Ender se detuvo y se dio la vuelta. El chico era demasiado confiado.

Detrás de Petra, unos cuantos Salamandras avanzaron un paso. Bean miró hacia el otro lado, y vio a unos cuantos Salamandras más y a un par de niños de rostro decidido de otras escuadras, recorriendo el pasillo más allá de los últimos Dragones. Hot Soup y Crazy Tom se acercaban rápidamente, con más jefes de batallón y el resto de los Dragones más grandes tras ellos, pero no se movían lo bastante rápido. Bean agitó los brazos, y advirtió que Crazy Tom avivaba el paso. Los otros lo imitaron.

—Ender, ¿puedo hablar contigo? —dijo Petra.

Bean sintió una decepción amarga. Petra era la judas. Trabajaba para Bonzo, y le iba a vender a Ender... ¿quién lo habría imaginado? Ella odiaba a Bonzo cuando estaba en su escuadra.

—Camina conmigo —dijo Ender.

—Sólo será un momento.

O bien era una actriz perfecta o no sabía nada, sospechó Bean. Sólo parecía consciente de los otros uniformes Dragones, y ni siquiera miraba a nadie más. No estaba en el ajo después de todo. Era sólo una idiota.

Por fin, Ender pareció darse cuenta del peligro que

corría. A excepción de Bean, todos los demás Dragones lo habían adelantado ya, y eso era suficiente —al fin— para hacer que se sintiera incómodo. Le dio la espalda a Petra y avivó el paso, rápidamente, cerrando la abertura entre él y los Dragones mayores.

Petra se enfadó durante un instante, y luego corrió a alcanzarlo. Bean se quedó donde estaba, mirando a los Salamandras que llegaban. Ni siquiera repararon en él. Sólo avivaron el paso, y alcanzaron a Ender casi a la vez que Petra.

Bean dio tres pasos y llamó a la puerta del barracón de la Escuadra Conejo. Alguien la abrió.

—Salamandra va a actuar contra Ender.

Fue lo único que tuvo que decir. De inmediato los Conejos empezaron a salir por la puerta. Surgieron justo cuando los Salamandras los alcanzaban, y empezaron a seguirlos.

Testigos, pensó Bean. Y ayudantes, también, si la lucha parecía injusta.

Ante él, Ender y Petra charlaban, y los Dragones más grandes los rodearon. Los Salamandras continuaron siguiéndolos de cerca, y los otros matones se unieron a ellos al pasar. Pero el peligro se disipaba. La Escuadra Conejo y los Dragones mayores habían hecho el trabajo. Bean respiró un poco más tranquilo. Por el momento, al menos, el peligro había pasado.

Bean alcanzó a Ender justo a tiempo de oír que Petra decía:

—¿Cómo puedes pensar eso de mí? ¿No sabes quiénes son tus amigos?

Se marchó corriendo, alcanzó una escalerilla, y se perdió hacia arriba.

Carn Carby, de los Conejos, alcanzó a Bean.

—¿Todo va bien?

—Espero que no te importe que llamara a tu escuadra.

—Vinieron a por mí. ¿Nos encargamos de llevar a Ender a salvo a su cama?

—Sí.

Carn se retiró y caminó junto con el grueso de sus soldados. Los matones Salamandras eran ahora superados en número, tres a uno. Se retrasaron aún más, y algunos de ellos se dieron la vuelta y desaparecieron por las escaleras o las barras.

Cuando Bean volvió a alcanzar a Ender, estaba rodeado por sus jefes de batallón. No había nada sutil en la maniobra ahora: eran claramente sus guardaespaldas, y algunos de los Dragones más jóvenes habían advertido lo que sucedía y completaban la formación. Llevaron a Ender a la puerta de su habitación y Crazy Tom entró antes que él, y luego le permitió hacerlo cuando comprobó que no había nadie dentro esperando. Como si cualquiera pudiera abrir con su palma la puerta de un comandante. Pero claro, los profesores habían cambiado un montón de reglas en los últimos días. Todo era posible.

Bean permaneció despierto durante un rato, tratando de pensar qué podía hacer. No podría estar junto a Ender en todo momento. Había clases, y las escuadras se disolvían deliberadamente entonces. Ender era el único que comía en el comedor de oficiales, así que si Bonzo lo atacaba allí... pero no lo haría, no con tantos otros comandantes delante. Las duchas. Los retretes. Y si Bonzo completaba el grupo adecuado de matones, apartarían a los jefes de batallón de Ender como si fueran globos.

Lo que Bean tenía que hacer era privar a Bonzo de apoyo. Antes de quedarse dormido, tenía un plan medio forjado que tal vez ayudara un poco, o podría dar la vuelta a la situación pero al menos era algo, y sería público, así que los profesores no podrían decir después que no sabían nada de lo que ocurría. No podrían cubrirse el trasero con su asquerosa burocracia.

Pensó que podría hacer algo en el desayuno, pero naturalmente hubo una batalla a primera hora de la mañana. Pol Slattery, Escuadra Tejón. Los profesores habían encontrado un nuevo modo de retorcer las reglas, además. Cuando los disparos alcanzaban a los Tejones, en vez de permanecer congelados hasta el final del juego, se descongelaban a los cinco minutos, tal como sucedía en las prácticas. Pero los Dragones, una vez alcanzados, se quedaban rígidos. Como la sala de batalla estaba repleta de estrellas (es decir, había un montón de escondites), tardaron un poco en advertir que tenían que disparar a los mismos soldados más de una vez mientras maniobraban a través de ellas, y la Escuadra Dragón estuvo a punto de perder. Fue un mano a mano, con una docena de Dragones supervivientes enfrentándose a oleadas de Tejones congelados, a quienes había que volver a disparar periódicamente, mientras buscaban frenéticos a los otros Tejones que pudieran aparecer por detrás.

La batalla duró tanto que cuando salieron de la sala se había terminado el desayuno. La Escuadra Dragón se molestó: los que habían sido congelados al principio, antes de conocer el truco, habían pasado más de una hora flotando en sus trajes rígidos, cada vez más frustrados a medida que pasaba el tiempo. Los otros, que se habían visto forzados a luchar en inferioridad numérica y con poca visibilidad contra enemigos que revivían una y otra vez, estaban agotados. Incluso Ender.

Ender congregó a su ejército en el pasillo y dijo:

—Hoy lo sabéis todo. No hay prácticas. Descansad un poco. Divertíos. Aprobad algún examen.

Todos agradecieron el permiso, pero con todo, no iban a recibir ningún desayuno y a nadie le apetecía aplaudir. Mientras regresaban a los barracones, algunos murmuraron:

—Pero ahora mismo están sirviendo el desayuno a la Escuadra Tejón.

—No, se levantaron pronto y les sirvieron el desayuno antes.

—No, desayunaron y a los cinco minutos volvieron a desayunar.

Bean, sin embargo, estaba frustrado porque no había tenido ninguna oportunidad de llevar a cabo su plan. Tendría que esperar hasta el almuerzo.

Lo bueno era que, como la Escuadra Dragón no practicaba ahora, los tipos de Bonzo no sabrían donde esperar hoy a Ender. Lo malo era que si Ender salía solo, no habría nadie para protegerlo.

Así que Bean se sintió aliviado cuando vio a Ender entrar en su habitación. Tras consultarlo con los otros jefes de batallón, Bean emplazó un guardia en la puerta. Colocaron a un Dragón ante los barracones en turnos de media hora. Era imposible que Ender saliera sin que su escuadra lo supiera.

Pero Ender no salió y por fin llegó la hora del almuerzo. Todos los jefes de batallón enviaron a los soldados por delante y luego se desviaron para pasar ante la puerta de Ender. Fly Molo llamó con fuerza; de hecho, golpeó la puerta cinco veces.

—El almuerzo, Ender.

—No tengo hambre. —Su voz sonaba apagada desde el otro lado de la puerta—. Ve y come.

—Podemos esperar —sugirió Fly—. No queremos que vayas solo al comedor de oficiales.

—No voy a almorzar. Id y comed vosotros.

—Ya lo habéis oído —dijo Fly a los demás—. Estará seguro ahí dentro mientras nosotros comemos.

Bean había advertido que Ender no había prometido quedarse en su habitación durante el almuerzo. Pero al menos la gente de Bonzo no sabría dónde estaba. Lo impredecible era útil. Y Bean quería tener la oportunidad de soltar su discurso en el almuerzo.

Así que corrió al comedor y no se puso en la cola, sino que se subió a una mesa y batió las palmas con fuerza para llamar la atención.

—¡Eh, todo el mundo!

Esperó a que el grupo permaneciera en el máximo silencio posible, dadas las circunstancias.

—Hay algunos aquí que necesitan recordar un par de cosas de la ley de la F.I. Si un comandante ordena a un soldado que haga algo ilegal o impropio, el soldado tiene la responsabilidad de negarse a obedecer la orden y denunciarlo. Un soldado que obedece una orden ilegal o impropia es plenamente responsable de las consecuencias de sus acciones. Por si alguno de vosotros es demasiado obtuso para saber lo que eso significa, la ley sostiene que si algún comandante os ordena que cometáis un delito, eso no es ninguna excusa. Tenéis prohibido obedecer.

Ningún miembro de los Salamandras se atrevió a mirar a Bean a los ojos, pero un matón con uniforme Rata respondió con tono agrio:

—¿Tienes algo en mente, capullo?

—Te tengo a ti en mente, Lighter. Tus puntuaciones son un diez por ciento inferiores a la media de la escuela, así que pensé que necesitabas un poco de ayuda.

—¡Lo que necesito es que cierres esa bocaza ahora mismo!

—Fuera lo que fuese lo que Bonzo os ordenó hacer

anoche, Lighter, a ti y a otros veinte más, lo que te digo es que si de verdad hubierais intentado algo, todos y cada uno de vosotros habríais salido de la Escuela de Batalla con el culo hecho pedazos. Despedidos. Un completo fracaso, por escuchar a Boniato Madrid. ¿Está claro?

Lighter se echó a reír. Pareció forzado, pero no era el único que se reía.

—Ni siquiera sabes lo que está pasando, capullo —le soltó uno de ellos.

—Sé que Boniato está intentando convertiros en una banda callejera, patéticos perdedores. No puede derrotar a Ender en la sala de batalla, así que va a hacer que una docena de tipos duros castigue a un chico pequeño. ¿Lo oís todos? Sabéis que Ender es el mejor comandante que ha pasado por aquí. Puede que sea el único capaz de hacer lo que hizo Mazer Rackham y derrotar a los insectores cuando vuelvan, ¿habéis pensado en eso? Y estos tipos son tan *listos* que quieren partirle la cabeza. ¡Así que cuando vengan los insectores, y sólo tengamos sesos de pus como Bonzo Madrid para que lideren a nuestra flota hacia la derrota y entonces los insectores diezmen la Tierra y maten hasta el último hombre, mujer y niño, todos los supervivientes sabrán que *estos* tipos son los que se deshicieron del único que pudo habernos conducido a la victoria!

Todo el lugar quedó en silencio, y Bean pudo ver, al mirar a los que había reconocido como miembros del grupo de Bonzo la noche anterior, que sus palabras surtían efecto.

—Oh, os *olvidasteis* de los insectores, ¿verdad? *Olvidasteis* que esta Escuela de Batalla no está aquí para que podáis escribirle a mami sobre vuestras altas calificaciones. Así que adelante, ayudad a Bonzo y de paso, ya que estáis en ello, por qué no os cortáis también la garganta, porque eso es lo que vais a hacer si le causáis daño a Ender Wiggin. Pero en cuanto al resto de nosotros... bueno, ¿cuántos piensan que Ender Wiggin es el único comandante que querríamos seguir todos a la batalla? ¿Venga, cuántos de vosotros?

Bean empezó a batir las palmas lenta, rítmicamente. De inmediato, todos los Dragones lo imitaron. Y de inmediato la mayoría de los soldados tocaron también las palmas. Los que no lo hacían resultaron sospechosos y se percataron de que los demás los miraban con desprecio o con odio.

Muy pronto, toda la sala tocaba las palmas. Incluso los que servían la comida.

Bean alzó ambas manos al cielo.

—¡Los insectores cara de culo son el único enemigo! ¡Todo el que levante una mano contra Ender Wiggin es un amante de los insectores!

Respondieron con vítores y aplausos, y se pusieron en pie rápidamente.

Era la primera vez que Bean intentaba provocar a las masas. Se sintió satisfecho de ver que, mientras la causa fuera justa, era bastante bueno en ello.

Sólo después, cuando terminó de comer y estaba sentado con el batallón C, Lighter se acercó a Bean. Vino por detrás, y el resto del batallón se puso en pie, dispuesto a cortarle el paso, antes de que Bean se diera cuenta siquiera de que estaba allí. Pero Lighter les indicó que se sentaran, y luego se inclinó y le habló a Bean al oído.

—Escucha esto, hormiga reina. Los soldados que planean desquitarse de Wiggin ni siquiera están aquí. Para eso ha valido tu estúpido discurso.

Entonces se fue.

Y, al cabo de un momento, también se marchó Bean, mientras el batallón C reunía al resto de la Escuadra Dragón para seguirlo.

Ender no estaba en su habitación, o al menos no respondió. Fly Molo, como comandante del batallón A, tomó las riendas de la situación y distribuyó los soldados en grupos para buscar por los barracones, la sala de juegos, la sala de vídeo, la biblioteca, el gimnasio.

Pero Bean convocó a su escuadrilla para que lo siguiera. Al cuarto de baño. Era el único sitio donde Bonzo y sus amigos pensarían que Ender acabaría acudiendo.

Para cuando Bean llegó allí, todo había acabado. Había profesores y personal médico por los pasillos. Dink Meeker caminaba con Ender, con un brazo sobre su hombro, retirándolo del cuarto de baño. Ender sólo llevaba puesta su toalla. Estaba mojado, y tenía sangre por toda la nuca y por la espalda. Bean tardó sólo un instante en advertir que la sangre no era suya. Los otros miembros del grupo de Bean observaron cómo Dink conducía a Ender de vuelta a su habitación y lo ayudaba a entrar. Pero Bean continuó hacia el cuarto de baño.

Los profesores le ordenaron que saliera al pasillo. Pero Bean vio suficiente. Bonzo tendido en el suelo, el personal médico haciéndole una reanimación cardiovascular. Bean supo entonces que su corazón había dejado de latir. Y luego, por la falta de atención que prestaban los que estaban de pie cerca, Bean advirtió que se trataba sólo de una formalidad. Nadie esperaba que el corazón de Bonzo volviera a latir. No era de extrañar. Le habían incrustado la nariz dentro de la cabeza. Su cara era una masa de sangre. Eso explicaba que Ender tuviera la nuca toda empapada de sangre.

Todos sus esfuerzos no habían significado nada. Pero Ender había ganado de todas formas. Sabía que esto iba a suceder. Aprendió defensa personal. La empleó, y no hizo un mal trabajo, tampoco.

Si Ender hubiera sido amigo de Poke, Poke no habría muerto.

Y si Ender hubiera dependido de Bean para que lo salvara, estaría tan muerto como Poke.

Unas rudas manos obligaron a Bean a ponerse en pie, y lo apretaron contra una pared.

—¿Qué has visto? —demandó el mayor Anderson.

—Nada —dijo Bean—. ¿Ese de ahí es Bonzo? ¿Está herido?

—No es asunto tuyo. Te hemos ordenado que te fueras. ¿No nos has oído?

Entonces llegó el coronel Graff, y Bean pudo ver que los profesores que lo acompañaban estaban furiosos, aunque no podían decir nada, bien a causa del protocolo militar o porque uno de los niños estaba presente.

—Creo que Bean ha metido demasiado la nariz en nuestros asuntos —dijo Anderson.

—¿Van a enviar a Bonzo a casa? —preguntó Bean—. Porque lo intentará otra vez.

Graff le dirigió una mirada severa.

—Me he enterado de lo de tu discurso en el comedor —dijo—. No sabía que te hubiéramos educado para ser político.

—¡Si no detiene a Bonzo y lo saca de aquí, Ender nunca va a estar a salvo, y no lo toleraremos!

—Métete en tus asuntos, niñito —espetó Graff—. Esto es asunto de hombres.

Bean dejó que Dimak se lo llevara. Por si seguían preguntándose si había visto que Bonzo estaba muerto, Bean continuó con la función.

—Vendrá a por mí también —dijo—. No quiero que Bonzo venga a por mí.

—No va a venir a por ti —dijo Dimak—. Se va a ir a casa. Cuenta con ello. Pero no hables de esto con nadie más. Deja que lo averigüen cuando se comunique oficialmente. ¿Entendido?

—Sí, señor.

—¿Y de dónde sacaste toda esa tontería de no obedecer a un comandante que da órdenes ilegales?

—Del Código Uniformado de Conducta Militar —respondió Bean.

—Bueno, aquí tienes unos cuantos hechos irrefutables: nadie ha sido condenado por obedecer órdenes.

—Eso es porque nadie ha hecho nada tan escandaloso para que el público general se entere.

—El Código Uniformado no se aplica a los estudiantes, al menos no esa parte.

—Pero se aplica a los profesores —dijo Bean—. Se aplica a *usted.* Por si ha obedecido alguna orden ilegal o impropia hoy. Por... bueno, no sé... por quedarse quieto mientras estallaba una pelea en el cuarto de baño. Porque su oficial al mando les dijo que dejaran que un niño grande le pegara a uno pequeño.

Si esa información molestó a Dimak, no dio muestras de ello. Se plantó en el pasillo y esperó a que Bean se dirigiera a los barracones de la Escuadra Dragón.

Dentro había estallado la locura. La Escuadra Dragón se sentía completamente indefensa y estúpida, furiosa y avergonzada. ¡Bonzo Madrid había sido más listo que ellos! ¡Bonzo se había enfrentado a Ender a solas! ¿Dónde estaban los soldados de Ender cuando los necesitaba?

Tuvo que pasar un rato para que se calmara la situación. Mientras tanto, Bean se sentó en su camastro, pensando en sus cosas. Ender no había ganado solamente su pelea. No se había protegido y se había marchado. Ender lo había matado. Le había propinado un golpe tan devastador que su enemigo nunca más iría a por él.

Ender Wiggin, tú eres el que ha nacido para ser comandante de la flota que defienda a la Tierra de la Tercera Invasión. Porque eso era precisamente lo que necesitábamos: alguien que propine el golpe más brutal posible, con una puntería perfecta y sin importarle las consecuencias. Una guerra con todas las de la ley.

Yo no soy ningún Ender Wiggin. Sólo soy un chico de la calle cuya única habilidad es permanecer vivo. Como sea. La única vez que me vi en peligro de verdad, salí corriendo como una ardilla y me refugié con sor Carlotta. Ender se dirigió solo a la batalla. Yo corrí a mi escondite. Yo soy el tipo que hace bellos discursos de pie en las mesas del comedor. Ender es el tipo que se enfrenta al enemigo y lo derrota contra todo pronóstico.

Fueran cuales fuesen los genes que alteraron en mí, no fueron los que importan.

Ender casi ha muerto por mi culpa. Porque me burlé de Bonzo. Porque no lo protegí en el momento crucial. Porque no me detuve a pensar como Bonzo, y no caí en la cuenta de que éste esperaría a que Ender estuviera solo en la ducha.

Si Ender hubiera muerto hoy, habría sido por culpa mía. Otra vez.

Quiso matar a alguien.

No podía ser Bonzo. Bonzo ya estaba muerto.

Aquiles. A ése necesitaba matar. Y si Aquiles hubiera estado allí en ese momento, Bean lo habría intentado. Tal vez incluso habría tenido éxito, si la furia violenta y la vergüenza desesperada fueran suficientes para derrotar a alguien que contaba con la ventaja del tamaño y la experiencia que pudiera tener Aquiles. Y si Aquiles lo mataba a él, no era peor de lo que se merecía, por haberle fallado a Ender de esa forma.

Sintió que su cama botaba. Nikolai había cruzado de un salto la distancia entre los camastros superiores.

—Tranquilo —murmuró Nikolai, tocando a Bean en el hombro.

Bean se dio la vuelta, para mirar a Nikolai.

—Ah —dijo Nikolai—. Creí que llorabas.

—Ender ha ganado —respondió Bean—. ¿Por qué tendría que llorar?

18

Amigo

—No era preciso que muriera ese niño.

—La muerte de ese niño no estaba prevista.

—Pero era previsible.

—Siempre se pueden prever sucesos que ya han ocurrido. Son niños, después de todo. No esperábamos que se desencadenara tanta violencia.

—No le creo. Creo que éste es precisamente el nivel de violencia que esperaba. Es lo que había preparado. Piensa que el experimento tuvo éxito.

—No puedo controlar sus opiniones. Solamente puedo estar en desacuerdo con ellas.

—Ender Wiggin está preparado para ser trasladado a la Escuela de Mando. Ése es mi informe.

—Tengo un informe separado de Dap, el profesor asignado a su vigilancia. Y ese informe (por el cual no se impondrá sanción alguna contra el capitán Dap) me dice que Andrew Wiggin no está «psicológicamente apto para el deber».

—Si es así, cosa que dudo, es sólo temporal.

—¿De cuánto tiempo cree que disponemos? No, coronel Graff, por el momento tenemos que considerar su curso de acción relativo a Wiggin como un fracaso, y el niño queda inutilizado no sólo para nuestros propósitos, sino posiblemente para cualquier otro también. Así pues, si puede hacerse sin más muertes, quiero que se adelante al otro. Lo quiero aquí en la Escuela de Mando lo más pronto posible.

—Muy bien, señor. Aunque debo decirle que considero a Bean poco digno de confianza.

—¿Por qué, porque no lo ha convertido todavía en un asesino?

—Porque no es humano, señor.

—La diferencia genética está dentro de la escala de variaciones comunes.

—Fue creado por medios totalmente artificiales, y su creador fue un criminal, por no decir un loco demostrado.

—Podría ver algún peligro si su padre fuera un criminal. O su madre. Pero ¿su médico? El niño es exactamente lo que necesitamos, y cuanto más rápido podamos conseguirlo, mejor.

—Es impredecible.

—¿Y Wiggin no lo es?

—Menos impredecible, señor.

—Una respuesta muy cuidadosa, teniendo en cuenta que acaba de insistir en que el asesinato de hoy no fue «previsible».

—¡No fue un asesinato, señor!

—Homicidio, entonces.

—El temple de Wiggin está demostrado, señor, mientras que el de Bean no.

—Tengo el informe de Dimak... por el cual tampoco él ha de ser...

—Castigado. Lo sé, señor.

—La conducta de Bean en el curso de estos acontecimientos ha sido ejemplar.

—Entonces el informe del capitán Dimak era incompleto. ¿No le informó que fue Bean quien puede haber empujado a Bonzo a la violencia al romper la seguridad y comunicarle que la escuadra de Ender estaba compuesta por estudiantes excepcionales?

—Eso fue una acción con consecuencias impredecibles.

—Bean actuó para salvar su propia vida, y al hacerlo el peligro recayó sobre los hombros de Ender Wiggin. El que luego tratara de aminorar el peligro no cambia el hecho de que, cuando está bajo presión, Bean se convierte en un traidor.

—¡Qué maneras de hablar!

—¿Eso lo dice el hombre que acaba de catalogar de asesinato un claro caso de defensa personal?

—¡Ya basta! Queda relevado de su cargo como comandante de la Escuela de Batalla durante el período de descanso y recuperación de Ender Wiggin. Si Wiggin se recupera lo suficiente para venir a la Escuela de Mando, puede usted venir con él y continuar influyendo en la educación de los niños que traigamos aquí. Si no, puede que le espere la corte marcial en la Tierra.

—¿Me retira efectivamente del cargo, entonces?

—Cuando suba a la lanzadera con Wiggin. El mayor Anderson permanecerá como comandante en funciones.

—Muy bien, señor. Wiggin regresará al entrenamiento, señor.

—Si todavía lo queremos.

—Cuando se recupere de la desazón que todos sentimos por la desafortunada muerte de Madrid, se dará cuenta de que tengo razón, y Ender es el único candidato viable, ahora mucho más que antes.

—Le permito que haga esa consideración. Y si tiene razón, deseo que su trabajo con Wiggin avance a una velocidad vertiginosa. Puede retirarse.

Ender todavía tenía puesta nada más que la toalla cuando entró en el barracón. Bean lo vio allí de pie, con un rictus de muerte, y pensó: Sabe que Bonzo está muerto, y eso lo está matando.

—Hola, Ender —dijo Hot Soup, que estaba junto a la puerta con los otros jefes de batallón.

—¿Vamos a practicar esta noche? —preguntó uno de los soldados más jóvenes.

Ender le pasó un papelito a Hot Soup.

—Supongo que eso significa que no —dijo Nikolai en voz baja.

Hot Soup lo leyó.

—¡Esos hijos de puta! ¿Dos a la vez?

Crazy Tom echó un vistazo por encima de su hombro.

—¡Dos escuadras!

—Tropezarán unos con otros —aseguró Bean. Lo que más le molestaba de los profesores no era la estupidez de tratar de combinar escuadras, un plan cuya ineficacia había sido demostrada una y otra vez a lo largo de la historia, sino más bien la testaruda mentalidad que los impulsaba a presionar aún más a Ender en un momento como éste. ¿Es que no se daban cuenta del daño que le estaban causando? ¿Su objetivo era entrenarlo o acabar con él? Porque ya estaba entrenado desde hacía tiempo. Tendría que haberse licenciado en la Escuela de Batalla la semana anterior. ¿Y ahora le daban una batalla más, completamente carente de sentido, cuando ya estaba al borde de la desesperación?

—Tengo que lavarme —dijo Ender—. Preparaos, llamad a todo el mundo, yo me reuniré con vosotros allí, en la puerta.

En su voz, Bean adivinó una completa falta de interés. No, algo más profundo. Ender no deseaba ganar esta batalla.

Ender se dio la vuelta para marcharse. Todo el mundo advirtió la sangre en su cabeza, en sus hombros, en su espalda. Se marchó.

Todos ignoraron la sangre. Tenían que hacerlo.

—¡Dos escuadras comepedos! —exclamó Crazy Tom—. ¡Les romperemos el culo!

Ése parecía ser el consenso general mientras se ponían los trajes refulgentes.

Bean se guardó la bobina de estacha en el cinturón de su traje. Si debía echar una mano a Ender de improviso, sería en esta batalla, cuando ya no estaba interesado en ganar.

Como había prometido, Ender se reunió con ellos en la puerta antes de que se abriera: apenas un momento antes. Recorrió el pasillo flanqueado por sus soldados, quienes lo miraban con amor, con reverencia, con confianza. Excepto Bean, que lo miraba con angustia. Ender Wiggin no era más grande que la vida, lo sabía. Tenía el tamaño exacto de la vida, así que su carga superior era demasiado para él. Y sin embargo la soportaba. Por el momento.

La puerta se hizo transparente.

Cuatro estrellas se habían combinado directamente delante de la puerta, por lo que habían bloqueado por completo su visión de la sala de batalla. Ender tendría que desplegar sus fuerzas a ciegas. Por lo que sabía, el enemigo ya había entrado en la sala hacía quince minutos. Por lo que podía imaginar, se habían desplegado igual que Bonzo había desplegado a su ejército, sólo que esta vez sería una maniobra totalmente eficaz tener la puerta rodeada de soldados enemigos.

Pero Ender no dijo nada. Se quedó allí observando la barrera.

Bean casi se lo esperaba. Estaba preparado. Lo que hizo no era obvio: caminó para colocarse directamente junto a Ender en la puerta. Pero sabía que eso era todo lo que hacía falta. Un recordatorio.

—Bean —dijo Ender—. Reúne a tus muchachos y dime qué hay al otro lado de esta estrella.

—Sí, *señor* —contestó Bean. Sacó la bobina de estacha, y con sus cinco soldados dio el corto salto de la puerta a la estrella. Inmediatamente, la puerta por la que acababa de entrar se convirtió en el techo, la estrella su suelo temporal. Bean se ató la cuerda a la cintura mientras los otros niños la desenrollaban, disponiéndola por toda la estrella, suelta. Cuando desplegaron una tercera parte, Bean declaró que era suficiente. Deducía que las cuatro estrellas eran en realidad ocho, que componían un cubo perfecto. Si se equivocaba, entonces tenía demasiada estacha y chocaría contra el techo en vez de rodear la estrella. Después de todo, cosas peores podían suceder.

Se deslizó por el borde de la estrella. Tenía razón, era un cubo. La luz que había en la habitación era demasiado tenue para poder ver bien lo que hacían las otras escuadras, pero creyó adivinar que se desplegaban. Al parecer, no habían tenido tiempo de aventajarse, en esa ocasión. Informó rápidamente de esto a Ducheval, quien se lo repitió a Ender mientras Bean actuaba. Sin duda, Ender empezaría a sacar al resto de la escuadra de inmediato, antes de que se agotara el tiempo.

Bean se lanzó directo desde el techo. Sobre él, su pelotón aseguraba el otro extremo de la cuerda, para que se soltara adecuadamente y se detuviera con brusquedad.

A Bean le disgustó el golpe que sintió en el estómago cuando el cable se tensó, pero tenía algo de emocionante ese aumento de velocidad. Sin embargo, de repente se movió hacia el sur. Pudo ver los distantes destellos del enemigo disparándole. Sólo soldados de una mitad de la zona enemiga disparaban.

Cuando el cable alcanzó el siguiente borde del cubo, su velocidad aumentó otra vez y se elevó en un arco que, por un momento, pareció que iba a hacerle rozar contra el techo. Entonces el último borde se ancló, pasó tras la estrella y fue recogido diestramente por su pelotón. Bean agitó brazos y piernas para comprobar que no les había ocurrido nada. Podía imaginar lo que estaría pensando el enemigo sobre sus mágicas maniobras en el aire. Lo que importaba era que Ender no había atravesado la puerta. El tiempo debía de haberse agotado ya.

Ender entró solo. Bean lo informó lo más rápidamente posible.

—Hay poca luz, pero la suficiente para no poder seguir a la gente fácilmente por las luces de sus trajes. Las peores condiciones visuales posibles. Todo es espacio abierto desde esta estrella al lado enemigo de la sala. Alrededor de su puerta tienen ocho estrellas formando un cuadrado. No veo a nadie excepto a los que se asoman tras las cajas. Están allí, a la expectativa.

En la distancia, oyeron al enemigo burlarse.

—¡Eh! ¡Tenemos hambre, venid a darnos de comer! ¡Tenéis el culo marrón! ¡Tenéis el culo Dragón!

Bean continuó su informe, pero no tenía ni idea de si Ender le escuchaba.

—Me dispararon desde sólo la mitad de su espacio. Lo que significa que los dos comandantes no se han puesto de acuerdo y que ninguno tiene el mando supremo.

—En una guerra de verdad —declaró Ender—, cualquier comandante con cerebro se retiraría y salvaría a su ejército.

—Qué demonios —dijo Bean—. Es sólo un juego.

—Dejó de ser un juego cuando se cargaron las normas.

Aquello no iba bien, pensó Bean. ¿De cuánto tiempo disponían para que su escuadra atravesara las puertas?

—Entonces cárgatelas tú también.

Miró a Ender a los ojos, exigiendo que despertara, que prestase atención, que *actuara*.

La mirada inexpresiva se borró del rostro de Ender. Sonrió. Fue magnífico ver eso.

—Muy bien. Por qué no. Veamos cómo reaccionan a una formación.

Ender empezó a llamar al resto de la escuadra para que atravesara la puerta. Iban a estar un poco apretujados en lo alto de aquella estrella, pero no había ninguna elección.

Resultó que el plan de Ender era utilizar otra de las ideas estúpidas de Bean, una de las que le había visto practicar con su pelotón. Una formación en pantalla de soldados congelados, controlados por el pelotón de Bean, que permaneció sin congelar detrás de ellos. Tras haberle dicho a Bean lo que quería que hiciera, Ender se unió a la formación como soldado y dejó que Bean lo organizara todo.

—Es tu espectáculo —dijo.

Bean no esperaba que Ender fuera a hacer una cosa así, pero tenía sentido. Lo que Ender quería era no librar esta batalla y permitirse ser parte de una pantalla de soldados congelados, dejar la batalla a otro era lo más parecido a hacerse a un lado.

Bean se puso a trabajar de inmediato, construyendo la pantalla en cuatro partes, cada una de un batallón. Los batallones A, B y C se alinearon en columnas de cuatro por tres, los brazos entrelazados con los hombres que tenían al lado, la fila superior de tres con los pies bajo los brazos de los cuatro soldados de abajo. Cuando todos estuvieron bien sujetos, Bean y su pelotón los congelaron. Entonces cada uno de los hombres de Bean se agarró a una sección de la pantalla y, procurando moverse muy despacio para que a causa de la inercia la pantalla no quedase fuera de control, salieron de la estrella y bajaron lentamente hasta situarse debajo de ella. Entonces todo el pelotón de Bean se unió de nuevo en una sola pantalla.

—¿Cuándo habéis ensayado esto? —preguntó Dumper, el jefe del batallón E.

—Nunca lo hemos hecho antes —respondió sinceramente Bean—. Hemos hecho maniobras y enlaces con pantallas de un solo hombre, pero ¿con siete? Es una novedad para nosotros.

Dumper se echó a reír.

—Y allí está Ender, agarrado a la pantalla como todo el mundo. Eso es confianza, Bean, viejo amigo.

Eso es desesperación, pensó Bean. Pero no sintió la necesidad de comentarlo en voz alta.

Cuando todo estuvo preparado, el batallón E se colocó en posición tras la pantalla y, siguiendo las órdenes de Bean, empujaron con toda la fuerza posible.

La pantalla voló hacia la puerta enemiga. El fuego enemigo, aunque era intenso, sólo alcanzaba a los soldados congelados que ocupaban las primeras posiciones. El batallón E y el pelotón de Bean siguieron avanzando, muy despacio, pero lo suficiente para que ningún disparo perdido los alcanzara. Y consiguieron devolver algún disparo, con lo que eliminaron a algunos soldados enemigos y los obligaron a permanecer a cubierto.

Cuando Bean calculó que no podrían llegar más lejos antes de que Grifo o Tigre lanzaran un ataque, dio la orden y su batallón se separó; haciendo que las cuatro secciones de la pantalla también se separaran y se movieran ligeramente, y el resultado fue que cayeron hacia las esquinas de las estrellas donde estaban congregados Grifos y Tigres. El batallón E acompañó a las pantallas, disparando como locos, tratando de compensar su reducido número.

A la cuenta de tres, los cuatro miembros del batallón de Bean que acompañaban a cada pantalla empujaron de nuevo; esta vez apuntando hacia el centro y abajo, de forma que se reunieron con Bean y Ducheval, impulsándose hacia la puerta enemiga.

Mantuvieron los cuerpos rígidos, sin disparar ni un tiro, y funcionó. Todos eran pequeños: iban claramente a la deriva, sin moverse para ningún propósito concreto. Los enemigos pensaron que eran soldados congelados, si llegaron a advertirlos. Unos cuantos fueron alcanzados parcialmente por disparos perdidos, pero ni siquiera bajo el fuego se movieron, y el enemigo pronto dejó de hacerles caso.

Cuando llegaron a la puerta enemiga, lentamente, sin decir palabra, Bean hizo que cada uno de los cuatro colocara el casco en su sitio en las esquinas de la puerta. Apretaron, igual que en el ritual del final del juego, y Bean empujó a Ducheval, haciendo que atravesara la puerta mientras Bean saltaba otra vez hacia arriba.

En ese momento se encendieron las luces de la sala de batalla. Todas las armas quedaron desconectadas. La batalla había terminado.

Grifos y Tigres tardaron un momento en advertir qué había pasado. Dragón sólo tenía unos pocos soldados que no estuvieran congelados o inutilizados, mientras que Grifo y Tigre estaban principalmente intactos, pues habían desarrollado estrategias conservadoras. Bean sabía que si alguno de ellos hubiera sido agresivo, la estrategia de Ender no habría funcionado. Pero al haber visto a Bean volar alrededor de la estrella, haciendo lo imposible, y luego su extraña maniobra de pantalla al acercarse tan despacio, se sintieron intimidados y no actuaron. La leyenda de Ender era tan grande que no se atrevieron a comprometer sus fuerzas por miedo a caer en una trampa. Sólo que... ésa era la trampa.

El mayor Anderson entró en la sala por la puerta de los profesores.

—Ender —gritó.

Ender estaba congelado: sólo pudo responder gruñendo con las mandíbulas apretadas. Era un sonido que los comandantes victoriosos rara vez tenían que hacer.

Mediante el gancho, Anderson voló hacia Ender y lo descongeló. Bean estaba a media sala de distancia, pero oyó las palabras de Ender, tan claro fue su discurso, tan silenciosa estaba la sala.

—He vuelto a derrotarlo, señor.

Los miembros del batallón de Bean lo miraron, preguntándose sin duda si estaba resentido porque Ender reclamaba el crédito por una victoria que había sido orquestada y ejecutada enteramente por Bean. Pero Bean comprendió lo que estaba diciendo Ender. No hablaba de la victoria sobre las escuadra Grifo y Tigre. Hablaba de una victoria sobre los profesores. Y esa victoria fue la decisión de entregar su escuadra a Bean y quitarse de en medio. Si pensaban someter a Ender a la prueba definitiva, haciéndole combatir a dos escuadras después de una pelea personal por su supervivencia en los lavabos, los derrotó: había evitado la prueba.

Anderson también entendió lo que decía Ender.

—Tonterías, Ender —dijo. Hablaba en voz baja, pero la sala estaba tan silenciosa que también pudieron oírse sus palabras—. Tu batalla fue contra Grifos y Tigres.

—¿Tan estúpido cree que soy? —dijo Ender.

Bien dicho, pensó Bean.

Anderson se dirigió a todo el grupo.

—Después de esa pequeña maniobra, las reglas serán revisadas para que todos los soldados enemigos estén congelados o inutilizados antes de que la puerta pueda abrirse.

—¿Reglas? —murmuró Ducheval mientras volvía a entrar. Bean le sonrió.

—Sólo podía funcionar una vez, de todas formas —dijo Ender.

Anderson le tendió el gancho a Ender. En vez de descongelar a sus soldados uno a uno, y luego al enemigo, Ender introdujo la orden que los descongelaba a todos a la vez, y luego le devolvió el gancho a Anderson, quien lo tomó y se dirigió al centro, donde normalmente tenían lugar los rituales del final del juego.

—¡Eh! —gritó Ender—. ¿Qué será la próxima vez? ¿Mi escuadra en una jaula sin armas, contra todo el resto de la Escuela de Batalla? ¿Qué tal un poco de igualdad?

La mayoría de soldados se mostraron de acuerdo, y no todos procedían de la Escuadra Dragón. Pero Anderson no pareció prestar atención.

Fue William Bee, de la Escuadra Grifo, quien dijo lo que casi todos pensaban.

—Ender, si tú estás en un bando de la batalla, no habrá igualdad, no importa cuáles sean las condiciones.

Los ejércitos expresaron su consentimiento, muchos de los soldados se rieron, y Talo Momoe, para no quedarse atrás, empezó a batir las palmas rítmicamente.

—¡Ender Wiggin! —gritó. Otros niños continuaron el cántico.

Pero Bean sabía la verdad. Sabía, en realidad, lo que sabía Ender. Que no importaba lo bueno que fuera un comandante, lo lleno de recursos, lo bien preparado que estuviera su ejército, lo excelentes que fueran sus lugartenientes, lo valiente y decisiva que fuera la pelea; la victoria casi siempre se la llevaba quien tenía más poder para causar daños. A veces David mata a Goliath, y la gente nunca lo olvida. Pero había un montón de gente pequeña a la que Goliath había aplastado antes. Nadie cantaba canciones sobre aquellas batallas, porque sabían cuál era el resultado probable. No, era el resultado inevitable, excepto cuando había milagros.

Los insectores no sabrían ni les importaría lo legendario que fuera el comandante Ender para sus propios hombres. Las naves humanas no tendrían ningún truco mágico como la estacha de Bean para deslumbrar a los insectores, para pillarlos desprevenidos. Ender lo sabía. Bean lo sabía. ¿Y si David no hubiera tenido una honda, un puñado de piedras, y tiempo para lanzarlas? ¿De qué le habría servido su buena puntería?

Era bueno, estaba bien que los soldados de las tres escuadras vitorearan a Ender, y entonaran su nombre cuando se dirigía a la puerta enemiga, donde le esperaban Bean y su pelotón. Pero en el fondo no significaba nada, excepto que todo el mundo depositaría demasiadas esperanzas en la habilidad de Ender. Aquello sólo haría aumentar su carga.

Yo llevaría parte de esa carga si pudiera, dijo Bean para sí. Como he hecho hoy, puedes entregármela y yo me encargaré de todo, si puedo. No estás solo en esto.

Sólo que mientras lo pensaba, Bean supo que no era cierto. Si se podía hacer, Ender era quien tendría que hacerlo. Todos esos meses en que Bean se negó a ver a Ender, ocultándose de él, fueron porque no podía soportar el hecho de que Ender era lo que Bean sólo deseaba ser: la clase de persona en quien uno pone todas sus esperanzas, que puede disipar todos tus miedos, y no te abandona, no te traiciona.

Quiero ser el tipo de niño que tú eres, pensó Bean. Pero no quiero pasar por lo que tú has pasado para llegar hasta ahí.

Entonces, mientras Ender atravesaba la puerta y Bean

lo seguía, recordó haberse puesto en la cola tras Poke o Sargento o Aquiles en las calles de Rotterdam, y casi se echó a reír mientras pensaba: yo tampoco quiero tener que pasar por lo que he pasado para llegar hasta aquí.

En el pasillo, Ender se marchó en vez de esperar a sus soldados. Pero no muy rápido, y pronto lo alcanzaron, lo rodearon, lo obligaron a detenerse. Sólo su silencio, su impasibilidad, impidió que dieran rienda suelta a su excitación.

—¿Práctica esta noche? —preguntó Crazy Tom.

Ender negó con la cabeza.

—¿Mañana por la mañana, entonces?

—No.

—Bueno, ¿cuándo?

—Nunca más, por lo que a mí respecta.

No todo el mundo lo había oído, pero los que sí lo hicieron empezaron a murmurar.

—Eh, eso no es justo —protestó un soldado del batallón B—. No es culpa nuestra que los profesores estén amañando el juego. No puedes dejar de enseñarnos cosas porque...

Ender asestó un golpe a la pared y le gritó al niño:

—¡Ya no me importa el juego!

Miró a los otros soldados, a los ojos, se negó a dejarlos fingir que no habían oído.

—¿Es que no lo comprendéis? El juego ha terminado.

Se marchó.

Algunos de los niños quisieron seguirlo, dieron unos cuantos pasos. Pero Hot Soup agarró a un par de ellos por el cuello de sus trajes refulgentes y dijo:

—Dejadlo en paz. ¿Acaso no veis que quiere estar solo?

Claro que quiere estar solo, pensó Bean. Ha matado a un niño, y aunque no sepa el resultado, es consciente de lo que estaba en juego. Los profesores estaban dispuestos a dejar que se enfrentara a la muerte sin ayuda. ¿Por qué querría seguir jugando con ellos? Bien por ti, Ender.

Pero no tan bien para el resto de nosotros. No es que seas nuestro padre o algo así. Más bien un hermano, y lo que pasa con los hermanos es que uno se turna para cuidar al otro. A veces es preciso sentarte y ser el que se encarga de la custodia.

Fly Molo los condujo de vuelta a los barracones. Bean los siguió, deseando poder ir con Ender, asegurarle que estaba completamente de acuerdo, que lo comprendía. Pero eso era patético, advirtió. ¿Por qué debería preocuparle a Ender si lo comprendo o no? Sólo soy un crío, un miembro de su escuadra. Me conoce, sabe cómo utilizarme, pero ¿qué le importa lo que sé de él?

Bean se subió a su camastro y encontró una tira de papel en él.

Traslado
Bean
Escuadra Conejo
Comandante

Ésa era la escuadra de Carn Carby. ¿Lo iban a relevar del mando? Era un buen tipo... no un gran comandante, pero ¿por qué no podían esperar a que se graduara?

Porque habían acabado con esa escuela, por eso. Están promocionando a todo el mundo que piensan que necesita alguna experiencia con el mando, y graduan a otros estudiantes para dejarles sitio. Puede que yo esté con la Escuadra Conejo, pero apuesto a que no por mucho tiempo.

Sacó su consola, con la intención de conectar como ^Graff y comprobar las listas. Para descubrir qué había ocurrido con sus compañeros. Pero la clave ^Graff no funcionó. Al parecer, ya no consideraban útil permitir que Bean conservara su acceso interno.

Al fondo de la sala, los niños mayores chismorreaban. Bean oyó la voz de Crazy Tom alzarse por encima de las demás.

—¿Quieres decir que tengo que averiguar cómo debo derrotar a la Escuadra Dragón?

La noticia pronto fue voz común. Los jefes de batallón y los segundos habían recibido todos órdenes de traslado. Cada uno de ellos recibía el mando de una escuadra. Dragón había sido desmantelada.

Unos cinco minutos más tarde, Fly Molo condujo a los otros jefes de batallón y se encaminaron todos hacia la puerta, pasando entre los camastros. Era obvio: tenían que decirle a Ender lo que los profesores le habían hecho ahora.

Pero para sorpresa de Bean, Fly se detuvo ante su camastro y lo miró, y luego miró a todos los demás jefes de batallón que tenía detrás.

—Bean, alguien tiene que decírselo a Ender.

Bean asintió.

—Pensamos... ya que eres su amigo...

Bean no dejó que su rostro mostrara ninguna expresión, pero estaba aturdido. ¿Yo? ¿Amigo de Ender? No más que cualquier otro de esa habitación.

Entonces se dio cuenta. En esta escuadra, Ender gozaba del amor y la admiración de todo el mundo. Y todos sabían que contaban con la confianza de Ender. Pero sólo Bean había entrado en el círculo de confianza de Ender, cuando le concedió el mando de su pelotón especial. Y cuando Ender quiso dejar de jugar, fue a Bean a quien entregó su escuadra. Bean era lo más parecido a un amigo que habían visto que tuviera Ender desde que recibió el mando de la Dragón.

Bean miró a Nikolai, que sonreía de oreja a oreja. Nikolai lo saludó y silabeó la palabra «comandante».

Bean le devolvió el saludo a Nikolai, pero no pudo sonreír, consciente del daño que haría a Ender. Miró a Fly Molo y asintió, y luego saltó de la cama y salió por la puerta.

Sin embargo, no fue directamente a la habitación de Ender. Se dirigió a la de Carn Carby. Nadie respondió. Así que fue al barracón de los Conejos y llamó a la puerta.

—¿Dónde está Carn? —preguntó.

—Graduado —dijo Itú, el jefe del batallón A de los Conejos—. Lo descubrió hará cosa de media hora.

—Tuvimos una batalla.

—Ya lo sé. Dos escuadras a la vez. Vencisteis, ¿no?

Bean asintió.

—Apuesto a que Carn no fue el único que se graduó pronto.

—Un montón de comandantes —respondió Itú—. Más de la mitad.

—¿Incluido Bonzo Madrid? Quiero decir, ¿se graduó?

—Eso es lo que decía la nota oficial. —Itú se encogió de hombros—. Todo el mundo sabe que, en cualquier caso, lo más probable es que Bonzo fuera despedido. Quiero decir, ni siquiera han puesto en la lista su destino. Sólo «Cartagena». Su ciudad natal. ¿Eso no es ser despedido, eh? Pero deja que los profesores lo llamen como quieran.

—Apuesto a que el total de graduados fueron nueve —observó Bean—. ¿No?

—Sí. Nueve. ¿Así que sabes algo?

—Malas noticias, creo —dijo Bean. Le mostró a Itú su orden de traslado.

—Santa *merda* —dijo Itú. Entonces saludó. Fue un saludo desprovisto de sarcasmo, y también de entusiasmo.

—¿Te importaría informar a los demás? Dales la posibilidad de acostumbrarse a la idea antes de que yo aparezca, ¿quieres? Tengo que hablar con Ender. Tal vez ya sabe que le han quitado a toda su cúpula de mando y les han dado escuadras propias. Pero si no, tengo que decírselo.

—¿*Todos* los jefes de batallón de los Dragones?

—Y todos los segundos.

Pensó en decir: lamento que Conejo tenga que cargar conmigo. Pero Ender nunca habría dicho nada así. Y si Bean iba a ser comandante, no podía empezar con una disculpa.

—Creo que Carn Carby tenía una buena organización —dijo Bean—. Así que no espero cambiar a ninguno de los jefes de batallón durante la primera semana, hasta que vea cómo van las cosas en la práctica y decida en qué forma estamos para el tipo de batallas que vamos a librar a partir de ahora, ya que la mayoría de los comandantes son niños entrenados en la Dragón.

Itú lo comprendió de inmediato.

—Tío, eso va a ser raro, ¿no? Ender os entrena a todos, y ahora tenéis que luchar unos contra otros.

—Una cosa está clara —dijo Bean—. No tengo ninguna intención de convertir a la Escuadra Conejo en una copia de la Dragón. No somos los mismos niños y no lucharemos contra los mismos oponentes. Conejo es una buena escuadra. No tenemos que copiar a nadie.

Itú sonrió.

—Aunque eso sea una chorrada, señor, es una chorrada de primera categoría. La transmitiré.

Saludó.

Bean le devolvió el saludo. Luego corrió hacia las habitaciones de Ender.

El colchón, las sábanas y la almohada de Ender estaban en medio del pasillo. Por un momento, Bean se preguntó por qué. Entonces vio que las sábanas y el colchón estaban todavía húmedas y ensangrentadas. Agua de la ducha de Ender. Sangre de la cara de Bonzo. Al parecer Ender no los quería en su cuarto.

Bean llamó a la puerta.

—Márchate —dijo Ender en voz baja.

Bean volvió a llamar. Y otra vez más.

—Pasa —ordenó Ender.

Bean abrió la puerta.

—Márchate, Bean.

Bean asintió. Comprendía su reacción. Pero tenía que entregar su mensaje. Así que se miró los zapatos y esperó a que él le pidiera qué quería. O le gritara. Lo que Ender quisiera hacer. Porque los otros jefes de batallón estaban equivocados. Bean no tenía ninguna relación especial con Ender. No fuera del juego.

Ender no dijo nada. Y siguió sin decir nada.

Bean levantó la cabeza y vio que Ender lo miraba. No estaba furioso. Sólo... miraba. ¿Qué ve en mí?, se preguntó Bean. ¿Hasta qué punto me conoce? ¿Qué piensa de mí? ¿Qué significo ante sus ojos?

Eso era algo que probablemente Bean no sabría nunca. Y había ido allí para otra cosa. Era hora de cumplir con su misión.

Dio un paso hacia Ender. Volvió la mano, de manera que la orden de traslado quedó visible. No se la ofreció a Ender, pero sabía que Ender la vería.

—¿Te han trasladado? —preguntó Ender. Se lo soltó sin entonación alguna, como si se lo esperara.

—A la Escuadra Conejo.

Ender asintió.

—Carn Carby es un buen tipo. Espero que reconozca lo que vales.

Esas palabras fueron para Bean como una bendición,

la bendición que tanto había anhelado. Se tragó la emoción que crecía en su interior. Todavía faltaba por transmitir una parte de su mensaje.

—Carn Carby se ha graduado hoy —dijo Bean—. Recibió la notificación mientras nosotros librábamos nuestra batalla.

—Bien —dijo Ender—. ¿Quién va a comandar entonces la Conejo?

No parecía interesado, pero era la pregunta que cabía formular en ese momento.

—Yo —dijo Bean. Estaba cortado; una sonrisa asomó a sus labios por sorpresa.

Ender miró al cielo y asintió.

—Naturalmente. Después de todo, sólo tienes cuatro años menos de lo normal.

—No tiene gracia —dijo Bean—. No sé qué está pasando aquí —excepto que el sistema parecía funcionar a base de puro pánico—. Todos los cambios en el juego. Y ahora esto. No soy el único trasladado, ¿sabes? Han graduado a la mitad de los comandantes y han trasladado a un montón de los nuestros para que comanden sus escuadras.

—¿Quiénes?

Ahora Ender sí parecía interesado.

—Parece que... todos los jefes de batallón y todos los ayudantes.

—Naturalmente. Si deciden destruir mi escuadra, la harán pedazos. Hagan lo que hagan, son concienzudos.

—De todas formas vencerás, Ender. Todos lo sabemos. Crazy Tom dijo: «¿Quieres decir que tengo que averiguar cómo derrotar a la Escuadra Dragón?»

Sus palabras le sonaban vacías incluso a él. Quería parecer animoso, pero sabía que no podría engañar a Ender. Aun así, continuó farfullando.

—No pueden hacerte esto, han roto...

—Ya no hay nada que hacer.

Han roto la confianza, quiso decir Bean. No es lo mismo. Tú no estás roto. *Ellos* sí. Pero todo lo que salió por su boca fueron palabras vacías y vacilantes:

—No, Ender, no pueden...

—Ya no me importa su juego, Bean —aseveró Ender—. No voy a seguir jugándolo. No más prácticas. No más batallas. Pueden poner sus tiritas de papel en el suelo todo lo que quieran, pero no iré. Lo decidí antes de salir por la puerta hoy. Por eso hice que tú entraras primero. No creí que funcionara, pero no me importaba. Sólo quería largarme con estilo.

Lo sé, pensó Bean. ¿Crees que no lo sabía? Pero si se trata de estilo, desde luego lo tienes.

—Tendrías que haber visto la cara de William Bee. Se quedó allí tratando de averiguar cómo había perdido cuando tú sólo tenías siete niños que podían mover los dedos de los pies, mientras que él sólo tenía a tres que no.

—¿Por qué debería querer ver la cara de William Bee? —dijo Ender—. ¿Por qué querría derrotar a nadie?

Bean sintió el calor de la vergüenza en su rostro. No tenía que haber dicho eso. Pero tampoco sabía lo que era más adecuado. Algo que hiciera que Ender se sintiera mejor. Para que comprendiera cuánto lo amaban y honraban.

Sólo que el amor y el honor eran parte de la carga que Ender soportaba. No había nada que Bean pudiera decir que no la hiciera más pesada. Así que permaneció en silencio.

Ender se frotó los ojos.

—Lastimé a Bonzo con ganas hoy, Bean. Lo lastimé de veras.

Por supuesto. Todo esto no es nada. Lo que pesa sobre Ender es esa pelea terrible en el cuarto de baño. La pelea que sus amigos, su escuadra, no hicieron nada por impedir. Y lo que le dolía no era el peligro que corrió, sino el daño que provocó al defenderse.

—Se lo merecía —dijo Bean. Sus propias palabras lo sorprendieron. ¿Era lo mejor que podía ofrecer? Pero ¿qué más podía decir? «Tranquilo, Ender. Naturalmente, a mí me pareció que estaba muerto, y probablemente soy el único niño de esta escuela que sabe qué aspecto tiene la muerte, pero... ¡tranquilo! ¡Se lo merecía!»

—Lo golpeé de pie —dijo Ender—. Fue como si estuviera muerto, allí de pie. Y seguí golpeándolo.

Así que lo sabía. Y sin embargo... no lo sabía del todo. Y Bean no iba a decírselo. Había momentos en que era preciso ser completamente sincero con los amigos, pero éste no era uno de ellos.

—Sólo quería asegurarme de que no volviera a hacerme daño.

—No lo hará —aseguró Bean—. Lo enviaron a casa.

—¿Ya?

Bean le contó lo que había dicho Itú. Mientras tanto, le pareció que Ender intuía que estaba ocultando algo. Sin duda, era imposible engañar a Ender Wiggin.

—Me alegro de que lo graduaran —dijo Ender.

Menuda graduación. Iban a enterrarlo, o a incinerarlo, o lo que hicieran ahora con los cadáveres en España.

España. Pablo de Noches, que le había salvado la vida, era español. Y ahora un cadáver volvía allí, un niño que se volvió asesino en su corazón, y murió por ello.

Debo estar divagando, pensó Bean. ¿Qué importa que Bonzo fuera español y Pablo de Noches también? ¿Qué importa que nadie sea nada?

Mientras esos pensamientos pasaban por la mente de Bean, se esforzó en hablar como alguien que no sabía nada, tratando de tranquilizar a Ender pero sabiendo que si Ender creía que no sabía nada, entonces sus palabras carecían de significado, eran pura mentira.

—¿Es verdad que tenía a un grupo entero de chicos esperándote?

Bean quiso salir corriendo de la habitación. Qué falso resultaba todo, incluso para sí mismo.

—No —dijo Ender—. Sólo estábamos él y yo. Luchó con honor.

Bean se sintió aliviado. Ender se había replegado tanto en sí mismo que ni siquiera advertía lo que Bean estaba diciendo, lo falso que era.

—Yo no luché con honor. Luché para ganar.

Sí, eso es, pensó Bean. Luchaste de la única manera que merece la pena luchar, de la única manera que tiene sentido.

—Y ganaste. Lo sacaste de órbita —dijo. Era lo que más se acercaba a la verdad.

Llamaron a la puerta. Se abrió inmediatamente, sin esperar una respuesta. Antes de que Bean pudiera volverse para ver de quién se trataba, supo que era un profesor: si hubiera sido un niño, Ender no habría alzado tanto la cabeza.

El mayor Anderson y el coronel Graff.

—Ender Wiggin —dijo Graff.

Ender se puso en pie.

—Sí, señor.

La calma mortal había regresado a su voz.

—Tu ataque de furia en la sala de batalla hoy ha sido una insubordinación y no debe volver a repetirse.

Bean no podía creer lo estúpido que resultaba todo aquello. Después de lo que había pasado Ender, de lo que los profesores le habían hecho pasar, ¿tenían que seguir jugando con él este juego opresivo? ¿Para hacerle sentir completamente solo incluso en ese momento? Esos tipos eran implacables.

Ender respondió con otro átono: «Sí, señor.» Pero Bean estaba harto.

—Creo que es hora de que alguien le diga a los profesores cómo nos sentimos por lo que han estado haciendo.

Anderson y Graff hicieron como si no hubieran oído. En cambio, Anderson le tendió a Ender una hoja de papel. No una tira de traslado. Un conjunto de órdenes completo. Ender iba a ser trasladado de la escuela.

—¿Graduado? —preguntó Bean.

Ender asintió.

—¿Por qué han tardado tanto? —preguntó Bean—. Sólo eres dos o tres años más joven de lo normal. Ya has aprendido a caminar, a hablar y a vestirte solo. ¿Qué les queda por enseñarte?

Toda la historia parecía una broma. ¿De verdad pensaban que engañaban a alguien? Le echaban la bronca a Ender por insubordinación, pero luego lo graduaban porque tenían una guerra en marcha y no les quedaba mucho tiempo para prepararlo. Era la única esperanza para vencer y lo trataban como si fuera una mierda pegada en el zapato.

—Todo lo que sé es que el juego se ha acabado —dijo Ender. Dobló el papel—. Por fin. ¿Puedo decírselo a mi escuadra?

—No hay tiempo —dijo Graff—. Tu lanzadera parte dentro de veinte minutos. Además, es mejor no hablar con ellos después de recibir las órdenes. De este modo resulta más fácil.

—¿Para ellos o para ustedes? —preguntó Ender.

Se volvió hacia Bean, le dio la mano. Para Bean, fue como si lo tocara el dedo de Dios. Lo llenó de luz. Tal vez soy su amigo. Tal vez siente hacia mí una pequeña parte del... sentimiento que él me inspira.

Entonces se acabó. Ender le soltó la mano. Se volvió hacia la puerta.

—Espera —dijo Bean—. ¿Adónde vas? ¿Tácticas? ¿Navegación? ¿Apoyo?

—A la Escuela de Mando —dijo Ender.

—¿Pre-Mando?

—Mando.

Ender salió por la puerta.

Derecho a la Escuela de Mando. La escuela de elite cuyo emplazamiento era un secreto. Los adultos iban a la Escuela de Mando. La batalla tendría lugar muy pronto, para que tuvieran que saltarse todas las cosas que tenía que aprender en Tácticas y Pre-Mando.

Agarró a Graff por la manga.

—¡Nadie va a la Escuela de Mando hasta que tiene dieciséis años!

Graff se zafó de la mano de Bean y salió. Si captó el sarcasmo de Bean, no dio muestras de ello.

La puerta se cerró. Bean se quedó solo en la habitación de Ender.

Miró alrededor. Sin Ender, la habitación no era nada. Estar aquí no significaba nada. Sin embargo, apenas habían pasado unos cuantos días, ni siquiera una semana, desde que Bean estuvo aquí y Ender le dijo que iba a recibir un batallón, después de todo.

Por algún motivo, Bean recordó el momento en que Poke le tendió seis cacahuetes. Era la vida lo que le tendía entonces.

¿Era vida lo que Ender le había dado a Bean? ¿Era lo mismo?

No. Poke le dio la vida. Ender le dio significado.

Cuando Ender se encontraba allí, ésa era la habitación más importante de la Escuela de Batalla. En aquel momento no era más que un cuartucho.

Bean regresó pasillo abajo hasta la habitación que había pertenecido a Carn Carby hasta entonces. Hasta hacía una hora. Apoyó la palma... y la abrió. Ya había sido programada.

La habitación estaba vacía. No había nada dentro.

La habitación es mía, pensó Bean.

Mía, y sin embargo sigue vacía.

Sintió un arrebato de emoción en su interior. Debería estar nervioso, orgulloso de tener su propio mando. Pero en realidad no le importaba. Como Ender dijo, el juego no era nada. Bean realizaría un trabajo decente, pero merecería el respeto de sus soldados porque parte de la gloria de Ender estaría reflejada en él, un pequeño Napoleón que llevaba zapatos de hombre mientras ladraba órdenes con vocecita infantil. Un Calígula diminuto, el «Botita», el orgullo del ejército de Germánico. Pero cuando llevaba las botas de su padre, esas botas estaban vacías, y Calígula lo sabía, y nada de lo que hiciera podría cambiarlo. ¿Era ésa su locura?

No me volverá loco, pensó Bean. Porque no ansío lo que Ender tiene o lo que es. Es suficiente con que *él* sea Ender Wiggin. Yo no tengo que serlo.

Comprendía lo que era ese sentimiento que se agolpaba en su interior, que llenaba su corazón, que hacía asomar lágrimas a sus ojos y arder su rostro, y lo obligaba a jadear, a sollozar en silencio. Se mordió los labios, tratando de hacer que la emoción desapareciera por la fuerza. No sirvió. Ender se había ido.

Ahora que sabía lo que era el sentimiento, podía controlarlo. Se tumbó en el camastro y ejecutó su rutina de relajamiento hasta que le pasaron las ganas de llorar. Ender le había dado la mano al despedirse. Ender había dicho: «Espero que reconozca lo que vales.» En realidad, Bean no tenía nada que demostrar. Lo haría lo mejor posible con la Escuadra Conejo porque, tal vez, en algún momento en el futuro, cuando Ender estuviera en el puente de la nave insignia de la flota humana, Bean tal vez tendría algún papel que representar, algún modo de ayudar. Alguna pirueta que Ender necesitara que hiciera para deslumbrar a los insectores. Así que complacería a los profesores, los dejaría absolutamente impresionados, de manera que mantuvieran las puertas abiertas para él, hasta que llegara un día en que una puerta se abriera y su amigo Ender asomara al otro lado, y él pudiera estar de nuevo a sus órdenes.

19

Rebelde

—Llamar a Aquiles fue el último gesto de Graff, y sabemos que esta maniobra suscitaba una gran preocupación. ¿Por qué no jugar sobre seguro y cambiar al menos a Aquiles a otra escuadra?

—Bean no tiene por qué vivir la situación de Bonzo Madrid.

—Pero no tenemos ninguna seguridad de que sea así, señor. El coronel Graff se guardó un montón de información para sí. Un montón de conversaciones con sor Carlotta, por ejemplo, sin ningún memorándum de lo que se dijo en ellas. Graff sabe cosas sobre Bean y, puedo prometérselo, también sobre Aquiles. Creo que nos ha tendido una trampa.

—Se equivoca, capitán Dimak. Si Graff ha tendido una trampa, no ha sido a nosotros.

—¿Está seguro de eso?

—A Graff no le gustan los juegos burocráticos. No le preocupamos un pimiento usted ni yo. Si ha tendido una trampa, en cualquier caso será para Bean.

—¡Bueno, a eso me refería!

—Comprendo su argumento. Pero Aquiles se queda.

—¿Por qué?

—Las pruebas de Aquiles demuestran que posee un temperamento notablemente equilibrado. No es ningún Bonzo Madrid. Por tanto, Bean no corre peligro físico. La tensión parece ser más bien psicológica. Una prueba de carácter. Y ése es precisamente el aspecto de Bean que más desconocemos, dada su negativa a jugar al juego mental y la ambigüedad de la información que obtuvimos por sus juegos con su clave de acceso. Por tanto, creo que esta relación forzosa con su enemigo merece la pena.

—¿Enemigo o némesis, señor?

—Los seguiremos de cerca. No haré que los adultos estén tan lejos que no puedan llegar para intervenir a tiempo, como dispuso Graff con Ender y Bonzo. Se tomarán todas las precauciones. No voy a jugar a la ruleta rusa como hizo Graff.

—Sí que lo va a hacer, señor. La única diferencia es que él sabía que sólo tenía una recámara vacía, y usted no sabe cuántas recámaras están vacías porque él cargó el arma.

En su primera mañana como comandante de la Escuadra Conejo, Bean se despertó y descubrió un papelito en el suelo. Por un momento se sorprendió ante la idea de que le pudieran haber asignado una batalla antes incluso de conocer a su escuadra, pero para su alivio la nota era algo mucho más mundano.

Dado el número de nuevos comandantes, la tradición de no reunirse en el comedor de comandantes hasta después de la primera victoria queda abolida. Comerás en la sala de oficiales inmediatamente.

Sí, era lógico. Como iban a acelerar los planes de batalla para todo el mundo, querían que los comandantes pudieran compartir información desde el principio.

Y que también estuvieran sujetos a la presión social de sus iguales.

Con el papel en la mano, Bean recordó el modo en que Ender sostenía sus órdenes, cada imposible nueva permutación en el juego. El hecho de que su orden tuviera sentido no significaba que fuera acertada. No había nada sagrado en el juego que hiciera que Bean lamentara los cambios en reglas y costumbres, pero la forma en que los profesores los manipulaban sí que le molestaba.

El haberle cortado el acceso a la información sobre los estudiantes, por ejemplo. La cuestión no era por qué la cortaban, ni siquiera por qué le dejaron acceder a ella durante tanto tiempo. La cuestión era por qué los otros comandantes no disponían de tanta información. Si se suponía que estaban aprendiendo a ser líderes, entonces deberían tener las herramientas del liderazgo.

Y mientras estuvieran cambiando el sistema, ¿por qué no deshacerse de todo lo realmente pernicioso y destructivo que realizaban? Por ejemplo, las gráficas de puntuaciones en los comedores. ¡Porcentajes y puntos! En vez de combatir con ganas, esas puntuaciones hacían que soldados y comandantes por igual fueran más cautelosos, menos dispuestos a experimentar. Por eso la ridícula costumbre de pelear en formación había durado tanto tiempo: Ender no podía haber sido el primer comandante en ver un modo mejor. Pero nadie quería sacudir el barco, para ser el que innovara y pagara el precio desapareciendo de las estadísticas. Era mucho mejor tratar cada batalla como un problema completamente separado, y sentirse libres de enzarzarse en las batallas como si fueran un juego en vez de trabajo. La creatividad y el desafío aumentarían de forma drástica. Y los comandantes no tendrían que preocuparse, cuando dieran una orden a un batallón o a un individuo, si hacían que un soldado concreto sacrificara su estadística por bien de la escuadra.

No obstante, lo más importante era el desafío que encerraba la decisión que había tomado Ender: rechazar el juego. El hecho de que se graduara antes de poder declararse en huelga no cambiaba el hecho de que, si lo hubiera hecho así, Bean lo habría apoyado.

Ahora que Ender ya no estaba, no tenía sentido boicotear el juego. Sobre todo si Bean y los demás iban a avanzar hasta un punto en que podrían ser parte de la flota de Ender cuando se produjeran las batallas de verdad. Pero podían hacerse cargo del juego, usarlo para sus propios fines.

Así que, vestido con su nuevo uniforme de la Escuadra Conejo, que tampoco le estaba bien, Bean se encontró una vez más de pie sobre una mesa, en esa ocasión en el comedor de oficiales, que era mucho más pequeño. Como el discurso de Bean del día anterior ya se había convertido en leyenda, hubo risas y algunos abucheos cuando se levantó.

—¿La gente de donde vienes come con los pies, Bean?

—En vez de subirte a las mesas, ¿por qué no *creces*, Bean?

—¡Ponte zancos para que podamos mantener las mesas limpias!

Pero los otros nuevos comandantes que, hasta el día anterior, eran jefes de batallón en la Escuadra Dragón, no se burlaron ni se rieron. Pronto prevaleció su respetuosa atención hacia Bean y el silencio se extendió por la sala.

Bean alzó un brazo para señalar la pizarra que mostraba las puntuaciones.

—¿Dónde está la Escuadra Dragón? —preguntó.

—La disolvieron —respondió Petra Arkanian—. Los

soldados han sido distribuidos entre las otras escuadras. Excepto vosotros, que antes erais Dragones.

Bean escuchó, guardándose para sí su opinión sobre ella. Todo lo que pudo pensar fue que, dos noches antes, voluntariamente o no, ella fue la judas que trataba de atraer a Ender a una trampa.

—Sin la Dragón ahí arriba —dijo—, esa pizarra no significa nada. Sean cuales sean las calificaciones que obtengamos, no serían las mismas si la Dragón estuviera todavía ahí.

—No podemos hacer gran cosa al respecto —manifestó Dink Meeker.

—El problema no es que falte la Dragón —dijo Bean—. El problema es que no deberíamos tener esa pizarra. No somos enemigos unos de otros. El único enemigo son los insectores. Se supone que nosotros somos aliados. Tendríamos que estar aprendiendo unos de otros, compartiendo información e ideas. Tendríamos que sentirnos libres para experimentar, para probar nuevas maniobras sin temer las repercusiones que ello pueda tener en nuestras calificaciones. Esa pizarra de ahí es el juego de los profesores, que nos vuelven por turnos a unos contra otros. Como Bonzo. Nadie de aquí está tan loco de celos como él, pero venga ya, era lo que esas calificaciones estaban condenadas a crear. Quiso romperle la cabeza a nuestro mejor comandante, nuestra mejor esperanza contra la siguiente invasión de los insectores, ¿y por qué? Porque Ender lo humillaba en las *calificaciones*. ¡Pensad en eso! ¡Las calificaciones eran más importantes para él que la guerra contra los fórmicos!

—Bonzo estaba loco —replicó William Bee.

—Pues entonces no estemos locos. Quitemos esas calificaciones del juego. Libremos una batalla cada vez, partiendo de cero. Usad todo vuestro ingenio para ganar.

Y cuando acabe la batalla, ambos comandantes se sientan y explican qué pensaban, por qué hicieron lo que hicieron, para poder aprender uno del otro. ¡Nada de secretos! ¡Todo el mundo lo prueba todo! ¡Y a hacer puñetas las calificaciones!

Hubo murmullos de asentimiento, y no sólo por parte de los antiguos Dragones.

—Te resulta fácil decir eso —dijo Shen—. Tus calificaciones ahora son las últimas.

—Y ése es precisamente el problema. Recelas de mis motivos, ¿y por qué? Por culpa de las calificaciones. Pero ¿no se supone que todos vamos a ser comandantes de la misma flota algún día? ¿Que vamos a trabajar juntos? ¿Que vamos a confiar los unos en los otros? ¿Hasta qué punto estaría enferma la F.I., si todos los capitanes de sus naves y los comandantes de sus fuerzas de choque y los almirantes de la flota se pasaran el tiempo preocupándose por sus estadísticas en vez de trabajar juntos para derrotar a los fórmicos? Quiero aprender de ti, Shen. No quiero *competir* contigo por un rango vacío que los profesores han colgado en la pared para manipularnos.

—Estoy segura de que a vosotros los Dragones os preocupa aprender de nosotros, los perdedores —dijo Petra.

Así lo dijo, sin tapujos.

—¡Sí! Sí me preocupa. Precisamente porque he estado en la Escuadra Dragón. Aquí hay nueve de nosotros que conocemos bastante bien sólo lo que aprendimos de Ender. Bueno, por brillante que fuera, no es el único en la flota, ni siquiera en la escuela, que sabe algo. Necesito aprender cómo piensas tú. No necesito que me guardes secretos, y tú no necesitas que yo te guarde secretos a ti. Tal vez parte de lo que convertía a Ender en el mejor era que hacía que todos sus jefes de batallón hablaran entre sí, que se sintieran libres para intentar maniobras y tácticas nuevas, pero sólo mientras compartiéramos lo que hacíamos.

Hubo más asentimientos esta vez. Incluso los que dudaban asentían pensativos.

—Lo que propongo es esto: un rechazo unánime de esa pizarra de ahí, no sólo ésta, sino la del comedor de los soldados también. Todos acordamos no prestarle ninguna atención, punto. Le pedimos a los profesores que las desconecten o las dejen en blanco. Si se niegan, traemos sábanas para cubrirlas, o les arrojamos las sillas hasta romperlas. No tenemos que jugar a *su* juego. Podemos hacernos cargo de nuestra propia educación y prepararnos para combatir al verdadero enemigo. Tenemos que recordar, siempre, quién es el enemigo de verdad.

—Sí, los profesores —aseguró Dink Meeker.

Todos se echaron a reír. Pero entonces Dink Meeker se subió a la mesa junto a Bean.

—Soy el comandante más antiguo, ahora que han graduado a todos los tipos mayores. Probablemente soy el soldado más viejo que queda en la Escuela de Batalla. Así que propongo que adoptemos la propuesta de Bean ahora mismo, y yo me encargaré de acudir a los profesores para exigirles que desconecten las pizarras. ¿Alguien tiene algo en contra?

Nadie.

—Entonces todo el mundo de acuerdo. Si las pizarras siguen conectadas en el almuerzo, traeremos sábanas para cubrirlas. Si siguen conectadas en la cena, entonces olvidaos de utilizar las sillas para romperlas: nos negaremos a llevar a nuestras escuadras a ninguna batalla hasta que las desconecten.

Alai habló desde la cola para servirse la comida.

—Eso hará que las calificaciones de todos...

Entonces Alai advirtió lo que estaba diciendo, y se rió de sí mismo.

—Maldición, sí que nos han lavado el cerebro, ¿eh?

Bean estaba todavía acalorado por la victoria cuando, después del desayuno, se dirigió al barracón de los Conejos para reunirse oficialmente con sus soldados por primera vez. Conejo tenía las prácticas a mediodía, así que sólo le quedaba media hora entre el desayuno y las primeras clases de la mañana. El día anterior, cuando habló con Itú, tenía la mente ocupada en otras cosas, y no prestó mucha atención a lo que sucedía dentro del barracón. Pero en ese momento advirtió que, al contrario que en la Escuadra Dragón, los soldados de la Conejo eran todos de la edad normal. Ni uno solo se acercaba siquiera a la altura de Bean. Parecía el muñeco de alguien, y peor aún, se sentía así también cuando caminó por el pasillo entre los camastros, al advertir que todos aquellos niños enormes (y un par de niñas) lo miraban.

A medio camino, se volvió para mirar a aquéllos ante quienes ya había pasado. Bien podría tocar ese problema de inmediato.

—El primer problema que veo —dijo Bean en voz alta— es que todos sois demasiado altos.

Nadie se rió. Bean se entristeció un poco, pero debía continuar.

—Estoy creciendo lo más rápido que puedo. Aparte de eso, no sé qué puedo hacer al respecto.

Sólo entonces un par soltaron una risilla. Pero fue un alivio que al menos unos pocos estuvieran dispuestos a seguirle el juego.

—Realizaremos la primera práctica juntos a las 10.30. En cuanto a nuestra primera batalla juntos, no puedo predecirlo, pero os puedo prometer eso: los profesores *no* van a darme los tres meses establecidos después de asignarme una nueva escuadra. Lo mismo sucederá con los otros nuevos comandantes recién nombrados. Dieron a Ender Wiggin sólo unas pocas semanas con la Dragón antes de que entrara en batalla... y la Dragón era una escuadra nueva, que salió de la nada. La Conejo es una buena escuadra con una reputación sólida. La única persona nueva que hay aquí soy yo. Espero que las batallas comiencen en cuestión de días, una semana como máximo, y espero que sean muy frecuentes. Así que durante el primer par de prácticas, os entrenaréis conforme al sistema existente. Necesito ver cómo trabajáis con vuestros jefes de batallón, como trabajan entre sí los batallones, cómo respondéis a las órdenes, qué comandos empleáis. Os daré un par de indicaciones sobre la actitud que debéis adoptar, más que nada, pero quiero que os mováis como cuando estabais a las órdenes de Carn. No obstante, no dejéis de trabajar duro, para poder veros en vuestra mejor forma. ¿Alguna pregunta?

Ninguna. Silencio.

»Una cosa más. Anteayer, Bonzo y algunos de sus amigos acecharon a Ender Wiggin en los pasillos. Advertí el peligro, pero los soldados de la Escuadra Dragón eran demasiado pequeños para enfrentarse a la banda que Bonzo había reunido. Cuando necesité ayuda para mi comandante, no acudí a la puerta de la Escuadra Conejo por casualidad. No era el barracón más cercano. Vine aquí porque sabía que teníais un comandante justo en Carn Carby, y creí que su escuadra mostraría la misma actitud. Aunque no sintierais ningún amor especial por Ender Wiggin o la Escuadra Dragón, sabía que no os quedaríais de brazos cruzados y dejaríais que un puñado de matones golpeara a un niño más pequeño al que no podían vencer con justicia en batalla. Y no me equivoqué con vosotros. Cuando salisteis de este barracón y os colocasteis como testigos en el pasillo, me sentí orgulloso. Ahora estoy orgulloso de ser uno de vosotros.

Eso sirvió. La adulación rara vez fracasa, y nunca lo hace si es sincera. Al hacerles saber que ya se habían ganado su respeto, disipó gran parte de la tensión, pues naturalmente estaban preocupados de que, en calidad de antiguo Dragón, despreciara a la primera escuadra que derrotó Ender Wiggin. Ahora sabían que no, y así Bean tendría una oportunidad de ganarse también su respeto.

Itú empezó a aplaudir, y los otros niños lo imitaron. No fue una ovación larga, pero sí lo suficiente para hacerle saber que la puerta estaba abierta, al menos una rendija.

Alzó las manos para silenciar el aplauso: justo a tiempo, pues estaba acabando ya.

—Me gustaría que los jefes de batallón me acompañaran a mi habitación. Serán sólo unos minutos. Los demás podéis retiraros hasta las prácticas.

Casi de inmediato, Itú se situó a su lado.

—Buen trabajo. Sólo un error.

—¿Cuál?

—No eres el único nuevo.

—¿Han asignado a uno de los soldados de la Dragón a la Conejo? —Por un momento, Bean tuvo la esperanza de que se tratara de Nikolai. Le vendría bien un amigo de confianza.

No hubo esa suerte.

—¡No, un soldado Dragón sería un veterano! Quiero decir que este tipo es *nuevo*. Ingresó en la Escuela de Batalla ayer por la tarde y lo destinaron aquí anoche, en cuanto tú llegaste.

—¿Un novato? ¿Destinado directamente a una escuadra?

—Oh, le preguntamos por eso, y ha recibido un montón de clases. Pasó por una serie de operaciones en la Tierra, y lo ha estudiado todo, pero...

—¿Quieres decir que se está recuperando también de una operación?

—No, camina bien, es... Mira, ¿por qué no vas a verlo? Lo que necesito saber es si quieres asignarlo a un batallón o qué.

—Sí, vamos a verlo.

Itú lo condujo al fondo del barracón. Allí estaba, de pie junto a su camastro, varios centímetros más alto de lo que Bean recordaba, ahora con las dos piernas igual de largas, y rectas. El niño al que había visto acariciar a Poke, minutos antes de que su cuerpo muerto cayera al río.

—Hola, Aquiles —dijo Bean.

—Hola, Bean —dijo Aquiles, y le dedicó una sonrisa triunfal—. Parece que eres un tío grande aquí.

—Es una forma de hablar.

—¿Os conocéis? —dijo Itú.

—Nos conocimos en Rotterdam —contestó Aquiles.

No pueden habérmelo asignado por accidente. Nunca le conté a nadie más que a sor Carlotta lo que hizo, pero ¿cómo puedo saber qué le contó ella a la F.I.? Tal vez lo han puesto aquí porque piensan que al ser los dos de las calles de Rotterdam, de la misma banda, la misma familia, tal vez yo pueda ayudarlo a integrarse en la escuela más rápido. O tal vez saben que es un asesino capaz de guardar rencor durante mucho, mucho tiempo, y golpear en el momento más inesperado. Tal vez saben que planeó mi muerte igual que planeó la de Poke. Tal vez está aquí para ser mi Bonzo Madrid.

Excepto que yo no he recibido clases de defensa personal. Y tengo la mitad de su tamaño... no podría ni romperle la nariz. Fuera lo que fuese lo que intentaban conseguir poniendo en peligro la vida de Ender, él siempre tuvo más posibilidades de sobrevivir de las que tendré yo.

Lo único a mi favor es que Aquiles quiere sobrevivir y prosperar, lo que atenúa sus ansias de venganza. Como puede posponer su venganza eternamente, no tiene prisa para actuar. Y, al contrario que Bonzo, nunca permitirá que lo engañen para acabar actuando en circunstancias en las que pueda ser identificado como el asesino. Mientras que me necesite, y mientras yo no esté nunca a solas, probablemente estaré a salvo.

A salvo. Se estremeció. Poke también se sintió a salvo.

—Aquiles fue *mi* comandante allí —declaró Bean—. Mantuvo a un grupo de niños con vida. Nos hizo entrar en los comedores de caridad.

—Bean es demasiado modesto. Todo fue idea suya. Básicamente, nos enseñó la idea de trabajar juntos. He estudiado mucho desde entonces, Bean. Me he pasado un año entero entre libros y clases... cuando no me estaban cortando las piernas y pulverizando y haciendo crecer de nuevo mis huesos. Y finalmente supe lo suficiente para comprender qué salto nos ayudaste a dar. De la barbarie a la civilización. Bean representa una nueva evolución humana.

Bean no era tan estúpido para no saber cuándo lo estaban halagando. Al mismo tiempo, era bueno que este nuevo niño, recién llegado de la Tierra, supiera ya quién era Bean y mostrara respeto hacia él.

—La evolución de los pigmeos, al menos —replicó Bean.

—Bean era el cabroncete más duro que había en la calle, te lo aseguro.

No, esto no era lo que Bean necesitaba ahora mismo. Aquiles acababa de cruzar la línea de la adulación hacia la posesión. Si lo catalogaba de «duro cabroncete», eso significaba que Aquiles era superior a Bean, porque era capaz de evaluarlo. Esas historias podrían ser útiles para dar crédito a Bean, pero a la vez honrarían a Aquiles, lo convertirían de inmediato en uno del grupo. Y Bean no quería que Aquiles estuviera dentro todavía.

Aquiles continuaba, a medida que más soldados se acercaban a escuchar.

—La forma en que fui reclutado para la banda de Bean, eso sí que...

—No era mi banda —cortó Bean—. Y aquí en la Escuela de Batalla no contamos historias sobre casa, y tampoco las escuchamos. Así que agradecería que nunca vuelvas a hablar sobre nada de lo que sucedió en Rotterdam, no mientras estés en mi escuadra.

Se había hecho el simpático durante su discurso de apertura. Pero ahora era el momento de imponer su autoridad.

Aquiles no pareció avergonzarse por la reprimenda.

—Entiendo. No hay problema.

—Es hora de que os preparéis para ir a clase —advirtió Bean a los soldados—. Necesito reunirme sólo con mis jefes de batallón.

Señaló a Ambul, un soldado thai que, según lo que había leído Bean en los informes estudiantiles, tendría que haber sido jefe de batallón hacía mucho tiempo, si no hubiera sido por su tendencia a desobeder órdenes estúpidas.

—Tú, Ambul, te ordeno que lleves y traigas a Aquiles a las clases correspondientes y le enseñes a llevar un traje refulgente y a ejecutar los movimientos básicos en la sala de batalla. Aquiles, tienes que obedecer a Ambul como si fuera Dios hasta que te asigne a un batallón regular.

Aquiles sonrió.

—Pero yo no obedezco a Dios.

¿Crees que no lo sé?

—La respuesta adecuada a una orden mía es «Sí, señor».

La sonrisa de Aquiles desapareció.

—Sí, señor.

—Me alegro de tenerte aquí —mintió Bean.

—Me alegro de estar aquí, señor —dijo Aquiles.

Bean estaba casi seguro de que Aquiles no le había mentido: su motivo para alegrarse era muy complicado y, ahora, ciertamente incluía, un renovado deseo de ver muerto a Bean.

Por primera vez, Bean comprendió el motivo por el que Ender casi siempre actuaba como si fuera ajeno a la amenaza de Bonzo. Era una elección sencilla, en realidad. Podía actuar para salvarse, o podía actuar para mantener el control sobre su escuadra. Para mantener la autoridad de un modo efectivo, Bean tenía que insistir en una obediencia y un respeto totales por parte de sus soldados, aunque eso significara denigrar a Aquiles, aunque eso representara exponerse a un peligro mayor.

Sin embargo, otra parte de él pensaba: Aquiles no estaría aquí si no tuviera la habilidad de un líder. Lo hizo de maravilla, como «padre» en Rotterdam. Es responsabilidad mía hacer que progrese lo más rápidamente posible, por el bien de su utilidad potencial para la F.I., no puedo dejar que mi miedo personal interfiera con eso, ni mi odio por lo que le hizo a Poke. Así que, aunque Aquiles sea la encarnación del mal, mi tarea es convertirlo en un soldado altamente eficaz con buenas posibilidades de ascender a comandante.

Mientras tanto, tendré mucho cuidado.

20

Prueba y error

—Lo han llevado a la Escuela de Batalla, ¿verdad?

—Sor Carlotta, ahora mismo estoy de permiso. Eso significa que me han dado la patada, por si no comprende cómo maneja la F.I. estos asuntos.

—¡Que le han dado la patada! Vaya forma de expresarlo. Tendrían que haberlo fusilado.

—Si las Hermanas de San Nicolás tuvieran conventos, su abadesa la obligaría a hacer una seria penitencia por ese pensamiento tan poco cristiano.

—Lo sacó usted del hospital en El Cairo y lo envió derecho al espacio. Aunque se lo advertí.

—¿No se ha dado cuenta de que ha telefoneado directamente? Estoy en la Tierra. Ya no dirijo la Escuela de Batalla.

—Es un asesino en serie, y usted lo sabe. No sólo mató a la niña de Rotterdam. Había un niño allí también, ése al que Helga llamaba Ulises. Encontraron su cadáver hace unas semanas.

—Aquiles ha estado todo el año en manos de médicos.

—El forense calcula que el asesinato tuvo lugar hace al menos un año. El cuerpo estaba oculto detrás de unos contenedores en la lonja de pescado. Cubrió el olor. Y eso no es todo. Un maestro del colegio donde lo ingresé.

—Ah. Es verdad. Usted lo ingresó en un colegio mucho antes de que yo lo hiciera.

—El maestro se cayó desde un piso superior y murió.

—No hay testigos. No hay pruebas.

—Exactamente.

—¿Ve una tendencia?

—Ése es mi argumento. Aquiles no mata de un modo negligente. Ni elige a sus víctimas al azar. Todo aquel que lo haya visto indefenso, lisiado, derrotado... no puede soportar la vergüenza. Tiene que expurgarla mediante la dominación absoluta de la persona que se atrevió a humillarlo.

—¿Ahora es usted psicóloga?

—Planteé los hechos a un experto.

—Los supuestos hechos.

—No estoy en un juicio, coronel. Estoy hablando con el hombre que ha metido a ese asesino en la escuela con el niño que elaboró el plan original para humillarlo. El niño que pidió su muerte. Mi experto me asegura que la posiblidad de que Aquiles no se vuelva contra Bean es cero.

—No es tan fácil como piensa, en el espacio. No hay muelles, para empezar.

—¿Sabe cómo supe que se lo habían llevado al espacio?

—Estoy seguro de que tiene sus fuentes, mortales y celestiales.

—Mi querida amiga, la doctora Vivian Delamar, fue la cirujano que reconstruyó la pierna de Aquiles.

—Que yo recuerde, la recomendó usted.

—Antes de saber lo que era realmente Aquiles. Cuando lo descubrí, la llamé. La advertí de que tuviera cuidado. Porque mi experto dijo que también ella corría peligro.

—¿La persona que restauró su pierna? ¿Por qué?

—Nadie lo ha visto más indefenso que la cirujano que lo operó mientras yacía drogado hasta las trancas. Desde un punto de vista racional, estoy segura de que sabía que era malo dañar a esta mujer que le hizo tanto bien. Pero claro, lo mismo podía decirse de Poke, la primera vez que mató. Si es que ésa fue la primera vez.

—Entonces... la doctora Vivian Delamar. Usted la alertó. ¿Y qué vio? ¿Murmuró él una confesión bajo los efectos de la anestesia?

—Nunca lo sabremos. La mató.

—Está usted bromeando.

—Estoy en El Cairo. Mañana será el funeral. Dijeron que se trataba de un infarto hasta que los insté a buscar la marca de una hipodérmica. Encontraron una, y ahora se considera asesinato. Aquiles sabe leer. Descubrió qué drogas necesitaba. Lo que no sé es cómo consiguió que ella se quedara quieta.

—¿Cómo puedo creer esto, sor Carlotta? El niño es generoso, simpático, la gente se siente atraída hacia él, es un líder nato. La gente de este tipo no mata.

—¿Quiénes son los muertos? El maestro que se burló de él por su ignorancia cuando llegó por primera vez a la escuela y lo puso en evidencia delante de la clase. La doctora que lo vio bajo los efectos de la anestesia. La niña de la calle de cuya banda se encargó. El niño de la calle que juró que iba a matarlo y lo obligó a esconderse. Tal vez ese argumento convencería a un jurado, pero no a usted.

—Sí, me ha convencido de que, en efecto, podría existir ese peligro. Pero ya alerté a los profesores de la Escuela de Batalla de que podría haber algún riesgo. Y ahora ya no estoy al mando de la Escuela de Batalla.

—Siga en contacto. Si les da una advertencia más urgente, tomarán medidas.

—Les daré la advertencia adecuada.

—Me está mintiendo.

—¿Puede decir eso por teléfono?

—¡Quiere exponer a Bean al peligro!

—Hermana... sí, eso quiero. Lo que pueda hacer, lo haré.

—Si permite que a Bean le ocurra algo, Dios se lo hará pagar.

—Tendrá que ponerse en cola, sor Carlotta. La corte marcial de la F.I. tiene preferencia.

Bean contempló el respiradero de su habitación y se maravilló de haber podido caber alguna vez ahí dentro. ¿Cómo debía de ser entonces, tan pequeño como una rata?

Por fortuna, con una habitación propia ahora, no estaba limitado a los conductos de salida de aire. Colocó la silla en lo alto de la mesa y se encaramó a las largas y finas exclusas que corrían por la pared que daba al pasillo. El respiradero constaba de varias secciones largas. El panelado estaba separado de la pared. Y también se desprendió con facilidad. Ahora había espacio suficiente para que casi cualquier niño de la Escuela de Batalla pudiera arrastrarse por el techo del pasillo.

Bean se despojó de sus ropas de inmediato y se introdujo una vez más en el sistema de ventilación.

Pero le resultó mucho más difícil esa vez; era asombroso lo mucho que había llegado a crecer. Se abrió paso rápidamente hasta la zona de mantenimiento cerca de los hornos. Descubrió cómo funcionaban los sistemas de luces, y con cuidado se dispuso a quitar bombillas y lámparas en las zonas que necesitaría. Pronto apareció un amplio pozo vertical que quedaba completamente oscuro cuando se cerraba la puerta, con profundas sombras incluso cuando estaba abierta. Con cuidado, trazó su plan.

Aquiles nunca dejaba de sorprenderse por el modo en que el universo se doblegaba a su voluntad. Todo lo que deseaba parecía cumplirse. Poke y su banda, al elegirlo a él entre los otros matones. Sor Carlotta, al llevarle al colegio de curas en Bruselas. La doctora Delamar, al estirarle la pierna para que pudiera *correr* y así no ser distinto de los otros niños de su edad. Y ahora se encontraba allí, en la Escuela de Batalla, y quién era su primer comandante sino el pequeño Bean, dispuesto a tomarlo a su cargo, a ayudarle a ascender dentro de esta escuela. Como si el universo hubiera sido creado para servirlo, con toda la gente sintonizada con sus deseos.

La sala de batalla era increíble. La guerra en una caja. Apuntabas con el arma, y el traje del otro niño se congelaba. Naturalmente, Ambul había cometido el error de demostrarlo congelando a Aquiles y luego riéndose de su consternación mientras flotaba allí en el aire, incapaz de moverse, incapaz de cambiar la dirección de su deriva. La gente no debería hacer eso. Estaba mal, y a Aquiles siempre le molestaba, hasta que podía enmendar las cosas. Tendría que haber más amabilidad y respeto en el mundo.

Como Bean. Pareció prometedor al principio, pero entonces Bean empezó a denigrarlo. Se aseguró de que los demás vieran que Aquiles fue el papá de Bean, pero ahora no era más que un soldado en su escuadra. No había ninguna necesidad de ello. No se podía denigrar a la gente. Bean había cambiado. Cuando Poke derribó a Aquiles al suelo y lo avergonzó delante de todos aquellos niños pequeños, fue Bean quien le mostró respeto. «Mátalo», dijo. Sabía, entonces, aquel niño diminuto, sabía que incluso en el suelo, Aquiles era peligroso. Pero ahora parecía haberlo olvidado. De hecho, Aquiles estaba seguro de que Bean debía de haberle dicho a Ambul que congelara su traje refulgente y lo humillara en la sala de prácticas, para que los demás se rieran de él.

Fui tu amigo y protector, Bean, porque mostraste respeto por mí. Pero ahora tengo que sopesar eso con tu conducta aquí en la Escuela de Batalla. No me tienes ningún respeto.

El problema era que los estudiantes de la Escuela de Batalla no tenían nada que pudiera ser utilizado como arma, y todo era completamente seguro. Nadie estaba nunca a solas, tampoco. Excepto los comandantes. Solos en sus habitaciones. Eso era prometedor. Pero Aquiles sospechaba que los profesores tenían un modo de localizar dónde estaban los estudiantes en todo momento. Tendría que aprender el sistema, aprender a evadirlo, antes de empezar a enmendar las cosas.

Pero sí sabía que aprendería lo que fuera necesario. Ya se presentarían las oportunidades. Y él, al ser Aquiles, vería esas oportunidades y las aprovecharía. Nada podría interrumpir su ascenso hasta que hubiera acumulado en sus manos todo el poder posible. Entonces reinaría la justicia en el mundo, no este miserable sistema que dejaba a tantos niños hambrientos, ignorantes y lisiados en las calles mientras los demás gozaban de todos los privilegios, la seguridad y la salud. Todos aquellos adultos que habían dirigido el mundo durante miles de años eran unos idiotas o unos fracasados. Pero el universo obedecería a Aquiles. Él y sólo él podría corregir los abusos.

Al tercer día en la Escuela de Batalla, la Escuadra Conejo libró su primera batalla con Bean como comandante. Perdieron. No habrían perdido si Aquiles hubiera sido comandante. Bean estaba comportándose como un estúpido sensiblero, dejando que los jefes de batallón tomaran las riendas. Pero estaba claro que el predecesor de Bean había elegido mal a sus jefes. Si Bean quería ganar, necesitaba un control más férreo. Cuando trató de sugerírselo a Bean, el niño sólo sonrió confiadamente (una sonrisa alocada que tan sólo mostraba una falsa superioridad), y le dijo que la clave para la victoria era que cada jefe de batallón y, con el tiempo, cada soldado viera toda la situación y actuara con independencia para conseguir la victoria. Aquiles quiso abofetearle, por lo estúpido y testarudo que era. Él que sabía cómo manejar la situación, no dejaba que los demás metieran la pata por ahí. Él tomaba las riendas y tiraba, con fuerza. Golpeaba a sus hombres para que le obedecieran. Como dijo Federico el Grande: el soldado debe temer a sus propios oficiales más que a las balas del enemigo. No se puede gobernar sin hacer ejercicio de poder. Los seguidores deben inclinar la cabeza ante el líder. Deben *rendir* sus cabezas, usando sólo la mente y la voluntad del líder para que los gobierne. Nadie más que Aquiles parecía comprender que ésa era la gran fuerza de los insectores. No tenían mentes individuales, sólo la mente de la colmena. Se sometían de lleno a la reina. No podrían derrotar a los insectores hasta que aprendieran de ellos, hasta que se volvieran como ellos.

Pero no tenía sentido explicarle esto a Bean. No le escucharía. Por tanto, nunca podría convertir a la Escuadra Conejo en una colmena. Estaba trabajando para crear el caos. Era insoportable.

Insoportable... y sin embargo, justo cuando Aquiles pensaba que no podría soportar más aquella situación tan absurda, Bean lo llamó a sus habitaciones.

Aquiles se sobresaltó, al entrar, y descubrir que Bean había quitado la tapa del respiradero y parte del panel de la pared, para conseguir acceso al sistema de ventilación. Menuda sorpresa.

—Quítate la ropa —ordenó Bean.

Aquiles creyó que deseaba humillarlo.

Bean se quitó su uniforme.

—Nos localizan por los uniformes —explicó—. Si no llevas puesto uno, no saben dónde estás, excepto en el gimnasio y la sala de batalla, donde tienen un equipo carísimo que detecta el calor corporal. No vamos a ir a ninguno de esos sitios, así que desnúdate.

Bean estaba desnudo. Mientras Bean fuera primero, Aquiles no podría sentirse avergonzado haciendo lo mismo.

—Ender y yo solíamos hacer esto —añadió—. Todo el mundo pensaba que Ender era un comandante brillante, pero la verdad es que sabía todos los planes de los otros comandantes porque salíamos a espiar a través de los conductos de ventilación. Y no sólo a los comandantes. Descubrimos lo que estaban planeando los profesores. Siempre lo sabíamos todo de antemano. No es difícil ganar de esa forma.

Aquiles se echó a reír. Esto era magnífico. Bean podía ser un idiota, pero ese Ender del que tanto había oído hablar sí sabía lo que estaba haciendo.

—Hacen falta dos personas, ¿no?

—Para llegar al sitio donde se puede espiar a los profesores hay que pasar por un pozo ancho, completamente oscuro. No puedo bajar. Necesito que alguien me vaya bajando y me aúpe. No sabía en quién confiar en la Escuadra Conejo, y entonces... apareciste tú. Un amigo de los viejos tiempos.

Estaba volviendo a suceder. El universo se doblegaba

a su voluntad. Bean y él estarían solos. Nadie los localizaría. Nadie sabría lo que había sucedido.

—Voy contigo —resolvió Aquiles.

—Aúpame —dijo Bean—. Eres lo bastante alto para auparte solo.

Estaba claro que Bean ya había hecho esto muchas veces. Se internó en el conducto, sus pies y su culo iluminados por la luz que se filtraba desde los pasillos. Aquiles se fijó en dónde ponía manos y pies, y pronto fue igual de hábil sorteando el camino. Cada vez que utilizaba su pierna, se maravillaba de poder hacerlo. Iba donde quería que fuese, y tenía la fuerza para sostenerlo. La doctora Delamar podría ser una cirujana habilidosa, pero incluso ella dijo que nunca había visto un cuerpo que respondiera tan bien a la cirugía como el de Aquiles. Su cuerpo sabía cómo ser entero, esperaba ser fuerte. Todo el tiempo anterior, todos aquellos años en que había estado lisiado, habían sido la forma que tenía el universo de enseñarle a Aquiles lo insoportable que resultaba el desorden. Y ahora Aquiles poseía un cuerpo perfecto, dispuesto a actuar para enmendar la situación.

Memorizó con mucho cuidado la ruta que seguían. Si se presentaba la oportunidad, regresaría solo. No podía permitirse perderse, o traicionarse. Nadie sabría que había estado en el sistema de ventilación. Mientras no les diera ningún motivo, los profesores nunca sospecharían de él. Todo lo que sabían era que Bean y él eran amigos. Y cuando Aquiles llorara por el otro niño, sus lágrimas serían reales. Siempre lo eran, pues había nobleza en aquellas trágicas muertes, esplendor mientras el gran universo cumplía su voluntad a través de las diestras manos de Aquiles.

Los hornos rugían cuando llegaron a una sala desde donde era visible el entramado de la estación. El fuego era bueno. Dejaba pocos residuos. La gente moría cuando por accidente caían a las llamas. Sucedía continuamente. Bean, al reptar por allí solo... sería bueno si se acercaran al horno.

En cambio, Bean abrió una puerta que daba a un espacio oscuro. La luz de la abertura mostraba un agujero negro no muy lejos.

—No te acerques al borde —dijo Bean alegremente. Recogió del suelo un trozo de cable muy fino—. Es una estacha. Forma parte del equipo de seguridad. Impide que los obreros se pierdan a la deriva en el espacio cuando están trabajando en el exterior de la estación. Ender y yo lo preparamos... pasa por una viga allá arriba y me mantiene centrado en el pozo. No se puede agarrar con las manos: es muy fácil que te corte si te roza la piel. Por eso hay que envolvérselo alrededor del cuerpo, para que no resbale, ¿ves?, y entonces te sujetas. Aquí no hay mucha gravedad; por tanto, puedo saltar. Lo hemos medido, así que luego me detengo al nivel de los respiraderos que dan a las habitaciones de los profesores.

—¿No duele cuando te paras?

—Una barbaridad —dijo Bean—. Pero quien algo quiere algo le cuesta, ¿no? Me suelto de la cuerda, la ato a un trozo de metal y se queda allí hasta que vuelvo. Tiraré de ella tres veces cuando regrese. Entonces tú me izas. Cuando llegues al lugar por donde entramos, rodea la viga y sigue hasta tocar la pared. Espera allí hasta que yo pueda controlar la oscilación y aterrice en este resquicio. Entonces me suelto y tú vuelves y recogemos la estacha hasta la próxima vez. Sencillo, ¿eh?

—Entendido —dijo Aquiles.

En vez de caminar hasta la pared, sería sencillo seguir andando. Dejar a Bean flotando en el aire donde no pudiera asirse a nada. Entonces habría tiempo de sobra para encontrar un modo de cortar la cuerda dentro de aquella sala oscura. Con el rugido de los hornos y los ventiladores, nadie oiría a Bean pedir ayuda. Entonces Aquiles tendría tiempo para explorar, para descubrir cómo podían acceder a los hornos. Traer a Bean de vuelta, estrangularlo, llevar el cadáver al fuego. Dejar caer la cuerda por el pozo abajo. Nadie la encontraría. Posiblemente nadie encontraría jamás a Bean, o si lo hacían, sus tejidos blancos estarían consumidos. Todo indicio de estrangulación habría desaparecido. Muy limpio. Tendría que haber algo de improvisación, pero sucedía siempre. Aquiles podía encargarse de los pequeños problemas a medida que fueran surgiendo.

Aquiles se pasó el cable por encima de la cabeza, y luego lo tensó bajo sus brazos mientras Bean se enrollaba el otro extremo.

—Listo —dijo Aquiles.

—Asegúrate de que está tenso, para que no te corte cuando yo llegue al fondo.

—Sí, está tenso.

Pero Bean tenía que comprobarlo. Pasó un dedo bajo el cable.

—Más tenso —dijo.

Aquiles lo tensó más.

—Bien —dijo Bean—. Ya está. Hazlo.

¿Hazlo? Era Bean quien se suponía que tenía que hacerlo.

Entonces la estacha se tensó y Aquiles fue izado en el aire. Con unos cuantos tirones más, quedó colgando en el oscuro pozo. El cable se clavó en su piel.

Cuando Bean pronunció la orden «hazlo», hablaba a otra persona. Alguien que ya estaba allí, esperando. Un traidor hijo de puta.

Sin embargo, Aquiles no dijo nada. Extendió la mano

para ver si podía tocar la viga que había sobre él, pero no la alcanzó. Tampoco podía trepar por el cable, no con las manos desnudas, no con el cable tensado por el peso de su propio cuerpo.

Se rebulló, empezando a balancearse. Pero no importaba hasta dónde llegara en cualquier dirección, no tocaba nada. No había pared, ningún sitio donde aferrarse.

Era hora de hablar.

—¿De qué va esto, Bean?

—Es sobre Poke.

—Está muerta, Bean.

—La besaste. La mataste. La tiraste al río.

Aquiles sintió que la sangre se agolpaba en su rostro. Nadie lo había visto. Sólo estaba haciendo suposiciones. Pero entonces... ¿cómo sabía que Aquiles la había besado primero, a menos que lo hubiera visto?

—Te equivocas —replicó.

—Vaya, qué triste. Entonces el hombre equivocado morirá por el crimen.

—¿Morir? Seamos serios, Bean. No eres un asesino.

—Pero el aire caliente y seco del pozo lo hará por mí. Te deshidratarás en menos de un día. Ya tienes la boca un poco seca, ¿verdad? Y seguirás ahí colgado, momificándote. Éste es el sistema de entrada, así que el aire se filtra y se purifica. Aunque tu cuerpo apeste durante algún tiempo, nadie lo olerá. Nadie te verá: estás por encima de las luces que entran por la puerta. Y nadie entra aquí de todas formas. No, la desaparición de Aquiles será el misterio de la Escuela de Batalla. Contarán historias de fantasmas sobre ti para asustar a los novatos.

—Bean, no lo hice.

—Te vi, Aquiles, pobre idiota. No me importa lo que digas, te vi. Nunca creí que tendría la oportunidad de vengarme de ti. Poke no te hizo nada malo. Le dije que te matara, pero tuvo piedad. Te convirtió en el rey de las calles. ¿Y por eso la mataste?

—Yo no la maté.

—Déjame que te lo aclare, Aquiles, ya que eres demasiado estúpido para ver dónde estás. Lo primero es que te olvidaste de dónde estabas. Allá en la Tierra, te acostumbraste a ser mucho más listo que todos los que te rodeaban. Pero aquí en la Escuela de Batalla, *todo el mundo* es tan listo como tú, y la mayoría somos más listos. ¿Crees que Ambul no advirtió el modo en que lo miraste? ¿Crees que no supo que estaba condenado a muerte por haberse reído de ti? ¿Crees que los otros soldados de la Escuadra Conejo dudaron de mí cuando les hablé de ti? Ya habían visto que pasaba algo raro contigo. Los adultos tal vez lo hayan pasado por alto, pueden haberse tragado todos tus rollos, pero nosotros no. Y como acabamos de tener un caso de un niño que trató de matar a otro, nadie está dispuesto a tolerarlo otra vez. Nadie iba a esperar a que atacaras. Porque hay algo que tenemos muy claro: nos importa una mierda la justicia. Somos soldados. Los soldados no dan una oportunidad a su enemigo por puro deporte. Los soldados disparan por la espalda, ponen trampas y emboscadas, mienten al enemigo y aplastan al otro hijo de puta a la menor oportunidad que tienen. La clase de asesino que eres sólo funciona entre civiles. Y fuiste demasiado fanfarrón, demasiado estúpido, demasiado necio para darte cuenta de eso.

Aquiles supo que Bean tenía razón. Había cometido un tremendo error de cálculo. Se había olvidado de que cuando Bean le dijo a Poke que lo matara, no había mostrado solamente respeto hacia él. También había intentado que lo asesinaran.

Esto no estaba saliendo muy bien.

—Así que sólo tienes dos formas de terminar. Una,

sigues colgando ahí, nosotros nos turnamos para asegurarnos de que no te escapas, hasta que mueras y luego te dejaremos y seguiremos con nuestras vidas. La otra forma: lo confiesas todo, y quiero decir todo, no sólo lo que piensas que ya sabemos, y sigues confesando. Confiesa ante los profesores. Confiesa ante los psiquiatras que te envíen. Confiesa cuando te lleven a un sanatorio mental allá en la Tierra. No nos importa qué elijas. Todo lo que importa es que nunca vuelvas a caminar libremente por los pasillos de la Escuela de Batalla. Ni en ningún otro lugar. Así que... ¿qué será? ¿Te quedas seco en la cuerda, o dejas que los profesores sepan lo loco que estás?

—Llama a un profesor, confesaré.

—¿Acaso no me he explicado bien? ¡No somos estúpidos! Confiesa ahora. Ante testigos. Con una grabadora. No traeremos a ningún profesor aquí arriba para que te vea colgando y sienta lástima por ti. El profesor que venga sabrá exactamente qué eres, y lo acompañarán seis marines para mantenerte sometido y sedado porque, Aquiles, aquí no se juega. A la gente no se le da ninguna oportunidad para escapar. Aquí no tienes derechos. No volverás a tener derechos hasta que hayas regresado a la Tierra. Aquí tienes tu última oportunidad. Ya es hora de que confieses.

Aquiles casi se echó a reír. Pero era importante que Bean pensara que había ganado. Como había hecho, por el momento. Aquiles se dio cuenta entonces de que no podría quedarse en la Escuela de Batalla de ningún modo. Pero Bean no era lo bastante listo para matarlo y acabar. No, Bean le perdonaba la vida, algo que era completamente innecesario. Y mientras Aquiles estuviera vivo, el tiempo movería las cosas a su favor. El universo se doblegaría hasta que la puerta se abriera y Aquiles saliera libre. Y eso sucedería más pronto que tarde.

No deberías haber dejado abierta una puerta para mí,

Bean, pensó Aquiles. Porque te *mataré* algún día. A ti y a todos los que me han visto aquí indefenso.

—Muy bien —dijo Aquiles—. Maté a Poke. La estrangulé y la tiré al río.

—Continúa.

—¿Qué más? ¿Quieres saber cómo se cagó y se meó encima mientras se moría? ¿Quieres saber cómo se le reventaron los ojos?

—Un asesinato no hará que te confinen en un psiquiátrico, Aquiles. Sabes que has matado antes.

—¿Qué te hace pensar eso?

—Porque no te molestó.

Nunca me molestó, ni siquiera la primera vez. No entiendes lo que es el poder. Si te molesta, entonces no estás capacitado para tener poder.

—Maté a Ulises, naturalmente, pero sólo porque era una molestia.

—¿Y?

—No soy un asesino de masas, Bean.

—Vives para matar, Aquiles. Escúpelo todo. Y luego convénceme de que no te has dejado ningún detalle.

Pero Aquiles sólo estaba jugando. Ya había decidido contarlo todo.

—La más reciente fue la doctora Vivian Delamar —dijo—. Le dije que no me operara con anestesia total. Le dije que me dejara alerta, que podía soportarlo aunque doliera. Pero ella tenía que tener el control. Bueno, si le gustaba tanto el control, ¿por qué me dio la espalda? ¿Y por qué fue tan estúpida de pensar que yo tenía de verdad una pistola? Al apretarle con fuerza la espalda, conseguí que ni siquiera sintiera la aguja entrar junto al lugar donde le clavaba los depresores linguales. Murió de un ataque al corazón en su propia consulta. Nadie supo jamás que yo estaba allí. ¿Quieres más?

—Lo quiero todo, Aquiles.

Tardó viente minutos, pero Aquiles les relató la crónica entera, las siete veces que había enmendado las cosas. De hecho, le gustó contarlo. Nadie había tenido nunca hasta ahora la posibilidad de comprender lo poderoso que era. Quería ver sus caras, eso era lo único que echaba en falta. Quería ver el disgusto que revelaría su debilidad, su incapacidad para mirar al poder de frente. Maquiavelo comprendía. Si quieres gobernar, no te arredra matar. Saddam Hussein lo sabía: tienes que estar dispuesto a matar con tus propias manos. Y Stalin lo comprendía también: nunca puedes ser leal a nadie, porque eso sólo te debilita. Lenin fue bueno con Stalin, le dio su oportunidad, lo sacó de la nada para convertirlo en el guardián de las puertas del poder. Pero eso no impidió a Stalin aprisionar a Lenin y luego matarlo. Eso era lo que estos idiotas nunca comprenderían. Todos aquellos escritores militares eran solamente filósofos de sillón. Toda aquella historia militar... la mayoría era inútil. La guerra era únicamente una de las herramientas que los grandes hombres empleaban para conseguir el poder y conservarlo. Y la única manera de detener a un gran hombre era hacer lo que hizo Bruto.

Bean, tú no eres ningún Bruto.

Enciende la luz. Déjame ver las caras.

Pero la luz no se encendió. Cuando terminó, cuando se marcharon, sólo quedó la luz que entraba por la puerta, que recortó sus figuras mientras se iban. Eran cinco. Todos desnudos, pero cargando con el equipo de grabación. Incluso lo probaron, para asegurarse de que habían recogido la confesión. Aquiles oyó su propia voz, fuerte y segura. Orgulloso de su hazaña. Eso demostraría a los débiles que estaba «loco». Lo mantendrían con vida. Hasta que el universo doblegara las cosas a su voluntad de nuevo, y lo liberara para reinar con sangre y horror sobre la Tierra. Como no le habían dejado ver sus caras, no tendría otra opción. Cuando todo el poder estuviera en sus manos, tendría que matar a todos los alumnos de la Escuela de Batalla. Eso sería una buena idea, de todas formas. Como todas las mentes militares más destacadas de la época se habían reunido allí en un momento u otro, estaba claro que para gobernar con seguridad, Aquiles tendría que deshacerse de todos los que hubieran pasado por la Escuela de Batalla. Entonces no habría ningún rival. Y seguiría probando niños mientras viviera, encontrando a todos los que tuvieran una mínima chispa de talento militar. Herodes entendía cómo se mantiene uno en el poder.

SEXTA PARTE

VENCEDOR

21
Deducciones

—No vamos a esperar a que el coronel Graff repare el daño que ha causado a Ender Wiggin. Wiggin no necesita la Escuela Táctica para el trabajo que hará. Y necesitamos que los demás avancen de inmediato. Tienen que conocer lo que pueden hacer las viejas naves antes de traerlos aquí y ponerlos en los simuladores, y eso requiere tiempo.

—Sólo han practicado unos pocos juegos.

—No debería haberles permitido tanto tiempo. Faltan dos meses, y para cuando acaben con Táctica, el viaje desde allí a la FlotaCom serán cuatro meses. Eso significa que sólo estarán tres meses en Táctica antes de llevarlos a la Escuela de Mando. Tres meses para comprimir tres años de entrenamiento.

—Debería decirle que Bean parece haber aprobado la última prueba del coronel Graff.

—¿Prueba? Cuando relevé al coronel Graff, creí que su enfermizo programa de pruebas había terminado también.

—No sabíamos lo peligroso que era ese Aquiles. Nos habían advertido de que habría algún peligro, pero... parecía tan agradable... No se lo estoy reprochando al coronel Graff, entiéndalo: no tenía forma de saberlo.

—¿De saber qué?

—Que Aquiles es un asesino en serie.

—Eso debería hacer feliz a Graff. La cuenta de Ender llega a dos.

—No estoy bromeando, señor. Aquiles tiene siete asesinatos en su haber.

—¿Y pasó la selección?

—Sabía cómo responder a las pruebas psicológicas.

—Por favor, dígame que ninguno de los siete asesinatos tuvo lugar en la Escuela de Batalla.

—El número ocho pudo haberlo sido. Pero Bean lo hizo confesar.

—¿Bean es sacerdote ahora?

—En realidad, señor, fue una hábil estrategia de su parte. Engañó a Aquiles... le preparó una emboscada, y la confesión era la única posibilidad de huir.

—Así que Ender, el agradable americanito de clase media, mata al niño que quería darle una paliza en el cuarto de baño. Y Bean, el pillastre callejero, entrega a un asesino en serie a la policía.

—Lo más significativo para nuestros fines es que Ender era bueno construyendo equipos, pero derrotó a Bonzo mano a mano, los dos solos. Y luego Bean, un solitario que casi no tenía amigos después de un año en la escuela, derrota a Aquiles formando un equipo para que fueran su defensa y sus testigos. No tengo ni idea de si Graff predijo estos resultados, pero cada niño actuó no sólo contra nuestras expectativas, sino también contra sus propias predilecciones.

—Predilecciones. Mayor Anderson.

—Todo constará en mi informe.

—Trate de escribirlo todo sin usar la palabra predilección ni una sola vez.

—Sí, señor.

—He asignado al destructor *Cóndor* para que recoja al grupo.

—¿Cuántos quiere, señor?

—Necesitamos un máximo de once en cualquier momento. Tenemos a Carby, Bee y Momoe camino de Táctica, pero Graff me ha asegurado que de esos tres, lo más probable es que sólo Carby trabaje bien con Wiggin. Necesitamos hacerle un sitio a Ender, pero no nos vendría mal tener un sustituto. Envíe a diez.

—¿Qué diez?

—¿Cómo demonios voy a saberlo? Bueno... Bean, por supuesto. Y los otros nueve que piense que trabajan mejor con Bean o con Ender como comandante, con independencia de cuál de los dos resulte elegido al final.

—¿Una lista para ambos posibles comandantes?

—Con Ender como primera elección. Queremos que todos entrenen juntos. Que se conviertan en un equipo.

Las órdenes llegaron a las 17.00. Bean tenía que subir a bordo del *Cóndor* a las 18.00. No es que tuviera mucho que llevarse. Una hora era más tiempo del que concedieron a Ender. Así que Bean fue y le dijo a su escuadra lo que ocurría, adónde iba.

—Sólo hemos librado cinco juegos —arguyó Itú.

—Hay que tomar el autobús cuando pasa, ¿no? —respondió Bean.

—Ya.

—¿Quién más? —preguntó Ambul.

—No me lo dijeron. Sólo que iba a la Escuela Táctica.

—Ni siquiera sabemos dónde está.

—En algún lugar del espacio —dijo Itú.

—No me digas. —Era una tontería, pero todos se

rieron. No era tan difícil despedirse. Sólo había pasado con los Conejos ocho días.

—Lamento no haber ganado ninguna batalla para ti —dijo Itú.

—Habríamos ganado, si hubiera querido —respondió Bean.

Lo miraron como si estuviera loco.

—Yo fui quien propuso que nos olvidáramos de las puntuaciones, que dejáramos de preocuparnos por quién gana. ¿Cómo habríamos quedado si hubiéramos ganado siempre?

—Habría parecido que sí te importaban las calificaciones —dijo Itú.

—No es eso lo que me molesta —intervino otro jefe de batallón—. ¿Me estás diciendo que lo preparaste para que perdiéramos?

—No, os estoy diciendo que tenía una prioridad diferente. ¿Qué aprendemos derrotándonos unos a otros? Nada. Nunca vamos a tener que combatir contra niños humanos. Vamos a tener que combatir a los insectores. Entonces, ¿qué necesitamos aprender? Cómo coordinar nuestros ataques. Cómo responder unos a otros. Cómo sentir el curso de la batalla, y hacernos responsables del conjunto, aunque no tengamos el mando. En eso estuve trabajando con vosotros, chicos. Y si ganábamos, si íbamos y fregábamos las paredes con ellos, usando mi estrategia, ¿qué aprendíais? Ya trabajasteis con un buen comandante. Lo que necesitabais hacer era trabajar unos con otros. Así que os hice pasar por situaciones duras y al final encontrasteis formas de ayudaros unos a otros. De hacer que todo funcionara.

—Nunca lo hicimos lo bastante bien para ganar.

—No es así como lo evalué yo. Hicisteis que el batallón funcionara. Cuando regresen los insectores, la situación empeorará. Además de la fricción normal de la guerra, van a emplear tácticas que no se nos habrán ocurrido porque no son humanos, no piensan como nosotros. Así que, ¿para qué sirven entonces los planes de ataque? Lo intentamos, hacemos lo que podemos, pero lo que realmente cuenta es lo que uno hace cuando se rompe el mando. Cuando quedas sólo tú y tu batallón, y tú con tu transporte, y tú con tu fuerza de choque masacrada, que suma sólo cinco armas entre ocho naves. ¿Cómo os ayudáis unos a otros? ¿Cómo tiráis hacia delante? En eso estuve trabajando. Y luego fui al comedor de oficiales y les conté lo que aprendía. Lo que vosotros me mostrasteis. También aprendí cosas de ellos. Os conté todo lo que aprendí de ellos, ¿no?

—Bueno, podrías habernos dicho que estabas aprendiendo cosas de nosotros —dijo Itú. Todos estaban un poco resentidos.

—No tenía que decíroslo. Lo aprendisteis.

—Al menos podías habernos dicho que no importaba no ganar.

—Pero teníais que *intentar* ganar. No os lo dije porque sólo funciona si pensáis que importa. Como cuando vengan los insectores. Entonces contará, de verdad. Entonces será cuando tengáis que pensar, cuando perder signifique que vosotros y todo cuanto queréis, toda la especie humana, morirá. Mirad, no pensaba que fuéramos a estar mucho tiempo juntos. Así que aproveché el tiempo de la mejor manera posible, para vosotros y para mí. Todos vosotros estáis preparados para tomar el mando.

—¿Y tú, Bean? —preguntó Ambul. Sonreía, pero con cierta sorna—. ¿Estás preparado para comandar una flota?

—No lo sé. Depende de si quieren ganar —respondió Bean, sonriente.

—Ahí está el tema, Bean —dijo Ambul—. A los soldados no les gusta perder.

—Y por eso la derrota es un profesor mucho más fuerte que la victoria.

Ellos lo oyeron. Reflexionaron. Algunos asintieron.

—*Si* sobrevives —añadió Bean. Y les sonrió.

Ellos les devolvieron la sonrisa.

—Os di lo mejor que se me ocurrió daros durante esta semana —confesó Bean—. Y aprendí de vosotros todo lo que pude aprender. Gracias.

Se levantó y los saludó como un militar.

Ellos le devolvieron el saludo.

Bean se marchó. Y se dirigió a los barracones de la Escuadra Rata.

—Nikolai acaba de recibir sus órdenes —le dijo un jefe de pelotón.

Por un instante, Bean se preguntó si Nikolai iría a la Escuela Táctica con él. Su primer pensamiento fue: no, no está preparado. Su segundo pensamiento fue: ojalá pudiera venir. El tercero: vaya amigo que soy, pensando primero que no se merece ser ascendido.

—¿Qué órdenes? —preguntó.

—Le han dado una escuadra. Demonios, ni siquiera era jefe de batallón aquí. Apenas llegó la semana pasada.

—¿Qué escuadra?

—La Conejo. —El jefe de pelotón miró de nuevo el uniforme de Bean—. Oh, supongo que va a sustituirte.

Bean se echó a reír y se dirigió a la habitación que acababa de abandonar.

Nikolai estaba dentro con la puerta abierta. Parecía desconcertado.

—¿Puedo pasar?

Nikolai alzó la cabeza y sonrió.

—Dime que has venido a recuperar tu escuadra.

—Tengo un consejo que darte. Intenta ganar. Ellos piensan que es importante.

—No pude creerme que hubieras perdido los cinco combates.

—¿Sabes?, para ser una escuela donde ya no se anotan las victorias, todo el mundo sigue la cuenta.

—Yo te sigo la pista a ti.

—Nikolai, ojalá pudieras venir conmigo.

—¿Qué ocurre, Bean? ¿Ya ha llegado el momento? ¿Están aquí los insectores?

—No lo sé.

—Venga ya, tú siempre lo sabes todo.

—Si los insectores vinieran de veras, ¿os dejarían a todos vosotros aquí en la estación? ¿U os enviarían a la Tierra? ¿U os evacuarían a algún oscuro asteroide? No lo sé. Algunas cosas apuntan a que el final debe de estar muy cerca ya. Otras parecen indicar que no va a suceder nada importante cerca de aquí.

—Entonces tal vez vayan a lanzar una enorme flota contra el mundo de los insectores y vosotros vais a crecer durante el viaje.

—Tal vez —dijo Bean—. Pero el momento de lanzar esa flota fue justo después de la Segunda Invasión.

—Bueno, ¿y si no han descubierto hasta ahora dónde se hallaba el mundo insector?

Bean se quedó helado.

—No se me había ocurrido —dijo—. Quiero decir, deben de haber enviado señales a casa. Todo lo que teníamos que hacer era rastrear en esa dirección. Seguir la luz, ya sabes. Es lo que dicen los manuales.

—¿Y si no se comunican por medio de luz?

—La luz tarda un año en recorrer un año luz, pero sigue siendo más rápida que ninguna otra cosa.

—Ninguna otra cosa que conozcamos —dijo Nikolai.

Bean se le quedó mirando.

—Oh, lo sé, es una estupidez. Las leyes de la física y todo eso. Es que... ya sabes, sigo pensando, eso es todo. No me gusta descartar nada sólo porque sea imposible.

Bean se echó a reír.

—Mierda, Nikolai. Tendría que haber dejado que tú hablaras más y yo menos cuando dormíamos uno enfrente del otro.

—Bean, sabes que no soy ningún genio.

—Todos somos genios aquí, Nikolai.

—Yo soy de los más corrientes.

—Entonces tal vez no seas ningún Napoleón, Nikolai. Tal vez sólo eres un Eisenhower. No esperes que llore por ti.

Ahora le tocó a Nikolai el turno de echarse a reír.

—Te echaré de menos, Bean.

—Gracias por ayudarme a enfrentarnos a Aquiles, Nikolai.

—Ese tipo era como una pesadilla.

—Y que lo digas.

—Y me alegra que llevaras a los demás también. Itú, Ambul, Crazy Tom... yo pensaba que nos vendría bien usar a otros seis más, y Aquiles estaba colgando de aquel cable. Con tipos como ése, uno comprende por qué inventaron la horca.

—Algún día —dijo Bean—, me necesitarás como yo te necesité a ti. Y yo estaré allí.

—Lamento no haberme unido a tu escuadrón, Bean.

—Tenías razón. Te lo pedí porque eras mi amigo, y pensaba que necesitaba uno, pero tendría que haber sido un amigo también, y ver qué era lo que tú necesitabas.

—Nunca volveré a dejarte tirado.

Bean rodeó a Nikolai con sus brazos. Nikolai lo abrazó a su vez.

Bean recordó el momento en que abandonó la Tierra. El abrazo a sor Carlotta. Y el análisis que realizó. Esto es lo que ella necesita. No me cuesta nada. Por tanto, la abrazaré.

Bean ya no era ese niño.

Tal vez porque pude resarcir a Poke, después de todo. Demasiado tarde para ayudarla, pero conseguí que su asesino confesara. Hice que pagara algo, aunque nunca podrá ser suficiente.

—Ve a reunirte con tu escuadra, Nikolai —dijo Bean—. Yo tengo que tomar una nave.

Vio salir a Nikolai por la puerta y supo, con un intenso retortijón de pesar, que nunca volvería a ver a su amigo.

Dimak se encontraba en la habitación del mayor Anderson.

—Capitán Dimak, fui testigo de cómo el coronel Graff soportaba sus constantes quejas, su resistencia a sus órdenes, y no paraba de pensar: puede que Dimak tenga razón, pero yo nunca toleraría esa falta de respeto si estuviera al mando. Lo tumbaría de espaldas y escribiría «insubordinado» en unos cuarenta sitios en su expediente. Pensé que debería decírselo antes de que formule su queja.

Dimak parpadeó.

—Adelante, estoy esperando.

—No es tanto una queja como una pregunta.

—Entonces formule su pregunta.

—Creí que había que elegir a un equipo que fuera igualmente compatible con Ender y con Bean.

—La palabra «igualmente» no se ha empleado jamás, por lo que puedo recordar. Pero aunque así fuera, ¿se le ha ocurrido que tal vez fuera imposible? Podría haber elegido a cuarenta niños brillantes que se habrían sentido orgullosos y ansiosos de servir a las órdenes de Andrew Wiggin. ¿Cuántos estarían *igualmente* orgullosos y ansiosos de servir a las órdenes de Bean?

Dimak no tenía ninguna respuesta para eso.

—Tal como yo lo analizo, los soldados que elegí para que fueran en ese destructor son los estudiantes que están emocionalmente más cercanos y responden mejor a Ender Wiggin, y son a la vez los doce mejores comandantes de la escuela. Esos soldados no sienten tampoco ninguna animosidad particular hacia Bean. Así que si los ponen a sus órdenes, probablemente lo harán lo mejor que puedan.

—Nunca le perdonarán no ser Ender.

—Supongo que ése será el desafío de Bean. ¿A quién más podría haber enviado? Nikolai es amigo de Bean, pero estaría fuera de onda. Algún día estará preparado para la Escuela Táctica, y luego Mando, pero todavía no. ¿Y qué otros amigos tiene Bean?

—Se ha ganado mucho respeto.

—Y lo perdió de nuevo cuando perdió sus cinco encuentros.

—Le he explicado por qué él...

—¡La humanidad no necesita explicaciones, capitán Dimak! ¡Necesita vencedores! Ender Wiggin tiene el fuego para ganar. Bean es capaz de perder cinco combates seguidos como si eso no importara.

—No importaba. Aprendió de ellos lo que le era necesario.

—Capitán Dimak, veo que estoy cayendo en la misma trampa en la que cayó el coronel Graff. Ha cruzado usted la línea que separa al profesor del abogado. Le retiraría la custodia de Bean, si no fuera porque el hecho ya es irrelevante. Voy a enviar a los soldados que he decidido. Si Bean es de verdad tan brillante, encontrará un medio de trabajar con ellos.

—Sí, señor.

—Si le sirve de consuelo, recuerde que Crazy Tom fue uno de los que Bean eligió para que oyeran la confesión de Aquiles. Crazy Tom *acudió*, lo cual sugiere que, cuanto mejor conocen a Bean, más en serio se lo toman.

—Gracias, señor.

—Bean ya no es su responsabilidad, capitán Dimak. Lo ha hecho bien con él. Lo felicito por ello. Ahora... vuelva al trabajo.

Dimak saludó.

Anderson saludó.

Y Dimak se marchó.

En el destructor *Cóndor*, la tripulación no tenía ni idea de qué hacer con esos niños. Todos conocían la Escuela de Batalla, y tanto el capitán como el piloto se habían graduado en ella. Pero después de la conversación de rigor (¿En qué escuadra estabas? Oh, en mis tiempos la Rata era la mejor, la Dragón era un desastre, cómo cambian las cosas, o todo sigue igual), no hubo nada más que decir.

Sin las preocupaciones compartidas de ser comandantes de escuadra, los niños pasaron a sus grupos naturales de amigos. Dink y Petra habían cultivado su amistad casi desde sus comienzos en la Escuela de Batalla, y eran tan veteranos que ninguno trató de penetrar ese círculo cerrado. Alai y Shen habían estado en el primer grupo de novatos de Ender, y Vlad y Dumper, que habían comandado los batallones B y E y eran probablemente quienes más adoraban a Ender, estaban siempre con ellos. Crazy

Tom, Fly Molo, y Hot Soup ya eran un trío en la Escuadra Dragón. A nivel personal, Bean no esperaba que lo incluyeran en ninguno de esos grupos, pero tampoco que lo excluyeran de un modo particular. Crazy Tom, al menos, se mostraba muy respetuoso hacia él, y a menudo dejaba que participase en sus conversaciones. Si Bean pertenecía a alguno de los grupos, era al de Crazy Tom.

El único motivo por el que le molestaba la división en grupos era que habían sido reunidos claramente, no elegidos al azar. La confianza tenía que crecer entre todos ellos, con fuerza si no con igualdad. Pero habían sido elegidos para Ender (cualquier idiota se daba cuenta de ello) y no era asunto de Bean sugerir que jugaran todos a los juegos de a bordo, que aprendieran juntos, que hicieran cualquier cosa juntos. Si Bean trataba de asegurar algún tipo de liderazgo, sólo crearía más murallas de las que ya existían entre él y los demás.

Sólo había una persona del grupo que Bean pensaba que no encajaba allí. Y no podía hacer nada al respecto. Al parecer, los adultos no hacían a Petra responsable de su cuasitraición a Ender que tuvo lugar en el pasillo la noche antes de la pelea a vida o muerte entre Ender y Bonzo. Pero Bean no estaba tan seguro. Petra era una de los mejores comandantes, lista, capaz de formarse una visión muy amplia del escenario. ¿Cómo podía haberse dejado engañar por Bonzo? Naturalmente, no podía esperar que éste acabara con Ender. Pero había sido descuidada, al menos, y en el peor de los casos había estado jugando a algún tipo de juego que Bean no comprendía del todo. Así que siguió recelando de ella, lo cual no era nada bueno. Pero la desconfianza que le inspiraba era innegable.

Bean pasó los cuatro meses de viaje casi siempre en la biblioteca de la nave. Ahora que habían salido de la Escuela de Batalla, estaba casi seguro de que no lo espiaban con tanta insistencia. Así que ya no tenía que elegir su material de lectura pensando en las conclusiones que sacarían los profesores a partir de las obras seleccionadas.

No leyó nada de historia o teoría militar. Ya había leído a todos los escritores importantes y a muchos de menor talla, y conocía las campañas importantes del derecho y del revés, desde ambos bandos. Lo tenía todo almacenado en su memoria para evocarlo cada vez que lo necesitara. Lo que le faltaba era la imagen global. Cómo funcionaba el mundo. Historia política, social, económica. Qué les sucedía a las naciones cuando no estaban en guerra. Cómo iniciaban y terminaban las guerras. Cómo les afectaba la victoria y la derrota. Cómo se formaban y se rompían las alianzas.

Y, lo más importante de todo, pero lo más difícil de encontrar: qué estaba pasando en el mundo de hoy en día. La biblioteca del destructor sólo tenía la información actualizada hasta que atracó por fin en la Lanzadera Interestelar (LIS), donde dispuso de una lista autorizada de documentos para descargar. Bean podía solicitar más información, pero eso implicaría que el ordenador de la biblioteca determinaría los requisitos y utilizaría la banda ancha de comunicaciones que luego habría que justificar. Se darían cuenta, y se preguntarían por qué este niño estudiaba asuntos que no eran de su incumbencia.

Sin embargo, por lo que pudo encontrar a bordo, le resultó posible recomponer la situación básica en la Tierra, y llegar a algunas conclusiones. Durante los años anteriores a la Primera Invasión, varias potencias mundiales habían buscado, mediante la combinación de terrorismo, golpes «quirúrgicos», operaciones militares limitadas, y sanciones económicas, boicots y embargos, ganar por la mano o amenazar con firmeza, o simplemente expresar su ira nacional o ideológica. Cuando aparecieron los insectores, China acababa de emerger como la potencia mundial dominante, económica y militarmente, después de haberse reunificado por fin como democracia. Los norteamericanos y europeos jugaban a ser los «hermanos mayores» de China, pero el equilibrio económico había cambiado finalmente.

No obstante, lo que Bean veía como la fuerza impulsora de la historia era el resurgente Imperio Ruso. Donde los chinos simplemente daban por hecho que eran y deberían ser el centro del universo, los rusos, guiados por una serie de ambiciosos demagogos y generales autoritarios, consideraban que la historia los había despojado de su justo lugar, siglo tras siglo, y era hora de que eso terminara. Por eso Rusia forzó la creación del Nuevo Pacto de Varsovia, que devolvió sus fronteras efectivas a la cima del poder soviético... y más allá, puesto que entonces Grecia era su aliada, y una intimidada Turquía quedó neutralizada. Europa estaba a punto de ser neutralizada, y el sueño ruso de la hegemonía desde el Pacífico al Atlántico por fin estaba a su alcance.

Entonces llegaron los fórmicos y sembraron un reguero de destrucción por toda China que causó cien millones de muertos. De repente, los ejércitos de tierra parecieron triviales, y las cuestiones de competencia internacional fueron pospuestas.

Pero eso era sólo superficial. De hecho, los rusos usaron su dominio de la oficina del Polemarch para construir una red de oficiales en puestos clave por toda la flota. Todo estaba en su sitio para que un enorme poder aprovechara el momento en que fueran derrotados los insectores... o antes, si pensaban que sería ventajoso para ellos. Por extraño que pareciera, los rusos declaraban abiertamente sus intenciones: siempre lo habían hecho. No tenían ningún talento para la sutileza, pero lo compensaban con una sorprendente testarudez. Cualquier negociación tardaba décadas. Y mientras tanto, su penetración en la flota era casi total. Las fuerzas de infantería leales al Estrategos quedarían aisladas, incapaces de llegar a los lugares donde eran necesarias porque no habría naves para transportarlas.

Cuando la guerra con los insectores terminó, los rusos tenían planeado gobernar la flota horas después y por tanto, el mundo. Era su destino. Los norteamericanos se mostraron tan complacientes como siempre, seguros de que el destino lo resolvería todo a su favor. Sólo unos pocos demagogos vieron el peligro. El mundo chino y el musulmán estaban alerta ante el peligro, aunque fueron incapaces de plantear una defensa por miedo a romper la alianza que hacía posible la resistencia a los insectores.

Cuanto más estudiaba, más deseaba Bean no tener que ir a la Escuela Táctica. Esta guerra pertenecería a Ender y sus amigos. Y aunque Bean amaba a Ender tanto como cualquiera de ellos, y con mucho gusto serviría con ellos contra los insectores, lo cierto era que no lo necesitaban. Era la próxima guerra, la pugna por el dominio mundial, lo que le fascinaba. Los rusos *podrían* ser detenidos, si se llevaban a cabo los preparativos adecuados.

Pero entonces tuvo que preguntarse: ¿deberían ser detenidos? Un golpe rápido, sangriento pero eficaz que pondría al mundo bajo un único gobierno... significaría el final de la guerra entre los humanos, ¿no? Y en semejante clima de paz, ¿no estarían mejor todas las naciones?

De ese modo, mientras Bean desarrollaba su plan para detener a los rusos, trataba de evaluar cómo sería un Imperio Ruso mundial.

Y llegó a la conclusión de que no duraría. Porque junto con su prepotencia nacional, los rusos también habían nutrido su sorprendente talento para el mal gobierno, esa sensación de mejora personal que convertía la corrupción en una forma de vida. La tradición institucional de la competencia que era esencial para un gobierno mundial de éxito no existía. Era en China donde esas instituciones y valores habían cobrado más fuerza. Pero incluso China sería un pobre sustituto para un genuino gobierno mundial que trascendiera los intereses nacionales. Un gobierno mundial equivocado acabaría por derrumbarse a causa de su propio peso.

Bean ansiaba hablar de estos asuntos con alguien... con Nikolai, o incluso con uno de los profesores. Le frenaba tener que pensar en círculos: sin estímulos externos era difícil liberarse de sus propias limitaciones. Una mente sólo era capaz de pensar en sus propias preguntas, rara vez se sorprendía a sí misma. Pero progresó, muy poco a poco durante aquel viaje, y luego durante los meses en la Escuela Táctica.

Táctica fue un puñado de viajes breves y detalladas visitas a diversas naves. A Bean le disgustaba que estuvieran basadas en diseños antiguos, lo que le parecía absurdo: ¿por qué entrenar a tus comandantes con naves que no serían utilizadas en la batalla? Pero los profesores trataron con desdén su objeción, señalando que las naves eran las naves, a la larga, y las naves más modernas tenían que patrullar los perímetros del sistema solar. Para entrenar a niños, todas eran válidas.

Les enseñaron muy poco del arte de pilotar, pues no iban a pilotar las naves, sólo a comandarlas en la batalla. Tenían que conseguir sentir cómo funcionaban las armas, cómo se movían las naves, qué podía esperarse de ellas, cuáles eran sus limitaciones. Gran parte era aprendizaje memorístico... pero eso era precisamente el tipo de aprendizaje que Bean podía realizar casi en sueños, pues era capaz de recordar cualquier cosa que hubiera oído o escuchado con cierto grado de atención.

Así que, durante la Escuela Táctica, donde se comportó tan bien como cualquiera, siguió concentrándose en los problemas de la actual situación política en la Tierra. Pues la Escuela Táctica estaba en LIS, y por ese motivo la biblioteca era puesta al día constantemente, y no sólo con el material autorizado para ser incluido en las bibliotecas de las naves. Por primera vez, Bean empezó a leer los escritos de pensadores políticos actuales de la Tierra. Leyó lo que procedía de Rusia, y una vez más se sorprendió de lo descaradamente que perseguían sus ambiciones. Los escritores chinos advertían el peligro, pero al ser chinos, no realizaban ningún esfuerzo para recabar el apoyo de otras naciones a fin de plantear algún tipo de resistencia. Para los chinos, una vez que algo se sabía en China, se sabía en todas partes donde importaba. Y las naciones euroamericanas parecían dominadas por una estudiada ignorancia que a Bean se le antojaba un deseo de muerte. Sin embargo, había algunos que estaban despiertos, y pugnaban por establecer coaliciones.

Dos populares comentadores en concreto llamaron la atención de Bean. A primera vista, Demóstenes parecía ser un alborotador que se basaba en los prejuicios y la xenofobia. Pero también tenía un éxito notable al liderar un movimiento popular. Bean no sabía si la vida bajo un gobierno liderado por Demóstenes sería mejor que bajo los rusos, pero Demóstenes al menos lo discutiría. El otro comentarista que llamó la atención de Bean era Locke, un tipo amable que apelaba a la paz mundial y a la forja de alianzas..., aunque en su aparente complacencia, Locke daba la impresión de actuar a partir de los mismos hechos que Demóstenes, dando por hecho que los rusos eran lo suficientemente fuertes para «liderar» el mundo, pero no estaban preparados para hacerlo de una manera «beneficiosa». En cierto modo, era como si Demóstenes y Locke llevaran a cabo su investigación juntos, leyendo las mismas fuentes y aprendiendo de los mismos corresponsales, pero luego se dirigían a públicos completamente distintos.

Durante algún tiempo, Bean incluso jugueteó con la idea de que Locke y Demóstenes fueran la misma persona. Pero no, los estilos literarios eran diferentes, y lo más importante, pensaban y analizaban por separado. Bean no creía que nadie fuera tan listo para falsificar eso.

Fueran quienes fuesen, esos dos comentaristas eran quienes parecían ver la situación de manera más acertada, y por eso Bean empezó a concebir su ensayo sobre la estrategia en el mundo postfórmico como una carta a Locke y Demóstenes. Una carta personal. Una carta anónima. Porque sus observaciones deberían ser divulgadas, y esos dos parecían estar en la mejor posición para que las ideas de Bean dieran fruto.

Volviendo a antiguas costumbres, Bean se pasó algún tiempo en la biblioteca para observar a varios oficiales que se conectaban a la red, y pronto logró seis claves que podría utilizar. Entonces escribió una carta en seis partes, usando una clave diferente para cada una, y las envió a Locke y Demóstenes con varios minutos de diferencia unas de otras. Lo hizo durante una hora en la que la biblioteca estaba abarrotada, y se aseguró de que él mismo estuviera conectado a la red con su propia consola y en su barracón, y de que todo el mundo creyera que jugaba. Dudaba que contaran sus golpes de teclado y advirtieran que no estaba haciendo nada con su consola durante ese tiempo. Y si rastreaban la carta hasta él, bueno, lástima. Con toda probabilidad, Locke y Demóstenes no tratarían de localizarlo: en su carta les pedía que no lo hicieran. Podrían creerlo o no, estarían de acuerdo con él o no; pero no podía ir más allá. Les había dejado muy claro cuáles eran exactamente los peligros, cuál era obviamente la estrategia rusa, y qué pasos había que dar para asegurarse de que los rusos no tuvieran éxito en su golpe preventivo.

Uno de los argumentos más importantes que planteó fue que los niños de las Escuelas de Batalla, Táctica y de Mando tenían que regresar a la Tierra lo antes posible, una vez que los insectores fueran derrotados. Si permanecían en el espacio, serían capturados por los rusos o la F.I. los mantendría en situación de aislamiento. Pero esos niños eran las mejores mentes militares que la humanidad había producido en generaciones. Si había que someter el poder de una gran nación, harían falta comandantes brillantes que se opusieran a ellos.

Un día más tarde, Demóstenes divulgó un ensayo por toda la red en el que solicitaba que la Escuela de Batalla se disolviera de inmediato y todos aquellos niños regresaran a casa. «Han secuestrado a nuestros niños más prometedores. Nuestros Alejandros y Napoleones, nuestros Rommels y Pattons, nuestros Césares y Federicos y Washingtons y Saladinos están recluidos en un lugar donde no podemos alcanzarlos, donde no pueden ayudar a sus propios pueblos a ser libres de la amenaza de la dominación rusa. ¿Y quién puede dudar que los rusos pretenden capturar a esos niños y utilizarlos? O, si no pueden, sin duda intentarán, con un misil bien colocado, reducirlos a cenizas, y privarnos de nuestros líderes militares naturales.» Una demagogia deliciosa, diseñada para encender la ira y escandalizar a la gente. Bean podía imaginar la consternación de los militares mientras su preciosa escuela se convertía en un asunto político. Era un tema sentimental que Demóstenes no dejaría pasar y del que los nacionalistas de todo el mundo se harían eco con gran fervor. Y como se trataba de niños, ningún político podía osar oponerse al principio de que todos los niños de la Escuela de Batalla regresaran a casa *en el momento* en que terminara la guerra. No sólo eso, sino que Locke prestó su prestigiosa y moderada voz a la causa, apoyando abiertamente el principio del regreso de los niños. «Por supuesto, pagad al flautista, libradnos de las ratas invasoras... y luego traed a nuestros niños a casa.»

Vio, escribió, y el mundo cambió un poquito. Era una sensación abrumadora. Hacía que todo el trabajo en la Escuela Táctica pareciera casi insignificante en comparación con eso. Quiso saltar en la clase y hablar a los demás de su triunfo. Pero lo mirarían como si estuviera loco. No sabían nada del mundo en general, y no se hacían responsables de él. Estaban encerrados en el mundo militar.

Tres días después de que Bean enviara sus cartas a Locke y Demóstenes, los niños llegaron a clase y descubrieron que tenían que marchar de inmediato a la Escuela de Mando, esta vez junto con Carn Carby, que estaba una clase por delante de ellos en la Escuela Táctica. Habían pasado sólo tres meses en LIS, y Bean no podía dejar de preguntarse si sus cartas no habrían provocado alguna variación en el calendario. Si había algún peligro de que los niños pudieran ser enviados a casa antes de lo previsto, la F.I. tenía que asegurarse de que sus preciados especímenes estuvieran fuera de alcance.

22

Reunión

—Supongo que debería felicitarlo por deshacer el daño que causó a Ender Wiggin.

—Señor, con el debido respeto, no estoy de acuerdo en haber causado ningún daño.

—Ah, bueno, entonces no tengo que felicitarlo. Es consciente de que aquí tendrá un estatus de mero observador.

—Espero tener también oportunidad de ofrecer consejo basándome en mis años de experiencia con estos niños.

—La Escuela de Mando ha trabajado con niños durante años.

—Con el debido respeto, señor, la Escuela de Mando ha trabajado con adolescentes. Jovencitos ambiciosos, competitivos y rebosantes de testosterona. Y aparte de eso, hemos recorrido un largo camino con esos niños en concreto, y dispongo de una información sobre ellos que debe tomarse en consideración.

—Toda esta información debería constar en sus informes.

—Sí, consta en ellos. Pero con todo el respeto, ¿hay alguien que haya memorizado mis informes de un modo tan concienzudo que recuerde los detalles apropiados en el instante preciso?

—Le escucharé, coronel Graff. Y por favor deje de

asegurarme lo respetuoso que es cada vez que vaya a decirme que soy un idiota.

—Pensé que mi permiso fue diseñado para castigarme. Estoy intentando demostrar que he aprendido del castigo.

—¿Hay algún detalle sobre esos niños que le venga a la mente ahora mismo?

—Uno importante, señor. Porque todo depende de lo que Ender haga o no haga, es vital que lo aísle de los otros niños. Durante las prácticas puede estar allí, pero bajo ninguna circunstancia puede permitir que converse con la mayor libertad o comparta información.

—¿Y por qué?

—Porque si Bean llega a enterarse de la existencia del ansible, dará con la clave de todo. Puede que ya lo haya dilucidado por su cuenta... No tiene ni idea de lo difícil que es ocultarle información. Ender es más digno de confianza... Sin embargo, no puede realizar su trabajo a menos que sepa qué es el ansible. ¿No lo ve? Bean y él no pueden estar juntos en su tiempo libre. Sus conversaciones deben ser controladas.

—Pero si es así, entonces Bean no es capaz de ser el sustituto de Ender, porque habría que hablarle del ansible.

—Entonces no importará.

—Pero usted mismo fue el autor de la propuesta de que sólo un niño...

—Señor, nada de eso es aplicable a Bean.

—¿Por...?

—Porque no es humano.

—Coronel Graff, usted me cansa.

El viaje a la Escuela de Mando duró cuatro meses, y esa vez fueron entrenados continuamente, tan a conciencia en materia de cálculos de disparo, explosivos y otros temas relacionados con las armas como lo permitía el interior de un crucero veloz. Finalmente, también se convirtieron en un equipo, y enseguida todo el mundo tuvo claro que el principal estudiante era Bean. Lo dominaba todo de inmediato, y pronto los demás se volvieron a él para que les explicara los conceptos que no pillaban a la primera. De ser el que tenía el estatus más bajo en el primer viaje, un completo apartado, Bean se convirtió ahora en un líder por el motivo opuesto: estaba solo en la posición de mayor estatus.

Sopesó la situación, porque sabía que necesitaba poder funcionar como parte del equipo, no sólo como mentor o experto. Así pues, tomaba parte en sus descansos, relajándose con ellos, bromeando, recordando también anécdotas de la Escuela de Batalla. Y de épocas anteriores.

Porque ahora, por fin, en la Escuela de Mando quedó abolido el tabú que impedía hablar sobre asuntos familiares. Todos hablaban libremente de padres y madres que, aunque se habían convertido en lejanos recuerdos, seguían representando una función vital en sus vidas.

Al principio, el hecho de que Bean no tuviera padres hizo que los otros se sintieran un poco incómodos, pero Bean aprovechó la oportunidad y empezó a hablar abiertamente sobre toda su experiencia. Cuando se ocultó en el depósito de agua del lavabo de la habitación limpia. Cuando el conserje español lo recogió. El hambre que pasó en las calles mientras buscaba una oportunidad. Cuando le dijo a Poke cómo podía derrotar a los matones en su propio juego. Cómo observaba a Aquiles, lo admiraba, lo temía mientras iba creando su familia callejera, marginando a Poke, hasta que por fin la mató. Cuando les habló del hallazgo del cadáver de Poke, varios de los otros niños se echaron a llorar. Petra, en concreto, se vino abajo y sollozó.

Era una oportunidad, y Bean la aprovechó. Por supuesto, ella pronto se marchó, y se llevó sus sentimientos a la intimidad de su habitación. Y tan pronto como pudo, Bean la siguió.

—Bean, no quiero hablar.

—Yo sí —dijo Bean—. Es algo de lo que tenemos que hablar. Por el bien del equipo.

—¿Es eso lo que somos?

—Petra, conoces lo peor que he hecho en mi vida. Aquiles era peligroso. Yo lo sabía, y sin embargo me marché y dejé a Poke a solas con él. Ella murió por eso. Y el recuerdo me quema cada día. Cada vez que empiezo a sentirme feliz, recuerdo a Poke, pienso en que le debo la vida, y en que podría haberla salvado. Cada vez que amo a alguien, temo traicionarlo como la traicioné a ella.

—¿Por qué me estás contando esto, Bean?

—Porque traicionaste a Ender y creo que eso no te deja vivir.

Sus ojos destellaron de furia.

—¡No es cierto! ¡Es a ti, a quien no deja vivir!

—Petra, lo admitas o no, cuando trataste de parar a Ender en el pasillo aquel día, es imposible que no supieras lo que estabas haciendo. Te he visto en acción, eres lista, lo ves todo. En ciertos aspectos, eres el mejor comandante táctico del grupo. Es absolutamente imposible que no vieras que los matones de Bonzo estaban en el pasillo, esperando darle una paliza a Ender, ¿y tú qué hiciste? Tratar de detenerlo, de apartarlo del grupo.

—Y tú me detuviste a mí —dijo Petra—. Así que resuelto, ¿no?

—Tengo que saber por qué.

—No tienes que saber una mierda.

—Petra, tendremos que luchar hombro con hombro algún día. Tenemos que poder confiar uno en el otro. No confío en ti porque no sé por qué hiciste eso. Y ahora tú no confiarás en mí porque sabes que no confío en ti.

—Oh, qué enmarañada tela tejemos.

—¿Qué demonios significa eso?

—Mi padre lo decía. Oh, qué enmarañada tela tejemos cuando practicamos por primera vez el engaño.

—Exacto. Desenmaráñala para mí.

—Tú eres el que está tejiendo una tela para mí, Bean. Sabes cosas que no dices a los demás. ¿Crees que no lo veo? Así que quieres que restaure mi confianza en mí misma, pero no me dices nada útil.

—Te abrí mi alma.

—Me hablaste de tus *sentimientos* —lo dijo con completo desdén—. Muy bien, es un alivio saber que los tienes, o al menos saber que crees que merece la pena fingir tenerlos, nadie está seguro de eso. Pero lo que nunca nos dices es qué demonios ocurre aquí. Creemos que lo sabes.

—Sólo he hecho suposiciones.

—Los profesores te facilitaron una información en la Escuela de Batalla que ninguno de nosotros sabía. Conocías los nombres de todos los niños de la escuela, y sabías cosas sobre nosotros, sobre todos nosotros. Sabías cosas que no tenías por qué saber.

A Bean le sorprendió que el acceso especial del que había gozado no le hubiera pasado desapercibido a Petra. ¿Había sido descuidado? ¿O era aún más observadora de lo que pensaba?

—Me introduje en los datos de los estudiantes —dijo Bean.

—¿Y no te pillaron?

—Creo que sí. Desde el principio. Desde luego, más tarde lo supieron.

Entonces le contó cómo había elegido la lista de la Escuadra Dragón.

Ella se tumbó en el camastro y miró al techo.

—¡Los elegiste tú! ¡Todos esos rechazados y aquel puñado de novatos, tú los elegiste!

—Alguien tenía que hacerlo. Los profesores no lo hacían bien.

—Así que Ender tuvo a los mejores. No los convirtió en los mejores, ya lo eran.

—Los mejores que no estaban ya en otras escuadras. Soy el único que era un novato cuando se formó la Dragón y ahora pertenece a este equipo. Tú, Shen, Alai, Dink y Carn no estabais en la Dragón, y obviamente erais de los mejores. La Dragón ganó porque eran buenos, sí, pero también porque Ender sabía qué hacer con ellos.

—Sigue volviendo patas abajo todo mi universo.

—Petra, esto ha sido un intercambio.

—¿Ah, sí?

—Explícame por qué no fuiste una judas en la Escuela de Batalla.

—Fui una judas —declaró Petra—. ¿Qué te parece esa explicación?

Bean estaba asqueado.

—¿Y lo sueltas así, sin más? ¿Sin vergüenza?

—¿Eres estúpido o qué? —preguntó Petra—. Estaba haciendo lo mismo que hiciste tú, tratar de salvar la vida de Ender. Sabía que Ender había sido entrenado para el combate, y aquellos matones no. Yo también había recibido entrenamiento. Bonzo había hecho enfurecer a aquellos tipos, pero lo cierto es que no les caía muy bien, sólo los había vuelto contra Ender. Así que si recibían unos cuantos palos contra Ender, allí en el pasillo donde la Escuadra Dragón y otros soldados pudieran interponerse, donde Ender me habría tenido a su lado en un espacio limitado, de modo que sólo unos pocos nos podrían haber atacado a la vez... supuse que Ender se llevaría algún golpe, una hemorragia en la nariz, pero saldría con bien. Y todos aquellos pedazos de carne con ojos se darían por satisfechos. La furia de Bonzo sería agua pasada. Estaría solo otra vez. Y Ender estaría a salvo de algo peor.

—Apostaste fuerte a tu habilidad como luchadora.

—Y a la de Ender. Los dos éramos bastante buenos, y estábamos en una forma excelente. ¿Y sabes qué? Creo que Ender entendió lo que hacía, y el único motivo por el que no siguió adelante fuiste tú.

—¿Yo?

—Vio que te metías en todo ese embrollo. Te habrían roto la cabeza, eso estaba claro. Así que tuvo que evitar la violencia entonces. Lo que significa que, por tu causa, lo asaltaron al día siguiente, cuando fue peligroso de verdad, porque Ender estaba completamente solo, sin ningún refuerzo.

—Entonces, ¿por qué no explicaste esto antes?

—Porque tú eras el único, además de Ender, que sabía que yo lo estaba ayudando, y no me importaba lo que pensaras entonces, y ahora tampoco me importa mucho.

—Fue un plan estúpido —dijo Bean.

—Era mejor que el tuyo —respondió Petra.

—Bueno, supongo que cuando miras el resultado, nunca sabremos lo estúpido que era tu plan. Pero sí que sabemos que el mío se fue a hacer puñetas.

Petra le dirigió una sonrisa breve y falsa.

—Ahora, ¿confías otra vez en mí? ¿Podemos volver a la íntima amistad que nos ha unido durante tanto tiempo?

—¿Sabes una cosa, Petra? No deberías mostrarte tan

hostil conmigo. De hecho, es una pérdida de tiempo, porque soy el mejor amigo que tienes aquí.

—¿De verdad?

—Sí, de verdad. Porque yo soy el único de esos niños que ha elegido jamás a una niña como comandante.

Ella hizo una pausa. Le dirigió una mirada inexpresiva y luego dijo:

—Ya hace mucho tiempo que superé eso. Soy una niña, y punto.

—Pero ellos no. Y sabes que no lo han hecho. Sabes que nunca ha dejado de molestarles el hecho de que no seas realmente uno de los chicos. Son tus amigos, sí, al menos Dink lo es, pero todos te aprecian. Por lo demás, ¿cuántas niñas había en la Escuela de Batalla, una docena? Y excepto tú, ninguna de ellas eran soldados de primera fila. No te tomaron en serio.

—Ender sí —aclaró Petra.

—Y yo también. Todos los demás saben lo que sucedió en el pasillo. No es ningún secreto. Pero ¿sabes por qué no han tenido esta conversación contigo?

—¿Por qué?

—Porque todos pensaron que eras una idiota que no se dio cuenta de lo cerca que estuviste de que se cargaran a Ender. Yo soy el único que se mostró lo suficientemente respetuoso contigo para advertir que nunca habrías cometido un error tan estúpido por accidente —añadió Bean.

—¿Se supone que debo sentirme halagada por eso?

—Se supone que debes de dejar de tratarme como un enemigo. Eres una marginada dentro del grupo, casi tanto como yo. Y cuando haya que combatir de verdad, necesitarás a alguien que te tome tan en serio como tú te tomas a ti misma.

—No me hagas favores.

—Me marcho.

—Ya era hora.

—Y cuando pienses en esto y te des cuenta de que tengo razón, no tienes que disculparte. Lloraste por Poke, y eso nos convierte en amigos. Puedes confiar en mí, y yo puedo confiar en ti, y eso es todo.

Ella empezó a replicar mientras él se alejaba, y Bean no oyó qué decía. Petra era así: tenía que hacerse la dura. A Bean no le importaba. Sabía que se habían dicho todo lo que debían decirse.

La Escuela de Mando estaba en FlotCom, y el emplazamiento de FlotCom era un secreto muy bien guardado. La única forma de averiguar dónde estaba ubicado era que te destinaran allí, y muy pocas personas que habían estado en aquel lugar habían vuelto jamás a la Tierra.

Justo antes de llegar, los chicos tuvieron una reunión informativa. FlotCom estaba en el asteroide errante Eros. Y a medida que se aproximaban, se dieron cuenta de que realmente estaba *dentro* del asteroide. En la superficie apenas asomaba la estación de atraque. Subieron a la lanzadera, que les recordó a los autobuses escolares, y tardaron cinco minutos en alcanzar la superficie. Allí la lanzadera se internó en lo que parecía una cueva. Un tubo serpentino se acercó a la lanzadera y la rodeó por completo. Salieron del vehículo casi en gravedad cero, y una fuerte corriente de aire los absorbió como una aspiradora hacia las entrañas de Eros.

Bean supo de inmediato que este lugar no había sido construido por manos humanas. Los túneles eran demasiado bajos, e incluso habían sido claramente elevados después de la construcción inicial, ya que las paredes más bajas eran lisas y sólo el medio metro superior mostraba marcas de herramientas. Los insectores erigieron esa obra, probablemente cuando preparaban la Segunda Invasión. Lo que una vez fue su base de avanzadilla era ahora el centro de la Flota Internacional. Bean trató de imaginar la batalla que sería preciso librar para tomar este lugar: los insectores escabulléndose por los túneles, la infantería avanzando con explosivos de baja potencia para quemarlos... Destellos de luz. Y entonces la limpieza, arrastrar los cadáveres de los fórmicos fuera de los túneles y convertirlos poco a poco en un habitáculo humano.

Así es como conseguimos nuestra tecnología secreta, pensó Bean. Los insectores tenían máquinas generadoras de gravedad. Descubrimos cómo funcionaban y construimos máquinas propias, y las instalamos en la Escuela de Batalla, y donde eran imprescindibles. Pero la F.I. nunca anunció el hecho, porque la gente se habría asustado si supiera lo avanzada que era la tecnología de los insectores.

¿Qué más aprendieron de ellos?

Bean advirtió que los niños incluso se encorvaban un poco para pasar por los túneles. El techo estaba al menos a dos metros, y ninguno de los niños era tan alto, pero las proporciones eran demasiado dispares para que los humanos se sintieran cómodos, así que los techos de los túneles parecían opresivamente bajos, listos para desplomarse. Debía haber sido aún peor cuando llegaron por primera vez, antes de que elevaran los techos.

Ender viviría aquí. Lo odiaría, claro, porque era humano. Pero también usaría el lugar para penetrar en la mente de los insectores que lo construyeron. No es que se pudiera comprender realmente una mente alienígena. Pero este lugar proporcionaba una oportunidad decente de intentarlo.

Los niños fueron distribuidos en dos habitaciones; Petra tenía un cuarto más pequeño para ella sola. Todo estaba aún más desnudo que la Escuela de Batalla, y nunca podían escapar a la frialdad de la piedra que los rodeaba. En la Tierra, la piedra había parecido siempre sólida. Pero en el espacio, adoptaba un aspecto poroso. Había agujeros por todas partes, y Bean no podía dejar de sentir que el aire escapaba constantemente. Aire que salía, y frío que entraba, y quizás algo más, las larvas de los insectores que roían como lombrices la piedra sólida, que salían por la noche de los agujeros cuando la habitación estaba a oscuras, para reptar sobre sus frentes y leer sus mentes y...

Entonces se despertó, con la respiración entrecortada, la mano agarrada a la frente. Apenas se atrevió a moverla. ¿Había reptado algo por encima?

Su mano estaba vacía.

Quiso volver a dormir, pero faltaba demasiado poco tiempo para el toque de diana. Se quedó allí, pensando. Qué pesadilla tan absurda... No podía haber ningún insector vivo allí. Pero algo le daba miedo. Algo le daba mala espina, y no sabía muy bien qué era.

Recordó una conversación con uno de los técnicos que atendía los simuladores. El de Bean se había estropeado durante la práctica, así que de pronto los puntitos de luz que representaban a sus naves moviéndose a través del espacio tridimensional quedaron fuera de su control. Para su sorpresa, no se perdieron en la dirección de las últimas órdenes que dio. En cambio, empezaron a agruparse, a unirse, y luego cambiaron de color mientras pasaban al control de otro.

Cuando el técnico llegó para sustituir el chip que había reventado, Bean le preguntó por qué las naves no se detenían o seguían a la deriva.

—Es parte de la simulación —explicó el técnico—. Lo que se simula aquí no es que tú seas el piloto o el capitán de estas naves. Eres el almirante, y por eso dentro de cada nave hay un capitán simulado y un piloto simulado. De este modo, cuando tu contacto se interrumpe, actúan como haría la gente de verdad si perdiera el contacto. ¿Ves?

—Parece muy complicado.

—Mira, hemos tenido un montón de tiempo para trabajar con estos simuladores. Son *exactamente* igual que un combate.

—Excepto el desfase temporal —dijo Bean.

El técnico pareció aturdido durante un instante.

—Oh, claro. El desfase temporal. Bueno, es que eso no merece la pena programarlo.

Y se marchó.

Era aquel momento de aturdimiento lo que molestaba a Bean. Esos simuladores eran tan perfectos como lo permitían los avances tecnológicos, *exactamente* igual que un combate, y sin embargo no incluían el desfase temporal que se producía con las comunicaciones que viajaban a la velocidad de la luz. Las distancias que se simulaban eran tan grandes que la mayor parte del tiempo tendría que haber al menos un leve desfase entre una orden y su ejecución, y a veces debería ser de varios segundos. Pero no habían programado ningún desfase de ese tipo. Todas las comunicaciones se trataban como si se efectuaran al momento. Y cuando Bean preguntó al respecto, el profesor que los entrenaba eludió la pregunta.

—Es una simulación. Ya habrá tiempo de sobra para acostumbrarse al desfase de la velocidad de la luz cuando os entrenéis con las naves de verdad.

Eso parecía el típico pensamiento militar estúpido incluso a estas alturas, pero Bean advirtió que era, sencillamente, una mentira. Si programaban la conducta de pilotos y capitanes cuando las comunicaciones se cortaban, bien podrían haber incluido con toda sencillez el desfase temporal. El motivo de que estas naves trabajaran su simulación con respuestas instantáneas era porque se trataba de una simulación perfecta de las condiciones que encontrarían en el combate.

Tendido en la oscuridad, Bean por fin ató cabos. Era tan obvio, una vez pensado... No era sólo el control de la gravedad lo que habían obtenido de los insectores. Era la comunicación más rápida que la luz. Es un gran secreto para la gente de la Tierra, pero nuestras naves pueden comunicarse unas con otras instantáneamente.

Y si pueden las naves, ¿por qué no FlotCom, aquí en Eros? ¿Cuál era el alcance de las comunicaciones? ¿Eran realmente instantáneas independientemente de la distancia, o tan sólo eran más rápidas que la luz, de forma que en distancias verdaderamente grandes se producía un cierto desfase temporal?

Su mente estudió las posibilidades y todas sus implicaciones. Las naves patrulla podrán advertirnos de la aproximación de la flota enemiga mucho antes de que nos alcance. Probablemente saben desde hace años que vienen, y a qué velocidad. Por eso han hecho acelerar nuestro entrenamiento: sabían desde hace años cuándo empezaría la Tercera Invasión.

Entonces otro pensamiento cruzó su mente. Si la comunicación instantánea funciona no importa a qué distancia, entonces incluso podríamos hablar con la flota invasora que enviamos contra el planeta natal de los fórmicos justo después de la Segunda Invasión. Si nuestras naves se acercaban a la velocidad de la luz, la diferencia de tiempo relativo complicaría la comunicación pero, puestos a imaginar milagros, sería muy sencillo de resolver. Sabremos si nuestra invasión de su mundo ha tenido éxito o no momentos después. Si la comunicación es realmente potente, con mucha amplitud de banda, FlotCom podría incluso ver la batalla, o al menos ver una simulación de la batalla y....

Una simulación de la batalla. Así pues, cada nave de la flota expedicionaria envía su posición en todo momento. Luego el sistema de comunicación recibe esos datos y los suministra a un ordenador y lo que sale es... la simulación con la que hemos estado practicando.

Nos estamos entrenando para comandar naves en combate, no aquí en el sistema solar, sino a años luz de distancia. Envían a los pilotos y los capitanes, pero los almirantes que les darán las órdenes siguen todavía aquí. En FlotCom. La generación de comandantes que tanto habían anhelado eran ellos, sin duda.

Aquel descubrimiento lo dejó boquiabierto. Apenas se atrevía a creerlo, y sin embargo tenía mucho más sentido que cualquier otro de los escenarios plausibles. Para empezar, explicaba a la perfección por qué entrenaban a los niños con naves antiguas. La flota que tendrían a sus órdenes había sido lanzada hacía décadas, cuando aquellos antiguos diseños eran la tecnología más innovadora.

No nos sacaron a toda prisa de la Escuela de Batalla y la Escuela Táctica porque la flota insectora estuviera a punto de llegar a nuestro sistema solar. Tienen prisa porque nuestra flota está a punto de llegar al mundo de los insectores.

Era lo que decía Nikolai. No se puede descartar lo imposible, porque nunca sabes cuál de tus suposiciones sobre lo que era posible podría resultar ser falsa en el universo real. A Bean no se le había ocurrido esta explicación sencilla y racional porque había aceptado que la velocidad de la luz limitaba el viaje y la comunicación. Pero el técnico había dejado escapar una diminuta parte del velo que cubría la verdad, y como Bean por fin encontró un modo de abrir su mente a la posibilidad, ahora sabía el secreto.

En algún momento del entrenamiento, en cualquiera, sin la menor advertencia, sin decirles siquiera que lo hacían, accionarían el interruptor y estaremos comandando naves de verdad en una batalla de verdad. Creeremos que es un juego, pero estaremos librando una guerra.

Y no nos lo dicen porque somos niños. Piensan que no podremos soportarlo, saber que nuestras decisiones causarán muerte y destrucción. Que cuando perdemos una nave, mueren hombres de verdad. Lo mantienen en secreto para protegernos de nuestra propia compasión.

Excepto a mí. Porque ahora lo sé.

El peso de todo aquello cayó de pronto sobre él y empezó a respirar entrecortadamente. Ahora lo sé. ¿Cómo cambiará eso la forma en que juego? No puedo dejarlo, eso es todo. Ya lo hacía lo mejor posible..., pero saber esto no me hará trabajar más duro o jugar mejor. Al contrario, podría provocar que lo hiciera peor. Me podría hacer vacilar, me podría hacer perder la concentración. A lo largo del entrenamiento, habían aprendido que ganar depende de poder olvidarlo todo, menos lo que estaban haciendo en ese momento. Podías tener todas las naves en la cabeza a la vez... pero sólo si cualquier nave que ya no importara pudiera ser bloqueada por completo. Si pensaban en hombres muertos, en cuerpos despedazados a quienes el frío vacío del espacio les arrancaba el aire de los pulmones, ¿quién podría seguir jugando el juego sabiendo que esto era lo que significaba en realidad?

Los profesores tenían razón al mantener el secreto. Ese técnico debería de pasar por la corte marcial por haberme dejado ver detrás de la cortina.

No puedo decírselo a nadie. Los otros niños no deberían saberlo. Y si los profesores saben que yo lo sé, me retirarán del juego.

Así que tengo que fingir.

No. Tengo que no creerlo. Tengo que olvidar que es verdad. No es verdad. La verdad es lo que siempre nos han estado diciendo. La simulación ignora simplemente la velocidad de la luz. Nos entrenan con naves viejas porque las nuevas están todas en activo y no pueden malgastarse. La lucha para la que nos estamos preparando es para repeler a los invasores fórmicos, no para invadir su sistema solar. Esto había sido sólo un sueño loco, puro autoengaño. Nada viaja más rápido que la luz, por lo que la información no puede ser transmitida a una velocidad superior.

Además, si realmente enviamos una flota invasora hace tanto tiempo, no necesitan a niños pequeños para que la comanden. Mazer Rackham debe de estar con esa flota, no es posible que la hubieran lanzado sin él. Mazer Rackham está todavía vivo, preservado por los cambios relativistas del viaje cercano a la velocidad de la luz. Tal vez para él sólo han pasado unos pocos años. Y está preparado. Nosotros no somos necesarios.

Bean calmó su respiración. Los latidos de su corazón se tranquilizaron. No puedo dejarme llevar por fantasías como ésa. Me sentiría avergonzado si alguien supiera qué teoría tan estúpida he elaborado en sueños. Ni siquiera puedo considerarlo un sueño. El juego es el mismo de siempre.

La diana sonó por el intercomunicador. Bean se levantó de la cama (el camastro de abajo, esta vez) y se unió con toda la normalidad posible al grupo de Crazy Tom y Hot Soup, mientras Fly Molo se guardaba para sí su hosquedad matutina y Alai rezaba sus oraciones. Bean fue al comedor y comió como solía hacerlo. Todo era normal. No significaba nada no poder descargar sus tripas a la hora normal, que la barriga le doliera todo el día, y que a la hora del almuerzo se sintiera algo mareado. Era sólo la falta de sueño.

A los tres meses de su estancia en Eros, el trabajo con los simuladores cambió. Habría naves directamente bajo su control, pero también habría otras a quienes tendrían que dictar sus órdenes, además de usar los controles para hacerlo manualmente.

—Como en combate —dijo su supervisor.

—En combate, conoceríamos quiénes son los oficiales que sirven a nuestras órdenes —dijo Alai.

—Eso importaría si dependierais de ellos para que os suministren información. Pero no es el caso. Toda la información necesaria se transmite a vuestro simulador y aparece en la pantalla. Así que debéis dar vuestras órdenes oralmente además de manualmente. Asumid que seréis obedecidos. Vuestros profesores monitorizarán las órdenes que deis para ayudaros a aprender a ser explícitos e inmediatos. También tendréis que dominar la técnica de hablar continuamente entre vosotros y pasar a dar órdenes a unas naves determinadas. Es bastante sencillo. Girad la cabeza a izquierda o derecha para hablar unos con otros, lo que os resulte más cómodo. Pero cuando vuestra cara mire directamente a la pantalla, vuestra voz será transmitida a la nave o escuadrón que hayáis seleccionado con el control. Y para controlar todas las naves a la vez, la cabeza al frente y encoged la barbilla, así.

—¿Qué pasa si alzamos la cabeza? —preguntó Shen.

Alai se adelantó al profesor.

—Entonces estás hablando con Dios.

Después de que las risas se apagaran, el profesor dijo:

—Casi acertaste, Alai. Cuando alcéis la barbilla para hablar, estaréis hablando con vuestro comandante.

Varios hablaron a la vez.

—¿*Nuestro* comandante?

—No pensaréis que os entrenamos a todos para ser comandantes supremos a la vez, ¿no? Por el momento, asignaremos a uno de vosotros al azar para que sea comandante, sólo para practicar. A ver... el pequeño. Tú. Bean.

—¿Se supone que soy el comandante?

—Sólo para las prácticas. ¿No os parece bien? ¿Acaso los demás no le obedeceréis en batalla?

Los otros respondieron al profesor con desdén. Por supuesto que les parecía bien; Bean era un colega muy competente. Lo seguirían, por supuesto.

—Pero claro, nunca ganó una batalla cuando era comandante de la Escuadra Conejo —replicó Fly Molo.

—Excelente. Eso significa que tendréis delante el desafío de hacer que este pequeño se convierta en un ganador, a pesar de sí mismo. Si no pensáis que esto es una situación militar real, no habéis estudiado historia con la atención necesaria.

Así pues, Bean se encontró al mando de los otros diez niños de la Escuela de Batalla. Fue divertido, claro, porque ni él ni los demás creyeron ni por un momento que la elección del profesor hubiera sido al azar. Ellos sabían que Bean era mejor que nadie en el simulador. Petra fue quien lo dijo un día después de las prácticas:

—Demonios, Bean, creo que tienes todo esto tan claro en la cabeza que podrías cerrar los ojos y seguir jugando.

Era casi verdad. No tenía que mirar aquí y allá para ver dónde estaban todos. Lo tenía todo memorizado.

Tardaron un par de días en hacerlo bien, recibir órdenes de Bean, así como transmitir sus órdenes oralmente además de por medio de los controles. Al principio cometieron muchos errores, cabezas en posiciones equivocadas, de manera que comentarios, preguntas y órdenes iban a destinatarios equivocados. Pero pronto llegaron a hacerlo por instinto.

Bean insistió entonces en que se turnaran para ser comandante.

—Necesito practicar el recibir órdenes igual que ellos —dijo—. Y aprender cómo cambiar la posición de mi cabeza para hablar hacia arriba y hacia los lados.

El profesor accedió y, un día después, Bean ya dominaba la técnica tan bien como cualquiera.

El hecho de que los otros niños ocuparan el sillón maestro también fue positivo en otro aspecto. Aunque nadie lo hizo demasiado mal para quedar en ridículo, estaba claro que Bean era más vivo y más rápido que ningún otro, con una mayor capacidad para desarrollar situaciones y dilucidar lo que oía y recordar lo que todo el mundo había dicho.

—No eres *humano* —dijo Petra—. ¡Nadie podría hacer lo que tú haces!

—Soy tan humano como el que más —dijo Bean tímidamente—. Y conozco a alguien que puede hacerlo mejor que yo.

—¿Quién es?

—Ender.

Todos guardaron silencio un instante.

—Sí, bueno, pero no está aquí —dijo Vlad.

—¿Cómo lo sabes? —repuso Bean—. Por lo que nos han dicho, ha estado aquí todo el tiempo.

—Eso es una estupidez —aseguró Dink—. ¿Por qué no lo harían practicar con nosotros? ¿Por qué mantenerlo en secreto?

—Porque a ellos les gustan los secretos —respondió

Bean—. Y tal vez porque le están proporcionando un entrenamiento diferente. Y tal vez porque es como Sinterklaas. Nos lo traerán como un regalo.

—Y tal vez no sabes ni de lo que hablas —respondió Dumper.

Bean se rió, sin más. Naturalmente, sería Ender. Este grupo era para Ender. Todas las esperanzas descansaban en él. El motivo por el que colocaban a Bean en la posición maestra era porque Bean era el sustituto. Si Ender sufría un ataque de apendicitis en mitad de la guerra, le pasarían los controles a Bean. Sería Bean quien empezaría a dar órdenes, a decidir qué naves serían sacrificadas, qué hombres morirían. Pero hasta entonces, sería decisión de Ender, y para Ender sólo sería un juego. Nada de muertes, nada de sufrimiento, nada de temor, nada de culpa. Sólo... un juego.

Definitivamente, es Ender. Y cuanto antes, mejor.

Al día siguiente, su supervisor les dijo que Ender Wiggin iba a ser su comandante a partir de esa tarde. Cuando los niños no mostraron ninguna sorpresa, preguntó por qué.

—Porque Bean ya nos lo había dicho.

—Quieren que averigüe cómo has conseguido información interna, Bean. —Graff contemplaba desde el otro lado de la mesa al niño extremadamente pequeño que estaba sentado frente a él, inexpresivo.

—No tengo ninguna información interna —dijo Bean.

—Sabías que Ender iba a ser el comandante.

—Lo *deduje* —dijo Bean—. No fue tan difícil. Mire quiénes somos. Los mejores amigos de Ender. Los jefes de batallón de Ender. Él es el hilo común. Había un montón de otros niños que podrían haber traído ustedes aquí, probablemente tan buenos como nosotros. Pero ésos son los que seguirían a Ender al espacio sin un traje siquiera, si él nos dijera que es necesario hacerlo.

—Bonito discurso, pero tienes antecedentes como fisgón.

—Cierto. ¿*Cuándo* podría fisgar aquí? ¿Cuándo estamos alguna vez solos? Nuestras consolas son solamente terminales estúpidos y nunca vemos a nadie que se conecte, así que no puede decirse que pueda tomar otra identidad. Sólo hago lo que me dicen que haga todos los días. Ustedes se empeñan en que los niños somos estúpidos, aunque nos eligen porque somos muy, muy listos. Y ahora se sienta ahí y me acusa de haber tenido que robar información que cualquier idiota podría deducir.

—Cualquiera no.

—Era sólo una manera de hablar.

—Bean —dijo Graff—. Creo que me estás tomando el pelo.

—Coronel Graff, aunque eso fuera cierto, que no lo es, ¿qué más da? Descubrí que Ender iba a venir. Vigilo en secreto sus sueños. ¿Y qué? Vendrá de todas formas, estará al mando, será brillante, y luego todos nos graduaremos y yo me sentaré en el sillón de mando de una nave en alguna parte y daré órdenes a los adultos con mi vocecita infantil hasta que se harten de escucharme y me arrojen al espacio.

—No me importa que supieras que es Ender. No me importa que lo dedujeras.

—Sé que no le importan esas cosas.

—Necesito saber qué más has descubierto.

—Coronel —dijo Bean, muy cansado—, ¿no se le ocurre que el mismo hecho de que me formule esta pregunta me dice que hay algo más por descubrir, y que por tanto aumenta en gran medida la posibilidad de que yo lo descubra?

La sonrisa de Graff se hizo aún más amplia.

—Es lo que le dije al... oficial que me ordenó que hablara contigo e hiciera estas preguntas. Le dije que acabaríamos diciéndote más, sólo por esta entrevista, de lo que tú nos dirías a nosotros, pero él dijo: «El chico tiene seis años, coronel Graff.»

—Creo que tengo siete.

—Trabajaba con un informe antiguo y no hizo las cuentas.

—Dígame cuál es el secreto que quieren asegurarse que no sé, y le diré si lo sabía ya.

—Muy gracioso.

—Coronel Graff, ¿estoy haciendo un buen trabajo?

—Vaya pregunta. Por supuesto que sí.

—Si sé algo que ustedes no quieren que los niños sepamos, ¿he hablado de ello? ¿Se lo he contado a los otros niños? ¿Ha influido en mi actuación de algún modo?

—No.

—Es como un árbol que cae en el bosque donde nadie puede oírlo. Si sé algo, porque lo he descubierto, pero no se lo digo a nadie más, y no está afectando a mi trabajo, ¿por qué pierde el tiempo averiguando si lo sé o no? Porque después de esta conversación, puede estar seguro de que buscaré cualquier secreto que pudiera haber por ahí donde un niño de siete años pudiera encontrarlo. Aunque si descubro ese secreto, seguiré sin decírselo a los otros niños, de modo que todo continuará igual. ¿Por qué no lo dejamos?

Graff metió la mano bajo la mesa y pulsó algo.

—Muy bien —dijo—. Tienen la grabación de nuestra conversación, y si eso no los tranquiliza, nada lo hará.

—¿Tranquilizarlos de qué? ¿Y quiénes son ellos?

—Bean, esta parte no se está grabando.

—Eso no es cierto.

—He parado la grabación.

—Por favoooor...

De hecho, Graff no estaba del todo seguro de que hubieran dejado de grabar. Aunque el aparato que él controlaba estuviera apagado, eso no significaba que no hubiera otro.

—Vamos a dar un paseo —propuso.

—Espero que no por el exterior.

Graff se levantó de la mesa (trabajosamente, porque había ganado un montón de peso y mantenían Eros a plena gravedad) y lo condujo por los túneles.

Mientras caminaban, Graff habló en voz baja.

—Hagamos que al menos les cueste trabajo —dijo.

—Bien.

—Pensé que querrías saber que la F.I. se está volviendo loca por lo que parece ser una filtración de seguridad. Resulta que alguien con acceso a la mayoría de los archivos secretos escribió cartas a un par de eruditos de la red, quienes luego empezaron a exigir que los niños de la Escuela de Batalla fueran enviados a sus casas.

—¿Qué es un erudito? —preguntó Bean.

—Ahora me toca a mí decir por favooor, creo. Mira, no te estoy acusando. Da la casualidad de que he visto un texto de las cartas enviadas a Locke y Demóstenes (a los dos se los vigila con mucha atención, como estoy seguro que imaginas), y cuando leí esas cartas (muy interesantes las diferencias entre ambas, por cierto, muy bien hechas), me di cuenta de que en realidad no contenían ninguna información secreta, más allá de lo que cualquier niño de la Escuela de Batalla sabe. No, lo que los está volviendo realmente locos es que el análisis político está clavado, aunque se basa en información insuficiente. En otras palabras:

por lo que se sabe públicamente, el autor de esas cartas no podría haber deducido lo que dedujo. Los rusos dicen que alguien los ha estado espiando... y mintiendo, claro. Pero accedí a la biblioteca del destructor *Cóndor* y descubrí qué habías estado leyendo. Y entonces comprobé que habías usado la biblioteca en LIS mientras estabas en la Escuela Táctica. Has estado muy ocupado.

—Trato de mantener mi mente ocupada.

—Te hará feliz saber que el primer grupo de niños ya ha sido enviado a casa.

—Pero la guerra no ha terminado.

—¿Piensas que cuando echas a rodar una bola de nieve, siempre va a donde tú querías que vaya? Eres listo pero ingenuo, Bean. Se le da un empujón al universo, y nunca se sabe qué piezas del dominó caerán. Siempre habrá unas pocas que no creías que estuvieran conectadas. Alguien empujará con un poco más de fuerza de lo que esperabas. Pero con todo, me alegro de que te acordaras de los otros niños y pusieras en marcha el engranaje para liberarlos.

—Pero no a nosotros.

—La F.I. no tiene ninguna obligación de recordar a los agitadores de la Tierra que la Escuela Táctica y la Escuela de Mando siguen llenas de niños.

—No voy a recordárselo.

—Sé que no. No, Bean, tuve la oportunidad de hablar contigo porque causaste el pánico en algunos de los jefazos con tus educadas deducciones sobre quién comandaría vuestro equipo. Pero yo esperaba poder hablar contigo porque hay un par de cuestiones que quería comunicarte. Además del hecho de que tu carta tuvo el efecto deseado.

—Le escucho, aunque no admito haber escrito ninguna carta.

—Primero, te fascinará saber la identidad de Locke y Demóstenes.

—¿La identidad? ¿Sólo una persona?

—Una mente, dos voces. Verás, Bean, Ender Wiggin fue el tercer hijo de su familia. Un permiso especial, no un nacimiento ilegal. Su hermano y su hermana son tan dotados como él, pero por diversos motivos fueron considerados inadecuados para la Escuela de Batalla. Pero el hermano, Peter Wiggin, es un jovencito muy ambicioso. Con la carrera militar cerrada a su paso, se ha dedicado a la política. Dos veces.

—Es Locke y Demóstenes —afirmó Bean.

—Planea la estrategia para ambos, pero sólo escribe como Locke. Su hermana Valentine escribe como Demóstenes.

Bean se echó a reír.

—Ahora tiene sentido.

—Así que tus dos cartas fueron a la misma gente.

—Si es que yo las escribí.

—Y el pobre Peter Wiggin se está volviendo loco. Está sondeando todas sus fuentes dentro de la flota para averiguar quién envió esas cartas. Pero nadie en la flota lo sabe tampoco. Los seis oficiales cuyas claves utilizaste han sido descartados. Y como puedes suponer, nadie va a comprobar si el único niño de siete años que jamás ha llegado a la Escuela Táctica podría haberse dedicado a escribir epístolas políticas en su tiempo libre.

—Excepto usted.

—Porque, por Dios, soy la única persona que comprende exactamente lo brillantes que sois todos vosotros.

—¿Lo brillantes que somos? —repitió Bean, y sonrió.

—Nuestro paseo no durará eternamente, y no perderé el tiempo con halagos. La otra cosa que quería decirte es que sor Carlotta, al haberse quedado sin trabajo después de tu marcha, dedicó sus esfuerzos a localizar a tus padres. Veo que dos oficiales se nos acercan y pondrán fin a esta conversación que no he grabado, así que seré breve. Tienes un nombre, Bean. Te llamas Julian Delphiki.

—Ése es el apellido de Nikolai.

—Julian es el nombre del padre de Nikolai. Y de tu padre. Tu madre se llama Elena. Sois gemelos. Vuestros huevos fertilizados fueron implantados en momentos distintos, y tus genes fueron alterados en una reducida proporción, pero de un modo muy significativo. Por eso cuando miras a Nikolai te ves a ti mismo como habrías sido, si no hubieras sido alterado genéticamente, y hubieras crecido con unos padres que te amaran y te cuidaran.

—Julian Delphiki —dijo Bean.

—Nikolai está entre los niños que se dirigen ya a la Tierra. Cuando sea repatriado a Grecia, sor Carlotta se encargará de comunicarle que eres su hermano. Sus padres ya saben que existes: sor Carlotta se lo dijo. Tu casa es un sitio hermoso, una casita en las colinas de Creta que asoma al mar Egeo. Sor Carlotta me ha dicho que son buena gente. Lloraron de alegría al enterarse de que existías. Y ahora nuestra entrevista llega a su fin. Estábamos hablando de la pobre opinión que te merece la calidad de la enseñanza en la Escuela de Mando.

—¿Cómo lo sabe?

—No eres el único que puede hacer eso.

Los dos oficiales (un almirante y un general, ambos con unas sonrisas falsas de oreja a oreja) los saludaron y preguntaron cómo había ido la entrevista.

—Tienen ustedes la grabación —dijo Graff—. Incluyendo la parte en que Bean insistió en que se seguía grabando.

—Y sin embargo la entrevista continuó.

—Le estuve hablando de la incompetencia de los profesores de la Escuela de Mando —dijo Bean.

—¿Incompetencia?

—Nuestras batallas son siempre contra oponentes informáticos de lo más estúpidos. Y los profesores insisten en realizar largos y tediosos análisis de esos combates falsos, aunque ningún enemigo podría comportarse de un modo tan absurdo y predecible como esas simulaciones. Sugería que la única forma de mejorar la competitividad es que nos dividan en dos grupos y que combatamos unos contra otros.

Los dos profesores cruzaron unas miradas.

—Un argumento muy interesante —reconoció el general.

—Chorradas —dijo el almirante—. Ender Wiggin está a punto de entrar en vuestro juego. Pensamos que querrías estar presente para saludarlo.

—Sí, desde luego.

—Te llevaré —sugirió el almirante.

—Hablemos —le dijo el general a Graff.

Por el camino, el almirante habló poco, y Bean pudo contestar a su charla sin pensar. Menos mal. Porque las cosas que Graff le había contado lo habían dejado muy desconcertado. No fue una gran sorpresa que Locke y Demóstenes resultaran ser los hermanos de Ender. Si eran tan inteligentes como él, era inevitable que acabaran destacando, y las redes les permitían ocultar su identidad para conseguir sobresalir mientras aún eran jóvenes. Pero parte del motivo por el que Bean se sintió atraído hacia ellos tenía que ser por la pura familiaridad de sus voces. Debían de hablar como Ender, de aquella sutil forma en que la gente que vive junta acaba recogiendo acentos y giros unos de otros. Bean no se dio cuenta conscienmente, pero a nivel inconsciente tendría que haber estado más alerta ante aquellos ensayos. Tendría que haberlo sabido, y en cierto modo lo sabía.

Pero lo otro, el hecho de que Nikolai fuera en realidad su hermano... ¿cómo podía creer eso? Era como si Graff hubiera leído en su corazón y encontrado la mentira que podía penetrar en lo más profundo de su alma. ¿Soy griego? ¿Mi hermano estaba por casualidad en mi grupo de novatos, el niño que se convirtió en mi mejor amigo? ¿Gemelos? ¿Padres que me quieren?

¿Julian Delphiki?

No, no puedo creerlo. Graff nunca ha sido sincero con nosotros. Graff no levantó un dedo para proteger a Ender de Bonzo. Graff no hace nada excepto conseguir algún propósito manipulador.

Me llamo Bean. Poke me dio ese nombre, y no renunciaré a él a cambio de una mentira.

Primero oyeron su voz, hablando con un técnico en la otra sala.

—¿Cómo puedo trabajar con unos líderes de escuadrón a los que nunca he visto?

—¿Y por qué tendrías que verlos? —preguntó el técnico.

—Para saber quiénes son, cómo piensan...

—Descubrirás quiénes son y cómo piensan por la forma en que trabajen con el simulador. Pero incluso así, creo que no debes preocuparte. Te están escuchando ahora mismo. Ponte los cascos para poder oírlos.

Todos temblaron de excitación, sabiendo que Ender pronto oiría sus voces como ellos oían ahora la suya.

—Que alguien diga algo —sugirió Petra.

—Espera a que se ponga el casco —dijo Dink.

—¿Cómo lo sabremos? —preguntó Vlad.

—Yo primero —dijo Alai.

Una pausa. Un nuevo susurro en sus auriculares.

—Salaam —susurró Alai.

—Alai —dijo Ender.

—Y yo —dijo Bean—. El enano.

—Bean —dijo Ender.

Sí, pensó Bean, mientras los demás hablaban con él. Ése soy yo. Ése es el nombre que pronuncia la gente que me conoce.

23

El juego de Ender

—General, usted es el Estrategos. Tiene la autoridad para hacer esto, y yo la obligación.

—No necesito que comandantes caídos en desgracia de la antigua Escuela de Batalla me digan cuáles son mis obligaciones.

—Si no arresta al Polemarca y sus conspiradores...

—Coronel Graff, si golpeo yo primero, caerá sobre mí la culpa de la guerra que se origine.

—Sí, señor. Pero dígame qué sería mejor. Todo el mundo le echa a usted la culpa, pero ganamos la guerra, o nadie le echa la culpa, porque lo han colocado de espaldas a un muro y lo han fusilado después de que el golpe del Polemarca asegure la hegemonía rusa en el mundo.

—No dispararé el primer tiro.

—Un comandante militar que no quiere dar un golpe preventivo cuando tiene información con base...

—La política del asunto...

—¡Si los deja ganar, será el fin de la política!

—¡Los rusos dejaron de ser los malos allá en el siglo XX!

—Quien haga las acciones malas, ése es el malo. Usted es el sheriff, señor, no importa si la gente lo aprueba o no. Haga su trabajo.

Cuando Ender llegó, Bean ocupó de nuevo su lugar entre los jefes de batallón. Nadie se lo mencionó. Había sido el comandante en jefe, los había entrenado bien, pero Ender siempre había sido el comandante natural de ese grupo, y ahora que se encontraba allí, Bean volvía a ser pequeño.

Y justamente, Bean lo sabía. Los había liderado bien, pero Ender hacía que pareciera un novato. No es que las estrategias de Ender fueran mejores que las suyas: en realidad, no lo eran. Diferentes en ocasiones, pero con mucha frecuencia Bean se daba cuenta de que hacía exactamente lo que él habría hecho.

La diferencia fundamental estaba en la forma en que lideraba a los demás. Contaba con su fiera devoción en vez de la obediencia un tanto resentida que Bean obtenía de ellos, lo cual ayudó desde el principio. Pero también se ganó su devoción advirtiendo no sólo lo que sucedía en la batalla, sino también lo que pasaba por la mente de sus comandantes. Era severo, a veces incluso inflexible, y dejaba claro que esperaba que lo hicieran mejor que mejor. Y sin embargo tenía una manera de dar una entonación a palabras inocuas, de mostrar aprecio, admiración, intimidad. Ellos sentían que aquel cuyo honor necesitaban los conocía. Bean, sencillamente, no sabía hacer eso. Sus ánimos eran siempre más obvios, un poco pesados. Para ellos significaba menos porque parecía más calculado. *Era* más calculado. Ender era sólo... él mismo. La autoridad surgía de él como su respiración.

Pulsaron un interruptor genético en mí y me convirtieron en un atleta intelectual. Puedo meter gol desde cualquier lugar del campo, pero siempre sabiendo cuándo hay que dar la patada. Sabiendo cómo forjar un equipo de un puñado de jugadores. ¿Qué interruptor pulsaron en los genes de Ender Wiggin? ¿O se trataba de algo más profundo que el genio mecánico del cuerpo? ¿Hay un espíritu, y Ender ha recibido un don de Dios? Lo seguimos como discípulos. Esperamos que extraiga agua de la piedra.

¿Puedo aprender a hacer lo que él hace? ¿O soy como tantos de los escritores militares que he estudiado, condenado a ser un segundón en el campo, recordado sólo por sus crónicas y explicaciones del genio de otros comandantes? ¿Escribiré un libro después de esto, explicando cómo lo hizo Ender?

Que Ender escriba ese libro. O Graff. Yo tengo trabajo que hacer aquí, y cuando lo acabe, elegiré mi propia obra y lo haré lo mejor que pueda. Si se me recuerda sólo porque fui uno de los compañeros de Ender, que así sea. Servir con Ender es su propia recompensa.

Pero ah..., cómo dolía ver lo felices que eran los demás, y cómo no le prestaban ninguna atención, excepto para burlarse de él como si fuera un hermano pequeño, como una mascota. Cómo debían de haberle odiado cuando era su líder.

Lo peor de todo era la forma en que Ender lo trataba también. No es que ninguno pudiera ver a Ender. Pero durante su larga separación, parecía que Ender había olvidado que en una ocasión había confiado en Bean. Se apoyaba más en Petra, en Alai, en Dink y en Shen. Los que nunca habían estado en una escuadra con él. Bean y los otros jefes de pelotón de la Escuadra Dragón seguían siendo utilizados, confiaba en ellos, pero cuando había alguna maniobra difícil de hacer, algo que requería creatividad, Ender nunca pensaba en Bean.

No importaba. No podía pensar en eso. Porque Bean sabía que junto con su primera misión como jefe de los escuadrones, tenía otra, más profunda. Tenía que ver cómo se desarrollaba cada batalla, listo para intervenir en cualquier momento, por si Ender fallaba. Ender no parecía darse cuenta de que los profesores confiaban en Bean en ese sentido, pero Bean lo sabía, por lo que a veces se distraía un poco a la hora de cumplir su misión oficial, y Ender, a su vez, se impacientaba con él por llegar un poco tarde, o estar algo desatento. Porque Ender no sabía que en cualquier momento, si el supervisor lo señalaba, Bean podría tomar el mando y continuar el plan de Ender, supervisando a todos los líderes de escuadrón, para salvar el juego.

Al principio, esa misión pareció vacía: Ender nunca fallaba. Pero entonces cambió la situación.

Fue el día después de que Ender les mencionara, casualmente, que tenía un profesor diferente del suyo. Se refería a él como «Mazer» demasiado a menudo, y Crazy Tom comentó:

—Debe de haberlo pasado fatal, al crecer con ese nombre.

—Cuando crecía el nombre no era famoso —dijo Ender.

—Alguien que sea tan viejo está muerto —replicó Shen.

—No si lo metieron en una nave luz durante un montón de años y luego lo recuperaron.

Entonces se dieron cuenta.

—¿Tu profesor es el auténtico Mazer Rackham?

—¿Sabéis que dicen que es un héroe brillante? —dijo Ender.

Claro que lo sabían.

—Lo que no mencionan es que es un completo gilipollas.

Y entonces la nueva simulación comenzó y volvieron al trabajo.

Al día siguiente, Ender les dijo que las cosas estaban cambiando.

—Hasta ahora hemos estado jugando contra el ordenador o unos contra otros. Pero a partir de ahora, cada pocos días el propio Mazer y un equipo de pilotos experimentados controlará a la flota contraria. Todo vale.

Una serie de pruebas, con el mismísimo Mazer Rackham como oponente. A Bean le olió a chamusquina.

No son pruebas, son trampas, preparativos para las condiciones que pueden darse cuando la flota se acerque al planeta de los insectores. La F.I. está recibiendo información preliminar de la flota expedicionaria, y nos están preparando para lo que los insectores vayan a lanzarnos cuando se produzca la batalla.

El problema era que no importaba lo brillantes que pudieran ser Mazer Rackham y los otros oficiales; seguían siendo humanos. Cuando se produjera la batalla de verdad, los insectores por fuerza actuarían de formas que a los humanos no se les podrían ocurrir.

Entonces llegó la primera de aquellas pruebas: y fue embarazoso comprobar qué estrategia tan juvenil emplearon. Una gran formación globular, rodeando a una sola nave.

En esta batalla quedó claro que Ender sabía cosas que no les había dicho. Para empezar, les dijo que no hicieran caso de la nave en el centro del globo. Era un señuelo. Pero ¿cómo podía saberlo? Porque sabía que los insectores mostrarían una sola nave así, y era mentira. Lo cual significa que los insectores esperan que ataquemos esa nave.

Excepto, claro, que no se trataba de los insectores, sino de Mazer Rackham. Entonces ¿por qué esperaba Rackham que los insectores esperaran que los humanos fueran a atacar a una sola nave?

Bean recordó aquellos vids que Ender había contemplado una y otra vez en la Escuela de Batalla, todas las películas de propaganda de la Segunda Invasión.

Nunca mostraban la batalla porque no la hubo. Ni Mazer Rackham dirigió una fuerza de choque con una estrategia brillante. Mazer Rackham atacó a una sola nave y la guerra terminó. Por eso no había vídeos de combates mano a mano. Mazer Rackham mató a la reina. Y ahora esperaba que los insectores mostraran una nave central como señuelo, porque así fue como vencimos la última vez.

Mata a la reina, y los insectores están indefensos. Sin mente. Eso es lo que querían decir los vids. Ender lo sabe, pero también sabe que los insectores saben que lo sabemos, así que no pica el anzuelo.

Lo segundo que Ender y ellos sabían no era el uso del arma que no apareció en ninguna de sus simulaciones hasta esta primera prueba. Ender la llamaba «el Pequeño Doctor», y luego no dijo nada más al respecto... hasta que le ordenó a Alai emplearla cuando la flota enemiga estuviera más concentrada. Para su sorpresa, el artilugio desencadenó una reacción en cadena que saltó de nave a nave, hasta destruir casi todas las naves fórmicas, excepto las más exteriores. Y luego fue fácil acabar con aquéllas. El campo de juego quedó despejado cuando terminaron.

—¿Por qué fue tan estúpida su estrategia? —preguntó Bean.

—Eso es lo que yo me preguntaba —contestó Ender—. Pero no perdimos ninguna nave, así que muy bien.

Más tarde, Ender les contó lo que decía Mazer: estaban simulando toda una secuencia de invasión, y por eso llevaba al enemigo simulado a una curva de aprendizaje.

—La próxima vez habrán aprendido. No será tan fácil.

Bean lo oyó y se alarmó. ¿Una secuencia de invasión? ¿Por qué un escenario semejante? ¿Por qué no calentamientos antes de una sola batalla?

Porque los insectores poseían más de un mundo, pensó Bean. Claro que sí. Descubrieron la Tierra y esperaban convertirla en otra colonia más, como habían hecho antes.

Pero nosotros tenemos más de una flota. Una para cada mundo fórmico.

Y el motivo de que puedan aprender de batalla en batalla es porque ellos tienen también medios de comunicación más rápidos que la luz en el espacio interestelar.

Todas las deducciones de Bean quedaron confirmadas. También descubrió el secreto tras aquellas pruebas. Mazer Rackham no estaba comandando una flota simulada. Era una batalla real, y la única función que desempeñaba Rackham era ver cómo se desarrollaba y luego instruir a Ender en lo que significaban las estrategias enemigas y el modo de contrarrestarlas en el futuro.

Por eso daban oralmente la mayoría de sus órdenes. Las transmitían a tripulaciones reales en naves reales que seguían sus órdenes y libraban batallas de verdad. Toda nave que perdamos, pensó Bean, significa que mueren hombres y mujeres adultos. Cualquier descuido por nuestra parte se cobra vidas. Sin embargo, no nos lo dicen precisamente porque no podríamos soportar la carga de ese conocimiento. En tiempo de guerra, los comandantes siempre han tenido que aprender el concepto de «pérdidas aceptables». Pero los que conservan su humanidad nunca aceptan esa idea, Bean lo comprendía. Los tortura. Así que nos protegen, niños-soldados, convenciéndonos de que se trata solamente de juegos y pruebas.

Por tanto, no puedo dejar que nadie sepa que lo sé. Por tanto, debo de aceptar las pérdidas sin decir palabra, sin ninguna duda visible. Debo intentar olvidar que morirá gente por culpa de nuestra osadía, que su sacrificio no significa una simple puntuación en un juego, sino sus vidas.

Había pruebas cada pocos días, y cada batalla duraba más tiempo. Alai bromeaba diciendo que tendrían que ponerles pañales para no tener que distraerse cuando tuvieran que hacer pis durante la batalla. Al día siguiente, les colocaron catéteres. Fue Crazy Tom quien puso fin a eso.

—Venga ya, a ver si nos dan unas jarras para mear dentro. No podemos jugar a esto con algo colgando de nuestras pichas.

Después de eso, les dieron las jarras. Sin embargo, Bean nunca oyó que ninguno las utilizara. Y aunque se preguntaba qué le dieron a Petra, nadie tuvo el valor de preguntárselo para no despertar su ira.

Bean no tardó en advertir algunos de los errores de Ender. Para empezar, Ender confiaba demasiado en Petra. Ella siempre recibía el mando de la fuerza central, ya que era capaz de observar un centenar de cosas diferentes a la vez; de este modo Ender podía concentrarse en las fintas, los planes, los trucos. ¿No se daba cuenta Ender de que a Petra, una perfeccionista de tomo y lomo, se la comía viva la culpa y la vergüenza por los errores que cometía? Era buena con la gente, y sin embargo parecía creer que era dura, en vez de darse cuenta de que su dureza era una mascarada para ocultar su intensa ansiedad. Cada error pesaba sobre ella. No dormía bien, y se notaba porque se fatigaba cada vez más durante las batallas.

Pero claro, tal vez el motivo por el que Ender no se daba cuenta de lo que le estaba haciendo a ella era porque también él estaba cansado. Todos lo estaban. Cedían un poco bajo la presión, y a veces cedían mucho. Se fatigaban cada vez más, cometían más errores, a medida que las pruebas se hicieron más duras, las batallas más largas.

Como las batallas se hacían más duras con cada nueva prueba, Ender se vio obligado a delegar un mayor número de decisiones a los demás. En vez de ejecutar las órdenes detalladas de Ender, los jefes de escuadrón tenían más peso sobre sus hombros. Durante largas secuencias, Ender estaba demasiado ocupado en una parte de la batalla para dar nuevas órdenes en otra. Los jefes de escuadrón que resultaban afectados empezaron a hablar entre sí para decidir su táctica hasta que Ender volviera a prestarles atención. Y Bean agradeció el hecho de que, aunque Ender nunca le asignaba las misiones interesantes, algunos de los otros hablaban con él cuando Ender estaba concentrado en otra parte. Crazy Tom y Hot Soup elaboraban sus propios planes, pero por rutina se los transmitían a Bean. Y como, en cada batalla, dedicaba la mitad de su atención a observar y analizar el plan de Ender, Bean podía decirles, con bastante precisión, qué deberían hacer para que el plan general funcionara. De vez en cuando Ender alababa a Tom o Soup por decisiones que procedían de los consejos de Bean. Era lo más parecido a un halago que Bean escuchó.

Los otros jefes de batallón y los niños mayores simplemente no se volvían hacia Bean. Y él comprendía por qué: les debió de doler en lo más profundo que los otros profesores hubiesen puesto a Bean por encima de ellos antes de que llegara Ender. Ahora que tenían a su verdadero comandante, nunca iban a hacer nada que pareciera que se debía a Bean. Sí, él lo comprendía..., pero eso no quería decir que no doliera.

Quisieran o no que supervisara su trabajo, fueran sus sentimientos heridos o no, aquélla seguía siendo su misión y estaba decidido a no bajar la guardia. A medida que la presión se fue haciendo más intensa, a medida que se fueron cansando más, Bean prestó una mayor atención porque las posibilidades de error aumentaron.

Un día Petra se quedó dormida durante la batalla. Había dejado que sus fuerzas se internaran a la deriva en una posición vulnerable, y el enemigo se aprovechó de eso, con lo que redujo su escuadrón a cenizas. ¿Por qué no dio la orden de retroceder? Aún peor, tampoco Ender lo advirtió a tiempo. Fue Bean quien se lo dijo: pasa algo con Petra.

Ender la llamó. Ella no respondió. Ender le pasó el control de sus dos naves restantes a Crazy Tom y entonces trató de salvar la batalla. Petra, como de costumbre, había ocupado la posición central, y la pérdida de la mayor parte de su gran escuadrón fue un golpe devastador. Sólo gracias al hecho de que el enemigo se confió demasiado, Ender pudo tender un par de trampas y recuperar la iniciativa. Ganó, pero las pérdidas fueron enormes.

Petra al parecer despertó casi al final de la batalla y descubrió que sus controles no le respondían, y no pudo hablar hasta que todo terminó. Entonces su micrófono volvió a conectarse y pudieron oírla llorar.

—Lo siento, lo siento. Decidle a Ender que lo siento, no puede oírme, lo siento muchísimo...

Bean la alcanzó antes de que pudiera regresar a su habitación. Se tambaleaba por el túnel, apoyada contra una pared, llorando, y empleaba sus manos para encontrar el camino, porque las lágrimas le impedían ver. Bean se acercó y la tocó. Ella le quitó la mano de encima.

—Petra —dijo Bean—. El cansancio es el cansancio. No puedes permanecer despierta cuando tu cerebro desconecta.

—¡Fue mi cerebro el que desconectó! ¡No sabes lo que se siente porque siempre eres tan listo que podrías hacer todos nuestros trabajos y jugar al ajedrez al mismo tiempo!

—Petra, él dependía demasiado de ti, nunca te dio un descanso...

—Él tampoco descansa, y no veo que...

—Sí, lo ves. Estaba claro que pasaba algo raro con tu escuadrón varios segundos antes de que alguien le llamara a Ender la atención. E incluso entonces, trató de despertarte antes de entregarle el control a otro. Si hubiera actuado más rápido, habrían quedado seis naves, no solamente dos.

—*Tú* se lo señalaste. Tú me estabas vigilando. Me controlabas.

—Petra, yo vigilo a todo el mundo.

—Dijiste que confiarías en mí, pero no es verdad. Y no deberías, nadie debería confiar en mí.

Se echó a llorar, incontrolable, apoyada contra la piedra de la pared.

Entonces llegaron un par de oficiales. Se la llevaron, pero no a su habitación.

Graff lo llamó poco después.

—Manejaste bien el asunto —dijo—. Para eso estás aquí.

—Tampoco yo fui rápido —dijo Bean.

—Estabas vigilando. Viste que el plan se venía abajo, llamaste la atención de Ender al respecto. Hiciste tu trabajo. Los otros niños no se dieron cuenta y sé que eso tuvo que dolerte...

—No me importa lo que ellos adviertan...

—Pero hiciste el trabajo. En esa batalla tú reventaste el banquillo.

—Sea lo que sea eso.

—Es béisbol. Oh, claro. No era muy popular en las calles de Rotterdam.

—Por favor ¿puedo retirarme ya a mi habitación?

—Dentro de un momento. Bean, Ender se está cansando. Está cometiendo errores. Cada vez es más importante que lo vigiles todo. Que estés allí para él. Viste lo que le pasó a Petra.

—Todos nos estamos cansando.

—Bueno, Ender también. Peor que nadie. Llora dormido. Tiene sueños extraños. Habla de que Mazer le espía en sueños, y sabe lo que planea.

—¿Me está diciendo que se está volviendo loco?

—Te estoy diciendo que la única persona a la que presiona más que a Petra es a sí mismo. Cúbrelo, Bean. Protégelo.

—Ya lo hago.

—Pero siempre de mala gana, Bean.

Las palabras de Graff lo sorprendieron. Al principio pensó ¡No, no es así! Luego recapacitó.

—Ender no te está empleando para nada importante y, después de haber dirigido el espectáculo, eso tiene que jorobarte, Bean. Pero no es culpa de Ender. Mazer ha estado diciéndole a Ender que tiene dudas sobre tu habilidad para manejar una gran flota de naves. Por eso no te han dado las misiones complicadas e interesantes. No es que Ender acepte lo que dice Mazer. Pero todo lo que haces, Ender lo ve a través de la lente de falta de confianza de Mazer.

—Mazer Rackham piensa que yo...

—Mazer Rackham sabe exactamente lo que eres y lo que puedes hacer. Pero teníamos que asegurarnos de que Ender no te asignara algo tan complicado que no pudieras seguir el curso general de la batalla. Y teníamos que hacerlo sin decirle a Ender que eres su refuerzo.

—¿Entonces por qué me lo dice a mí?

—Cuanto esta prueba se acabe y consigas el mando real, le diremos a Ender la verdad de lo que estabas haciendo, y por qué Mazer dijo lo que dijo. Sé que para ti significa mucho contar con la confianza de Ender, y no crees tenerla, y por eso quería que supieras por qué. Es cosa nuestra.

—¿Por qué este súbito arrebato de sinceridad?

—Porque creo que lo harás mejor si lo sabes.

—Lo haré mejor *creyéndolo*, sea cierto o no. Podría estar usted mintiendo. Así que, ¿he aprendido algo realmente útil de esta conversación?

—Cree lo que quieras, Bean.

Petra no vino a practicar en un par de días. Cuando regresó, naturalmente Ender ya no le dio las misiones difíciles. Realizó bien lo que le ordenaban, pero su pasión había desaparecido. Tenía el corazón roto.

Pero, maldita sea, había *dormido* un par de días. Todos estaban un pelín celosos por eso, aunque ninguno se habría cambiado por ella. No importaba qué dios concreto tuvieran en mente, todos rezaban: que no me pase a mí. Sin embargo, al mismo tiempo, también rezaban la oración contraria: Oh, déjame dormir, déjame que pase un día en donde no tenga que pensar en este juego.

Las pruebas continuaron. ¿Cuántos mundos habían colonizado esos hijos de puta antes de llegar a la Tierra?, se preguntaba Bean. ¿Y estamos seguros de conocerlos todos? ¿Y de qué nos sirve destruir sus flotas cuando no tenemos tropas para ocupar las colonias derrotadas? ¿O acaso sólo dejamos nuestras naves allí, para que disparen contra todo lo que intente salir de la superficie del planeta?

Petra no fue la única en reventar. Vlad se volvió catatónico y no pudieron levantarlo de la cama. Los médicos tardaron tres días en reanimarlo, y al contrario de Petra, no regresó. No podía concentrarse.

Bean seguía esperando a que Crazy Tom fuera el siguiente, pero a pesar de su mote, parecía estar volviéndose más cuerdo a medida que se cansaba más y más. En cambio, fue Fly Molo quien empezó a reírse cuando perdió el control de su escuadrón. Ender lo relevó de inmediato, y por una vez puso a Bean al mando de las naves de Fly, quien regresó al día siguiente, sin ninguna explicación; no obstante, todos comprendieron que no podían encargársele misiones especiales.

Bean se dio cuenta de que Ender se mostraba cada día más abstraído. Sus órdenes venían después de pausas cada vez más largas, y un par de veces no las formuló con suficiente claridad. Bean las tradujo inmediatamente a una forma más comprensible, y Ender nunca supo que había habido confusión. Pero los demás empezaron a percatarse de que Bean estaba siguiendo toda la batalla, no sólo una parte. Quizás incluso vieron que Bean planteaba preguntas durante una batalla, saltaba algún comentario para que Ender advirtiera algo relevante, pero nunca tuvieron la sensación de que Bean estuviese criticando a nadie. Después de las batallas, uno o dos de los chicos mayores hablaban con Bean. Nada importante. Sólo una mano en el hombro, en la espalda, y un par de palabras.

—Buena partida.

—Buen trabajo.

—Sigue así.

—Gracias, Bean.

No había advertido cuánto necesitaba el aprecio de los otros hasta que finalmente lo tuvo.

—Bean, para el siguiente juego, creo que deberías saber algo.

—¿Qué?

El coronel Graff vaciló.

—No pudimos despertar a Ender esta mañana. Ha tenido pesadillas. No come a menos que lo obliguemos. Se muerde la mano en sueños... hasta que sangra. Y hoy no pudimos despertarlo. Pudimos posponerla la... la prueba... para que esté al mando como de costumbre, pero... no como de costumbre.

—Estoy preparado. Siempre lo estoy.

—Sí, pero... mira, por lo que parece, esta prueba... es que no hay...

—No hay esperanza.

—Cualquier cosa que puedas hacer para ayudar. Cualquier sugerencia.

—Ese aparato del Doctor, Ender no nos ha dejado utilizarlo desde hace mucho tiempo.

—El enemigo descubrió cómo funciona y no dejan que las naves se acerquen lo suficiente para que se extienda una reacción en cadena. Hace falta cierta cantidad de masa para poder mantener el campo. Básicamente, ahora es sólo un estallido. Inútil.

—Habría estado bien si me hubieran dicho antes cómo funciona.

—Hay gente que no quiere que te digamos nada, Bean. Eres capaz de analizar cualquier fragmento de información y sacar unas deducciones que no queremos que sepas. Ellos temen darte la más mínima información.

—Coronel Graff, usted sabe que yo sé que esas batallas son de verdad. Mazer Rackham no se las está inventando. Cuando perdemos naves, mueren hombres de verdad.

A Graff le cambió la expresión.

—Y son hombres que Mazer Rackham conoce, ¿no?

Graff asintió con un leve movimiento de cabeza.

—¿Creen que Ender no puede sentir lo que Mazer está sintiendo? No conozco a ese tipo, tal vez sea una roca, pero creo que cuando hace sus críticas a Ender, deja escapar su... no sé, su angustia... y Ender lo nota. Porque Ender está mucho más cansado después de una crítica que antes. Puede que no sepa lo que sucede de verdad, pero sabe que hay algo terrible en juego. Sabe que Mazer

Rackham está realmente molesto por todos los errores que comete.

—¿Has encontrado algún modo de colarte en la habitación de Ender?

—Sé cómo escuchar a Ender. No me equivoco respecto a Mazer, ¿verdad?

Graff sacudió la cabeza.

—Coronel Graff, lo que usted no ve, lo que nadie parece recordar... es ese último juego en la Escuela de Batalla, donde Ender me entregó su escuadra. No se trataba de ninguna estrategia. Renunciaba a su puesto. Había acabado. Estaba en huelga. No lo descubrieron porque lo graduaron. Aquel asunto con Bonzo acabó con él. Creo que la angustia de Mazer Rackham está haciéndole lo mismo. Creo que aunque Ender no es consciente de que ha matado a alguien, lo sabe en el fondo, y le quema por dentro.

Graff le dirigió una mirada severa.

—Sé que Bonzo murió. Lo vi. He visto la muerte antes, ¿recuerda? No te meten la nariz en el cerebro, pierdes diez litros de sangre y te marchas de rositas. Ustedes nunca le han dicho a Ender que Bonzo murió, pero son tontos si piensan que no lo sabe. Y, gracias a Mazer, sabe que toda nave que perdemos significa que mueren hombres buenos. No puede soportarlo, coronel Graff.

—Eres aún más reflexivo de lo que se te acredita, Bean.

—Lo sé, soy el frío intelecto inhumano, ¿no? —Bean se rió amargamente—. Alterado genéticamente, por tanto soy tan alienígena como los insectores.

Graff se ruborizó.

—Nadie ha dicho eso jamás.

—Quiere decir que nunca lo han dicho delante de mí. A sabiendas. Lo que no parecen comprender es que a veces hay que decirle a la gente la verdad y pedirles que hagan lo que uno quiere, en vez de tratar de engañarlo para que lo haga.

—¿Estás diciendo que deberíamos decirle a Ender que el juego es real?

—¡No! ¿Está usted loco? Si está así de trastornado cuando el conocimiento es inconsciente, ¿qué cree que sucedería si supiera que lo sabía? Se quedaría petrificado.

—Pero tú no. ¿Es eso? ¿Deberías estar al mando de la próxima batalla?

—Sigue sin comprenderlo, coronel Graff. Yo no me quedo petrificado porque no es mi batalla. Yo ayudo. Observo. Pero soy libre. Porque es el juego de Ender.

El simulador de Bean cobró vida.

—Es la hora —dijo Graff—. Buena suerte.

—Coronel Graff, puede que Ender vuelva a declararse en huelga. Puede que se baje en marcha. Puede que dimita. Tal vez se diga: es sólo un juego y estoy harto, no me importa lo que me hagan, se acabó. Es propio de él, hacer eso. Cuando la situación parece completamente injusta y absurda.

—¿Y si le prometiera que es el último?

Bean se puso el casco y preguntó:

—¿Sería verdad?

Graff asintió.

—Sí, bueno, creo que no habría mucha diferencia. Además, ahora es alumno de Mazer, ¿no?

—Supongo. Mazer hablaba de decirle que era el examen final.

—Mazer es ahora el profesor de Ender —musitó Bean—. Y usted tiene que cargar conmigo. El niño que no quería.

Graff volvió a ruborizarse.

—Es verdad —reconoció—. Ya que pareces saberlo todo, no te quería.

Aunque Bean ya lo sabía, las palabras le hirieron de todas formas.

—Pero Bean —dijo Graff—, el caso es que estaba equivocado.

Puso una mano sobre el hombro de Bean y abandonó la sala.

Bean conectó. Fue el último de los líderes de escuadrón en hacerlo.

—¿Estáis ahí? —preguntó Ender a través de los cascos.

—Todos nosotros —contestó Bean—. Llegas un poco tarde para las prácticas de esta mañana, ¿no?

—Lo siento —dijo Ender—. Me quedé dormido.

Todos se rieron. Excepto Bean.

Como calentamiento, Ender los hizo ejecutar algunas maniobras, antes de la batalla. Y entonces llegó el momento. La pantalla se despejó.

Bean esperó, la ansiedad royendo sus tripas.

El enemigo apareció en la pantalla.

Su flota se desplegaba alrededor de un planeta, ubicado en el centro de la imagen. Habían librado batallas cerca de planetas antes, pero en todos los otros casos el mundo estaba cerca del borde de la imagen: la flota enemiga siempre había intentado atraerlos fuera del planeta.

Esta vez no había trucos. Sólo el enjambre más increíble de naves enemigas. Siempre apostadas a distancia unas de otras, miles y miles de naves seguían una pautas aleatorias, impredecibles, entrelazadas, unidas en una nube de muerte en torno al planeta.

Éste es el planeta natal, pensó Bean. Casi lo dijo en voz alta, pero se contuvo a tiempo. Ésta es una *simulación* de la defensa insectora de su mundo de origen.

Han tenido generaciones para prepararnos. Todas las batallas anteriores no eran nada. Estos fórmicos pueden perder cualquier número de insectores individuales y no les importa. Lo único que cuenta es la reina. Como la que Mazer Rackham mató en la Segunda Invasión. Y no han puesto a una reina en peligro en ninguna de esas batallas. Hasta ahora.

Por eso actúan como un enjambre. Hay una reina aquí.

¿Dónde?

En la superficie del planeta, pensó Bean. La idea es impedir que lleguemos a la superficie.

Así que ahí es exactamente donde tendremos que ir. El Artilugio del Doctor necesita masa. Los planetas tienen masa.

Muy sencillo, si no fuera porque no había forma de hacer que esa pequeña flota de naves humanas atravesara aquel enjambre y se acercara lo suficiente al planeta para desplegar al Doctor. Si la historia enseñaba algo, era precisamente eso: cuando el otro bando es mucho más fuerte, y entonces el único curso sensato de acción es retirarse para salvar tus fuerzas y combatir otro día.

En esta guerra, sin embargo, no habría otro día. No había ninguna esperanza de retirada. Las decisiones que perdían esta batalla, y por tanto esta guerra, se tomaron hacía dos generaciones, cuando lanzaron estas naves, una fuerza inadecuada desde el principio. Los comandantes que pusieron esta flota en movimiento tal vez ni siquiera sabían, entonces, que éste era el mundo natal insector. No era culpa de nadie. Simplemente, no disponían de fuerzas suficientes para hacer siquiera una mella en las defensas enemigas. No importaba lo brillante que fuera Ender. Cuando sólo tienes a un tipo con una pala, no puedes construir un dique para contener el mar.

No había retirada, ninguna posibilidad de victoria, ningún espacio para maniobrar, ningún motivo para que el enemigo hiciera otra cosa sino continuar haciendo lo que hacían.

Sólo había veinte naves espaciales en la flota humana, cada una con cuatro cazas. Y tenían el diseño más antiguo, torpes comparadas con algunos de los cazas que habían maniobrado en batallas anteriores. Tenía sentido: el mundo insector era probablemente el más lejano, así que la flota que llegaba allí ahora había salido antes que las demás. Antes de que las naves mejores la siguieran.

Ochenta cazas. Contra cinco mil, tal vez diez mil naves enemigas. Era imposible determinar el número exacto. Bean advirtió que la pantalla perdía la cuenta de las naves enemigas, y que la suma total seguía fluctuando. Había tantas que el sistema se estaba sobrecargando. Se encendían y apagaban como luciérnagas.

Pasó un largo rato: muchos segundos, tal vez un minuto. Normalmente, para entonces Ender ya les habría dado la orden de que se desplegaran. Pero de él no llegaba más que silencio.

Una luz se encendió en la consola de Bean. Sabía lo que eso significaba. Todo lo que tenía que hacer era pulsar un botón, y el control de la batalla sería suyo. Se lo estaban ofreciendo, porque pensaban que Ender se había quedado petrificado.

No es así, pensó Bean. No se ha dejado llevar por el pánico. Simplemente ha comprendido la situación, exactamente igual que yo la entiendo. No hay ninguna estrategia. Sólo que no ve que esto es simplemente el azar de la guerra, un desastre que no se puede evitar. Lo que ve es una prueba planteada por sus profesores, por Mazer Rackham, un test tan absurdo e injusto que el único curso de acción razonable es negarse a hacerlo.

Fueron muy listos, al ocultarle la verdad todo este tiempo. Pero ahora se iba a volver en su contra. Si Ender entendía que esto no era un juego, que presenciaba una guerra real, entonces tal vez realizara algún esfuerzo desesperado o, con su genio, incluso podría encontrar una solución a un problema que, por lo que Bean podía ver, no tenía solución alguna. Pero Ender no comprendía la realidad, y por eso para él era como aquel día en la sala de batalla, frente a dos escuadras, cuando le encargó todo el asunto a Bean y, en efecto, se negó a jugar.

Por un momento, Bean se sintió tentado de gritar la verdad. ¡No es un juego, es la verdad, ésta es la última batalla, hemos perdido esta guerra después de todo! Pero ¿qué ganaría con eso, excepto que el pánico cundiera entre todos los demás?

Sin embargo, era absurdo pensar siquiera en pulsar aquel botón para hacerse con el mando. Ender no se había desplomado ni fracasado. La batalla era invencible: no debería librarse siquiera. Las vidas de los hombres a bordo de aquellas naves no deberían malgastarse con una acción desesperada, al estilo de la Carga de la Brigada Ligera. No soy el general Burnside en Fredericksburg. No envío a mis hombres a una muerte insensata, absurda, sin esperanza.

Si tuviera un plan, tomaría el control. Pero no tengo ninguno. Así que, para bien o para mal, es el juego de Ender, no el mío.

Y había otro motivo para no hacerse cargo.

Bean recordó haber estado de pie ante el cuerpo caído de un matón que era demasiado peligroso para ser domado, mientras le decía a Poke: Mátalo ahora, mátalo.

Yo tenía razón. Y ahora, una vez más, el matón debe morir. Aunque no sepa cómo hacerlo, no podemos perder esta guerra. No sé cómo ganarla, pero no soy Dios, no lo veo todo. Y tal vez Ender tampoco vea una solución, pero si alguien puede encontrar una, si alguien puede hacer que suceda, es él.

Tal vez no sea imposible. Tal vez haya algún modo de

llegar a la superficie del planeta y eliminar a los insectores del Universo. Es el momento de los milagros. Por Ender, los demás harán su mejor trabajo. Si yo me hago cargo, estarán tan trastornados, tan distraídos que aunque elabore un plan viable, nunca funcionará porque sus corazones no estarían en ello.

Ender tiene que intentarlo. Si no, todos moriremos. Porque aunque los insectores no fueran a enviar otra flota contra nosotros, después de esto *tendrán* que hacerlo. Porque derrotamos a todas sus flotas en todas las batallas hasta ahora. Si no vencemos ésta, destruyendo su capacidad de hacer la guerra contra nosotros, entonces volverán. Y esta vez habrán descubierto también cómo fabricar el Pequeño Doctor.

Nosotros sólo tenemos un mundo. Sólo abrigamos una esperanza.

Hazlo, Ender.

Entonces en la mente de Bean destellaron las palabras que Ender pronunció en su primer día de entrenamiento en la Escuadra Dragón: «Recordad, la puerta enemiga está abajo.» En la última batalla de la escuadra, cuando no había ninguna esperanza, ésa fue la estrategia que Ender empleó: envió al batallón de Bean para que hiciera chocar sus cascos contra el suelo que rodeaba la puerta y vencer. Lástima que no pudieran utilizar esos trucos ahora.

Desplegar el Pequeño Doctor contra la superficie del planeta para hacerlo volar todo, eso podría valer. Pero no podía conseguirse desde aquí.

Era hora de rendirse. Hora de salir del juego, de decirles que no enviaran a unos niños a realizar el trabajo de adultos. Hemos terminado.

—Recordad —dijo Bean irónicamente—, la puerta del enemigo está abajo.

Fly Molo, Hot Soup, Vlad, Dumper, Crazy Tom, se rieron sombríamente. Habían estado en la Escuadra Dragón. Recordaban cómo se habían empleado esas palabras.

Pero Ender no pareció pillar el chiste.

Ender no parecía comprender que no había forma de hacer llegar el Pequeño Doctor a la superficie del planeta.

En cambio, su voz resonó en sus oídos, dándoles órdenes. Los situó en tensa formación, cilindros con cilindros.

Bean quiso gritar: ¡No lo hagas! Hay hombres de verdad en esas naves, y si los envías allí, todos morirán, un sacrificio sin ninguna esperanza de victoria.

Pero se mordió la lengua, porque, en el fondo de su mente, en el más profundo rincón de su corazón, todavía albergaba la esperanza de que Ender pudiera hacer lo imposible. Y mientras existiera esa esperanza, las vidas de aquellos hombres eran, por elección propia cuando zarparon en esta expedición, sacrificables.

Ender los puso en movimiento, haciendo que esquivaran aquí y allá la siempre cambiante formación del enjambre enemigo.

Sin duda, el enemigo ve lo que estamos haciendo, pensó Bean. Sin duda, cada tres o cuatro movimientos nos acercamos un poco más al planeta.

En cualquier momento, el enemigo podría destruirlos rápidamente al concentrar sus fuerzas. ¿Entonces por qué no lo hacían?

A Bean se le ocurrió una posibilidad. Los insectores no se atrevían a concentrar sus fuerzas junto a la tensa formación de Ender, porque en el momento en que sus naves estuvieran muy juntas, Ender podría usar al Pequeño Doctor contra ellos.

Entonces se le ocurrió otra explicación. ¿Podría ser simplemente que había demasiadas naves insectoras? ¿Podría ser que la reina o las reinas tenían que emplear toda su concentración, toda su fuerza mental sólo para mantener a diez mil naves en el espacio sin que se acercaran demasiado unas a otras?

Al contrario de Ender, la reina insectora no podía pasar el control de sus naves a sus subordinados. No tenía ningún subordinado. Los insectores individuales eran como sus manos y sus pies. Ahora tenía cientos de manos y pies, o quizás miles de ellos, todos moviéndose a la vez.

Por eso no respondía con inteligencia. Sus fuerzas eran demasiado numerosas. Por eso no efectuaba los movimientos obvios, tender trampas, impedir que Ender llevara su cilindro cada vez más cerca del planeta con cada cabriola y viraje que realizaba.

De hecho, las maniobras erróneas que hacían los insectores resultaban en extremo ridículas. Pues a medida que Ender penetraba más y más profundamente en el pozo de gravedad del planeta, los insectores construían una gruesa pared de fuerzas *detrás* de la formación de Ender.

¡Están bloqueando nuestra retirada!

Bean encontró de inmediato una tercera y más importante explicación para lo que estaba sucediendo. Los insectores habían aprendido las lecciones equivocadas de las batallas anteriores. Hasta ahora, la estrategia de Ender había sido siempre asegurarse la supervivencia de tantas naves humanas como fuera posible. Siempre se había asegurado una línea de retirada. Los insectores, con su enorme ventaja numérica, estaban finalmente en situación de garantizar que las fuerzas humanas no escaparan.

No había manera, al principio de la batalla, de predecir que los insectores cometerían semejante error. Sin embargo, a lo largo de la historia, las grandes victorias habían sido tanto fruto de los errores del ejército perdedor como de la brillantez de los vencedores en la batalla. Los insectores han aprendido por fin, por fin, que los humanos valoramos cada vida humana individual. No sacrificamos nuestras fuerzas porque cada soldado es la reina de una colmena de un solo miembro. Pero los insectores han aprendido esa lección justo a tiempo para que resulte desesperadamente equivocada: porque los humanos, cuando hay una razón de peso, sí que sacrificamos nuestras vidas. Nos arrojamos contra la granada para salvar a nuestros amigos de la trampa. Nos levantamos de las trincheras y cargamos contra el enemigo y morimos como moscas ante un soplete. Nos atamos bombas al cuerpo y nos hacemos volar en medio de nuestros enemigos. Cuando hay una razón de peso, los humanos nos volvemos locos.

Los insectores creen que no utilizaremos el Pequeño Doctor porque la única forma de usarlo es destruir nuestras naves en el proceso. Desde el momento en que Ender empezó a dar órdenes, quedó claro que se trataba de un acto suicida. Estas naves no estaban preparadas para entrar en la atmósfera. Y, sin embargo, para acercarse lo suficiente al planeta y detonar el Pequeño Doctor, tenían que hacer exactamente eso.

Bajar al pozo de gravedad y lanzar el arma justo antes de que la nave arda. Y si funciona, si el planeta es destruido por la fuerza que contenga este arma terrible, la reacción en cadena se extenderá al espacio y se llevará por delante todas las naves que hayan sobrevivido.

Ganemos o perdamos, no habrá supervivientes humanos en esta batalla.

Los insectores nunca nos han visto actuar así. No comprenden que, sí, los humanos actuarán siempre para mantenerse con vida... excepto en las ocasiones en que no lo hacen. En la experiencia de los insectores, los seres autónomos no se sacrifican. Una vez que comprendieron la autonomía humana, quedó sembrada la semilla de su derrota.

Cuando Ender estudiaba a los insectores, en su obsesión por ellos a lo largo de tantos años de entrenamiento, ¿llegó a saber que cometerían errores tan terribles?

Yo no lo sabía. No habría planeado esta estrategia. No *tenía* ninguna estrategia. Ender era el único comandante que podría haberlo sabido, o deducido, o esperado inconscientemente que, cuando desplegara sus fuerzas, el enemigo vacilara, tropezara, cayera, fracasara.

¿O lo sabía acaso? ¿Podría ser que hubiera llegado a la misma conclusión que yo, que esta batalla era imposible de ganar? ¿Que haya decidido no jugar, que se declarara en huelga, que renunciara? ¿Y entonces mis amargas palabras, «la puerta enemiga está abajo», disparara su futil, inútil gesto de desesperación, enviar sus naves a una destrucción segura porque no sabía que había naves de verdad ahí fuera, con hombres de verdad a bordo, a los que enviaba a la muerte? ¿Podría ser que se haya sorprendido tanto como yo por los errores del enemigo? ¿Puede nuestra victoria ser un accidente?

No. Pues aunque mis palabras provocaran a Ender para pasar a la acción, seguía siendo él quien eligió *esta* formación, *estas* fintas y evasiones, *esta* ruta serpentante. Fueron las victorias anteriores de Ender las que enseñaron al enemigo a pensar en nosotros como un tipo de criatura, cuando en realidad somos algo muy distinto. Fingió todo este tiempo que los humanos somos seres racionales, cuando en realidad somos los monstruos más terribles que estos pobres alienígenas podrían haber imaginado en sus pesadillas. No tenían forma de conocer la historia del ciego Sansón, que derribó el templo sobre su propia cabeza para matar a sus enemigos.

En esas naves, pensó Bean, hay hombres individuales que renunciaron a sus hogares y familias, al mundo de su nacimiento, para cruzar una enorme porción de la galaxia y hacer la guerra a un enemigo terrible. En alguna parte del camino tenían que comprender que la estrategia de Ender requiere que todos mueran. Quizás ya lo saben. Y sin embargo obedecen y seguirán obedeciendo las órdenes que se les den. Como en la famosa Carga de la Brigada Ligera, estos soldados dan sus vidas, confiando que sus comandantes las utilicen bien. Mientras que nosotros estamos aquí a salvo en estos simuladores, jugando un complicado juego de ordenador, ellos obedecen, y mueren para que toda la humanidad pueda vivir.

Y sin embargo nosotros, los que les damos las órdenes, los niños dentro de estas complicadas máquinas de juego, no tenemos ni idea de su valor, de su sacrificio. No podemos darles el honor que se merecen, porque ni siquiera sabemos que existen.

Excepto yo.

En la mente de Bean resonaron las escrituras favoritas de sor Carlotta. Tal vez significaban tanto para ella porque no tenía hijos. Le había contado a Bean la historia de la rebelión de Absalón contra su propio padre, el rey David. En el curso de la batalla, Absalón murió. Cuando le comunicaron la noticia a David, significó la victoria, significó que ninguno más de sus soldados moriría. Su trono estaba a salvo. Su vida estaba a salvo. Pero en lo único en que pudo pensar fue en su hijo, en su amado hijo, en su hijo muerto.

Bean encogió la cabeza, de modo que su voz sólo pudiera ser oída por los hombres que tenía a sus órdenes. Y entonces, lo suficiente para hablar, pulsó el botón que haría que su voz llegara a los oídos de todos los hombres de aquella flota lejana. Bean no sabía cómo les sonaría su voz: ¿oirían su vocecita infantil, o llegarían los sonidos distorsionados, de modo que lo escucharían como a un adulto, o quizás como una voz metálica, digna de una máquina? No importaba. De algún modo los hombres de aquella flota lejana oirían su voz, transmitida más rápida que la luz, Dios sabe cómo.

—Oh, mi hijo Absalón —dijo Bean en voz baja, conociendo por primera vez el tipo de angustia que podía arrancar esas palabras de la boca de un hombre—. Mi hijo, mi hijo Absalón. Ojalá permitiera Dios que yo muriese por ti. Oh, Absalón, mi hijo. ¡Mis hijos!

Lo había modificado un poco, pero Dios entendería. Y si no lo hacía, sor Carlotta sí.

Ahora, pensó Bean. Hazlo ahora, Ender. No podrás acercarte más sin revelar el juego. Están empezando a comprender el peligro. Están concentrando sus fuerzas. Nos borrarán del cielo antres de que podamos lanzar nuestras armas...

—Muy bien, todo el mundo excepto el escuadrón de Petra —dijo Ender—. En picado, lo más rápido que podáis. Lanzad el Pequeño Doctor contra el planeta. Esperad hasta el último segundo posible. Petra, cúbrenos como puedas.

Los jefes de escuadrón, Bean entre ellos, repitieron las órdenes de Ender a sus propias flotas. Y entonces no quedó otra cosa que hacer sino observar. Cada nave quedó sola.

El enemigo comprendió, y se abalanzó para destruir a los humanos a la carga. Caza tras caza fueron abatidos por las lentas naves de la flota fórmica. Sólo unos pocos cazas humanos sobrevivieron lo suficiente para entrar en la atmósfera.

Aguantad, pensó Bean. Aguantad cuanto podáis.

Las naves que se lanzaron demasiado pronto vieron sus Pequeños Doctores arder en la atmósfera antes de que pudieran estallar. Unas cuantas naves se quemaron antes de poder hacerlo.

Quedaban dos naves. Una pertenecía al escuadrón de Bean.

—No la lancéis —ordenó Bean por el micrófono, la cabeza gacha—. Hacedla explotar dentro de vuestra nave. Que Dios os acompañe.

Bean no tenía forma de saber si fue su nave o la otra la que lo hizo. Sólo sabía que ambas naves desaparecieron de la pantalla sin disparar. Y entonces la superficie del planeta empezó a borbotear. De repente, una vasta erupción brotó hacia los últimos cazas humanos, las naves de Petra, en las cuales tal vez hubiera o no hombres vivos para ver cómo se acercaba la muerte. Para ver cómo se acercaba la victoria.

El simulador mostró una imagen espectacular mientras el planeta en explosión engullía a todas las naves enemigas, envolviéndolas en la reacción en cadena. Sin embargo, mucho antes de que la última nave fuera tragada, las maniobras habían cesado. Flotaban a la deriva, muertos. Como las naves insectoras muertas en los vids de la Segunda Invasión. Las reinas de la colmena habían muerto en la superficie del planeta. La destrucción de las naves restantes fue una simple formalidad. Los insectores ya estaban muertos.

Bean salió al túnel y descubrió que los otros niños ya estaban allí, felicitándose unos a otros y comentando lo formidable que era el efecto de la explosión, y preguntándose si algo así podría suceder de verdad.

—Sí —dijo Bean—. Podría.

—Como si tú lo supieras —dijo Fly Molo, riendo.

—Claro que sé que podría suceder —dijo Bean—. Sucedió.

Lo miraron sin comprender. ¿Cuándo sucedió? Nunca había oído nada igual. ¿Dónde podrían haber probado ese arma contra un planeta? ¡Ah, claro, se cargaron Neptuno!

—Acaba de suceder ahora mismo —dijo Bean—. Sucedió en el mundo natal de los insectores. Acabamos de volarlo. Están todos muertos.

Finalmente, empezaron a comprender que hablaba en serio. Le pusieron objeciones. Él les explicó lo del aparato de comunicaciones más rápido que la luz. No lo creyeron.

Entonces otra voz entró en la conversación.

—Se llama ansible.

Volvieron la cabeza y vieron al coronel Graff al fondo del túnel.

Entonces... ¿Bean decía la verdad? ¿Había sido una batalla real?

—Todas fueron reales —dijo Bean—. Y las supuestas pruebas. Batallas de verdad. Victorias de verdad. ¿No es cierto, coronel Graff? Estuvimos librando una guerra de verdad todo el tiempo.

—Ahora ha terminado —dijo Graff—. La especie humana continuará existiendo. Los insectores han pasado a la historia.

Finalmente lo creyeron, y se sintieron mareados por la magnitud de todo aquello. Se acabó. Vencimos. No estábamos haciendo prácticas, éramos comandantes de verdad.

Entonces, por fin, sobrevino el silencio.

—¿Están todos *muertos*? —preguntó Petra.

Bean asintió.

Miraron de nuevo a Graff.

—Tenemos informes. Toda actividad vital ha cesado en todos los otros planetas. Deben de haber congregado a sus reinas en su planeta natal. Cuando las reinas mueren, los insectores mueren. Ahora no hay ningún enemigo.

Petra empezó a llorar, apoyada contra la pared. Bean quiso acercarse, pero Dink estaba allí. Dink fue el amigo que la sostuvo, que la consoló.

Regresaron a sus barracones, tristes y a la vez contentos. Petra no fue la única que lloró. Pero nadie podía decir si las lágrimas eran de angustia o de alivio.

Sólo Bean no regresó a su habitación, quizás porque era el único que no estaba sorprendido. Se quedó en el túnel con Graff.

—¿Cómo se lo está tomando Ender?

—Mal —dijo Graff—. Tendríamos que habérselo dicho con más cuidado, pero todo se precipitó. En el momento de la victoria.

—Todos sus juegos dieron fruto —dijo Bean.

—Sé lo que sucedió, Bean. ¿Por qué le dejaste el control? ¿Cómo supiste que elaboraría ese plan?

—No lo supe. Sólo sabía que yo no tenía ningún plan.

—Pero lo que dijiste... «la puerta del enemigo está abajo». Ése es el plan que Ender empleó.

—No era un plan —dijo Bean—. Tal vez le hizo pensar en un plan. Pero era él. Era Ender. Apostaron ustedes su dinero al chico adecuado.

Graff miró a Bean en silencio, luego extendió la mano y la apoyó sobre la cabeza del niño, y le revolvió un poco el pelo.

—Creo que tal vez os ayudasteis mutuamente a cruzar la línea de meta.

—No importa, ¿no? Se ha terminado, de todas formas. Y también se ha terminado la unidad temporal de la especie humana.

—Sí —dijo Graff. Retiró la mano y se la pasó por el pelo—. Creí en tu análisis. Traté de dar el aviso. Si el Estrategos oyó mi consejo, los hombres del Polemarch estarán siendo arrestados aquí en Eros y por toda la flota.

—¿Lo harán pacíficamente? —preguntó Bean.

—Ya veremos.

El sonido de disparos resonó en algún túnel lejano.

—Parece que no —dijo Bean.

Oyeron el sonido de hombres corriendo. Y pronto los vieron, un contingente de una docena de marines armados.

Bean y Graff advirtieron que se acercaban.

—¿Amigos o enemigos?

—Todos visten con el mismo uniforme —contestó Graff—. Tú eres el que lo predijo, Bean. Detrás de esas puertas —señaló las habitaciones de los niños—, esos niños son los despojos de la guerra. Al mando de los ejércitos de la Tierra, son la esperanza de la victoria. *Tú* eres la esperanza.

Los soldados se detuvieron delante de Graff.

—Venimos a proteger a los niños, señor —dijo el líder.

—¿De qué?

—Los hombres del Polemarch parecen resistirse al arresto, señor —explicó el soldado—. El Estrategos ha ordenado que estos niños sean mantenidos a salvo a toda costa.

Graff se sintió visiblemente aliviado al darse cuenta de qué lado estaban estos soldados.

—La niña está en esa habitación de allí. Les sugiero que se hagan fuertes en esos dos barracones mientras dure esta crisis.

—¿Es éste el niño que lo consiguió? —preguntó el soldado, señalando a Bean.

—Es uno de ellos.

—Fue Ender Wiggin quien lo hizo —le rectificó Bean—. Ender era nuestro comandante.

—¿Está en una de esas habitaciones?

—Está con Mazer Rackham —dijo Graff—. Y éste se queda conmigo.

El soldado saludó. Empezó a situar a sus hombres en posiciones más avanzadas túnel abajo, con sólo un guardia ante cada puerta para impedir que los niños salieran y se perdieran durante la lucha.

Bean trotó junto a Graff mientras éste recorría decidido el túnel, más allá del más lejano de los guardias.

—Si el Estrategos lo ha hecho bien, los ansibles habrán sido asegurados. No sé tú, pero quiero estar allí cuando llegue la noticia. Y cuando salga.

—¿Es difícil de aprender el ruso? —preguntó Bean.

—¿Eso es lo que entiendes por humor?

—Sólo era una pregunta.

—Bean, eres un gran chico, pero cierra el pico, ¿vale?

Bean se echó a reír.

—Vale.

—¿No te importa si sigo llamándote Bean?

—Es mi nombre.

—Tu nombre debería haber sido Julian Delphiki. Su hubieras tenido un certificado de nacimiento, ése es el nombre que habría aparecido en él.

—¿Quiere decir que es cierto?

—¿Te mentiría en una cosa así?

Entonces, advirtiendo el absurdo de lo que acababa de decir, se echaron a reír. Se rieron tanto que todavía sonreían cuando pasaron el destacamento de marines que protegía la entrada al complejo ansible.

—¿Cree que alguien me solicitará como consejero militar? —preguntó Bean—. Porque voy a participar en esta guerra, aunque tenga que mentir sobre mi edad y alistarme en los marines.

24

Vuelta a casa

—Creí que querría saberlo. Malas noticias.

—Ésas no escasean, ni siquiera en medio de la victoria.

—Cuando quedó claro que el LIS tenía el control de la Escuela de Batalla y enviaba a los niños a casa bajo la protección de la F.I., el Nuevo Pacto de Varsovia al parecer realizó una pequeña investigación y descubrió que había un estudiante de la Escuela de Batalla que no estaba bajo nuestro control. Aquiles.

—Pero estuvo allí sólo un par de días.

—Pasó nuestras pruebas. Entró. Fue el único que pudieron conseguir.

—¿Lo consiguieron?

—Toda la seguridad estaba diseñada para mantener a los reclusos dentro. Tres guardias muertos, todos los reclusos liberados entre la población general. Todos han sido recuperados, excepto uno.

—Así que está suelto.

—Yo no diría suelto exactamente. Pretenden utilizarlo.

—¿Saben lo que es?

—No. Sus archivos estaban sellados. Un delincuente juvenil, ya ve. No encontraron su dossier.

—Lo encontrarán. En Moscú tampoco aprecian a los asesinos en serie.

—Es difícil de detectar. ¿Cuántos murieron antes de que ninguno de nosotros sospechara de él?

—La guerra ha terminado por ahora.

—Y la lucha por tomar ventaja para la próxima ha empezado.

—Con suerte, coronel Graff, estaré muerta entonces.

—Ya no soy coronel, sor Carlotta.

—¿Van a seguir adelante con esa corte marcial?

—Una investigación, eso es todo. Procedimientos.

—No comprendo por qué tienen que buscar un chivo expiatorio para la victoria.

—Estaré bien. El sol sigue brillando en el planeta Tierra.

—Pero nunca más en el trágico mundo de los insectores.

—¿Su Dios es también el Dios de ellos, sor Carlotta? ¿Se los llevó al cielo?

—No es mi Dios, señor Graff. Pero soy su hija, como usted. No sé si mira a los fórmicos y los ve también como a sus niños.

—Niños. Sor Carlotta, las cosas que les hice a esos niños.

—Les dio un mundo al que regresar.

—A todos menos a uno.

Los hombres del Polemarch tardaron varios días en ser sometidos, pero por fin FlotCom quedó completamente bajo el poder del Estrategos, y no se lanzó ni una sola nave bajo el mando rebelde. Un triunfo. El Hegemón dimitió como parte del tratado, pero eso sólo formalizó lo que ya era la realidad.

Bean permaneció junto a Graff durante toda la lucha, mientras leían todos los despachos y escuchaban todos los informes sobre lo que sucedía en otras partes de la flota y en la Tierra. Hablaban sobre los acontecimientos, trataban de leer entre líneas, interpretaban lo que sucedía como mejor podían. Para Bean, la guerra con los insectores había quedado atrás. Ahora todo lo que importaba era cómo iban las cosas en la Tierra. Cuando se firmó un tratado, por así llamarlo, para poner fin provisional a la lucha, Bean supo que no duraría. Y que él sería necesario. Una vez llegara a la Tierra, podría prepararse para desempeñar su papel. *La guerra de Ender ha terminado*, pensó. *La siguiente será la mía.*

Mientras Bean seguía ávidamente las noticias, los otros niños quedaron confinados en sus habitaciones, bajo vigilancia, y durante los fallos de energía en Eros permanecieron escondidos en la oscuridad. Dos veces atacaron aquella sección del túnel, pero nadie podía saber con seguridad si los rusos trataban de alcanzar a los niños o si simplemente sondeaban esa zona, buscando puntos débiles.

Ender estaba mucho más vigilado, pero no lo sabía. Completamente exhausto, y quizás reacio o incapaz de soportar la magnitud de lo que había hecho, permaneció inconsciente durante días.

Hasta que la lucha cesó no recuperó la consciencia.

Entonces dejaron que los niños se reunieran, terminando su confinamiento por ahora. Juntos hicieron la peregrinación a la habitación donde Ender había recibido protección y cuidados médicos. Lo encontraron aparentemente alegre, capaz de bromear. Pero Bean pudo ver un profundo cansancio, una tristeza en sus ojos que era imposible no notar. La victoria le había costado mucho, más que a ningún otro.

Más que a mí, pensó Bean, *aunque yo sabía lo que estaba haciendo, y él era inocente de ninguna mala inten-*

ción. Se tortura a sí mismo, y yo continúo como si tal cosa. Tal vez porque para mí la muerte de Poke fue más importante que la muerte de una especie entera a la que jamás he visto. La conocía a ella... y ha permanecido conmigo en mi corazón. Nunca conocí a los insectores. ¿Cómo puedo sufrir por ellos?

Ender podía.

Después de que le informaran de lo que había sucedido mientras dormía, Petra le acarició el pelo.

—¿Estás bien? —preguntó—. Nos asustaste. Dijeron que estabas loco, y nosotros dijimos que los locos eran ellos.

—Estoy loco —declaró Ender—. Pero creo que estoy bien.

Hubo más risas, pero entonces las emociones de Ender se desbordaron y por primera vez que ninguno pudiera recordar, lo vieron llorar. Bean estaba casualmente junto a él, y cuando Ender extendió las manos, fue a Bean y a Petra a quienes abrazó. El contacto de su mano, su abrazo, fueron más de lo que Bean pudo soportar. Lloró también.

—Os eché de menos —dijo Ender—. Tenía muchas ganas de veros.

—Nos viste en mal momento —dijo Petra. No estaba llorando. Besó su mejilla.

—Os vi magníficos —contestó Ender—. Los que más necesitaba, os consumí demasiado pronto. Mala planificación por mi parte.

—Ahora todo el mundo está bien —aseguró Dink—. No nos pasó nada que no pudiera curarse en esos cinco días de estar escondidos en habitaciones a oscuras en mitad de una guerra.

—Ya no tengo que ser vuestro comandante, ¿no? —preguntó Ender—. No quiero volver a dar órdenes a nadie.

Bean lo creyó. Y también creyó que Ender nunca más volvería a dar órdenes en una batalla. Todavía poseía las aptitudes que le hicieron llegar a eso. Pero las más importantes no tenían que ser utilizadas para la violencia. Si el universo tenía algo de lógica, o de simple justicia, Ender nunca segaría otra vida. Sin duda, había llenado su cupo.

—No tienes que dar órdenes a nadie —dijo Dink—, pero siempre serás nuestro comandante.

Bean sintió la verdad de todo aquello. No había ninguno que no llevara a Ender dentro del corazón, dondequiera que fuesen, no importaba lo que fueran a hacer.

Lo que Bean no tuvo valor de decirle fue que en la Tierra ambos bandos habían insistido en quedarse con la custodia del héroe de la guerra, el joven Ender Wiggin, cuya gran victoria había capturado la imaginación popular. Quien se quedara con él no sólo tendría el uso de su brillante mente militar, pensaban, sino también el beneficio de toda la publicidad y adulación pública que lo rodeaban, que llenaban cada mención de su nombre.

Así pues, mientras los líderes políticos firmaban el acuerdo, llegaron a un compromiso sencillo y obvio. Todos los niños de la Escuela de Batalla serían repatriados. Excepto Ender Wiggin.

Ender Wiggin no regresaría a casa. Ningún bando de la Tierra podría utilizarlo. Ése fue el compromiso.

Y había sido propuesto por Locke. Por el propio hermano de Ender.

Cuando se enteró de aquello, Bean se rebulló por dentro, como había hecho cuando creyó que Petra había traicionado a Ender. Era un error. No podía tolerarse.

Tal vez Peter Wiggin lo hizo para impedir que Ender se convirtiera en un peón. Para mantenerlo libre. O tal vez lo hizo para que Ender no utilizara su celebridad para conseguir poder político. ¿Acaso Peter Wiggin trataba de salvar a su hermano, o de eliminar a un rival por el poder?

Algún día lo conoceré y lo averiguaré, pensó Bean. Y si traicionó a su hermano, lo destruiré.

Cuando Bean lloró en la habitación de Ender, lloraba por una causa que los otros no conocían. Lloraba porque, igual que los soldados que habían muerto en aquellas naves de combate, Ender no regresaría a casa tras la guerra.

—Bien —dijo Alai, rompiendo el silencio—. ¿Qué hacemos ahora? La guerra con los insectores ha terminado, y también la guerra en la Tierra, e incluso la guerra aquí. ¿Qué hacemos ahora?

—Somos niños —dijo Petra—. Probablemente nos harán ir al colegio. Es la ley. Tienes que ir al colegio hasta los diecisiete años.

Todos se rieron hasta que volvieron a echarse a llorar.

Se vieron algunas veces, durante los días siguientes. Entonces subieron a bordo de diferentes cruceros y destructores para el viaje de regreso a la Tierra. Bean sabía bien por qué viajaban en naves separadas. De esa forma, nadie podría preguntar por qué Ender no iba a bordo. Si Ender sabía, antes de que se marcharan, que no iba a regresar a la Tierra, no dijo nada al respecto.

Elena apenas pudo contener la alegría cuando sor Carlotta llamó, preguntando si su esposo y ella estarían en casa dentro de una hora.

—Les traigo a su hijo —dijo.

Nikolai, Nikolai, Nikolai. Elena canturreó el nombre una y otra vez con su mente, con sus labios. También Julian, su marido, bailoteaba por la casa, mientras ultimaba los preparativos. Nikolai era tan pequeño cuando se marchó. Ahora sería mucho mayor. Apenas lo conocerían. No comprenderían lo que había vivido. Pero no importaba. Lo amaban. Descubrirían quién era otra vez. No dejarían que los años perdidos se interpusieran en los años por venir.

—¡Veo el coche! —exclamó Julian.

Elena retiró rápidamente las tapas de los platos, para que Nikolai pudiera entrar en una cocina llena de los más frescos y puros olores de la comida de su infancia. Seguro que lo que comían en el espacio no estaba tan bueno como esto.

Entonces corrió hacia la puerta y permaneció junto a su marido, veía cómo sor Carlotta bajaba del asiento delantero.

¿Por qué no viajaba detrás con Nikolai?

No importaba. La puerta trasera salió, y Nikolai emergió, desplegando su cuerpo joven y grácil. ¡Qué alto estaba! Sin embargo, seguía siendo un niño. Todavía le quedaba un poco de infancia por vivir.

¡Ven corriendo a mis brazos, hijo mío!

Pero él no corrió. Le dio la espalda a sus padres.

Ah. Buscaba algo en el asiento de atrás. ¿Un regalo, tal vez?

No. Otro niño.

Un niño más pequeño, pero con la misma cara que Nikolai. Quizás demasiado cauteloso para tratarse de un niño tan pequeño, pero con la misma bondad descubierta que Nikolai había tenido siempre. Nikolai sonreía de oreja a oreja, henchido de felicidad. Pero el pequeño no sonreía. Parecía inseguro. Vacilante.

—Julian —dijo su marido.

¿Por qué pronunciaba su propio nombre?

—Nuestro segundo hijo —dijo él—. No murieron todos, Elena. Vivió uno.

Toda esperanza por aquellos pequeños se había enterrado en su corazón. Casi le dolió abrir aquel lugar oculto. Se quedó boquiabierta, abrumada por la intensidad del momento.

—Nikolai lo conoció en la Escuela de Batalla —continuó él—. Le dije a sor Carlotta que, si teníamos otro hijo, querías llamarlo Julian.

—Lo sabías —dijo Elena.

—Perdóname, mi amor. Pero sor Carlotta no estaba segura entonces de que fuera nuestro. O de que pudiera regresar a casa alguna vez. Y yo no podría soportar hablarte de esperanza, sólo para romperte el corazón más tarde.

—Tengo dos hijos —dijo ella.

—Si lo quieres —dijo Julian—. Su vida ha sido dura. Pero aquí es un extranjero. No habla griego. Le han dicho que viene sólo de visita. Que legalmente no es nuestro hijo, sino más bien está a custodia del estado. No tenemos que aceptarlo, si tú no quieres, Elena.

—Calla, bobo —dijo ella. Entonces, en voz alta, llamó a los dos niños que se acercaban—. ¡Aquí están mis dos hijos, de vuelta a casa tras la guerra! ¡Venid con vuestra madre! ¡Os he echado tanto de menos, y durante tantos años!

Ellos corrieron a su encuentro, y ella los abrazó. Sus lágrimas los salpicaron a ambos, y las manos de su marido se apoyaron en las cabezas de ambos niños.

Su marido habló. Elena reconoció sus palabras de inmediato, del evangelio de san Lucas. Pero como sólo había memorizado el pasaje en griego, el pequeño no lo entendió. No importaba. Nikolai empezó a traducirlo al Común, el idioma de la flota, y casi de inmediato el pequeño reconoció las palabras, y las dijo correctamente, de memoria, tal como sor Carlotta se las había leído años atrás.

—Comamos, y regocijémonos: pues mi hijo estaba muerto, y vuelve a estar vivo; estaba perdido, y ha sido encontrado.

Entonces el pequeño se echó a llorar y se abrazó a su madre y besó la mano de su padre.

—Bienvenido a casa, hermanito —dijo Nikolai—. Te dije que eran buena gente.

Agradecimientos

En la preparación de esta novela, me resultó especialmente útil el libro *Makers of Modern Strategy: From Machiavelli to the Nuclear Age*, recopilado por Peter Paret (Princeton University Press, 1986). No todos los ensayos tienen la misma calidad, pero gracias a ellos pude formarme una buena idea de cómo podrían ser los escritos que pudiera haber en la biblioteca de la Escuela de Batalla.

De Rotterdam, una ciudad de gente amable y generosa, no conservo más que buenos recuerdos. La dureza con la que se trata a los pobres en la presente novela es algo impensable hoy día, pero la misión de la ciencia ficción es a veces mostrar pesadillas imposibles.

Agradezco especialmente la colaboración de:

Erin y Philip Absher, por, entre otras cosas, la falta de vómito en la lanzadera, el tamaño del depósito de agua, y el peso de la tapa.

Jane Brady, Laura Morefield, Oliver Withstandley, Matt Tolton, Kathryn H. Kidd, Kristine A. Card, y otros que leyeron el manuscrito e hicieron sugerencias y correcciones. De este modo, se lograron algunas molestas contradicciones entre *El juego de Ender* y este libro; los que quedan no son errores, sino simplemente sutiles efectos literarios diseñados para mostrar la diferencia de percepción y memoria entre los dos relatos del mismo acontecimiento. Como dirían mis amigos programadores, no son defectos, sólo funcionalidades.

Tom Doherty, mi editor; Beth Meacham, mi coordinadora editorial; y Barbara Bova, mi agente, por responder de un modo tan positivo a la idea de concebir este libro cuando lo propuse como un proyecto en colaboración y luego me di cuenta de que quería escribirlo por completo yo solo. Y si sigo pensando que *Pilluelo* era el mejor título para este libro, eso no significa que no esté de acuerdo en que mi segundo título, *La sombra de Ender*, no sea el más comercial.

Mis ayudantes, Scott Allen y Kathleen Bellamy, quienes en diversas ocasiones desafían la gravedad y realizan otros útiles milagros.

Mi hijo Geoff que, aunque ya no es el niño de cinco años que era cuando escribí la novela *El juego de Ender*, sigue siendo el modelo para Ender Wiggin.

Mi esposa, Kristine, y los hijos que estaban en casa durante la redacción de este libro, Emily, Charlie Ben y Zina. La paciencia que tuvieron conmigo cuando me debatía para encontrar la forma adecuada de abordar esta novela sólo fue superada por su paciencia cuando finalmente la encontré y me dejé poseer por la historia. Cuando entregué a Bean a una familia amorosa, sabía cómo debía ser, porque la veo todos los días.

Índice

CUARTA PARTE
SOLDADO

QUINTA PARTE
LÍDER

SEXTA PARTE
VENCEDOR

Originario de Richland (Washington) y residente hoy en Greenboro (California), Orson Scott Card es mormón practicante y sirvió a su iglesia en Brasil entre 1971 y 1973. Ben Bova, editor de Analog, *le descubrió para la ciencia ficción en 1977. Card obtuvo el* Campbell Award *de 1978 al mejor autor novel y, a partir del éxito de la novela corta* ENDER'S GAME *y de su experiencia como autor dramático, decidió en 1977 pasar a vivir de su actividad como escritor. En 1997 acudió como invitado de honor a HISPACON, la convención anual de la ciencia ficción española, celebrada en Mataró (Barcelona).*

Su obra se caracteriza por la importancia que concede a los sentimientos y las emociones, y sus historias tienen también gran fuerza emotiva. Sin llegar a predicar, Card es un autor que aborda los temas de tipo ético y moral con una intensa poesía lírica.

La antología de relatos CAPITOL *(1983) trata temas cercanos a los que desarrolla en su primera novela* HOT SLEEP *(1979), que después fue reescrita como* THE WORTHING CHRONICLE *(1982). Más recientemente ha unificado todos esos argumentos en una magna obra en torno a una estirpe de telépatas en* LA SAGA DE WORTHING *(1990,* NOVA, *núm. 51). El ambiente general de esos libros se emparenta con el universo reflejado en* UN PLANETA LLAMADO TRAICIÓN *(1979), reeditada en 1985 con el título* TRAICIÓN *y cuya nueva versión ha aparecido recientemente en España (*Libros de bolsillo VIB, *Ediciones B).*

Una de sus más famosas novelas antes del gran éxito de EL JUEGO DE ENDER *(1985), es* MAESTRO CANTOR *(1980,* NOVA, *núm. 13), que incluye temas de relatos anteriores que habían sido finalistas tanto del premio Nebula como del Hugo.*

La fantasía, uno de sus temas favoritos, es el eje central de KINGSMEAT, *y sobre todo de su excelente novela* ESPERANZA DEL VENADO *(1983,* NOVA fantasía, *núm. 3) que fue recibida por la crítica como una importante renovación en el campo de la fantasía. También es autor de* A WOMAN OF DESTINY *(1984), reeditada como* SAINTS *en 1988. Se trata de una novela histórica sobre temas y personajes mormones. Card ha abordado también la narración de terror (o mejor «de espanto» según su propia denominación), al estilo de Stephen King. Como ya hiciera antes con* EL JUEGO DE ENDER, *Card convirtió en novela una anterior narración corta galardonada esta vez con el premio Hugo y el Locus. El resultado ha sido* NIÑOS PERDIDOS *(1992,* NOVA Scott Card, *núm. 4) con la que ha obtenido un éxito parecido al de* EL JUEGO DE ENDER, *aunque esta vez en un género distinto que mezcla acertadamente la fantasía con el terror.*

Card obtuvo el Hugo 1986 y el Nebula 1985 con EL JUEGO DE ENDER *(1985,* NOVA, *núm. 0) cuya continuación,* LA VOZ DE LOS MUERTOS *(1986,* NOVA, *núm. 1), obtuvo de nuevo dichos premios (y también el Locus), siendo la primera vez en toda la historia de la ciencia ficción que un autor los recibía dos años consecutivos. La serie continúa con* ENDER EL XENOCIDA *(1991,* NOVA, *núm. 50) y finaliza con el cuarto volumen,* HIJOS DE LA MENTE *(1996,* NOVA, *núm. 100). En 1999 apareció un nuevo título,* LA SOMBRA DE ENDER *(1999,* NOVA, *núm. 137) que retorna, en estilo e intención, a los hechos que se narraban en el título original de la serie:* EL JUEGO DE ENDER *(1985), esta vez en torno a la versión de un compañero del primer protagonista, Bean. La nueva serie* continuará con LA SOMBRA DEL HEGEMÓN, que ha de aparecer en inglés en enero de 2001.

La última noticia sobre la famosa Saga de Ender es que se va a realizar la versión cinematográfica de EL JUEGO DE ENDER. Orson Scott Card ha escrito el guión de la nueva película y, metido ya en el tema, parece que está trabajando en una nueva novela centrada en lo que sucede «antes» de la primera. El futuro lo dirá.

1987 fue el año de su redescubrimiento en Norteamérica con la reedición de MAESTRO CANTOR, la publicación de WYRMS y el inicio de una magna obra de fantasía: THE TALES OF ALVIN MAKER. LA HISTORIA DE ALVIN, EL «HACEDOR», está prevista como una serie de libros en los que se recrea el pasado de unos Estados Unidos alternativos en los que predomina la magia y se reconstruye el folklore norteamericano. El primer libro de la serie, EL SÉPTIMO HIJO (1987, NOVA fantasía, núm. 6), obtuvo el premio Mundial de Fantasía de 1988, el premio Locus de fantasía de 1988 y el Ditmar australiano de 1989, y fue finalista en los premios Hugo y Nebula. El segundo, EL PROFETA ROJO (1988, NOVA fantasía, núm. 12), fue premio Locus de fantasía 1989 y finalista del Hugo y el Nebula. El tercero, ALVIN, EL APRENDIZ (1989, NOVA fantasía, núm. 21) ha sido, de nuevo, premio Locus de fantasía 1990 y finalista del Hugo y el Nebula. Tras seis años de espera ha aparecido ya el cuarto libro de la serie, ALVIN, EL OFICIAL (1995, NOVA Scott Card, núm. 9), de nuevo premio Locus de fantasía en 1996. Por la información hoy disponible, los demás títulos previstos para finalizar la serie son: MASTER ALVIN y THE CRYSTAL CITY.

Algunas de sus más recientes narraciones se han unificado en un libro sobre la recuperación de la civilización tras un holocausto nuclear: LA GENTE DEL MARGEN (1989, NOVA, núm. 44). El conjunto de los mejores relatos de su primera época se encuentra recopilado en UNACCOMPANIED SO-

NATA *(1980). Cabe destacar una voluminosa antología de sus narraciones cortas:* MAPAS EN UN ESPEJO *(1990,* NOVA Scott Card, *núm. 1), que se complementa con las ricas y variadas informaciones que sobre sí mismo y sobre el arte de escribir y de narrar expone Card en sus presentaciones.*

Su última serie ha sido Homecoming *(La Saga del Retorno), que consta de cinco volúmenes. La serie narra un épico «retorno» de los humanos al planeta Tierra, tras una ausencia de más de 40 millones de años. Se inicia con* LA MEMORIA DE LA TIERRA *(1992,* NOVA Scott Card, *núm. 2), y sigue con* LA LLAMADA DE LA TIERRA *(1993,* NOVA Scott Card, *núm. 4),* LAS NAVES DE LA TIERRA *(1994,* NOVA Scott Card, *núm. 5) y* RETORNO A LA TIERRA *(1995,* NOVA Scott Card, *núm. 7). La serie finaliza con* NACIDOS EN LA TIERRA *(1995,* NOVA Scott Card, *núm. 8).*

Por si ello fuera poco, Card ha empezado a publicar recientemente THE MAYFLOWER TRILOGY, *una nueva trilogía escrita conjuntamente con su amiga y colega Kathryn H. Kidd. El primer volumen es* LOVELOCK *(1994,* NOVA Scott Card, *núm. 6), y la incorporación de Kidd parece haber aportado mayores dosis de humor e ironía a la escritura, siempre amena, emotiva e interesante, de Orson Scott Card.*

En febrero de 1996 apareció la edición en inglés de OBSERVADORES DEL PASADO: LA REDENCIÓN DE CRISTÓBAL COLÓN (1996, NOVA, *núm. 109), sobre historiadores del futuro ocupados en la observación del pasado* («pastwatch»*) y centrada en el habitual dilema en torno a si su posible intervención sería lícita o no. Una curiosa novela que parece llevar implícita una revisión crítica de la historia, en la misma línea que el punto de vista ácido sobre el «American Way of Life» que encontramos en el interesantísimo relato* AMÉRICA, *incluido en* LA GENTE DEL MARGEN *(1989,* NOVA, *núm. 44).*

Otra de sus novelas más recientes es EL COFRE DEL TESORO *(1996, NOVA, núm. 121), una curiosa historia de fan-*

tasmas protagonizada por un genio de la informática convertido en millonario. La narración muestra un ajustado equilibrio entre ironía y tragedia. También es autor de ENCHANTMENT *(1998), novela de fantasía romántica que gira en torno a fantasías rusas y la Norteamérica contemporánea.*

Card ha escrito asimismo un manual para futuros escritores en HOW TO WRITE SCIENCE FICTION AND FANTASY *(1990), que obtuvo en 1991 el premio Hugo al mejor libro de ensayo del año.*